杨海明

1942 年生，苏州人。1960—1964 年就读于江苏师范学院中文系，1978—1981 年在南京师范学院中文系师从著名词学家唐圭璋先生攻读硕士学位。后执教于苏州大学，1993 年被国务院学位办批准为博士生导师。曾任中国韵文学会常务理事、中国宋代文学学会副会长，现任中国词学研究会名誉会长。主要从事唐宋词研究。著有《唐宋词风格论》《唐宋词史》《唐宋词美学》《唐宋词与人生》等。一些著作在海内外产生过较大影响，《唐宋词史》曾获全国高等学校首届『人文社会科学研究优秀成果奖』二等奖和首届『夏承焘词学奖』一等奖；两部专著被翻译成韩文，四部专著在台湾地区再版。2016 年获中国韵文学会、中国词学研究会颁发的『中华词学研究终身成就奖』。

杨海明词学文集

第一卷　唐宋词风格论
第二卷　唐宋词史
第三卷　唐宋词美学
第四卷　唐宋词与人生
第五卷　唐宋词论稿
第六卷　唐宋词论稿续编
第七卷　唐宋词纵横谈
第八卷　宋词趣谈
第九卷　张炎词研究
第十卷　宋词三百首新注

楊海明詞學文集

·第六卷·

唐宋词论稿续编

杨海明 著

江苏大学出版社
JIANGSU UNIVERSITY PRESS
镇江

图书在版编目(CIP)数据

唐宋词论稿续编 / 杨海明著. — 镇江：江苏大学出版社，2020.7
(杨海明词学文集；第六卷)
ISBN 978-7-5684-1307-7

Ⅰ.①唐… Ⅱ.①杨… Ⅲ.①唐宋词－诗词研究 Ⅳ.①I207.23

中国版本图书馆 CIP 数据核字(2020)第097771号

唐宋词论稿续编(杨海明词学文集·第六卷)
Tang-Song Ci Lungao Xubian (Yang Haiming Cixue Wenji · Di-liu Juan)

著　　者/杨海明
责任编辑/张　平　潘　安
出版发行/江苏大学出版社
地　　址/江苏省镇江市梦溪园巷30号(邮编：212003)
电　　话/0511-84446464(传真)
网　　址/http://press.ujs.edu.cn
排　　版/镇江文苑制版印刷有限责任公司
印　　刷/江苏凤凰数码印务有限公司
开　　本/718 mm×1 000 mm　1/16
印　　张/22.75
字　　数/430千字
版　　次/2020年7月第1版　2020年7月第1次印刷
书　　号/ISBN 978-7-5684-1307-7
定　　价/160.00元

《杨海明词学文集》再版前言

本书初版于2010年。此次再版,尊重历史,一仍旧貌,只是遵照出版社的意见,将原先的8册(12卷)改为10卷,次序也做了一些变动,内容则并无改动;另外又请我的老学生们对全书文字重新审读过一遍,改正了一些错漏。由于自初版至今已抵10年,而我早就从学术界"撤退"出来,变成了一个出入于市井里巷、流连于园林名胜的闲散老人,因此现今无心无力对旧著做些修改,这点敬希读者谅鉴。

本书无论是初版还是再版,都得到了江苏大学出版社总编芮月英女士的大力支持和热心相助,在此郑重致谢!我的老学生们,对于它的初版和再版,也都付出了辛勤的劳动。他们是:曹志平、曹辛华、陈国安、闵定庆、钱锡生、孙虹、宋秋敏、王晓骊、薛玉坤、张幼良(排名不分先后,按音序编排),而总其成的则是钱锡生和陈国安。他们(以及其他一些老学生们)一贯以来对我无微不至的关心和帮助令我十分感动和深感温馨。趁此机会,也向他们表示深挚的谢意!

杨海明

2020年3月　书于苏州嘉园寓所

《杨海明词学文集》初版总序

自1978年秋师从唐圭璋先生攻治词学至今，忽忽已过30年矣。回首当年，自己本是一位普通的中学语文老师，不意在攻读唐师的硕士研究生、随后又转入高校(苏州大学)工作之后，竟涂鸦出了一大堆评说唐宋词的文字，并在词学研究领域产生了一定的影响，以至我的博士生们现今要为我策划出版这套词学文集，不禁感慨良多。我深知自己既缺乏像夏承焘、唐圭璋等老辈学人那样深厚宽博的学养，也跟不上新时期所涌现出的青年学者那种与时俱进、敢于创新的迅猛步伐，充其量只是一个衔接两代的过渡性人物，因此要出文集，不免有些汗颜。但转而一想，对我来说，这套文集所收的旧文好歹记录着自己在词学研究领域里跋涉过的一连串足迹，把它们整理出来总算做了一番"盘点清理"和"立此存照"的工作，未尝没有一点意义；而对不少读者，尤其是很多青年学子来说，像《唐宋词风格论》《唐宋词论稿》《唐宋词纵横谈》《唐宋词美学》等旧书，由于后来未曾再版过，故在书店难以寻获，因此这次"打包"再版，也可满足他们的迫切需求。基于以上两点考虑，我同意了门生们的建议，由他们分工协作对旧稿做了一定的校订，终于推出了这套词学文集。宋人陈与义曾有词云："二十余年如一梦，此身虽在堪惊。闲登小阁看新晴。古今多少事，渔唱起三更。"(《临江仙》)对我而言，若是改动其中一个字，变成"三十余年如一梦……"，便很能表达此时看到这套文集的内心感受：往事早如云烟，此身也已垂暮，这套文集所收的旧文其优劣、良莠就让读者和后人去评说吧，而我本人则要闲登小阁去享受那为时有限的余生了。

本文集共八册、十二卷。下面,分别对各册内容作具体说明。

第一册由卷一、卷二组成。

卷一《唐宋词风格论》:此卷原由上海社会科学院出版社1986年出版。后来发现,台湾木铎出版社1987年盗印过它,易名为《唐宋词的风格学》,且隐去了作者的姓名。韩国新雅社1994年将其译成韩文出版,翻译者为李钟振教授。

卷二《张炎词研究》:此卷原由齐鲁书社1989年出版。

第二册收录卷三《唐宋词史》。此卷原由江苏古籍出版社1987年出版,后由天津古籍出版社1998年再版。后者对前者略作修订,主要是改正了一些错字和删除了某些不必要加的引号,内容基本不变。此次再版,依照后一版本。台湾丽文文化事业公司1996年出版了它的繁体字版。韩国新雅社1995年将它译成韩文出版,翻译者为宋龙准、柳种睦先生。

第三册收录卷四《唐宋词论稿》。此卷原由浙江古籍出版社1988年出版,其中选录了我1981年至1986年发表的论文32篇。

第四册收录卷五《唐宋词论稿(续编)》。此卷为这次所新编的论文集,共收录论文35篇,其时间跨度较大(1984年—2008年),主要是从《唐宋词论稿》出版以后所陆续发表的论文中选辑而成。其内容大致分成六类:一是对唐宋词的魅力来源,尤其是其人生意蕴作出探寻;二是对唐宋词的心理内涵做些剖析,兼论“角色转换”对这些意蕴生成的重要作用;三是词论研究,以及我对于词学研究的若干思索;四是从传承和变异的角度来对唐宋词进行文化考察;五是读唐宋词的一些心得,它们所涉及的问题较多;六是其他方面的一些文章,其中既有两篇论宋人散文的文章,还有三篇论析夏承焘先生治学历程和回忆唐圭璋、段熙仲先生往事的文章,收录这后三篇主要想借此表达对先贤的缅怀之情。上述35篇文章,以前散见于各种报刊之上,此次结集出版,可省读者查检之劳,姑取名为《唐宋词论稿(续编)》。

第五册收录卷六《唐宋词美学》。此卷原由江苏教育出版社1998年出版。

第六册由卷七、卷八、卷九、卷一〇组成。

卷七《唐宋词纵横谈》:此卷原由苏州大学出版社1994年出版。台湾丽文文化事业公司1995年出版了它的繁体字版,易名为《唐宋词主题探索》。

卷八《宋词趣谈》:此卷原由台湾业强出版社1997年出版。它的学术性不强,但趣味性和可读性尚可,因大陆读者不易读到,故在此再版,可供非专业的读者阅读消遣。

卷九《李璟·李煜》:此卷原由春风文艺出版社 1999 年出版,为其“插图本中国文学小丛书”中的一种。

卷一〇《东吴绛帐展痕——序跋选录》:此卷收录了我为学生们的学术著作写的序跋。

第七册收录卷一一《唐宋词与人生》。此卷原由河北人民出版社 2002 年出版。

第八册由卷一二、附录组成:

卷一二《宋词三百首新注》:此卷原由天津人民出版社 1993 年出版。合作者刘文华女士乃是我的妻子,不幸已于近时病逝。几十年来,她在生活和工作上助我良多。今日再版此卷,也作为对她的一种悼念。台湾丽文文化事业公司 1995 年据此重排,出版了它的繁体字版,易名为《宋词三百首鉴赏》。

《附录》四种:一是崔海正教授所写的《论唐宋词专家杨海明——当代词学家系列研究之一》。二是曹辛华博士所写的《杨海明与唐宋词研究的深化》。这两篇文章的撰写,其作者事前事后都未与我本人做过沟通,完全是他们个人意见的表述。照我看来,其中颇多溢美之词而缺少中肯的批评,实在愧不敢当。但它们却能从一定程度上揭示我的某些研究“特色”,可供我自己反省并供读者参考。除此之外,很多师友(如曹济平先生、潘树广先生,以及刘扬忠、肖瑞峰、王兆鹏、刘尊明等先生)和学生(如邓红梅、赵梅、闵定庆、钱锡生、王晓骊等博士,以及浙江大学的张锦同学)也曾为我的一些论著写过书评,但因篇幅的关系,这里就不再收录,谨向他们表示衷心的感谢和诚挚的歉意!三是王晓骊博士所记录的《背靠遗产 面向当代——杨海明教授词学访谈录》,它概述了我从事词学研究的历程,以及研究唐宋词的若干心得体会,也可提供给读者阅读。四是张幼良博士所撰《瞬间三十年——杨海明先生学术年表》。

正如开头所说,我在这 30 年左右的时间内竟不意涂鸦出了一大堆评说唐宋词的文字,其间的甘苦辛甜,自然一言难尽;而文章的优劣良莠,也心知肚明。总的来说,由于我的写作往往率性而发,主要凭兴趣和“感悟”,而不耐作缜密细致的思考,因此文章中的疏漏和缺陷(甚至错误)自然难免,还望读者多多指教!另外,由于我往往是先写成一篇篇单篇论文,以后又把这些论文中的观点和材料融汇在后来的专著中间;而在撰写单篇论文时,因每篇文章都要自成一个独立的

“单元”,故而有一些观点和例证有可能会在全书中多次出现,或许会令人产生啰唆重复之感。这里谨表歉意。再者,由于这些文章写于不同时期,早期的文章并不像现今那样讲求“学术规范”,故而现在读来肯定不够“规范”,不够严谨。这点也请读者鉴谅!追昔抚今,如果说这套文集所收的一些旧文,在“文革”结束不久、新时期刚刚开始的阶段或许曾有某些“闪光点”使人眼目为之一亮的话,那么时至今日恐就早已平淡无奇,甚至黯然失色了。所以我十分清醒地将自己定位为新旧时期转型阶段的一位“过渡型”的研究者,而词学研究的崭新局面和崭新气象则期待着后来者们去努力开启和努力创造——这也是我作为一名曾经的词学研究者所殷切期望的。

最后,要对引导我走上研究道路并给我以提携指导的唐圭璋师、孙望师、段熙仲师、吴调公师表示深切的悼念与感谢;对大力促成本文集出版并付出辛勤劳动的我的博士生们(曹辛华、曹志平、孙虹、薛玉坤等)表示深深的谢意,拙著引文均由他们重新查核,并详为注出;特别应该提出的是,陈国安博士在本文集的出版过程中付出了艰辛的劳动,其热情与认真令我十分感动,特在此也表示郑重的感谢;对大力资助本文集出版的江苏海门市教育局副局长许新海博士表示衷心的感谢;对支持本文集出版并花费很多心血的江苏大学出版社总编辑芮月英女史和图书编辑部主任顾正彤女史表示深深的敬谢之心。

杨海明

2010 年 10 月

目　录

试论人生意蕴是唐宋词的“第一生命力” / 001
唐宋词的魅力来源与当代意义 / 014
试论普通读者对唐宋词的阅读欣赏活动 / 020
残菊飘零满地金
——试论唐宋词中有益于今人的思想养料 / 032

唐宋词所展现的心灵世界 / 044
爱情意识与忧患意识的“交互”和“交替”
——论晚唐五代词兼及两宋词的“主思潮” / 054
论唐宋词的“享乐意识” / 064
从“享受人生”看唐宋词人个体价值的“升值” / 077
试论宋代词人享乐心理的雅俗分趋
——以柳永、苏轼为例 / 086
“角色转换”与唐宋词之人生意蕴 / 094
角色转换与“词为艳科” / 106

宋代词论研究 / 114
论《词源》的论词主旨
——兼论南宋后期的词学风尚 / 135
一部优秀的唐宋词选
——介绍黄昇的《花庵词选》 / 146
词学理论和词学批评的“现代化”进程 / 150

词学研究之展望
——对今后开展词学研究的管见 / 166
关于词学研究的若干随想 / 179

论唐宋词对传统文化的传承
——以苏轼词的“士大夫化”为“切口” / 188
略论晚唐五代词对正统文化的背离和修补 / 197
“归心正似三春草”
——略论苏轼词中的“怀归”意蕴 / 208
试论唐宋词中“归家”意蕴对前代作品的传承与变异 / 216

试论宋词所带有的“南方文学”特色 / 224
试论唐宋词中名句的生成奥秘及其他 / 236
“妙在得于妇人”
——论歌妓对唐宋词的作用 / 244
“诗词有别”
——城市经济带给词的印记 / 252
论宋词发展史中的“雅”“俗”之辨 / 261
略谈宋亡前后的“政治批判词” / 271
宋代元宵词漫谈 / 279
浅谈宋代戏谑词 / 287
试论南唐中主李璟的词 / 294

《岳阳楼记》是“传道”之文 / 302
论周密散文的思想倾向 / 306
夏承焘先生在艰辛环境下的勤奋治学
——读《天风阁学词日记(三)》 / 315
回忆唐老二三事 / 322
回忆段熙仲教授 / 325

附录：东吴绛帐屐痕
——序跋选录 / 327
《词艺术研究》序 / 329
《唐宋词与商业文化关系研究》序 / 330
《唐宋士风与词风研究——以白居易、苏轼为中心》序 / 332
《中国词学研究》序 / 334
《当代视野下的唐宋词研究论纲》序 / 336
《王文治研究》序 / 337
《宋词与江南区域文化——人地关系的视角》序 / 339
《王昭君故事的传承与嬗变》序 / 341
《唐宋词传播方式研究》序 / 343
《北宋词风嬗变与文学思潮》序 / 345
《唐宋词与流行歌曲》序 / 347
《流变与审美视阈中的唐宋艳情词研究》序 / 349
《宋词与园林》序 / 350

后记 / 352

试论人生意蕴是唐宋词的“第一生命力”

一

在老祖宗所留下的全部文学遗产中间,唐宋词对现当代读者来说,堪称最具“活性效应”的作品之一。例如随便走进哪家书店(甚至是以出售言情、武侠书籍为主的小书铺),你准会看见各式各样的唐宋词选本,以及多家出版社编写的《唐宋词鉴赏辞典》。而若有机会读到青年学生热恋时所写的“两地书”,其中也差不多全会引用下面这些几近烂熟的宋词名句:“多情自古伤离别,更那堪冷落清秋节”“两情若是久长时,又岂在朝朝暮暮”……这就说明,社会虽已进入以电脑为标志的高科技时代,然而古老的唐宋词却至今存活在人们的心中。再如,曾经一度风靡过大陆的台湾女作家琼瑶的众多言情小说和影视作品,其中又有很多即取名于唐宋词的名句名篇:如《庭院深深》之取名于冯延巳的“庭院深深深几许”,《心有千千结》之取名于张先的“心似双丝网,中有千千结”,《一帘幽梦》之取名于秦观的“夜月一帘幽梦”,《烟锁重楼》之取名于李清照的“念武陵人远,烟锁秦楼”,《寒烟翠》之取名于范仲淹的“秋色连波,波上寒烟翠”……这种情况,绝非偶然,一则说明她对唐宋词的情有独钟,二则也表明了她有意用唐宋词的魅力来“招徕”读者。事实上,以词中名句来作点睛之笔着实使其作品平添了顾盼自怜的“姿色”。无独有偶,大陆的文艺作品也曾这样做过。如贾平凹的小说《山月不知心里事》,宗璞的散文《丁香结》,张瑜、陈道明等主演的电视剧《梦断秦楼》,还有那新中国成立前就家喻户晓的电影《一江春水向东流》,等等,它们也都选用了唐宋词句作为篇名、剧名、片名。究其用心,或者是作者曾从词中获取过创作的灵感和启示,或者又是想借助于词的“名句效应”来吸引读者和观众的注意。而仅以取名这一狭窄的角度来看,我们也足以窥见当代作家对唐宋词的熟悉和喜爱了。所以综合以上情况可知,尽管星移斗转,换了人世,唐宋词却仍对现实的文化生活发挥着参与作用。

然而,以上所举其实还只是词的“活性效应”之显而易见的表面现象。若往深层去看，则此种“活性效应”就更加深刻地体现在它对读者感情世界和心理气质的影响方面，对于这个问题我们还可将视野拓宽来看。

封建时代的士大夫文人，全都是些读书人，故从一定意义上说，他们的思想观念、人生哲学，乃至生活情趣、审美心理，在很大程度上是通过读书而获得的。在他们所读的众多书籍中，自然以儒家经典和以儒家思想为指导思想的政史类著作最为重要，无数代人对这些著作的学习和传授，铸成了整个封建士大夫文人的群体文化人格。但除此之外，诗文作品对他们的影响却也不可小视。且以诗歌为例：撇开《诗经》作为儒家“五经”之一的崇高地位不论，就拿《离骚》、陶诗、杜诗这三类作品来说，它们就对封建社会的大量读书人产生过巨大而深远的影响。屈子那“信而见疑，忠而被谤”的怨愤，曾经激起过千百年来与他有着相似命运的士人之强烈共鸣；陶渊明的几首《归园田居》和一篇《归去来兮辞》（可以看作今之散文诗），又引动了他们多么深浓的归隐情趣；而一部被人称为“一饭未尝忘君”的杜甫诗集，竟又被囚禁在元朝狱中誓不屈服的文天祥读得烂熟，并一口气地衍生了二百首《集杜诗》。这就说明，正统的诗文作品，曾在凝铸和塑造中国士大夫文人的思想性格与文化心理方面，发挥过不可低估的作用。

对旧时代的广大平民百姓来说，由于他们读书机会较少且文化程度不高，其接受的文学影响，主要不是来源于高雅的散文和诗歌，而是来源于比较通俗的戏曲和小说。这里且以小说为例，昔年梁启超就曾有过论述：“吾中国人状元宰相之思想何自来乎？小说也。吾中国人佳人才子之思想何自来乎？小说也。吾中国人江湖盗贼之思想何自来乎？小说也。吾中国人妖巫狐鬼之思想何自来乎？小说也。若是者，岂尝有人焉提其耳而诲之，传诸钵而授之也？而下自屠爨贩卒、妪娃童稚，上至大人先生、高才硕学，凡此诸思想，必居一于是，莫或使之；若或使之，盖百数十种小说之力直接间接以毒人，如此其甚也。即有不好读小说者，而此等小说既已渐渍社会，成为风气，其未出胎也，固已承此遗传焉。其既入世也，又复受此感染焉。虽有贤智，亦不能自拔。”①虽则其言明显有所偏颇（一是只看到小说“含有毒性”的一面，二是把上述陈腐观念的成因统统归罪于小说），但它确实相当犀利地揭示了小说对于“人心”“人格”形成的重要熏染作用（因此他在此文中又大声疾呼：“欲新人心，欲新人格，必新小说。”“欲新一国之民，不可不先新一国之小说。”）②。以此类推，则戏曲对于民众心里的影响亦复如此。如像“私订终身后花园，落难公子中状元，奉旨完婚大团圆”的才子佳人

① 梁启超：《论小说与群治之关系》，《饮冰室合集》第2册，中华书局，1996年，第9页。
② 同①。

式婚姻理想,"莫谓老天不长眼,善恶到头终有报"的因果报应思想,也都在很大程度上是通过戏曲舞台而向广大民众传播的。由此可证,无论是高雅的士大夫群体还是普通的平民群体,他们都曾从文学作品中接受过思想文化方面的影响,只是其接受来源和所产生的思想效应有所不同而已。

现在再让我们来看词对读者所产生的思想文化影响。对这个问题,我们可从两个角度来看:

第一是其影响面。首先应该承认,由于词为"小道末技",所以它对士大夫文人的影响远不如诗文作品那样深刻,又因它比小说戏曲来得典雅,且缺少后两者的故事性和传奇性,所以它对平民百姓的影响也不如小说戏曲那样明显。但若换个角度来看,由于词体具有比诗文通俗而又比小说戏曲文雅的文体特色和文体优势,它就有可能同时获得雅、俗两大读者群的喜爱,故其影响力就几乎涵盖了全社会稍具文化知识的各色人等。

第二是其影响力的心理指向。由于小说戏曲之兴盛主要是在宋元以后,所以这里就仅将唐宋词和前代诗文做个比较。孔子曰:"不学诗,无以言。"(《论语·季氏》)据此,则诗歌和文史作品就对封建文人俨然具有"教师"的资格与职责。不过,诗和文这两位"教师"却是相当严肃与正经的"男教师","他们"主要向学生们传授如何成为"士"和"君子"的大道理(虽然偶尔也会在课堂上发发个人的牢骚不平),故在通常情况下他们就努力将读书人的心理气质导向"阳刚"的方向。如儒家先哲们就谆谆教诲后生学子:"刚、毅、木、讷,近仁"(《论语·子路》),"士不可以不弘毅"(《论语·泰伯》)。这样一来,读书士子自然只好收敛起他们内心固有的"阴柔"一面,而尽量使自己变得"刚毅"。但唐宋词(其主流作品自是婉约词)则显得大不相同了,她在总体上就扮演了一个"女教师"的角色(这正好吻合于德国哲学家谢林把诗歌称为"人类女教师"的比喻)。尽管唐宋词中也有类似于诗文那种士大夫文人的思想意趣[例如宋人就曾说过,读苏轼的《赤壁》词能"使人抵掌激昂而有击楫中流之心",读苏轼的《哨遍》词,能"使人甘心淡泊而有种菊东篱之兴"(见《燕喜词叙》)],但从整体和主流来说,则唐宋词就像一位温柔的女教师那样,给人以女性的体贴和关怀,教人懂得爱和柔情的可亲与可爱。故在她的抚慰和熏陶之下,读者的感情世界就可能变得更加丰富和细腻,其心理和气质也会产生变"柔"与变"俗"(世俗化)的趋向。当然,想要证明上述影响,虽然在封建时代的士大夫文人那里还是比较困难的(这是因为他们一般不肯轻易和直率地向人们承认这种显得不太有出息的心理变化),但从某些偶露真情的片言只语中,我们却还能见到一些蛛丝马迹。例如清人沈谦在其短短的《填词杂说》中就曾两次谈到读词对他产生的"移情"作用:一是说读了柳永“杨柳岸,晓风残月”之句后,惝怳迷离,不能自主;二是说自己某次独宿旅店,读了柳永那首极言孤眠之苦的“每到秋来”(《爪茉莉》)词后,深觉它“能移我情”。再如,另一位清人江顺诒则说:“余性刚而词贵柔,余性直而词贵曲,余性拙而词贵巧……余性浅率而词贵蕴蓄,学词冀以移我性也。”(《愿为明镜室词稿序》)。请看他的欲以读词来修补其心理性格的某些不足而使之朝柔、曲、巧和含蓄蕴藉的方向发展,我们就不难感知唐宋词对读者的心理影响,大体确是指向“阴柔”一路的。而因古代读书人长期以来所接受的正规教育基本是儒家经典和诗文作品那一套“传道”“授业”“解惑”的男式教育,所以从完整的人性出发,实际早就产生了某种“阴阳失调”的缺憾感。现今一旦得遇唐宋词这样一位温柔美丽的“女教师”,他们当然就会倍感亲切和欣喜。这就难怪词体一登唐宋文坛,便立即受到了当时雅、俗两大读者群的热烈欢迎;而即使在唐宋以后直至现当代,唐宋词仍以其主体上的女性化文学魅力深深地吸引着读者。当然,正如前述,词在思想观念方面给予他们的直接影响或许比不上诗文和小说戏剧那样深刻与明显,但它对读者的感情世界和心理气质却起着一种相当微妙而持久的潜移默化作用。对此,丰子恺先生的一段读书体会就很能说明问题。他在《谈自己的画》一文中曾说:

> 欢喜读与人生根本问题有关的书,欢喜谈与人生根本问题有关的话,可说是我的一种习性。我从小不欢喜科学而欢喜文艺。为的是我所见的科学的书,所谈的大都是科学的枝节问题,离人生根本很远;而我所见的文艺书,即使最普通的《唐诗三百首》、《白香词谱》等,也处处含有接触人生根本而耐人回味的字句。例如我读了“想得故园今夜月,几人相忆在江楼”,便会设身处地做了思念故园的人,或江楼相忆者之一人,而无端地兴起离愁。又如读了“流光容易把人抛,红了樱桃,绿了芭蕉”,便会想起过去的许多的春花秋月,而无端地兴起惆怅……

小小年纪,本应无忧少虑,然而只因读了几本唐诗宋词,心头却“无端”地兴起了种种莫名的人生惆怅,这就足可证明古典文学(特别是以写愁情和柔情为主的婉约词)对于年轻人的感情世界和心理气质,具有多么深的感染作用了。而再证之当今的流行歌曲,也曾以它缠绵悱恻的情调和轻靡柔艳的风格培养出了一大批“发烧友”与“追星族”,且在相当程度上影响了这一代青年人之精神面貌。那么我们对于作为唐宋时代之流行歌曲的唐宋词极能“动摇人心”的影响力,也就不难由此而想见。所以讲到这里,我们很可仿效梁启超论旧小说的话来论说唐宋词对读者的影响:吾国青年男女卿卿我我、一往情深的恋情情愫何自而来乎?吾国文人淑女多愁善感、嗟离伤别之心理气质何自而来乎?吾国读者“以艳为美”“以柔为爱”的审美心理何自而来乎?——它们很大程度上就是得自于唐宋词(婉约词)的熏陶。

以上,我们由唐宋词之身影不时在当代生活中闪现谈起,进而论析了它对读者的深层心理影响,由此证明唐宋词的确是一种至今犹在产生“活性效应”的古典文学。而接下来的问题则是:应该如何来解释唐宋词虽“古”而不“老”的奥秘?或者换句话说,唐宋词究竟是靠什么来打动人心和吸引读者的?它具有长盛不衰的生命力之原因主要又在哪里?对此,我们的回答是:唐宋词中贮存着十分丰厚而又能贯通古今的人生意蕴,而这人生意蕴就该是唐宋词的“第一生命力”。

二

现在,再让我们接过前引丰子恺的话头继续述说。从他的读书体会中我们大可明白:对于不少读者来说,古典诗词之所以能深深吸引他们,其主要原因就在于其中“处处含有接触人生根本(问题)而耐人回味的字句”,从而能够激活读者自身的情思和联想。因此这段十分质朴而又真切的自述,实际却揭示了一个相当深刻的道理:古典诗词的“活性效应”,其本源主要在于它们所贮存的有关人生诸种问题的思想底蕴。

平心而论,广大读者之所以喜读古典诗词,自然还有另一个重要的原因,那就是他们对于其艺术美感的赞赏和迷恋。确实,古典诗词的艺术美感是光彩照人、美不胜收的,在一定意义上甚至还是不可超越和无法复制的,因此它们同样也是唐宋词“生命力”的构成要素之一。但是相比之下,则古典诗词所贮存的有关人生问题的思想底蕴,就更是一种能直接对读者心理产生“活性效应”的首要和主要的活性因素。由于古人和今人人生状况的相似与相续、今人和古人在心理气质方面的大致不变与一脉相承,以及民族文化心理的绵延沉积,唐宋词中的人生意蕴就能持久地激活一代又一代读者的情思,不断地产生“活性效应”。对此,且作如下分析:

首先应该看到,古今的人生状况虽因时代环境的变易而产生出不小的差异,但从其根本内容来说,却又是万变不离其宗和不断得到“复制”的。例如,从个人的物质生活而言,无论哪个朝代的人,其实都在为衣、食、住、行而奔忙,分解到最后,也不外是饮食男女、吃喝拉撒睡。再从生活遭遇和人生道路来看,各人的具体情况虽有千差万别，但概括来说，他们都要面对生、老、病、死的人生大问题，也都会经历诸如荣辱是非、悲欢离合的人生遭遇。由此而来，古人和今人在处置这类相似的人生课题时，也就会产生出异代而同貌的情志与心态。例如，面对人生短促这一严峻的现实，他们都会感叹光阴之易迁、青春之难驻，从而思索人生的价值和意义，并努力去善待今生。又如，任谁都难逃生活的压力，不免会陷入感情危机或人生逆境之中，这时他们就都会勉力寻觅解决烦恼的良方，皈依某种人生哲学。若再说得具体一些，则不论是智者还是愚者，也不论是在上的达官贵人还是在下的平民百姓，他们一生中总要碰到诸如下列这些人生问题：读书、求职、婚姻、家庭、沉浮、迁徙、穷通、得失，乃至休闲娱乐、退休养身……虽然各个时代和每位个人的情况并不相同，但正像每天都要迎接太阳的升起那样，一代又一代的中国人却无一例外地必须面对上述几乎是“永恒”的人生课题并产生大致相似的感情活动。而在这两方面，早于我们千百年的唐宋词人就堪称是现当代人的一群“先行者”。苏轼曾有诗曰“崎岖世味尝应遍”（《立秋日祷雨宿灵隐寺同周、徐二令》），唐宋词（以及其他古典文学作品）在一定意义上就是一部记录唐宋词人如何体验人生，以及如何处置各种人生问题的“心灵文献”和“经验总结”。这样一部形象化的“人生百科全书”，怎能不激发起后代读者的心灵共振和感情共鸣？

其次应该看到，古今时代的人们尽管在穿着打扮、言语举止方面产生了一定的差异，但在心理气质方面却并未发生根本的改变——道理相当简单：既然他们同样生息在华夏大地之上，既然他们同样用筷子进食这块土地上长出的黍稷稻麦，且仍使用着老祖宗所传下的同一种方块汉字，那么要说他们的心理气质会产生出很大的变易，是很难说得通的。一首有名的流行歌曲，其中有两句是这样说的：“洋装虽然穿在身，我心依然是中国心。”据此可知，同是黄皮肤和黑眼珠的中国人，则不论他们是身在国内还是身在海外，也不论他们是生活在古代还是生活在现代，基本都拥有着同一类型的“中国心”。而在这“中国心”中，自然也包含着心理气质方面的内容。举例来讲，千百年来的中国多情文人，大多数都会见落花而伤春，闻雁声而悲秋，这种“集体无意识”的感情行为就表明他们共同怀有多愁而善感的气质。而更妙的是，年龄尚幼、涉世未深的少年丰子恺，一读到某些古典诗词，竟也会漾起莫名的人生哀愁，这就更足以说明中国人在心理气质的多愁善感方面，确是古今相似和一脉相承的。而因其心理气质的一致性，加上又面对着本质相同的人生问题，古人在其诗文作品中所抒写的种种人生感慨，当然就会对后代读者产生出撩拨心弦的“活性效应”。例如，杜牧登齐山，联想到《晏子春秋》所载齐景公登牛山而泣涕的故事，不禁浩叹：“古往今来只如此，牛山何必独沾衣。”(《九日齐山登高》)这句“古往今来只如此”,以及晏几道所说的“尝思感物之情,古今不易”①,就相当深刻地阐说了这样一个道理:古典文学作品之所以能感动后人,其原因之一即在于前代作者和后代读者之间存在着“古今不易”、基本相似的心理气质。

再次,古典诗词能对后人产生“活性效应”,还与文化心理的绵延和沉积有关。由于中华民族具有十分悠久的历史,所以前代人所形成的文化心理就会变成一种“传统”,代代相续地绵延在后代人的心中。举个极为常见的例子来说,几千年的封建社会中,形成了男尊女卑、重男轻女的思想,然而时至当代,它却仍然未曾断根,不少地方所发生的丢弃甚至扼杀女婴的事实就证明了它在某些国人脑中简直是根深蒂固。再如,古人对其后代抱有“望子成龙”“光耀门庭”的强烈企盼,而20世纪末的中国人却也无不千方百计要把子女送进名牌学校,这就足以说明某些传统观念不仅没有绝迹,反而有越演越烈之势。由此可证,包括思想观念、民风民俗、生活习惯、审美情趣等在内的文化心理,确实存在着由古至今不断绵延和积淀的事实。而前代的文学作品,就正充当了沉积和承传这种传统文化心理的重要载体。所以,当后代读者阅读古代文学作品,尤其是阅读其中特别擅长于抒情写心的唐宋词时,他们就会与古人贮存在其作品中的文化心理产生“似曾相识”的稔熟感和“情投意合”的默契感,从而激起了自身的感情涟漪。举例来讲,自古以来中国人对月亮就怀有某种特殊的感情:既感亲切,又感神秘;既感温馨,又感清冷;既盼望它的早日变圆,又忧惧它的由圆变残……总之,一见到月亮,就往往在心中涌发盈亏离合的人生惆怅。这种文化心理和感情体验,同样绵延在现代人心中。故当他们读着“江畔何人初见月?江月何年初照人?人生代代无穷已,江月年年只相似”时,心中也会涌起和张若虚一样的迷惘;当他们在与恋人分离或聚首时见到一轮圆月或一钩残月时,也会发出和吕本中一样的怨嗟:“恨君不似江楼月,南北东西。南北东西,只有相随无别离。恨君却似江楼月,暂满还亏。暂满还亏,待到团圆是几时?”(《采桑子》)所以尽管苏轼已经远离了我们800多年,但人们(特别是与亲人不能团聚的离人)面对中秋的皓月,却仍然会和他一样升腾起“人有悲欢离合,月有阴晴圆缺,此事古难全”的人生遗憾,也同样会发出对亲人的衷心祝愿:“但愿人长久,千里共婵娟”。古典诗词之所以能激活读者之情思,使他们产生“古人先得我心”的钦佩与感激,分明就与它们所“释放”出的文化心理能与读者心中沉积的传统心理一拍即合有关。

① 晏几道:《小山词序》,金启华,等编《唐宋词集序跋汇编》,江苏教育出版社,1990年,第25页。

所以综观以上情况可知，唐宋词人在其词中所记录和贮存的人生意蕴，绝不是一大堆冷冰冰的思想资料，而是一大团散发着光和热的文化资源，读者只要稍具人生阅历和文化悟性，就定能接受其"辐射"而引发相应的"心理感应"。因此归根到底，词之所以能对后世读者产生"活性效应"，之所以具有长盛不衰的生命力，其本源就主要在于它所贮存的十分丰厚而又贯通古今的人生意蕴。当然除此以外，词的绚丽多姿的艺术美感也是吸引读者的另一个重要原因，但相比之下，后者毕竟属于第二位的因素。这是因为，人们之欣赏词的优美"词境"，就必定是与它们所深裹着的"词心"紧紧联系在一起的（而这"词心"就是那有关于人生问题的思想底蕴）。尽管有些读者之喜欢读词在一开始时或许仅被其艺术美感所深深吸引，但最终使他们反复吟咏和回味无穷的，却依然是那贯通古今的人生意蕴。何况，"石韫玉而山晖，水怀珠而川媚"（陆机《文赋》语），正是由于人生意蕴像珠玉那样韫怀其中，词的艺术天地才会显得分外的山晖川媚。而若抽去了这层丰厚生动的思想底蕴，则再好的艺术美感也会像橱窗里的时装模特那样徒具华美的外表而缺乏真实灵魂。所以说到最后：唐宋词的"第一生命力"就该是它所贮存的人生意蕴。

三

为了更加清楚地说明上述道理，我们还可从后世读者对唐宋词的接受情况着眼，进一步论证"唐宋词之'第一生命力'在于其贮存的人生意蕴"的题旨。以现当代读者为例，他们之所以会在紧张的工作学习之余，不时捧读唐宋词选，除开满足审美需求之外，主要就在于利用词中的人生意蕴，以求得自身的心理平衡和获取精神方面的滋补。他们对词的喜爱和接受，分明就体现着"各取所需"和"古为今用"的实用性倾向。这从以下两个方面尤可看清：

第一是不同年龄段的读者分别偏嗜不同类型词篇中所贮存的不同人生意蕴，从而各取所需地获得感情的宣泄和满足。对此且让我们先引郑板桥的三句话作佐证。他在《词钞自序》中曾说："少年冶游学秦、柳，中年感慨学苏、辛，老年淡忘学刘、蒋。"这虽然仅是他个人的学词经验，但却概括了许多读者读词的共同偏嗜：青少年时代，喜读秦观、柳永的恋情词；中年时代，喜读苏轼、辛弃疾的感慨之作；而到老年，则又爱读刘克庄、蒋捷的"看穿""出世"之词。这种人随年龄增长而产生的阅读兴趣之改变，主要非关审美方面的因素，而恰与其人生轨迹同步。换句话说，人在不同的年龄段自会遭逢不同的人生问题和产生不同的人生感触，因此他们就十分自然地会向相应的词篇靠拢，"求其友声"地去寻求感情的共鸣。这就又一次证明了词之"活性效应"产生的基础即在于它们贮存的人生意蕴能够"心有灵犀一点通"地贯通古今。下文就让我们略述读者因年龄和所遇人生问题不同而导致的对词的各有偏嗜:

青少年时代,是人生中最为"清纯"的时期。或是情窦初开,或是春情勃发,少男少女们往往就把唐宋(婉约)词当作"爱"和"美"的文学海洋,在里面恣情遨游。胸怀着满腔恋情时,他们爱读"陌上谁家年少足风流?妾拟将身嫁与一生休"(韦庄《思帝乡》);心灵涌起惆怅时,他们则爱读"欲寄彩笺兼尺素,山长水阔知何处"(晏殊《蝶恋花》);为着增添自己的信心,他们会再三吟诵"衣带渐宽终不悔,为伊消得人憔悴"(柳永《凤栖梧》);为着宣泄自己的苦闷,他们又会反复默吟"剪不断,理还乱,是离愁,别是一般滋味在心头"(李煜《相见欢》)。总之,这批青少年读者是怀着一颗赤子之心和抱着最虔诚的态度去"拥抱"唐宋词的。词中有关爱情、婚姻、相思、离别等方面的情思和意蕴就像无形的细针密线那样在他们的脑海深处缝织进了无限的柔情蜜意,使他们的性格变得温柔,使他们的举止变得文雅(至少在恋人面前)。青春可爱和爱情可贵这两种美丽的人生意蕴,就像磁石那样牢牢地吸住了无数唐宋词的读者,而即使是对那些婚嫁已毕的成年人来说,也仍具有一定的魅力。曾有一位中年女教师自述,当她装修新分到的公房时,别无太多讲究,却特意要把卧房之门砌成圆形,并饰以枝叶婆娑的塑料罗宋草。其目的无他,只想让自己能时时重温"月上柳梢头,人约黄昏后"的诗情画意。这足以说明唐宋词确有柔化人们心灵世界的魔力。它们所贮蓄的如水柔情简直已化为春风雨露,润物细无声地在国人的意识深处滋润着他们的心田。而前文已谈过的唐宋词的"女教师"作用,也就主要集中体现在这一方面。

中年时代,是人生的"多事之秋"。这一阶段的人们,事情特多,头绪特繁;由此而来,则又压力太多,负担太重。因此,精神疲惫,感慨良多,就成了他们共同的心理状态。故对这批读者而言,苏、辛那些抒写人生百味的感慨之词,自然便成了"良师益友"。情绪高涨时,他们爱读苏轼的"老夫聊发少年狂"和"酒酣胸胆尚开张";情绪低落时,则又转爱稼轩的"可惜流年,忧愁风雨,树犹如此"和"欲说还休,却道天凉好个秋"。而在某种特殊的环境中,他们竟还从苏、辛词中直接获取过支撑其生命的精神力量——"文革"期间有些落难的干部就是靠着背诵东坡居士"莫听穿林打叶声,何妨吟啸且徐行"的词句而挺过其死囚生活的。由此我们就不难想知苏、辛词中某些人生意蕴对于这批成年读者具有何等强大的精神感染力了。

老年时代,则是人生渐近结束的时期。这一群体的读者,已经在人生旅途中跋涉过千山万水，谙尽了人生甜酸苦辣的各种况味，因此很易产生“看穿”人生、心如止水的思想状态，所以他们就尤其爱读词中那些咏叹“老年忘情”的作品。蒋捷词云：“少年听雨歌楼上，红烛昏罗帐。壮年听雨客舟中，江阔云低断雁叫西风。而今听雨僧庐下，鬓已星星也。悲欢离合总无情，一任阶前点滴到天明！”（《虞美人》）刘克庄词云：“老子颇更事，打透名利关，百年扰扰于役，何异入槐安？”（《水调歌头》）这些阅尽人间沧桑、看破人生名利的词篇，就极能引起他们的心理共鸣，帮助他们消释暮年的寂寞感和孤独感。

以上情况表明：老中青这三类读者对于唐宋词的各有偏嗜，其实是依据人生各阶段的实际心理需求而产生的。也就是说，读者在人生道途中碰到了什么突出的问题，他们就会自觉或不自觉地到词中去寻觅与此有关的人生意蕴，借他人之酒杯，浇自己之块垒。这种各觅所好和各取所需的读词偏嗜，就很有说服力地证明了唐宋词对读者的吸引力主要发源于它所贮存的丰厚人生意蕴。

第二，则可从唐宋词与现实人生的关系来看。尽管词中所凝聚与贮存的人生意蕴，静止来看已属“过去”时态，但它们却又能贯通古今地影响到现当代读者的心灵世界和精神生活。因此聪明一点的读者就很自然地会将它们拿来“古为今用”。具体而言，词就可对他们发挥“调节人生、滋润人生、丰富人生、提高人生”的作用（当然有时也不免会产生某些负面效应）。对此，凡是喜欢读词的朋友，大概都曾有深切的体会：除开提高文学修养以外，唐宋词在思想方面确能给人以启迪和教益。因此人们即可通过读词来“修补”和改善那并非尽善尽美的人生。

例如：我们的生活或许太紧张了——生态环境既有恶化之势，社会竞争又是那样的激烈，那我们何不通过读词来适当调节自己的人生呢？读一读“西塞山前白鹭飞，桃花流水鳜鱼肥。青箬笠，绿蓑衣，斜风细雨不须归”（张志和《渔歌子》）和“世路如今已惯，此心到处悠然，寒光亭下水如天，飞起沙鸥一片”（张孝祥《西江月》）吧，你的心境至少就能获得片刻的放松和休憩。我们的心田或许太干涸了。金钱至上，物欲横流，几乎冲刷掉人性中固有的真情和温情，而使一切都变得那么冷漠和无情，那就何不让我们通过读词来滋润一下自己的人生呢？读一读“夜月一帘幽梦，春风十里柔情”（秦观《八六子》）吧，它们就像春风那样，重会鼓荡起你内心的温柔；再读一读“明月别枝惊鹊，清风半夜鸣蝉。稻花香里说丰年，听取蛙声一片”（辛弃疾《西江月》）吧，它们又像清风一样，拂除你心头的烦躁，使你感到平凡的人生中竟到处都是“美”，从而教人尽量地活得滋润有味。我们的阅历或许太浅薄了，整天束缚在家和办公室里，逼仄的生活空间压抑了才情的自由发展，那我们何不通过读词来驰骋想象，丰富自己的人生？李后主词，能使人懂得人世的悲凉；秦少游词，则又使人充分感受到人间的真情；我们没有上过战场，但“燕兵夜娖银胡䩮，汉箭朝飞金仆姑”（辛弃疾《鹧鸪天》）却使我们身临其境地感受战争的紧张气氛；我们没有离开过地球，但“身游银阙珠宫，俯看积气濛濛”（刘克庄《清平乐·五月十五夜玩月》）却使我们有机会飞临月宫，这就大大拓宽了人们的艺术视野，丰富了他们的人生阅历。最后，作为现实生活中的凡人，我们的思想境界有时又显得相当低下，经常患得患失、忧谗畏讥，那又何不通过读词来净化自己的灵魂，开阔自己的心胸？读一读稼轩的“求田问舍，怕应羞见，刘郎才气”（《水龙吟》）吧，人们的胸襟定会变得高远一些；读一读于湖居士的“素月分辉，明河共影，表里俱澄澈”和“尽吸西江，细斟北斗，万象为宾客”（《念奴娇》）吧，人们的心灵也一定会得到澡雪。而以上种种有益于人生的奇妙功效，就全都是由“词心”的“辐射”和读者之心的“感应”结合而生的。所以一方面，读者对唐宋词中的人生意蕴各有偏嗜和各觅所好；另一方面，他们更将这些人生意蕴当作思想遗产和精神财富来“古为今用”，这两方面的情况就均足以说明人生意蕴乃是唐宋词能产生“活性效应”的主要原因。

四

行文至此，似可结束。但我们又顺此而想到了另一个重要问题：如若承认人生意蕴乃是唐宋词（以及所有优秀古代文学作品）的“第一生命力”，那么我们对唐宋词（以及其他古典文学）的研究就有必要调整视角、立足人生，这样才能真正将它们读透读活。

应该承认，以往的大量词论词话，有许多也是围绕着人生来诠释唐宋词的思想蕴涵的。不过，它们的侧重点和落脚点却基本局限在人生中的政治层面上，而未能从整体的、全方位的人生角度来研究问题。例如苏轼“中秋”词的主题明明是抒写人间亲情和咏叹人生缺憾，可宋人却硬要说它是“爱君”之词，而温庭筠写女性生活的《菩萨蛮》词，则又被常州派词人穿凿出了“感士不遇”的政治情怀。由此看来，由于受到汉儒说《诗》的传统观念之严重束缚和深刻影响，以往的词学批评虽然都绕不开人生问题来论词，但它们却又把人生仅仅（或者主要）归结为政治。这样一来，其视野就势必变窄，而其结论也往往会悖离事实。相比之下，王国维将“人生”引入词学批评的做法就显得视野开阔多了。如其论“诗人对宇宙人生，须入乎其内，又须出乎其外。入乎其内，故能写之。出乎其外，故能观之。入乎其内，故有生气。出乎其外，故有高致”；又如他之用“忧生”“忧世”来发掘晏殊、冯延巳词的深层意蕴，就都显示了他眼光并不局限于“政治”一途,而已拓展到了更为宽广的人生大背景上。可惜的是,这种着眼于整个人生的研究和探讨,在《人间词话》中也只显露了苗头,而未见深入全面的论析。因此综观历代的词学批评,虽已取得了不小的成绩,但却基本未能跳出以政治和道德评判为主的批评模式,更未能注目于唐宋词对后世读者的思想文化影响。所以我们提出立足人生的研究角度,或许能拓展思路,为词学批评开启一个新的领地。

我们认为,现存二万余首唐宋词篇若从根本上说,实是唐宋词人人生经验的文学结晶。依叶燮《原诗》的说法,词中所表现的“事、情、理”三种内容,全都紧贴着词人本身的人生:从“事”的层面来看,词中反映了词人多种多样的人生经历和人生遭遇;从“情”的层面来看,词中淋漓尽致地表现了词人各式各样的人生欲念和人生感慨;从“理”的层面来看,词中又述说了词人不尽相同的人生理念和人生哲学。但不管是“事”,是“情”,还是“理”,它们都来源和扎根于词人的人生中。因此只有立足于人生来论词,才能直探其本源,真正将它读深读透。而在这方面,词体本身的下列特点又须予以注意。虽然词和其他文学作品一样,其根本使命都在于表现人生(这和诗、文、小说、戏曲等文体并无二致),然因词体具有其独特的文体特色和文体优势,故其表现人生又有以下两个特点:一是尤其擅长于表现私生活环境中的人生情思,二是特别致力于表现人生情思中最为精微深细的内容。这就提示我们:从人生角度来论词,更须注意其“方位”和“层次”的问题。拿前一个特点来说,词所表现的人生内容,除开所谓的豪放词之外,十之八九就全属私生活环境中的活动和情思。如晏殊贵为大宰相,然其小词所写却尽多吟风弄月、赏花品酒、歌舞冶游之类私生活的内容。而欧阳修则更说得透彻,他在退居颍州所写的《采桑子》小序中说:“虽美景良辰固多于高会,而清风明月幸属于闲人。并游或结于良朋,乘兴有时而独往。鸣蛙暂听,安问属官而属私;曲水临流,自可一觞而一咏。”据此则这十首《采桑子》之所写,就纯属他“痴儿了却公家事”之后在私人自由支配时间内的休闲生活和闲情逸致。因此唐宋词所表现的人生,就远不局限和集中在政治生活方面,而是一种全方位的人生。再从第二个特点来说,词尤致力于表现人生情思中最为精微深细的内容(特别是恋情方面的情思),这就使得词中的人生意蕴显得“层次”更深。例如欧阳修所写的“人生自是有情痴,此恨不关风与月”(《玉楼春》),其情深至“痴”的人生体验就非一般的诗文作品所能表达。再如清末民初的词论家况周颐曾说:“人静帘垂,灯昏香直,窗外芙蓉残叶飒飒作秋声,与砌虫相和答。据梧冥坐,湛怀息机,每一念起,辄设理想排遣之。乃至万缘俱寂,吾心忽莹然开朗如满月,肌骨清凉,不知斯世何世也。斯时若有无端哀怨怅触于万不得已,即而察之,一切境象全失，唯有小窗虚幌、笔床砚匣，一一在吾目前。此词境也。”①他所体味到的这番“词境”（而非“诗境”或“文境”），也是一种来自心灵深处的人生怅触。所以根据词在表现人生方面的上述两个特点，我们就不能仅从狭隘的政治、道德角度来诠释词的思想底蕴，而只有改从全方位、多层次的人生角度来论词，才能吻合唐宋词的实际情况，还原其大型“人生乐章”的本来面目。

在以人生作为“切口”，顺滑地剖开唐宋词的“词心”（即探视其中贮存的人生意蕴）之同时，我们还应注目于当代读者对它们的接受情况和所产生的社会影响，真正将唐宋词当作一种“活文学”来研究。人生本是很不容易的，而唐宋词人在他们艰难的人生中竟然集体创造了那么灿烂的词文学，并给后人留下了取汲不尽的精神遗产，这就越发值得我们珍惜和加以利用。一方面，唐宋词人无不感叹于人生的虚空和多艰（如苏轼叹曰：“须信人生如寄”，李之仪叹曰：“人生弹指事成空”，赵令畤叹曰：“人生更在艰难中”），但另一方面他们却又万分痴恋和执着于人生（如欧阳修曰：“人生自是有情痴”，晏殊曰：“人生有限情无限”）。一方面，他们极度关心自身，珍惜着自己每一寸光阴和玩味着自己每一份感情；另一方面他们又具有着强烈的责任心和使命感，绝不愿让自己的生命浪掷和让自己的人生虚度（这在南宋的爱国词中表现得非常充分）。前贤早就说过：“每览昔人兴感之由，若合一契”，又说：“后之视今，亦犹今之视昔”（王羲之《兰亭集序》）。既然人类历史是由一代又一代人的人生所共同延续而成的，而他们之间又存在着今昔相似的人生感遇，那么作为唐宋词人之后辈的我们，怎又能轻易丢弃前人在词中留下的那笔丰厚的思想遗产而不顾呢？因此，文学创作固然是为人生，文学研究也同样应该为人生——尤其是为现实的人生。而以人生意蕴来沟通古今两代人的心灵，使当代读者能从唐宋词中获取有益于现实人生的滋养，就该是新时期词学研究的一项重要工作。我们相信，必会有人乐意朝这方面努力。

（原载《文学评论》2001 年第 1 期）

① 况周颐：《蕙风词话》卷一，《蕙风词话　人间词话》，人民文学出版社，1960 年，第 9 页。

唐宋词的魅力来源与当代意义

风姿绰约的唐宋词,自其诞生以来一直吸引着众多的读者。人们喜爱唐宋词,几乎纯出于兴趣而少有功利目的,故从读词兴趣出发,我们便可追寻唐宋词的魅力来源及其当代意义。

一

阅读兴趣之所以会产生,缘于作品和阅读者之间的精神契合。因此,人们喜爱读词的原因,就应该从唐宋词能向读者提供些什么和读者渴望从唐宋词中获取什么这两者的对接中去寻找答案。对此,我们可从梁启超关于读词的一段自述谈起。

1923 年,落寞中的梁启超写过一篇题为《苦痛中的小玩意儿》的短文。其中谈道:"因为我今年受环境的酷待,情绪十分无俚"(按:其时梁夫人染病半年,到中秋奄然病逝),"半年以来耳所触的只有病人的呻吟,目所接的只有儿女的涕泪。丧事初了,爱子远行,中间还夹着群盗相噬,变乱如麻,风雪蔽天,生人道尽,块然独坐,几不知人间何世。哎,哀乐之感,凡在有情,其谁能免?""我在病榻旁边这几个月拿什么事消遣呢? 我桌子上和枕边摆着一部汲古阁的《宋六十家词》,一部王幼霞刻的《四印斋词》,一部朱古微刻的《彊村丛书》。除却我的爱女之外,这些'词人'便是我唯一的伴侣。"①

梁启超平生涉猎甚广,经史子集乃至西洋文艺无所不读,但是,在他情绪最低落、精神最萎靡的时候,他却只把唐宋词人认作除开爱女之外的唯一精神伴侣。这种阅读嗜好之形成原因,就只能从他与唐宋词在感情的交流方面去寻找。梁氏此时最想宣泄的感情苦闷是什么? 他最想获得的精神抚慰又是什么? 观其所言,自不难明白。梁启超之所以在痛苦中独对唐宋词这"小玩意儿"产生深浓兴趣,根本的原因就在于唐宋词所包孕的丰富人生意蕴和感情资源能够对路地

① 梁启超:《苦痛中的小玩意儿》,《梁启超全集》,北京出版社,1999 年,第 5406 页。

满足他用以弥合心理创伤和弥补感情缺失的需要。尤可注意的是,此时的梁启超最感失落的便是“爱”(老妻的病故和爱子的远行使他失去了亲人的关爱;时世的动乱则又加深了他对人生乏爱的凄凉感受),而唐宋词给他的最大精神抚慰便正是一种充满人情味的温柔关爱,这就难怪他要把词人当成爱女一样可与之温存软语、朝夕相伴的贴心朋友。当然,梁启超之喜爱读词还有其他方面的原因,此即对“词境”提供之特种美感的激赏。人所熟知,梁启超是一位极具艺术鉴赏力的古典诗词“玩家”,他那篇著名的《中国韵文里头所表现的情感》鞭辟入里地分析了古代韵文的三类(奔进的、回荡的、蕴藉的)抒情方式①,其见解之精辟令人佩服。像他这样一位高明的鉴赏者而深爱读词,必与他对词之特种美感的激赏之情和浓厚兴趣有关。

当然,在千千万万的词之爱好者中,梁氏或许只是一个特例,但这个特例却富有典型意义。它启示我们:第一,人们之所以喜爱读词,首先是因为词中包孕着丰富的人生意蕴和感情资源,其中尤以女性型的柔情关爱显得极为丰沛沉厚,所以它能适时地滋润人们的心田并弥补他们的感情缺失。第二,人们之所以喜欢读词,又肯定是受到了词之特种美感的强烈吸引——这是一种“别是一家”的优质美感。光凭它那绝佳的韵味就足以引发读者的深浓兴趣并令其为之心醉。

总之,唐宋词之所以具有持久的魅力,离不开它所富有的真情挚爱和优质美感。接受着词中之“爱”与“美”的辐射,新旧时代的读者都能获得满意的精神抚慰与审美愉悦。

二

从唐宋词在封建时代被接受的情况来看,我们不难发现,在读者从词中获得的真情挚爱和审美享受中,又以那类儿女柔情和柔婉型的美感最招人喜爱并最能弥补其以往的阅读缺憾。对此若与阅读诗文的情况进行比较,就会看得更清楚些。正统的诗文作品,向来以“传道”与“言志”为使命,重在表达与政治教化有关且又符合儒家道德规范的情志,原则上排斥儿女柔情的抒写。造成这种情况的原因,与封建社会主流意识形态的压抑人性,以及正统人伦观念中的男尊女卑思想密切相关。所以,尽管人类社会本由男、女两性共同组成,而人类的感情世界也肯定存在着阳刚与阴柔两大侧面,但正统诗文却很少表现人们渴求异性

① 梁启超:《中国韵文里头所表现的情感》,《梁启超全集》,北京出版社,1999 年,第 3921 页。

的正常天性，也基本上拒绝接纳那类以男女恋情为内核的儿女柔情。唐宋词（主要指婉约词）的出现，使广大读者（尤其是市民读者）获得了一种新的文化载体，既能满足渴念柔情和柔性美感的心理需求，又弥补了以往的阅读缺憾，并获得了别一番滋味的审美快感。

在此，我们可对两大读词群体的情况略作分析：一是广大市民群众，他们最爱读柳永等人所写的艳情词。如陈师道《后山诗话》中所说："柳词骫骳从俗，天下咏之"①，而徐度《却扫编》卷五中则更加明确地指出："流俗人尤喜道之（指柳词）"②。这与柳词畅快淋漓地抒写男女恋情及其词风的艳俗柔媚密切关联。二是士大夫文人群体，他们的读词喜好则比较复杂，因志趣不同，其阅读选择和欣赏重点各有差异。不过，若从其基本面来说，这些士大夫读者却仍在心底里欣赏着词中的柔情内容和柔美风格。最典型的例证就是大多数人所认同的"词以婉约为正宗"的观念。如张綖说："词体大略有二：一体婉约，一体豪放……大抵词体以婉约为正。"③又如王世贞说："故词须宛转绵丽，浅至儇俏，挟春月烟花于闺幨内奏之。一语之艳，令人魂绝，一字之工，令人色飞，乃为贵耳。至于慷慨磊落，纵横豪爽，抑亦其次，不作可耳。"④历来的文学批评大都推崇阳刚之美而看轻阴柔之美（如论文之重"气"，论诗之强调"风骨"而鄙薄"柔靡"），但偏偏在词学批评中一反传统而以婉约柔美的风格作为词风之"正宗"，这就相当耐人寻味。为数甚多的士大夫读者对婉约词风的肯定和赞赏，实际上是对词中柔情和柔性美感的认可与艳羡之情的反映。所以，解读"词以婉约为正宗"的观念，我们不难看出，士大夫文人之喜欢读词固然有着他们多元化的嗜好和不尽相同的原因，但从主流的情况和心底的喜好来说，则仍离不开对词中的柔情内容和柔美风格之深爱。王国维曾说："词之为体，要眇宜修。能言诗之所不能言，而不能尽言诗之所能言。"⑤此言既揭示了词不同于诗的特殊体性，同时又能帮助我们理解词之能吸引士大夫读者的深层心理原因——正是因为词中着重抒写了诗所难言和少言的儿女柔情，又因为它具有"要眇宜修"的优雅柔婉的特种美感，才会使读惯了诗文的士大夫文人转而对这类"小词"产生出浓厚的兴趣。

① 陈师道：《后山诗话》，何文焕辑《历代诗话》，中华书局，1981 年，第 311 页。

② 徐度：《却扫编》卷下，上海古籍出版社编《宋元笔记小说大观》，上海古籍出版社，2001 年，第 4518 页。

③ 张綖：《诗余图谱 · 凡例》，《诗余图谱》，北京图书馆藏崇祯刻本。

④ 王世贞：《艺苑卮言》，唐圭璋编《词话丛编》，中华书局，1986 年，第 385 页。

⑤ 王国维：《人间词话》，唐圭璋编《词话丛编》，中华书局，1986 年，第 4258 页。

综合市民读者和士大夫读者这两大群体的读词情况，可以看出，唐宋词之所以会受到旧时代文人的青睐，基本原因即在于它能够提供正统诗文相对欠缺的柔情内容和柔性美感。当然，词中的抒情内容和美感类型远不止于以上两者，但这两点是整个唐宋词的耀眼亮点，以其熠熠之辉，词的文学世界才显得风光亮丽和引人留连。

三

今天唐宋词在现实生活中又有何种当代意义呢？

应当看到，当代读者仍有相当一部分人的兴趣与嗜好基本与前代读者相似。例如那些处在恋爱中的男女青年，就往往把柳永、秦观等人的恋情词篇当作“爱情辞典”来阅读和使用。然而，时代毕竟已大变，唐宋词在总体上虽仍然因其富有真情挚爱和优质美感而吸引着读者，但是它们可供今人利用开发的感情资源和审美资源却已不再集中于儿女柔情与柔性美感了。这是因为，自由恋爱在当今社会早已不成问题，人们再不会像身受封建礼教约束的古代人那样拘谨和压抑，故而词中的恋情描写就不大可能使当代读者产生像前人那样强烈的感情共鸣——相比之下，用高唱流行歌曲的方式来宣泄其爱情苦恼就远比读词来得痛快。至于对柔性美感的欣赏，则更已成为目下的时尚。所以，若要寻绎唐宋词的当代意义，就不应停步于其柔情和柔性美感方面。正确的途径应该是将词中富有的感情资源和审美资源与当代人的某些精神缺失进行对接，从而揭示唐宋词可能发挥的教育功效。由此我们认为，唐宋词的当代意义主要表现在以下两个方面：一是可以充当对读者进行以“爱”（热爱生命、关爱众生）为核心内容的情感教育读本；二是可以用作对读者进行旨在提高其审美修养和生活情趣的美育教材。

从情感教育的角度来说，唐宋词最为富足的感情资源便是对于生命的赤诚挚爱，以及由此派生的种种人间真情；而“现代文明病”中的一个突出症候正是感情世界的萎缩和爱心的缺失。因此，阅读唐宋词的过程就是读者被词中的真情挚爱所深深感动并在细微的心弦振颤中接受爱心教育的过程，它有助于培植当代人的厚生意识和同情心理，在他们的心田里播撒下珍惜生命和关爱众生的感情种子。

唐宋词人是一群极富真情挚爱的人。这种真情挚爱，既表现为对自身生命的万般珍惜和无限眷恋，又表现为对亲人、恋人、友人乃至生我育我的乡邦故土的深切热爱和赤诚关怀。人们读罢唐宋词中大量存在的伤春悲秋和伤逝惜时之作以后,一方面或会惊诧于词人性格之脆弱,另一方面却又不能不被他们对生命之极度珍惜与无比执着的真情所深深感动。而由热爱自身之生命出发,唐宋词人又把他们的人文关怀无私地投射给了他人乃至万物。阅读苏轼那曾经激动过无数中秋之夜在外做客者的名篇:"人有悲欢离合,月有阴晴圆缺,此事古难全。但愿人长久,千里共婵娟"(苏轼《水调歌头》),每一位读者都会从内心勃涌出一股祝愿普天下离人早日团聚和在异地各自珍重的感情热流。而尤其难能可贵的是,不少词人在写这些词篇时,往往本身处在失意和不幸之中,但他们却又跳出了仅关怀自身的感情的圈子,把其关爱、同情和怜悯无私地投射给了普世众生特别是那些弱势人群和柔弱的事物。例如范仲淹在"羌管悠悠霜满地,人不寐"的孤寂中仍体贴着数万部属的哀哀乡思("将军白发征夫泪",见其《渔家傲》)。又如晏殊自感"一向年光有限身,等闲离别易销魂",但他马上又把其顾影自怜之情普射到落花与歌妓身上("落花风雨更伤春,不如怜取眼前人",见其《浣溪沙》)。更如李后主,在他身遭亡国和被俘的巨大不幸之后,不仅对自身的命运痛悼不已,还将其悲天悯人的情怀拓展到整个宇宙,故而其词曾被王国维誉为"俨有释迦、基督担荷人类罪恶之意"①。这些足以表明,唐宋词中最为丰沛的感情资源,便是对于生命的珍爱,以及由此派生的种种人间真情。

唐宋词以其富有真情挚爱,又以其不靠说教而以情动人来影响读者心理的文学优势,自然成为当代以"爱"为核心的情感教育之有用教材。事实证明:经常濡染唐宋词中的真情挚爱之读者,其感情世界往往要比其他人更显丰富和细腻。在词人"赤子之心"的感召熏陶下,他们的心理性格也会产生向真、向善的潜移默化。所以读词虽不能立竿见影地使人产生人格的变化,但至少能使其心灵反复被词中热爱生命和关爱万物的感情雨露所滋润,促发他们的厚生意识和惜时心理,以及对于众生的怜悯心和同情心。故而,说唐宋词的当代意义在于它们能培育当今读者的真情和爱心,就不是无的放矢之论。

再从提高读者审美修养和生活情趣来说,唐宋词也不失为对今人进行美育的优秀教材。其美育功效可分两方面:一方面,"腹有诗书气自华",多读唐宋词中的名篇名句,自然会增强读者的文学根底和提高其审美修养;另一方面,读词又能启人心智,启迪人们以审美的态度来观照生活和看待人生,从而帮助他们提升自己的生活情趣。后一方面的作用则比较隐性但更深潜。

以往,美学研究的范围主要在艺术领域,而现今的美育则更关注人类的生活,着力于教会人们以审美的态度来尽量诗化人生。若从这一角度来观照唐宋

① 王国维:《人间词话》,唐圭璋编《词话丛编》,中华书局,1986年,第4243页。

词，就会发现，唐宋词人是一群善待今生和懂得自我呵护的人，无论处于何种生存状态，他们都努力要从生活中寻觅诗意的感受，以养护自己的心境和保持旺盛的生活情趣。苏轼被贬黄州时，写过一首《西江月》，词云："照野弥弥浅浪，横空隐隐层霄。障泥未解玉骢骄，我欲醉眠芳草。　　可惜一溪风月，莫教踏碎琼瑶。解鞍欹枕绿杨桥，杜宇一声春晓。"一次平常的春夜郊游，一溪平常的田野风月，在词人的笔下却变得生趣盎然和美丽可爱。要不是词人具有热爱生活的胸襟和善于寻"美"的慧眼，焉能造就此番词境？而此时苏轼自身本来处于相当困苦的状态之中，身受管制，生计窘迫，内心忍受着巨大的压力，但他仍能以审美的态度看待周围的事物，通过这首词的创作和自我欣赏，他将心灵飞升到了一个自由自在、舒心惬意的想象空间。这就扫空了精神上的阴霾，改善了自己的生存心态。辛弃疾的情况亦复如此。他在被贬江西农村的漫长岁月中，怀着巨大的政治忧愤，以至发出过"江头未是风波恶，别有人间行路难"(《鹧鸪天·送人》)的感叹与牢骚。但是他又能静下心来，改用审美的态度来观照其平凡的乡村生活，不断地发现其中的生趣与诗意，故而其眼之所见与耳之所闻就无一不变成为诗料，无一不成为可爱可娱之物。即使是农村生活中司空见惯了的景象，在他笔下都闪发出了诗的光彩。如其所写的《清平乐·村居》："茅檐低小，溪上青青草，醉里吴音相媚好，白发谁家翁媪？　　大儿锄豆溪东，中儿正织鸡笼。最喜小儿无赖，溪头卧剥莲蓬。"一条清浅的乡间小溪，几间简陋的竹篱茅舍，还有那"各司其职"和各得其乐的一家老小，共同构成了一幅洋溢无穷生活乐趣的诗意画面。辛弃疾能"化平凡为神奇"，善于从生活中发现"美"，诗化自己的人生(哪怕是艰苦的人生和悲惨的人生)，这正是我们能从唐宋词中获得的一个重要思想启示。而当今的读者很多人却处于"非美"的生存状态之中：从外部而言，生态的恶化，竞争的加剧，已给人们的身心带来巨大压力；从内部而言，金钱拜物和消费文化的影响，也促使人们的心境变得狂躁不宁，甚至罹患了程度不同的心理疾病。故而读一点唐宋词，向苏轼、辛弃疾等聪明睿智的先行者们讨教如何处置人生烦恼、自寻快乐的良方，就能启迪人们的心智，使他们更好地呵护自我和享受人生。从这个意义上讲，唐宋词就可以成为一部进行"人生美学"教育的生动教材。

（原载《学术研究》2003 年第 1 期）

试论普通读者对唐宋词的阅读欣赏活动

一

“黄四娘家花满蹊，千朵万朵压枝低。留连戏蝶时时舞，自在娇莺恰恰啼。”（杜甫《江畔独步寻花七绝句》之六）这首小诗就很可借用来形容唐宋词的美不胜收和招人喜爱——风姿绰约的唐宋词确如满枝繁花那样明艳靓丽，而其读者则也像戏蝶和娇莺那样起劲地向它闻香吮粉并快意地啼说自己读词以后的愉悦感受。故自诞生至今，唐宋词就一直吸引着为数众多的爱好者们；而作为诗、文以外的另一种文学门类，它也自然会受到研究者的注意并由此导引出了专门的学问——“词学”。于是，唐宋词的身后便出现了两支追随者的队伍，大致来说：一是数量庞大的普通读者，他们只是词的业余爱好者，然其兴趣却相当浓厚，而且常把唐宋词当作自己的良师益友来看待；二是比较“专业”的研究者们，他们当然也深爱唐宋词，不过其主要意向已转为将词作为“学问”和“学术”来进行研究。

应该承认，上述两支队伍的“大方向”是一致的，这是因为他们都钟情于唐宋词，又共同为唐宋词的广为传播与彪炳史册立下了“汗马功劳”。广大的普通读者当然是词得以世代传承的深广的群众基础，而词学家们的评点和欣赏对于唐宋词的扩大影响，却也功不可没。举例来讲，自从王国维把“昨夜西风凋碧树。独上高楼，望尽天涯路”“衣带渐宽终不悔，为伊消得人憔悴”“众里寻他千百度，蓦然回首，那人却在，灯火阑珊处”等三段词句比作“成大事业、大学问”的三种境界①之后，这些原先散落于晏、柳、辛词中的词句却顿时知名度猛增，成了常挂在国人口边的警句。这就证明，学者的赏识和推介对唐宋词之深入人心，其作用不可小视（当然学者的作用并不止此）。

但是我们却又看到：上述两个群体对于唐宋词的实际态度事实上又存在着不小的差异：普通读者可说是真心爱词，而研究者们则更把心思放在“做学问”

① 王国维：《人间词话》，唐圭璋编《词话丛编》，中华书局，1986 年，第 4245 页。

上，所以虽然同样是读词，最后却拉开了距离并形成了分岔。当然，这种情况的产生有其必然性和相当程度的合理性（因为学术研究毕竟不同于一般的阅读和鉴赏），但若研究始终只在“纯学术”的圈子里打转而不愿关注广大群众之读词兴趣和读词需求的话，那就值得商榷和反思了。故本文拟从这两个群体读词态度的有所不同出发，进而触及主题——从普通读者的视角来审视唐宋词之精神文化底蕴的精髓及其有益的当代意义，且对词学研究应该接近群众心理做出某种提醒。

先说研究者的态度。尽管他们在很多时候也与普通读者一样喜爱唐宋词并感受到读词的快乐，但当他们一旦完全转移到“学术研究”的立场上后，唐宋词作为一种生动活泼之文学作品的本真面目就会在其心目中有所淡化，从而变成一大堆需要整理和可供考辨的文献资料。例如，有的研究者就主要把它作为“古籍整理”的对象来处置，十分认真地对其进行版本学、校勘学、训诂学的考订工作；有的研究者则着力于以史证词、为词系年和为词人编写年谱。当然，也还有许多词论家热心于从文学角度对词展开评说，但综观前代的大量词话词论，其基本模式却不脱“政教阐释”的窠臼——要么因为词中某些作品有违于儒家的伦理道德而将其贬为“小道末技”或“谑浪游戏”之作，要么用“比兴寄托”的理论和方法去发掘词中的“微言大义”，以证明词与诗文一样有益于政治和教化。这些看法虽然并非全无道理，但拿今天的眼光来审察毕竟感到有些迂腐。而时至今日，词学研究已有了长足的发展，几乎成了古典文学研究领域里的一门“显学”，无论在观念、方法还是视野、深度等方面都大有超越前人之处。但即便如此，上述各类研究者的基本立场却大致都是把唐宋词当作治学的对象和资料来处理的，他们较少像普通读者读词那样心生感动和心怀感激，因此明显就与后者的阅读体验和鉴赏心理拉开了不小的距离。讲得严重一点即是：研究者们只顾专心致志地做学问，而广大的普通读者们则自管自地在词的文学海洋里遨游，二者之间很少搭界。当然，这样的情况并非始于今日，故而不必惊怪；但细思下来，却也有值得研究者们反省的地方。首先是“社会效益”的问题：从根本上说，任何科学研究最终都应有补于世，若我们的词学研究始终与绝大多数读者的实际状况产生隔阂且不能对他们有所裨益，那么其价值和意义就会大打折扣；其次，即使从研究工作本身来说，如果我们老是钻在故纸堆里做学问而不从读者的鲜活阅读经验中汲取营养和获得借鉴，那也难免会因“只缘身在此山中”反而模糊了对“庐山真面目”的认识，从而迟钝或麻木了对唐宋词的真切感受。因此我们就有必要环顾一下普通读者的读词情况，借助于他们的眼光来重新审视唐宋词和词学研究工作。

二

我们发现,普通读者的读词称得上是一种“低成本而高收益”的文化消费活动,从其获得的精神文化收益来反推,实际又是在词中寻访和感受“真、善、美”的心灵旅游。此话可以剖分为两层意思,先说其文化消费的“低成本而高收益”:应该承认,普通读者在读词时所付出的阅读成本(时间和精力)是相当低廉的。他们极少会通览两万余首唐宋词而大抵只读一两册词之选本,有人甚至只选读自己所喜欢的少量名篇;他们也不大会留意版本、目录、文字异同方面的问题,对词人的生平亦所知甚少,有时甚至对文本的理解都仅仅停留在不求甚解、大而化之的地步。但是令人惊讶的则是,他们读词所收到的回报却是相当丰厚的。举例来讲,身处热恋或失恋状态的读者总能在词中找到合适的句子来代言自己缠绵悱恻的柔情与哀伤;心怀郁闷的读者读词,则既能借古人的现成词句一吐胸中的块垒,又能把它们当作人生格言来调整心态;至于读词所获得的审美愉悦和阅读快感,那就更可用“悠然心会,妙处难与君说”(张孝祥《念奴娇·过洞庭》)这两句词来形容。所以说到底,普通读者读词,所花的时间与精力甚少,而其回报与收益却颇丰;有些人甚至会把某些名句当作座右铭来诵读,终生服膺和终生受益。从这个意义上讲,“群众是真正的英雄”,他们才是唐宋词的真正“识货人”与“知音客”,而相比之下,面对着唐宋词这席前人耗其心力所精心烹馔的丰盛精神大餐,有些研究者却不懂得如何去真正品尝和享用,只一味作钻牛角尖式的研究,这就有点儿“买椟还珠”的遗憾了。

那么,普通读者之读词又如何会取得此种“低成本而高收益”之阅读效果的呢?这就涉及上面那段话中的第二层意思了,此即普通读者之读词,从根本上说乃是一场由其兴趣和需要引导而在词中寻访与感受“真、善、美”的心灵旅游,而通过对此问题的分析,我们或许就能对唐宋词之精神文化底蕴的精髓及其有益的当代意义有进一步的认识。

如上所述,读词是一种文化消费活动(这是从支付一定的阅读成本而换回某种精神收益的角度来说的),但深一层看,它又是一场读者将其心灵放飞在词中的快意旅游。而既是“旅游”,那就必须具备主、客两方面的条件,具体来说即是客方要有富饶和诱人的旅游资源,而主方则有旅游的浓厚兴趣与迫切需要。从这个角度来审视普通读者之读词活动即可发现:一方面,唐宋词中包孕着十分丰厚的精神文化底蕴或精神文化资源,其中的精髓即可用“真、善、美”三字来作概括——打个比方来说,现今各地都在打造名目繁多的“主题公园”,据此则唐宋词苑就是一个普洒着"真、善、美"阳光雨露的文学公园，人们在其优秀的作品里头随处都可感受到温热的人间真情和珍爱生命的善心，以及那绚丽眩目的艺术美感，故而入此园内观光，受此阳光雨露的沐浴，定能收到身心舒坦的效果。而另一方面，生活在物质世界中的普通读者又各有其七情六欲和悲欢喜乐，或出于宣泄烦恼和寻找感情抚慰的需要，或出于追求阅读快感和审美愉悦的兴趣，他们也盼望能抽空到像唐宋词苑这样风光迷人的文学胜境中去作一番心灵的旅游，从而获得"真、善、美"的精神滋补，这样看来，则唐宋词的"旅游资源"和普通读者的"旅游兴趣"可谓"供需对路"。缘此，美丽的唐宋词苑自然就成了人们喜爱光顾的去处，而他们之读词也会因其阅读兴趣和心理需求的引导"直奔主题"地与词中"真、善、美"的资源满意对接，从而获得"低成本而高收益"的效果。

三

为把上述道理讲得清楚和透彻一些，我们再对唐宋词的"旅游资源"和普通读者的"旅游兴趣"展开进一步的论述。

先说前一方面的问题。应该指出，唐宋词的精神文化资源是相当丰富而又芜杂的，其中既有精华，也有糟粕。但读者之所以乐意到此作心灵旅游当然主要是奔其所蕴藏的精华而去——他们或被词中的真情所感动，或被词中的善心所感染，或被词的优质美感所吸引，或者，则同时心醉于以上诸方面的精神享受。不过，为了论析的方便，我们不妨把词中的"真、善、美"资源暂时地分拆开来考察。

首先，人所公认，唐宋词中洋溢着非常浓郁醇厚的人间真情，这就使它拥有了以情动人的雄厚"感情资本"，并为读词者提供了可以温润其心田和抚慰其心灵的精神乐园。对此，就很可举出梁启超先生之读词短文作证。他在作于1923年的《苦痛中的小玩意儿》中说："因为我今年受环境的酷待，情绪十分无俚"（按：其时梁夫人染病半年，到中秋节终于奄然亡故），"半年以来耳所触的只有病人的呻吟，目所接的只有儿女的涕泪。丧事初了，爱子远行，中间还夹着群盗相噬，变乱如麻，风雪蔽天，生人道尽，块然独坐，几不知人间何世。哎，哀乐之感，凡在有情，其谁能免？""我在病榻旁边这几个月拿什么事消遣呢？我桌子上和枕边摆着一部汲古阁的《宋六十家词》，一部王幼霞刻的《四印斋词》，一部朱古微刻的《彊村丛书》。除却我的爱女之外，这些'词人'便是我唯一的伴侣。"①

① 梁启超：《苦痛中的小玩意儿》，《梁启超全集》，北京出版社，1999年，第5406页。

由此可知,在他遭逢丧妻之痛、别子之悲,以及国事丧乱如麻的当口,唐宋词就给他输送了源源不绝的人间真情,帮助他弥补了感情的缺失并减轻了心里的伤痛。我们可以想象他读到苏轼、贺铸的悼亡词时,心情会何等的激动;又可以想象他读到柳永那类饯别送行词时,神情会何等的黯伤——而在通过反复吟咏这些充满着真情挚意的词篇之后,他就至少能借古人之词来宣泄心中之苦闷,暂时地恢复心态的平静。所以他在灵魂最感孤立无援的状态中只把唐宋词人视为除爱女之外的唯一伴侣,这就可证词中的真情确有慰抚和温暖人心的精神力量。而正像前人所指出的那样,"'真'字是词骨"①,由于词的抒情较少受到伦理道德的掣肘,故就显得格外真诚直率,再加上词人大率是些"多情种子",因此唐宋词中就涌现了大量情真意深甚至是情真近"痴"的作品,它们所写的种种人间真情,诸如"日日花前长病酒,不辞镜里朱颜瘦"(冯延巳《鹊踏枝》)的刻骨相思之情,"梧桐半死清霜后,头白鸳鸯失伴飞"(贺铸《鹧鸪天》)的沉痛悼亡之情,"何处是归程?长亭连短亭"(李白《菩萨蛮》)的深挚思乡之情,"小楼昨夜又东风,故国不堪回首月明中"(李煜《虞美人》)的凄惨亡国之情……就无不以其感情的极度真挚悃诚感动和震撼着人心。所以,真情既是唐宋词苑蕴藏量十分丰厚的精神文化资源之一,也是唐宋词苑强烈吸引读者到此驻足留连的一道亮丽风景。特别对于某些深感人间缺乏真情的精神孤寂者来说,词所释放的温热感情定会使他们干涸的心田得到一定的滋润,产生出如同他乡得遇故交知己的亲切感和温馨感。

其次,唐宋词中大有爱心和善意存焉。虽然它不像某些诗文作品和许多戏曲小说那样直接宣扬惩恶扬善的道理和主张,甚至很少涉及是非善恶的伦理道德,但它却能在潜移默化中给人以"爱"和"善"的精神熏陶。这是因为:词中的感情不仅真挚醇厚,而且善良美好,它的教育功效尤其在于能够培植读者珍惜生命、关怀世间美好事物的爱心和激发他们的社会责任感。前一种功效主要可因多读婉约词而产生。在这类词中,词人饱含深情又不无伤感地告诫人们:"一向年光有限身"(晏殊《浣溪沙》),"韶华不为少年留"(秦观《江城子》),人生是极为短暂的。念此,怎能不加倍地珍惜时间和关爱自己的生命?于是,我们便在这些婉约词中读到了许多"留连光景惜朱颜"(李煜《阮郎归》)的作品。粗读之下,或许会诧异于词人的太过关心自己,甚至要批评其饱食终日、无病呻吟,但细细品咂,却不难感受其深处实际蕴涵着极为深细的惜时心理和忧生情绪。尽管这种心绪显得有些颓伤和低沉,但其本源却来自于对生命的极度珍爱。而事实

① 况周颐:《蕙风词话》卷一,《蕙风词话 人间词话》,人民文学出版社,1960年,第6页。

大可证明：珍爱生命乃是人心向善的最为深刻和最为厚实的思想基础，由此出发便可派生出对他人乃至世间万物的无限爱心。因此我们又可发现：唐宋词人不仅细心地呵护自身的个体生命，而且把这种爱心“放大”成了同情他人和关爱世间一切美好事物（尤其是弱势人群和弱小事物）的普泛的悯生情怀。例如，身为主帅的范仲淹就从自身的乡愁难禁和深夜难眠推己及人地怜悯起广大士卒的思乡之苦（其《渔家傲》云：“人不寐，将军白发征夫泪”）；又如，身为宰相的晏殊也因慨叹自身年光之流逝而把其自怜之情进而辐射到眼前的歌妓身上（其《浣溪沙》云：“满目山河空念远，落花风雨更伤春，不如怜取眼前人”）；更如词中大量存在的伤春悲秋及咏物之作，其中也流露着词人对飞花坠叶、夕阳残月、孤雁寒蛩、枯荷病蝉之类弱小事物的怜悯之情，同时又表现了他们对美好事物无法挽留而终将衰亡的无限哀悼与痛楚……这都说明，唐宋词中充满着今之所谓“人文关怀”。虽然我们不必对词人的过分多愁善感去作效颦式的模仿，但多读此类悯生伤逝的婉约词篇却能使人加倍珍爱生命并进而激发怜悯心与同情心。而“恻隐之心，仁之端也”（《孟子·公孙丑上》），按照古人的这一看法，我们就有理由把婉约词中的上述感情蕴涵归之于“善”的道德营垒中去。至于培植社会责任感的教育功效，则主要可因多读另一类抒发政治感慨和爱国情怀的词篇而产生。例如苏轼词中所表露的渴望为国效劳的远大抱负（《江城子·密州出猎》：“会挽雕弓如满月，西北望，射天狼”）；又如岳飞词中“莫等闲白了少年头”（《满江红》）的自我鞭策之情；再如辛弃疾词所凸现的强烈使命感（《破阵子·为陈同父赋壮词以寄之》云：“了却君王天下事，赢得生前身后名”），以及文天祥词中抒发的“人生翕欻云亡，好烈烈轰轰做一场”（《沁园春·题潮阳张许公庙》）的豪情壮志……它们都令人读后顿生敬意，其激励正气和催人奋进的功效自不待多言。故而综合词中的以上两类意蕴，若用一句“善哉，唐宋词”来肯定其有益于培植爱心善意和社会责任感的教育功能，或许并不过分。

再次，唐宋词是词人倾其艺术心血所精心营造的一座风景迷人的文学“大观园”，其审美资源之富饶也着实令人惊叹。别的不说，光是其琳琅满目的词牌名称，就足以抓住读者的眼球使他们感到赏心悦目，如其中有关于“花”的词牌：《蝶恋花》《沁园春》《一萼红》《满庭芳》《醉花阴》《碧牡丹》《一剪梅》《秋蕊香》《木兰花》《卖花声》……读着它们，人们仿佛置身于鲜花丛中，眼耳鼻中不由会生出几分快意；又如以恋情为主题的词牌：《诉衷情》《思远人》《醉花间》《鹊桥仙》《惜分飞》《昭君怨》《抛球乐》《两同心》《如鱼水》《夜半乐》《巫山一段云》……它们又能让人引发对于缱绻柔情的美妙遐想；再如《凤凰台上忆吹箫》《烛摇红影》《霜天晓角》《梦江南》《渡江云》《风箫吟》《醉春风》《惜花春早起》

《明月棹孤舟》……这类词牌都由优美的文字和意象组辑而成,其本身即是一则则充满着诗情画意的精粹美文,足以供人玩味再三。然而,词牌之美还只是人们读词时眼目为之一亮的“第一印象”(打个比方来说,词牌就像词苑中各处风景点前悬挂的招牌和匾额),若是深入词苑之中,则会发现其中更不知蕴藏着多少令人目迷心醉的美感!举其大端:第一,词有其得天独厚的合乐之美,这只要体会姜夔“自作新词韵最娇,小红低唱我吹箫”(《过垂虹》)的诗意便可领略一二。其二,词有它独具的声律之美。其长短参差的句式、抗坠有节的声调、繁复多变的押韵,以及错落有致的节奏,都能使读者产生异常爽利的听觉快感和声情并茂的审美愉悦。其三,词之更加沁人心脾的艺术美感更源于它独特的意境(或曰“词境”)。由于词体的擅长描摹心绪,其抒情又特别细腻,因此词境(主要指婉约词的意境)相对而言就比诗境更显深美闳约和委婉蕴藉,试读温庭筠词中的这些片段:“江上柳如烟,雁飞残月天。”“春梦正关情,镜中蝉鬓轻。”“花落子规啼,绿窗残梦迷。”“杨柳又如丝,驿桥春雨时。”“雨后却斜阳,杏花零落香。”“时节欲黄昏,无聊独倚门”(均见其《菩萨蛮》诸词)……拿前人的评语来说,真可谓“其文窈深幽约,善达(贤人君子)恺恻怨悱不能自言之情”①,那种含蓄深细、哀怨凄丽乃至惝恍迷离的特殊美感,在一般的诗歌作品中是较难品尝到的。不过,以上所言仅是词中“本色”型作品的美感。而综观整个唐宋词苑,正像康有为所言:“吾尝游词之世界,幽嫣灵眇,水云曲曲,灯火重重,林谷奥郁,山海苍琅,波涛相撞,天龙神怪,洲岛渺茫……”②,其间还存在着“婉约”以外的其他类型的多种多样的美感,它们也同样令人心驰神往和击节赞赏。故在老祖宗留赠的文学遗产里头,唐宋词就称得上是“美”之“含金量”特别富足的一笔巨额财富,它足够让世代的爱美读者不断“支取”和细细享用。

当然,以上所言仅是一种“分而论之”,若是合而观之,则因唐宋词之一体之中兼容着如此丰厚的“真、善、美”资源,故其吸引和招邀读者来此游览的魅力就更因此而倍增。俗语说得好:“爱美之心,人皆有之。”而同于此理,崇真和向善之心也为人所共怀。这样一来,唐宋词苑自就成了广大群众心向往之的一处“旅游胜地”。

接着再说第二方面的问题——普通读者(尤其是当代读者)的“旅游兴趣”。

我们发现,人们之喜爱读词几乎纯出于兴趣而较少怀有功利性之目的。这种情况在古代尤为显著。这是因为:古人常以诗赋文章来参加科举考试和猎取

① 王拯:《龙壁山房文集 · 忏庵词稿序》,《岭西五家诗文集》,桂林典雅堂刻本,1935 年。
② 康有为:《味梨集序》,《半塘填词丙稿》,清光绪刊本。

功名富贵,而写词读词则非但无补于此反会招惹正统人士的嗤笑,但偏有那么多的文人染指于这种“小道末技”,而读词者竟也遍及王公大臣与黎民百姓,这就只能用“兴趣”来作解释了。再看现代社会,又有谁大力提倡过读词?但放眼图书市场却见到层出不穷的《唐宋词选》或《唐宋词鉴赏辞典》不断地面世,若非出于兴趣,广大读者又怎会热心于选购此类作品?由此可知,兴趣乃是普通读者喜爱读词的直接和显性的原因。

然而,再加细究则可发现:兴趣还只是人们喜爱读词的表层原因;如往深处发掘,则读词兴趣之所以促发,其内在驱动力实又来源于读者的特定心理需求。换句话说,正像怀春的少男少女痴迷于言情小说和怀旧的老人爱翻老照片那样,人们之所以喜爱读词也与他们所怀有的某种精神需要密切有关。当然,这一认识是着眼于他们最终的阅读效果而得出的,很多读者在读词时或许并没意识到此点(他们的原始动机可能仅把读词当作一种消遣娱乐活动来对待)。但从他们读词以后或能在感情滋养或能在审美愉悦方面有所收获的情况来进行反推,则其读词兴趣与其所怀的某些精神文化需求之间确实存在着可以通俗地称为“缺啥补啥”的对应和对接关系。具体来讲,他们或是在实际生活中自感缺少“真、善、美”而有意识地到词中寻觅这方面的感情滋养和审美愉悦,或是仅出于消遣的兴趣到词中神游却“意外”地发现了词中的“真、善、美”正可以填补自己的某些精神文化缺失,这样,虽其读词的出发点有所不同,但最终却都实现了其心理需求与词中相关资源的满意对接。下面,就让我们从心理需求与词中资源对接的视角对古、今两大读者群体的读词兴趣略作剖析。

身处封建礼教严重压抑正常人性的宗法社会,古代读者在阅读领域内最感欠缺的便是那类以男女恋情为内核的儿女柔情和柔性美感,虽然可供他们阅读的诗文作品多得不可胜数,但它们却基本都摆着严肃的面孔向读者“传道”“言志”而较少人性的关怀;对于文化水准较低的平民来讲,其文字之深奥则又造成了阅读的困难和障碍。然而词的情况却与此大异,它既显得那样的儿女情长和温柔可爱,其语言又通俗易懂和雅俗共赏,这就自然会赢得广大读者(包括市民群众和不少士大夫文人)的深深喜爱。拿市民群众来说,最受其欢迎的便是柳永、秦观、周邦彦等婉约词人所写的恋情词篇:柳词“骫骳从俗,天下咏之”①,甚至“凡有井水饮处”都能听到它的传唱;秦观词特受歌妓们的欢迎,以至于他本人竟成了她们“追星”的对象(《古今词话》中记载,某位善弹箜篌的歌姬一见秦

① 陈师道:《后山诗话》,何文焕辑《历代诗话》,中华书局,1980 年,第 311 页。

郎便以身相许,且曰“今日为学士瘦了一半”①);周邦彦词则“(贵人、学士)市儇、妓女皆知美成(周邦彦字‘美成’)词为可爱”②。而究其所以受到下层读者热烈追捧的理由,便在于它们能满足市民群众对于恋情的艳羡心理和符合世俗百姓的审美脾胃。再拿文学素养较高的上层读者来说,他们虽然不满意柳词的过分从俗,但私底下却也对柳词有所钟爱。例如那位曾经黜斥过柳永的仁宗皇帝,在深宫之中“每对宴,必使侍从歌之(指柳词)再三”③,竟也成了一位柳词的“忠实读者”。这就说明,柳词对于素来崇雅黜俗的上层读者照样具有一定的吸引力。至于那类比较文雅典丽的婉约词篇,其受欢迎的程度当然就比柳词更高。由此便产生了这样一个疑问:封建时代的那些上层读者(主要是士大夫文人),他们因何也会欣赏柳永、秦观、周邦彦等人所写的“小词”?而在这些词中他们最感兴趣的又是什么?对此,我们当然无法向他们当面进行“民调”,但下面的这两条例证却可帮助我们揣摩其内心隐秘。一是宋代词人张炎所自铸的辞语“柳思周情”(其《木兰花慢·用前韵呈王信父》云:“想柳思周情,长歌短咏,密与传灯”)或“周情柳思”(其《甘州·赋众芳所在》云:“多少周情柳思,向一丘一壑,留恋年光”)。它由前代成语“周情孔思”变化而出,但内涵却有了质的变异。“周情孔思”语出李汉《韩愈文集序》④,意在表彰韩文的能传周公、孔子之道;“周情柳思”或“柳思周情”则指词人怀有像周邦彦、柳永那样的“花情柳思”(亦即儿女柔情)。而由“周情孔思”演变为“周情柳思”,这就传递出了如此的思想信息:人们在写词或读词时所看重的,并非词之是否能传周公、孔子之道,却在于它的有否充盈的柔情内容和柔性美感。二是被很多词论家所认同的以婉约为“正宗”的词学观念。这一观念源于宋人诗词有别的主张,后被明代人正式提出。如张綖曾说:“词体大略有二,一体婉约,一体豪放……大抵词以婉约为正。”⑤又如王世贞云:“词须宛转绵丽,浅至儇俏,挟春月烟花于闺幨内奏之……至于慷慨磊落,纵横豪爽,抑亦其次,不作可耳。”⑥这些看法对后代的影响颇大,甚至成了大多数人论词的共识。它们所涉及的虽然主要是词的风格体性之辨,但也曲折地反映了这样一种微妙的心理:很大一部分文人读者对词之欣

① 杨湜:《古今词话》,唐圭璋编《词话丛编》,中华书局,1986年,第33页。
② 陈郁:《藏一话腴外编》,文津阁本。
③ 陈师道:《后山诗话》,何文焕辑《历代诗话》,中华书局,1980年,第311页。
④ 原文云:“日光玉洁,周情孔思,千态万貌,卒泽于道德仁义,炳如也。”韩愈:《韩昌黎全集》,中国书店,1991年,第1页。
⑤ 张綖:《诗余图谱·凡例》,《诗余图谱》,北京图书馆藏明崇祯刻本。
⑥ 王世贞:《艺苑卮言》,唐圭璋编《词话丛编》,中华书局,1986年,第385页。

赏，分明偏重于其中的柔情内容和柔性美感，不然的话，为何他们在阅读诗文时通常推崇“风骨”“文气”而鄙薄“轻靡”“柔媚”，但在读词时却偏独嗜好“婉约”？所以，尽管上面一些例证都出于比较“专业”的词论家之口，但从中也可推论出普通的文人读者其读词兴趣也与市民群众大同而小异。而不管是市民还是某些文人读者，他们侧重于欣赏词中柔情内容和柔性美感的兴趣尽管显得有些偏颇，但究其内心的驱动力却仍然可以归结为对词中“真、善、美”的热切向往——只是因其在现实生活中尤感以上两方面的缺失，故就促使他们对词中的柔情和柔美特别感兴趣。由此可知，古代读者的读词兴趣在“冥冥之中”其实受到过“缺啥补啥”的文化消费心理之引导与驱使。

不过，在此同时我们又可发现：由于词中的“真、善、美”资源并不局限于儿女柔情和柔婉型美感，而读词者的心理需求也不仅止于趋艳嗜柔，因此古代读者（这里主要指文人读者）在词中的心灵旅游又必会呈现出多元化的走向。虽然唐宋词中接纳过某些新的文化因素（商业文化和俗文化因素），但从根底上说它却仍属传统文化的文学载体，故其体内定然沉积着丰厚的传统文化因素。而这后一方面的内容，当然就会受到由传统文化抚育长大并对传统文化深怀敬意的文人读者之赏识。例如，苏、辛词中所表现的士大夫意识和儒雅脱俗的生活情趣，以及南宋爱国词所表现的忧国情怀与以天下为己任的社会责任感，这类思想情感，以及相应的或是高雅、或是豪健的词风，便都曾激励和吸引过封建时代的许多士大夫文人。所以总起来说，唐宋词所勾引的古代读者之兴趣应是多方面的，但因词的资源优势相对而言主要集中在其柔情内容和柔性美感方面，而读者特别需要得到补偿的也正是这方面的东西，因此古代读者的读词兴趣便在整体上呈现了趋艳嗜柔的倾向。

相对于古代读者来说，当今读者的读词兴趣就宽泛多了。他们不像前人那样偏爱词中的柔情内容和柔性美感，而是根据自己的需要与爱好自由自在地在词的文学海洋中广泛遨游，其欣赏态势可用“兼收并蓄”和“各取所需”两语来概括。造成这种状况的原因相当明显：时代已经发生巨变，封建礼教对人的禁锢也已消亡，而那类表现儿女柔情与提供柔性美感的文艺作品（诸如琼瑶式的言情小说和影视片、港台式的煽情歌曲等）则更多得像过江之鲫般充斥眼前，所以当代读者就不会像《红楼梦》中的林黛玉偷恋《西厢记》《牡丹亭》之艳词丽曲那样专门沉迷于唐宋词的香艳凄美，而是“缺啥补啥”地到唐宋词中寻觅自己所需的精神滋补。所以我们对其读词兴趣的分析即可转换成另一个论题来进行，此即从新的时代背景出发来审视唐宋词在弥补今人之精神文化缺失和满足今人之精神文化需求方面所能发挥的作用。如果说，前文关于词中包孕着丰富的“真、善、美”资源之论断有助于揭示唐宋词精神文化底蕴之精髓的话，那么对此论题的论析或许就能较为清晰地显现唐宋词的当代意义。

应该看到，摆在当代读者之文化餐桌上的菜肴是十分丰盛的，昔日曾是“主菜”和“热炒”的古典文学现今的地位已降格成了“冷盆”，而唐宋词则更只是这些“冷菜”中的一碟而已。所以，我们对它的“当代意义”就决不能估价过高。然而，此菜虽冷，却仍是一道“传统菜”和“特色菜”，很少会被国人所轻易漏点。对此，最有说服力的例证便是：几乎所有版本的中小学课本，都会在它有限的容量中安排进若干唐宋词的名篇。这就表明：时至今日，唐宋词仍旧不失为中国读者不可丢弃的精神伴侣和良师益友；对于广大的中小学生来说，它更是对他们实施“素质教育”尤其是进行情感教育和审美教育的有用教材之一。而因中小学生面广量大，并且代表着民族的未来，因此在考察唐宋词对当今普通读者之影响时我们就可以拿他们作为代表。

以高中学生为例，他们正值青春年华，本该享有一生中最快乐和最浪漫的时光。然而现实境况却正好相反：面对巨大的升学压力，身背繁重的学业负担，再加上很多学校所实际推行的仍是换汤不换药的“应试教育”，这就使这批青年学子变成了全社会中最感疲惫的群体之一。而在此同时，他们周遭的文化环境却不免令人担忧：校园附近的书摊上摆放着大量庸俗不堪的书刊和碟片，网吧则更以“高科技”的魔力诱惑着意志不坚的青少年到其有害的虚幻世界中沉迷，这些不良文化必然会对高中生的身心健康带来负面影响。故而有相当多的高中学生的人格实未得到健全的培育，而其人文素质则尤其显得薄弱。这种情况突出表现为以下两点：一是他们一心只想着升学，面对其余的事情大都漠不关心，故在一定程度上患有了“感情冷漠症”和“爱心稀薄症”；二是在审美鉴赏方面，他们丧失正确的分辨能力，往往误把某些庸俗之美当成“时尚”来起劲追逐。有鉴于此，一些社会学家和教育界的有识之士业已提出了要在“素质教育”中加强情感教育和审美教育的强烈呼吁。而在这方面，唐宋词（尽管它在高中语文教材中只占很小比例）就能发挥虽然微薄但却有效的作用：一方面，正像前文所说，词中拥有丰富的“真、善、美”资源，它们既能培育人们的真情、爱心和社会责任感，又能提升其文学素养和审美能力；而对高中生来说，因为他们正处于增长知识和开发心智的关键时期，唐宋词就更能对其稚嫩的心灵起到雨露滋润禾苗般的作用。另一方面，由于词能“以情动人”和“以美诱人”，它不靠说教与灌输的方式和手段而用感化及熏陶的办法去影响读者，所以它尤其会对求知欲强、易被感动和天性爱美的高中生产生亲和力与诱惑力，且使他们在获得阅读快感的同时受到精神文化方面的潜移默化的影响。由此看来，在中小学语文课本中选录唐宋词的名篇,就是一项聪明的举动,而此明智之举也就能从一个侧面彰显词之有益的当代意义。

当然,唐宋词的当今读者并不局限于中小学生。如果说,中小学生之读词还带有几分强制性的话(因是语文课的内容之一),那么许多成年人之读词就更出于他们的自发兴趣和自由选择。当然这些人如何读词可说是人各有异,但从总体上看,他们的兴趣与选择却仍都受到其内心需求之驱使,而这些内心需求也仍可基本归结为对"真、善、美"的企盼。简单些说,虽然科技进步和经济发展给当代人带来了前所未有的物质享受,但它们却又会相应地产生某些社会弊病——"真、善、美"在当今精神文化生活中的有所缺失沦丧即是其中的一病。因此人们之热衷于读词,在一定意义上即可视为他们转身向古典文学"求援"以弥补上述缺憾的举动。而唐宋词之尤其能在情感教育和审美教育方面对当今读者进行"补课"的当代意义也可在此得到比较清晰的显现。

最后再让我们回到本文的开头。

作为一种"学术"和一门"学问",词学研究自应坚持其独立的学术品位和操作规范,不能降格为一般的文学鉴赏。但与此同时,它也理当关注社会大众的读词心理,自觉地担当起指导其阅读和提高其鉴赏水平的责任。这是因为,作为一门人文科学,词学研究的终极目的是要有补于世,具体来讲,它应该在弘扬民族优秀文化传统和推进当代精神文明建设这两方面发挥作用,而这两项任务的完成都离不开社会大众的广泛参与。所以,词学研究如要跟上时代的步伐和开创新的局面,就该考虑如何做到背靠遗产而又面向当代群众,既从他们的阅读经验中汲取营养和寻找新的研究课题,又为他们的阅读和鉴赏提供富有指导意义的研究成果,这对纠正其自身的"自闭"倾向其实也会有所帮助。当然,真要做到这些确实不易,需要研究者们多想办法和多做努力,本文则仅仅意在对此做个善意的提醒。

(原载《文学评论》2008 年第 3 期)

残菊飘零满地金

——试论唐宋词中有益于今人的思想养料

对于许多热爱古典诗词的当代读者来说，唐宋词堪称他们相当亲密的精神伴侣，甚至是终生受教的良师益友。例如，人们大都经历过恋爱，而无论爱情处于何种状态，他们都能在词中找到最能为自己代言其情的句子。因此心中怀着爱的青年人，就常把婉约词当作自己的知己和密友。又如，人生不如意，十事常八九，生活在凡尘中的人们，又哪个能躲开烦恼与忧愁？而在此时，苏、辛一类旷放的词篇又能帮他们驱愁解忧。所以夸张一些来说，唐宋词不愧是前代文化精英们用词的形式所集体写成的一部大型“人生百科全书”，千百年来一直伴随着很多中国读书人的精神旅程，给他们以感情的抚慰与心灵的洗礼。

不可否认，现代人之所以仍旧喜欢唐宋词，与词所特具的美感和风韵有着密切的关系，但往深处说，则更是由于词中所积淀的丰厚人生意蕴能够贯通古今人的心灵，从而激起后代读者的感情共鸣。从这个意义上说，人生意蕴就是使唐宋词保持长盛不衰的艺术魅力之“第一生命力”（详见拙文《试论人生意蕴是唐宋词的“第一生命力”》，载《文学评论》2000 年第 1 期）。这里不妨再补充一个例证：王兆鹏教授曾经提出过一个问题：在名作如林的唐宋词苑中，究竟哪一首名篇最受读者的关注与欢迎？为此他细心地做了数据的统计与分析。其方法是：一方面统计宋词作品在自古及今的 43 种词选中入选的次数，以及在《词话丛编》（该书共收 85 种词话）中被品评到的次数；另一方面又统计宋词作品在宋金元三代的“和词”（即和其韵而作的词篇）之数量。三者相加，便“评选”出了宋词中的“第一名篇”——它就是苏轼的《念奴娇·赤壁怀古》①！这一统计结果启示我们：尽管此词并不符合词的“正宗”词风（因此朱彊村那本颇有影响的《宋词三百首》竟然落选此篇），但因它饱含着深沉的人生感慨②，所以还是赢得了

① 王兆鹏：《唐宋词史论》，人民文学出版社，2000 年，第 119 页。

② 连力主词分“正宗”与“变体”的王世贞都赞其“感慨千古”（王世贞：《艺苑卮言》，唐圭璋编《词话丛编》，中华书局，1986 年，第 387 页）。

古今读者的热烈欢迎。由此可知，人们之读词，欣赏其美感与风格固然是一个方面，但更为深潜的精神活动却毋宁说是与词中存活着的人生意蕴在作交流和对话。而由此再作推论，则尽管时隔千载，但唐宋词中的不少人生意蕴却像历史悠久的中药材和中医验方那样，仍可对当代读者的修身养性和治疗心疾提供一定的帮助。

应该承认，当代中国人的生存状况就总体而言，不知比古代人优裕了多少倍；也应该承认，他们的精神面貌主体上是健康向上的，但又不可否认，随着物质文明的快速发展，精神文明相对滞后的情况却又是客观存在着的。“人有病，天知否。”我们很清楚：由于生态的恶化、竞争的加剧，以及对于物质和金钱的过分看重，确有不少人或深或浅地患上了可以称之为“现代文明病”的心理性疾病。举例来讲，生活在遍布水泥森林和废气噪音的城市环境中，人们普遍会感到疲惫；每天接触到股票涨跌、房价升降的信息，其心态又会变得浮躁不宁；而面对升学、求职、下岗、失业等一个又一个的生活难题，当代人更会承受来自四面八方的压力……所以比起前代人来，他们增多了物质的财富，却相对减少了心灵的安宁；膨胀了对于金钱的欲望，又因此而淡薄了人间的真情。更有甚者，某些人的心病竟严重到了近乎变态的地步，他们几乎丧失了起码的道义和责任感，只剩下自私与贪婪的欲火在胸中翻滚。而此类心疾，就必须依靠“心药”来治疗。在这方面，当代先进的哲学社会科学与优秀的文艺作品自然是其首选和主选的“心药”，它们有助于人们树立正确的人生观和塑造健全的人格。而除此以外，对于民族文化遗产的合理继承，也应该是帮助治疗“现代文明病”的良药与良方之一。以唐宋词来说，其作者队伍中的很多人都是那个时代的文化精英，他们智商很高，阅世很深，每个人都有着自身独特的人生体验，更集体性地创造了十分丰富的人生智慧。他们的人生感悟，他们的哲理思考，以及他们如何处置各类人生难题的经验和如何治疗自身心理疾病的药方，难道还不足供今人参考与借鉴？因此对于今之读者而言，唐宋词就是老祖宗留给他们的一笔丰厚的文化遗产和精神财富。只要我们善于利用和正确利用，它们所贮存的某些人生意蕴就定能在陶冶情操与治疗心疾方面发挥作用。本文认为词中的如下人生意蕴可对我们有所启示与教益。

一、热爱生命，珍惜人生

从文学表现人生的角度来看，唐宋词就可视为词人对于人生的集体性咏叹。虽然咏叹的内容和调门各有不同，但其本源却全出于对于生命的热爱和对人生的珍惜。例如词中不乏讴歌人生快乐之作，譬如聂冠卿词云："想人生，美景良辰堪惜。""休辞醉，明月好花，莫谩轻掷。"（《多丽》）在他看来，生活中有花有酒，有良辰有美景，如此人生，如何不该珍惜？所以基于人生有快乐可以享受的道理，人们就该珍爱每一寸光阴和每一段生命。何况，生命又是那样的有限，这就更加催发了他们"人生几何，如何不自珍重此生"（《沁园春》）的惜时心理。请读王观的《红芍药》："人生百岁，七十稀少。更除十年孩童小，又十年昏老。都来五十载，一半被、睡魔分了。那二十五载之中，宁无些个烦恼？仔细思量，好追欢及早。遇酒追朋笑傲，任玉山摧倒。沉醉且沉醉，人生似、露垂芳草。幸新来、有酒如渑，结千秋歌笑。"我们可以批评词人"沉醉且沉醉""好追欢及早"的生活态度，却又可以从中"过滤"出他对生命无比珍惜的深情来——正如作者所仔细思量的结果那样，人生能派用场的好年华毕竟只有二三十年时光！所以，从词中不少表现及时行乐思想的篇什中，我们就可直接感知词人对于生命的依依热恋之情。

不过，词中更加多见的则是另一类忧患人生的伤感之作。例如，晏殊词就充满着忧惧衰老的意味："画鼓声中昏又晓，时光只解催人老"（《清平乐》），"可奈光阴似水声，迢迢去未停"（《破阵子》）。词人似乎是扳着指头在计算自己每一截生命的无声流逝，其心情是何等焦急而又无奈！又如，李煜那首悲天悯人的《乌夜啼》："林花谢了春红，太匆匆！常恨朝来寒重晚来风。胭脂泪，留人醉，几时重？自是人生长恨水长东！"它就从春花的匆匆谢落于风雨而痛楚地联想到了人生的极易凋零和充满忧患。再如下面这些怀旧伤逝、慨叹青春易失的词语："韶华不为少年留。恨悠悠，几时休"（秦观《江城子》），"旧游无处不堪寻，无寻处、唯有少年心"（章良能《小重山》），"万里西风吹客鬓，把菱花、自笑人憔悴。留不住，少年去"（刘过《贺新郎》）。它们对"少年"的深情缅怀和怅惘追忆，说到底就是对于生命的无限眷恋……总而言之，上述词篇的所思所感虽各有侧重，但其情感的落脚点却浑然一致，全都从悯生惜时的角度反衬出作者对于有限人生的珍爱怜惜之情来。故而综合以上两类悲欢各殊的词篇我们可以认定：唐宋词苑中的作品尽管林林总总、面貌各异，但其抒写的各类感情，却都可看成由热爱生命这一感情主干上所衍生出来的繁枝密叶。

当然，词中所凸现的对于生命和人生的珍爱之情，在前代诗文中其实早就存在，然而像唐宋词人那样百般细心和无微不至地关注自身生命的现象却又毕竟前所少见。此种倾向，从本质上讲，实际反映了社会进步所带来的人的自我价值有所"暗涨"之趋势。此话如何理解？我们试看，在那生产力十分低下的上古社会，个体生命在自然灾害面前就显得何等渺小与脆弱；而在专制政治制度的淫威之下,个人又有多少自我价值可言?故而“天地不仁,以万物为刍狗;圣人不仁,以百姓为刍狗”,《老子》中的这两句话就沉痛地道出了草芥小民其生命不值一钱的事实。而士大夫们的境况虽比百姓有所改善,但其身家性命还不是被拿捏在皇帝的手中,故其作为“刍狗”的命运仍无法彻底改变。而在明晓上述情况之后再来观察唐宋词人对于自身生命的深切关怀和细心呵护便可发现:随着社会的进步与人性的逐步觉醒,至少是在私生活的领域里,他们已在很大程度上自我提升和有意“放大”了生命的价值,这就难怪词中出现了那么多的悯生惜时之作和勃涌出了那么深厚的自我关怀之情。

那么,时至今日,人们重温唐宋词中对于生命的那份珍爱之情,是否还有其现实的意义呢?答案应该是肯定的。虽然,当代的读者不会也不必像古人那样见落花而伤悼时光的流逝,也没有那么多的闲工夫整日价去“留连光景惜朱颜”(李煜《阮郎归》),但是读词却肯定能使他们被词人对于生命的关爱之情所深深地感动一番,这就有助于培植他们的厚生意识和同情心理。而事实也已证明:珍爱生命乃是人心向善的思想基础。对于个人而言,看重生命的人就比看轻生命者更加懂得爱惜自己的身体和时间,由此就会抵制不良的诱惑和远离犯罪的渊薮,更会努力去实现自身的人生价值;而对社会而言,如若人们都能将热爱生命之情推己及人,那么人世间就能少一些残忍冷漠而多一些慈善与爱心。所以读词虽不能立竿见影地使人变善,但它至少能往人的心田里播撒些善待自身和同情他人的感情种子。对照当今社会某些人浪掷生命和见死不救的可叹现象,唐宋词中那些洋溢着人文关怀之情的作品就不失为今人接受热爱生命之“再教育”的有用教材。

二、知足戒贪,减负增值

生命诚然宝贵,然而生命之舟所载负的人生内容却并不全然是快乐和幸福,而另有那数不尽的烦恼与痛苦,有时则甚至是悲大于欢、苦超过乐。因此人生又会显得很累、很沉重。对此,词人就曾说过:“浮生长恨欢娱少”(宋祁《玉楼春》),“人生更在艰难内”(赵令畤《鹧鸪天》)。于是,如何提高生命的质量,势必成为古人和今人都会面对的人生课题。

对于不少词人来说,处置这一问题最简捷的办法便是“及时行乐”。缘此我们便在词中读到了很多描写享乐情景的作品。但是这种办法只能暂时奏效,这是显而易见的。因而词人们就事出无奈而又相当聪明地找到了另一种办法来求得其生命质量的相对提升,此即尽量减少自身精神生活中的负面因素以维护心境的安宁,从而达到驱除烦恼和增添人生乐趣的目的。拿算术运算来打比方,减去负数可使原先的数字得到增值,因而词人这种通过消除不良心态而使其精神生活有所改善的办法,或许也可以戏称为"减负增值"之法。其中,"减负"是因,"增值"是果,有因方始有果,所以我们就侧重来看词人是如何来减少其精神生活中的"负数"以求得心理的平衡和心境的安宁的。

刚才提到,人生难免会遇到各种烦恼。其中,有些是客观存在和无法躲避的,但另有一些却是自找或"心造"的,因而就是可以通过心态的自我调整得以稀释和克服的。而在后一类烦恼中,因欲念太多和期望太高所反弹而生的失望与不平就占据了很大的比重。尤其是,现实生活中多的是名利的诱惑,这就经常会引得人欲火高涨;而一旦不能如愿,则又会使人烦恼丛生。因此,对于名利的贪心和过分地患得患失,势必成为损害身心健康的负面精神因素。对此,词人们就深有体会。如柳永词云:"屈指劳生百岁期,荣瘁相随。利牵名惹逡巡过,奈两轮、玉走金飞。红颜成白发,极品何为?"(《看花回》)赵长卿词云:"天下事,无穷尽。贪荣贪富,朝思夕计,空劳方寸。"(《水龙吟》)他们就都认为:为了贪荣贪贵和争名逐利而弄得心力交瘁、早生白发,实在是太不值得的事。而苏轼则说得越发干脆:"蜗角功名,蝇头微利,算来着甚干忙"(《满庭芳》),他就更把为个人名利而费心劳神之举直斥为"干忙"。所以只有尽量减除这些有害的思想累赘,丢弃此类沉重的精神包袱,或曰打破了"名缰利锁"(柳永《夏云峰》中语)的束缚,人们才能摆脱庸人自扰的烦恼,活得轻松一些和潇洒一些。而在此时,"戒贪"和"知足"就成了词人用以治疗心疾和陶冶情操的两剂良药,前者好比是去火排毒的泻药,而后者又好比是固本扶正的补膏,补泻合用,就能收到克制贪欲和舒心养性的功效。下面就先说他们的"知足"。

"知足常乐",这是国人所熟知的古训,也是唐宋词人经常用以调整心态和平衡心理的思想武器。如辛弃疾对此就运用得相当"娴熟"。他在《水调歌头·题杨少游一指堂》词中劈头就说:"万事几时足?日月自西东。无穷宇宙,人是一粟太仓中。"针对某些人贪得无厌的习性,他就用釜底抽薪的办法来个彻底的否定。试想,整个人类在无穷宇宙中也只像太仓一粟那样渺小,那么个人私欲之越发微不足道就更不待多言了。所以此言就大有高屋建瓴的气势。而从宏观上的藐视个人私欲出发,他又为凡夫俗子的不懂知足而发一长叹:"悟人世、正类春蚕,自相缠缚。"(《贺新郎·和吴明可》)在他看来,人生一世而常被私欲缠绕就好比春蚕之作茧自缚,既是不幸又是可叹。所以他更进一步地提出了"知足"当"从现在做起"的精辟观点:"若要足时今足矣,以为未足何时足。"(《满江红·山居即事》)其胜人一筹处即在于:常人虽也把"知足常乐"一语挂在口边,实际却长抱"这山望见那山高”的念头,因而永远都不能真正知足;而只有认定“今已足矣”,才能切实固守住知足常乐的心理阵地。他是这样说的,也确是如此做的。例如他贬居带湖期间一方面曾慨叹“空谷无人,自怨蛾眉巧”(《蝶恋花·月下醉书雨岩石浪》),另一方面却又努力以“万事从今足”的态度去调整心态,于是他的乡居生活顿就变得处处都充满着乐趣。请读:“连云松竹,万事从今足。拄杖东家分社肉,白酒床头初熟。西风梨枣山庄,儿童偷把长竿。莫遣旁人惊去,老夫静处闲看。”(《清平乐·检校山园书所见》)知足给词人带来了心静,心静则又使他平添了许多快乐——辛弃疾就靠着这种豁达的人生态度才能在其20年贬居生活中长葆着旺盛的生命意志。

而对一般的词人来说,“知足常乐”其实也很简单:只需看淡些名利和放低些生活标准就可做到。这方面的例证很多,如吴潜《满江红》词云:“田二顷,非无粟;官四品,非无禄。更不知足后,待何时足……且饥时吃饭困时眠,平为福。”也就是说,官不必越做越大,田不消越买越多,房子也不求过分宽敞豪华,只要能做到有饭吃和有床睡,此生就称得上是虽然平平然已有福了。而另一位词人曹组则如此写道:“粗衣淡饭,赢取暖和饱。住个宅儿,只要不大不小。常教洁净,不种闲花草。据见定、乐平生,便是神仙了。”(《相思会》)他就更把成仙的“门槛”放低到了只要能维持温饱和有宅可居,此外就别无他求。由此看来,正像朱敦儒所说:“人人放着逍遥路,只怕君心不悟。”(《桃源忆故人》)只要人们愿意降低对于生活的过高期望,人人都能达到逍遥自在和知足常乐的心理境地,问题只在于君心是否彻悟。

再说“戒贪”。“知足”的反面是贪得无厌,因此若要真正知足就必须戒贪,这两个方面是相辅相成的。而对常人来说,他们虽非贪婪无度之辈,但其生活中的不少烦恼却也是因为过分地追求某种目标但又未能如愿所引发出来的。因此一方面是事出无奈(因为心想而事不成的情况比比皆是),另一方面却又是相当聪明(退而求其次地改求心灵的安宁),词人们就为自己和他人开出了“戒贪”的药方来医治心疾。例如赵长卿有词云:“贪痴无了日,人生没休期。白驹过隙,百岁能得几多时?自古腰金结绶,着意经营辛苦,回首不胜悲。”(《水调歌头》)他就从人生苦短和贪者辛苦一世的对照来说明贪婪的毫无意义与可悲可叹。而相比之下辛弃疾对贪婪者的批判就更加富有深度和力度。如他曾在题为“吾拟乞归,犬子以田产未置止我,赋此骂之”的《最高楼》词中说过这样两语:“千年田换八百主,一人口插几张匙。”端的是发人深省之警句。试想,一个人的嘴巴再大,难道能同时插得进几把汤匙?宋代吴地谚语说得好:“一口不能着两匙。”但这个连老百姓都明白的常识,某些虽读书而不明理的士大夫们却全然不懂,这岂不可叹而又可悲!而“千年田换八百主”则更是切中时弊和针砭世风的警世之言。中国的土财主们,以及那辈官居高位但不减贪心者们素有一通病,此即嗜好敛财置产,不仅供自己享乐挥霍,更要为子孙后代们创“万世基业”,因此拼命搜刮和“求田问舍”就成了当时官场中的普遍风气。对此辛弃疾就大喝一声:请睁眼看一看吧,有哪一块田亩不在一千年里换过八百个主儿,对此不知它的新旧主人们有何感想?所以此词表面是“骂子”,实际却是借题发挥而嘲笑那些永不知足的贪官污吏和庸俗士人。

当然,唐宋词人所开出的“知足”和“戒贪”药方并不是十全十美和包治各类心疾的,而其中还混杂着某些有害的成分(例如“知足”中包含的宿命论观念和不求进取的人生态度),因此我们并不能照单全收。但它们对于个人的修身养性和平衡心理却还是有所裨益的。这是因为,人的私欲是永无止境的,私欲若无节制地膨胀就会变成心灵中的魔鬼,轻则伤害自身的健康,重则干出危害社会的坏事。此时若能请出“知足”和“戒贪”的思想武器来,或许就能像救火的水龙那样扑灭或压低心中升起的贪欲之火,使人的头脑变得冷静、理智和清醒一些。例如,署名晦庵的僧人有词云:“胶胶劳生,待足后、何时是足?据见定、随家丰俭,便堪龟缩。”“枉费心神空计较,儿孙自有儿孙福。”(《满江红》)若是听了这位宋代和尚之言,当今的某些老干部就不会为了替儿孙敛财置产在退位前利用权力去大捞一把,弄得身败名裂、后悔莫及了。再如,读了赵师侠“万事随缘,一身须正”(《踏莎行》)这两句词,人们或许也能有所启迪:若能在立身须正的前提下做到遇事随缘,如此就既能保持做人之操守,又能养护宁静淡泊的心境,此种正直而又豁达的人生态度何尝不可效法?所以通过改善不良心态,人们确是能有效提升其精神生活之质量的。

三、奋发有为,勇担责任

在对待个人利益方面,人应知足,尤应戒贪。但这并不意味着人该弃绝所有的人生追求,更不意味着他们可以丢掉自己应尽的社会责任。而在自觉承担社会责任和历史使命方面,不少词人(主要是南宋爱国词人)就为后人树立了楷模。“哲人日已远,典型在夙昔。风檐展书读,古道照颜色。”(文天祥《正气歌》)每当我们捧读充满着豪气与悲愤的南宋爱国词篇时,耳畔就会回响起词人掷地有声的铮铮誓言:“道男儿到死心如铁”(辛弃疾《贺新郎·同父见和再用韵答之》)、“算事业须由人做”(刘克庄《贺新郎·送陈仓部知真州》),心中也定会升腾起因仰慕先贤而生的奋发精神。所以若论词中最有价值的思想遗产,就首推其爱国词篇所昭示的社会责任感和事业心。

南宋爱国词人之所以深具社会责任感和事业心，主要原因有二：一是接受了儒家学说的教育与熏陶，二是受到国势时事的激惹。从前者言，儒家学说中的一个重要内容就是教人要有崇高的社会责任感。如《孟子》训导人们："禹思天下有溺者，由己溺之也，稷思天下有饥者，由己饥之也。"（《离娄》下）这种"己饥己溺"的抱负就明显体现了"以天下为己任"的责任意识。而孔子甚至还激励士人不惜"杀身以成仁"（《论语·卫灵公》）。故在儒家学说的熏陶之下，宋代士人，尤其是其中的精英人物，就大都怀有深厚的淑世精神，以及经邦济世的事业心和忧国忧民的责任感。再从国势时事而言，由于宋代社会的积弱积贫和对外常处屈辱挨打的态势，这就使得具有社会良知的士大夫们必然激惹出强烈的忧国情绪和民族意识——这在国势危亡的多事之秋就尤其表现得分外突出。缘此我们在考察词人的社会责任感时，目光自然会集中到南宋的爱国志士身上。下面，就择几位典型人物来说。

一是抗金名将岳飞。对他，自不能仅以"词人"目之，但他所写的爱国词篇却极能显示南渡时期士人普遍高涨的民族意识和社会责任感。如其《满江红》中"靖康耻，犹未雪；臣子恨，何时灭"四句，就集中体现了他们作为大宋臣民耻于山河破碎、君父蒙羞的复仇心理，读来字字铿锵，令人振奋。而"莫等闲白了少年头，空悲切"两句，既写出了作者不敢稍有懈怠致使光阴浪掷的自勉自励之情，又可视为对先贤"天将降大任于斯人"之期望的主动担当，深具警懦立顽、鞭策人心的巨大精神力量。所以前人曾评此词谓："何等气概！何等志向！千载下读之，凛凛有生气焉。'莫等闲'二语，当为千古箴铭。"①

二是大词人辛弃疾。辛氏本非"词人"，而是一位了不起的英雄人物，但是南宋的苟安政策却硬是将他扭变成了词人，这真是时代的悲哀。但尽管如此，他却始终没有忘记与放弃自己对于国家和民族应尽的责任，一部《稼轩词》就是此种心迹的鲜明记录。"要挽银河仙浪，西北洗胡沙"（《水调歌头·寿赵漕介庵》）、"了却君王天下事，赢得生前身后名"（《破阵子·为陈同甫赋壮词以寄之》）、"凭谁问，廉颇老矣，尚能饭否"（《永遇乐·京口北固亭怀古》）……读着这些慷慨悲愤的词句，人们至今犹可强烈地感受到词人心中翻滚的那一股爱国热忱。

三是布衣词人陈亮。这是一位典型的"位卑未敢忘忧国"的爱国志士，一生未曾做官却胸怀复国建业的宏图。他在送章德茂使金的《水调歌头》中曾大声

① 清人陈廷焯语，转引自上彊村民编，唐圭璋笺注《宋词三百首笺注》，上海古籍出版社，1979年，第138页。

疾呼:“尧之都,舜之壤,禹之封,于中应有,一个半个耻臣戎!”意谓我泱泱中原,难道就没有一个半个耻于向金人称臣的人物?而在和辛弃疾韵的《贺新郎》中又说:“父老长安今余几?后死无仇可雪,犹未燥、当时生发。”其忧虑于中原沦陷已久的焦灼心情溢于言表。故在他那些大可当作政论文读的词篇中,最使我们感到钦佩的便是作者身为一介书生却心系天下的高度社会责任感。

最后还应提到杀身成仁的抗元英雄文天祥。他在南宋灭亡前曾是一位“公子哥儿”,家中声妓满前;但当国难当头时,却毅然毁家纾难,尽以家财捐作军费,表现出了令人起敬的高风亮节。后来他又投身于抗元斗争,最终更以慷慨就义的壮举在中华民族的抗暴史上留下了百世英名,所以其可歌可泣的事迹本身就是一首壮烈的诗篇。而在他题张巡、许远“双忠庙”的《沁园春》中,其尽忠报国的赤诚也得到了鲜明的昭示。其言云:“为子死孝,为臣死忠,死又何妨?”又云:“人生翕欻云亡,好烈烈轰轰做一场!”这真是如椽大笔何淋漓!这等词篇,就值得人们以“高山仰止”的态度把它们当作严肃的人生教科书来读,其中所凝聚的人格力量和思想精华足以鞭策千秋万代的中华儿女们。

当然,由于种种原因,南宋爱国志士们所胸怀的复国大志最终都未能得到实现,但他们所表现的崇高责任感却在当时和后世都产生了巨大的激励作用。就当时而言,朱熹读张孝祥词,称其“使人奋然有擒灭仇虏、扫清中原之意”(《书张伯和诗词后》),此语就显示了爱国词篇能直接激励士气的作用。而从后世来说,只要回想抗日战争时期曾有多少中国军民在高唱岳飞《满江红》词时激动得热血沸腾的情景,就不难想见此类爱国词中所蕴含的无穷精神力量。所以时至今天,词人那种欲有所为、勇担责任的自我献身精神仍可成为激励人们猛然奋进的思想动力。

四、安于平淡,诗意栖居

“人生到处知何似,应似飞鸿踏雪泥。”(苏轼《和子由渑池怀旧》)从某种意义上讲,人的一生确有些像飞禽那样,只是在地球上暂时栖身一阵而已。但是人又大大不同于禽鸟的无目的性,而是有思想和有追求的高级动物,因此纵使是慨叹“浮生若梦”,却也力求想把这场短梦做得尽可能甜美一些。正是基于这种想法,德国哲学家海德格尔就十分欣赏诗人荷尔德林的诗句:“人诗意地栖居在大地上。”①而借用这个“诗意栖居”的提法,我们也可这样认为:唐宋词人中的不

① 刘小枫:《诗化哲学》,山东文艺出版社,1986年,第242页。

少人，就是一些善于将人生诗化的行家里手，他们的杰出能耐就在于能在平淡中寻觅和创造诗意的感觉，从而达到尽量善待今生和诗意栖居的目的。此种本领，也值得我们欣赏与借鉴。

对于芸芸众生来说，人生基本就由数不清的琐事所连缀而成：上班下班，工作休闲，柴米油盐，衣食住行……日复一日，年复一年，由此便构成了一道道并无特别亮色的人生风景线。而即使对于曾经有过传奇经历或辉煌业绩的"非常之人"来说，那些令人激动或惊愕的时刻毕竟也只占其人生旅程的很小部分，而其余的漫长时间也仍和常人一样是在平凡的人事活动中度过的。与此同时，现代生活的快节奏和多头绪则更会绷紧人们的神经与磨钝人们的感觉，悄然减少了人们对自然和自我的诗意观照，从而萎缩了人生的乐趣。这真是一件既可悲又无奈的憾事。不过我们又不必过分着急与焦虑，我们大可向唐宋词人中的旷达者和聪明人讨教，学一学他们是如何在平淡中寻找和发掘诗意感觉的。辛弃疾有词云："自有渊明方有菊，若无和靖即无梅。"（《浣溪沙·种梅菊》）此言就揭示了这样的道理：若无陶渊明、林和靖或其他具有诗心与慧眼者们的"发现"，则梅花和菊花恐怕就不会像他们诗中所描写的那样通体都充满着诗意，也不会引发后代那么多人的赞美。所以夸张些说，真正具有诗人气质与诗家本领的人简直宛如艺术舞台上的魔术师，他们甚至能把灰姑娘变成为白雪公主。例如在辛弃疾的笔下，路边的野花就竟比名花还要娇美动人（《鹧鸪天·代人赋》："花不知名分外娇"）。这就启示人们：平淡的生活和平凡的事物中同样存在着美或美的原料，只看你能不能发现或加工提炼。而相反来说，即使身在名胜古迹，但摆摊叫卖的小贩却两眼直盯住游客的钱包，很少会静心欣赏每天呈现在眼底的美景。其原因即在于其注意力在彼而不在此，更早就麻木了对于风景的诗意感觉。因此，善于在平淡中寻觅和创造诗意实在是一件很要紧的事，它可以变乏味为有趣，使人活得轻松愉快和有滋有味。而在这方面，不少唐宋词人就是我们的良师益友。

词人的诗意感受，首先在大自然中获得丰收。早在中唐时期，张志和就为我们描画了一幅"西塞山前白鹭飞，桃花流水鳜鱼肥"的如画美景，让一代又一代的读者分享他从山水清景中感受到的盎然诗意。而若我们追随张孝祥在月下湖上泛一次舟，管教你真正领会到什么叫"天人合一"的惬意快感。"玉鉴琼田三万顷，着我扁舟一叶。素月分辉，明河共影，表里俱澄澈。"（《念奴娇·过洞庭》）此时此刻，其妙处就确实是"难与君说"！所以我们应当感谢词人，是他们为久困在城市樊笼中的当代人开发了审美资源，使他们重新发现了大自然的诗意和美感，并使其疲惫的心灵得到一定程度的休憩和净化。

其次,词人又在平凡朴素的乡村生活中开掘到了混和着泥土与青草香味的诗意。请读苏轼笔下的徐州郊野风光:“簌簌衣巾落枣花,村南村北响缫车,牛衣古柳卖黄瓜”……“谁家煮茧一村香?隔篱娇语络丝娘。”(《浣溪沙》)这些景物在中国农村可说是随处可见、平常得很,但一经作者的诗意观照和妙笔描绘,却变得像浑金璞玉那样处处都包孕着诱人的美感,因此写到最后作者竟情不自禁地引发了想要在此隐居的念头(“何时收拾耦耕身”)。而相比于苏轼来说,辛弃疾就更算得上是农村的一位“长住户”了,故而他对乡村风光的诗意感受就显得越发亲切和深刻。尽管其乡居词所选用的生活素材和语汇都是一些极为普通平常的事物,如桑叶、蚕卵、黄犊、鸣蛙、茅店、社林,甚至连“花”都是稻花、荠菜花之类不入群芳谱的“凡花”;而其笔下出现的人物也尽是村姑、乡叟、养蚕女,甚至还有那溪头卧剥莲蓬的贪嘴顽童之类罕登诗歌殿堂的“俗人”,但一经他“点铁成金”的诗化,却共同组合成了妙趣横生的农村风情画卷。这种化平淡为绚烂的大本领,归根到底就在于词人的善于从平凡生活中发现和掘取诗意。

更为难能可贵的是,即使是在竹篱茅舍、粗茶淡饭的清贫生活中,词人也能寻获“心闲”的别一种诗意。而要做到此点,着实不易,这实际牵涉到人格修养和思想境界方面的问题。宋人罗大经曾发过如下议论:“真西山论‘菜’云:‘百姓不可一日有此色,士大夫不可一日不知此味。余谓百姓之有此色,正缘士大夫不知此味。若自一命以上至公卿皆是咬得菜根之人……百姓何愁无饭吃?”①又说:“大概于世间一切声色嗜好洗得尽,一切荣辱得丧看得破,然后快活意思方自此生。”②前者讲的是修身问题,意谓士大夫须保持清廉和关心民瘼(若是做官者能常咬菜根,百姓才会脸无菜色)。后者则讲的是养性问题,即只有自甘清贫、淡泊名利,人们才有可能长葆其心境的宁静并达到恬然自乐的境地。拿以上两个观点来读宋词,则表现前一种思想的作品比较少见(这与词的文体特性有关),而反映后一种情怀的作品却比比可见。例如吕胜己词云:“莫羡痴儿小子,心心念念封侯”“爱万木欣荣,幽泉流注,好鸟勾舟。感生生、自然造化,玩吾心、此外复何求?”(《木兰花慢》)如赵长卿词云:“居士年来懒散,凡事只从宽简。身外更无求,只要夏凉冬暖。美满,美满,得过何须积攒。”(《如梦令》)如王炎词云:“淡饭粗衣随分过”“静处藏身,十分自在,只恁么、有何不可?”(《夜行船》)如赵师侠词云:“弹指光阴如电速。富贵功名,本自无心逐。粝食粗衣随分足,此身安健他何欲?”(《蝶恋花》)……凡此种种,均都表明不少宋代词人都已觉悟

① 罗大经:《鹤林玉露》甲编卷二,中华书局,1983年,第35页。
② 罗大经:《鹤林玉露》丙编卷二,中华书局,1983年,第273页。

到了苏轼在《超然台记》中所说的这一番道理："凡物皆有可观。苟有可观，皆有可乐，非必怪奇伟丽者也。铺糟啜醨，皆可以醉；果蔬草木，皆可以饱。推此类也，吾安往而不乐？"缘比，即使是在相对贫苦的生活中，他们都能咀嚼出丝丝的甜味与诗意来。例如陆游笔下的隐居生活："一枕蘋风午醉，二升菰类晨炊。故人莫讶音书绝，钓侣是新知"、"泉冽偏宜雪茗，粳香雅称丝莼。翛然一饱西窗下，天地有闲人。"（《乌夜啼》）请看，二升菰米粥，一碗粳米饭，就能给词人带来无穷的快乐，这岂不说明人虽不能任意地改变客观环境，但通过价值观念的修正却又能使自己清贫的生活得到"诗化"而变得生趣盎然。所以读了上述词篇之后很使我们联想到钟嵘论诗的一段话："使穷贱易安，幽居靡闷，莫尚于诗也。"①其实此话还仅是从消极角度来讲的。若从积极角度来说，则读诗读词不仅能帮助人解闷驱愁，还能提升读者的思想境界，使他们学到古之旷达者和聪明人安于平淡、诗意栖居的生活态度和生活艺术。

以上，我们着重谈论了唐宋词中四个方面的人生意蕴，它们或许能对今人的修身养性和治疗心疾有所裨益。而除此以外，词中另有其他方面的许多意蕴，同样也能为当今读者提供思想养料。例如，词中充满着浓浓的人间真情（比如沉挚的亲情、真诚的友情、铭心刻骨的恋情、梦牵魂绕的乡情等），它们可用作治疗现代人"感情冷淡症"的精神补膏。又如，苏辛词中所表现的达观精神，又可成为对年轻读者进行"挫折教育"的生动教材。再如，唐宋词人对于真善美境界的追求，也很能启迪人们的心智——别的不说，就以"爱美"来说吧，当代人就深受唐宋词的沾溉与赐予。不信请到街上走一遭，举目四望，理发店与美容院有取名为千娇面、风剪云、点绛唇、玉簪螺髻、小唇秀靥者；茶馆和音乐厅的取名则有风入松、燎沉香、凤啸吟、献仙音、弦解语、月下笛者；而鲜花店的店名就取得更加充满诗情画意，如木兰花、桂枝香、一丛花、满庭芳、沁园春、蝶恋花、留春住、香如故、好春常在、好花常见……凡此种种，岂不证明唐宋词所酿造的美丽至今仍可用来美化生活，而它所贮存的不少人生意蕴也仍像涓涓细流那样在滋润着今人的心田？所以打个比方来说，"黄昏风雨打园林，残菊飘零满地金"②，唐宋词虽属中国文坛上的隔日黄花，但它撒落在国人心头的人生意蕴之花瓣（姑且不论菊花是否落瓣）却至今金色未褪、一片灿然。因而朝花夕拾，有心眼的读者依旧可以将它们捡来冲茶醒脑和入药治病。

（原载《文学评论》2002 年第 5 期）

① 钟嵘著，陈延杰注：《诗品注》，人民文学出版社，1963 年，第 3 页。
② 见王安石《残菊》诗。

唐宋词所展现的心灵世界

“文学史，就其最深刻的意义来说，是一种心理学，研究人的灵魂，是灵魂的历史。”（勃兰兑斯《十九世纪文学主流·引言》）不能设想，缺乏丰富思想内蕴的作品，是能够深深吸引人的。所以透过唐宋词那绚丽多彩的“文学世界”，我们应该进而来揭示其底层所展现的“心灵世界”。唐宋词也可看作一部反映唐宋人社会心理的“心灵文献”。

“任何一个民族的艺术都是由它的心理所决定的，它的心理是由它的境况所造成的。”（普列汉诺夫《没有地址的信》）如若我们不能明了唐宋社会的总体特点，也就无法真正明了唐宋人的心理特点以及唐宋词的艺术特点。

在我国封建社会漫长的历程中，唐宋两朝占据着一个特定的位置。简而言之，中国封建社会到了“盛唐”，可谓抵达了它的“鼎盛”阶段，而自中晚唐开始，便又渐渐展开了它的“中老年”时期。因此，这个阶段就明显带有了这样的“两面性”：一方面，它带有“高度成熟”的特色；另一方面，却又不可避免地出现了“衰落”或“迟暮”的征兆。具体拿宋朝来说：它的社会生产力继续有所发展，特别是城市经济达到了前所未有的发达程度；在政治与意识形态方面均已高度成熟。但与此同时，宋朝的国力已大不如前，对外态势也由“攻势”而转为“守势”（直至被外族灭亡）；而在国内，统治集团追求享乐的腐朽性本质，以及封建社会所固有的各种弊病，至此亦暴露得愈加分明。凡此种种，又都预示着封建社会的衰落。这种社会境况势必影响到人们的心理。因此这一时期人们的心理，也就出现了这样“双重”的特性：一方面，随着社会的高度成熟，随着物质生活的丰富与提高，人们的感情生活也日臻繁复细腻，“人性”或“人情”的表现有了空前活跃和饱满之势；另一方面，随着社会矛盾和社会危机的深化，人们的苦闷和烦恼也越发增多，而对于人生的思考探索也越发加深。这样，唐宋（主要指中晚唐至两宋）人的心理面貌就产生了这样的矛盾状态：有时，他们极为“高兴”，感到了世俗生活前所未有的幸福与满足；有时，却又极为伤感颓丧，倍加深切地感受到了人生世相的悲哀。正如人到中年后，既残留着青年时的信心与热情，又有晚景渐逼的迟暮与衰弱之感一样，这种反映着时代境况的心理，纠葛在同一代人的头脑中,便形成了唐宋词人既“热情”又“衰惫”、既“快意”又“苦闷”、既“满足”又“悲凉”的复合的灵魂。因此,抒情特别深刻细腻、韵致特别宛转纤柔的“小词”,便被广大文人作者用作曲尽其情、表现其矛盾心理的文学工具了。

唐宋文人的灵魂堪称是一种“复合”的灵魂。具体来说,它大致包含着这样四大类心理内涵:恋情心理,忧患心理,享乐心理,出世或“看穿”的心理。这四类心理,错综地表现在各种唐宋词篇中。不过,在此中间,又以恋情心理和忧患心理显得格外重要。这是因为:首先,这两种心理的表现是贯穿于唐宋词的全过程的,而享乐心理与出世心理相比之下则只在部分词篇中得到表现与反映;其次,从唐宋词的精华来看,也是以表现恋情心理与忧患心理者居多。所以本文的重点就放在对恋情心理与忧患心理的考察上。

一、“多情”的灵魂:唐宋人的恋情心理

从文学作品来看,唐宋人恐怕可算是迄今最为“多情”的人们了。人们一踏进唐宋词苑,简直如同踏进了一个张张“情网”、缕缕“情丝”交织成的“情”的天地。试读:“伤高怀远几时穷?无物似情浓”(张先《一丛花令》),“渐写到别来,此情深处,红笺为无色”(晏几道《思远人》),“柔情似水,佳期如梦”(秦观《鹊桥仙》),“此情无计可消除,才下眉头,却上心头”(李清照《一剪梅》)……“情”何其多,“情”何其浓!而这些情的内核,十之八九都离不开男女恋情。可以感到时至唐宋,人们的恋情心理已经空前地膨胀和活跃起来。这种情况,正反映了封建社会进入高度成熟时期人们精神生活和感情世界的丰富繁复。

恋情心理空前活跃的原因甚多,一方面唐宋社会中男女交往的机会比前代频繁得多。很多词人的情词,便是由歌宴酒席上感发出来的。宋代欧阳修词云:“青春才子有佳词,红粉佳人重劝酒”(《玉楼春》);晏几道词云:“彩袖殷勤捧玉钟,当年拚却醉颜红”(《鹧鸪天》);辛弃疾也写过:“倩何人唤取,红巾翠袖,揾英雄泪”(《水龙吟》)。这些,都是士大夫在酒宴上与歌妓交往的明证。所以,有人曾经戏言,晏几道词“妙在得于妇人”(王铚《默记》卷下)。另一方面唐宋两代的城市经济有了高度的发展,繁华而旖旎的城市风情也加倍地诱发了士人的才思。如韦庄所写的晚唐江南都市风貌:“如今却忆江南乐,当时年少春衫薄。骑马倚斜桥,满楼红袖招。翠屏金屈曲,醉入花丛宿。此度见花枝,白头誓不归。”(《菩萨蛮》)从中即可见出“满楼红袖招”的城市风情对于士人“醉入花丛宿”的恋情心理之“感召”。至于宋代,由于统治集团的提倡享乐,所以城市中的“夜生活”也较之前代更加繁华热闹。举《东京梦华录》所描绘的汴京城中的元

宵夜为例,此夜“华灯宝炬,月色花光,霏雾融融,动烛远近”,“别有深坊小巷,绣额珠帘,巧制新妆,竞夸华丽。春情荡飏,酒兴融怡,雅会幽欢,寸阴可惜”。于是,在那“月上柳梢头”的背景下,便往往出现了“人约黄昏后”的“镜头”。如柳永就有词云:“渐天如水,素月当午。香径里,绝缨掷果无数。更阑烛影花阴下,少年人、往往奇遇。”(《迎新春》)无论是其中所写的男性向女性调情的“绝缨”(用楚庄王酒宴上有人乘烛灭之机调戏美人,被美人扯断帽缨的典故)还是女性向男性表示爱慕的“掷果”(用妇人向美男子潘岳车上掷果子的典故),以及那种“少年人”的“奇遇”,便都写的是这狂欢之夜的种种“艳事”。证之宋人笔记,宋祁因赋《鹧鸪天》而获宫妃为妾,江致和因赋《五福降中天》而得与佳人幽会,便都可以证明宋代城市生活确为人们的恋情提供了“开放”得多的环境,而它的旖旎风情也越发刺激了人们的恋情心理。同时,伴随着社会的进步,人们的“男女观”也发生了相应的变化。晚唐的李商隐就公然提出反对把女子幽闭在闺房中(见其《别令狐拾遗书》);而宋代的谢伋,当理学家陆九渊批评他不该“与贱娼居”、说此“有愧名教”时,竟也“离经叛道”地反嘲陆氏:“自(陆)逊、(陆)抗、(陆)机、(陆)云之死,而天地英灵之气,不钟于世之男子,而钟于妇人。”(见其《鸳鸯楼记》)此话虽是一种戏言,但与贾宝玉所说的“我见了女儿便清爽,见了男子便觉浊臭逼人”,倒也有几分相似。当然谢伋的话还远谈不上什么“尊重女权”,但确又在一度程度上透露了某种新的思想信息。更应该提出的是,宋代城市中的市民阶层也已相当“壮大”。他们固然无法彻底摆脱“男尊女卑”的封建观念,但有时也会表露出具有相对“平等”意义的新的“男女观”。如市民文学(话本)中所出现的璩秀秀形象(见《碾玉观音》),就是一位敢于追求婚姻自由、以死冲决礼教罗网的“新女性”,其品格和人生价值远远超过她那怯懦的丈夫崔宁。话本作者对她“好做长久夫妻”理想的歌颂,也就反映出一种新的爱情观念已在市民阶层中悄悄萌生。所以当我们读到柳永的词:“早知恁么,悔当初、不把雕鞍锁。向鸡窗,只与蛮笺象管,拘束教吟课。镇相随,莫抛躲,针线闲拈伴伊坐。和我,免使年少光阴虚过。”(《定风波》)便知那种蔑视功名富贵、但求“夫妇厮守”的市民阶层的生活理想,已经影响到了文人的心理。故而,宋人词中出现了不少热烈讴歌爱情(甚至“爱情至上”)和描绘女性美的作品,就不难理解了。这种新的“男女观”和“爱情观”,当然也益发促生了宋人的恋情心理。

由于唐宋人的恋情心理(或称“爱情意识”)被促发得如此“洋溢”,而在此同时又找到了一个可以尽情宣泄此种心理的文学工具——“小词”,因此,唐宋词中便出现了“词为艳科”的“一代奇观”。我们试着翻开唐宋词的文学史册,简直到处都可读到那些或香艳、或凄丽、或热烈、或怨悱的恋情词篇。它们有的描写欢会,有的描写相思,有的表现对于自由恋爱的向往,有的表现对于恋爱悲剧的哀伤,其总的时代特色与文体特色便可大致概括为恣放、细腻与带有“城市色彩”。首先,它们所写的恋情是相当大胆的——不像以前若干文人诗歌那样,还带有“犹抱琵琶半遮面”的躲躲闪闪、羞羞答答之态,而词中所写的恋情往往是强烈真率的。例如张先的词有云:“双鸳池沼水溶溶,南陌小桡通。梯横画阁黄昏后,又还是斜月帘栊。沉思细恨,不如桃杏,犹解嫁东风。”(《一丛花令》)又如柳永词有云:“衣带渐宽终不悔,为伊消得人憔悴。”(《凤栖梧》)这种种爱情自白,勇敢真切动人。同时词中所写的恋情又十分细腻。对此,我们不妨比照一下前代的某些爱情诗篇,如《诗经》中的《摽有梅》《野有死麕》等,那是一种炽热却又相当质朴和带有野气的恋情;又如南朝民歌中的《子夜歌》(“宿昔不梳头,丝发披两肩。婉伸郎膝上,何处不可怜?”“自从别欢来,奁器了不开。头乱不敢理,粉拂生黄衣。”),那又是一种真挚而不免稚气的恋情。然而表现在唐宋词中的恋情心理,却显得十分宛转细腻,入骨颇深。如秦观两首小令:“天涯旧恨,独自凄凉人不问。欲见回肠,断尽金炉小篆香。　　黛蛾长敛,任是春风吹不展。困倚危楼,过尽飞鸿字字愁。”(《减字木兰花》)“落红铺径水平池,弄晴小雨霏霏。杏园憔悴杜鹃啼,无奈春归!　　柳外画楼独上,凭栏独撚花枝。放花无语对斜晖,此恨谁知?”(《画堂春》)这种恋情的心态,就不似情窦初开的少女心态,甚至也不似风情烂漫的少妇心态,而似乎带有着某种更成熟的特殊风韵与深清。当然唐宋词中也不乏有描摹少女、少妇心态的作品,但像秦词所刻画的心理与所塑造的意境,却堪称其典型。高度的细腻与成熟形成了唐宋词情感丰满与多层次的特性。而这一切情感的展示,往往都是以富丽繁华的都市生活环境为背景的。

宏观地看,中国古典诗歌中虽一向不乏对于恋情的描写,但到了唐宋词中,恋情才成为一个“热门”的题材。这对后代的戏曲和小说,着实产生了不小的影响。有了宋词中的“千秋愿,年年此会长相见”(欧阳修《渔家傲》),才会有元曲中的“永老无别离,万古长完聚,愿普天下有情的都成了眷属”(王实甫《西厢记》第四折)。有了宋词中“人生自是有情痴”(欧阳修《玉楼春》)的“痴情”,才会出现后代《牡丹亭》中那因“情”而死、又因“情”而生的杜丽娘和《红楼梦》中那痴情而死的林黛玉形象。这样看来,唐宋词在表现人类情感、社会心理等方面所做出的“贡献”也不可谓之不大了。

二、“苦闷”的灵魂：唐宋词人的忧患心理

文学历来是欢乐与苦闷的象征。如果说上述恋情心理多少表现了唐宋人的“欢乐”的话，那么下面要谈的忧患心理，就集中地表现了唐宋人的“苦闷”。

中国古代文学，素有“以悲为美”亦即表现忧患心理的悠久传统。从《诗经》里的“变风”“变雅”起，历经“盖自怨生”的《离骚》、“慷慨有余哀”的汉魏六朝诗歌，直到那忧思宛转的晚唐诗，所贯穿的基本感情脉络之一，便是那一股对于爱情、个人身世、国家前途、无常人生的忧患情绪。普遍而深广的忧患情绪，孕育和造就了无数的诗人。优秀和杰出的诗人，又按照“美”的规律，艺术化地表现出这种人人心中常有而口却难以尽言的忧患情绪：这就构成了一部古代文学史的基本事实。不过，比较起来，唐宋词中所充溢的忧患情绪，却似乎显得格外浓厚与深细。纳兰性德说过：“诗亡词乃盛，比兴此焉托。往往欢娱工，不及忧患作。”(《饮水诗·填词》)这就揭示了“词”与“忧患(心理)”间的密切关系。而李后主的这两句词：“人生愁恨何能免？销魂独我情何限！”(《子夜歌》)更说明了这样一个问题：唐宋词人，正是一大群对于忧患情绪具有特殊敏感的“多愁善感”者。他们既承受着前代文学中积淀本已十分丰厚的忧患心理的精神负担，又“吸收”了本朝社会新“释放”出来的忧患心理的精神势能，于是便形成了唐宋词特别喜欢抒写“苦闷”与“伤感”的另一种内容特色——且不去说那些身世坎坷、性格脆弱的词人们，连身逢“太平盛世”的词人如晏殊、宋祁，当他们面对良辰美景、手捧金尊玉钟时，不也轻吐了“无可奈何花落去”“浮生常恨欢娱少”的喟叹？而那位号称“豪放”词人的苏轼，一曲“大江东去”的高歌刚刚唱到大半，其“尾声”却又立时回旋起“人间如梦”的哀音……这都足够说明，忧患情绪简直如同一个幽灵那样，老在唐宋词坛上徘徊踯躅，又像一个巨大的阴影那样，时时笼罩在词人的心头。王国维说李后主词“真所谓以血书者也”，“俨有释迦、基督担荷人类罪恶之意”，又说晏殊、冯延巳词有“忧生”“忧世”之意(《人间词话》)，这些话实际上都触及了唐宋词特别擅长于表现忧患心理的“本源”问题。

那么，我们不禁又要追问：唐宋词人何来这么深浓的忧患心理呢？这除开文学本身的继承性原因(即承受了前代文学“以悲为美”的传统)之外，还得从唐(主要指晚唐五代)宋时期的社会境况中去寻找根由。前已说过，中国的封建社会在越过了盛唐这一顶点之后，已经开始向其“中老年”迈开了缓慢前进的步子。“成熟”本就孕育着“老化”，而“迟暮”则又加深了危机。所以，尽管盛唐之后还有北宋的再度“盛时”，但比较起来，两宋毕竟是一个国力大不如昔、积弱积

贫相当严重的社会(更不必说晚唐五代的衰败了),故而它那“内里”的种种社会弊病就不由得会一齐暴露出来。而士大夫文人又一向是社会诸阶层中最为敏感的阶层,他们具有“多愁”“善感”和“深思”的心理气质。(欧阳修《秋声赋》中一段话颇能说明这方面的问题:“嗟乎！草木无情,有时飘零。人为动物,惟物之灵。百忧感其心,万事劳其形。有动乎中,必摇其精。”)所以正像人体有病常会通过肝肾与声息脉搏反映出来一样,唐宋社会所产生或潜伏着的矛盾与危机,也极易在作为“国之肝肾”的士大夫文人和作为“国之声息”的文学创作(以上比喻是近人金一在其《心声》一文中提出的)那里,得到敏锐的反映。因此,词在初期虽常诞生于享乐的环境(如歌宴酒席)之中,然而竟连它也逃脱不了作者心头忧患情绪的笼罩,会变得“乐极生悲”起来。

下面,就让我们依照词的题材内容,简括地分述它们所表现的忧患心理:

在讴歌爱情与青春的词篇中,除开少数词篇闪现着明快欢乐的感情色彩外,可谓是基本沉浸在一派悲剧色调中的。顽固而强大的封建礼教,正像巨石一样压制着人们的自由恋爱,这就使得唐宋恋情词不由得变成一种“绮”(绮靡、绮艳)而又“怨”(哀怨、怨悱)的“绮怨”型文学。我们发现,凡是真有“深度”的恋情之作,就正是这类在描写情爱之中融和着忧患心理的悲剧型词篇,而绝非那些仅仅描绘男欢女恋、卿卿我我的“艳歌”“艳曲”。在前一类词中所出现的人物形象,或是“独倚望江楼”“肠断白蘋洲”的望夫女,或是“懒起画蛾眉,弄妆梳洗迟”的闺中妇,或是“不见去年人,泪满青衫袖”的失恋人,或是“落花人独立,微雨燕双飞”的孤独者……总之,都是一些带有内心创伤的悲剧性人物。而这类词的语言和风格也就多带着浓重的伤感色彩。在这方面,陆游的《钗头凤》可称是一首典型的作品,它的“错、错、错”和“莫、莫、莫”的喟叹,既表露了对于爱情破灭的怅恨,又在更加深广的意义上流露出对于“命运”(封建礼教)的那种怨恨悲愤的情绪。另外,大凡写到爱情悲剧的词篇,除了直接抒发爱情问题上的悲感之外,又常会把笔触“延伸”到抒写对于“青春难驻”的忧伤:秦观在写到“碧野朱桥当日事,人不见,水空流”之后,会浩叹“韶华不为少年留,恨悠悠,几时休”(《江城子》);朱淑真在嗟叹自身的可怜命运之后,更会引惹起对于“青春”流逝的怜悯与哀怨:“楼外垂杨千万缕,欲系青春,少住春还去。”(《蝶恋花》)这样,我们便又在唐宋词中读到了许多“留连光景惜朱颜”(李煜《阮郎归》)式的作品。这些词所表现的对于青春年少的无限眷念,其中不就隐含着对“人生无常”的悲恸与忧患？而晏殊这位在常人看来是人生圆满的“太平宰相”,在他锦衣玉食的生活之余,竟也吟出了“无可奈何花落去,似曾相识燕归来”“满目山河空念远,落花风雨更伤春”(《浣溪沙》)的名句。这越发表明,比起前代人来,唐宋词人的心理结构，似乎显得脆弱、衰老得多了，而其原因即在于他们过于敏感地感受着人生的忧患。所以，即使是在咏写本是人生最为甜蜜、幸福的两大主题——爱情与青春时，唐宋词的音调也不免是低沉哀怨的。在这类词中，我们感受到了忧患心理的“真挚性”。

其次，在那些咏叹个人身世和家国之感的词篇中，忧患心理的色泽就更浓烈了。黄庭坚诗：“人生不如意，十事常八九。”在不少（唐）宋文人心目中，人生本就是一种“不幸”与“苦恼”。在这方面，苏轼的很多词篇最明显不过地表露了这种意念。举他最为著名的两首词为例。一是《水调歌头·中秋》，他在里头曾“总结”出一条“人生不如意”的“规律”：“人有悲欢离合，月有阴晴圆缺，此事古难全”；二是《念奴娇·赤壁怀古》，他在其结尾“反思”而得的“人生真谛”只有四个字：“人间如梦”。由此可见，唐宋词人因着个人与社会发生碰撞、冲突之后所激起的忧患心理，竟是何等的深刻与浓重！到了南宋时期，由于民族矛盾的加剧，词中所表现出的忧患心理，又主要集中到对国家前途、民族命运（以及个人身世）的关注与忧虑上。辛派爱国词就突出地反映了这方面的情况。辛词有云：“可惜流年，忧愁风雨，树犹如此。”（《水龙吟》）这几句令每一个忧国忧民的爱国志士读后动容变色。而刘克庄词：“饮酣画鼓如雷，谁信被晨鸡轻唤回？叹年光过尽，功名未立；书生老去，机会方来。使李将军，遇高皇帝，万户侯何足道哉？披衣起，但凄凉感旧，慷慨生哀。”（《沁园春》）又会使每一个旧时代的怀才不遇者读后扼腕长叹。这些忧患于政治、忧患于时局、忧患于民族前途的爱国词篇，体现着作者对于历史的高度责任感，反映着我们古老民族的生命火焰正在黑暗的环境中愤怒地熊熊燃烧。在这类词中，我们感受到了忧患心理的“严肃性”。

最后，在那些歌咏山林之趣、抒写隐逸之情的词篇中，我们也不难透过其“怡然”“旷然”的外表而感受其“底层”的忧患心理。如陆游在他退隐山阴农村时写过“一竿风月，一蓑烟雨，家在钓台西住。卖鱼生怕近城门，况肯到红尘深处”的“渔父”词（《鹊桥仙》），又自称“家住苍烟落照间，丝毫尘事不相关”（《鹧鸪天》），这看似非常的“超然物外”，可是就在后一首词的尾声，他不禁又吐露了这样的愤懑：“元知造物心肠别，老却英雄似等闲。”这就是说，“老骥”虽然被迫“伏枥”，然它对于世事的忧患却是一日未尝真忘的。又如张孝祥词：“世路如今已惯，此心到处悠然。寒光亭下水如天，飞起沙鸥一片。”（《西江月》）表面看来已经脱俗如鸥，实际其“悠然”的心境却又是从“世路经惯”的深沉忧患中暂时地“飞跃”出来的，其内里仍深藏着对于坎坷人生的无限感叹。故而，在这类词篇中，我们仍能感受到忧患心理的“潜藏性”。

所以,总的看来,唐宋词篇中简直随处存在或潜藏着词人们的忧患心理和忧患情绪。这种现象既是前代诗歌"诗可以怨"的传统之继承和发展,又映现了封建社会开始转入下坡路的时代折光。对于这种忧患心理及其带来的悲剧性、伤感性的艺术美感,我们不应抱着简单的否定态度。这是因为,人类的历史是在充满着痛苦与烦恼的艰难历程中行进过来的;它每行进一步,都要向着人类索取肉体和精神上的一定代价。因而"忧患"与"苦闷"便是人类必定要向历史付出的"精神代价"之一;而在它的"反面",又正蕴藏着人们对于美好生活的执著追求和积极肯定——从唐宋词的"文学窗口"中,我们可以看到在那漫长的封建社会之长夜中,人们追求爱情自由、追求美好人生、追求崇高人格、追求祖国前途的思想火花是如何萌生、如何勃发、如何在长夜的黑暗中熠熠发光的……而这一切,又大都是通过忧患、伤感、苦闷甚至是"绝望"的心理面目折映而出的。

三、"快活"与"衰惫"的灵魂:唐宋词人的享乐心理和"出世"心理

除开上述两类心理之外,唐宋词中也还不同程度地表现了文人的享乐心理和"出世"心理。但因为它们相对而言不占重要比重,又因它们所造就的词作大都不属"精华"之列(相反,有些属于"糟粕"之列),所以这里只作简略的提及。

诗歌中表现享乐心理,由来已久,可说是伴随着剥削阶级的诞生而"与生俱来"的。不过,到了唐宋词中,这种现象又因着封建社会的渐趋没落和地主阶级腐朽本性的进一步暴露而有了变本加厉的发展。在晚唐五代词坛上,由于词人身处"朝不保夕"的乱世,所以其享乐心理带有"醉生梦死"的特色。例如韦庄词云:"劝君今夜须沉醉,尊前莫话明朝事","遇酒且呵呵,人生能几何"(《菩萨蛮》)。它就反映了此种"今朝有酒今朝醉"的心态。而后蜀国君孟昶的词更直言:"者(这)边走,那边走,只是寻花柳;那边走,者边走,莫厌金杯酒。"(《醉妆词》)这就更使他那纵情酒色的享乐心理暴露无遗。在这种享乐心理的支配下,不少词人竟进而把色情的东西写进了词中,使得某些"艳词"几欲变成了"淫曲"。故而难怪陆游要愤慨道:"方斯时,天下岌岌,生民救死不暇,而士大夫乃流宕至此,可叹也哉!"(《花间集跋》)及至北宋社会,又出现了另一种庸俗意味十足的享乐心理:由于受到"承平"环境中"纸醉金迷"生活的"感召",以及沾染了市民阶层某些不健康的思想意识,所以一些词人心灵中也产生了追求肉欲享受的低级趣味。如柳永词云:"越娥兰态蕙心,逞妖艳、昵欢邀宠难禁。宴上笑歌间发,舄履交侵,醉乡归处,须尽兴、满酌高吟。"(《夏云峰》)此外更有些不堪入耳(目)的词篇。这些词中所"泛起"的就堪称一种"精神糟粕"或"感情渣

滓”。南宋时期，上述那种声色犬马的享乐心理暂时有所收敛，代之而起的则是另一种“清雅”的享乐心理。但当强敌压境、国事多艰之秋，不少文人却放情山水、探梅赏菊，这种心理终究还属病态或畸形，而非正常或健康的。所以综观唐宋词坛，尽管其不少词篇描写了词人所过的奢侈的享乐生活，表现了他们那“快活”与“满足”的心理，但从本质而言，却都反映了剥削阶级的腐朽性和封建社会的衰败性。这类映现着“败家子”面目的享乐心理，当然就给唐宋词坛带来了相当不良的影响。一般来说，唐宋词篇（除开那些“豪放”词外）远远缺乏盛唐诗歌中的英雄形象和理想主义色彩，也缺乏那种恢宏昂扬的气象与音调，相反较多平庸的意念与侧艳软靡的风格。这些，与词人所怀有的享乐心理存在着密切的关系。

但是，就在唐宋词人中的一部分人感到世俗享受生活的“满足”与“快活”之同时，另有一部分词人却产生了“出世”或“看穿”的心理。这种情况，早在中唐词人张志和的《渔歌子》（还有同时人和作的十余首同调词篇）中已见端倪；不过张词主要还只写了“渔父”生活的愉悦，尚未流露出对于生活的厌倦。到了晚唐五代，大概那时的词人正忙于在“软红场”中厮混、在“醇酒美人”的圈子里打滚吧，所以抒写“出世”意念的作品虽有，然又并不太多。及至北宋中期以后，由于社会危机加深，政治斗争加剧，所以那种“看穿”人世的“出世”心理，就在一些词人心里袅袅升起。苏轼就是一个典型。他的诗如“人生到处知何似？应是飞鸿踏雪泥”（《和子由渑池怀旧》），他的散文如“寄蜉蝣于天地，渺沧海之一粟”（《前赤壁赋》），就都表达了这种“人生虚幻”的心理。尤其在他的词里，则更为集中地表现了“人间如梦”的“看穿”思想，如“身外傥来都似梦”（《十拍子》）、“休言万事转头空，未转头时皆梦”（《西江月》）、“世事一场大梦”（同上）等。特别是其《永遇乐·燕子楼》中的这几句：“古今如梦，何曾梦觉？但有旧欢新怨。”更把人类的全部历史活动，看成是一连串旋生旋灭的连续梦境。这和他在其他词中所写的“万事到头都是梦”“须着人间比梦间”（《南乡子》）一样，都表达了自己对于整个人生的那种怀疑与厌倦的心理。而照理来讲，人之产生厌世思想，常是晚年之事；现在封建社会还正处于它转入“中老年”的“开始”阶段，但他的“思想代言人”苏轼却一而再、再而三地表露了那种“世路无穷，劳生有限”（《沁园春》）、“长恨此身非我有，何时忘却营营”（《临江仙》）的“疲惫”不堪的心态，这确在更深的意义上反映了封建社会的“未老先衰”的征兆。所以到了南宋阶段，由于特定的社会原因，便有更多的词人滋生了“隐逸”“出世”的思想意识。比如以写《樵歌》而闻名的词人朱敦儒，就多的是这类词句：“世事短如春梦”“回头万事皆空”（《西江月》）；而竟连平生以功业自负的辛弃疾，当他被迫“赋闲”

时，在其词中也屡见那种“钟鼎山林都是梦”（《临江仙》）、“细看斜日隙中尘，始觉人间，何处不纷纷”（《南歌子》）的“看穿”心态。这些都不能不使我们注意到：封建社会的“躯体”虽然还没有完全“老化”，但它的“灵魂”却在一定程度上“提前衰老”了。

以上，我们分别考察了唐宋词人的几大类社会心理。应该指出：这些心理因着时代境况、作者个性等方面的因素有时是比较单纯地出现的，而在更多时候则往往是错综出现的，这就使得唐宋词所展示的心灵世界呈现出五光十色、纷纭繁复的面目。而在这其中，尤又以恋情心理与忧患心理为其“主流”。这二者的交织和交替，就构成了唐宋词发展的一条基本思想脉络。

（原载《文史知识》1989 年第 8 期、第 9 期）

爱情意识与忧患意识的“交互”和“交替”

——论晚唐五代词兼及两宋词的“主思潮”

如果从“心态学”的角度进行考察，我们不难看出唐宋词的优秀作品中，大都表现着爱情意识与忧患意识这两种思想意识。正是由这两大思想意识构成的唐宋词所表现的两股“主思潮”，时而交互、时而交替地翻腾在词人的心头，从而形成了他们纷纭繁复的心态，以及由此而生的艺术结晶——以“绮怨”风格为主的婉约“词境”。

本文无力对整个唐宋词作全面详密的研究，只能采取“重点解剖”与“兼及全面”相结合的办法，试将论述的重点放在晚唐五代词身上，然后带出对于两宋词的“鸟瞰”。这是因为：晚唐五代词“虽小却好”（刘熙载《艺概》卷四），它相当典型和集中地体现了整个唐宋词（主要是其中的“婉约词”）的本质特征和艺术精华，而两宋词在一定程度上言，则都可看作它的延伸、放大和发展、演变。

一、爱情意识在晚唐五代词苑的滋生、勃发

“春日游，杏花吹满头”（韦庄《思帝乡》），步入晚唐五代词苑，我们的“第一印象”便如从寒气萧飒的田野踏进花气扑人的暖房一样，尝到一种“冬天里的春天”的奇妙感觉。所谓的“冬天”，首先是指当时战乱不息、民不聊生的“大气候”；其次，文坛的“小气候”也同样也逃不了“冬天”的黯淡色彩和凋落气氛。就以诗歌为例，比起盛唐诗歌那种恢弘昂扬的气度来，晚唐诗歌无疑显得卑微而孱弱。

但是，就在这种“冬天”型的“大”“小”气候下，晚唐五代词的“暖房”中却呈现了一派醉人的“春色”。这一点，在晚唐五代词里的《花间》词中表现得尤为突出和惊人。“还似花间见，双双对对飞”（张泌《蝴蝶儿》），“莺啼燕语芳菲节，瑞庭花发”（毛熙震《后庭花》），我们在《花间》词苑所常见到的，就是这一派蝶飞花发、莺啼燕语的“春天”景象。在号称“《花间》鼻祖”的温庭筠词中，就洋溢着

相当郁馥的“春意”。这股“春意”，主要表露在以下三个方面：

其一是好写“成双作对”的禽鸟形象。如：

新帖绣罗襦，双双金鹧鸪。（《菩萨蛮》）
翠钗金作股，钗上蝶双舞。（同上）
一双娇燕语雕梁，还是去年时节。（《酒泉子》）

词人为何特别喜欢描绘这种“成双作对“的形象？其目的固然是为反衬词中女主人孤栖独宿的心情，然而她们深心渴望“成双”的浓浓“春情”，岂不也可由此而清晰窥见？

其二是好用艳色的字面。如：

何处杜鹃啼不歇？艳红开尽如血。（《河渎神》）
花花，满枝红似霞。（《思帝乡》）。
金雀钗，红粉面，花里暂时相见。（《更漏子》）

红花、红霞之类自然景物的红色，加上红粉、红颜之类佳人脸上的红妆，便构成了一幅幅“人面桃花相映红”的“美人嬉春图”。

其三是词中很多地方均散发着“春日”的“暖意”。如：

红袖摇曳逐风暖。（《河传》）
暖香惹梦鸳鸯锦。（《菩萨蛮》）
笼中娇鸟暖犹睡，帘外落花闲不扫。（《木兰花》）

昔人诗云：“花气袭人知骤暖。”（陆游）温词之所以散发出这股暖意，则仍是与它的“春天”气息密切相关的。

当然，在温词中，也另有那类孤单的女性形象，以及凄暗的色彩和冷清的气氛（这将在下文论及），但从总体而言，它所提供给读者的，很大程度上是那种香艳、热烈、暖洋洋的“春天”型心理氛围和艺术美感。举一反三，从温庭筠词出发，我们就不难想知整个《花间》词的主体风味了：它们正是在“春天”的背景（或是彩蝶纷飞的明媚春光，或是飞絮落花的濛濛春雨）下展开其词境的。这和当时社会生活，以及文学创作的整体情状相比，简直有些“格格不入”！

现在的问题在于：应该如何去认识和解释这种“冬天里的春天”的奇妙现象？是什么原因给这个处于萧瑟年代里的词苑，提供了“春天”的热力？答案就在于：正是“爱情意识”的又一次大滋生，才给《花间》词苑带来了如此盎然的“春意”！欧阳炯《花间集序》中的一段话，就为我们道出了个中奥秘。他说：“有唐以降，率土之滨。家家之香径春风，宁寻越艳；处处之红楼夜月，自锁嫦娥。在明皇朝则有李太白应制《清平乐》词四首，近代温飞卿复有《金筌集》。迩来作者，无愧前人……”原来，词苑中所吹拂的阵阵“春风”，其“风源”就来自于“越艳”“嫦娥”所居的“红楼”“香径”。也就是说，晚唐五代词之所以会如此妍丽，之所以会出现那特殊的“艳色”和“春意”，究其来由，实在还是出于爱情意识之“推动”和“哺育”的结果。

讲到这里，我们就不能不注意这样一个历史事实：千百年来，爱情意识对于文学创作所产生的作用，可谓大矣。男女两性间的爱情生活，以及这种生活在人们心头积淀下来的爱情意识，历来就是古今中外无数优秀作品所赖以存在、生发的“土壤”与“肥源”之一。扎根于这片土壤，吮吸着它的养料，使文学园地绽开无数美丽的秀花异葩。回顾中国诗史，在晚唐五代词以前，就曾有过爱情意识的两次“大滋生”“大运行”过程：第一次是在《诗经》《楚辞》的时代，第二次是在南北朝（南朝乐府民歌和南朝文人诗）时代。在这两个时代，都由于爱情意识对于诗歌创作的“推动”和“哺育”，才使后者获得了令人欣喜的成功。

如果说，爱情意识曾在《诗经》《楚辞》和南（北）朝诗歌的时代里掀起过两次“浪潮”的话，那么，迭经初盛中唐的不断酝酿，它终于又在晚唐五代的年头里掀起了“香艳文学”的第三次“浪潮”。标志着这股浪潮的，首先是李商隐、韩偓的那类“无题”诗和“香奁”诗，其次便是温庭筠、韦庄的那类《花间》词。而相比起来，在前者那里，爱情意识的表现多少还显得有些“躲躲闪闪”或“扭扭捏捏”，但在后者那里则越发显得“无拘无碍”或“畅快淋漓”。《花间集》共收 18 位词人的 500 首词篇，但占其十之八九的竟全是关于恋情的作品。他们时而追逐佳人于香车之尾（张泌《浣溪沙》：“晚逐香车入凤城”，“便须佯醉且随行”），时而约会恋人于花间月下（欧阳炯《贺明朝》：“忆昔花间初识面，红袖半遮，妆脸轻转”），时而沉醉于鸳鸯帐里（毛文锡《喜迁莺》：“碧纱窗晓怕闻声，惊破鸳鸯暖”），时而又流泪于翡翠被中（韦庄《小重山》：“卧思陈事暗消魂，罗衣湿，红袂有啼痕”）。总之，尽管作者们身处的社会环境是一片“冬日”的衰飒和萧索，然而由于那股郁勃的爱情意识鼓荡在心头，所以出现在他们笔下的，却全是一派“海棠花下思朦胧，醉香风”（毛文锡《酒泉子》）式的“春天”风光。晚唐五代艳诗艳词中翻腾着的艳思丽藻，泛滥而起的脂粉香气，就是这一股浓郁的爱情意识贯穿其中的结果。

关于为什么晚唐五代词会成为爱情意识最为“惬意”的“归宿”这一问题，此不赘述①。我们这里要研究的是，爱情意识究竟给词的风格特征带来了什么影响？对此，我们应从爱情意识本身的特征去寻求答案。首先，爱情意识属于那种“香艳”型的思想意识；其次，它是偏于“柔性”的；最后，在人类所怀有的各种思想意识中，它是最为美好、最足珍贵的一类。而这，就导致了最善于表现这种爱情意识的“小词”的风格特征向着上述三个方向同步发展。第一，它使词中出现了“艳科”的局面。那似乎永远也写不完的男女恋情，就成了《花间》词的最为重要的“母题”。由它派生出相思词、幽会词、别离词、闺怨词、伤春悲秋词……一句话，词的风格就深深地烙上了“艳”和“香”的印记。又因“小词”和“艳情”（爱情意识）在词的“孩童”时代（晚唐五代词可视作是文人词的儿童时代）就结下了“青梅竹马”之交，所以这种香艳绮靡特性以后就一直紧紧不离地伴随着词的“成长发育”而成了它的“终生性格”之一。第二，它又使词的文体风格偏于柔婉一路。其道理自也相当清楚：“柔情似水”，在这股爱情意识的“柔化”之下，词人的审美心理和词的意境与风格就无不发生“女性化”的“柔变”。就拿温庭筠来讲吧，他在晚唐这个不景气的时代里，何尝不有“欲将书剑学从军”（《过陈琳墓》）和“五湖烟水独忘机”（《利州南渡》）的壮志与逸思？但当他踏进红毡毯、象牙板的女性音乐环境并在心中涌起艳情娈思之后，他的词笔顿就变柔变软了：“玉楼明月长相忆，柳丝袅娜春无力。门外草萋萋，送君闻马嘶。　画罗金翡翠，香烛销成泪。花落子规啼，绿窗残梦迷。”（《菩萨蛮》）在“长相忆”的感情“催化”之下，自然界的一切景物统统变得那么幽细柔婉，就连那萧萧鸣叫的马嘶声，似也显得那样的凄悠含悲！所以在《花间》词中，风是“软”的，雨是“细”的，在总体上被笼罩于一片轻柔细婉的心理氛围之中。由此亦证爱情意识确为词的“婉约”“妩媚”的“宗风”（所谓的“词以婉约为正宗”和“诗庄词媚”就已表明此点）提供了思想感情方面的“内核”和“基础”。第三，在爱情意识的作用之下，文人词更产生了“美文化”的倾向。在《花间》词中，一则由于文人作者的艺术修养较高，二则由于他们所欲表现的乃是世间万物中最为美好的感情（爱情），这就迫使或促使词人们不得不精心考虑词中的用字下语、“布景”“设色”：为着要与“香艳”的感情内容相匹配，他们就尽力选择红楼夜月、玉堂金屋类的字面；为着要与旖旎的风情格调相统一，他们就尽力采用花柳莺燕、绣阁香灯类的丽藻；更为要让“玉人”能够款款低唱，他们又在讲究文辞之美的同时，另去追求声律之美。在这种“美文化”的努力之下，词于是成为中国韵文中最为漂亮、

① 参阅杨海明《试论宋词题材狭窄的原因》（载《学术月刊》1982 年第 9 期）和《“词境”——向着抒情的深度开掘》（载《南开学报》1985 年第 6 期）中有关内容。

最为华贵、最为悦耳的“美文”。综合以上三点，可见爱情意识在促使词体形成自己的主体风格方面，其“功劳”和“贡献”是何等的重大。细思下来，词的香艳性、柔美性，词的婉约风格，这种种特性，均与爱情意识之间存在着密不可分的“血肉”关系。故在爱情意识这股温馨如春的“香风”吹拂之下，《花间》词苑若不开出一丛丛绚丽的艳词之花，不散放出一阵阵溶溶曳曳的“春”之气息，那才怪呢！

二、忧患意识在晚唐五代词苑的潜生、宣泄

但是，生活（即使是幸福的爱情生活）却永远不会是一种色彩和一种滋味的。就在《花间》词的“春”的背后，我们却又感到了“春寒”的料峭和凄冷；在《花间》词人所捧出的爱情的“甜酒”中，我们又同时咣咂到了它所包含的丝丝“苦味”。仍以温词为例：在它里头所出现的女性形象，固然不乏“江畔，相唤，晓妆鲜”（《河传》）的神采鲜妍的采莲女子，以及那正在“偷眼暗形相”、思欲嫁个风流夫婿的天真少女（《南歌子》）；但是更多的“谢娘”们却是挂着眼泪的：“人远泪阑干，燕飞春又残”，“金雁一双飞，泪痕沾绣衣”，“泪痕新，金缕旧，断离肠”，“谢娘惆怅倚兰棹，泪流玉箸千条”……这就说明，尽管她们心中涌起了阵阵“春潮”，也尽管她们或许确实“捕捉”到了一点“春”的欢乐，但真正的“春天”却并非属于她们的。所以她们便要惜春、伤春、怨春、恨春……这种复杂的思想意绪，实际启示我们：《花间》词中所表现的“主思潮”，并不仅仅是单一的爱情意识，而是混和、交织着另一种“忧患意识”所共同组成的“复合思潮”。对此，清人刘熙载说得甚好：“温飞卿词，精妙绝人，然类不出乎绮怨。”（《艺概》卷四）“绮”者，绮靡、绮艳也；“怨”者，哀怨、怨伤也。无疑，这“绮怨”二字就不仅是指其风格，而且是兼指其思想内涵——也就是说，温词所表现的思想意识，不仅仅是单纯的爱情意识，而且还同时交织着伤感的忧患意识。所以紧接上言，刘熙载又说：“韦端己、冯正中诸家词，留连光景，惆怅自怜，盖亦易飘飏于风雨者。若第论其吐属之美，又何加焉！”他所说的“飘飏于风雨者”就其原意而言，主要是指其“飘飏”于政治的“风雨”，亦即有感于政治的危机；但事实上则除此以外，也应包括比之更为深广的思想内涵：有感于整个“人生”的“风雨”（危机）。这就比较深刻地触到了晚唐五代词所表现的忧患意识问题。

为了叙述的方便，同时也是从事实出发，我们把晚唐五代词表现忧患意识的问题重点放到南唐词身上来作论析。对此，不妨先引王国维《人间词话》中对二李（李璟、李煜）一冯（冯延巳）词的有关评论。他说：

南唐中主词："菡萏香销翠叶残，西风愁起绿波间"，大有众芳芜秽、美人迟暮之感。

冯正中词虽不失五代风格，而堂庑特大。

词至李后主而眼界始大，感慨遂深。

尼采谓："一切文学，余爱以血书者。"后主之词，真所谓以血书者也……后主则俨有释迦、基督担荷人类罪恶之意。

此中所言的"堂庑特大""感慨遂深"，以及"美人迟暮之感""释迦、基督担荷人类罪恶之意"等，讲来讲去，就是他在《人间词话》另一处所谈到的"忧生""忧世"之思。所以，说到底实际还是讲的忧患意识问题。

这样，我们便可看到，一方面南唐词仍"不失五代风格"，亦即仍然活跃着前已言过的那股爱情意识且带有那种香艳、柔婉的《花间》词风；另一方面它却又比《花间》词带有了更加浓厚的忧患情绪和伤感色彩。这一情况，既表现在作于南唐亡国前的李璟、冯延巳词中，更表现在作于南唐亡国前后的李煜后期词中。

先读一篇李璟的《浣溪沙》：

菡萏香销翠叶残，西风愁起绿波间。还与韶光共憔悴，不堪看。细雨梦回鸡塞远，小楼吹彻玉笙寒。多少泪珠何限恨，倚阑干。

从它所表现的思妇心绪（爱情意识）的细腻委婉和优美文雅来看，是足以与《花间》词相媲美的。但是正如王国维所指出的那样，在它所展示的秋风残叶、菡萏香销的深悠意境之中，在它所描绘的"还与韶光共憔悴"的妇人心态之外，我们又完全能够"抽绎"出作者对于短促人生所怀有的那种浓重的忧患意绪。陈廷焯评曰："沉之至，郁之至，凄然欲绝。"（《白雨斋词话》卷一）要问"沉郁"在何？"凄然"在何？则正在于它的"言近而旨远"也。

再读冯延巳词。冯词给人们最深的印象便是它的欢悲交集和"乐尽悲来"。这就明显地印证了我们所讲的爱情意识与忧患意识相互"碰撞""交互"的论题。例如下面这些词：

樱桃谢了梨花发，红白相催。燕子归来，几度香风绿户开？　人间乐事知多少？且酹金杯。管咽弦哀，慢引萧娘舞袖回。（《采桑子》）

雾濛濛，风淅淅，杨柳带疏烟。飘飘轻絮满南园，墙下草芊眠。燕初飞，莺已老，拂面春风长好。相逢携手且高歌，人生得几何？（《喜迁莺》）

笙歌放散人归去，独宿江楼。月上云收，一半珠帘挂玉钩。　起来点检经由地，处处新愁。凭仗东流，将取离心过橘洲。（《采桑子》）

从这些词中可知,词人的寻欢作乐,本是建筑在“人生几何”的悲观心理基础之上的,故而在“笙歌放散”之后他就马上重新堕入“处处新愁”的悲凉意绪之中。这种复杂的心态出现在冯氏这样官高位隆、锦衣玉食的“太平宰相”词中,就同李璟这样的“风流天子”词中却出现了“昨夜更阑酒醒,春愁过却病”(《应天长》)的愁苦之语一样,表明即使在南唐君臣豪华富贵的府殿中,那煌煌燃起的巨烛之光,却仍不能驱散那悄然袭来的忧患意识的阴影。

这种情况发展到李煜词中,越发显然。从政治环境来说,李煜所处的时代已是风雨飘摇、朝不保夕,在他39岁那年,终于国破家亡,身为降虏。从本人的禀性气质而言,则李煜更是一位极聪慧、极敏感的“诗人”型人物,最易触发对于人生的悲苦之感。所以这内外两方面的因素,就促使他成了以词为“哭泣”(刘鹗《老残游记序》:“李后主以词哭。”)的伤心词人。一方面,他以醉生梦死般的疯狂,恣情地享受着恋情的“欢乐”,写下了“绣床斜凭娇无那,烂嚼红茸,笑向檀郎唾”(《一斛珠》)式的艳词;另一方面,即使是在这种灯红酒绿的奢侈生活环境中,他也无法抑制地会感生出对于“好景不长”的忧患情绪。读着诸如“留连光景惜朱颜,黄昏独倚栏”(《阮郎归》)、“醉乡路稳宜频到,此外不堪行”(《乌夜啼》)之类的词句,我们便知他那多愁善感的“慧心”,早就开始从平常“客散人归”“酒阑宴罢”的生活中收集、蓄积起忧患意识的“势能”来了。故而“一旦归为臣虏”,他那蓄积在心头的忧患意识,便会像那“一江春水”般涌发在他的词中:

> 帘外雨潺潺,春意阑珊。罗衾不耐五更寒。梦里不知身是客,一晌贪欢。　　独自莫凭栏,无限江山。别时容易见时难。流水落花春去也,天上人间!(《浪淘沙》)

清人郭麐评曰:“绵邈飘忽之音,最为感人至深。李后主之‘梦里不知身是客,一晌贪欢’所以独绝也。”①这个“梦里不知身是客”,和他另外的“世事漫随流水,算来一梦浮生”“往事已成空,还如一梦中”一样,愤懑而哀切地诉说了他对“人生长恨”的惨痛体验与反思,以及他欲求摆脱而又只能归之于“梦”的深重苦闷。读着这些词句,我们仿佛见到了一个已被历史所抛弃的“过客”,他的孤独的灵魂正在忧患意识的凛冽寒风中瑟瑟地颤抖、可怜地挣扎……从这种情况来看,则忧患意识在晚唐五代词中的表现与宣泄,至此可谓已达“高峰”——如果说,在《花间》词中,它还像“风儿收集着阴云”似的交杂在爱情意识的“春风”之中而

① 杨敏如编著:《南唐二主词新释辑评》,中国书店出版社,2003年,第122页。

使人感到时薄时浓的“春阴”“春寒”那样，那么，在李璟、冯延巳的一些词中，它就变得“云青青兮欲雨”般加浓了；而到了李煜的后期词里，则忧患意识便像“泪飞顿作倾盆雨”似的倾泻而下了。综观晚唐五代词的情况，我们便可发现，忧患意识在词的思想内涵中所占“比重”是日趋增大的。忧患意识和爱情意识一样，是晚唐五代词所表现的“主思潮”之一；两者的“交互”及某种程度上的“替代”，便构成了晚唐五代词的主要思想内涵。

关于为什么晚唐五代词会潜生、宣泄出忧患意识的问题，本文仍不赘述①。这里要研究的是，忧患意识对于词的风格特征和艺术美感所产生的作用问题。《文心雕龙·情采》篇云：“五色杂而成黼黻，五音比而成《韶》《夏》，五情发而为辞章，神理之数也。”深刻地揭示了文学风格的“丰富性”问题。我们试想，要是词中仅仅清一色地呈现为绮艳的风格，老是“满街珠翠，千万红妆”（韦庄《河传》）式地以其珠光宝气照人眼目，那岂能收到使人回味无穷的艺术效果？照我们看来，词的“特异光彩”，词的最能打动人心之处，正就在于它的“绮”中有“怨”，“艳”中有“哀”！对此，前人有过很深的体会。沈义父说：“作词与诗不同，纵是花卉之类，亦须略有情意，或要入闺房之意……如只直咏花卉，而不着些艳语，又不似词家体例。”②王世贞说：“词须婉转绵丽，浅至儇俏，狭春月烟花，于闺幨内奏之。一语之艳，令人魂绝；一字之工，令人色飞，乃为贵耳。”③这是讲的词须“绮”“艳”。赵秋舲说：“词则善写‘愁’者……栩栩然，荒荒然，幽然，悄然，无端而愁，即无端其词。”④谢章铤说：“夫词多发于临远送归，故不胜其缠绵悱恻。即当歌对酒，而乐极哀来，扪心渺渺，阁泪盈盈，其情最真，其体亦最正矣。”⑤这又是谈的词须“怨”“哀”。而事实上，唯有上面两者结合而成的“绮怨”“哀艳”风格，才真正是词所特具的文体风格，才是它最能吸引读者的特殊魅力所在！而这种风格的形成，光靠爱情意识的作用，还是不能奏效的，它更需在爱情意识之外，充入另一种深沉伤感的忧患意识，在热烈温软的“香艳”型美感之中混入哀怨悱恻的悲剧型美感。换句话说，词不仅要以“绮艳”为其“底色”，还需涂上各种其他色泽的油彩（而其中尤以凄清类的色泽为宜），这样才能组合成它斑烂绚丽的各式词境。忧患意识之于词风，大体上就起了这种“调色”的作

① 参阅杨海明《论唐宋词中的“忧患意识”》（载《学术月刊》1986年第6期）中有关内容。
② 沈义父：《乐府指迷》，唐圭璋编《词话丛编》，中华书局，1986年，第281页。
③ 王世贞：《弇州山人词评》，唐圭璋编《词话丛编》，中华书局，1986年，第385页。
④ 赵秋舲：《花帘词序》，吴藻《花帘词》，清道光刻本。
⑤ 谢章铤：《赌棋山庄词话》卷一〇，唐圭璋编《词话丛编》，中华书局，1986年，第2451页。

用。陆机《文赋》尝云:“诗缘情而绮靡”,“诔缠绵而凄怆”。“诗”(主要指艳体诗)和“诔”中的这两大类风格,便在晚唐五代的“小词”里头得到了“长足”的发展与融和,终于焕发出一种令人黯然销魂的熠熠异光;而此种“绮怨”的特异光泽,正是由爱情意识与忧患意识这两大“光源”所散放出的光采所共同“叠合”而成。

三、爱情意识与忧患意识在两宋婉约词中的“交互”和“交替”

晚唐五代之后,词迎来了自己的黄金时代——宋词阶段。但是,不管两宋(婉约)词的面目何等纷纭繁复,它从晚唐五代词中“遗传”而得的某些“天性”却仍没有多大变异。简而言之,贯穿在整个两宋词中的“主思潮”,仍主要是这两股交互、缠绕着的爱情意识和忧患意识。不过因着宋代300多年的漫长历史,这两大意识之间,不仅存在着紧紧交互缠织的情形,还因“调色”程度的差异而显示出一定程度的“交替”性面目来。为着节约篇幅,对于两者的“交互”就一笔带过(因为这是极易明了的),而对两者在一定程度上的“交替”也只能用“鸟瞰”的方式约略论述。

北宋前期词坛,因着政治稳定、经济繁荣的时代原因,主要活跃着那股爱情意识。无论是柳永、张先的慢词,还是晏殊、欧阳修的令词,其中都恣情地表现着人们的热恋心理和享乐心理。“且恁偎红翠,风流事,平生畅”“青春才子有新词,红粉佳人重劝酒”,柳永和欧阳修的这些词句就充分表明了它们的香艳性。至此,艳情词就因着“升平”的社会形势而促生了它的真正“春天”。可是,好景不长,随着社会矛盾的激化和社会危机的加深,忧患意识却又在北宋中期词坛上袅袅升起。代表人物有两位。一位是晏几道,他的词虽多写艳情,但更浓的却是一种“华屋山邱”的盛衰之慨和“昨梦前尘”的怀旧之感,简直可以当作一部爱情的忏悔录和人生的回忆录读。另一位是苏轼,在他的词中随处可见他对政治、对人生的忧患之情——不过比之前代李煜词中所表现的沉痛的忧患意识来,苏词中所表现的忧患意识又带有了另一种“自我解脱”性。这是因为,时代毕竟变了,而作者的禀性又有所不同,所以李煜词中的“温度”简直达到了令人“不耐”(“罗衾不耐五更寒”)的冷度,而苏词则因作者超旷放达的胸襟而使其有所“回升”。这或许也是苏词在忧患意识之外又提供了另一种新的思想因素(“出世”意识)之缘故吧。而在苏轼以后的北宋后期词坛上,由于徽宗朝的穷奢极侈,以周邦彦为代表的软温艳丽词风便很快弥漫起来。“锦幄初温,兽香不断,相对坐吹笙”(周邦彦《少年游》),爱情意识和儿女柔情,似又一时间重据了支配地位。

接着“靖康之变”的鼙鼓声响惊断了北宋词人的温柔好梦，开出了南宋词的新阶段。“反馈”着时代的巨变宏响，词坛上变奏出了两部音响不同而基调复归于一的“忧患交响曲”：一类是李清照式的伤感之音，它们通过哀苦的爱情回忆，抒发了对于个人身世和民族命运的悲感；另一类是抗战派词人的爱国之音（其词风已超出了“婉约”范围），它们虽然有时揭响入云，但“落下来”的却仍是那股不绝如缕的伤感悲愤之余音。这一时期，爱情意识似又暂时“告退”。到了苟安形势形成之后，以西湖“销金锅”为“大温床”的南宋中后期词坛，则“燕燕轻盈，莺莺娇软”（姜夔《踏莎行》）、“玉纤香动小帘钩”（吴文英《浣溪沙》）式的艳情词重又“返青”。这种“小红低唱我吹箫”的局面一直延续到了南宋覆亡前夕。待到元人的铁蹄由北向南突驰，词坛的“调门”顿又一变；而宋王朝也在一片凄凉的伤感、呻吟（间也夹杂一些愤怒、悲慨之音）的“挽歌”声中宣告结束……

以上便是一部“宋词史”的简括。从中，我们之所见，大致仍不出爱情意识与忧患意识的“交互”和“交替”。刘勰早就说过：“人禀七情，应物斯感。感物吟志，莫非自然。”（《文心雕龙·明诗》）在这“七情”之中，恐怕即以人的“绮情”和“怨情”（爱情意识和忧患意识）最易激发或转化出“诗情”来。证之整个中国诗史，或可得到涵盖更广的结论。

（原载《江海学刊》1988年第1期）

论唐宋词的“享乐意识”

前人在对“诗”与“词”作整体比较时,有过许多话头,诸如“诗庄词媚”“(宋)诗言理而(宋)词言情”“诗之境阔,词之言长”,等等。但另有一段话则似乎还未得到应有的重视,那就是朱彝尊在《紫云词序》里所发的议论。他说:

> 昌黎子曰:“懽愉之言难工,愁苦之音易好。”斯亦善言诗矣。至于词或不然,大都懽愉之辞,工者十九,而言愁苦者十一焉耳。故诗际兵戈俶扰流离琐尾,而作者愈工;词则宜于宴嬉逸乐,以歌咏太平,此学士大夫并存焉而不废也。

应该说,他的这些话并不全部符合事实。例如词中因“言愁”而”工”者就绝非少数,而且大凡那些优秀成功之作,就差不多都是“言愁苦”的。但是,如若摒弃其中不甚正确的部分,我们又可发现,朱氏的话中也还存有“合理”“中肯”的方面。这就是,他相当敏锐地发现了这样一个“奥妙”:唐宋词确实好写“富贵”的生活场面;唐宋词中,又确实相当浓厚地浸润着士大夫文人的享乐意识(心理)。

不妨先来看两段词评。第一是欧阳炯的《花间集序》。照理,《花间集》所诞生的晚唐五代,就是一个“兵戈俶扰”、战争频仍的动乱年头,“方斯时,天下岌岌,生民救死不暇”,可是这时的词却是一副“竞富尊前”的享乐面容,《序》言所谓“绮筵公子,绣幌佳人,递叶叶之花笺,文抽丽锦;举纤纤之玉指,拍按香檀”是也。这就难怪陆游要感慨道:“士大夫乃流宕至此,可叹也哉!或者,出于无聊故耶?”第二是清人楼敬思评北宋毛滂词的话。他说:“迄今读(其)《山花子》、《剔银灯》、《西江月》诸词,想见一时主宾试茶劝酒、竞渡观灯、伐柳看山、插花剧饮,风流跌宕,承乎盛事。试取‘听讼阴中苔自绿,舞衣红’之句,曼声歌之,不禁低徊欲绝也。”①毛滂生当北宋“盛时”,所以他的词中便多的是士大夫“风流跌宕”的享乐生活之描写,这比之五代词之好写“富贵”,就更不足怪。举出以上两段词评,我们即知,唐宋词中的很多作品,都与士大夫作者的享乐生活结下了

① 张思岩宗橚辑:《词林纪事》卷七,成都古籍书店,1982年,第204页。

“不解之缘”，都与这些词人的“享乐意识”或“享乐心理”有着相当密切的关系。不然的话，我们翻开唐宋词册，为何能到处可见可闻那些“纸醉金迷之娱、管语丝哇之奏”，为何就十分频繁地接触到那些“翠谑红笑”“歌裙舞扇”的字面和词句？照我们看来，全部唐宋词作，若从总体的角度来看，则其表现或反映的思想内容，大致可以概括为如下四大类型：爱情意识、忧患意识、享乐意识，以及“看穿”或“出世”的意识。而在其中，享乐意识则不仅本身占有一个相当大的“比重”，且对表现其他三种思想意识的词作还产生过不小的影响；此外，它对词体造就其“主体风格”方面，也曾起过一定的作用。因此，“追踪”享乐意识在唐宋词中的“轨迹”，也应成为唐宋词“心理研究”中值得注意的一个论题。如不讲清这个问题，词中有关的好多现象就不易解释得清楚明白。

为着叙述的方便，下面就让我们沿着晚唐五代、北宋、南宋这三个阶段展开对于上述问题的论析。这是因为，享乐意识既是贯穿在整个唐宋词中的，却又因着社会环境的变异而在不同阶段中呈现出一定程度的时代差异性来。普列汉诺夫说过：“任何一个民族的艺术都是由它的心理所决定的，它的心理是由它的境况所造成的……”①，故而，下文基本就由“境况”而论及“心理”（意识），再由“心理”（意识）而论及“艺术”（词的题材内容、审美情趣，以及风容色泽、艺术面貌等）。当然，这些论述只能是“宏观”或“整体”的，并不能概括所有的文学现象。

一

在晚唐五代词中，我们不妨举出以《花间集》为其代表的“西蜀词”（包括前蜀词和后蜀词）来作典型分析。西蜀偏于一隅，“遇乱代则闭之而不通”②，所以在五代这个乱世中虽也偶有战祸，却相对“平安”得多。在这种“偏安”的形势之下，蜀国君臣的享乐意识就颇为“变态”地拼命滋长起来。说它是“变态”，第一是指它竟至背离了“起码”的封建伦理标准。封建伦理标准中的最重要一条便是“忠君”，而前蜀大臣牛希济降于后唐后，“奉诏赋蜀主降唐诗”却写道：“满朝文武欲朝天，不觉邻师犯塞烟。唐主再悬新日月，蜀主难保旧山川。非干将相扶持拙，自是君臣数尽年。古往今来亦如此，几曾欢笑几潸然。”之所以如此毫无“国家观念”（或忠君思想），正就说明了他们“有奶便是娘”的享乐意识已经“膨

① 普列汉诺夫：《没有地址的信》，曹葆华，等译，人民文学出版社，1962 年，第 53 页。
② 薛居正：《旧五代史·僭伪列传》，中华书局，1976 年，第 1819 页。

胀”到了不顾封建道德的地步！第二是指它的“醉生梦死”。前蜀和后蜀都是短命的政权，它们先后灭亡于后唐和赵宋，仅仅都只传了两代君主。按理来说，实在都处于“朝不保夕”的政治、军事形势之下，但这四个君主（特别是两个“后主”王衍和孟昶），却都是极度荒淫的享乐帝君。因而他们的穷奢极侈，他们的尽情享乐，也就反映着他们“今朝有酒今朝醉”的变态心理。在这种变态的享乐心理驱使之下，上下宴安，君臣淫乐，真正搞到了一塌糊涂的地步。如史载王衍“以佞臣韩昭等为狎客，杂以妇人，以恣荒宴，或自旦至暮，继之以烛”①。更为出奇的是，这位奢纵无度的君王自己还特制了一种状如尖锥的帽子，冶游于娼家酒肆；又令宫嫔皆穿道家衣，簪莲花冠，号为“醉妆”。他的这种享乐心理和享乐生活当然要反映到他的文学“欣赏”和“创作”中来：“（衍）酷好靡丽之辞，集艳体诗二百篇，号曰《烟花集》。凡有所著，蜀人皆传诵焉。”②他的“所著”，今已不可多见，仅传的如《宫词》诗：“辉辉赫赫浮玉云，宣华池上月华新。月华如水浸宫殿，有酒不醉真痴人”，又如《醉妆词》：“者（这）边走，那边走，只是寻花柳；那边走，者（这）边走，莫厌金杯酒”，真是“言为心声”，“不打自招”地活画出了他的享乐君主嘴脸！孟昶的情况也不比王衍好多少。史称他“君臣务为奢侈以自娱，至于溺器，皆以七宝装之”，所以后来宋太祖灭蜀后曾当面撞碎其溺器，怒斥道：“汝以七宝饰此，当以何器贮食？所为如此，不亡何待？”③他的“创作”现也仅存两句断句：“冰肌玉骨，自清凉无汗”（《洞仙歌》），亦属描写享乐生活之艳体词。

封建社会中，帝王的生活风气和文学爱好对于整个士大夫阶层而言关系甚大。上行而下效，西蜀词坛上不出现那种纸醉金迷、寻欢逐乐的“空气”才怪呢！如前蜀的文人李珣（其妹舜弦即为王衍之“昭仪”），即以其《浣溪沙》词邀赏于王衍，其中“早为不逢巫峡梦，那堪虚度锦江春，遇花倾洒莫辞频”等句，“词家互相传诵”④。又如前所举那位不以另仕新朝为耻的牛希济，又以其“须知狂客，拚死为红颜”的《临江仙》词，“特为词家之隽”。再如后蜀文人鹿虔扆、欧阳炯、韩琮、阎选、毛文锡等“俱以工小词，供奉后主，时人忌之者号曰‘五鬼’”⑤。从以上情况可知，西蜀词的“文艺沙龙”便正是以王衍、孟昶的宫廷为其中心的，这两位荒淫君主的享乐意识也必然会深刻地影响到当时的整个词风，而这种影响，

① 薛居正：《旧五代史·僭伪列传》，中华书局，1976 年，第 1819 页。
② 吴任臣：《十国春秋》卷三七，中华书局，1983 年，第 531 页。
③ 吴任臣：《十国春秋》卷四九，中华书局，1983 年，第 741 页。
④ 吴任臣：《十国春秋》卷四四，中华书局，1983 年，第 644 页。
⑤ 吴任臣：《十国春秋》卷五六，中华书局，1983 年，第 815 页。

最集中的反映就是使得词中出现了“艳科”的畸形局面。

当然,“词为艳科”局面的出现,并非全属“坏事”,而且形成这种局面的因素也绝非享乐意识一种。简单地说,它还标志着人类“爱情意识”随着时代行进而有了进一步的发展,因而具有着某种程度的反封建、反礼教之积极意义。故而《花间集》中很多描写男女相思、爱情苦闷的作品,不仅辞语优美,而且显得感情真挚,值得人们肯定和珍爱,但在此同时,由于渗入了视女性为玩物的享乐意识,就又使得其中相当数量的“艳词”具有了“淫词”的色彩。在一些“狎客文人”看来,享乐生活的主要对象不外乎声色犬马,而其中心内容则就是“醇酒美人”,所以难怪王衍要把“莫厌金杯酒”与“只是寻花柳”等同起来写,也难怪孙光宪要说“春病与春愁,何事年年有? 半为枕前人,半为花间酒”(《生查子》)了。原先题材比较宽广的“小词”,由于转入了贵族文人的生活圈子里去,它的咏写对象与内容,便不由分说地变得“香艳化”与“狭窄化”了。更兼某些狎客文人有时仅把词当作发泄自己淫荡的享乐意识之文学工具来对待,因而《花间集》在它所闪发出的真挚恋情的熠熠异彩之外,又披上了一层并不光彩的“色情”之光。比如这些词句:“玉楼冰簟鸳鸯锦,粉融香汗流山枕……须作一生拚,尽君今日欢”(牛峤《菩萨蛮》)、“凤屏鸳枕宿金铺,兰麝细香闻喘息,绮罗纤缕见肌肤”(欧阳炯《浣溪沙》),就十足称得上是色情文学和享乐文学。从此,“艳词”往往就与“淫曲”挂上了钩,因而在很多人心目中,词体便难免会沦为“小道”之列矣(如北宋的和尚就曾劝诫黄庭坚勿作淫词艳曲,以免堕犁舌之狱)。究其来由,实应归咎于享乐意识的“罪过”。

词的题材内容既被引入“艳科”之中,词的风容色泽、艺术面目也就发生了相应的变化。原先的民间词(甚至是中唐文人所写的一些令词),基本面目还是比较朴素清新的。但一旦形成“艳科”局面之后,它就变成“涂粉饰黛”“剪红刻翠”了。原因很清楚:词既然用以描绘贵族文人的享乐生活,特别用来咏写洞房密室中的幽会偷情,那就必然会变得粉泽雕缋甚至佻薄亵媟。我们试看《花间集》中几乎到处出现着鸳鸯、翡翠、鹦鹉之类的禽鸟形象,出现着金钿、翠鬟、雪胸、玉筋之类的女性容貌,出现着罗帐、凤帏、鸳枕、锦衾之类的豪华陈设,则就可知在这股享乐意识的支配下,词之风格所发生的“绮靡化”了。

所以,综观晚唐五代词坛(特别是西蜀词坛),词在题材方面的“艳科化”和风格方面的“绮靡化”,正可视作是两股思潮交互作用下的产物:一方面,由于儒家思想“正统”地位的发生动摇,以及士人生活理想和艺术情趣的有所转移,人们的爱情意识便趁机得以滋生勃发,因此新兴不久的“小词”便成了专写男女恋情的“最佳文体”;另一方面,由于时代境况的大不景气,又从而产生了变本加厉、醉生梦死的“及时行乐”心理，这就使得那原已昌盛的艳词更加“如风煽火”般“高涨”“旺盛”起来。这就构成了这一时期词苑复杂纷纭的思想、艺术面貌：其中既有对于真挚爱情的渴求，又夹杂着对于淫乐生活的追逐；既有对于爱情欢乐和苦闷的优美描写，又有对于色情生活和官能刺激的淫亵刻划；既有高尚的、文雅的美感，又有低级的、粗鄙的情欲……而在这中间，享乐意识所产生的作用除了它在抒情的“真”（严格地说，这个“真”实是近乎自然主义的“真”）外，几乎只能说是“成事”固然“有份”，而“败事”却又“有余”的。奇怪的是，有些封建文人对此非但不加批判，反而加以辩解和赞扬，如况周颐曰：“《花间集》欧阳炯《浣溪沙》云：‘兰麝细香闻喘息，绮罗纤缕见肌肤，此时还恨薄情无？’自有艳词以来，殆莫艳于此矣。半塘僧鹜（即王鹏运）曰：‘奚翅艳而已？直是大且重。’苟无《花间》词笔，孰敢为斯语者？”①此话实为“过分”。其实《花间集》的序言，早已“诚实”地“交待”了自己的创作心理：“自南朝之宫体，扇北里之倡（娼）风，何止言之不文，所谓秀而不实”，“不无清绝之辞，用助娇娆之态”。故而所谓的“《花间》词笔”实质上只是“艳”和“靡”而已（这当然仅是就其总体而言的），其中的“靡”，就主要可记到享乐意识的“功劳簿”上去。

二

时代接着迈到了北宋。这一时期士大夫的享乐心理，就又带有了新的时代特色。这就是：“太平也，且欢娱，不惜金尊频倒。”（蔡挺《喜迁莺》）“太平”或“升平”的社会环境，给士人的享乐生活提供了更加优裕的物质条件，从而使得他们的享乐心理变得越发恣放；与此同时，也就促使这一时期的词坛面目发生了某些改观。

为北宋士人的享乐生活提供物质条件的，主要是当时高度发展起来的城市经济。我们翻开记载北宋首都汴京生活的《东京梦华录》，扑面而来的就是一股繁华的都市风情。其序言说：

> 正当辇毂之下，太平日久，人物繁阜。垂髫之童，但习鼓舞；班白之老，不识干戈。时节相次，各有观赏。灯宵月夕，雪际花时，乞巧登高，教池游苑。举目则青楼画阁，绣户珠帘。雕车竞驻于天街，宝马争驰于

① 况周颐：《蕙风词话》卷二，《蕙风词话　人间词话》，人民文学出版社，1960 年，第 23 页。

> 御路，金翠耀目，罗绮飘香。新声巧笑于柳陌花衢，按管调弦于茶坊酒肆。八荒争凑，万国咸通。集四海之珍奇，皆归市易；会寰区之异味，悉在庖厨。花光满路，何限春游；箫鼓喧空，几家夜宴。伎巧则惊人耳目，侈奢则长人精神……①

在这种"太平日久"的政治境况和"举目则青楼画阁"的城市环境基础之上，不仅是士大夫的享乐"水平"有所提高，而且连很多属于市民阶层的商人、歌妓也都跻入这个"时节相次，各有观赏"的队伍中去。柳永词云："太平时，朝野多欢民康阜"（《迎新春》），又云："雅俗多游赏，轻裘俊，靓妆艳冶"（《一寸金》），正就描绘的这一图景。我们不妨再举《东京梦华录》所描绘的几个节日情景来看。如元宵收灯后都人之探春：

> ……莺啼芳树，燕舞晴空，红妆按乐于宝榭层楼，白面行歌近画桥流水。举目则秋千巧笑，触处则蹴踘疏狂。寻芳选胜，花絮时坠，金尊折翠簪红，蜂蝶暗随归骑……②

如清明节：

> 四野如市，往往就芳树之下，或园囿之间，罗列杯盘，互相劝酬。都城之歌儿舞女，遍满园亭，抵暮而归。③

如中秋节：

> 中秋夜，贵家结饰台榭，民间争占酒楼玩月。丝篁鼎沸……闾里儿童，连宵嬉戏，夜市骈阗，至于通晓。④

……

奠基于这种"太平盛世"的社会环境，人们的享乐意识也就带有了相应的"时代特色"——它就不像五代士人那样充满着"朝不保夕"的焦灼感，而是另外具有着一种从容感、舒坦感。这种心理差异反映在词里，就显示出不同于五代词的风味来。五代词如：

> 劝君今夜须沉醉，尊前莫话明朝事。珍重主人心，酒深情亦深。

① 孟元老著，邓之诚注：《东京梦华录注》，中华书局，1982 年，第 4 页。
② 同①，第 176 页。
③ 同①，第 178 页。
④ 同①，第 215 页。

须愁春漏短，莫诉金杯满。遇酒且呵呵，人生能几何！（韦庄《菩萨蛮》）

深夜归来长酩酊，扶入流苏犹未醒。醺醺酒气麝兰和，惊睡觉，笑呵呵，长道人生能几何！（韦庄《天仙子》）

在它所描写的金尊美酒、醉卧兰帐生活之背后，正隐藏着一股“人生几何”的危机感、焦灼感，刘熙载所谓“留连光景，惆怅自怜，盖亦易飘飏于风雨者”（《艺概》卷四）是也。缘此，词的声情中也表露出衰迫繁急的旋律感来。

但同是令词，又同是描写享乐生活，北宋词就有所不同了。如：

东城渐觉风光好，縠皱波纹迎客棹。绿杨烟外晓寒轻，红杏枝头春意闹。　浮生长恨欢娱少，肯爱千金轻一笑？为君持酒劝斜阳，且向花间留晚照。（宋祁《玉楼春》）

尝爱西湖春色早，腊雪方销，已见桃开小。顷刻光阴都过了，如今绿暗红英少。　且趁余花谋一笑，况有笙歌，艳态相萦绕。老去风情应不到，凭君剩把芳尊倒。（欧阳修《蝶恋花》）

一样是写“浮生短促，及时行乐”的主题，可它们就表现得相对的“从容不迫”“中正和平”，并在那较为缓慢舒徐的声情中传递出作者细细享受生活的那种“稳有把握”和“富有信心”。这都反映了“升平”时代为北宋士人的享乐提供了“可靠”的物质保障而导致的“优越感”。

与此同时，北宋士人的享乐生活随着社会的前进和文化修养的提高，其享乐内容和对象也比之五代有所拓宽。五代君臣所嗜好的，主要是“酒”“色”两字；北宋初期，则武臣们仍以羊羔美酒、歌舞声色为其纵欲的中心内容；但到了“优游诗书”“怡情山水”的文人那里，则其享乐的内容就有了新的“开拓”。诸如前已引过的毛滂词中所描写的“试茶劝酒、竞渡观灯、伐柳看山、插花剧饮”，乃至“红袖添香夜读书”“风清月白泛舟乐”之类的游赏集会、风流雅事，也都“充实”到士大夫文人的享乐生活中来。而随着这种生活内容的拓宽，词的题材也就有所变“宽”，词的风格也就有所“雅化”。比如聂冠卿那首著名的《多丽》：

想人生，美景良辰堪惜，问其间赏心乐事，就中难是并得。况东城凤台沙苑，泛晴波浅照金碧。露洗华桐，烟霏丝柳，绿阴摇曳，荡春一色。画堂迥，玉簪琼佩，高会尽词客。清欢久，重燃绛蜡，别就瑶席……

时人有诗赞曰：“清游胜事传都下，《多丽》新词到海边。”（《能改斋漫录》卷一六）它之所以能够如此盛传于人口、受到士大夫们的欣赏，恐怕与它迎合了他们那种“良辰美景、赏心乐事”的享乐意识有关。

再如欧阳修晚年退居颍州,写下了十首有名的《采桑子》,其中有云:“兰桡画舸悠悠去,疑是神仙。返照波间,水阔风高飏管弦”,“风清月白偏宜夜。一片琼田。谁羡骖鸾?人在舟中便是仙”,等等,就都表现了他在湖山清赏中所享受到的“神仙”之乐。他在词序中管此叫“清欢”,这就说明北宋士人的享乐意识已不仅仅局限于酒色之中,他们比之前代人更加懂得广泛地“享用”生活——“清风明月”“曲水蛙鸣”便也成了他们享乐的对象。从这个意义上讲,享乐意识对于词题的拓宽、词风的变“雅”,倒也有着几分“偏师”(并非“主力军”)的“功绩”。故而如从广义来看,则宋词在欧阳修、苏轼之后,其题材的有所进一步“士大夫化”(指广泛表现士大夫的情怀)、其风格的开始“雅化”,也应与北宋士人享乐意识的“泛化”,有着几分关联。

当然,若就其主要方面而言,则享乐意识在北宋词坛上的“嫡生子”,仍是那种香艳绮靡甚至是淫媟色情的艳词。这方面的典型例子便是柳永的慢词。与“正统”的士大夫作者有所不同,柳词“骫骳从俗”(《后山诗话》),它较多地沾染着市民阶层的气息,因而也较浓地浸润着市民阶层的享乐意识。这种市民阶层的享乐意识,又自有它自身的特色。例如它往往蔑视一般文人视为宝物的“功名富贵”(而把它称作“名缰利锁”),并且在表现这种享乐心理时,毫不加以掩饰(而不像有些文人那样讲究含蓄文雅)。故而柳永就较多地写作慢词长调(因为它可以畅露尽致地宣泄自己的感情),并特擅于作铺叙发露的尽情描摹和抒情。这样,柳词的风味也就显出了自己的别一番景象,如它自道其享乐心理的词云:

> 屈指劳生百岁期,荣瘁相随。利牵名惹逡巡时,奈两轮,玉走金飞,红颜成白发,极品何为?　　尘事常多雅会稀,忍不开眉?画堂歌管深深处,难忘酒盏花枝。醉乡风景好,携手同归。(《看花回》)
>
> ……阎罗大伯曾教来,道人生,但不须烦恼。遇良辰,当美景,追欢买笑。剩活取百十年,只恁厮好。若限满,鬼使来追,待倩个,掩通着到。(《传花枝》)

我们当然不必去深责这种颓废的享乐心理。这是因为,赵宋开国之君就亲自带头向臣下“灌输”这种腐朽的人生观(《涑水纪闻》卷一记载赵匡胤对石守信等说:“人生如白驹过隙,所以好富贵者,不过多积金帛,厚自娱乐……(卿等)多置歌儿舞女,日饮酒相欢,以终其天年”);且连那位“先天下之忧而忧”的范仲淹也曾在词中说过“人世都无百岁,少痴骙,老成尪悴。只有中间,些子少年,忍把浮名牵系”(《剔银灯》),那就更不必再去责备身为落拓文人的柳永了。不过,柳永的生活理想与享乐意识毕竟又与前述的正统文人有所不同:它更浓烈地表现出“从俗”的市民色彩。如在柳词所着力咏写的男女情爱中就既包含有“平等”观念的男女恋情成分,却又包含有那类低级猥亵的色情。前者如:

……早知恁么,悔当初,不把雕鞍锁。向鸡窗,只与蛮笺象管,拘束教吟课。镇相随,莫抛躲,针钱闲拈伴伊坐。和我,免使年少光阴虚过。(《定风波》)

像此词中所表露的“镇相随”“莫抛躲”的生活理想,就勉强可以称之为带有“平等”观念的恋情心理。而后者则如:

怎生得依前,似恁偎香倚暖,抱着日高犹睡。(《慢卷紬》)

筵上笑歌间发,舄履交侵。醉乡归处,须尽兴,满酌高吟。向此免,名缰利锁,虚费光阴。(《夏云峰》)

师师生得艳冶,香香于我情多。安安那更久比和,四个打成一个。

幸自苍皇未款,新词写处多磨。几回扯了又重挼,奸字中心着我。(《西江月》)

这便流露出露骨的色情意识和淫媟词风了。

指出柳词中的这些消极方面,一方面意在说明对于柳词所表现出的市民心理不宜评价过高,另一方面更可看出享乐意识对于词风的“污染”。至此,词在它的发展过程中,就已两次(前次在西蜀词坛上,这次在柳永乃至欧阳修、黄庭坚、秦观等人的部分“俗词”中)较为严重地污染上了庸俗淫鄙的享乐意识的毒雾,这不能不说是相当“不幸”的憾事。

不过,除此以外,柳永的词中因其享乐意识在发生“作用”,却也“坏事变好事”地有限度地拓宽了词题。那就是,他写了许多反映当日城市富丽风貌的都市词,以及因“享乐”不成而感生的羁旅行役词。这种“客观意义”超出“主观动机”的现象或许是作者始料不及的。前者如:

露花倒影,烟芜蘸碧,灵沼波暖。金柳摇风树树,系彩舫龙舟遥岸。千步虹桥,参差雁齿,直趋水殿。绕金堤,曼衍鱼龙戏,簇娇春罗绮,喧天丝管。霁色荣光,望中似睹,蓬莱清浅。　时见,凤辇宸游,鸾觞禊饮,临翠水,开镐宴。两两轻舠飞画楫,竞夺锦标霞烂。罄欢娱,歌鱼藻,徘徊宛转。别有盈盈游女,各委明珠,争收翠羽,相将归远。渐觉云海沉沉,洞天日晚。(《破阵乐》)

作者本意,是要写出汴京三月金明池渡龙舟时“罄欢娱”的热闹景象(关于此点还可参看《东京梦华录·驾幸临水殿观争标锡宴》)，目的在于夸耀都人的享乐豪华。但从客观的认识意义讲，它却为我们提供了一幅中世纪的都市繁华图。再如他咏写杭州的《望海潮》，本意也在于写它的“豪奢”，谁知却因它的清词丽句竟至勾起了金人的垂涎之心，这也证明了它的审美价值远远超越了作者主观的创作意图。

后者如他最长的一首长调《戚氏》。按其真实意图，乃在抒发自己被迫离京、不能再在都城享乐的悲感，中云：“帝里风光好，当年少日，暮宴朝欢。况有狂朋怪侣，遇当歌对酒竞留连”，这就把他的享乐心理抒写无遗。但由于离开了这种“暮宴朝欢”的享乐环境，缘此便感生出“追往事，空惨愁颜”的羁旅别思和“宋玉悲感”的人生感慨，因而读来也觉相当感人。所以，我们如果不持过分苛求的态度，则可以看到，柳永的享乐意识又在另一种条件或场合下，促成了他对词题的某种程度的开拓。特别是后一种羁旅行役词，对于后代词人用以抒发他们“抚今追昔”“今昔对比”之感方面，是不无“启迪”之功的(尽管后来如南渡词人所抒发的，主要是家国身世之感，而非享乐意识)。

总起来看，北宋词坛，由于它所赖以奠基的“大温床”乃是高度发达的城市经济，以及士大夫和上层市民的享乐生活，所以它的审美情趣就鲜明地表现出“夸富”的特点。这点，在当时人的诗论和词论中均可明显看出。如宋真宗读王钦若诗赞其“落落有贵气”(《苕溪渔隐丛话前集》卷二五)；晁补之论晏殊词“风调闲雅”，说他不住在“三家村”(《能改斋漫录》卷一六)；晏殊自夸其诗曰“穷人家有此景否”(《苕溪渔隐丛话前集》卷二六)；李清照批评秦观词“终乏富贵态”(《苕溪渔隐丛话后集》卷三三)等，即是明证。但同是“夸富”，正统文人与柳永之间却又有着差异：前者(如晏、欧)就表现得比较含蓄、文雅，后者却有“穷形极相”之态。一“雅”一“俗”，就构成了当日词风的两大分野。但若究其“底里”，则都逃不开享乐意识的支配。

三

其实，以上所谈北宋词的情况，并非这一词坛的总貌。由于社会矛盾的激化和新旧党争，北宋词中也出现了如苏轼所写的那类感怀身世、忧患人生的词篇。但由于占据主导地位的思想潮流是那股“承平”时代的享乐意识，所以我们就着重谈了前一方面的情况。及至南宋，由于社会矛盾的复杂化和尖锐化(指民族矛盾和统治集团内部的矛盾)，又由于它偏安江南所带来的特种地理形势、政治形势，就使得南宋词苑出现了更加纷纭繁复的局面。概言之，忧患意识、享乐意识、爱情意识，以及“出世”“看穿”的意识，便都得以滋长和发展，它们在不同作者的不同词篇中或得以单独表现，或相互“交叉”“碰撞”，从而形成了不同的词境和词风。但还与上文一样，我们这里仍抓住其中的享乐意识来谈，而对其他三类意识则略而不论。

首先来看享乐意识在南宋词坛上的“直接产品”，除开那些艳情词以外，它在这时还派生了另一些“新品种”：

一是“应制词”。比如高宗的御用文人张抡，就写了不少歌颂帝王享乐生活的应制词。《武林旧事》卷七记其所作《壶中天慢》，就写道：“圣代道洽功成，一尘不动，四境无鸣柝。屡有丰年天助顺，基业增隆山岳。两世明君，千秋万岁，永享升平乐。”明明处在外敌压境的形势下，却还歌颂君王“永享”“升平之乐”，这真是肉麻的吹捧之词。

二是“寿词”。其内容也不外是颂人“福寿双全”，祝他们永享人间的荣华富贵。如《齐东野语》卷一二记载时人为贾似道作寿词，“四方善颂者以数千记”。诸如陆景思所颂的“千千岁，上天将相，平地神仙”，郭应酉所颂的“千千岁，比周公，多个彩衣”等，简直是“谀词呓语”满纸。

三是描写享乐游赏之词。如《武林旧事》卷三所载太学生俞国宝所作《风入松》：“一春长费买花钱，日日醉湖边。玉骢惯识西泠路，骄嘶过，沽酒楼前。红杏香中歌舞，绿杨阴里秋千。　　暖风十里丽人天，花压鬓云偏。画船载取春归去，余情在，湖水湖烟。明日再携残酒，来寻陌上花钿。”可叹的是宋高宗却犹嫌其享乐气派不足，笑曰：“末句未免儒酸”，因改为“明日重扶残醉”，并即日授俞以官。这就可知这般君臣的享乐心理已达何等浓重的地步！文及翁尝叹曰：“一勺西湖水，渡江来，百年歌舞，百年酣醉”（《贺新郎》），林升也叹曰：“山外青山楼外楼，西湖歌舞几时休？暖风熏得游人醉，直把杭州作汴州”（《题临安驿》），这些都是对于享乐风气的“一针见血”的批判。

当然，上述这几类词实际上在北宋词坛上也早就出现过。但若究其数量之多、影响之大，则以南宋为甚（故称为“新品种”）。究其由来，均都与苟安形势下所新生的享乐意识有关。

其次，享乐意识此时又和当时新近蔓延开来的“看穿”或“出世”意识“结合”起来，从而产生了它的一种“间接产品”——“田园隐逸词”。这类词作，便集中体现了某些士人逃避现实和追求个人安逸生活的享乐哲学（虽然也有一些“隐逸词”中另外包含有“愤世”的思想成分），例如曹组的《相思会》：

> 人无百年人，刚作千年调。待把门关铁铸，鬼见失笑。多愁早老，惹尽闲烦恼。我醒也，枉劳心，谩计较。　　粗衣淡饭，赢取暖和饱。

住个宅儿，只要不大不小。常教洁净，不种闲花草。据见定，乐平生，便是神仙了。

又如朱敦儒的《感皇恩》：

一个小园儿，两三亩地，花竹随宜旋装缀。槿篱茅舍，便有山家风味。等闲池上饮，林间醉。　　都为自家，胸中无事，风景争来趁游戏，称心如意。剩活人间几岁，洞天谁道在，尘寰外？

在他们看来，“神仙”般的享乐生活，不仅可在“销金锅儿”的西湖畔觅到，更可在自己的“安乐窝”里获得。这就标志着南宋人的享乐意识又有了新的“扩展”。比较起北宋人的喜欢“夸富”，南宋人则转为好以“山林之气”自命其风雅和清高。享乐意识向着新层次拓展的这种趋向，反映在词坛上，便引出了嗜“雅”、崇“雅”的社会风气。如身为享乐之君的宋高宗，在其奢侈生活之余竟带头写下了15首《渔父》词，谀臣们还赞之曰：“清新简远，虽古之骚人词客，老于江湖，擅名一时者，不能企及”（《江行杂录》）；又如南宋后期的评论家罗大经在其《鹤林玉露》中大谈做人要时时保存“山林蓑笠之念”，读“农圃”“渔樵”之诗“胜如吹竹弹丝”，而读《渔父》之类“隐逸词”则使人“飘逸”；再如朱敦儒的《樵歌》词被人称为“有神仙风姿”（《中兴以来绝妙词选》卷一），一时倍受激赏……凡此种种，都表明了南宋士人的享乐意识已“分化”为两条线索：一条仍沿着“传统”的声色歌舞、纸醉金迷生活走，另一条则转向山林田园、隐逸出世生活中去。当然，也更有集两者于一身者存在——比如张镃，《齐东野声·张功甫豪侈》条曾记述他一方面广蓄歌姬，在家中开一次“牡丹会”竟至“出动”了上百名舞妾侍客；另一方面则又记述他大建园池，于风清月白之夜常与客人作“飞仙”之游。在这种“双重”的享乐生活基础上，就使当时的词风出现了既尚“富贵”又尚“清脱”、既求“婉丽”又求“高雅”的审美情趣。宋末张炎之所以高倡“婉丽”“骚雅”“清空”之论，在某种意义上讲，便正是这种审美情趣的理论“结晶”（见其所著《词源》）。

此外，若是我们再把视野拓宽一些，那么，南宋词坛上的大量“结社”词、“咏物”词，也可视作是享乐意识在更加广泛的意义上之“副产品”。此类词篇，除开一些确有寄托、确有真情之作外，就其创作心理、创作动机而言，便不外是酒余饭饱之后的“文艺消遣”。对于这些生活优裕、锦衣玉食的士人而言，真所谓是：“不为无益之事，何以遣有涯之生？”（项廷纪《忆云词丙稿序》）因而结社赋词就正可以作为其逞才斗巧、打发日子的“雅事”来对待！这一类作品在东京后期特多；而究其思想意义，真不过“无谓之词”（周济评语，见《介存斋论词杂著》）耳。

以上，我们把享乐意识及其对于词坛的作用与影响做了一个综述。归纳起来看,这种享乐意识就其“阶级性”而言,乃是地主阶级腐朽人生观的反映;就其“时代性”而言,又是封建社会走向中后期所必然带来的思想产物(另又加上城市经济的“诱发”)。从本质上看,它是消极的、颓废的。流行与弥漫于词坛中,它就形成了一种“毒化”词风的“公害”。由它,就引出了视词为“小技”的词论(当然形成“词为小技”论的原因又不止它一个);而又由“小技”论,更反过来助长了它在词坛上的蔓延。两者之间,似乎形成了一种恶性循环。这些便是我们对它的一个总体看法。但在此同时,我们又清醒地认识到:尽管我们并不“欢迎”它的存在,然它却又确凿存在于许多词人的心头,并对唐宋词坛产生着不小的作用,因而如若要对唐宋词进行宏观研究和“心理分析”,“享乐意识”便是一个回避不了的题目。

(原载《西南师范大学学报(哲学社会科学版)》1991 年第 3 期)

从“享受人生”看唐宋词人个体价值的“升值”

若从“文学与人生”的角度来看问题,那么现存的 20 000 余首唐宋词篇,就大可被视作唐宋词人运用“词”的方式所集体书写出的一部对于人生诸问题的宏大答卷。当然,由于作者的数量众多,所以其“答案”自然是五花八门、不尽相同的。但是,如果我们对这些“答卷”进行今之所谓“抽样调查”,则又会发现,在对下列两个重要问题的回答上,大部分的词人却又保持着令人惊奇的一致性。这就是:第一,人生是什么?答案是:人生是“浮生”;第二,人生应当如何度过?答案是:人生须当“及时行乐”。如若不信,请看下面的众多例证:

尽管“浮生”一词的“发明权”并不属于唐宋词人(早在《庄子·刻意》篇中就曾说过“其生若浮,其死若休”的话),也尽管在唐宋词人以前就有人对“浮生”的观念作过精辟的描述与演绎(如李白《春夜宴桃李园序》中有云:“夫天地者,万物之逆旅;光阴者,百代之过客。而浮生若梦,为欢几何?古人秉烛夜游,良有以也”),但在唐宋词中,“浮生”这一观念却仍旧得到了相当强烈的表现。例如,李煜词曰:“世事漫随流水,算来一梦浮生。”(《乌夜啼》)徐昌图词曰:“饮散离亭西去,浮生常恨飘蓬。”《临江仙》)这就表明,虽然沉湎于灯红酒绿的享乐生活之中,五代词人中却早已有人“清醒”地认识到了人生之属于“浮生”的道理。及至两宋,则词中的“浮生”更是层出不穷,时时泛起。举其比较有名的句子如:“细算浮生千万绪”(晏殊《木兰花》),“浮生长恨欢娱少”(宋祁《玉楼春》),“又得浮生一日凉”(苏轼《鹧鸪天》),“浮生只合尊前老”(舒亶《虞美人》),“芦花开落任浮生”(朱敦儒《好事近》),“一弹指顷浮生过”(陆游《桃源忆故人》),“怅浮生、俯仰迹成空”(李曾伯《水龙吟》),“浮生一梦黄粱枕”(何梦桂《贺新郎》)……这就表明,两宋词人对于“浮生(若梦)”的认识更比五代词人有所强化。因此,不管是思想性格偏于“出世”者(如朱敦儒),还是思想性格原先偏于“入世”者(如苏轼、陆游),他们都共同认定:人生从本质上是属于飘忽和虚空的,因而前人创造的“浮生”一词,就几乎成了他们常挂在嘴边的口头禅。

但是,就在认定人生如“浮”的同时,唐宋词人却又非常执着于“及时行乐”。冯延巳词曰:“年少,年少,行乐直须及早。”(《三台令》)韦庄词曰:“须愁春漏短，莫诉金杯满。遇酒且呵呵，人生能几何！”（《菩萨蛮》）这就相当清晰地表明了五代词人的“行乐”心理。而两宋词人，则由于身处比五代乱世安定和富庶得多的环境（当然是从总体而言），所以就越发滋长了“人生行乐耳”（方岳《风流子》）的消极的享乐主义思想。试检《全宋词》中含有“行乐”的词句就竟达150多处！例如：“一瞬光阴何足道，但思行乐常不早”（张昪《满江红》），“行乐直须年少，尊前看取衰翁”（欧阳修《朝中措》），“人生无事须行乐，富贵何时且健身”（米芾《鹧鸪天》），“对美景、不妨行乐”（朱淑真《月华清》），“闲处直须行乐，良夜更教秉烛”（辛弃疾《水调歌头》），“长生药，有分神仙难学，人生聊复行乐”（刘辰翁《摸鱼儿》）……真可谓触处皆是，数不胜数。

由此看来，唐宋词人一方面认定人生只是一场如梦如幻、瞬息即空的“浮生”，另一方面却又非常“坚定”地抱着“及时行乐”的人生态度，这就共同建构起了他们人生观的基本框架，并也展示了他们如何对待与如何处理人生的基本思路——既然人生是那么短促和虚空，那么只有紧紧抓住这十分短暂的时光拼命地寻欢逐乐，才能将“浮生”转化成为“实实在在”的人生，才能使自己不虚度了此生！基于这种颓废主义和享乐主义的人生观，我们便在唐宋词中读到了大量宣泄享乐心理和描写享乐生活的作品。所以难怪清朝人朱彝尊《紫云词序》要说：“昌黎子曰：‘欢愉之言难工，愁苦之言易好。’斯亦善言诗矣。至于词或不然，大都欢愉之辞，工者十九，而言愁苦者十一焉耳。”词的这种“宜于宴嬉逸乐”（同上）的文体特性，说到底就与它的尽情容纳和表现词人的享乐意识密切相关。

对上述建立在“浮生”观念和“行乐”思想基础之上的颓废与享乐的人生观，我们当然应持批判为主的态度。而在事实上，即使是宋朝人自身，也已有人对此提出过尖锐的批评。例如陆游就曾针对《花间集》中的享乐词篇发过这样一番深沉而带愤激的感慨：“《花间集》皆唐末五代时人作。方斯时，天下岌岌，生民救死不暇，士大夫乃流宕至此，可叹也哉！或者，出于无聊故邪？”①而宋末元初的赵文，甚至不无偏激地说道：“《玉树后庭花》盛，陈亡；《花间》丽情盛，唐亡；清真（指周邦彦）盛，宋亡。可畏哉！”②尽管这种意见有些片面（例如周邦彦词就并不全属享乐主义的靡靡之音，而北宋的沦亡也不应由周词来负罪责），但从中却也不难看出赵氏对于享乐词风和享乐主义人生观的强烈不满。我们对于唐宋词人人生观中不甚健康的一面之批判，在此不拟多说。而对其中具有合理性的

① 金启华，等编：《唐宋词集序跋汇编》，江苏教育出版社，1990年，第340页。
② 赵文：《吴山房乐府序》，《青山集》卷二，《四库全书》本。

一面，特别是隐藏在深层的某些思想因素，却想多费些笔墨，作进一步的探求和揭示。

说唐宋词人人生观中具有合理性的一面，是基于下列认识，即“享乐主义”固然错误，但“享受人生”却又未可厚非。原因很简单：“人生几何，如何不算、珍重此生？”（《沁园春》）既然人生是那么的短暂和值得自珍，那么每个个人都应拥有“享受人生”的权利。这种“享受”，从其最低要求来说，就是一要生存，二要温饱；而从其较高要求来说，则是尽可能地追求舒适的物质生活和丰富的精神生活。因此只要是不做违法乱纪的事情和不逾越一定的道德准则，那么“享受人生”的欲望，在当时条件下，就属合情合理和符合“天性”的要求，而并不应予以鄙视和反对。而且，如从社会发展的角度来看问题，则人们懂得合理和充分地享受人生，正是“人性”得到圆满发展和社会向前进步的一个重要标志。因此，我们就应在批判唐宋词人人生观中享乐主义倾向的同时，又批判性地肯定其中另所包含着的“享受人生”的合理取向。明乎此理，我们再行返观唐宋词坛就可发现，至少就私生活范围而言，唐宋词人是深谙“享受人生”之理并又付之实践的文人群体。

对于唐宋词人的善于“享受人生”，我们并不想把注意力放在他们的声色歌舞生活上（对于这些生活的描写，词中比比皆是）。这是因为，此类奢侈的生活很容易使人联想到“享乐主义”。因而我们可把目光转向他们的日常生活，看一看词人们是如何在平凡的生活中“享受人生”的。请读下列词篇：

> 官里事，何时毕？风雨外，无多日。相将泛曲水，满城争出。（《满江红》）
>
> 朝来初日半含山，楼阁淡疏烟。游人便作寻芳计，小桃杏、应已争先。衰病少情，疏慵自放，惟爱日高眠。（《一丛花》）

上面两首词的作者是苏轼。在他看来，“世路无穷，劳生有限，似此区区长鲜欢”（《沁园春》）。人生既是那样的有限和短促，又是那样的辛苦和漫长，因此，勉力在本已缺少欢乐（“鲜欢”）的劳生中寻求乐趣和休憩，自然成了他的人生欢乐。试看第一首词中所写的公事之余出外郊游和泛觞，再看第二首词中所写的懒散高眠，可见此公善于享受人生之一斑了。再如：

> 我不是神仙，不会炼丹烧药。只是爱闲耽酒，畏浮名拘缚。　种成桃李一园花，真处怕人觉。受用现前活计，且行歌行乐。（朱敦儒《好事近》）
>
> ……粗粗饭，天仓粟；浊浊酒，天家禄。更钓鲜采薇，有何不足？

（吴泳《满江红》）

前者写的是“爱闲耽酒”、种花种草之乐，词人自矜为不是神仙的神仙。后者写的是粗饭浊酒、钓鱼采薇之乐，词人也深以为自满和自足。

所以，正像苏轼诗云：“春宵一刻值千金，花有清香月有影”，又像晁补之词曰：“更夏有凉风，冬轩雪皎，闲事不关心，算四时皆好”（《洞仙歌》），只要摆脱了尘事俗务对于此心的干扰，那么人生就“四时皆好”，无往而不乐。讲到这里，我们不由联想到朱光潜先生《“慢慢走，欣赏啊”——人生的艺术化》的一席话：“阿尔卑斯山谷中有一条大汽车路，两旁景物极美，路上插着一个标语劝告游人说：‘慢慢走，欣赏啊！’许多人在这车如流水马如龙的世界过活，恰如在阿尔卑斯山谷中乘汽车兜风，匆匆忙忙地急驰而过，无暇一回首流连风景，于是这丰富华丽的世界便成了一个了无生趣的囚牢。这是一件多么可惋惜的事啊！”与朱先生批评的人相反，唐宋词人就正是一群十分流连人生风景和深懂细细享受生活的文人。再请读下列词篇，我们就不难感受他们对人生所抱有的“慢慢走，欣赏啊”的珍惜心情和从容态度了：

> 一曲新词酒一杯，去年天气旧亭台，夕阳西下几时回？　无可奈何花落去，似曾相识燕归来，小园香径独徘徊。（晏殊《浣溪沙》）
>
> 东城渐觉风光好，縠皱波纹迎客棹。绿杨烟外晓寒轻，红杏枝头春意闹。　浮生长恨欢娱少，肯爱千金轻一笑？为君持酒劝斜阳，且向花间留晚照。（宋祁《玉楼春》）
>
> 春深雨过西湖好，百卉争妍，蝶乱蜂喧，晴日催花暖欲燃。　兰桡画舸悠悠去，疑是神仙，返照波间，水阔风高扬管弦。（欧阳修《采桑子》）

尽管这些词中或许还带有几分淡淡的人生忧伤，但是它们所表现出的珍惜生命和享受人生的那份细心、那种执着和那般喜悦，多么令人惊叹！所以，比较起前代的文学作品而言，唐宋词中大量存在的“流连光景惜朱颜”（李煜《阮郎归》）的作品，就在“享受人生”方面显示出更加精细、更加优雅和更加津津有味的总体面目来。而千百年来无数读者对这些词篇的深深挚爱，以及他们从中获取的审美愉悦和由此增长的热爱生活之情，就更加有力地证明了唐宋词人“享受人生”的合情合理。

而在揭示唐宋词人在“享受人生”方面所具有的合理性之后，我们还有必要更深一层地探求隐藏在其后的思想信息和思想因素。我们认为，时至唐宋（尤其是两宋），随着社会经济（特别是商业经济）的高涨和物质生活水平的提升，自然就会“水涨船高”地引起人的个体价值在人们思想观念中的“升值”;而正是这种思想信息和思想因素,才促使唐宋词人越发珍惜自己的生命和越发追求人生的享受。所以,表面看来,似乎只是一个唐宋词人更贪求享受和更懂得享受的小问题,实质上却反映了社会生活向前演进和人们思想观念有所变化的大问题。而从“文学是人学”的角度来说,则唐宋词中所演绎的种种人间悲欢离合和七情六欲,归根到底就是词人为实现其个体价值而做的诸种努力所衍生和展示的生活情景和感情体验。因此,由于人的个体价值有所“升值”,唐宋词就获得了在表现“人性”和“人情”方面比前代文学更加丰富充实的思想蕴含和更加沁人心脾的精神魅力。从这个意义上讲,如果没有词人个体价值的“升值”,没有词人对于生命的眷恋珍爱和对人生享受的“全方位”追求(不仅追求物质享受,而且追求精神享受;不仅追求感官享受,而且追求感情享受),那么唐宋词所演奏的生命乐章就不会那样扣人心弦,唐宋词所展现的人生风景也不会那样绚烂多姿。所以说到底,唐宋词之所以能给人以前代文学所未曾提供过的某些新鲜感,除了它艺术形式方面的“要眇宜修”(王国维《人间词话》)之外,实际在很大程度上还得益于词人个体价值在词中的“升值”。

下面,且让我们从个人的“个体价值”谈起:

《老子》曾说:“天地不仁,以万物为刍狗;圣人不仁,以百姓为刍狗。”确实,在“天地”(大自然)和“圣人”(国君)眼中,无论是生物还是人,其生命都十分微不足道。例如,以天地与人的关系来说,虽也有和谐的一面,但只要大自然偶一发威(例如降下一场地震或洪涝之祸),就顿时会使亿万条生命化为泡影。再就“圣人”与百姓的关系来说,则“普天之下,莫非王土;率土之滨,莫非王臣”,老百姓就只能被视为草芥小民。所以处在生产力和科技水平相当低下而皇权却十分威严至尊的古代社会,即使是被平民百姓当作“大老爷”看待的士大夫们,其个人的“个体价值”实际上也少得可怜。老话有云:“君要臣死,臣不得不死。”就连自身的身家性命都被操纵在皇帝之手,那就遑论其他一切!因此封建时代的士大夫文人,至少在政治生活领域中,基本只是皇权的工具和奴仆,很少有多少独立的人格和自我的价值可言。而且除开这种政治上的服从性之外,尤为可悲的更是他们在思想观念和行为方式方面的深受禁锢。“非礼勿视,非礼勿听”之类的封建伦理,就像紧箍圈一样紧紧地套牢了他们的头脑,使他们的言行不敢随便越雷池一步。这就难怪中国古代的士大夫们,内心都会产生“如履薄冰”和忧谗畏讥之感。但是,以上情况却仅是问题的一个方面。问题的另一方面又表现为:每一位生活在特定环境中的个人,却又是有血有肉和有情有欲的,因此他们必会产生“一要生存,二要温饱,三要发展”的强烈要求;换句话说,就都会有实现其自身价值的人生追求和具体行动。从这个角度来看,则人们的个体价值便又是无法彻底抹杀的,虽然它的实现会遇到来自多方面的压制和阻力,而其实现方式也会因人而异(例如古代文人在政治方面无所伸展的情况下,往往采用溺情声色或隐居山林的方式来构筑其个人世界的乐园,这些举动从另一个角度来说,就可视为他们在私生活中追求、实现其个体价值的努力)。所以,基于以上矛盾,中国古代的士大夫文人,一面小心翼翼、战战兢兢地努力扮演好“忠臣”(实为忠实管家和奴仆)的角色,自觉自愿地被封建社会的纲常伦理所“套牢”;另一方面,却又心有不甘和暗暗地为实现自身的个体价值而不断努力。值得庆幸的是,随着社会的不断演进和思想观念的有所变化,发展到唐宋时代,士人们的个体价值就有了“水涨船高”的“升值”趋势。尽管这种“升值”并不是一眼就能看清的,也尽管连不少词人自己都未意识到这点,但词中所大量存在的咏叹人生和珍视生命之作,却已暗示了这一心理趋势。谓余不信,请读下列词句:“人生开口笑难逢,何况良辰,一半别离中”(晁补之《虞美人》),“叹人生,杳似萍浮”(查荎《透碧霄》),“堪笑人生如逆旅”(姚述尧《临江仙》),“叹人生,不如意事,十常八九”(辛弃疾《贺新郎》),“叹人生,不如意事,十常七八”(刘学箕《贺新郎》),“毕竟人生都是梦”(葛长庚《贺新郎》),“人生歧路中,底用杨朱泣”(吴潜《生查子》),“宇宙人生都是客”(刘辰翁《减字木兰花》)……这些词句,以及前已引过的那些感叹“浮生若梦”和抒写“及时行乐”的众多词句,实际上都可看作唐宋词人对于人生的“纵横谈”。而不管是横说竖说、正说反说,其共同的底蕴却都在于珍惜生命和感叹人生。不然的话,他们何必要为这一话题而如此喋喋不休?而若再把视野放开一些,则我们又会发现,唐宋词中广泛存在的那些伤春悲秋、惜别伤逝的作品,其中所蕴藏的思想内涵,岂非也是那一种眷恋人生和珍视生命的思想感情?所以讲到这里,我们很可举柳永的几句词来作一小结:“似此光阴催逼,念浮生、不满百。虽照人轩冕,润屋珠金,于身何益?”(《尾犯》)在他看来,就连功名富贵、金银财宝等一般人梦寐以求的东西都是“身外之物”,而人生唯一值得珍视的仅是自己的这个身子(亦即生命)。这就大可说明词人对于个人生命的高度重视和分外爱惜,反映出人的个体价值已经大为“升值”的心理趋势。

那么,为什么时至唐宋(尤其是两宋),士大夫文人的个体价值会如此“升值”呢?照我们看来,这与社会经济(特别是商业经济)的发展和生活水准的提升存在着“水涨船高”的关系。

古语有云:“千金之子,坐不垂堂。”人的个体价值通常与社会经济的发展水平和人们物质生活的水准大有关联。不妨先以社会经济水平来讲,在发达国家雇一个劳动力的工价,很可能是在不发达国家雇工的10倍、20倍,这就说明即使从单纯的经济学观点出发,且又仅把人降低为“劳动力”来看待,其“价值”(实为劳动力的价格)就与经济水平有着直接的联系。再拿生活水准来讲,我们观照唐宋词人的情况,其个体价值之“升值”与唐宋社会经济(特别是商业经济)和物质生活的水平大为高涨之间的“同步”关系,便可“豁然开朗”。

这里且以两部描写两宋城市风貌的地方风俗志《东京梦华录》(孟元老著)和《梦粱录》(吴自牧著)为例,粗略考察一下两宋商业经济大有发展和市民生活大为改善的情况。前书曾详尽地描绘过北宋汴京的商业活动和繁华风貌,据它记载,汴京(开封)人口密集,商业发达。如其大相国寺一处的贸易活动,就达到了“珍禽奇兽,无所不有”的地步;而其界身巷一处则更是“每一交易,动即千万,骇人闻见”。在这种“八荒争凑,万国咸通”的商业经济基础之上,开封市民的物质生活条件自然就获得了很大程度的改善。民以食为天,以宋人的饮食为例,该书所记载的菜肴品种,就繁多到了令人眼花的地步。而尤其令人叹服的是当时饮食店待客之殷勤周到。请读如下记述:“客坐,则一人执箸纸,遍问坐客。都人侈纵,百端呼索,或热或冷,或温或整,或绝冷、精浇、膘浇之类,人人索呼不同。行菜得之,近局次立,从头唱念,报与局内……须臾,行菜者左手杈三碗,右臂自手至肩驮叠约二十碗,散下尽合各人呼索,不容差错。一有差错,坐客白之主人,必加叱骂,或罚工价,甚者逐之。”①从中可知,当时的进餐者们简直享受到了今之所谓“顾客如上帝”的优质服务。而拆穿来说,则此种能让顾客自感其“当一回上帝”的感觉,实际就是用金钱去换来的。因此,宋代商业经济的发展必然会影响到人们的思想观念,使其越发看重自我主体意识的增强,从而提升了人的个体意识。到了南宋,则上述情况更有发展。据《梦粱录》记载,临安(杭州)大街,“买卖昼夜不绝,夜交三四鼓,游人始稀;五鼓钟鸣,卖早市者又开店矣”②,可谓通宵达旦,昼夜不息。在此基础上,杭城的官僚贵族简直就有身在“天堂”之感(“上有天堂,下有苏杭”之谚即起源于南宋)。仍以“吃”为例,该书“分茶酒店”条所记载的菜肴品种竟达300余种,而“荤素从食店”条所载点心的品种也达100余种——即使是今之五星级宾馆,恐怕都难以开出这样一份菜单来!因此该书接着描写杭人在酒肆饭店的情状道:“诸店肆俱有厅院廊庑,排列小小稳便阁儿,吊窗之外,花竹掩映,重帘下幕,随意命妓歌唱,虽饮宴至达旦,亦无厌怠也。”这就难怪他们要在此作彻夜至晓的畅饮了。而也正是由于上述原因,两宋

① 孟元老,等:《东京梦华录(外四种)》卷四,中国商业出版社,1982年,第29页。
② 吴自牧:《梦粱录》卷一三,中国商业出版社,1982年,第108页。

的士大夫们就更懂得了抓住有限时光的“道理”。请再参读以下两组宋文和宋词：

一是《东京梦华录》中有云：“举目则青楼画阁，绣户珠帘。雕车竞驻于天街，宝马争驰于御路，金翠耀目，罗绮飘香。新声巧笑于柳陌花衢，按管调弦于茶坊酒肆。八荒争凑，万国咸通。集四海之珍奇，皆归市易；会寰区之异味，悉在庖厨。花光满路，何限春游；箫鼓喧空，几家夜宴。伎巧则惊人耳目，侈奢则长人精神……”①

聂冠卿《多丽》词云：“想人生，美景良辰堪惜。问其间、赏心乐事，就中难是并得。况东城、凤台沙苑，泛晴波、浅照金碧。露洗华桐，烟霏丝柳，绿阴摇曳，荡春一色。画堂迥、玉簪琼佩，高会尽词客。清欢久，重燃绛蜡，别就瑶席……”

我们很可发现：聂词所写的“及时行乐”情景和“美景良辰堪惜”的心理，就正是在孟文所描绘的社会背景上自然而然地产生出来的。

二是《梦粱录》中有云：“大抵杭州胜景，全在西湖，他郡无比，更兼仲春景色明媚，花事万般，正是公子王孙，五陵年少，赏心乐事之时，讵宜虚度？至如贫者，亦解质借兑，带妻挟子，竟日嬉游，不醉不归。”②

俞国定《风入松》词则云：“一春常费买花钱，日日醉湖边。玉骢惯识西湖路，骄嘶过、沽酒楼前。红杏香中箫鼓，绿杨影里秋千。　暖风十里丽人天，花压鬓云偏。画船载取春归去，余情付、湖水湖烟。明日重扶残醉，来寻陌上花钿。”

俞词中所写的“日日醉湖边”“明日重扶残醉，来寻陌上花钿”，不也与吴文所写的贫者不惜“解质借兑”（上典当借钱）也要“竟日嬉游，不醉不归”如出一辙？

由此可见，宋词中所表现的享乐心理和惜时意识，正是根植于宋文所描绘的商业经济高度发展和市民生活水准大为提高的社会土壤之中，而唐宋词人个体价值之有所“升值”，同样源于上述两大原因的道理，也就不难推想而知。

当然，我们又须声明：本文所说的唐宋词人的个体价值，主要仅指他们在私生活领域中的“个体价值”，而对他们作为封建官吏和传统文人在社会生活领域（特别是政治舞台）中的个体价值，本文暂且搁置不论。局限于私生活和婉约词的范围之内，我们就可看清下面这样的事实：正是因为唐宋词人更看重了自身的生命价值，因此无论是在哀叹和惋惜“浮生”虚空方面，还是在“全方位”地享受

① 孟元老：《东京梦华录序》，孟元老，等《东京梦华录（外四种）》，中国商业出版社，1982年，第1页。

② 吴自牧：《梦粱录》卷一，孟元老，等《东京梦华录（外四种）》，中国商业出版社，1982年，第7页。

人生方面，词的思想蕴涵和艺术表现都比前代文学更有了深细（深刻和细腻）化的趋向。因而，从表面看来似乎纯属消极与大可指责的享乐心理和享乐词风中揭示出人的个体价值伴随着社会进化而有所“升值”的深层内涵，必将大为有助于深化我们对于唐宋词的总体认识。举例来讲，在人们心目中，唐宋词一贯被认为是抒情性特强、人情味最浓的文学，而此种文体特性就显然与时至唐宋人们的个体价值大为“升值”有关。这是因为，人的本质特点之一就在于他们的富有情感，因此“人性”越是发展，则感情也越趋丰富细腻。而人之所有的情感，从其根本上说，便都生发于他们对生命的珍惜和为实现个体意识的努力。所以，正是由于扎根于比前代更加丰厚的生命意识之思想土壤，吮吸着旖旎的城市风情所诱发和滋生的世俗人情的感情养料，唐宋词的文学花朵才会绽放得那样别具风姿和绰约可爱。仅此一例，即可窥见本论题的揭示将会深化词史研究的重要意义。

（原载《西南师范大学学报（哲学社会科学版）》1997 年第 3 期）

试论宋代词人享乐心理的雅俗分趋

——以柳永、苏轼为例

寻找快乐，追求幸福，这是人所共有的天性要求和正常欲望，宋代词人也不例外。他们中的很多人都曾直率坦露过想要及时行乐的想法，如张昪词云："一瞬光阴何足道，但思行乐常不早。"（《满江红》）辛弃疾词云："闲处直须行乐，良夜更教秉烛。"（《水调歌头》）刘辰翁词云："长生药，有分神仙难学，人生聊复行乐。"（《摸鱼儿》）……而那类描绘享乐生活与宣泄享乐意念的作品也在词坛上随处可见。由此可知，享乐心理实是宋代词人所普遍怀有的一种集体性心理意识。

但是，同样是寻求快乐，对于"什么是快乐"和"快乐从何求得"这两个问题，词人们的理解与回答却又并不一致。举其大端，可分两类：一类人偏重于感官的享受，故其主要是从酒色歌舞、追欢买笑的世俗享乐生活中寻求人生的快乐；另一类人则有所不同，他们在不放弃物质层面的享乐之同时又更注重于精神文化层面的高雅享受，且又把心灵的安宁与闲适认作最大的人生乐趣来追求。缘此，宋代词人的享乐心理就显现了两种不同的文化品位，形成为泾浊渭清、雅俗分趋的格局。

一般来说，人们对词人的享乐心理都持批判与否定的态度。如陆游就曾严厉地批评晚唐五代花间词人的享乐心理，称其"流宕""可叹"和"出于无聊"①。而元代的赵文则更把周邦彦（号清真）词斥为亡国之音（其言云："《玉树后庭花》盛，陈亡；《花间》丽情盛，唐亡；清真盛，宋亡，可畏哉"②），其意也在于批判周词的讴歌享乐生活。这些批判当然有其正确的一面，因为享乐心理中确实含有相当浓重的不健康思想成分。但是，"凡是存在的都是合理的"，作为一种普遍存在的集体性心理意识，宋代词人的享乐心理毕竟还有其应予发掘的"合理"

① 陆游：《花间集跋》，金启华，等编《唐宋词集序跋汇编》，江苏教育出版社，1990 年，第 340 页。

② 赵文：《吴山房乐府序》，《青山集》卷二，《四库全书》本。

文化内涵和某些值得肯定的思想成分，只对它们作简单的道德评判是很不够的。因此本文就想对宋代词人雅俗分趋的两类享乐心理作些剖析，以期挖掘其中所蕴含的新的文化因素和提炼出若干有益于今人的思想启迪。

在上述两类雅俗分趋的享乐心理中，柳永的享乐心理显然可以视为趋俗型享乐心理的代表。《后山诗话》云：柳词"骫骳从俗，天下咏之"①。徐度《却扫编》也说：柳词"多杂以鄙语，故流俗人尤喜道之"②。这固然主要是批评柳词语言风貌的从俗近鄙，但因语言紧连着思想，所以它们实际也包含着批评柳词之思想意蕴与文化品位趋于鄙俗的意思在内。上述看法虽然带有一定的偏见，却又大体符合事实。柳词中所表现的享乐心理，确实难逃"鄙俗"的批评。试读柳永的如下词句："阎罗大伯曾教来，道人生、但不须烦恼。遇良辰，当美景，追欢买笑。胜活取百十年，只恁厮好"（《传花枝》）；"未省，宴处能忘管弦，醉里不寻花柳"（《笛家弄》）；"浮名利，拟拚休，是非莫挂心头……共绿蚁、红粉相尤。向绣幄、醉倚芳姿睡，算除此外何求"（《如鱼水》）……从中可知，他的享乐追求不外乎追欢买笑与寻花问柳，除了"醉倚芳姿睡"之外则简直别无所求。而更有甚者，受此享乐心理的驱使，他竟至写出了如此庸俗的作品："师师长得艳冶，香香与我情多，安安那更久比和，四个打成一个。　　幸有苍皇未款，新词写处多磨。几回扯了又重挼，奸字中心着我。"（《西江月》）此词写他同时与三位歌妓厮混，且又充满着惬意满足的心情，这就足以显示其享乐心理的放荡无检。所以柳词和柳永本人之所以会受到封建统治者及正统文人的鄙视，实在也有点"咎由自取"。

不过，在批判柳永享乐心理之趋于鄙俗的同时，更使我们感兴趣的则是：从文化的视角来看，作为一个出身于官宦人家和自幼接受正统文化教育的读书人，柳永缘何会产生上述不同于一般士大夫文人的享乐心理？这种享乐心理是否还包含着某种"合理"的思想文化内涵？对此，即可从柳永文化人格的嬗变及其沾染市民意识的角度予以论述；而其享乐心理之所以趋于鄙俗和具有某种"合理"性，也正可从他吸纳市民文化因素来得到解释与发掘。

先说柳永文化人格的嬗变及对市民意识的接受。

柳永生活在北宋真（宗）、仁（宗）二朝。其时，商业经济获得了空前的发展，而在此基础上成长、壮大起来的市民阶层也开始在城市的文化消费和休闲活动中扮演着十分活跃的角色，发挥着相当重要的作用。据孟元老《东京梦华录》记

① 何文焕辑：《历代诗话》，中华书局，1980 年，第 311 页。
② 徐度：《却扫编》卷下，商务印书馆，1936 年，第 172 页。

载,汴京城中仅其东南角一带就有大小勾栏50余座,其中一些棚子中竟可容纳数千人在里面观赏文艺(文体)表演,“不以风雨寒暑,诸棚看人,日日如是”①。这些观众,当然主要是市民群众;而所演出的文艺节目,也非士大夫文人所熟悉的吟诗作文,却是那些通俗而又能满足世俗群众之观赏需要的“京瓦伎艺”(诸如嘌唱、诸宫调、杂调、傀儡戏乃至球杖踢弄等大众化伎艺)。除此以外,则京城中星罗棋布的茶馆酒店和娼楼妓院也吸引着大量的顾客到此听歌赏曲,其情状正可用“新声巧笑于柳陌花衢,按管调弦于茶坊酒肆”二语来形容(虽则《东京梦华录》所言,主要是徽宗年间的风尚,但用以推溯柳永时代的状况却也基本相似)。由此可知,当时的市民阶层虽未壮大成为一股独立的政治力量,但在世俗的文化生活和休闲活动中却已担当着消费主体的重要角色,故其思想意识也势必会对某些接近于市井细民的文人产生影响且在后者迎合市民大众之需所创作的作品中得到反映。而在这些文人中间,柳永则尤是一位勇于投身和扑腾于世俗生活的海洋、像“春江水暖鸭先知”的“能言鸭”那样为市民群众代言其心声的通俗歌词作家,所以他的享乐心理吸纳进异质于传统文化的市民文化因素就势在必然。

我们知道,柳永出身于世代奉儒守官的书香门第,其祖上及父兄都曾在朝堂上为官。照常理来讲,他应该遵循古训和继承父业,成为一名“有出息”的士大夫文人。然而,由于柳永生性浪漫,喜游青楼狭邪,其失检的行为和不佳的名声就导致了他科场的失利,而科场的受阻,则又反过来促发和增长了他“下海”到世俗享乐生活中去的决心。由此而来,柳永便在一段时间里产生了文化人格的嬗变——简单来说,即由原先循规蹈矩的“读书相公”蜕变成一位不拘礼法的“风流才子(词人)”,甚至进而变成为正统文人所鄙视的“薄于操行”的“浪子”。这番嬗变,既见于宋代不少笔记、诗(词)话类典籍的记述,同样也反映在他《鹤冲天》词所倾诉的落第后的内心独白中间。其词如此写道:“黄金榜上,偶失龙头望。明代暂遗贤,如何向?未遂风云便,争不恣狂荡?何须论得丧?才子词人,自是白衣卿相! 烟花巷陌,依约丹青屏障。幸有意中人,堪寻访。且恁偎红翠,风流事,平生畅。青春都一饷。忍把浮名,换了浅斟低唱?”它即表明,在功名无望的情况下柳永就无奈地调整了自身的人生目标,决意跳离传统文化给读书人所预设的轨道(即通过科举考试去猎取功名)而投身到世俗的享乐生活中去。如此而来,其人生理念就必然会受到市民意识的浸淫,而这在柳词所表露的享乐心理中尤为突出和明显。因此我们即可循此思路从柳词之吸纳市民文

① 孟元老,等:《东京梦华录(外四种)》卷五,中国商业出版社,1982年,第32页。

化因素的角度来诠释其享乐心理之鄙俗性和“合理”性。

首先,若与正统士大夫文人相比,市民群众的享乐心理当然就明显趋俗。这是因为,他们的社会地位比较低贱,受教育的程度和文化水准也很低下,这便决定了他们生活欲望的讲求“实惠”和趋于世俗化。由于无缘做官,也没有什么经邦济世和修身立名的远大理想,而只想在平庸的生活中追求到手的快乐,所以市民群众的享乐嗜求自然便偏向于物质层面,而尤其注重于感官的惬意与满足。此类偏重于肉身快感的享乐意念,在柳永词中即有强烈的闪现。例如下面这些词句:“似此光阴催逼,念浮生,不满百。虽照人轩冕,润屋珠金,于身何益?一种劳心力。图利禄,殆非长策。除是恁、点检笙歌,访寻罗绮消得。”(《尾犯》)它们明确表述了这样一种快乐观:人生苦短,不管是金银财宝还是功名利禄,全都于身无益,而唯有那能够满足肉身需要的享乐生活,才是实惠的幸福。缘此,他当然就一头扎进了绮罗丛中,恣意地从女色之乐中寻求着感官的快乐——我们试看,柳词之写女性,好用欣赏与狎玩的笔调描写其容貌、身段、气色,如“绛唇轻,笑歌尽雅,莲步稳,举措皆奇。出屏帏,倚风情态,约素腰肢”(《玉蝴蝶》),“世间尤物意中人,轻细好腰身。香帏睡起,发妆酒酽,红脸杏花春”(《少年游》);又特别喜欢描写衾枕帏帐之类“床上用品”和男女的床笫之欢,如“铁帐里,低语偏浓”(《两同心》),“想娇媚,那里独守鸳帏静”(《梦还京》),“似恁偎香倚暖,抱着日高犹睡”(《慢卷紬》),“绸缪凤枕鸳被,深深处,琼枝玉树相倚”(《尉迟杯》)。这就可证其所贪恋的快乐主要来自于与女性交往甚或肌肤相亲的感官快乐。而对此种享乐嗜求,不用说是正统的士大夫文人,即以一般读者的眼光来审视,也会觉得不太雅观和不甚健康。所以平心而论,柳永的享乐心理确实品位不高,甚至趋于鄙俗。而若究其本源,应怪罪于它之吸纳了市民文化中的庸俗成分——对此,只要看一下后代某些俗文学作品(如明代的一些白话小说)同样因为这种原因而出现了更加露骨的肉欲描写与淫秽字句,即可深晓个中道理。

其次,在批评市民文化中的庸俗成分给柳永的享乐心理带来鄙俗品性的同时,我们应该看到市民文化也给后者注入了某些积极和合理的思想内涵,此即敢于大胆肯定和张扬人类追求快乐的正当权利与正常天性,并以此来反抗封建礼教的束缚和实现自身的生命价值。这在当时的历史环境中尤其显得富有反叛性和挑战意义。以今天的眼光来看,人生在世,本该享有追求快乐的权利,因此“享受人生”或曰“及时行乐”的思想并不可耻,也未可厚非。试看,恩格斯在《自然辩证法》中曾把人的需要对象分为生活资料、享受资料和发展资料三大类①，肯定了生存需要、享受需要和发展需要都属于人类的正常需要。但是，封建社会却是一个压抑人性和扼杀人权的社会，它所制定的一整套窒息人欲的道德规范与伦理准则就像无形的紧箍咒一样束缚着人们（尤其是读书人）的思想和言行。处在这样的环境之下，不要说实现个体生命自身的价值，就连追求快乐的天性要求与起码权利也会受到压制。所以广大的读书人就只能收敛起内心的种种生命欲望，以牺牲或放弃部分“快乐权”的代价去努力变成符合封建道德规范的“君子”，并进而获取功名利禄。但是，相比之下，新兴的市民阶层却自有其另一种“活法”，那就是：不拘礼法，也不追求什么“修身”“立名”，只管在世俗的享乐生活中寻求现到手的快乐与满足。撇除其庸俗的思想成分不论，其中却又凝聚着人们“享受人生”与追求幸福的强烈意愿。相对于禁锢人欲的封建礼教来说，这种生活理念和享乐欲望就显得既符合人类之本性要求，又体现了社会向前发展的趋势（因为社会越是进步，就越应使人快乐），因此其“合理”性就确乎存在并且应予肯定。而柳永则因吸纳了市民文化中的这一部分思想资源，故其词中就常以“享乐”来与功名利禄对抗，如：“越娥兰态蕙心，逞妖艳、昵欢邀宠难禁。筵上笑歌间发，舄履交侵。醉乡归处，须尽兴，满酌高吟。向此免、名缰利锁，虚费光阴”（《夏云峰》），“屈指劳生百岁期，荣瘁相随。利牵名惹逡巡过，奈两轮、玉走金飞。红颜成白发，极品何为……画堂歌管深深处，难忘酒盏花枝。醉乡风景好，携手同归”（《看花回》）……它们就曾为后代文人以享乐来抗拒和摆脱功名利禄之诱惑提供过思想帮助。而尤其是其“名缰利锁”一语，虽然它源出于汉代东方朔《与友人书》中的“不可使尘网名缰拘锁”，但自柳永创铸这一成语之后很快便在宋元词曲中不胫而走（如秦观《水龙吟》“名缰利锁，天还知道，和天也瘦”，张孝祥《柳梢青》“碧云风月无多，莫被名缰利锁”，岳珂《六州歌头》“谩名缰利锁，何曰濯尘缨”，关汉卿《新水令》“密爱幽欢不能恋，无奈被名缰利锁牵”，贾仲名《升仙梦》“断绝了名缰利锁，逼绰了酒色财气”……），这就可知柳永的享乐心理实已对封建礼教产生了不小的冲击力，以至于在其后世都能激起很多追随者们的共鸣。

而在柳永享乐心理趋于“俗化”的同时，宋代词人中的高雅之士的享乐心理却产生了与之反方向的“雅化”趋势。这后一类人虽与柳永一样也嗜好酒色歌舞的物质享受生活，但在此时他们却更加注重精神文化层面的高雅享受：而当其

① 恩格斯：《自然辩证法》，中共中央马克思恩格斯列宁斯大林著作编译局译，人民出版社，1971 年，第 284 页。

身处困踬失意的状态时，则又把心灵的安宁与闲适当作最大的人生乐趣和最终的精神家园来追求。因此严格来讲，他们的上述心理实已超出了狭义的享乐心理之范围，而可以称之为广义的享乐心理——其基本内涵即在于尽可能地享受人生。持此类心理的代表人物，当然首推那位力主“人瘦尚可肥，士俗不可医”的苏轼。

与柳永相似，苏轼同样也嗜好物质层面的享乐生活。正如林语堂所说，“他享受宴饮，享受美酒”，“他的一生是载歌载舞，深得其乐”①。在他的词中，就不乏听歌、赏舞、宴饮、狎妓之类的描写，甚至也出现过与柳词相似的欣赏女性形体之美的词句（如《满庭芳》：“主人情重，开宴出红妆。腻玉圆搓素颈，藕丝嫩，新织仙裳”，“坐中有狂客，恼乱愁肠。报道金钗坠也，十指露，春笋纤长”）。但是，苏轼之所以成为苏轼，却更在于他具有常人难以企及的思想境界和文化品位，即以其享乐心理来说，也显得那样的超乎尘俗。如笔记小说中载：“东坡生平不耽女色，而亦与妓游。凡待过客，非其人，则盛女妓丝竹之声，终日不辍，有数日不接一谈而过客私谓待己之厚。有佳客至，则屏妓衔杯，坐谈累夕。”②据此可知：一方面，他不耽女色然却照样与妓冶游，并用女妓丝竹的娱乐活动来招待俗客，这就显示了他的善于“和光同尘”；另一方面，他对与己投机的佳客则摒弃声色女乐而清淡累夕，这又显示了他所真正欣赏的乃是高人雅士之间所共通的高情雅趣。缘此就不难发现：苏轼不仅能作“酣玩”（借用周密《武林旧事序》中所言：“朝歌暮嬉，酣玩岁月，意谓人生正若如此”），而且更擅长于作清游雅玩。当然，清游与雅玩仍离不开对物质对象的享用（例如赏花品茗之离不开对花与茶的品赏），但其兴致却主要落脚于寻觅精神文化层面的自我愉悦。对此，我们很容易在他的那些郊游词、赏花词、咏物词中找到例证。兹各举一首为例：如其郊游词《鹧鸪天》云：“林断山明竹隐墙，乱蝉衰草小池塘。翻空白鸟时时见，照水红蕖细细香。　　村舍外，古城旁，杖藜徐步转斜阳。殷勤昨夜三更雨，又得浮生一日凉。”这里既没有歌吹喧天，也没有妖姬献舞，而唯见一片明净萧爽的乡村风光；然而词人却在杖藜徐步中寻求到了与古人作精神对话（词中“又得浮生一日凉”语出唐人李涉《题鹤林寺僧舍》诗“因过竹院逢僧话，又得浮生半日闲”）的无穷乐趣，舒心惬意地度过了闲适人生中的美好一天。又如其赏瑞香花的《西江月》词：“小院朱阑几曲，重城画鼓三通。更看微月转光风，归去香云入梦。　翠袖争浮大白，皂罗半插斜红。灯花零落酒花秾，妙语一时飞动。”此词中虽

① 林语堂：《苏东坡传》，时代文艺出版社，1988 年，第 7 页。
② 丁传靖辑：《宋人轶事汇编》卷一二，中华书局，1981 年，第 621 页。

然出现了插花劝酒的歌妓形象，但她们的作用只是佐欢助兴而已，词人所真正感兴趣和引以自负的则是自己和友人在赏花时“妙语一时飞动”的豪情逸兴。再如其咏物（琴）词《减字木兰花》：“神闲意定，万籁收声天地静。玉指冰弦，未动宫商意已传。　悲风流水，写出寥寥千古意。归去无眠，一夜余音在耳边。”同前一首词一样，其中也隐然有一位玉指纤纤的歌妓浮现，但词人从她指缝间流泻出的琴声中所获取的，却全然是一种超尘拔俗的精神享受。因此比起柳永的沉溺于世俗生活和感官享受来，苏轼的享乐举动与享乐心理在文化品位方面就明显高了一个档次。

而更为难能可贵的还在，即使身处困境和逆境——这时非但无乐可享，反而身惹烦恼和心陷痛苦——苏轼却仍能保持其自得其乐的平和心态，这就得益于他对“何为快乐”的独特体认。简而言之，苏轼认为：对于困于世网的人来说，唯有“心闲”才是人生的最大乐趣和最终的精神家园；若能通过自我调适寻求到心灵的安宁闲适，那便能超然于物质环境的艰苦和政治境遇的困踬而臻于无往而不乐的旷达境界。这就是他虽处窘境而仍能自得其乐的“精神武器”。我们试读他身处黄州编管期间写下的下列词句：“长恨此身非我有，何时忘却营营？夜阑风静縠纹平。小舟从此逝，江海寄余生”（《临江仙》），“念寓形宇内复几时？不自觉皇皇欲何之？委吾心、去留谁计？神仙知在何处？富贵非吾志。但知临水登山啸咏，自引壶觞自醉。此生天命更何疑？且乘流、遇坎还止”（《哨遍》）。前一首词中，词人先谓“长恨此身非我有”（意指陷入世网之后就身不由己），进而觉悟到唯有挣脱物欲的缠缚（“忘却营营”），才能求得心灵的闲适与自由放飞。由此而来，他的眼前顿现出一片“夜阑风静縠纹平”的风平浪静境界——这其实并非自然界的实境，而是词人自我心境的幻化。后一首词中，词人就说得更加明白和透彻：人生在世，有点像盲人赶路那样匆忙而又寻不着目标（“不自觉皇皇欲何之”），这当然会弄得疲惫不堪（此词的上片一开头就说“为米折腰，因酒弃家，口体交相累”）。而要消除此类疲劳和烦恼，唯一的良策便是顺从天命以求心安。虽然上述思想源于陶渊明的《归去来兮辞》，但从苏轼隐括此《辞》为《哨遍》词并在十多年后再和此篇（《哨遍·睡起画堂》）的举动来看，他本人就确实服膺着这种人生哲学。再如苏轼在结束黄州编管生活返回汴京所作的《定风波》词中，又曾借用歌妓柔奴的一句话来表述自己对于精神家园究竟在何处的终极思考：“此心安处是吾乡”。此语虽然十分朴素，却又包含着深刻的人生智慧：人在旅途，何处是家？而唯有“心安”，也只消“心安”，就能找到自己的精神家园。

所以，相对于柳永的享乐心理来说，苏轼的享乐心理就不仅显得品位高雅，而且其内涵相当丰富深刻。它实际包含着这位睿智文人对人生意义的思考和对生命价值的追寻，其中的某些哲理性感悟就很值得后人借鉴。例如他不拒绝物质层面的享受，但又能超越这一层面而寻求更高层次的精神文化享受，并着意于营造闲适知足的心境以求得自我愉悦；又如他能在顺心快意的环境中陶然自乐，却又能在失意艰难的逆境中保持"心安"的精神状态，照样寻觅到了人生的乐趣。这种脱离低级趣味的享乐心理和潇洒达观的人生态度，就很能对后代的读者有所启示。至于他何以会形成此种较高品位的享乐心理，从文化传承的角度来说，就与其吸收传统文化中的"雅文化"精髓有关（同时又融入了他自身的人生理念和生活情趣）。限于篇幅，这里就不再展开论述。

综上所述，宋代词人普遍地滋生了人生行乐的思想，但又因文化背景、人生遭遇、生活理念的不同而形成了雅俗分趋的倾向。然而，尽管他们的享乐心理存在着趋俗与趋雅的差异，尽管其中含有不甚健康的思想成分，我们却不宜把它们一笔抹杀与全盘否定。重要的问题在于：社会行进到宋代，词人们已较之前人越发看重自身生命的价值，也越发腾升了享受人生的欲念。他们或从市民文化中汲取新的思想养料，或将传统文化中的及时行乐思想演绎得更加儒雅化。二者虽然雅俗异貌，但其核心内涵却都可以归纳为对"快乐权"的追求。这在当时的历史条件下毕竟有着一定的进步意义。而从苏轼那类广义的享乐心理中，人们至今还能从中获取某些有益于修身养性的思想启迪。

（原载《湖南文理学院学报（社会科学版）》2004 年第 6 期）

“角色转换”与唐宋词之人生意蕴

从一定意义上说,人生实是一个不断进行“角色转换”的动态过程。而每一次重大的角色转换,通常都会引发不同的感情和心态。因此,因角色转换而产生不同的人生感慨,就是十分自然的事。常人尚且如此,诗人的情况就更可想而知——他们将其因角色转换而引发的感情与心态宣泄、展示在笔端,于是就凝结成为诗歌意蕴中的一项重要内容。这一看法,其实早在钟嵘的《诗品序》中就有所阐发。其言云:“至于楚臣去境,汉妾辞宫……或士有解佩出朝,一去忘返;女有扬蛾入宠,再盼倾国。凡斯种种,感荡心灵,非陈诗何以展其义,非长歌何以骋其情?”①它所列举的种种人生变故实际就是不同类型的角色转换,而由此就刺激了诗歌的创作。虽然此言乃针对古诗而发,然而其道理也可移用来解释唐宋词的创作。词中包孕着十分丰厚的人生意蕴,但其中相当重要的一部分意蕴却是由词人经历角色转换后所宣泄的感情和所展示的心态直接诗化而成。而在词人多种多样的角色转换中,又以下面两大类最应引起注意:一是词人由“台前”降至“台后”的身份转化,二是词人由“台上”降至“台下”的地位变换。这两大类角色转换都强有力地刺激了词的创作,并为词中人生意蕴的生成和拓展注入了滔滔汩汩的“源头活水”,所以值得我们重点予以考察。

先说第一大类由“台前”退至“台后”的身份转化。由于唐宋词人中的绝大多数都是封建士大夫文人,所以他们在“台前”、亦即社会公众场合所扮演的社会角色就基本是朝廷命官和孔孟之徒(官吏与儒生)。而当他们退至“台后”、亦即私生活或公余生活领域中时,却有可能导致以下两种方向的角色转换:一是由严肃的官吏和循礼的儒生转变成为风流的才子和多情的词客;二是由困于官场的“公家人”转变成为可以独立支配其公余时间和惬意享受闲适之趣的“自由人”。而这两种身份转化,就都为词人开启了新的生活空间,并又为词的创作提供了政教以外的另类人生意蕴。对此,且让我们先看词人由“台前”的正统士大夫文人转为“台后”之风流才子和多情词客的相关情况。这里可举晏殊及司马

① 钟嵘著,曹旭集注:《诗品集注》,上海古籍出版社,1994 年,第 47 页。

光为例。《宋史》曾用这样的语言评述晏殊:“性刚简,奉养清俭。累典州,吏民颇畏其狷急。”①看来很是一位一本正经、令人望而生畏的清官和严吏。但是当他回到家中,卸去袍帽之后,却顿就另换了一副模样!据叶梦得《避暑录话》卷二记载,晏殊“喜宾客,未尝一日不宴饮”,每宴“必以歌乐相佐,谈笑杂至”。而在歌妓演唱之后,他即开言:“汝曹呈艺已毕,吾亦欲逞艺”,于是就索纸笔赋写新词。由此看来,在丢却做官的面具之后,晏殊竟是一位相当和气与风趣的人物。而更使人惊讶的是,这位在政治舞台上性格刚直严厉的高官重臣,在其私生活领域里却充满着对于异性(哪怕是歌妓舞姬)的柔情蜜意。我们试读他所写的下列词篇:

一向年光有限身,等闲离别易销魂,酒筵歌席莫辞频。　　满目山河空念远,落花风雨更伤春,不如怜取眼前人。(《浣溪沙》)

绿杨芳草长亭路,年少抛人容易去。楼头残梦五更钟,花外离愁三月雨。　　无情不似多情苦,一寸还成千万缕。天涯地角有穷时,只有相思无尽处。(《玉楼春》)

谁能不被他真挚的怜香惜玉之情和缠绵的男女相思之情所感动?而这种柔婉怨悱的感情与心态,决不可能在晏殊手执朝笏、身在“台前”的时候产生。再如司马光,他就更是一位“孝友忠信,恭俭正直,居处有法,动作有礼”②的正人君子,然而在某次酒宴上,却也写下了这样一首香艳绮怨的《西江月》词:

宝髻松松挽就,铅华淡淡妆成。青烟翠雾罩轻盈,飞絮游丝无定。
相见怎如不见,有情何似无情?笙歌散后酒初醒,深院月斜人静。

细细体味其词情,就不像是“为文而造情”的游戏笔墨,而是作者确遇其人、实经其事(与某歌妓在私宴相逢并彼此有情)之后的真情流露。所以正像有人所指出的那样:“公端劲有守,所赋(却)妩媚凄惋,殆不能忘情”③,司马光实非无情之人,而一旦暂离了必须道貌岸然的场合,其内心本就蕴藏的温柔情愫自然就会“逃逸”而出。因此举出以上两例可知:“人禀七情,应物斯感,感物吟志,莫非自然”④。唐宋词中之所以会勃涌出那么充沛的儿女柔情和展现出那么深细的恋情心态,一是因为词人本就多情和深情,二是与他们经由从“台前”退至“台后”

① 脱脱,等:《宋史》,中华书局,1977 年,第 10197 页。
② 同①,第 10769 页。
③ 陈霆:《渚山堂词话》卷三,唐圭璋编《词话丛编》,中华书局,1986 年,第 376 页。
④ 刘勰:《文心雕龙·明诗》,《文心雕龙》,人民文学出版社,1962 年,第 65 页。

的角色转换密切相关。由此也可推断:如若没有这种角色转换作为契机和动因,唐宋词就不会出现后人称之为"艳科"的文学奇观。这是因为,身在"台前",士大夫文人就须努力维持着"名教中人"的公众形象,故其举止言行当然会受到封建伦理纲常和正统道德规范的严重制约;而只有当他们退至"台后"的私生活中,才敢打破礼教的束缚和恢复其作为"自然人"的本来面目。由此而来,他们深藏在内心的种种欲望,尤其是对异性的爱慕和对恋情的饥渴,就因着"鬓弹欲迎眉际月,酒红初上脸边霞"(晏殊《浣溪沙》)这样一种"美女陪酒唱小词"的特殊环境之刺激,猛然膨胀起来,这就给他们创作的小词注入了十分丰厚的恋情娈思,并使其呈现出"熏香掬艳"的特种文学风貌。所以前人曾对晏殊、司马光等名公大臣竟然会写出类似"妇人语"①的艳词感到困惑不解,其实这个问题不难解释——"存在决定意识",正因为词人在"台后"的身份已经暂时有所改变,所以其思想面貌也就会产生"柔化",并缘此而使其笔端流泻出无穷的儿女柔情来。

下面再看词人由"台前"的"公家人"转为"台后"的"自由人"之有关情况。这里也可举两人为例。一是范仲淹,《宋史》中说他"泛通《六经》,长于《易》,学者多从质问,为执经讲学,亡无倦";又说他"每感激论天下事,奋不顾身,一时士大夫矫厉尚风节,自仲淹倡之"。也就是说,作为一位名儒,他勤于读经和讲学;作为一位重臣,他又热心参与政治和关心天下大事。可就是这一位以"先忧后乐"言行名播青史的范文正公,却也写下了一首有些背离于儒家正统思想的小词:

> 罗绮满城春欲暮,百花洲上寻芳去。浦映□花花映浦。无尽处,恍然身入桃源路。　　莫怪山翁聊逸豫,功名得丧归时数。莺解新声蝶解舞。天赋与,争教我辈无欢绪?(《定风波》)

其中值得注意的一句即是"莫怪山翁聊逸豫"。所谓"逸豫",意指安逸快乐,这种生活方式就向来遭受儒家经典的批判。如《诗·小雅·白驹》云:"尔公尔侯,逸豫无期。"如《尚书·君陈》云:"周公之猷训,惟日孜孜,无敢逸豫。"所以尽管范仲淹自称是聊且"逸豫"一下,且又加上"莫怪"的自责之辞,但从中却不难看出:即使身为名儒重臣,他也渴望着能从那身不由己和感到疲倦的官场及讲学生活中暂时地脱身出来,像普通人一样去踏青寻芳,享受一下作为"自由人"的快

① 浦传正评晏殊词之语。胡仔:《苕溪渔隐丛话·前集》卷二六,人民文学出版社,1962年,第178页。

乐。因此此词虽小,却透露了一个重要的思想信息:时至唐宋,随着社会的进步与人性的觉悟,人们已越来越懂得了应该充分享受人生的道理,并又找到了一条事业(或仕途)与享受两不误的捷径——此即将时间剖为两大部分,在属于公家的时间里扮演好“公家人”的角色,而在退至“台后”的公余时间里则不妨转换为“山翁”“渔父”“高人”“逸士”一类“闲人”的角色。这样一来,就既可在“台前”戴官帽、着朝靴,又可在退到“台后”时换上便巾便服,自由自在地享受人生的各种乐趣。只可惜范仲淹写词甚少,所以就让我们另到欧阳修等人的词中去寻找此种思想轨迹。欧阳修曾长期在朝为官,并曾担任过参知政事(副宰相)的高职,但他内心深处却存在着对于官场生活的厌倦与忧惧。例如其《渔家傲》词就透露过上述心迹:

> 车马九门来扰扰,行人莫羡长安道。丹禁漏声衢鼓报,催昏晓,长安城里人先老!

其意是说:常人都羡做官好,殊不知身在京城(“长安”喻京城)为官的滋味却并不好受,弄得不好反比身在宦海之外的人早衰和短寿!而造成此种状况的原因,除开政治风浪的险恶以外,身陷于公务之中的繁忙(词中用车马之扰扰来暗写)也是一个重要的因素。所以当他晚年退居颍州、彻底摆脱了官事冗务之束缚后,心情就感到了空前的轻松。对此请先读他此时所作《采桑子·(颍州)西湖念语》小序中的这些话:“况西湖之胜概,擅东颍之佳名。虽美景良辰,固多于高会;而清风明月,幸属于闲人。并游或结于良朋,乘兴有时而独往。鸣蛙暂听,安问属官而属私?曲水临流,自可一觞而一咏。”其中最有意思的是“鸣蛙”二句,意谓这蛙鸣之声人人都可听得,又何必问它属“公”还是属“私”?言外之意,则自己的身体却是有属“公”与属“私”之分的:往昔在朝为官,此身属于“公家人”,由不得自己作主;而现在既已从“台前”退至“台后”,那就将身还给了自己,尽可自由地支配那属于私人的时间。从这种认识出发,词人就越发感到了“退下来”之后身心彻底解放的惬意:“清风明月,幸属于闲人。”这些话语正和苏轼所说的“江山风月,本无常主,闲者便是主人”(《临皋闲题》)不谋而合,它们都表现了由“公家人”变为“自由人”后的闲适与轻快。当然,以上分析仅属我们的引申与发挥,或许并不完全符合欧公本人的原始想法,但证之以他十首《采桑子》原作,却又大体上是可以成立的。例如其中第七首如此写道:

> 荷花开后西湖好,载酒来时,不用旌旗,前后红幢绿盖随。　　画船撑入花深处,香泛金卮,烟雨微微,一片笙歌醉里归。

我们知道,早在22年前欧公就在颍州做过知州,其时他也肯定游览过西湖。而现在以退休之后的闲人身份重来游湖，虽没有了昔日旌旗招展、前簇后拥的排场，但却真正领略到了西湖烟水的真趣。观其“载酒来时，不用旌旗，前后红幢绿盖（指荷的红花绿叶）随”之句，此种“闲者才是风月之主”的快感，岂是当年“视察”西湖时所能获得的。所以举出范与欧阳这两位饱尝宦海辛苦滋味者的郊游词和闲适词为例，我们就知由“官场人”或“公家人”变为“闲人”或“自由人”的角色转换确为士大夫文人创造了可供快活休闲的新的生活空间，并为其词作提供了今之所谓“诗意栖居”的人生意蕴。当然，欧阳修退居颍州作《采桑子》的例子严格地说已超出了由“台前”退至“台后”的范围，而属于下文要谈的从“台上”降至“台下”的范围，但因他关于“属官”或“属私”的妙论其实也很能代表那些想从“台前”转到“台后”过自在生活者的心情，故而仍可举以为例。而接下来则让我们另择更具典型意义的例子来作说明。例如苏轼在密州任知州时，曾率属僚祭山祈雨和习射会猎，此时他就显露出好一副身处“台前”的官样气派：“为报倾城随太守，亲射虎，看孙郎。”（《江城子》）然而当他在休息日与同僚至城郊玩流觞曲水的游戏时，却又转换出了另一种诗人骚客的面目。且请读他其时所作的《满江红》下片：“官里事，何时毕？风雨外，无多日。相将泛曲水，满城争出。君不见兰亭修禊事，当时坐上皆豪逸。到如今，修竹满山阴，空陈迹。”尽管他实际未脱州吏的身份，但从其“官里事，何时毕”及上片所写的“枝上残花吹尽也，与君更向江头觅”等语来看，此刻的苏轼却已在内心把自己定位为像王羲之那样的风流名士了，故其词中所写的人生感慨就少了几分官气而平添了悠远骚雅之趣。再如另一位词人毛滂，他就更加懂得虽然身在“台上”，然而在从“台前”退至“台后”的身份转化中可以寻觅更多人生乐趣的道理。他在任武康县令时曾大力整修前人所建的园池，并增辟了生远楼、画舫斋、潜玉庵、寒秀亭、阳春亭、花坞、蝶径等新的游赏处所，以供自己在公余时间赏玩。今检其词集中，为上述景点所赋的作品就有许多。如其代表作《蓦山溪》就这样写道：

> 东堂先晓，帘挂扶桑暖。画舫寄江湖，倚小楼、心随望远。水边竹畔，石瘦藓花寒，秀阴遮，潜玉梦鹤下渔矶晚。　　藏花小坞，蝶径深深见。彩笔赋阳春，看藻思、飘飘云半。烟拖山翠，和月冷西窗。玻璃盏，葡萄酒，旋落酴醿片。

此词既把自己新命名的众多景点一一写入，同时又抒发了此身逍遥其中的闲情逸趣。所以清人楼敬思读毛滂之词集后题云：“迄今读《山花子》、《剔银灯》、《西江月》诸词，想见一时主宾，试茶劝酒，竞渡观灯，伐柳看山，插花剧饮，风流跌宕……萧然尘外,岂俗吏面目?”①换句话说,毛滂在“痴儿了却公家事”(黄庭坚《登快阁》诗)后,即由一位“俗吏”转换成了风流跌宕的名士与超然尘外的雅士,而此时的词中也就相应注入了他作为“闲人”的骚情雅趣。故由苏轼、毛滂两例可知,词人由“台前”之“公家人”转为“台后”之“自由人”的变化,对词中人生意蕴的扩展及词风的雅化,可说是其功匪浅。观之唐宋词中除恋情词外又大量存在着诸如赏花品茗、游山玩水、渔歌樵唱、吟风弄月之类反映“雅玩”生活和表现“雅士”之趣的作品,它们之得以产生就明显有赖于上述由“俗吏”变为“闲人”和“雅士”的角色转换。对此,我们还可用苏轼在《记承天寺夜游》中阐发的一番人生哲理作为佐证:元丰六年十月十二,这是一个十分平常的日子;黄州承天寺,也同样是一座普通的寺院。可是苏轼偕其友人在此所作的一次夜游,却使他醉心地享受到了月照松柏的无穷美感,并由此而创作了一篇回味隽永、堪称精品杰作的散文名篇。其原因正如作者自云:“何夜无月?何处无松柏?但少闲人如吾两人者耳。”也就是说,正是靠着身闲和心静,作者才能从平凡的生活中发现诗意,并真正成为江山风月的主人。据此可知,词人们由“公家人”变为“自由人”的角色转换(哪怕只是暂时的转换),就为他们的解放身心和创造身闲与心静的生活空间提供了必要的条件。由此而来,就不仅使词的题材内容有所拓展(广泛地反映了词人多方位的“雅玩”生活),还对词境与词风的雅化产生了深刻的影响。

所以总起来说,词人由“台前”退至“台后”的角色转换虽有两种不同的方向,但在淡化政治身份这一点上却又是一致的。诗歌创作当然离不开抒写政治层面的思想内容,而身为士大夫文人的作者其最重要的角色定位也与他们的政治身份密切相关。从这个意义上讲,上面两种类型的淡化政治身份就有可能导致词的题材内容偏顾私生活而疏远于政治的倾向,且在事实上也使词所反映的社会生活面比诗文作品显得相对狭窄。但若换个角度来看,则淡化政治身份却也未必不是好事,因为它能使词人在卸下官吏面具和挣脱礼教束缚之后向人袒露其处于自然与自在状态的本真面目,从而使词在抒写“真性情”方面更显坦率与诚挚。前人论词有云:“‘真’字是词骨。”②然而要使词人敢于畅开心扉说真话和抒真情,在那种正襟危坐、循规蹈矩的状况下却是颇难做到的。而当他们从“台前”暂时地退至“台后”并临时淡化了自己的政治身份时,这才有机会让其隐藏在内心的许多鲜活欲念和真情实感在小词中尽情显露。所以说到底,词人从

① 张思岩宗楙辑:《词林纪事》卷七,成都古籍书店,1982年,第204页。
② 况周颐:《蕙风词话》卷一,《蕙风词话 人间词话》,人民文学出版社,1960年,第6页。

“台前”退至“台后”的身份变化和角色转换,既使他们在人格形象方面呈现出多重性(集官吏、儒生、才子、雅士等形象于一身),而且对词之独特风貌(“词为艳科”)的形成和词风的雅化产生了直接的影响。因此,研究唐宋词之人生意蕴的构成及其艺术风貌之多元化倾向时,我们就不能不充分重视此类或可称为“一人多面”或“多重人格”的角色转换。

接着来考察第二大类角色转换,此即词人由“台上”降至“台下”的地位变换。这类角色转换实即政治生涯中的“下台”或跌交,其表现多种多样。其中比较特殊的例子是李煜和赵佶,他们竟由贵为人主的君王一下子沦为敌国的俘虏和囚犯,其“台上”与“台下”的落差就大得惊人。而最常见的情况则是被贬:或由高职降为低职,或由京官贬为逐臣,还有因遭受打击而削职为民、被迫赋闲者。另外,由于健康或年龄原因而致仕退休者,从广义上说也可归入此列。这类角色转换,实际就是人生道路的一大转折和身世遭遇的一次巨变,因而必然会引发出事主对于人生和社会的深沉思考,并给其词中注入丰富厚重的思想意蕴。所以若和上一类角色转换所促发的恋情和闲情逸趣相比,本类角色转换所促发的人生意蕴就显得相当严肃与沉重,值得我们深入探讨和发掘。

由于词人的个性差异,同是面对其政治生涯中的跌交或“下台”,他们的心态与处置方法是各有不同的。大致来说,性格脆弱和感情执着的词人往往表现为抚今追昔、唏嘘生哀,其词中充溢着忧生忧世的悲剧性意蕴;性格倔强和气质刚性的词人则对此嬉笑怒骂、愤慨难平,其词中就颇多愤世嫉俗的抗争性意蕴;而还有少数性格豁达和思想圆熟的词人又表现为处惊不变、宠辱皆忘,故其词中就能发掘出很多“看穿”人生的哲理性意蕴。下文就举出李煜、辛弃疾和苏轼这三位最具代表性的词人来作典型剖析:

李煜身坐南唐小朝廷的“龙庭”达 14 年之久,最终却落个被宋朝毒死的悲惨结局,其身世之可怜可叹非常人可比。在“台上”时,他何等威严和威风;而在“下台”后,却只得“此中日夕只以眼泪洗面”。此种巨大的人生反差就势必激惹出他抚今追昔的深恸感慨和对人生无常、人生长恨的悲剧性哀叹。再加上他禀性多情而又脆弱,因此其词中就充满着自怨自艾的情绪和忧生忧世的意蕴。请读他这两首词:

往事只堪哀!对景难排。秋风庭院藓侵阶。一行珠帘闲不卷,终日谁来? 金锁已沉埋,壮气蒿莱。晚凉天净月华开。想得玉楼瑶殿影,空照秦淮。(《浪淘沙》)

多少恨,昨夜梦魂中。还似旧时游上苑,车如流水马如龙,花月正春风。(《望江南》)

虽然此身已被禁锢在汴京的小楼里，然而在心理上他却顽固地拒绝接受命运强行安排给他的亡国之君“新角色”，因而乘着想象与梦境的翅膀，其灵魂仍不时会飞回到千里之外的南唐故宫上空。不过，这种心与身背离、今与昔对比的情况实在令人太感痛苦了，所以词人不禁要用人生永远充满愁恨的道理来开释自己，于是其笔下就出现了这样沉痛的词篇：

林花谢了春红，太匆匆！常恨朝来寒重晚来风！　胭脂泪，留人醉，几时重？自是人生长恨水长东！（《乌夜啼》）

林花开得好好的，它招惹谁了？可无情的风雨却硬是要将它摧残葬送。由此看来，则人生之“长恨”（长久与愁恨作伴），就像水之“长东”（常向东流）一样，乃是永远无法抗拒的铁定规律。故而，起源虽是个人从“台上”滚翻到深渊中的不幸遭遇，然而李煜词的思想意蕴却远远超出了他一己的悲情而扩展为对整个人类生命活动的悲剧性体验。正是在这个意义上，王国维竟至要用“俨有释迦、基督担荷人类罪恶之意”（《人间词话》）的夸张性语言来阐发其词中的忧生忧世和悲天悯人的深刻内蕴。当然，李煜只是一个相当特殊的例子，其他词人从“台上”降至“台下”的情况未必像他那样悲惨和糟糕，但观之秦观遭贬后写出“春去也，飞红万点愁如海”（《千秋岁》）之句，观之史达祖被黥面流放后写出“还又岁晚，瘦骨临风，夜闻秋声，吹动岑寂”（《秋霁》）之句，我们可知：由巅峰跌入低谷或由得意变为失意的角色转换，就确实为词人们创造了体验苦难的机会（尽管这种“机会”极为不幸），由此遂使词中增添了诸如盛衰无常、荣辱相随之类充满危机感和忧患色彩的人生意蕴。这就使得小词的创作摆脱了“宴嬉逸乐”（朱彝尊《紫云词序》：“词则宜于宴嬉逸乐”）的轨道而回归了“诗可以怨”的传统，其拓展词境和悲化“词心”的作用自不可小视。

辛弃疾则属于另一类型的词人。从其本来面目和应该承担的社会角色来说，他本非“词人”，而是一位可以担当复国大任的英雄豪杰。然而南宋小朝廷的苟安政策却硬是将他变成了一位以词鸣世的文人，这既是辛弃疾本人的悲剧，也是南宋历史的一大悲哀。因此讲得准确一些，辛弃疾一生的经历和遭遇，又岂止是角色的不停转换，压根儿就是一种角色的错位——先是由驰骋疆场的良将错位成了文职官员，最终则由可以成为栋梁之材的能吏错位成了赋闲乡村的老农（其住宅起名“稼轩”可证），其间又经历了三次由“台上”降至“台下”的遭遇——因此其内心的悲哀是不难想知的。不过，和李煜、秦观等词人不同，辛弃疾禀性倔强豪放，更具有着“男儿到死心如铁”（《贺新郎·同父见和，再用韵答之》）的英雄本色，所以他面对“下台”的打击并不表现为哭哭啼啼或呼天抢地，而是嬉笑怒骂、悲愤横生,用或是慷慨悲凉或是戏谑嘲讽的语言来诉说其愤世嫉俗的情怀和表现其不甘屈服的心态。对此且读其两首风格有异而词心相近的词篇。一是因“有客慨然谈功名,因追念少年时事”而作的《鹧鸪天》:

> 壮岁旌旗拥万夫,锦襜突骑渡江初。燕兵夜娖银胡䩮,汉箭朝飞金仆姑。　　追往事,叹今吾,春风不染白髭须。却将万字平戎策,换得东家种树书。

其上片追忆青年时杀敌渡江的壮举,写得何等威武雄奇、有声有色;下片则抒写“下台”之后的衰老与落寞,然其“却将万字平戎策,换得东家种树书”中却又反透出不甘终老于斯的悲愤与牢骚。所以在全词由雄壮变为悲凉的走笔趋向中,我们就清晰感知了这位老英雄对于被迫错位的强烈愤慨与不满。二是其“戏赋辛字,送茂嘉十二弟赴调”的《永遇乐》:

> 烈日秋霜,忠肝义胆,千载家谱。得姓何年,细参辛字,一笑君听取:艰辛做就,悲辛滋味,总是辛酸辛苦。更十分、向人辛辣,椒桂捣残堪吐。　　世间应有,芳甘浓美,不到吾家门户。比着儿曹,累累却有,金印光垂组。付君此事,从今直上,休忆对床风雨。但赢得、靴纹绉面,记余戏语。

其上片戏以“辛”字做文章,写尽了词人南渡之后复杂难受的人生况味:艰辛、悲辛、辛酸、辛苦。接着宕开一层,写其为人之“辛辣”如同胡椒、肉桂等药材那样令世俗之辈无法忍受,言外之意即因此而遭谗落职被贬。这就借题发挥、嬉笑怒骂地道出了他屡遭排挤打击、两度被贬(此词作于瓢泉,在前已两度被贬)后的满腔愤懑。下片则丢掉掩饰,直言不讳地端出心中的政治牢骚:你看世间所有的芳甘浓美之物,哪儿轮得到咱们姓辛的人家?看看别人,却是腰带上佩着光灿灿的金印!所以茂嘉我弟,你得为辛氏家族争一口气。不过到你做了官后却又会知道那要陪人强笑(“靴纹绉面”之典出欧阳修《归田录》,意谓做官数年,“强笑多矣,直笑得面似绉皮”)的滋味其实并不好受!所以综观全词,实在是一首借戏言而诉真情的作品,语似诙谐而中藏针芒,句句都刺向迫使他“下台”“出局”的当权派和谗佞小人。而像辛弃疾这样遭受贬谪仍心怀抗争的词人,在两宋词坛上并非少见。如黄庭坚被贬戎州后曾自画其形象为“风前横笛斜吹雨,醉里簪花倒着冠”“黄花白发相牵挽,付与时人冷眼看”(《鹧鸪天·答史应之》),真是好一副侮世慢俗、不甘屈服的模样!而刘克庄在贬居农村后作词云:“醉与老农同击壤,莫随人、投献《嘉禾颂》。在陋巷,胜华栋。”(《贺新郎·蒙恩主崇禧三和》)他也坦然表露了身虽“下台”但心仍傲然的精神面貌。故而,由“台上”降至"台下"的角色转换,一方面造就了不少"伤心"的词人,另一方面却又锤炼出了一批意志坚强的词人。

和前两类词人有所不同,苏轼对待"下台"的态度或许就显得更加灵活和圆通。他的高明之处在于并不拘泥于一时的荣辱得失,而能改从宏观和长远的角度来看待人生,由此就能淡化挫折所带来的心理阴影,达到处惊不变甚至是宠辱皆忘的精神境界。且以其贬居黄州时期的词为例。其时他刚刚经历过"乌台诗案",从九死一生中逃脱出来,所以心头自然堆积着人生莫测的忧惧,这在其作于贬谪黄州后第一个中秋的《西江月》中就有反映:

> 世事一场大梦,人生几度秋凉?夜来风叶已鸣廊,看取眉头鬓上。
> 酒贱常愁客少,月明多被云妨。中秋谁与共孤光?把盏凄然北望。

这首词表明,苏轼也是一位凡人,遭受重大的政治打击同样会使他产生悲情。但是苏轼又不愧是一位聪明人,其丰富的人生智慧足以帮助自己超越一时的悲哀,而其主要的思想武器便是那"看穿"人生的理念。如其《满庭芳》中曾说:"蜗角功名,蝇头微利,算来着甚干忙?事皆前定,谁弱又谁强?"这就从宏观的角度把引人趋之若鹜的功名富贵看得十分渺小,且又把常人争名夺利的举动蔑视为一大堆毫无意义的"干忙";再者则更从"事皆前定"的"认命"论出发,进一步抹平了胜负、强弱之间的界限。这样一来则个人被贬的一时之挫折又算得了什么?又如其因途中遇雨而作的《定风波》:

> 莫听穿林打叶声,何妨吟啸且徐行。竹杖芒鞋轻胜马,谁怕?一蓑烟雨任平生。　　料峭春风吹酒醒,山头斜照却相迎。回首向来萧瑟处,归去,也无风雨也无晴。

此词则又从长远的角度来看待人生中的顺逆沉浮,并进而把自己的思想导向宠辱不惊的超然境地。以往人们读它时往往把注意力放在词中雨过天晴的描写和寓托上,因此称赞词人具有不畏挫折的乐观主义人生态度。这种看法自然不错,但却未必真正领会苏轼的本意。照我们的理解,本词的深刻内蕴应在最后三句:"回首向来萧瑟处,归去,也无风雨也无晴。"其寓意是:当人们"归去"(亦即归向生命的终点)之时再回头来看,则其人生道途中所经历过的种种悲欢离合、祸福穷通(犹如风雨和晴天那样),就都将成为无所谓的往事。念此,又何必把一时的得失与荣辱常萦于心?所以这三句实际凝聚着作者"看穿"人生的哲理性思考,并成为他用以调整不良心态和养护淡泊心境的人生格言。这只要看他后来再贬海南时所作的《独觉》诗便知端的。此诗明明与天气的晴雨无涉,却仍要写入这样的句子:"翛然独觉午窗明,欲觉犹闻醉鼾声。回首向来萧瑟处,也无风雨也无晴。”因此，苏轼确是“站得高”和“看得远”，凭仗其“看穿”人生的理念和超旷的处世态度，他终于安然度过了两度远贬的难关，并最终以一位失意泰然、得意淡然的睿智文人之精神面目出现在读者面前，且使他们为之倾倒。故而，读他从“台上”跌至“台下”后所写的某些词篇，人们就可获取很多富有启发性的人生哲理和人生智慧。例如下列词篇和词句：“夜饮东坡醒复醉，归来仿佛三更。家童鼻息已雷鸣。敲门都不应，倚杖听江声。　长恨此身非我有，何时忘却营营？夜阑风静縠纹平。小舟从此逝，江海寄余生。”（《临江仙》）“谁道人生无再少？门前流水尚能西！休将白发唱《黄鸡》。”（《浣溪沙》）“自笑浮名情薄，似与世人疏略。一片懒心双懒脚，好教闲处着。”（《谒金门》）……它们就能给不同的读者带来不同的思想启示。而谈到这里，我们又发现了这样一个现象：词体原本是一种擅长于抒情的文体，前人所谓“情有文不能达、诗不能道者而独于长短句中可以委婉形容之”①是也。然而，由于“下台”的挫折或剧变，词坛上不仅出现了大量哀诉悲情的作品，还出现了不少愤世嫉俗的“言志”之篇，更进而产生了像苏词这一类寓含哲理和理趣的词篇。词之表达功能的由抒情而向言志、说理方向的不断拓展，也就在一定程度上受到了由“台上”降至“台下”的角色转换之推动。

除开以上两大类型的角色转换，唐宋词人还经历了其他多种角色转换，它们同样给词中的人生意蕴提供了丰富的水源。例如由少年变为中老年的角色转换就使词中出现了嗟老情绪和伤逝心理，而由贵家公子变为穷困小吏的角色转换（如晏几道）则又使词中出现了华屋山丘、聚散无常的人生慨叹……而所有这些，都表明了以下事实：一是总体来看，词人经历角色转换以后所宣泄的感情和所展示的心态确实诗化成了词之人生意蕴的重要组成部分；二是分别来看，词人的各种角色转换又从不同的方向影响着词中各类艺术风格的形成；而两者之中，则尤以前者显现得更加明晰。因此拈出“角色转换”的论题，并不仅仅是换个说法来阐发词中某类意蕴的生成过程和生成原因而已，而是“以人为本”、紧扣词人生存状态之变化来解读词之思想底蕴的一种尝试。由此而来，则又有助于解释以下疑问：古老的唐宋词因何在今天仍能激起许多读者之感情共鸣？若从角色转换的角度来看问题，就至少能找到其中的一条重要原因：“人生代代无穷已，江月年年只相似。”（张若虚《春江花月夜》）尽管今人和古人的具体生活状况已有了很大的差异，然而今人在人生道路上仍要经历各种角色转换却和古人并无二致，而且他们由“转换”而引发的感情和心态也与古人有着惊人的相似。例

① 查礼：《铜鼓书堂词话》，唐圭璋编《词话丛编》，中华书局，1986 年，第 1481 页。

如那种抚今追昔的感慨，那种盛衰对比的兴叹，以及那种“今日得宽余”（毛泽东《水调歌头·游泳》）的闲适之乐，就都是古今两代人在经历相关的角色转换之后所会共同触发的。所以或是已经经历过与古人相似的角色转换，或是将会面临与古人相似的角色转换，现代人在读词时就难免会产生“于我心有戚戚焉”的感情共鸣。如是，则改从“角色转换”的视角来读唐宋词，人们或许就能获得更深的感受。

（原载《学术月刊》2002 年第 5 期）

角色转换与“词为艳科”

与传统的诗文作品相比,唐宋词坛上所展示的文学景观中最令人注目的风光即是所谓的“词为艳科”。在这个风景旖旎的文学舞台上,一大批平素正襟危坐、非礼勿视的士大夫文人,此刻却变得十分风流多情,他们殷勤地向着所恋的红颜知己倾吐着温婉的柔情,有时甚至于改用女性的口吻“以男子而作闺音”①。这种情况启示我们:出现在艳情词中的文人形象实已和活跃在社会公众场合的作者原型产生了很大的变异,而也正因为词人在创作过程中经历了由正统士大夫文人到风流才子的角色转换和人格嬗变,这才引发了“词为艳科”的独特文学景观。故而本文拟对词人产生上述角色转换的原因作一番探析,以便对“词为艳科”奇观之所以会出现改从新的视角作出合理的诠释。

从一定意义上说,人生实是一个不断进行着各式各样的角色转换之动态过程,而诗词作品就往往充当着作者记录其经历角色转换所引发的人生感慨之文学载体。如《离骚》记载着屈原由重臣贬为逐客后的无穷怨愤,而李后主由皇帝沦为囚徒遂写出了“问君能有几多愁,恰似一江春水向东流”的千古名词。因此,角色转换可称是激发诗词创作的重要契机与原始动力之一。不过,唐宋词人在创作艳情词时所产生的角色转换却和屈原、李后主的上述角色转换有所不同:第一,它们基本属于愉悦型的转换,且大都出于词人的乐意追求和心甘情愿,而不像屈原被贬、李煜被俘那样悲惨不幸和事出无奈;第二,词人之由正统文人到风流才子的角色转换又只是在特定的时空环境中才得以产生的,这种情况主要出现在他们卸下官袍、携妓冶游之时及他们所写的艳词之中。前者表明,此类角色转换对于正统文人来说实属不登“大雅之堂”的举动;而后者又往往带有着文学创作的虚拟性。基于以上两点,我们在审视词人由正统文人到风流才子的角色转换时便对下列问题产生了浓厚的兴趣:一是词人明知它有违礼教和不太“正经”,却为何乐意作这种角色转换?二是这类角色转换又因何独在其艳词创作中所频见?经过思索,我们认为:前一问题涉及词人内心所固有的角色矛盾和

① 田同之:《西圃词说》,唐圭璋编《词话丛编》,中华书局,1986年,第1449页。

角色冲突，它们即是引发词人产生人格嬗变和角色转换的内在动因；而后一问题则关系到词之有异于诗文的创作环境和独特体性，它们又构成了产生上述角色转换的外部诱因和有利条件。倘能将这两点讲清，我们就可借助于角色转换的视角更深一层地认识"词为艳科"的形成原因。

先说词人内心固有的角色矛盾和角色冲突。

唐宋词人的主干队伍由士大夫文人所构成（其中不少人还官居高位），因此他们的角色定位就基本可以归结为朝廷命官、读书士人和孔孟之徒。受其政治地位的限定，又因饱受儒家教义的熏陶，他们出现在社会公众场合的形象就必然会体现出与其士大夫身份相匹配的角色规范。于是我们便在正史中见到了这样一些名儒重臣的人格形象，如《宋史》所描述和评价的范仲淹与司马光：前者"泛通《六经》，长于《易》，学者多从质问，为执经讲学，亡所倦"，"每感激论天下事，奋不顾身，一时士大夫矫厉尚风节，自仲淹倡之"①，的确是一位精通儒家经典和富有正气的大儒名臣；后者"孝友忠信，恭俭正直，居处有法，动作有礼"，更是一位循规蹈矩、深符礼教的"完人"型人物②。当然，范仲淹和司马光称得上宋代士大夫中的楷模，其他的士人未必会有他们那样深湛的儒学教养和那样完美的人格风范。但是无庸讳言，对于广大士大夫文人来说，既要在政坛立足，又经常要在社会公众场合维持着自己作为文士和君子的形象，他们就必须努力遵循封建士大夫所应具备的角色规范。甚至，即使他们中的某些人在其内心其实并不喜欢这些规范，但在其漫长的官宦生活中却也只能戴着"名教中人"的"面具"生活。不过，这种角色定位（指其身为士大夫文人）与角色规范（指其努力维持士君子的形象）相一致的情况，就主要表现在他们的政治活动和诗文创作中。例如，我们在《宋史》中就看到了一批又一批的宋代文臣们慷慨激昂地发表政见，而读着诸如《岳阳楼记》（范仲淹）、《朋党论》（欧阳修）、《谏院题名记》（司马光）等散文和《河北民》（王安石）、《荔枝叹》（苏轼）、《金错刀行》《关山月》（陆游）等诗篇，我们又看到了他们在诗苑文坛上也相当认真地扮演着关心政治与民瘼的士大夫文人之社会角色。因此，出现在政治舞台和诗文舞台上的唐宋士人，就基本上是一批遵循着相应角色规范的"名教中人"和"礼法中人"。

但是，以上情况却只是问题的一个方面。问题的另一方面则是：作为一个有着七情六欲的鲜活生命，唐宋词人的人格内涵和精神世界又是相当丰富复杂的。在充当着士大夫角色和维持着相应角色规范的同时，他们的内心世界中实又存

① 脱脱，等：《宋史》卷三一四，中华书局，1977 年，第 10227 页。
② 脱脱，等：《宋史》卷三三六，中华书局，1977 年，第 10769 页。

在着多种多样的角色矛盾和角色冲突。其中,身居官场、需要恪守礼法的角色定位和希望挣脱束缚、纵情享乐"越位"憧憬之间所形成的矛盾冲突就显得尤为常见和突出。这就自然会引发出唐宋词人在一定条件下由正统士大夫文人暂变为风流才子的角色转换举动。对此先可从士大夫文人对待做官的矛盾心理和依违态度谈起:

"学而优则仕。"对于封建时代的读书人来说,做官自然是他们所奋力追求的人生目标,但又不是唯一和终极的目标。除开想在政治业绩上有所建树不论,一般的士人总认为"功名"和"富贵"是联系在一起的。若从后者来说,则做官和获取功名的最终目的就不外乎享受荣华富贵及舒心适意的生活。此中奥秘,其实宋太祖赵匡胤就曾有过透彻的点破:"人生如白驹过隙,所以好富贵者,不过欲多积金钱,厚自娱乐,使子孙无贫乏尔。"①因此对很多想通过读书而做官者来说,享乐才是他们真正的追求目标。但是,做官固然可以为享乐创造和提供条件,却又会对享乐造成损害和障碍。具体来说,第一,做官会剥夺官员自由享乐的时间,使其身心困乏和精神疲惫;第二,身为官吏又必须在严格的官场规矩和自我约束中行事,这就限制了他们的恣意寻欢作乐;第三,更可怕的则是宦海存在着莫测的政治风险,弄得不好非但享乐不成反而会惹来贬官流放甚至掉脑袋的危险。因此我们在历代士大夫文人的诗文中便可读到很多厌倦和忧惧官场生活与宦海风波的作品。而唐宋词虽然相对来说要比诗文作品离开政治较远,但其部分词中却也流露过同类情绪。如欧阳修《渔家傲》有云:"车马九门来扰扰,行人莫羡长安道。丹禁漏声衢鼓报,催昏晓,长安城里人先老!"意谓常人都羡做官好,殊不知身在京城做官的滋味却并不好受,光是那五更上朝的早起和尽日身困案牍的疲倦就足以使人提早衰老!再如司马光,尽管他可称新旧党争中的一位斗士,却也表现出了对于仕途和政治的厌倦。他在《锦堂春》中曾如此写道:"始知青鬓无价,叹飘零官路,荏苒年华。今日笙歌丛里,特地咨嗟。"由此可知,当他置身于笙歌丛中得以纵情欢娱之时,那种慨叹"官路飘零"的情绪就会反弹得越发强烈。至于苏轼、辛弃疾等那类屡遭政治打击的人,他们词中所发的上述感叹就更加可想而知了。所以剖析唐宋词人对于做官的态度,我们就不难看出他们虽然身为士大夫而内心实有厌弃与违背其角色定位的矛盾与冲突存在。

再从人类的天性而言,追求自由与寻找快乐可说是与生俱来的本能欲望。而对封建士大夫文人来说,他们追求自由与快乐的方式不外乎两类:一像陶渊明

① 陈邦瞻编:《宋史纪事本末》卷二,中华书局,1977 年,第 8 页。

那样弃官归田,走隐逸的道路,在山林田园环境里寻觅闲适高雅的生活乐趣。但这种方式对绝大多数士大夫却并不实用,因此尽管千百年来无数文人曾讴歌过“归去来兮”,但终究只是叶公好龙和纸上谈兵而已。除此则必然会采用第二类方式:从世俗的享乐生活中寻求身心的“解放”和感官的快乐。而在谈到这第二类享乐方式时我们又注意到:唐宋时代,由于士大夫文人很多出自庶族阶层,他们先天地带有世俗化的特性,因此比起前代那些出身于豪门贵族和崇尚儒家礼法的士族文人来说,其思想性格就更趋放浪通脱。在这方面,晚唐词人温庭筠和宋代词人柳永就堪称两个典型。虽然他们祖上也曾做过大官,但到他们自己时却已境况不佳,因此就曾长期在下层社会厮混,而这就更加激扬起他们蔑视礼法的放浪性格和纵情冶游的享乐心理。如史载温庭筠“士行杂尘,不修边幅,能逐弦吹之音为侧艳之词。公卿无赖子弟裴诚、令狐滈之徒,相与蒱饮酣醉终日,由是累年不第”①。而柳永则更加放纵,他自称“平生自负,风流才调”(《传花枝》),“未遂风云便,争不恣狂荡,何须论得丧? 才子词人,自是白衣卿相”(《鹤冲天》),活脱脱就是一副浪子和叛逆者的形象。当然温、柳二人只是唐宋词人中的特例,其他许多人或许并不赞同他俩的生活方式,但无庸讳言,在对世俗享乐生活的欣羡方面,他们之间却又是有着相似之处的。不然的话,晏殊就不会写下“萧娘劝我金卮,殷勤更唱新词。暮去朝来即老,人生不饮何为”(《清平乐》)的词句,而欧阳修在自叹衰老之同时也不会如此急迫地贪图酒色之娱乐:“粉面丽姝歌窈窕,清妙,尊前信任醉醺醺。不是狂心贪燕乐,自觉,年来白发满头新。”(《定风波》)由此看来,唐宋词人比起前代文人而言,就更加趋向于从世俗的享乐生活中寻找人生的乐趣。与此同时,他们所身处的时代与社会,却又不负所望地为其提供了相当优厚的物质保障——当日都市中高度发达的商业经济(尤其是饮食行业和妓乐行业的兴旺)竟使不少士人产生了如同置身于花花世界的奇妙感觉,这就越发刺激了他们在酒色歌舞中恣意享乐的欲望。请看韦庄笔下的金陵与长安景象。前者是:“满耳笙歌满眼花,满楼珠翠胜吴娃。因知海上神仙窟,只似人间富贵家。”(《陪金陵府相中堂夜宴》)后者是:“长安二月多香尘,六街车马声辚辚。家家楼上如花人,千枝万枝红艳新。”(《长安春》)再如柳永眼中的汴京和杭州。前者是:“水嬉舟动禊饮宴开,银塘似染,金堤如绣。是处王孙,几多游妓,往往携素手。”(《笛家弄》)后者是:“市列珠玑,户盈罗绮,竞豪奢。”(《望海潮》)而因“存在决定意识”的缘故,或者又像《东京梦华录序》所谓“侈奢则长人精神”,上述富庶奢侈的生活环境当然就会刺激和诱发士人的

① 刘昫,等:《旧唐书》卷一九〇,中华书局,1975 年,第 5079 页。

享乐欲念。所以一方面是士大夫和读书人渴望着享乐，另一方面则是世俗生活引诱着他们来享乐，两相加在一起，怎能不加剧士大夫文人内心企图越位而出的角色矛盾和角色冲突？而在这些内心矛盾和冲突中间，最为强烈的欲念就是渴望挣脱礼教的束缚、能到男欢女爱的情山欲海中"潇洒走一回"！对于这一情况的形成，可从两个角度来作解释。第一，正如《易经》所说："一阴一阳之谓道"，又如清人袁枚所言："情所最先，莫如男女"①，在由两性所共同组成的人类世界中，男女之情本就是人性中最重要和最活跃的元素之一，因此对于异性的饥渴和爱恋必然成为人们心中最丰沛的一种感情。证之唐宋词人，其情况就尤其明显。如张先词云："人生无物比多情，江水不深山不重。"（《木兰花》）"天不老，情难绝。心似双丝网，中有千千结。"（《千秋岁》）如欧阳修词云："人生自是有情痴，此恨不关风与月。"（《玉楼春》）"莫言多病为多情，此身甘向情中老。"（《踏莎行》……他们所说的"情"，就都特指两性之间的恋情。据此可知，唐宋词人就堪称尤为多情甚至是痴情的一类人群。然而，在其本身欲望和正常情感中首当其冲地受到封建礼教之压抑和围攻的恰恰又是这一股膨胀欲溢的男女恋情，因此在情欲与礼法、自由与束缚的冲突之中首先想要冲出"围城"的情感自然也就是其难以压抑的浓烈艳情。第二，在士大夫文人的享乐生活中，女色向来就是其主要对象和核心内容之一，自古以来就一直存在的纳妾之风和妓乐之娱就清楚地表明了此点。而时至唐宋，随着商业经济的日益发达和城市生活的更趋富庶，上述以女色作为享乐对象的风气就越发弥漫开来，拿杜牧的诗来形容即已成了"司空见惯"的"浑闲事"。如拿词人举例，温庭筠、柳永、周邦彦等人就都有过狎妓冶游的经历，而即使像黄庭坚、秦观甚至欧阳修、司马光等比较正经的文人也均有过出入青楼或与妓宴饮的故事；至于在家中蓄妓纳妾，则更是宋代士大夫的常事甚或"雅事"。所以一旦想要自由享乐，酒色歌舞之娱就自然成了他们首选和必选的方式。在这方面，五代前蜀国君王衍的一首粗鄙小词就很能说明问题："者（这）边走，那边走，只是寻花柳。那边走，者（这）边走，莫厌金杯酒。"（《醉妆词》）因此综合以上两方面的情况，无论从人性对于男女恋情的正常渴求出发，还是从视女色为纵欲对象的享乐心理出发，二者就都会导引出士大夫文人在一定条件下向风流才子的角色转换。因此我们在艳词舞台上所普遍见到的上述情况就非凭空产生的，它们的内在动因就来源于词人内心的角色矛盾和角色冲突——讲明白一点也就是人性与士大夫身份之间的矛盾、情欲与封建礼法之间的冲突，以及其世俗化人格内涵与其君子人格内涵之间的对立和分裂。

① 袁枚：《答蕺园论诗书》，《小仓山房文集》卷三〇，清乾隆刻本。

再说词的创作环境与文体特性。

前已提到,士大夫文人向风流才子的角色转换只是在特定的时空环境下才发生的,而这种环境就主要是夜幕遮掩下的私生活空间。且以南唐君臣为例:后主李煜在接受群臣朝拜时何尝不是正襟危坐、一副国君派头?可是到了晚上,他却变成了"花明月暗笼轻雾,今宵好向郎边去"(《菩萨蛮》)中的那位檀郎!而宰相韩熙载(他仅留下一首《杨柳枝》词)坐在政事堂中处理军国大事时想必也十分严肃,但到夜间开宴时,其被画家顾闳中绘入《韩熙载夜宴图》中的模样却已换成了倚红偎翠的浪荡公子。因此那种夜幕重帘下的私生活环境既诱发了士大夫文人的浓浓春情,又为他们的脱卸面具和纵情享乐提供了"安全"的处所。处在这种可以不拘礼法的场合,他们当然乐意来一番角色转换!而词(艳情词)的创作就正是在上述尊前花间的环境中进行的,这在欧阳炯的《花间集序》中便有过形象的描绘:"则有绮筵公子,绣幌佳人,递叶叶之花笺,文抽丽锦;举纤纤之玉指,拍按香檀。不无清绝之词,用助娇娆之态。"置身于这种"美女加酒"的私人享乐空间,原本就心存风流的词人们怎能坐怀不乱地维持着士大夫那正经严肃的角色规范而不变?请读下面这首词:"芳年妙妓,淡拂铅华翠。轻笑自然生百媚,争那尊前人意。　酒倾琥珀杯时,更堪能唱新词。赚得王孙狂处,断肠一搦腰肢。"(尹鹗《清平乐》)面对着一位轻笑百媚生的妙龄歌妓频频向自己唱词劝酒,词人果然招架不住了——其"赚得王孙狂处"一语就道出了他内心鼓荡而起的骚狂意绪。再如司马光在某次歌筵后所作的《西江月》词:"宝髻松松梳就,铅华淡淡妆成。青烟紫雾罩轻盈,飞絮游丝无定。　相见怎如不见,有情还似无情。笙歌散后酒初醒,深院月斜人静。"照理来讲,作者可说是一位修炼到家的名儒重臣,可是在那多情歌妓的"诱惑"之下,却也未能免俗地转换成了一位怜香惜玉的多情公子。所以我们可以打个比喻:艳情词的创作环境好比是一个特殊的磁场,它能使不少词人的内心产生某种迷乱和振荡,并使其心理指针定格于趋艳趋柔的指向。从这个意义上说,词之有异于诗和文的特殊创作环境,就为士大夫文人进行暂变为风流才子的角色转换提供了合适的文学舞台,并使他们得以在此向其红颜知己尽情展示自己的温柔心性。

而在注意到词的创作环境之同时,我们又须注目于词体本身的独特体性——正是因为它身为"小道末技"和"娱宾遣兴"之文学工具的特殊体性,才使词人在登坛表现时显得格外的轻松与放纵,从而能无所顾忌地扮演自己所乐意扮演的角色。对此,可与写诗的情况略作比较:诗歌创作中也曾有过艳诗出现,如南朝的宫体诗和中晚唐的某些爱情诗即是。但是由于诗体素被视为"言志"的文体,所以上述艳诗就往往会受人批判,而作者在抒情时也不敢过分"放肆"。

但词的情况就不同了。在大多数人心中,词只是一种“谑浪游戏”①之作,尽可以放胆来写自己的隐私之情而不必有所顾虑。而且由于词的创作和流播长期与歌妓等女性结缘,因此“艳”就成了词体的本色与特性,不“艳”反而就不成为词②。在这些观念的支配之下,词人们当然就会放大胆子来写他们的艳情娈思,如若遇到别人的责难则可用以下两种办法来作辩解:一曰逢场作戏而已,何必当真?如苏轼在杭州携妓游湖且去拜访大通禅师,大通愠形于色,苏即作《南歌子》辩曰:“借君拍板与门槌,我也逢场作戏,莫相猜。”就连狎妓冶游都可称作“逢场作戏”,那么写一些艳词就更不在话下了。二曰“空中语耳”,纯属虚构。如《冷斋夜话》曾载:“法云师尝谓鲁直曰:‘诗多作无害,艳歌小词可罢之。’鲁直曰:‘空中语耳,非杀非偷,终不坐此堕恶道。’”黄庭坚此言后来又发展成清代朱彝尊的这几句词:“老去填词,一半是空中传恨,几曾围燕钗蝉鬓?”(《解佩令·自题词集》)这个“空中语”或“空中传恨”的说法,一方面成为词人逃避道德批评时的遁词,另一方面却也表明他们创作艳词时的微妙心理——在不少时候,作者其实并未真有艳遇,但他们却又想通过艺术的虚构来宣泄其恋情苦闷或满足自己的猎艳心理需求,这与人们希望做个好梦来补偿生活中的缺憾有些相似。例如词人王炎曾说自己“家贫清苦,终身家无丝竹,室无姬侍”③,缺少条件去寻花问柳。而且他对同时文人所作的艳词大为不满,称其“字字言闺阃事,故语懦而意卑”④。但我们在他的《双溪诗余》中却也找到了或许即是“空中语”的恋情词:“流水绕孤村,杨柳当门。昔年此地往来频。认得绿杨携手处,笑语如存。

往事不堪论,强对清尊。梅花香里月黄昏。白首重来谁是伴?独自销魂。”(《浪淘沙令》)“缃桃花树下,记罗袜、昔经行。至今日重来,人惟独自、花亦凋零。青鸟杳无信息,遍人间、何处觅云軿……”(《木兰花慢》)这就说明,唐宋词坛上的艳词作品,有不少确是反映其真实生活的,但另有一些则仅属虚构之作。但不管有无“本事”可查,有一点却是明确的:小词的文学舞台,确实为词人的暂变为风流才子之角色转换提供了自由的空间与有利的条件。

以上,我们从两方面分析了词人在创作艳词时产生角色转换的原因——词

① 向子諲:《题酒边词》,金启华,等编《唐宋词集序跋汇编》,江苏教育出版社,1990年,第117页。

② 沈义父:《乐府指迷》,唐圭璋编《词话丛编》,中华书局,1986年,第281页。

③ 王炎:《双溪诗余自序》,金启华,等编《唐宋词集序跋汇编》,江苏教育出版社,1990年,第170页。

④ 同①。

人内心固有的角色矛盾和角色冲突是其内因,而词的特殊创作环境和独特体性则又成为诱发此种角色转换的外部原因和有利条件——由于这两方面的原因相互作用,故就导引出了词人在艳词舞台上由其原型向风流才子的角色转换。在这种情势下,“词为艳科”局面之出现就成为必然之事。而在以往,人们对词坛之所以会出现“艳科”的特殊景观,或是疑惑不解和惊诧不已,或者只能用“词以艳丽为本色,要是体制使然”①之类未能探本之论来作勉强的解释。现今改从角色转换的角度对此重加审视,相信就能把“词为艳科”的形成原因(尤其是由词人内心的角色矛盾和角色冲突所构成的内在动因)揭示得更加深刻和诠释得更加合理。

(原载《文学遗产》2004 年第 2 期)

① 彭孙遹:《金粟词话》,唐圭璋编《词话丛编》,中华书局,1986 年,第 723 页。

宋代词论研究

一、宋代词论的材料来源和研究凭藉

宋代以词名世,然而有关于词的理论著述却并不太多。举其重要者而言,大致只有王灼《碧鸡漫志》、张炎《词源》和沈义父《乐府指迷》三种。但是我们在研究宋代词论时,却不应把眼光仅仅拘囿于这数种带有理论色彩的"专著"上,而可以将视野大大放宽——举凡宋人著述中涉及词的言论,哪怕只是只言片语的零星记述,都可以当作研究宋人词论的宝贵资料。这样,我们便可获得比较丰富的材料来源,从而构建起一个相对完整的宋代词论体系。

通过归纳,我们认为宋代词论的材料来源可从以下几个方面求得:

第一,以专书形式出现的词论、词话著述。在这方面,唐圭璋先生和赵万里先生已为我们提供了"成品"。那就是收录进《词话丛编》修订本(中华书局1986年1月出版)中的11种:杨绘《时贤本事曲子集》、杨湜《古今词话》、鲖阳居士《复雅歌词》、王灼《碧鸡漫志》、吴曾《能改斋词话》(即《能改斋漫录》卷一六、一七乐府部分)、胡仔《苕溪渔隐词话》(即《苕溪渔隐丛话前集》卷五九、《苕溪渔隐丛话后集》卷三九乐府部分)、张侃《拙轩词话》(即《拙轩集》卷五)、魏庆之《魏庆之词话》(即《诗人玉屑》卷二一诗余部分)、周密《浩然斋词话》(即《浩然雅谈》下卷乐府部分)、张炎《词源》、沈义父《乐府指迷》①。其中,前三种原书已佚,现在根据的是赵万里辑本。而从文献记述来看,其实际规模远不止目前所见的情况。如《复雅歌词》一集,据黄昇《花庵词选序》曰:"《复雅》一集,又兼采唐宋,迄于宣和之季,凡四千三百余首,吁亦备矣。"可知它原为一部大型词总集,现则仅存10则。又如杨绘《本事曲》,据苏轼《与杨元素书》可知其当时即已"传到百四十许曲",而赵辑本仅得9则(吴熊和先生又续补2则②)。这足以说明,宋人词论的很多原始材料,散佚很多,尚需后人不断发掘与整理。

① 文中凡引述上列11种词话,均见唐圭璋编《词话丛编》,中华书局,1986年。
② 吴熊和:《唐宋词通论》,浙江古籍出版社,1985年,第286页。

第二,散见于宋人著述中的各种序跋、书札和题记。这方面的材料,已见有金启华先生等编辑的《唐宋词集序跋汇编》一书(江苏教育出版社 1990 年 5 月出版),其中共收宋人词序(跋)百篇左右①。它们主要辑自《百家词》、汲古阁《宋六十名家词》、《四印斋所刻词》、《彊村丛书》、双照楼《景刊宋元本词》等多种词集丛刻,以及宋人名家文集。但因此书专辑序跋[即使序跋,也还有不少遗漏。如苏籀《书三学士长短句新集序后》(《双溪集》卷一一,《奥雅堂丛书》本)之评黄庭坚、秦观、晁补之词,郑刚中《乌有编序》(《北山集》卷一三,《金华丛书》本)]之论"长短句亦诗也",蔡戡、曾噩之论张元幹词等篇章②,均所漏收,故除序跋之外的许多书札、题记等论词文章,还需广为收罗。如苏轼集中,就有十余篇论词题跋和书札,而即如宋人词中(均据《全宋词》中华书局 1965 年 6 月出版)也还有不少论及词的题咏和小序(如戴复古《望江南》词有"歌词渐有稼轩风"之语;辛弃疾《贺新郎》中有"我辈从来文字饮,怕壮怀激烈须歌者",《好事近》中有"却笑近来林下,有许多词客"之语;刘克庄《满江红》中有"生怕客谈榆塞事,且教儿诵《花间集》",《贺新郎》中有"常恨世人新意少,爱说南朝狂客,把破帽年年拈出"之语;而周密、张炎还有题吴文英词的《玉漏迟》和《醉落魄》词,词的小序则有欧阳修《采桑子·西湖念语》序等)。这些材料均可继续汇集。

第三,散见于各种笔记、诗话、方志等著述中的词评、词话、词的"本事"或趣闻轶事。这方面前人已做了多方的收辑,如明清多种词话(杨慎《词品》、徐釚《词苑丛谈》、沈雄《古今词话》、王弈清等《历代诗余·词话》等)中就收辑了很多宋人词论、词评和词坛趣事,而张宗橚的《词林纪事》则专辑唐宋金元的词林故事。不过,上述著述在引述宋人著述时,既不注明出处,又往往随便增删,故不拟直接引用(除非宋人的第一手材料已佚时始可用资参考)。在这方面,比较可靠的辑本可用唐圭璋先生的《宋词纪事》(上海古籍出版社 1982 年 11 月出版)和夏敬观先生的《汇辑宋人词话》(台北广文书局 1960 年出版)。

第四,宋人所选(唐)宋词。宋人所选(唐)宋词,目前能见的共有 12 种:除开前引杨绘《本事曲》、杨湜《古今词话》、鲖阳居士《复雅歌词》3 种以外(它们既是词总集,也是词选本,同时还可视作词话),尚有宋初无名氏所辑《尊前集》(主要录唐五代词)、黄大舆《梅苑》、曾慥《乐府雅词》、南宋书坊所编录的《草堂诗

① 文中凡引述宋人词序(跋)而不注明出处者,均见金启华,等《唐宋词集序跋汇编》,江苏教育出版社,1990 年。

② 蔡戡:《芦川居士词序》、曾噩:《芦川归来集原序》,曹济平校注《芦川词》,上海古籍出版社,1991 年,第 240、241 页。

余》(据赵万里考证,此书或为何士信所辑)、黄昇《花庵词选》(内分《唐宋诸贤绝妙词选》《中兴以来绝妙词选》两部分)、赵闻礼《阳春白雪》、周密《绝妙好词》、无名氏编《乐府补题》和元凤林书院编《名儒草堂诗余》等9种①。(按:《乐府补题》和《名儒草堂诗余》都收南宋遗民词,其成书时间当在元朝,但因其时代正处宋元易代之初,入选词人又身跨两朝,故按习惯仍可将它们划入宋代。这与张炎的《词源》和他的大部分词篇均写于元初而人们仍将其归入宋代同理。)这些选本虽主要选录作品,但从其书名和选目中,也可见编者的选词标准和时人的欣赏眼光。比如《梅苑》一书专辑咏梅词(共500首),这就可见宋人的爱梅成"癖",以及他们嗜尚"清雅"的审美风尚。更如黄昇所选《花庵词选》还附加了编者许多按语,它们对于了解词人的生平和词作的思想、艺术,都是相当有用的资料,值得治词史和词论者们重视。

第五,宋(元)人所著词集目录。如《宋史·艺文志》和《宋史·文苑传》中所提及的宋人词集情况,以及陈振孙《直斋书录解题》卷二一"歌词类"等,而其中尤以《解题》最为重要。从它们所记载的宋人词集名称中,也可了解宋人对词的若干看法(如从《家宴集》可知以词侑觞之风气,而以"诗余"名词者可知其以词为诗之"余波"的观念)。

以上五者(其中有些材料存在"互见"的情况),就大体构成了我们研究宋人词论的材料来源。它们显得相当丰富却又相当芜杂。其中有少量是初具系统性的理论著述,而大量存在的则是零章散篇甚至只言片语;有些是相当"正经""严肃"的词序词跋,每多精辟的见解,有些则是即兴式的评点和语录式的记述,全凭一时的兴会和感悟;有些曾专致于理论的探讨和总结,有些则仅仅停留在记事和品藻的水准。总之,无论从史实的精确与否,还是从有否理论的深度这两方面看,上述这些材料的真假、精粗程度都是不等的,因而我们在利用这些材料时必须注意"去伪存真"和"去芜取菁"的问题。但不管怎么说,由于它们终究出自宋人之口和宋人之手,所以它们就统统具备了"第一手材料"的资格(这是后代词论所无法具备和不能替代的),值得我们深加重视并充分利用。比如,宋人所流传的一些词人轶事和词坛趣闻,有些明显就与史实不符,有些还互相混淆,对此有人即抱以蔑视和抹杀的态度(如胡仔就批评杨湜《古今词话》:"殊无根蒂,皆不足信")。其实,这就大可不必。因为:第一,不要说宋人对于词论、词话往往采取一种漫不经心的态度来写作,就是对于作词本身他们又何尝不常以游戏文笔出之?故而若要以"盖文章,经国之大业,不朽之盛事"(曹丕语)的态度来

① 此处9种词籍,版本甚多,不一一注明。

郑重看待这一切,那就连词作本身有时都难以经受推敲,遑论作为饭余酒后、用助谈资的词话?第二,更为重要的则是:那些传闻式的趣闻轶事虽未足信,但它们毕竟“创造”于宋人的头脑中,流传于宋人的口边和笔下,因此从深层看,它们就多多少少和有意无意地反映了宋人的真实心理,映现了特定的时代氛围和词坛风尚,所以还是有助于了解当时的实际情况的,未可一笔抹杀。故而,综合以上五个方面的材料,加以鉴别和梳理,就可用作我们研究宋代词论的一个基本的凭藉。这既为我们“透视”宋词的发展历史找到了一个合适的“窗口”,又为研究后代的词论提供了可资“探本求源”的材料基础,其资料价值未可忽视。

二、宋代词论的重点瞰视

对于宋代词论的研究,本文拟从两方面进行。首先,试对这些词论作一综合性的重点瞰视,以探讨宋人围绕着一些重要作家和重要作品所展开的评论争议;其次,拟就一些重要的词学专著和词籍作专书研究。本节先作第一方面的研究。对此,我十余年前曾写过《宋代词论鸟瞰》一文(载《文学遗产增刊》第十六辑,中华书局 1983 年 11 月出版;又收入拙著《唐宋词论稿》,浙江古籍出版社 1988 年 5 月出版)。文中主要论述了如下 4 个问题:(1) 对词体的认识;(2) 论词之标准;(3) 关于词的“本色”;(4) 关于“雅”“俗”词。由此而得出一个初步的总体印象,这就是:“宋人对‘词’这种文体抱着比较轻视的态度,宋人论词,偏重其艺术性而往往不注重其思想性;宋人以‘艳科’、‘婉约’为词的‘本色’,而视词中的革新派为‘别调’;宋人论词,主‘雅’反‘俗’。”还补充说明:“当然,这一幅‘鸟瞰图’所描述的只是在宋代词坛上占正统地位和主流地位的词论而言,而并不是整个宋代词论的全貌。”时隔十余年,这个基本看法仍无大变,不过在某些方面又觉得有继续深化的必要。为此,本文就想转换角度,有所侧重地对宋代词论作一新的瞰视。

我们发现,中国古代的文学理论和文学批评大致都是直接或间接地围绕着具体的作家和作品而展开的,较少抽象地说理和架空的评论(即便像《文心雕龙》这样一部体大思精、笼罩群言的理论和批评巨著,也还是构建在对前代和当代的文学作品的评论之基础上的)。而宋人的许多词论词评、品藻鉴赏,就更是针对或围绕着一些重要的词人和著名的词篇而发的。它们中间的很多言论,照今天的眼光来看,只属于所谓的“作家作品论”或“作家作品鉴赏”,但若加以归纳演绎,又都能够概括和“提炼”出若干带有理论性的认识来。然而,究竟从什么样的视角出发才能较为恰当地对这些纷纭繁复的议论进行梳理,却是一个令人颇感踌躇的问题。这是因为,如果角度选择得不佳,那么论述就会显得琐碎与“平面化”,势不能准确抓住宋代词论的中心议题和主要线索;而一旦选准角度,就能将大量零散无序的材料重加组合,使之成为系统有序的排列,从而发现其贯通始终的内在联系。经过反复思考,本文就想改从“诗词比较”的角度来“切入”议题。我们觉得,这个“诗词比较”的问题,几乎是宋人在论词时经常不离其左右的问题。通过词与诗的种种比较对照,宋人实际表达了他们对各类词作应该如此或不该如此的不同看法。尽管宋代词论牵涉的方面很多,但扣住了这个“诗词比较”的角度,我们就能比较容易地“串”起宋人词论中的大部分内容。故而,对于这个角度本身,我们还有必要再说几句:我们知道,词在宋代还是新兴不久的文体,这和诗的已具悠久历史就显得大不一样。而宋代士人,尽管他们中间很多人喜好作词和特擅作词,但从根本上讲,却仍是从诗和文的传习熏陶中走出来的。因此他们嗜尚诗,熟悉诗,一直在诗中“讨生活”。故当他们一旦接触词和议论词时,就会十分自然地以读诗、作诗所养成的习惯与论诗的传统眼光去作评判和作比较。这正像中国人初到外国,对于在外国的乍见乍闻必与本国情况相对照一样。而不管宋人是有意识还是无意识地拿其论诗的眼光去评判新兴不久的词,也不管他们得出的印象和观感是什么,他们的评论总不外在乎以下两方面:第一是词所表现的感情内容,第二是词的艺术风貌。从前者言,诗素有“言志”的传统,而词则以“言情”为主。那么,某些词作(主要指由花间词所导源的婉约词)所抒写的感情内容(主要是儿女柔情),是否可被人们所认可或接受,以词来“言情”的做法是否值得肯定,这就成了人们首先碰到的问题。而接踵而来的问题则是:随着词的普遍用来表现儿女柔情并形成“词为艳科”的局面之后,人们又会对词的“言情”提出一定的限制要求。而这些限定是怎样提出来的,又包含哪些方面的要求?对于以上这些问题,宋人又都自然而然地会以诗论作其“参照系”,做出不同的回答。从后者言,则词之所以为“词”,自具其独特的艺术风貌。而这种“别是一家”的“本色”风味该表现在哪些地方,是否允许词向诗“靠拢”甚或出现“以诗为词”的作品?对于这些问题,宋人也都会将词与诗的艺术风貌进行比较,从而得出不同的结论。故而归纳上述两方面的问题,便可这样认为:综观众说纷纭的全部宋代词论,其主要的内容就都是有意无意地顺着“诗词比较”的角度展开与衍生的。所以本文就想选择上述视角,围绕着宋人对于某些重要作家和作品的评论或争议来展开论述。

(一)从对花间词风的褒贬看对以词“言情”的态度

对于宋诗而言,它既有其遥远而显赫的“老祖宗”(《诗经》、《离骚》、汉魏乐府等），还有来处不远的相当“阔绰”的前代“遗产”（唐诗）。但是对于宋词来讲，它的“家世”就很低微，甚至“寒伧”——它的直接的文学源头就只能上溯到花间词上。当然，也有些宋人不愿或耻于承认这份“血缘关系”，比如黄昇就抬出据传为李白所作的《菩萨蛮》和《忆秦娥》而尊之为“百代词曲之祖”（《唐宋诸贤绝妙词选》卷一），而张侃则进而把词的起源推溯到虞舜时代。（见《拙轩词话·倚声起源》条：“以予考之，‘乃赓载歌’、‘薰兮解愠’，在虞舜时，此体固已萌芽。”）但是这些意见其实并未被人们所广泛认可，因而大多数的词人和词论家都在实际上具有这样一种共识：他们所写作的“小词”，主要是从《花间集》（当然也有从中唐文人词和南唐词）中发展而来的。所以当他们在评论时人的词或追溯词的发展史时，就常会不由自主地提及花间词——或以之来与当时人的词作比较，或将当时人词的优点和缺点归功或归咎于所领受的花间词风的影响。这样，在宋代词论中就自发地形成了对于花间词风的褒贬不同的意见。这些意见大致可以分成三类：

第一类是肯定和赞誉的议论。如陈善曰：“唐末诗格卑陋，而小词最为奇绝，今世人尽力追之，有不能及之。予故尝以唐《花间集》为长短句之宗。”（《扪虱新语》下集卷二，《丛书集成初编》本）如罗大经赞扬欧阳修“虽游戏作小词，亦无愧唐人《花间集》”①。如李之仪《跋吴思道小词》曰：“长短句于遣词中最为难工，自有一种风格，稍不如格，便觉龃龉……大抵以《花间集》中所载为宗。”如刘克庄称誉杨无咎所制《柳梢青》十词，“不减《花间》、《香奁》及小晏、秦郎得意之作”（《杨补之词画跋》）。如梁文恭以诗来论王千秋的《审斋乐府》曰：“审斋乐府似《花间》，何必老夫扴篇右。”（《读审斋先生乐府》）如此等等。

第二类是贬低和批判的议论。这方面最突出的例子可举李清照和陆游两人之论。李说：“自后郑、卫之声日炽，流靡之变日烦，已有《菩萨蛮》、《春光好》、《莎鸡子》、《更漏子》、《浣溪沙》、《梦江南》、《渔父》等词，不可遍举。五代干戈，四海瓜分豆剖，斯文道熄。”②她所说的“郑卫之声”“流靡之变”和五代时期的“斯文道熄”就指的是以温庭筠为首的花间词人的作品。陆游则说：“《花间集》，皆唐末五代时人作。方斯时，天下岌岌，生民救死不暇，士大夫乃流宕如此，可叹也哉！或者出于无聊故邪？”③其语气更显严厉和沉痛。此外还如：林景熙《胡汲古乐府序》曰：“唐人《花间集》，不过香奁组织之辞，词家争慕效之，粉泽相高，

① 罗大经：《鹤林玉露》丙编卷二，中华书局，1983 年，第 256 页。
② 胡仔：《苕溪渔隐丛话·后集》，人民文学出版社，1962 年，第 254 页。
③ 金启华，等编：《唐宋词集序跋汇编》，江苏教育出版社，1990 年，第 340 页。

不知其靡,谓乐府体固然也。”而鲖阳居士《复雅歌词序》又言:“温、李之徒(按:主要是指温庭筠),率然抒一时情致,流为淫艳猥亵不可闻之语。”元初的赵文更是认为:“《花间》丽情盛,唐亡。”(《青山集》卷二《吴山房乐府序》)

第三类则是褒贬参杂的议论。这方面的例子也可举陆游为例。他在另一篇《花间集跋》中说:“唐自大中后,诗家日趋浅薄,其间杰出者,亦不复有前辈闳妙浑厚之作,久而自厌,然梏于俗尚,不能拔出。会有倚声作词者,本欲酒间易晓,故摆落故态,适与六朝跌宕意气差近,此集所载是也。故历唐季五代,诗愈卑而倚声辄简古可爱。”①此外还如,汤衡《张紫微雅词序》曰:“夫镂玉雕琼,裁花剪叶,唐末诗人非不美也。然粉泽之工,反累正气。”②晁谦之《花间集跋》曰:“右《花间集》十卷,皆唐末才士长短句。情真而调逸,思深而言婉。嗟夫!虽文之靡无补于世,亦可谓工矣。”③

归纳以上三类议论,我们可以发现一个表层的现象,那就是:第一,褒之者的着眼处主要在于花间词风的艺术风范和艺术美感方面。比如李之仪认为作为长短句的词“自有一种风格,稍不如格,便觉龃龉……大抵以《花间集》中所载为宗”,张炎在论“令曲”时也说:“词之难于令曲,如诗之难于绝句……当以唐《花间集》中韦庄、温飞卿为则”,他们就都把花间词认作宋词(特别是令词)的艺术样板。而像陈善和陆游极力称颂花间词的“最为奇绝”“简古可爱”,则又是将花间小词和晚唐五代诗做了对比之后得出的赞语——他们觉得花间词所呈现的文学风貌和艺术美感就明显带有诗所少见的那份新鲜感。第二,贬之者的着眼处则主要在于花间词的思想内容和感情格调方面。如李清照斥之为“郑、卫之声”,林景熙贬之为“靡”,陆游更批评花间词人身处“天下岌岌”的乱世而大写其艳词的举动为“流宕”“无聊”,就都反映出他们对于花间词的思想内容与感情格调的强烈不满。而这种不满,也明显与他们以论诗的思想标准来衡量花间词有关。如陆游本身就是一位杰出的爱国诗人,其诗多反映民族矛盾和生民疾苦,所以他当然看不惯花间词人的脱离时代和远离民众。而林景熙之所以要贬斥花间词风,其批评标尺也很明确:“乐府,诗之变也。诗发乎情,止乎礼义,美化厚俗,胥此焉寄?岂一变为乐府,乃遽与诗异哉?”也就是说:词本变之于诗,但不意花间词竟变成了诗的“不肖子孙”(也即陆游《长短句序》所谓的“其变越薄”),因而远远地背离了诗的传统轨道!所以综合以上两者,无论是褒者还是贬者,他们

① 金启华,等编:《唐宋词集序跋汇编》,江苏教育出版社,1990年,第340页。
② 同①,第164页。
③ 同①,第339页。

的持论却全是从诗的立场出发的：褒者在花间词中见到了诗所少见的特种艺术美感，贬者则不满于它的丢失了诗的“美刺”“教化”精神，不过一则着眼于其艺术方面的新鲜感，另一则着眼于它思想方面的缺陷而已。因着上述原委一说即明，故我们称之为“表层”的现象。

但是，在宋人有关于花间词风的争议中，我们却还可发掘到更深一层的问题。这就是，如若透过表层或翻进一层地看问题，那就不难发现：在对花间词风的褒贬中，实际反映出对于“情”（柔情），以及以词“言情”的肯定或排斥。这才是一个隐蔽在深处，却又更接近于本质的东西。对此，就有必要再加剖析：

人所共知，没有灵魂的肉体即使披上了一层美丽的躯壳，它仍然成不了具有生命力的活体。而如果花间词真像有人所指责的那样徒然具有其“粉泽之工”的外表而缺乏那勾人魂魄的“灵魂”的话，那么它的不断受到赞誉和不断被人模仿（即使像辛弃疾那样的词人，词集中也还有“仿花间体”的词作），就是不可理喻的事了。然则花间词的“灵魂”究系什么，宋人却采取了“隐约其辞”的态度来含糊说之。他们或者有所感觉，但又说不大清；或者心里明白，却又不愿直说——但不管怎样，从他们的模糊言辞中已多少透露了他们对于花间词之感情蕴涵的某种觉察和领悟，此即花间词中集中表现了一般诗中所不太敢于或不太善于表现的儿女柔情。我们试看，晁谦之赞扬花间词“情真而调逸，思深而言婉”，鲖阳居士则斥之为“温、李之徒，率然抒一时情致，流为淫艳猥亵不可闻之语”，他们的褒贬态度虽异，但其认为花间词之具有“情思”和“情致”却是一致的。而这种“情思”或“情致”是指什么？我们又可拿其他论者的话来加以印证和演绎。如胡寅认为苏轼词“一洗绮罗香泽之态，摆脱绸缪宛转之度”，“于是《花间》为皂隶而柳氏为舆台矣”①，则其认为花间词是专写“绮罗香泽”“绸缪宛转”之香艳柔情即可明晓。又如胡仔赞扬温庭筠“工于造语，极为绮靡，《花间集》可见矣”②，则他之认为花间词属于“缘情而绮靡”的艳词也就可知。还如陆游称花间词风“适与六朝跌宕意气差近”，这个“跌宕（指行为放纵、不拘检束）意气”也就是指齐梁宫体诗那种“艳风”。而若我们再将视野扩大一些，看一看宋人对于词之特殊性的认识，如张炎正面所说的“簸弄风月，陶写性情，词婉于诗”（《词源》），尹觉正面所说的“吟咏情性，莫工于词”③，以及胡仔反面批评惠洪身

① 金启华，等编：《唐宋词集序跋汇编》，江苏教育出版社，1990年，第117页。
② 胡仔：《苕溪渔隐丛话·后集》卷一七，人民文学出版社，1962年，第125页。
③ 同①，第198页。

为僧徒却写艳词的议论“忘情绝爱,此瞿昙氏(释迦牟尼)之所训。惠洪身为衲子,词句有‘一枕思归泪’及‘十分春瘦’之语,岂所当然”①等话语,就更可清晰地看出,宋人对于花间词(以及由它导夫先路的宋代婉约词)的一种接近本体论的认识:它是专以“言情”的,而这种“情”又主要是“绮靡”“情爱”之类的儿女柔情。这样,我们再返身来看他们对于花间词的争论,就有恍然大悟之感了:原来,撇开对其艺术性的赞叹不论,宋人对于花间词风的褒贬,说到底是反映了他们对于儿女柔情(扩而言之,也可泛指人所具有的一切“人性”和“人情”)是否应该肯定和是否值得在文学中得到表现的争议。褒扬花间词的论者,自然对此持肯定态度,而贬低花间词的论者则是站在“诗言志”和“诗教说”的立场上对此加以批评和否定的。不过就在这种褒贬似乎鲜明对立的现象之外,却还存在另一种微妙的情况,那就是:口头上或者理智上批评花间词的人,他们在实际上和感情上却又偷偷地喜爱着花间词风! 这真是一个饶有趣味和耐人寻味的问题。比如陆游一方面不满花间词人,另一方面却又写了诸如《月照梨花·闺思》《如梦令·闺思》之类绰有花间风格的闺情词;他一方面懊悔自己少时的作词是“汩于世俗”,另一方面却又“颇有所为”和“犹不能止”(见其《长短句序》)。这种既想尝尝羊肉的新鲜味道却又害怕膻腥气的矛盾心理,又何止陆游一人所具有? 对此,宋人就找出另一个借口来为之辩解。如詹效之说:“宋广平铁石心肠,犹为梅花作赋,议者疑之。殊不知感物兴怀,归于雅正,乃圣门之所取,亦何疑于广平乎?”②尹觉则言:“当代文伯(按:指晏殊、欧阳修等),其乐府犹有怜景泥情之偏,岂情之所钟,不能自已于言耶?”③胡寅又言向子諲其人是“宏才伟绩,精忠大节,在人耳目”,“而听其余韵(指读其小词),亦犹读《梅花赋》而未知宋广平欤!”④他们的理由归结起来就是:像宋璟(广平)这样一位“铁石心肠”的大唐贤相都能写出风流妩媚的《梅花赋》,像晏殊、欧阳修这样的名儒巨公都有“怜景泥情”的词作,那为什么咱们就不能写花间词那样的艳词? 所以,这就进一步从“情之所钟,不能自已”的角度来肯定了艳词和柔情的“合理”性。罗泌在《六一词跋》中就明言:“情动于中而形于言,人之常也。诗三百篇,如‘俟城隅’、‘望复关’、‘摽梅实’、‘赠芍药’之类,圣人未尝删焉。陶渊明《闲情》一赋,岂害其为

① 胡仔:《苕溪渔隐丛话·前集》,人民文学出版社,1962 年,第 385 页。
② 金启华,等编:《唐宋词集序跋汇编》,江苏教育出版社,1990 年,第 151 页。
③ 同②,第 198 页。
④ 同②,第 117 页。

达?”①他就抬出“圣人”的榜样和《诗大序》的话(“情动于中而形于言”)来为欧公的言情词作辩护。以上这些,便统都反映了这样一个事实:时至宋代,特别在词的领域里,“情”(主要指儿女柔情)实已占据着一个虽有人反对但却无法动摇的地位了。而正是这种对于“人情”和人类正常“人性”的肯定,才使得宋人或者表里如一,或者口非心是地赞扬起花间词风和欣赏起他们自己所写的情词来。所以,通过抽茧剥笋式的细细分析,我们最终可以看到,宋代词论中关于花间词风的争议,就其深层内涵来说却仍是一个“志”与“情”和“诗言志”与“词言情”的争议,也就是说:人们的儿女柔情,以及用词来表现柔情的文学举动,是否值得肯定? 对此,有一部分人根据“言志”的标准表示了不能接受,而大部分人的回答(这种回答不仅是指公开的回答,而且应该包括那些用实际行动所作出的“回答”)却是肯定的。这就表明,围绕着花间词及宋人自己所写的婉约词(它们以写儿女柔情为主),宋人事实上已突破了“诗言志”的传统框架,开始借用“缘情而绮靡”(陆机《文赋》)的理论来构建其尚未充分成熟但又相当明确的词的“本体”论——从其抒情内容来看,词应该与诗有所“分工”,那就是:词应大胆地“言情”,大胆地抒写诗所不愿多写的儿女柔情。而也正因宋人对于儿女柔情和以词“言情”的实际上的肯定,故而花间词那极富“人情味”的温馨词风,便得以笼罩和浮漾在整个宋代词坛上,并由此促发了宋人纷纷仿效作词的极大兴趣,造就了“词为艳科”的一代奇观。这样,曾被五代词人自我解嘲地称作“自南朝之宫体,扇北里之倡风”(欧阳炯《花间集序》)的“曲子词”,终于依仗“言情”作其“安身立命”的特殊“基地”,在宋代文坛与宋人的社会生活中曲折顽强地站立起来。究其底细,则除开它所特有的艺术风范能够吸引广大读者和作者外,更为隐蔽和更为深刻的原因就在于它的擅长于表现儿女柔情。所以宋人通过对于花间词风的争议,实际已经基本解决了词与诗在抒情内容方面的“分工”问题,这才使得新兴的“小词”具备了能在古典诗苑中“自立门户”的立足之地。

(二)从对柳永词风的批评看对以词“言情”的限定

尽管宋人在实际上承认或默认了以词“言情”的“合理”性,但他们对于这种言情却又附加了一定的限制。这种情况突出地反映在对柳永词所作的强烈批评上。此类批评可谓比比皆是,而集中到一点就是认为柳词太“俗”。如《后山诗

① 金启华,等编:《唐宋词集序跋汇编》,江苏教育出版社,1990年,第20页。

话》说它“骫骳从俗”，严有翼称它“言多近俗，俗子易悦”①，李清照说它“词语尘下”（《词论》），陈振孙说它“格固不高”（《直斋书录解题》卷二一，见《丛书集成初编》），沈义父说它“未免有陋俗语”②，等等。表面看来，这似乎主要属于语言风貌方面的问题，实则并不尽然。我们只消联系柳永平生遇到的两件倒霉事来看，便知他的受人鄙视首先便在于他词中的感情内容有悖于“正统”的思想规范。一件事是受仁宗的罢黜。据《能改斋漫录》卷一六记载：“仁宗儒雅，务本理道，深斥浮艳虚薄之文。初，进士柳三变好为淫冶讴歌之曲，传播四方。尝有《鹤冲天》词云：‘忍把浮名，换了浅斟低唱。’及临轩发榜，特落之，曰：‘且去浅斟低唱，何要浮名？’”③从此事可知，柳词中所表现的思想内容是有悖于封建伦理道德的。在最高统治者看来，读书人的“正道”就是“学而优则仕”，可柳永却偏要将功名斥为“浮名”，而把倚红偎翠、浅斟低唱的生活当作人生的最大乐趣（尽管他在实际上还是把“读书做官”当作奋斗目标的），这就惹怒了皇上。另一件事则是受到晏殊的黜退。据张舜民《画墁录》记载：柳三变既以词忤仁庙，吏部不放改官。三变不能堪，诣政府。晏公曰：“贤俊作曲子么？”三变曰：“只如相公，亦作曲子。”公曰：“殊虽作曲子，不曾道‘彩线慵拈伴伊坐’。”柳遂退。照理，晏殊本是一位乐意提携人才的达官贵人（如范仲淹、韩琦、富弼等都出其门下），而柳永与他又有“作曲子”的同嗜，他就大可不必对柳这样一个“小人物”采取如此不肯宽容的态度。究其原委，一则可能因为柳氏的“名声”在当时士大夫文人群中不太好听，而他却偏还是将自己的作曲子和晏殊牵扯在一起；二则更因为他的“彩线慵拈伴伊坐”表达了一种蔑视功名、“爱情至上”的市民生活理想，这在晏殊看来就是“俗不可耐”的了。所以，从上述两事可知，柳词之所以受到宋代文人的普遍指责，其首要的原因即在于它所表现的感情内容超越和违背了传统的道德规范与伦理标准，大有“哗众取宠”（亦即严有翼所批评的取悦于“俗子”之众）的可厌之处。而因这种对于柳词“骫骳从俗”的“讨伐”，宋代词坛上就又引发了一场崇雅黜俗的“复雅”运动。这场“运动”的实质，就是对于词的“言情”加上了相当程度的限定，或者也可看作儒家诗论在词论中的渗入或“回归”。

事情最初表现在对柳词的批评上。如苏轼就曾讥笑过秦观的“学柳七作词”（曾慥《高斋诗话》），并在给友人鲜于子骏的信中隐约表示了不愿与柳词为

① 胡仔：《苕溪渔隐丛话·后集》，人民文学出版社，1962年，第319页。

② 唐圭璋编：《词话丛编》，中华书局，1986年，第278页。

③ 吴曾：《能改斋漫录》，上海古籍出版社，1979年，第480页。

伍而欲自成一家的想法(引见下文)。后来,就继而出现了大量批评柳词的议论(如前引数则)。到了曾慥编选《乐府雅词》,柳永这一位凡有井水饮处皆闻歌其词的大词人的词作,竟无一入选。这就表明,对于柳词的批判与否定,在某些论词主“雅”的文人那里,似已达到了近乎“定论”而不容“翻案”的地步(尽管广大市民群众和另外一些文人仍然欣赏它)。而在“破”(批评柳词之“俗”)的同时,关于“雅词”的理论建设(“立”)也就渐次展开,并最终成了南宋论词中的一股主流思潮。这种情况,可以从以下几方面看出:

首先,从词集的名称来看:自曾慥编选《乐府雅词》(其序言中把“艳曲”和“谐谑”词“开除”出雅词的队伍)、鲖阳居士编《复雅歌词》(其序言又深斥“淫艳猥亵”的词风而赞颂“韫骚雅之趣”的词作)之后,南宋人以“雅”命名其词集的风气一时为之大盛。如张孝祥词名《紫微雅词》、赵彦端词名《宝文雅词》、程垓词名《书舟雅词》、林正大词名《风雅遗音》,而钱塘陈氏书棚所刻南渡以后诸家词的丛集则干脆总名曰《典雅词》。这就充分可见当时人的嗜“雅”风尚。

其次,用“雅”字来论词的话头逐渐增多,后来更成为一种理论和标准。如徐度曰:“(柳永)词虽极工致,然多杂以鄙语,故流俗人尤喜道之。其后欧、苏诸公继出,文格一变,至为歌词,体制高雅,殆不复称于文人之口”①;吴曾曰:“味冯公(延巳)之词曲雅丰容,虽置在古乐府可以无愧”②;胡仔曰:“旧词(按:指无名氏《扑蝴蝶》一词)高雅,非近世所及”③;陈鬚曰:词须“造意正平,措词典雅,格清而不俗,音乐而不淫,斯为上矣”④;詹傚之曰:曹冠词“旨趣纯深,中含法度……纯平雅正者也”⑤;詹傅曰:郭应祥词“典雅纯正,清新俊逸,集前辈之大全而自成一家机轴”⑥……他们所提出的高雅、典雅、雅正等语就统都以“雅”字为其主要旨趣。而到了宋末元初张炎所作的《词源》中,则“雅词”几乎就成了全书的纲领性理论。他曾反复阐发这个得之于前人的“雅词论”,如“今老矣,嗟古音之寥寥,虑雅词之落落,僭述管见,类列于后,与同志者商略之”;如“词欲雅而正。志之所之,一为情所役,则失其雅正之音”;如评姜夔词“不惟清空,又且骚雅”,评陆淞《瑞鹤仙》、辛弃疾《祝英台近》词为“景中带情,而存骚雅”。与他同

① 徐度:《却扫编》卷下,商务印书馆,1936 年,第 172 页。
② 吴曾:《能改斋漫录》卷一七,上海古籍出版社,1979 年,第 499 页。
③ 胡仔:《苕溪渔隐丛话·后集》,人民文学出版社,1962 年,第 318 页。
④ 金启华,等编:《唐宋词集序跋汇编》,江苏教育出版社,1990 年,第 150 页。
⑤ 同④,第 151 页。
⑥ 同④,第 229 页。

时的周密,也以编选《绝妙词选》的行动表明了他的“志雅”(他的堂名“志雅”,又著有《志雅堂杂钞》)的选词理论。这些情况,都可见出论词之趋“雅”。

最后,词论中的诗论气味渐渐加浓。“诗教”的理论开始涌入词论。这方面的情况开始于北宋。如黄庭坚《小山词序》就称:小晏词“寓以诗人句法,清壮顿挫,能动摇人心”,是“狎邪之大雅,豪士之鼓吹”①。而到南宋,就专以“发乎情,止于礼义”“好色而不淫”“怨而不怒”“温柔敦厚”之类的论诗理论来论词了。如杨万里曰:“诗词要微婉显晦,尽而不污”,“太史公曰:‘国风好色而不淫,小雅怨悱而不乱’,《左氏传》曰:‘《春秋》之称,微而显,志而晦,婉而成章,尽而不污’。此《诗》与《春秋》记事之妙也。近世词人闲情之靡,如伯有所赋,赵武所不得闻者,有过之无不及焉。是得为‘好色而不淫’乎?惟晏叔原云:‘落花人独立,微雨燕双飞’,可谓‘好色而不淫’矣。”(《诗人玉屑》卷二引《诚斋诗话》)如曾丰赞苏轼“缺月挂疏桐”(按:即《卜算子 · 黄州定慧院寓居作》)一词“触兴于惊鸿,发乎性情也,收思于冷洲,归乎礼义也”(按:此与鲖阳居士《复雅歌词》之以“比兴”来论此词,有所相似。曾丰之说见其《知稼翁词集序》)。如詹效之论曹冠词,说它“和而不流,足以感发人之善心,将有采诗者播而飏之,以补乐府之阙,其有助于教化,岂浅浅哉?”②如张镃称赞史达祖词“瑰奇警迈,清新闲婉,不流于訑荡汙淫者,未易以小技言也”③。如林正大自言其词“婉而成章,乐而不淫”(《风雅遗音序》)。如张炎《词源》倡言:“(词)若能摒去浮艳,乐而不淫,是亦汉魏乐府之遗意”……这种种言论,就都可看作是儒家诗论在词论中的渗入和“回归”。而越到后来,则这种以论诗的标准来要求词的作法也就变得越“严格”和“苛刻”。比如周邦彦这样一位婉约词的“大师”,一般的南宋人对他都是赞扬备至(如刘肃《片玉集序》称他真是“冠冕词林”④,陈郁《藏一话腴》称他“二百年来以乐府独步,贵人学士,市儇妓女,皆知美成词为可爱”),但到了张炎眼中,却犹嫌他有失于“雅正”。他就举出周的“为伊泪落”“许多烦恼,只为当时、一饷留情”等词语,说它们是“为情所役”“所谓淳厚日变成浇风也”;又说“作词者多效其制,失之软媚,而无所取”(《词源》)。张炎的这些批评,就是从前人对柳词的批判中延伸而来的,这足以表现出儒家诗论对词论的渗透和“雅词”论的由此得到强化。

① 金启华,等编:《唐宋词集序跋汇编》,江苏教育出版社,1990 年,第 25、26 页。
② 同①,第 151 页。
③ 同①,第 238 页。
④ 同①,第 69 页。

所以,总起来说,通过对柳永"俗词"的批判和将传统诗论引入词论,宋人对以词"言情"就逐渐附加了若干限定。换句话说,词当然可以,甚至应该用来"言情",但又必须把那类"淫艳猥亵"之情、那类"侧艳"过甚之情从词中剔除干净。这样词之"言情"方始符合封建的伦理规范,也才能与"言志"的诗(如《诗经》、汉魏乐府等)接轨。在这种"雅词"理论的影响之下,我们发现,南宋婉约词的词貌就发生了相应的变化——如果说,唐宋人视词为"小技"的词学观曾经促使词向着抒情的"真"和"深"的方向迈进,使词在"言情"(特别是写儿女柔情)方面有所突破和大有建树的话,那么这种"雅词"的词学主张则就产生了使词"雅化"的功效。宋代婉约词之所以未能在南宋发展成"淫词""俚曲",南宋婉约词的整体风貌之所以变得相当雅洁,便与此种对以词"言情"进行限定的理论,深有关联。

(三)从对苏轼词风的争议看对词的"本色"要求

如果说,上面两节对花间词风和柳永词风的评论主要反映出宋人对词的抒情内容和思想面貌的看法与要求的话(当然同时也涉及艺术方面的问题),那么,对苏轼词风的评议中则主要反映出他们对词的艺术风貌的意见和争论。此话怎么讲?因为对于苏轼词所表现的思想内容,宋人几乎异口同声地表示出赞扬和佩服之意,而唯独对它的艺术风貌却产生了相当对立的歧见。关于前一点,我们可以举出许许多多的评论。比如王灼赞扬苏轼"偶尔作歌,指出向上一路,新天下耳目,弄笔者始知自振"①;胡寅赞扬他"一洗绮罗香泽之态,摆脱绸缪宛转之度,使人登高望远,举首高歌,而逸怀浩气,超然乎尘垢之外。于是《花间》为皂隶而柳氏为舆台矣"②;黄庭坚称苏轼《醉翁操》词"超轶绝尘",《卜算子》词"语意高妙,似非吃烟火食人语,非胸中有万卷书,笔下无一点尘俗气,孰能至此"(《丛书集成初编》本《山谷题跋》卷二);陈鬷称"东坡平日耿介直谅,故其为文似其为人。歌《赤壁》之词,使人抵掌激昂而有击楫中流之心;歌《哨遍》之词,使人甘心淡泊而有种菊东篱之兴"(《燕喜词叙》);等等。这些论者的着眼点就都在于苏词的思想面貌和抒情内容,都表达了他们对于苏轼以情抒写高情雅志的钦佩(这同时又显示了利用词来"言志"的词论已在评论苏词时开始形成)。而关于后一点,我们同样可以举出不少评论,其较有代表性的则如:

① 王灼:《碧鸡漫志》,唐圭璋编《词话丛编》,中华书局,1986年,第85页。
② 金启华,等编:《唐宋词集序跋汇编》,江苏教育出版社,1990年,第117页。

《后山诗话》曰:“退之以文为诗,子瞻以诗为词,如教坊雷大使之舞,虽极天下之工,要非本色。”①

《王直方诗话》曰:“东坡尝以所作小词示无咎、文潜。曰:‘何如少游?’二人皆对曰:‘少游诗似小词,先生小词似诗。’”②

陈应行《于湖先生雅词序》曰:“苏允明不工于诗,欧阳永叔不工于赋……苏子瞻词如诗,秦少游诗如词,才之难全也。”

李清照《词论》曰:“晏元献、欧阳永叔、苏子瞻,学际天人,作为小歌词,直如酌蠡水于大海,然皆句读不葺之诗耳,又往往不协音律者。”

以上,就都是对苏词“不以为然”的评论。它们的主要观点是:诗该像“诗”,词该像“词”;相比于诗而言,词就应该有它“本色”的艺术风貌。拿李之仪的话来说就是“长短句于遣词中最为难工,自有一种风格;稍不如格,便觉龃龉”(已见前引);而拿李清照的话来讲,则又是:词“别是一家”(《词论》)。那么,词的这种“本色”风味又是什么呢?参照李清照及其他很多论者的话来看,大抵有如下几方面要求:

首先,词必须合乐谐律。对此,李清照说得很详细:“盖诗文分平仄,而歌词分五音,又分五声,又分六律,又分清浊、轻重……本押仄声韵,如押上声则协,如押入声则不可歌矣”(同前引);张炎也说:“词之作必须合律”,并举其父张枢作为例子:“先人晓畅音律,有《寄闲集》,旁缀音谱,刊行于世。每作一词,必使歌者按之,稍有不协,随即改正”(《词源》);南宋的古琴家兼词人杨缵更概括出《作词五要》(附《词源》后)的填词守则,其中的四条(“第一要择腔”“第二要择律”“第三要填词按谱”“第四要随律押韵”)就都讲的是合乐谐律的问题。而若据此要求来看,则苏轼的某些词作就不合规范了。如《遁斋闲览》就说:“子瞻之词虽工,而多不入腔。”③还如仇远《山中白云词序》批评“陋邦,腐儒,穷乡村叟,每以词为易事,酒边兴豪,即引纸挥笔,动以东坡、稼轩、龙洲自况”,沈义父《乐府指迷》批评“近世作词者不晓音律,乃故为豪放不羁之语,遂借东坡、稼轩诸贤自诿”。从这二位的说法中,也可侧面看出苏轼(还有辛弃疾)的某些词是不够合律的标准的。

其次,词必须具有充分的“艳美”和“柔美”。这方面的话头也很多见。如东坡的门生李廌曾有一首描绘“唱歌”的《品令》词,就形象化地表明了上述“艳

① 胡仔:《苕溪渔隐丛话·后集》,人民文学出版社,1962年,第192页。
② 胡仔:《苕溪渔隐丛话·前集》,人民文学出版社,1962年,第284页。
③ 同②。

美”与“柔美”的特性:“唱歌须是玉人,檀口皓齿冰肤,意传心事,语娇声颤,字如贯珠……”另如刘克庄曰:“词当叶律,使雪儿、春莺辈可歌”(《题刘澜乐府》);张炎曰:“簸弄风月,陶写性情,词婉于诗。盖声出莺吭燕舌间,稍近乎情可也”(《词源》)。他们都着眼于词所创作和演唱的女性环境来阐述词当具有“艳美”“柔美”的观点。而早在刘、张之前,王灼就对此发过感叹:“古人善歌得名,不择男女”,今人(指宋人)则“独重女音”,故“士大夫所作歌词,亦尚婉媚”(《碧鸡漫志》卷一)。他所感叹的因着“女音”而导致的“婉”和“媚”,也就是我们所称的“柔美”和“艳美”。而若根据这种“艳美”和“柔美”的要求来衡量,则苏轼的某些词作也就显得有些“出格”了。这连苏轼本人都有几分“自知之明”。如他称自己所作的《江城子·密州出猎》词可令“东州壮士抵掌顿足而歌之”,因而“虽无柳七郎风味,亦自是一家”(《与鲜于子骏书》);这与他听到幕士说他的“大江东去”词须关西大汉执铁板歌唱而柳永“杨柳岸,晓风残月”词只好让十七八岁的女郎执红牙拍板歌唱后“为之绝倒”(《说郛》卷二四引俞文豹《吹剑续录》)一样,都自知其豪词篇所展示的阳刚之美是与当时崇尚的柔性美有所不合的。

再次,词在抒情方式和表现技巧方面,又须相当地“宛转”“委曲”。如胡寅曰:词之“名曰‘曲’,以其曲尽人情耳”①。王炎曰:“长短句名曰‘曲’,取其‘曲尽人情’,惟宛转妩媚为善,豪壮语何贵焉!”(《双溪诗余自序》)就连赞扬辛弃疾词风的陈模也说过:“盖曲者,‘曲’也,固当以委曲为体。”(《论稼轩词》)相对而言,则苏轼的某些词就像其门生张耒在《东山词序》中所说的那样是“满心而发,肆口而成,虽欲已焉而不得者”。如他所作的《水调歌头·中秋》词,就一任酒精魔力的驱使而任情挥洒;而其《浣溪沙·游蕲水清泉寺》也正像他所自言的乃是“余以手为口”的产物(《书清泉寺词》)。这在以“委曲”为“本色”的词论家看来,当然就有“以诗为词”的味道了。

所以,围绕苏轼的某些词所引发的“本色”论,说到底,便是一种几乎形成为“定格”的词风规范论。它的要义便是:词在诗面前,应该保持其相对“独立”的艺术面貌。而对这点,宋人中间也有持不同看法的。比如黄庭坚就赞扬“寓以诗人句法”的晏几道词(已见前引),苏轼也曾称誉过陈季常的“新词”是“句句警拔,诗人之雄,非小词也”(《答陈季常书》),又称赞蔡景繁的“新词”乃是“古人长短句之诗也得之惊喜”(《与蔡景繁书》)。他们都力图打通词与诗之间的壁垒,不过其论却未被一般论者所接受,所以即连其同门文人陈师道都要批评苏词

① 金启华,等编:《唐宋词集序跋汇编》,江苏教育出版社,1990年,第117页。

“要非本色”,而晁补之则批评黄词“不是当家语,自是着腔子唱好诗”①了。但是,随着苏轼词风的得到张扬,特别在南宋词人继承苏轼词风而创作出大量光彩夺目的爱国诗篇(其词风偏于豪放激昂)之后,人们对苏轼的“以诗为词”的举动,就变得逐渐理解和能够接受了。如郑刚中说:“长短句亦诗也。诗有节奏,昔人或长短其句而歌之,被酒不平,讴吟慷慨,亦足以发其胸中之微隐。”(《乌有编序》)这就上继苏轼“微词宛转,盖诗之裔”(《祭张子野文》)的观点,得出了“诗词同科”的结论。金国的王若虚则说:“陈后山谓‘子瞻以诗为词’,大是妄论”,“盖诗词只是一理,不容异观”(《滹南遗老集》卷三九《诗话》)。而元初的刘将孙也说:“不知诗词与文同一机轴”②。这些话就都表示了对于苏轼打通诗词壁垒的支持。

本文无意于评判上述两种意见的孰是孰非,只想举出诸家的议论来说明:关于词的本色问题,确实是宋代词论中的一个热门话题。而大多数词人对词的“本色”风貌的坚守与少数词人的打破此种定格,这两种情况就形成了宋词婉约风格与豪放风格并存、“正宗”词风与“变格”词风同见的复杂面目。不然的话,唯有清一色的“本色”风格,似乎也显得单调了一点。

(四)从对稼轩词风的赞扬看对以词“言志”的肯定

自苏轼开始,词就从专以“言情”的樊篱中脱出,被用来抒写比较广泛的士大夫情志。而到稼轩等人手中,那种不仅以词来“言情”而且更用来“言志”的情况,就更有“一发而不可收”的势头。由于辛派词人的“言志”都与爱国的情志有关,所以除开少数人以外,大多数论者几乎都对此表示了崇敬和赞扬之意。前者如张炎,称“辛稼轩、刘改之作豪气词也,非雅词也”(《词源》),还如周密编选《绝妙好词》,仅选辛词二首。但这种情况究属少数,而其着眼处也仅局限在辛词的艺术风貌方面。而后者则人多势大,实际形成了以词“言情”之外的另一种理论:以词“言志”。

这种理论,在范开所作的《稼轩词序》中表达得最为明显和清晰。它首先“正本清源”地提出:“器大者声必闳,志高者意必远。知夫声与意之本原,则知歌词之所自出。是盖不容有意于作为,而其发越著见于声音言意之表者,则亦随其所蓄之浅深,有不能不尔者存焉耳。”这就从本源上揭示了词品与作者人格器识、胸襟怀抱的密切关系。其次它又联系稼轩的为人,指出其词乃是其人气节和

① 吴曾:《能改斋漫录》,上海古籍出版社,1979年,第469页。
② 刘庆云:《词话十论》,岳麓书社,1990年,第73页。

功业的“陶写之具”,因其“气之所充,蓄之所发”,他的词中就出现了“公词之所独”的思想蕴涵和艺术风貌。这样,范开就用“人品决定词品”和以词“言志”的理论高度赞扬了辛词。这不仅反映出他是稼轩的知心弟子,也反映了身处民族矛盾尖锐时代的人们对于辛派爱国词作的“刮目相待”,以及他们企图通过理论上的补正(即用以词“言志”的理论来补充和修正以词“言情”的理论)来褒扬辛派词风的努力。基于后两点原因,南宋的许多论者就都从“言志”的观点出发,大力赞颂表现爱国情志的词篇。如朱熹《书张伯和诗词后》赞扬张孝祥父子的诗词“读之使人奋然有擒灭仇虏,扫清中原之意”,蔡戡颂张孝祥“喜作长短句,其忧国忧君之心,愤世嫉邪之气,间寓于歌咏”“深得三百篇讽刺之意”(《芦川居士词序》),又如刘辰翁赞扬辛词有“在常情之外”的“英雄感怆”,“其难言者未必区区妇人孺子间也”(《辛稼轩词序》)。此时,人们或者以“言志”论来反对“言情”论,如陈模就说:“近时作词者,只说周美成、姜尧章等……然徒狃于风情婉娈,则亦不足以启人意。回视稼轩所作,岂非万古一清风也哉”(《论稼轩词》);或者则把“言志”论与“言情”论沟通起来,从而将“言情”导向“言志”,如刘克庄认为词可“借花卉以发骚人墨客之豪,托闺怨以寓放臣逐子之感”(《跋刘叔安感秋八词》),他就把“花卉”“闺怨”之类的“情”与骚人墨客、放臣逐子之“志”结合成了一体,导入了“比兴”“寄托”的创作方法。至此,“言情”和“言志”这两种词论,就时而并驾齐驱,时而又彼此聚拢了。

以上,我们回顾了宋人围绕花间词、柳永词、苏轼词、稼轩词所展开的种种评论和争论。尽管宋代词论中还有针对其他词人和其他议题所发的许多言论,但从大处来看,对于上述四家的评论却堪称其中的主要内容,而“诗词比较”的角度则又是宋人观察问题和发表词评时所遵循的一个基本角度。通过上文的剖析,我们又不难得出一个初步的总体结论:第一,对于词体,宋人习惯于用传统的“诗”的眼光去作评判,其结果便把它视为“诗余”和“小技”;但与此同时,他们却又在事实上承认或默认了它自立于诗之外的文体特色和文体价值,因此内心仍相当喜好这种新兴的文体。第二,对于词所擅长表现的儿女柔情,一部分人表示了不愿接受和不予肯定的态度;但大多数人却在具体的创作活动和鉴赏活动中给予了实际上的肯定和支持,不过他们往往又进而对词的“言情”附加了若干的限定,以期符合儒家诗论的要求。第三,对于诗坛上出现的“以诗为词”的倾向,人们对其所言的“志”,一般都表示了钦佩和赞扬;而对这类词作的非“本色”的艺术风貌,却又有所保留或批评。当然,上述结论仍只能是“初步”的且也只是着眼于总体局面而言,因此并不能囊括全部宋代词论的所有情况,故仅能称作“瞰视”。但是,通过这种瞰视,我们也就从词论的“窗口”看到了:宋词发展的

“侧影”;词从“诗余”而独立壮大成为可与诗“平分秋色”的蔚然“大国”;词与诗有所“分工”而导致的好言儿女柔情的旖旎景观;因诗的“侵入”而产生的“以诗为词”现象;词以婉约为“正宗”和“变体”的崛起;“俗词”和“雅词”的并存与彼消此长……凡是宋代词坛上所出现的许多重要情况与重大事件,我们就都可从宋人词论中看到某个侧面的反映——而无论从宋代词论抑或宋词本身来看,它们的发展与变化,也全都与诗和词之间的“分”与“合”有关。

三、宋代词论之专书研究

宋代词论之研究,还可就专书的方面进行。这是因为,以专著形式出现的词论既带有著者较浓的个人色彩,又在一定程度上代表了相当一部分人的共同看法,因此通过剖析这些专书,自可收到“以点见面”的效果。但限于篇幅,本文只对三部专书略作分析。

(一)王灼《碧鸡漫志》

此书共分5卷。第1卷为总论,“述古初至唐宋声歌递变之由”;第2卷细论北宋(及少数跨越到南宋之初的)词人风格及流派;后3卷考证唐代20多个曲调“得名之缘起,与其渐变宋词之沿革”(参阅《四库全书总目·碧鸡漫志提要》)。著者的词学理论与词学观点主要反映在前两卷内。王氏此著,基本以“诗”的眼光来看问题。因此第一,他认为词是诗之“变”,其本源与诗一样同出于人心之所感:“或问歌曲所起,曰:天地始分,而人生焉。人莫不有心,此歌曲所以起也”,“古歌变为古乐府,古乐府变为今曲子,其本一也”。从这种观点出发,他就不满于“倚声填词”的做法,提出“先制词,后声律”的主张:“故有心则有诗,有诗则有歌,有歌则有声律,有声律则有乐歌……今先定音节,乃制词从之,倒置甚矣。”这种见解,当然不符合词的实际创作情况,但又明确反映了他从“诗言志”观点出发而强调词的思想内容的看法。第二,他又以论诗的眼光来论词,所以相当激烈地批判鄙词、俚词、俗词而大力赞扬苏轼对于词风的革新。他指责柳词“浅近卑俗”,不满“今之士大夫”的“鄙秽”词风,认为其“侧艳”“纤艳”“淫媟”的程度超过了梁陈宫体诗,还批评当时流行的“滑稽无赖”的戏词;甚至,连李清照词竟都难逃其“讨伐”(“闾巷荒淫之语,肆意落笔”等)。这些都表明了他鲜明的“雅词论”立场。在此同时,他又着力肯定与赞扬苏轼对于词风的革新,称他“以文章余事作诗,溢而作词曲,高处出神入天”,“指出向上一路,新天下耳目;弄笔者始知自振”,这在苏轼词风尚未被人充分理解与接受的当时,是显得难能可贵的。不过若刨挖其“根源”，则还是从“诗言志”角度来立论的。此外，王氏论词已具有了流派的观念（他把词人分为“学东坡”和“源流从柳氏来”的两派），他要求词有“气格”，有“骨力”，有“波澜”，有“筋骨”，凡此种种，也都显然是从诗论中“搬”过来的。所以，从《碧鸡漫志》一书中，我们就明显可见著者以“诗”的眼光来论词的特色。（关于王灼的词学观点，本人另有专文论述，见拙著《唐宋词论稿》。）

（二）张炎《词源》

此书共2卷。其上卷及下卷的“音谱”“拍眼”两条主要讨论音律问题，其余部分则反映了张炎的词学主张。张氏此书主要提出了三方面的意见：一是“雅词”论，鼓吹“词欲雅而正。志之所之，一为情所役，则失其雅正之音”。二是“清空”论，主张“词要清空，不要质实。清空则古雅峭拔，质实则凝涩晦昧”。三是“锻炼”和“用工”论，力倡“深加锻炼”和“极要用工”。而在这三者中间，尤以“锻炼”和“用工”论为其论词主旨，张炎就用此论“统帅”或“统一”了前二论（关于这个问题，本人另有《论〈词源〉的论词主旨》一文作专题论述）。这是因为，首先，“雅词”论并非张氏之独创，他不过是摭拾前人的话头并重加强调而已。他心目中之“雅词”，第一要求严格协律谐音（如辛弃疾的词就因为是“长短句之诗，故非雅词也”，只属“豪气词”之列），而这就非深加锻炼不可（“始知雅词协音，虽一字亦不放过，信乎协音之不易也”）；第二要求“删削靡曼之词”“摒去浮艳”，使其达到“精粹”“绝妙”的境地，而这也必须反复锤炼始可达到。所以“雅词”论的核心，仍离不开“锻炼”与“用工”。其次，“清空”虽是张炎所独倡的风格论，但要达到这种“清空”的意境，主要仍需在章法（求其疏快空灵）、句法（求其峭拔活络）和字法（求其响亮明快和善用虚字）方面深下功夫。所以“清空”论还是被笼罩在“锻炼”论之下。明确了这三论的内在联系，我们便知：整部《词源》，其“主题”就在于要求强化词者的艺术修养和技巧修养。试看它花了很多笔墨详谈了从定题目起，到选择曲调、命题构思、选韵择辞，以至于组织篇章、推敲字面、修改定稿等作词的全过程，试看它花了很多篇幅细论了句法、字面、虚字、用事、押韵等方面的细节问题，我们就可见他在修辞技巧方面的严格要求和良苦用心。所以比较起王灼论词主要从“诗言志”的角度（着重于思想内容）来立论，张炎论词就偏向于“就词论词”（着重于艺术形式）了。这种变化，大致根植于两方面的原因：一是词至宋末，已经积累了丰富的创作经验，故而张炎就有条件和有必要来对此作出总结；二是由于词中此时已出现了大量非“本色”的“豪气词”，针对它们的“以诗为词”甚或“以文为词”，张炎就有意识地作纠偏补弊。且不管张炎《词源》本身的理论贡献与缺陷如何,只就它深入探讨作词的技巧、总结作词的经验而言,就表明了宋代词论已经相当“独立”和成熟。

(三) 黄昇《花庵词选》

黄昇的这个选本,是整个宋人词选中较为优秀的一种。这表现在:第一,态度认真。它不同于《阳春白雪》的随手抄录,而是精选名家名作而成的(另在刻本方面也经过挑选)。第二,它相当重视词作的思想内容和词人的人品,这与《绝妙好词》的偏重艺术性而不重思想性相比,就显得高出一筹。如他选辛弃疾、刘克庄词各达40余首之多,又特意在张元干的两首《贺新郎》(送胡铨及寄李纲)下注明其写作缘起(表扬张元干与胡铨向秦桧作斗争的事迹),而在康与之贺秦桧生日所作《喜迁莺》词后又表明自己的贬斥态度:“此词虽佳,惜皆媚灶之语。”这就都可见出他的民族意识与政治是非感。第三,它的艺术眼光相当“圆照”,并不抱狭隘的门户之见。他本人原是位婉约词人,可是选词时却选了很多豪放风格的名篇(如王安石《桂枝香》、范仲淹《渔家傲》、苏轼《念奴娇》等),可谓兼收并蓄、择佳而从。总之,从其选词态度和选词标准中,我们既可看到词之“选学”此时已达较高的水准,同时也反映出词论渐已出现思想性与艺术性并重、婉约风格与豪放风格不再偏废的汇合状走向。(关于《花庵词选》,本人另有《一部优秀的唐宋词选》一文作专题论述。)

(原载台湾“中央研究院”《第一届词学国际研讨会论文集》)

论《词源》的论词主旨

——兼论南宋后期的词学风尚

论唐诗者，向有“初、盛、中、晚（唐）”之说；而论宋词者，则也有“南、北（宋）”之分。如朱彝尊说：“世人言词，必称北宋。然词至南宋始极其工，至宋季而始极其变”（《词综·发凡》）；如潘德舆说：“词滥觞于唐，畅于五代，而意格之闳深曲挚，则莫盛于北宋。词之有北宋，犹诗之有盛唐。至南宋则稍衰矣”（《与叶生名灃书》）；如王国维说：“唐五代北宋之词家，倡优也。南宋之词家，俗子也。二者其失相等。但词人之词，宁失之倡优，不失之俗子。以俗子之可厌，较倡优之为甚故也”（《人间词话》删稿）。虽然这些论者的喜厌褒贬大不相同，但有一点却很清楚，那就是：（唐）宋词在其发展全过程中的不同阶段，确是存在着一定程度的“时代”差异性的。大致可以这样说：唐五代是词的新生期；北宋和南宋前期是它的“黄金时代”；而南宋后期的词则呈现出某种衰败的气象来。这正像一条河流那样，在经历其发源、奔腾阶段之后就渐趋凝缓了。这种凝缓的趋势表现在词的创作风貌上，就突出地显露为“真情不足”而“技巧有余”的总体特色。具体来说，南宋后期的词坛上，由于辛派爱国词的声音与光焰总的说来已趋衰竭而另由注重艺术形式的“雅词”执掌天下，所以词的那种“感动人心”的力量已经大为减弱，而讲究研炼之功的风气则大为盛行。南宋后期词坛的此种风尚，在词论中便有明显的反映。张炎的《词源》，虽则成书于元初，但实际上代表了晚宋“雅词”派的理论主张，所以大可作为探求南宋后期词学风气的“窗口”来看待与剖析。

一

除开论述词的音律问题之外①，《词源》的主要内容是在谈论词的作法和评述各家的艺术风格。它虽也提到一些有关思想内容的话头（如“词欲雅而正”

①《词源》上卷便主要是论述词的音律问题。

"词以意趣为主"等),但都显得泛泛而论,并不真正着意于此——只要看它评论辛弃疾和刘过这两位爱国词人时,竟用"辛稼轩、刘改之作豪气词,非雅词也,于文章余暇戏弄笔墨为长短句之诗耳"一语轻轻带过,就可得知它其实并不注重词的思想性。而对此我们倒也不觉奇怪。这是因为,综观整个宋代词论,除开很少几篇赞赏苏、辛词风的序跋之外①,大部分的评论便都热衷于谈论词的艺术方面的问题。因此《词源》的着眼于此,也是情理中事。不过,引起我们兴趣的却是:就在谈论词的创作经验和艺术风格方面,《词源》也与北宋词论显露出"异乎其趣"的显著差异。这种差异集中表现为:北宋词论崇尚"自然"的风格和美感,而《词源》则偏嗜那一种"研炼"之功。

不妨先把《词源》以前的一些主要词论拿来作个简略的回顾。北宋晁补之说:"欧阳永叔《浣溪沙》云:'堤上游人逐画船,拍堤春水四垂天,绿杨楼外出秋千。'要皆绝妙,然只一'出'字,自是后人道不到处。""苏东坡词,人谓多不谐音律,然居士词横放杰出,自是曲子中缚不住者。""近世以来作家,皆不及秦少游,如'斜阳外,寒鸦万点,流水绕孤村',虽不识字人,亦知是天生好言语。"(见《能改斋漫录》卷一六)从这些话看,晁氏所欣赏的乃是一种天然的、自然的美。他认为,欧公笔下的"出"字极自然、极"天成",绝非别人刻意"炼字"所能道出;苏轼词则"横放杰出",体现着作者真率豪放的个性特色;而秦观词,则又是一种"天生"的"好言语"。这些话都可证明晁氏并不嗜好那种雕章琢句的功夫,而激赏一种自然而然的风格与美感。

晁氏之论其实并非个人之见。和他同时期的张耒在其为贺铸《东山词》所写的序言中,就更为明确地提倡着这种"自然而工"的风格。他说:"或者讥方回好学能文,而唯是为工,何哉?余应之曰:是所谓满心而发,肆口而成,虽欲已焉而不得者。若其粉泽之工,则其才之所至,亦不自知也。"在他看来,贺铸词之所以为工,是其才的自然流露,而并不靠雕章琢句的功夫来雕饰而就。

如果说晁、张的词论还属谈词的一些零片碎语的话,那么在王灼《碧鸡漫志》这部较具规模的词学专著中,我们仍能看到南渡前后人们论词崇尚"自然"的主张②。

王灼在这部书中,首先表示了对用"合律"来束缚词情之做法的强烈不满。他认为,词曲之起,皆缘于"心";"心"有所"感发",则自然为诗、为歌、为词、为曲;因此,"今先定音节,乃制词从之,倒置甚矣"。从这种认识出发,他反对作词

① 如胡寅《酒边词跋》论苏轼词,以及范开、刘克庄、刘辰翁题稼轩词的序跋。
② 此书脱稿于高宗绍兴年间,而写作时间则可能横跨南北宋之交。

时过分讲求音律方面的锤炼，却要求作词首先要有充沛的“真情”：“长短句虽至本朝盛，而前人自立，与真情衰矣”；东坡则“非心醉于音律者，偶尔作歌，指出向上一路，新天下耳目，弄笔者始知自振”。在他看来，东坡词的成功处，不在“音律”，却在“真情”与胸襟。

其次，他推崇“自然之妙”。他说，斛律金作《敕勒歌》，即是“能发挥自然之妙如此”，而当时的名诗人徐陵、庾信却不能达到这样的境地。又说，荆轲作《易水歌》，使听者瞋目皆裂而发上指冠，皆缘真情所发，而非“苦心造成”。所以，他在论小晏词时又这样说：“叔原如金陵王、谢子弟，秀气胜韵，得之天然，将不可学。”也就是说，它的“秀气”与“胜韵”，是“得之天然”而非靠雕琢得来的。

综观上述词论可知：北宋人论词一般并不讲求研炼之功，而崇尚着那种天然的风韵和自然的风格。不过，与此同时，我们也已看到：到了北宋后期，由于词的创作经验日益丰富和成熟，特别是以周邦彦为代表的“大晟”词风弥漫词坛，所以词论中也开始出现了讲求锤炼的主张。这种主张在李清照那篇著名的《词论》中就有所反映。李清照提出，词“别是一家，知之者少”。她对词的具体要求则是：词要合律，要浑成，要铺叙，要典重，要主“情致”却又要有“故实”。这就基本概括了周邦彦词风的主要特征，反映了讲求锤炼之风开始在词论中抬头。但是，我们又注意到，即使如此，李清照本人的创作实践却并不完全走着这一条雕饰之路。她自己的词，大致还是沿着“自然”的路子走的。像“此情无计可消除，才下眉头，却上心头”（《一剪梅》），“明朝，这回去也，千万遍《阳关》也即难留”（《凤凰台上忆吹箫》）之类的词语，就都是“用浅俗之语，发清新之思”（《金粟词话》）的“天然”妙句；而即使是“绿肥红瘦”“人比黄花瘦”“寻寻觅觅，冷冷清清，凄凄惨惨戚戚”一类名句，也是虽经锤炼而仍出之以自然的“极炼如不炼”的“好言语”。

但是，事情总会起变化，词坛的风尚亦然。如上所说，北宋后期词坛由于周邦彦等“大晟”派词人的登坛，词风已开始了某种“转向”。而到南宋词坛，一方面勃兴起慷慨豪放的爱国词派，另一方面却又基本由着“雅词”执掌领导潮流的地位。后一派词人，就努力以周邦彦词为其学习楷模。对此，可从周词版本之繁与诸家词论对他的溢美这两点中充分见出。不妨先看第一点：周词在南宋的版本繁，注家、唱和者多。据不完全统计，南宋的周邦彦词集版本已有下列多种①：《清真诗余》（见黄昇《花庵词选》）；《圈法美成词》（见《词源》）；《美成长短句》（见毛晋《片玉词跋》）；《注清真词》（见陈振孙《直斋书录解题》）；《三英集》（见

① 参阅吴则虞《清真集·版本考辨》，周邦彦《清真集》，吴则虞校点，中华书局，1981年，第169页。

毛晋跋方千里《和清真词》);《清真集》(见毛晋《片玉词跋》);《清真词》《后集》(见《直斋书录解题》);《详注周美成词片玉集》(宁宗嘉定刻本);《清真词》(孝宗淳熙刻本);《周词集解》(见《乐府指迷》)。

从周词甚至已出现了方千里、杨泽民等依其韵律、亦步亦趋的《和清真词》(三者合刻为《三英集》),以及集诸家注释而成的《集解》,就完全不难想知周词在南宋婉约词人中间的得享盛誉和广为流传了。

再从词论方面看,南宋婉约派词论家几乎一致地把周词奉为作词的楷模和范本。如刘肃称:"周美成以旁搜远绍之才,寄情长短句,缜密典丽,流风可仰,其征辞引类,推古夸今,或借字用意,言言皆有来历,真足冠冕词林。"(《片玉集序》)强焕称:"公之词,其模写物态,曲尽其妙。"(《清真词序》)陈振孙称:"清真词多用唐人诗句,隐括入律,浑然天成。长调尤善铺叙,富艳精工,词人之甲乙也。"(《直斋书录解题》卷二〇)陈郁称:"美成自号清真,二百年来以乐府独步。贵人、学士、市儇、妓女,皆知美成词为可爱。"(《藏一话腴》)而最能表明南宋词人欣赏周词的妙处所在的,当推沈义父的《乐府指迷》。它说:"凡作词当以清真为主。盖清真最为知音,且无一点市井气,下字运意,皆有法度,往往自唐宋诸贤诗句中来,而不用经史中生硬字面。此所以为冠绝也。"另外,它在论述结句、咏物、用事使人姓名等技巧性问题时,竟也全都援引周词作为范例。这就可见,从周邦彦开始,北宋词坛崇尚"自然"的风气已经开始"转向"。到了南宋,除了辛派爱国词人还在继续发扬"满心而发,肆口而发"的苏派词风之外,大多数词人的艺术嗜好已逐渐转向了周邦彦式的雕炼之美。沈义父所赞叹于周的"下字运意,皆有法度",便成了南宋(特别是后期)雅词派词人所共同追求的艺术目标。而《词源》所提倡的"深加锻炼"口号,也即表达了对此种雕炼之美的不懈觅求。所以,在论述《词源》的论词主旨以前,我们先把南北宋的词学风尚作一个大致的比较,明乎其时代差异及由"北"向"南"的过渡与演变,这就为论析《词源》本身提供了清晰的背景。

二

讲了前面这些,我们就可进而论及《词源》的本题。可以这样说,一部《词源》,尽管涉及很多方面的内容,但归结其论词的主旨,却是"深加锻炼""极要用工"八个字。这正是张炎论词的一个总的出发点,它相当集中地反映了南宋后期词坛的普遍风尚,明显体现出不同于北宋崇尚自然之美的时代差异。综观《词源》全篇,它所反复强调着的乃是词章的"锻炼之美"。如:"作慢词,看是甚题目，先择曲名，然后命意；命意既了，思量头如何起，尾如何结，方始选韵，而后述曲，最是过片不要断了曲意。”“……词既成，试思前后之意不相应，或有重叠句意，又恐字面粗疏，即为修改；改毕净写一本，展之几案间，或贴之壁，少顷再观，必有未稳处，又须修改；至来日再观，恐又有未尽善者；如此改之又改，方成无瑕之玉。倘急于脱稿，倦事修择，岂能无病？不唯不能全美，抑且未协音声。作诗者且犹旬锻月炼，况于词乎？”“句法中有字面，盖词中一个生硬字用不得，须是深加锻炼，字字敲打得响，歌诵妥溜，方为本色语。”……

请看，他对填词的整个过程——从定题目起，到选择词调、命意构思、选韵择辞，以至于组织篇章、推敲字面、修改定稿等——都提出了十分严格的要求。这种苦心经营的艺术要求，一方面是以他本人丰富的创作经验作为基础的，另一方面则又是从他那“深加锻炼”和“极要用功”的主张为出发点的。所以，“于细微处见精神”，我们从他对各个创作环节的“苦心经营”中不难看出，这种“锻炼”“用功”之论，实即其《词源》的中心论旨。正是从这个中心论旨出发，张炎“一以贯之”地统一了他全部的论词理论。而明白了此点以后，我们对于他的其他主张，也就可“迎刃而解”了。

三

一部《词源》谈到了不少的问题。除了力主词要合律、词欲“婉丽”的老调外，下面三个方面的内容可说是给人印象最深的地方：

一是“雅词”论，主张“词欲雅而正”。这一点当然并非张炎的新发明，而是当时人的一种普遍论调。但又不可否认，《词源》确又把这个论调提高到了一个前所未见的新高度。

二是“清空”论，主张“词要清空，不要质实”。这点可谓是张炎个人的独特见解，也可看作《词源》的独创性所在。

三是“锻炼”或“用工”论。如前所述，它花了相当多的篇幅和气力来谈论作词的修辞和技巧方面的问题。由于作者本人是位作词的高手，以“作家”的身份来谈创作经验，所以颇多中肯之论，对于后代的词人具有宝贵的借鉴意义。

但是，以上三个方面的主张，看似并列或并行，实质却是统一在其“深加锻炼”论的主旨之下的。也就是说，张炎用他的“锻炼”论贯通了“雅词”论和“清空”论。对此，粗看之下似乎不可理解，但若深入剖析，则自可明晓。

先说“雅词”论。

词本起源于民间，因此相比于“诗”而言，它先天地具有某种程度的“俗文学”性质。这只要读一读敦煌词中那些带有“野气”和“俗趣”的作品就可知。但自它转入文人作者手中之后，便有了逐渐“雅化”的演变。不过，在北宋词坛上，由于柳永的“登场”，“俗词”却一度又出现过“卷土重来”的势头，因而柳氏的那些“骫骳从俗”之词竟达到了凡有井水饮处皆能歌唱的地步！这当然会引起正统士大夫作者的不满和抵制。所以围绕和针对柳词所展开的许多议论（如苏轼、陈师道、李清照等人批评柳词的话），就可以视作“雅词”论的先导——不过它们还仅仅以“破”（批评）的方式出现着。而到了南渡以后，这种“雅词”论则又在“破”的同时开始了“立”（理论建树）的过程。我们知道，南宋建国之初，统治集团为要“重整纲纪”，所以立即着手于意识形态的恢复和重建。在词学领域里，就相应形成了“崇雅黜俗”的普遍风气。至此，“雅词”论也就开始形成了初步的体系：首先，“雅词”论强调词的思想内容必须符合正统的封建道德规范，至少不能越出这个规范太远。如林景熙认为：“乐府（按：即指词而言），诗之变也。诗发乎情，止乎礼，美化厚俗，胥此焉寄？岂一变为乐府，乃遽与诗异哉？”（《胡汲古乐府序》）而《词源》也继承了这个说法，提出：“词欲雅而正，志之所之，一为情所役，则失其雅正之音”，“若能摒去浮艳，乐而不淫，是亦汉魏乐府之遗意”。其次，也是更为重要的是，“雅词”论强调词必须具有典雅精美的艺术形式与美感。关于这一点，说法就更多了。如尹觉为赵师侠《坦庵词》作序：“人见其模写风景，体状物态，俱极精巧，初不知得之不易。”詹傚之为曹冠《燕喜词》作序，说它“旨趣纯深，中含法度”。詹傅为郭应祥《笑笑词》作序，说：“近世词人，如康伯可，非不足取，然其失也诙谐；如辛稼轩，非不可喜，然其失也粗豪。惟先生之词，典雅纯正，清新俊逸，集前辈之大全而自成一家之机轴。”仇远为张炎《山中白云词》作序，称其“铅汞交炼而丹成，情景交融而词成”。他们所着力赞赏的便无不是这些词的艺术美、技巧美和形式美；而这些美感的产生，照他们看来，又无不与作者的“锻炼之功”（即文中的“得之不易”“中含法度”“集前辈之大全而自出机轴”“情景交炼而词成”等）密切联系着。至于张炎所重视的“精粹”“工丽”之美，其直接的家学方面的理论渊源，我们更可在其曾祖父张镃那里找到。张镃曾为史达祖词作序，称其所作“织绡泉底，去尘眼中”，“有瑰奇、警迈、清新、闲婉之长，而无訑荡污淫之失”，其“锵洋乎口吻之际者，皆自漱涤书传中来”（《梅溪词序》）。“织绡泉底”，袭用欧阳炯《花间集序》“织绡泉底，独殊机杼之功”之意，言其精细之功和精致之美；“去尘眼中”，又言其“纯粹”“精粹”之惊人程度；“漱涤书传”则言其多读书（诗）、多用功之劳。所有这些话，都可以视作张炎“雅词”论的渊薮。而上述这两方面（思想内容与艺术形式）的要求，就都在《词源》中得到了继承与进一步的发挥：

一方面,张炎对词的思想内容提出了更为明确也更为严格的"雅正"要求。这方面,我们只消看他对周邦彦这一位被常人尊为作词楷模的"大师"的批评即可知一斑了:"词欲雅而正。志之所之,一为情所役,则失其雅正之音。耆卿、伯可不必论,虽美成亦有所不免。如'为伊泪落',如'最苦梦魂,今宵不到伊行'……所谓淳厚日变成浇风也。"

周词历来被人称为"缜密典丽"(也曾被张炎本人赞为"负一代词名"),但这里却被他批评为"有失其雅正之音"。此即可知其"思想标准"之高。

但是,应该怎样才能达到"雅正"的标准呢? 拆穿来看,张炎却并非要求从内容方面进行根本性的变革,即打破"词为艳科"的狭窄藩篱(相反,他却认为词的题材离不开"簸弄风月"与"发挥风月"),而只是要在语言的锤炼方面下功夫。在这方面,他有两段话不免泄漏了"天机":一是说秦观、姜夔、史达祖、吴文英等人的词之所以能"自成一家,各名于世",原因就在于:"俱能特立清新之意,删削靡曼之词";二是论词要"意趣高远","词以意为主,不要蹈袭前人语意"。其实,两句中的前面所言("特立清新之意"和"意趣高远")都仅是"虚晃一枪";而唯有后面所言的"删削靡曼之词"和"不要蹈袭前人语意"才是"真价实货"。这也就是说,要达到"雅"的标准,主要就要在语言的"筛选"方面下功夫。如能把那类侧艳靡曼的语言删削干净了(也就是他另言的"摒去浮艳"),那么,词就达到了"雅正"的境地。由此可知,张炎的"雅词"论,即使是它对思想内容方面的要求,最终也还是落实到了语言的"锤炼"上面去。

另一方面,张炎的"雅词"论在艺术方面又提出了更加具体和细致的要求。他要求词意必须"精粹""绝妙",而这些又都是经过"锤炼"才能得来的,如他说周邦彦之所以"负一代词名",原因即在于"所作之词,浑厚和雅,善于融化诗句",说贺铸、吴文英"皆善于炼字面,多于温庭筠、李长吉诗中来",说周邦彦、史达祖等人的"节序词"之所以高妙是在于"措辞精粹",说姜夔、秦观的"离情词"妙处全在"情景交炼",等等。从中不难看出,张炎非常重视词的艺术性和形式美,认为倘能"用功"于此,并以之为"专门之学"者,就能成为词家之"射雕手"。

所以,"雅词"论虽然可以视作张炎(及其同时代许多词人)论词的一个"总纲",但是,究其实质所在,却还是从"锻炼"二字出发的:只有"深加锻炼",才能达到"精粹""绝妙"。这样,我们就能把他的"雅词"论最终放置于"锻炼"论的笼盖下来认识了。

再说"清空"论。

"清空"论可谓张炎的独创之论,此论在当世和后代(特别是清初"浙西词派")都产生过不小的影响,也可说是他对词论所做的一点独特的理论贡献。但是我们同样可以看到，这个“清空”论，最终也还是建筑在他注重“锻炼”的词学主旨之基础上的。他说：“词要清空，不要质实。清空则古雅峭拔，质实则凝涩晦昧。姜白石词如野云孤飞，去留无迹；吴梦窗词如七宝楼台，眩人眼目，碎拆下来，不成片段。此清空质实之说。”

这节话中虽用了形象化的比喻对比说明了“清空”与“质实”风格的不同风貌，但毕竟还嫌有些“玄虚”。如果我们再看下面这些话，那么对于“清空”的认识或许就会实在一些了。他说：“梦窗《声声慢》云：‘檀栾金碧，婀娜蓬莱，游云不蘸芳洲’，前八字恐太涩。”这是论其用字不当太“涩”（即晦涩之意）。又说：“如《唐多令》云：‘何处合成愁？离人心上秋。纵芭蕉不雨也飕飕。都道晚凉天气好，有明月，怕登楼。　　前事梦中休，花空烟水流。燕辞归客尚淹留。垂杨不萦裙带住，漫长是，系行舟。’此词疏快却不质实。”这又是讲的用字之明快和章法之疏宕。又说：“词与诗不同。词之句语有二字、三字、四字至六字、七八字者，若堆叠实写，读且不通，况付之雪儿乎……若能尽用虚字（按：原文如此，恐传写有误），句语自活，必不质实。”这则是讲的善用虚字和句法的问题。又说：“王碧山，又号中仙，越人也。能文工词，琢语峭拔，有白石意度，今绝响矣。”（《琐窗寒》小序）他不是欣赏姜夔的“清空”（亦即此处所谓的“白石意度”）吗？此处即一语道破了个中奥妙：“清空”风格来源于“琢语”的“峭拔”。

所以说，“清空”的风格论，最终还是与语言的“锻炼”分不开的。具体来说，张炎认为若要造就“清空”的风格，就非要在如下几点上深加“锻炼”不可：

一是“琢语”的“峭拔”。前人的婉约词，妙处往往在于它的“婉”，即“软”上；而照张炎看来，其失处却也正在它的过分“软媚”上。所以他一眼看中了姜夔那种“柔中有刚”“以刚济柔”的词笔，进而提出了“琢语峭拔”的主张。试读他所赞赏的姜词《扬州慢》的下片：“杜郎俊赏，算而今重到须惊。纵豆蔻词工，青楼梦好，难赋深情。二十四桥仍在，波心荡，冷月无声。念桥边红药，年年知为谁生？”杜郎式的风流艳情，却用“波心荡，冷月无声”这样的冷笔硬语以告其消歇，即可见其用笔之“峭拔”（张炎谓之“平易中有句法”）。

二是下字之“响亮”。张炎自谓字面“须是深加锻炼，字字敲打得响”，才是“本色语”。这是因为，下字“响亮”，就会给人以“高格响调”的听觉印象，并引发“清空”的感受来。比如姜词中的下列句子：“阅人多矣，谁得似，长亭树？树若有情时，不会得青青如此！韦郎去也，怎忘得玉环吩咐？第一是早早归来，怕红萼无人为主。”这些词中，由于引入了散文的某些质素，因而读来瘦硬有致、敲戛有声，从拗折中透出“清空”“响亮”的味道。

三是章法的“空灵”。如前面所引过的“思量头如何起，尾如何结”，以及“最是过片不要断了曲意，须要承上接下”“曲之意脉不断”等语，就都是为造成空灵有致的风格而提出的章法结构方面的要求。在这方面，我们不妨举出张炎本人所作的《甘州》词为例：“记玉关踏雪事清游，寒气脆貂裘。傍枯林古道，长河饮马，此意悠悠。短梦依然江表，老泪洒西州。一字无题处，落叶都愁。　载取白云归去，问谁留楚佩，弄影中洲？折芦花赠远，零落一身秋。向寻常野桥流水，待招来不是旧沙鸥。空怀感，有斜阳处，却怕登楼。”此词自起头至结尾，深得“一气旋折”之妙。由于章法之精，就令人生出了空灵清峭之感。

所以，归根结底，张炎的“清空”论仍是他注重“锻炼”的产物——只有经过炼意、炼篇、炼句，再加上炼字，才能炼就其“古雅峭拔”的“清空”风格来。分析至此，我们就不难得出结论：《词源》的几个基本理论主张都是以“锻炼”论为总的出发点的。而另外，即使在“雅词”论和“清空”论以外的其他零星论述中，张炎也无不贯穿着他的此种要求“锻炼”的总体精神。比如他论“咏物”词，认为要“收纵联密，用事合题，一段意思，全在结句，斯为绝妙”；论“赋情”词，要“景中带情”、“摒去浮艳”；论“离情”词，“全在情景交炼，得言外意”；论“寿词”，要“融化字面，语意新奇”……总之，词要“合律”，要“精思”，要“用工”，要“锻炼”，方始才能成为佳制妙作，这就成了整个《词源》一个非常突出的主题，即它的论词主旨。

四

创作实践是创作理论赖以产生的基础，而创作理论又是创作实践的“升华”与“标帜”。在剖析《词源》的词学理论之后，我们再回头来看南宋后期的词坛，它那种注重研炼之功的风尚就更加一目了然了。具体来讲，此种风尚突出表现为如下几个方向：

一是对音律的研究。

一般来说，北宋词人不大深究词的音律问题，他们多半只管写“词”而让乐工去配乐歌唱；南宋“雅词”派词人则非常考究音律问题。如《词源》所记张枢（张炎之父）改词的二事，就很能说明他们在音律上的深加锤炼：一是其《瑞鹤仙》词中有云“粉蝶儿扑定花心不去”，按之歌谱，声字皆协，唯“扑”字稍不协，遂改为“守”字乃协；二是其《惜花春》有“琐窗深”句，“深”字音不协，改为“幽”字又不协，再改为“明”字，歌之始协。张炎在讲这段故事的同时，还说了这几句话：“先人晓畅音律，有《寄闲集》，旁缀音谱，刊行于世。每作一词，必使歌者按之，稍有不协，随即改正”，可见其研索之精。此外周密记载他作“西湖十景”词的经历也很能说明同一问题。他说:“张成子尝赋《应天长》十阕夸余曰:‘是古今词家未能道者。’余时年少气锐,谓此人间景,余与子皆人间人,子能道,余顾不能道耶? 冥搜六日而词成。成子惊赏敏妙,许放出一头地。异日霞翁(杨缵)见之曰:‘语丽矣,如律未协何!’遂相与订正,阅数月而后定。是知词不难作,而难于改:语不难于工,而难于协。”(《木兰花慢小序》)

由于在音律上的过分讲究,甚至会引起“窒息”词情的毛病,这在南宋后期词坛上也是常可见到的。如前举张枢改“深”为“明”,前后意义恰巧相反;又如方千里、杨泽民为了要步趋周邦彦词的四声和押韵,弄得文理不通(夏承焘《唐宋词论丛 · 唐宋词字声之演变》),便都可见出此种过分拘泥音律做法的流弊。

二是炼字、炼句。

这点可谓南宋后期特别明显的风气。如《词源》就专列“句法”和“字面”两节(他的“极要用工”和“深加锻炼”8 个字本来就是为炼句和炼字而发的),而《乐府指迷》则讲得更加细密,它在论“句法”时就分别论述了“起句”“过处”“结句”“造句”等4 个小问题,论“字面”时又分别论述了“去声字”“句上虚字”“代字”等更细小的问题。嗣后,张炎的学生陆辅之作《词旨》,又专题列出了“属对”“警句”“词眼”“单字集虚”四大门类,并于每类下各罗列了许多例证。这就可知此时人的酷爱炼字与炼句。试比较同是写杨花的两组句子:“遗踪何在;一池萍碎。春色三分,二分尘土,一分流水。细看来,不是杨花,点点是离人泪。”(苏轼《水龙吟》)“白浪摇天,春阴涨池,一片野怀幽意。杨花点点是春心,替风前,万花吹泪。”(张炎《西子妆慢》)苏词将杨花比作离人之泪,是情至文到、妙手偶得的自然妙喻;而张词把杨花称作十分玄虚的“春心”,就明显地带有苦心雕琢的痕迹。许昂霄说它较坡公之句“更觉纤新”(《词综偶评》),这个“新”字就源于他的刻意求新上。

三是用事、用典。

周济说:“北宋(词人)主乐章,故情景但取当前,无穷高极深之趣。南宋则文人弄笔,彼此争名,故变化益多,取材益富。”(《宋四家词选目录序论》)这里所说的“取材益富”便是指它的好用事、用典。比如同是咏荷花,苏词云:“霞苞霓荷碧,天然地、别是风流标格。重重青盖下,千娇照水,好红红白白。　每怅望明月清风夜,甚低迷不语,妖邪无力。终须放船儿去,清香深处住,看伊颜色。”(《荷花媚》)全词不用一典,具有一种“天然”的“风流标格”——刘熙载就曾用此语来形容整个的苏词风格(《艺概》卷四)。而张炎的《水龙吟 · 白莲》、《红情》(无边香色)、《绿意》(碧圆自洁)等咏荷(莲)词,却没有一首不充满着典故和前人成句。两种词的不同风貌,一比之下,就明显有所不同。

四是“比兴”“寄托”。

周济对此有一段大致不错的论断:“北宋词,多就景抒情,故珠圆玉润,四照玲珑”,南宋则“一变而为即事叙景,使深者反浅,曲者反直”(《介存斋论词杂著》)。换句话说,北宋词多“对眼前写景,据心上说情,说得情出,写得景明,即是好词”(李渔《窥词管见》),而南宋词往往是心中先存一段主意,然后去捕捉景物,寄托情意,这就形成了所谓的“有寄托入”的格局。比如上面所举的苏、张咏荷词,前者不过是只写荷花的神态,而后者却是曲折地寄托着作者的某种家国之痛;前者是“就景抒情”,后者则是“即事叙景”;前者自然,后者雕炼。

总之,南宋词坛(特别是南宋后期的词坛)上,确实存在着一股注重研炼的风气,它造成了南宋“雅词”不同于北宋词的风貌和美感。对于这两种不同的风貌和美感,我们当然不能轻加轩轾。但是,却又不能不指出,由于“真情稍衰”、“性情不足”的缺点,南宋后期的很多“雅词”确实也存在着一种雕饰过分、“刻则伤气”的毛病。对此,张炎等人自己也已有所觉察而提出了补救的主张。张炎教人学词,曾说过“莲子结成花自落”的话头,意思便在于“雕琢之极”另要出之以“自然”(有些类似乎“绚烂之极乃造平淡”),而他的学生陆辅之一方面主张着“造语贵新,炼字贵响”,一方面却又提出“词不用雕刻,刻则伤气,务在自然”(《词旨》),这说明他们通过实践,已经觉悟到了把研炼与“自然”结合起来的道理。而南宋后期词中,事实上也存在着不少优制佳构,它们之所以成功,大体也就是沿着从“锻炼”“用工”入手而出之以“自然”的路子走的。这就部分地弥补了研炼过甚的弊病。

(原载《文学遗产》1993年第2期)

一部优秀的唐宋词选

——介绍黄昇的《花庵词选》

《花庵词选》①20 卷，上编 10 卷为《唐宋诸贤绝妙词选》，收李白以下的唐五代和北宋词家 134 人的词作 500 余篇，下编 10 卷为《中兴以来绝妙词选》，收康与之以下的南宋词家 88 人的词作 700 余篇。它是从五代以来到今天为止的许许多多唐宋词选中的一部特出的选集。这部词选的好处可从两方面来看：

第一，与后来人编选的许多唐宋词选比，它的优越处在于“不隔”——后人的选本，固然有高出于古人的地方，但是往往存在“以今稽古，病在不亲”②的缺点。而《花庵词选》的编选者黄昇，由于本人就生活在宋代这个词的“黄金时代”中，所以就能避免后人常会犯的隔雾看花、隔靴搔痒的毛病。

第二，在《花庵词选》以前，早就出现了很多唐宋词的选本——其中有的专选唐五代词，有的专选宋词，有的则兼选唐五代和宋词——如五代时有《花间集》，宋初有《尊前集》。南宋以来，选词成风，选本迭出，现在可见的尚有：黄大舆的《梅苑》、曾慥的《乐府雅词》、鲖阳居士的《复雅歌词》（赵万里《校辑宋金元人词》）、何士信的《类编草堂诗余》、赵闻礼的《阳春白雪》，而在《花庵词选》之后，又有周密的《绝妙好词》。在这些品种繁多的选本中，《花庵词选》却是别具特色的一种。编选者黄昇，具有比较高的鉴赏、选择能力和通达全面的词学观点，因此出自他手下的《花庵词选》，在很多方面都超过了他以前（及稍后）的选本。

正因为上述两方面的原因，所以《花庵词选》很值得我们重视和利用——它既可以帮助我们从事文学史的研究工作（因为它出自宋人之手，具有较高的学术价值），又不失为一部优秀的文学选本，可供我们欣赏吟读。

《花庵词选》的编选者黄昇，字叔旸，号玉林，又号花庵词客，主要的活动时期是在宋理宗淳祐年间。据其朋友胡德方在《花庵词选序》中介绍，黄昇早年就

① 黄昇选：《花庵词选》，中华书局，1958 年。

② 周密编，查为仁、厉鹗笺：《绝妙好词笺》，世界书局，1935 年，第 1 页。

丢弃了科举的机会，雅意读书，以吟咏自适。他是一个诗人和词客，其诗被人称为“晴空水柱”（大约是指其风格的雅洁），又有《散花庵词》一卷（《花庵词选》末附有他自己的词38首），所以具有一定的创作经验。同时他又为魏庆之《诗人玉屑》作过序言，可知他具有一定的文学理论的修养。既是作者，又具见识，这就使他的词选不同于一般人所编的词选，而能别具见地，别具特色。

黄昇此选是经意之作。自序说：“长短句始于唐，盛于宋。唐词具载《花间集》，宋词多见于曾端伯（慥）所编。而《复雅》（指鲖阳居士所编《复雅歌词》）一集又兼采唐宋迄于宣和之季，凡四千三百余首，吁亦备矣！况中兴以来，作者继出，及乎近世，人各有词，词各有体。知之而未见，见之而未尽者，不胜算也。暇日裒集得数百家，名之曰《绝妙词选》。佳词岂能尽录，亦尝鼎一脔而已。”自跋语中又说：“玉林此编，亦姑据家藏文集之所有，朋游闻见之所传。词之妙者固不止此，嗣有所得当续刊之……其间体制不同，无非英妙杰特之作。”故知他不避与前人所选的重复，而重立标准——“佳词”（“英妙杰特之作”）——来编选这两本词集，是有他自己的意图的，那就是企图为人们提供一本经过选择的、能收“尝鼎一脔”之功的佳词选本，为作词者和读词者提供一批艺术样品。从这一点讲，这本词选的编选态度是较为认真的，比之《花间集》《尊前集》和《草堂诗余》的仅为人们（乐工歌伎）提供“唱本”来讲，是一个大大的进步；比之《梅苑》的仅辑咏梅词和《阳春白雪》的随钞随录来，也是远胜一筹的。

黄昇的这种认真态度可以从下面两件事看出。一是他在选词时力求把作者的作品收齐，然后从中择佳而选（而且他注意运用好的本子作为选词的底本），这就显出他与有些人的轻率之不同了。如他在康与之词下注云：“书市刊本，皆假托其名。今得官本，乃其婿赵善贡及其友陶安世所校定，篇篇精妙”①，又在刘仙伦条下注：“吉州刊本多遗落，今以家藏善本选集”②。所以此集在校刊、考证方面具有较高的价值。二是他往往在作者后面写上小传，间附自己和别人的评语，这又为后人研究词史提供了宝贵的原始资料。这些细微之处，都体现了他编选时的苦心。

当然，更能说明此书具有高出于同时人的卓识之处，还在于它的选目上——我们可以从中看到黄昇不同凡俗（与同时代人比）的编选标准和词学观点。

首先，这个选本比较重视词的思想内容，这是它高出于当时各种选本的突出之处。自从“靖康之变”以后，南宋词坛上出现了一大批御敌抗金的爱国词作。

① 黄昇选：《花庵词选》，中华书局，1958年，第161页。
② 同①，第262页。

但是由于传统的偏见,选词者们很少重视这批作品。如编于建炎三年(1129)的《梅苑》,净收录一些吟风弄月的咏梅词,面对战火遍地、哀鸿千里的惨痛现实而无动于衷;《乐府雅词》成书于绍兴十六年(1146),其中也很少选那些忧国忧民的作品;比黄昇更后些的周密,在《绝妙好词》中仅选辛弃疾词三首:这些都说明宋代一般文人,虽在嘴上也讲一些重视思想内容("雅")的话,实际上却并不真正把词的思想性放到重要的位置上来看待。然而《花庵词选》却显得不同了。他光选辛弃疾一人的词,就达 42 首之多。人所共知的那些爱国词篇,如《水龙吟·登建康赏心亭》《水龙吟·南剑双溪楼》《摸鱼儿·更能消几番风雨》《木兰花慢·送张仲固帅兴元》《水龙吟·寿韩南涧》等,都已入选。和辛弃疾选得一样多的是另一位爱国词人刘克庄(周密仅选他 4 首)。从这两个例子中,我们可以看出黄昇不同于一般脱离现实、逃避现实的文人,而具有较强的民族感情——这从他所选的吴激的两首词中也可以看出。吴激是入金的人,黄昇特意选了他的《春从天上来》《人月圆》两首爱国词,并注明:"右二曲皆精妙凄惋,惜无人拈出。今录入选,必有能知其味者。"①这个"味"是什么滋味?就是亡国之痛的凄惋之味!黄昇特为拈出,以示后人,是有深意存焉。他的注重思想性、注重词的爱国感情,在当时词坛上占主流地位的"风雅"派词人视辛、刘词为"非雅词也,于文章余暇戏弄笔墨为长短句之诗耳"②的风气中,是相当难能可贵的。

其次,黄昇选词,不仅仅着眼于词作本身,还能兼顾作者的政治品质和人格。如他在张元干词下注:"绍兴戊午之和,胡澹庵(铨)上书乞斩时相(秦桧),坐谪新州。仲宗(元干)以词送行,后并得罪。"③他为此特意选了他的《贺新郎·送胡铨》、《贺新郎·寄李纲》二首。他在康与之《喜迁莺·丞相生日》词下注:"此词虽佳,惜皆媚灶之语,盖为桧相(秦桧)作耳。"④从中可以看到他对投降派头子秦桧的痛恨和对词人们政治品质的鲜明褒贬。这与后来周密在入元之后选词时还把开城降元的原宋朝池州守领张林及一些出仕元朝的文人入选,无疑是一个明显的对比。

再次,黄昇自己虽也是一个婉约派的词人(观他自己的词作可知),但他选词时却能不抱门户派别之见,对于苏、辛一类的豪放词作也能做到兼收并蓄。他一方面赞赏婉丽风格的作品(例如他称道温庭筠"词极流丽,宜为《花间集》之

① 黄昇选:《花庵词选》,中华书局,1958 年,第 201 页。
② 唐圭璋编:《词话丛编》,中华书局,1986 年,第 267 页。
③ 同①,第 182 页。
④ 同①,第 162 页。

冠”,赞扬王观词“风流楚楚,词林中之佳公子也”,欣赏姜夔词谓“词极精妙,不减清真乐府,其间高处有美成(周邦彦)所不能及”,等等)①,另一方面也高度评价豪放风格的作品,如引晁无咎语评苏词“东坡词横放杰出,自是曲子中缚不住者”②,称赞刘过“其词多壮语,盖学稼轩者也”③。他特意选了李清照《渔家傲》(天接云涛连晓雾)一首,显示出他能重视李词中别具豪放特色的作品。此外,如王安石《桂枝香·金陵怀古》、范仲淹《渔家傲》(塞下秋来风景异)、苏舜钦《水调歌头·沧浪亭》、刘仲方《六州歌头·项羽庙》、苏轼《念奴娇·赤壁怀古》、《水调歌头·怀子由》、张孝祥《念奴娇》(洞庭青草)、戴复古《满江红·赤壁怀古》《沁园春·自述》,以及前述的辛、刘一类的爱国蹈厉之作,都一一入选,这些地方都可看出他的艺术鉴赏力比较全面,不局限于狭隘的“以婉约为正宗”的圈子里。

最后一点应当提到的是,他在“唐宋”一编中特为女作家编列一卷,其中收录魏夫人、李清照等10位女词人的作品。这也说明他不以身份选词,而能注意到妇女的作品。

清代人论宋人的词选,往往抬高周密的《绝妙好词》而看轻黄昇的《花庵词选》,如厉鹗曾说:“宋人选本朝词,如曾端伯《乐府雅词》,黄叔旸《花庵词选》,皆让其(指《绝妙好词》)精粹。”④这个看法未必公允。至少从选词的标准来看,周选是不如黄选的全面和通达的;特别在重视作品的思想内容上看,黄选显然要比周选高明得多。

总之,《花庵词选》中既收录了“盛丽如游金张之堂”的作品,又收录了“妖冶如揽嫱施之袪”的作品,更收录了“悲壮如三闾”和“豪俊如五陵”的作品,而且,它以时代为序,以作家为纲,俨然具有一部简明的唐宋词史缩影的架势。读了它,既可以收“尝鼎一脔”、遍尝各名家精品之功,又能得到唐宋词史的一个简单明了的印象,所以说《花庵词选》不失为一部优秀的好选本,值得我们一读。

(原载《教学与进修》1983年第2期)

① 黄昇选:《花庵词选》,中华书局,1958年,第15、88、279页。
② 同①,第40页。
③ 同①,第258页。
④ 周密编,查为仁、厉鹗笺:《绝妙好词笺》,世界书局,1935年,第4页。

词学理论和词学批评的“现代化”进程

20 世纪词学研究的发轫，是与中国近代史上一页悲惨的历史紧密联系着的。1900 年八国联军攻陷北京，词人王鹏运与朱祖谋等人在围城中相约填词，成《庚子秋词》二卷，其中大多为感时愤事、幽忧危苦之辞。此事不仅直接推动了词的创作，更为王、朱二人今后潜心从事词学研究打下了思想基础。其后，他们出于“尊词体”的心理，就将其学术精力几乎全部投放在词籍的搜集、编辑、校勘、整理方面，这就大大带动了词的文献学、史料学研究。而自此以后，词学研究便与经、史、子、集的研究一样，正式跻身为“国学”的一个门类。降及当代，其成果则越加丰硕。举其大端，表现在词集编辑方面，出现了《全宋词》《全金元词》《全唐五代词》《敦煌曲校录》等极为重要的总集；在词人年谱方面，出现了《唐宋词人年谱》《两宋词人年谱》等多种专著；在词论、词话的搜集方面，出现了《词话丛编》《宋词纪事》《唐宋词集序跋汇编》《词集序跋萃编》等多种资料汇编；在词集的校勘和笺注方面，出现了诸如《花间集校》《姜白石词编年笺校》《辛稼轩词编年笺注》《东山词》等优秀的校注本。此外，龙榆生先生在 1933 年—1936 年创办的《词学季刊》和华东师范大学施蛰存、马兴荣先生等在 1981 年以来主办的《词学》，也为词学研究的深入开展发挥了团结同人、发表佳作的有益作用。正是在上述基础性研究的辅佐和推动之下，20 世纪的词学理论和词学批评才能够获得长足的发展和进步。

自有词的创作以来，就有词学理论和词学批评产生。例如，早在五代，欧阳炯所写的《花间集序》就可视作词学批评的滥觞。而此后近千年中更涌现了几如云蒸霞蔚、不可胜数的词话和词论著述，其中就包孕着相当丰厚的词学理论和词学批评方面的内容。不过，最初的出发点和相当普遍的看法本是那种视词为“小道”“薄技”的“卑体”论。但是尽管如此，一是出于“敝帚自珍”的心理，词人对于自己的作品毕竟怀有天生的钟爱，因此他们迟早会想方设法去提高词体的地位；二是随着词的创作实践不断向前推进，词所特具的文学魅力越来越得到充分的展示（特别当苏轼、辛弃疾等人大踏步跨进词坛，创作了一大批思想内容深广、气格风貌不凡的词作以后），这就必然会引起人们对于词体的“刮目相看”。

这时，人们的词体观念就势必出现“尊体”之势。例如，南宋人郑刚中曾说：“长短句亦诗也。诗有节奏，昔人或长短其句而歌之，被酒不平，讴吟慷慨，亦足以发其胸中之微隐。”（《乌有编序》）又如刘辰翁也说：“词至东坡，倾荡磊落，如诗如文，如天地奇观。”①他们就从思想内容和文学风格这两个角度，勉力将词的文体价值和文体功能提高到与诗文相似的地位。这类“尊体”之论，就与前述“卑体”之论形成为词坛上的两大对立的词体观念。而综观20世纪前的词学批评和词学理论，其重要内容之一即可归结为有识之士运用各种方法、通过各种途径来抬高词体的理论努力和理论建设。抵达20世纪初，“尊体”之论已经成了人们普遍的共识；而那原先不登“大雅之堂”的“小词”，终于也升高到了差可与诗“并起并坐”的地位。缘此，20世纪的词学研究者们（其中有些学者则身跨清末民初）一上来就对词体持有相当看重的态度，这就为他们的深入开展词学批评提供了一个相当高的理论起点。

然而，事物又总是一分为二的。在看到前代词学理论和词学批评（集中表现在词体观念方面）有所进步的同时，我们却又看到了它的另一方面，此即这种进步又显得相当缓慢甚至长期徘徊不前，故而直到本世纪前期它们仍然维持着“古色古香”甚或板结凝固的面目。而这却又与“尊体”之论的先天性局限紧相关联。我们发现，前人所谓的“尊体”，尽管在抬高词的文体地位和文体功能方面功不可没，但概括其真实内涵，实际只是完成了这样一种理论转换：把词学理论和词学批评纳入诗学理论和诗学批评的体系中去。因此若是拆穿来讲，则尽管词论家们把其“尊体”的大道理翻来翻去地讲个不休，但实际上却只是把词的“言情”勉力解释或“转读”为词的“言志”而已。故那承袭诗中“言志”之论而衍变成的词中“尊体”之论，一方面固然继承了传统诗论重视思想内容、重视社会效应的积极方面内容，但在另一方面却又先天性地存在着因为过分偏重政治功利作用而导致“短视”的局限性。因此，我们又应进而剖析上述“尊体”之论带给词学批评的消极影响。这一方面的问题，首先突出表现在某些词论家喜欢用汉儒说《诗》的方法来论词和释词。而像此类专以汉儒说《诗》之法来论词、释词的做法，无疑会把词学批评引导到死胡同中去。其次，由于“尊体”论常与“诗言志”紧相捆缚在一起，因此词论家们在进行词学批评时，其眼光就不能放开，其视野就显得狭窄。他们的研究兴趣和研究重心主要在于对词人进行“知人论世”的政治背景分析和用“意内言外”的释词方法去探挖词中的政治寄托，而较少能对词学现象进行多方位、多角度和多层次的深入研究。久而久之，就容易使

① 刘辰翁：《刘辰翁集》，江西人民出版社，1987年，第178页。

词学批评仅仅滞留在单纯社会学的批评层次上;等而下之,则又不免会堕入今之所谓庸俗社会学的批评窠臼中去。试观五大本《词话丛编》,其中的很多论点就显得陈陈相因和“屋下架屋”。而即使像周济《介存斋论词杂著》《宋四家词选》,以及刘熙载《艺概》、况周颐《蕙风词话》等有名的词选和词话,尽管它们不乏各自的研究特色,也时见相当精彩的论述,但从总体来看,却基本都跳不出“知人论世”和“比兴寄托”的批评模式,且流露出一定程度的经学家的迂腐和古板气息。因此,时代虽然早从唐宋朝演进到了本世纪初,然而词学理论和词学批评(从文学观念、批评标准及批评方式等方面来看),却基本停留在板结凝固和缺乏现代色彩的状态,更谈不上有重大的突破和全新的建树。这种状况就同时代已至辛亥革命以后,某些遗老遗少却仍在头上盘着一条辫子相仿佛。由此看来,词学理论与词学批评的“新变”和“现代化”,亟需外力的推动。只有借助于外来新思想与新观念的引进和消化,才能够促使传统的词学理论和词学批评发生巨大与深刻的“新变”。

在20世纪词学理论和词学批评的“新变”过程中,第一位具有划时代意义的人物,当然要推王国维。尽管其《人间词话》所使用的批评方式还属“旧瓶装新酒”(亦即仍然采用评点式的词话形式),也尽管该书所使用的某些概念还存在着不够科学和不够完善的缺点,且又在具体论述中表现出若干明显的偏见,但是综观王国维的文学思想和词学批评,若与在他之前千百年来的传统文学思想和词学批评相比,就鲜明地带有了敢“变”和趋“新”的现代色彩。

王国维所生活的清末民初时期,正是中国社会被迫开放和发生剧变的时代。西方文化的输入和中西文化的碰撞,促使王国维这样一位曾经留学日本、接受过西学影响的知识分子在当时“西学东渐”的新形势下产生了中西融合、互相推动的改革主张。缘此,他的文学观念也产生了深刻的变化。其突出表现就在于他能突破功利主义的框架而对“美术”(大体相当于今之文艺)作出另一角度的全新观照。其言云:

> 披我中国之哲学史,凡哲学家无不欲兼为政治家者,斯可异已……诗人亦然。“自谓颇腾达,立登要路津。致君尧舜上,再使风俗淳。”非杜子美之抱负乎?“胡不上书自荐达,坐令四海如虞唐。”非韩退之之忠告乎?“寂寞已甘千古笑,驰驱犹望两河平。”非陆务观之悲愤乎?如此者,世谓之大诗人矣!再诗人之无此抱负者,与夫小说、戏曲、图画、音乐诸家,皆以侏儒倡优自处,世亦以侏儒倡优畜之,所谓“诗外尚有事在”、“一命为文人便无足观”,我国人之金科玉律也。呜呼美术之无独立之价值也久矣。此无怪历代诗人多托于忠君爱国、劝善惩恶之意以自解免,而纯粹美术上之著述往往受世之迫害而无人为之昭雪者

也。此亦我国哲学、美术不发达之一原因也。①

这就一针见血地揭示了我国传统文艺理论的根本缺陷（将文艺视为政治的附庸和将文艺与政治紧紧捆绑在一起），而大胆提出了"纯粹美术"具有其"独立价值"的全新概念。这样的艺术观和文学观，对于几千年来长期占据正统和主导地位的儒家功利主义文学理论来说，无疑具有着某种挑战和革命的意味。而在动摇了传统文艺理论的基石（指功利主义文艺观）的同时，他又通过吸取西方理论，初步建立了自己的艺术（文学）观，此即艺术（文学）根植于人生，人生的本质归结为痛苦，因而文艺的使命就在于创造超功利的"艺术之美"以解脱痛苦。这种思想，集中表述在他那篇有名的《红楼梦评论》中。其言略曰：

生活之本质何？"欲"而已矣。"欲"之为性无厌，而其源生于不足。不足之状态，苦痛是也。既偿一欲，则此欲以终，然欲之被偿者一，而不偿者什百。一欲既终，他欲随之。故究竟之慰藉，终不可得也。即使吾人之欲悉偿，而更无所欲之对象，倦厌之情即起而乘之。于是吾人自己之生活，若负之而不胜其重。故人生者，如钟表之摆，实往复于痛苦与厌倦之间者也（夫厌倦固可视为苦痛之一种）……

由是观之，吾人之知识与实践之二方面，无往而不与生活之欲相关系，即与苦痛相关系。有兹一物焉，使吾人超然于利害之外，而忘物与我之关系。此时也，吾人之心，无希望，无恐怖，非复欲之我，而但知之我也……然物之能使吾人超然于利害之外者，必其物之于吾人无利害之关系而后可，易言以明之，必其物非实物而后可。然而，非美术何足以当之乎？②

尽管上述理论的"发明权"并不属于他，而王氏所做的贡献仅在于"引进"，但"引进"本身就意味着一种胆识和一种认同。所以，由于使用西方的新思想和新观念作为观察文艺现象的理论武器，王国维的词学批评就给人以耳目一新的感受。

第一，作者突破了以政治功利主义观点论词的老框框，而改从更加广泛的"人生"和"人性"角度来论词。前者如曰："人能于诗词中不为美刺投赠之篇，不使隶事之句，不用粉饰之字，则于此道已过半矣。"③又曰："诗至唐中叶以后，殆

① 王国维：《论哲学家与美术家之天职》，姚淦铭、王燕编《王国维文集》卷三，中国文史出版社，1997年，第7页。

② 王国维：《红楼梦评论》，姚淦铭、王燕编《王国维文集》卷一，中国文史出版社，1997年，第2－3页。

③ 王国维：《人间词话》，《蕙风词话 人间词话》，人民文学出版社，1960年，第219页。

为羔雁之具矣。故五代北宋之诗,佳者绝少,而词则为其极盛时代。即诗词兼擅如永叔、少游者,词胜于诗远甚。以其写之于诗者,不若写之于词者之真也。至南宋以后,词亦为羔雁之具,而词亦替矣。此亦文学升降之一关键也。"①这就表明了他厌恶以诗词作为政治工具的态度。后者则如:"诗人对宇宙人生,须入乎其内,又须出乎其外。入乎其内,故能写之;出乎其外,故能观之。"②而在对于人生的体察与表现中,王国维又特别强调对于痛苦和悲剧的体察与表现。如他从南唐中主的"菡萏香消翠叶残,西风愁起绿波间"中读出了"众芳芜秽、美人迟暮"之感;又如他用"忧生"的角度来理解"昨夜西风凋碧树,独上高楼,望尽天涯路",从"忧世"的角度来理解"百草千花寒食路,香车系在谁家树";更如他的著名论断:"尼采谓:'一切文学,余爱以血书者。'后主之词,真所谓以血书者也……后主则俨有释迦、基督担荷人类罪恶之意。"③尽管这些看法只是一家之言,未必符合原作的本意和事实,但从中不难见出王国维之论词,特别嗜好从中读出人生悲感。我们从他使用诸如"忧生"(忧患人生)、"忧世"(忧患人世)和"担荷人类罪恶"等提法来论词,就充分可见其论词已经改从"人生"和"人性"的新视角来深挖词中的悲剧性人生体验与悲剧性艺术美感。相对于传统词学批评的偏重于以政治功利观点来论词,这无疑是一种突破和超越,比较趋近于今之所谓"文学是人学"的见解,也更深地揭示了唐宋词"以悲为美"和"以悲感人"的审美特性。

第二,作者标举"境界"之说,建立了一种他自称为"探本"的重在探视词的艺术本体的批评标准,从而将词学批评推进到纯艺术的美学批评的新层次上。至于"境界"的具体内涵和准确解释,已有许多论者发表过精辟的见解。王氏曰:"境非独谓景物也。喜怒哀乐,亦人心中之一境界。故能写真景物、真感情者,谓之有境界。否则谓之无境界。"④其中所说的"真感情",实际就是"词心"。而在评判"真感情"方面,王国维又尽力摆脱传统功利主义观点的束缚,而主张只要出自真心,即是"真感情"。这种不强求感情内容之必须符合传统伦理标准而唯求其"真"的词学批评,就突破了旧有的社会学批评模式而直探词的抒情文学本质。由此,我们不难看清王国维的词学批评主要着眼于词文学的艺术本体,重视它那一以表现感情、二供审美享受的文学功能和审美作用,而并不像在他之

① 王国维:《人间词话》,《蕙风词话　人间词话》,人民文学出版社,1960年,第223页。
② 同①,第220页。
③ 同①,第198页。
④ 同①,第193页。

前的许多论者那样偏重于对词进行社会学的批评。由此而来他又进而对"境界"的生成方式和种类作了有益的探讨:一曰:"有造境,有写境,此理想与写实二派之所由分。然二者颇难分别。因大诗人所造之境,必合乎自然,所写之境,亦必邻于理想故也。"①二曰:"有'有我之境',有'无我之境'……有我之境,以我观物,故物皆着我之色彩。无我之境,以物观物,故不知何者为我,何者为物。""无我之境,人唯于静中得之。有我之境,于由动之静时得之。故一优美,一宏壮也。"②尽管这种分析和分类还有可以商榷之处,但他勇于引进西方思想(例如其中就明显吸取了康德的美学思想和叔本华的理念说)来对词的艺术本体做出有益的探索,这种理论勇气本身就是相当难能可贵的,而其研究结论也不乏精辟之见。

第三,在进化论的影响下,作者树立了"一代有一代之文学"的着眼于发展的文学史观,并进而对词、曲、戏剧等以往被正统文人所轻视的通俗文体做出了全新的评价。这就有力扭转了陈旧的文学史观和大为开拓了文学研究的范围。在此基础上,作者对于词体的文体特性和生成演变,也提出了颇为新颖的看法。对于前者,王国维有一段著名的论述直至今天还被人们经常引用:"词之为体,要眇宜修。能言诗之所不能言,而不能尽言诗之所能言。诗之境阔,词之言长。"③虽然在他之前已有论者说过与此相似的话,如朱彝尊曾说:"词虽小技……盖有诗所难言者,委曲倚之于声。"(《陈纬云红盐词序》)如查礼曾说:"情有文不能达、诗不能道者而独于长短句中可以委婉形容之。"④但由于他能运用比较文学的方法来观察问题,因此其论就比前人说得越加透彻和明了。而对后者,王国维又做了这样的论断:"四言敝而有楚辞,楚辞敝而有五言,五言敝而有七言,古诗敝而有律绝,律绝敝而有词。盖文体通行既久,染指遂多,自成习套。豪杰之士,亦难于其中自出新意,故遁而作他体,以自解脱。一切文体所以始盛终衰者,皆由于此。"⑤这种看法如拿现在的目光来看,自然带有较大的片面性,但在当时却不失为一种带有宏观意味和富于创新精神的言论。

总之,生当清末民初,尽管王国维在政治立场方面表现得相当保守和落后,但在文艺理论和词学批评方面却显示了他的趋"变"与趋"新"。通过吸收西方

① 王国维:《人间词话》,《蕙风词话　人间词话》,人民文学出版社,1960年,第191页。
② 同①,第191、192页。
③ 同①,第226页。
④ 查礼:《铜鼓书堂词话》,唐圭璋编《词话丛编》,中华书局,1986年,第1481页。
⑤ 同①,第218页。

理论,并将它们和传统理论融合在一起,他就初步完成了词学理论和词学批评从“传统”向“现代化”的过渡。

如果说,王国维在词学理论和词学批评的“新变”过程中算得上一位“维新变法”式的人物的话,那么胡适就足有资格被称为此中的“革命党人”了。比起王国维来,胡适经受了欧风美雨的更多沐浴,接受过西方哲学(特别是杜威实验主义)和文艺理论的更深影响,是一位深具反传统精神的新派人物。他一生致力于推动文学革命,其主要精力自然放在倡导白话文的事业上,对于词学理论和词学批评方面的革新,只是其“文学革命”举动的一种“余波”而已。但是即便如此,也足以给传统的词学理论和词学批评造成前所未遇的巨大冲击,使这门原先显得古色斑驳和停滞不前的学问在新思想与新观念的推动下,不由不朝着“现代化”的方向急速转型和迈进。

胡适的词学理论和词学批评,派生于他提倡平民文学和白话文学的崭新文学理念,而其提倡平民文学和白话文学的文学理念则又导源于他从西方理论中所接受的民权论与进化论。由于他立足于当时的思想高峰,因此他就敢于发挥“离经叛道”的理论勇气和运用前人所无法具备的现代意识,居高临下地对以往的文学遗产严加批判和重新审视。因此,其词学理论和词学批评就显示了与前迥然不同的现代色彩,并又贯穿着势如破竹的批判精神。具体来说,它们就在以下几个方面有了重大的突破和全新的建树:

第一,胡适以“活文学”和“白话文学”的眼光来重新认识词体,这就还词以历史的本来面目,真正为词争得了“一代文学”的崇高地位。前已谈到,早从宋代开始,就有很多论者曾经想方设法地为词“尊体”,但是只有到了胡适才彻底摆脱了传统观念的束缚,他将词视为当时的一种“活文学”和“白话文学”,从而为它争得了甚至比诗、文等“正统”文学更高的文学地位。我们知道,早在1915年留学美国的日记里头,胡适就初步形成了“活文学”的观念(对于这个“活文学”概念,胡适后来有过这样的解释:“中国文学史基本上是朝双重进化的路子演变的:一边是上层的文学,代表文人贵族的文学,是死了的文学;一边是下层的文学,代表平民老百姓的文学,是活的文学。”①),而在其所列的“活文学”样品中,赫然就将李煜《长相思》、苏轼《点绛唇》等七首近乎口语的词列在首要的位置。这就可见他很早就将词体当作代表平民老百姓的“活文学”看待。而在1922年所写的《南宋的白话词》里,他又明确将词当作“白话文学”来看待。其

① 胡适:《中国文艺复兴运动》,胡明主编《胡适精品集》,光明日报出版社,1998年,第87页。

言曰:“词的进化到了北宋欧阳修、柳永、秦观、黄庭坚的‘俚语词’,差不多可说是纯粹的白话韵文了。不幸这个趋势到了南宋,也碰着一个打击,也渐渐地退回到复古的路上去……”①这又可证明他将词当作“白话文学”来看待。以上两层看法,若从词体的起源于民间和它的本属“俗文学”范畴来说,应该承认,还是有其相当程度的合理性的。基于以上两点认识,胡适就进一步发挥了王国维“一代有一代之文学”的观点,而将宋词的文学价值与历史地位提高到甚至比宋诗和宋文更高的位置上去。虽然其认识明显有着偏颇之处,但正像胡适所自称的那样,相对于较早的“词为诗余”和后来的勉强用政治功利作用为词“尊体”之论,他的意见就确确实实地具有了“革命”的意味。尤其是他把宋词与元曲、明清小说等通俗文学的价值提到了甚至超过诗、文的地位,这就大幅度地更改了传统以诗、文为主轴的旧文学史观念,为现代人的重新认识和研究古代文学史提供了全新的视角。

第二,胡适以其文体演进论作为理论基础,第一次建立了绰具现代意识的词史观和词史框架。在此之前,前代词论家也曾有过企图为词建“史”的努力。但他们要么机械套用唐诗的“初、盛、中、晚”分期说,要么仅仅把目光投注在作品风格的继承和流变上,因此充其量只能为词史的建立提供某些具有参考价值的零星意见而已。而在这方面,胡适却是一位勇敢而辛勤的拓荒者。胡适根据他所接受的西方理论,提出了一个文学发展的著名“公式”:“文学的新方式都是出于民间的。久而久之,文人学士受了民间的文学的影响,采用这种新体裁来做他们的文艺作品。文人的参加自有他的好处:浅薄的内容变丰富了,幼稚的技巧变高明了,平凡的意境变高超了。但文人把这种新体裁学到手之后,劣等的文人便来模仿;模仿的结果,往往学得了形式上的技巧,而丢掉了创作的精神。天才堕落而为匠手,创作堕落而为机械。生气剥丧完了,只剩下一点小技巧、一堆烂书袋和一套烂调子!于是这种文学方式的命运便完结了。文学的生命又须另向民间去寻新方向发展了。”②姑且不论这个“公式”是否可以完全成立,仅就其眼光之犀利和见地之新颖这两点来说,它就值得在“五四”以来的古代文学研究史上大书一笔。根据这个公式,他把词的历史划分为三个大时期:第一阶段,自晚唐到元初,为词的自然演变时期,是词的“本身”的历史;第二时期,自元到明清之际,为曲子时期,是词的“替身”的历史,也可以说是“投胎再世”的历史;第三时期,自清初到今日,为模仿填词的时期,是词的“鬼”的历史。而在第一时期亦即

① 胡明主编:《胡适精品集》,光明日报出版社,1998年,第265页。
② 胡适:《词选》,商务印书馆,1927年,第9页。

唐宋词内部,他又将它分为三个阶段:唐至北宋中期为歌者的词,主要是为应歌而作;北宋中期至南宋中期为诗人的词,以苏轼为代表;南宋中期至元初为词匠的词,算不得文学①。这种词史观和词史框架,在今天看来,显得十分草率和武断,正好显露了"五四"学者们通常存在的片面性和绝对化的通病,但又应该承认,在其片面性和绝对化中,却又包含着部分合理的因素。而正是这种部分合理的认识,又为后人正确认识和全面把握词史,提供了不无启迪的参考意见。

第三,胡适从其提倡平民文学和白话文学的文学理念出发,提出了一种不同于前人的词学批评新标准,此即特别强调词的表情达意的文学功能和特别重视词的通俗清新的语言风格,并又据此而对前代词论家们畸重婉约词和轻视豪放词等一系列陈腐观点进行了矫枉而未免过正的纠偏。我们发现,前代词论家们,往往通过编选词集来揭橥自己的词学观点和宣传自己的词学主张。在此之前,词学界早已形成了一系列几乎凝固成为"传统"和"正宗"的看法。如李清照等宋代词人的强调词之合乐性和推崇婉约词风;如清代浙派词论家的嗜好"清空""醇雅"词风和推崇姜夔、张炎;如清代常州派词论家的主张"意内言外"和推崇吴文英、王沂孙;等等。特别从晚清至民国初年,词学论坛正由常州派的继承者们(如陈廷焯、谭献、朱祖谋、况周颐等人)的看法主宰着天下,因此胡适提出的论词新标准以及他对具体词人和词作所发表的大不同于前人的见解,实是一种具有强烈反潮流精神的言论。如他之论苏轼词,就一反前人批评其"以诗为词,要非本色"和"往往不合音律"的意见,而高度评价它作为"新诗"的文学价值和革新意义。又如他的评价辛派词人,也着力赞扬他们"都是天才的诗人,他们不管能歌不能歌,也不管协律不协律;他们只是用词体作新诗"。这些言论,就充分可见胡适的十分看重苏辛词之充分发挥了表情达意的文学功能。再如他的严厉批评吴文英、王沂孙、张炎等人:"近年的词人多中梦窗之毒,没有情感,没有意境,只在套语和古典中讨生活。""张惠言、周济等清人都极推崇王沂孙。我们细看今本《碧山词》,实在不足取。咏物诸词,至多不过是晦涩灯谜,没有文学的价值。""张炎以咏物词著称,有'张春水'、'张孤雁'之称,都是用气力的刻划。但从文学史观点看,只是做谜的游戏,至多不过是初学的技术功夫。"②这些近乎挖苦的言论,一在于批评晚宋诸家词的缺乏情感和文学性,二是激烈地批评它们的多用典故、套语和语言的晦涩难懂。故从上述正反两面的褒贬中我们不难看到,胡适在词学批评方面所重建的那种高度重视词的文学性和可读性的新标准,

① 胡适:《词选》,商务印书馆,1927年,第3页。
② 同①,第7-8页。

实与他的平民化和白话化的文学理念一脉相承。由于胡适的立论比起王国维来更显激进和片面,因此他的这些看法又在纠偏补弊的同时造成了另一种偏向,且又在后来引发出很大的负面效应(例如新中国成立以后词学界曾一度出现过相当厉害的重豪放而轻婉约的另一种偏向,这实际上就部分地导源于胡适的上述言论)。但相对于前代某些不恰当地拔高古人和乱行穿凿附会的几近痴人说梦般的词论而言,胡适的这些言论虽有从一个极端走向另一个极端的弊病,然却仍然不失其澄清迷雾和振聋发聩的作用。

总之,由于胡适运用近现代西方学术思想和研究方法对传统的词学理论与词学批评进行了一番"洗心革面"的"大手术",词学研究这才完成了它从"传统"走向"现代化"的蜕变。在胡适观点的影响和启发之下,一批具有现代意识的新派学者纷纷以新眼光和新方法来从事词学研究;从此之后,那原先不登"大雅之堂"的"小词"就堂而皇之地登上了大学的讲堂,成为了文学史教科书中不可或缺甚或特别光彩的一章。而在这些新派学者所写的词学论著或文学史论著中,我们尤可举出下列几部较有影响的著作,如胡云翼的《宋词研究》《中国词史大纲》,冯沅君、陆侃如的《中国诗史》,郑振铎的《插图本中国文学史》,薛砺若的《宋词通论》,刘大杰的《中国文学发展史》,等等。尽管它们对词史的分期和一些具体意见互有差异,但其基本观点却大都是从胡适那里"批发"来的。而与此同时,即使是那些师承旧学的老派学者,也因感受到时代学术风气之变化而开始运用新观点和新方法来进行词学研究,例如龙榆生即其中突出的一位。龙氏本是晚清词学大师朱祖谋的门人,但他最终突破了乃师专事词集校刻、词律订正的藩篱,撰写了不少词学批评的论文(如《词体之演进》《词选标准论》《两宋词风转变论》《词学研究之商榷》等),表现出相当可喜的宏观意识和现代色彩。由此可见,随着中国社会进入一个新的历史时期,"五四"以后的词学理论和词学批评,终于结束了此前的"传统"阶段而跃进到了从观念、方法直至语言都变得"现代化"的新阶段。

新中国成立以来,词学理论和词学批评领域出现了新的变化和新的气象。这40多年的词学研究状况,又可划分为三个历史时期:

一是从新中国成立之初到"文革"前的十余年间。这一时期的主要特色是词学研究者们努力学习马克思主义理论和毛泽东思想,力图运用新的观点和方法来重建词学理论与开展词学批评,达到"批判地继承"前代词学遗产的目的。但因对于马克思主义理论的理解并不全面,更兼受到"左"的思想路线和苏联文学批评中的庸俗社会学的不良影响,故使词学理论和词学批评领域里产生了如下几种突出的倾向:第一,根据经济基础决定上层建筑、文学创作反映社会生活的唯物主义历史观和文学观,词学研究者们往往十分着力于探究词人的时代背景以及社会的政治、经济状况对于作家、作品的影响。第二,根据“政治标准第一、艺术标准第二”的批评标准,词学研究者们尽力去发掘词中的爱国主义思想内容和所谓的“人民性”。第三,根据“古为今用”和“取其精华,弃其糟粕”的原则,词学研究者们对历史上的著名词人进行了重新评价,从而造成了畸重豪放词而畸轻婉约词的偏向。上述诸种倾向,从表面上看,似对以往的词学理论和词学批评进行了空前深刻的革命,并形成与传统彻底决裂的态势,但在实际上却仍是“诗言志”等传统功利主义文学观念在新的历史条件下的变相发扬,且又在很大程度上暗暗接受了胡适观点的影响(尽管新中国成立以后曾对胡适思想展开过严厉的批判)。当然,如要说它们一点“现代化”的意味都无,那也是不太公平的,因为它们毕竟十分鲜明地打上了新时代的意识形态的烙印,特别是蒙受了“左”的思想路线的深刻影响。因此,从积极方面来看,这一时期的词学批评就对词的文学价值(特别是功利价值)和思想意义有了更深的理解与发掘,例如夏承焘先生的这一段话便可作为代表:“词的历史虽然过去了,但它遗留下来两万多首作品,还是一个大可发掘的宝藏。我们祖先累积了艺术劳动的业绩,为这种文学创造了八百七十余调,一千六百七十余体,这在世界各民族格律诗的形式创造上可说是空前的。那些有伟大成就的作家,他们都是面对现实,或投身于现实斗争,都是用这种文学来表达他们爱祖国爱人民的情感,或拿它作为现实斗争的武器。这是继《诗》《骚》以来的优良传统,在整部文学史上应该有其崇高的地位。”①但在另一方面,却又导致了庸俗社会学的弊病,例如不恰当地运用所谓的阶级分析法来从事词学批评,专从词人的家庭出身、阶级立场、政治态度等非文学角度出发来评论其词作的有无价值和成就高低。又如,在进行作家和作品研究时,一般都注重思想内容的分析和挖掘,而轻视了词的艺术特色和美学价值,更有甚者,有些论者出于过“左”的立场,竟对几乎所有的词人都采取了否定的态度,即使辛弃疾这样的爱国词人也难幸免。这方面的例子很多,我们特别可举关于二李词的讨论为证。在对李煜词的评论中,有人因其身为皇帝而对他采取了否定的态度,有人则想方设法要把他的思念故国说成今之所谓爱国主义的感情,以达到其词具有“人民性”之结论。而拿今天的眼光来看,这后一种情况即可谓是“可怜无补费精神”,却又显示了论者的“事出无奈”。对于李清照词的讨论,情况也大致与之相似。很多论者,尽管在内心深处十分喜爱李词,但因李清照出身于官僚家庭,因此为要表现自己的“立场坚定”,就只能违心地大批其

① 夏承焘:《唐宋词叙说》,《浙江师范学院学报》,1955年第1期。

词的软弱低沉;而即使是胆大一些的论者,也只能在批判的大前提下理不直、气不壮地为她委婉地说上几句好话。由此看来,尽管词学理论和词学批评在新中国成立以后曾有很大规模的发展(据不完全统计,1949 年—1966 年就有 500 余篇论文发表),也尽管词学研究者曾为此付出了辛勤的努力,但从总体上看,它们实际却基本跳不出比较单一的社会历史研究模式,并已走上了一条十分狭隘和面临困境的道路。

二是"文革"的十年之中。这是一个粗暴摧残文化的时代,根本谈不上有任何学术研究。故而词学研究也同其他学术研究一样,陷入了全面萎缩和"瘫痪"的境地。在这十年的最后几年中,虽曾发表过词学"论文"13 篇,但其内容不过是为当时的"儒法斗争"作鼓吹而已,全无半点学术性可言。而从一定意义上说,此种情况也可视为前十余年的词学研究中早已存在着的极"左"路线影响进一步恶性发展的产物。

三是从"文革"结束至今的新时期。这一时期的词学研究,如同其他学术研究一样,出现了全面复苏和蓬勃发展的态势。由于社会稳定和生活水平不断提高的缘故,此时的大众审美心理明显出现了嗜"柔"嗜"美"的倾向。观之歌坛上风靡着轻声轻气的流行歌曲,观之琼瑶小说的一度在大陆走红,观之言情题材在影视片中的大为吃香,就都可见出此种审美倾向的"势不可遏"。而上述现象的出现又绝非偶然。试想人们刚刚摆脱了"文革"那种整日强调阶级斗争和令人提心吊胆的紧张岁月,开始迎接一个改革开放的新时代,他们怎能不嗜求那种比较轻松愉悦的审美享受?同于此理,在古典文学的读者中间,喜爱读词的人群也就占据了特别高的比例,尤其是一些青年学生则更对唐宋词表现得情有独钟。造成这种情况的原因相当简单:词的言情特色,词的婉约风格,词的"美文"韵味,再适合不过此时人的审美需求了。因此,枕奠着这样一种文化背景和社会基础,词学研究在新时期中就有了空前蓬勃的发展。从数量方面来说,词学研究按理只是全部古典文学研究中的一个较小的分支,但它却表现了比其"小弟弟"身份明显壮大的活跃之势。据王兆鹏同志就《文学遗产》1980 年—1995 年共 15 年发表的 1 005 篇论文统计,其中词学论文就有 95 篇,其数量之多仅次于诗歌、小说的研究论文。而从质量方面来说,这一时期的词学研究有了重大的突破和超越。这里,首先应该提及的是,加拿大籍华裔学者叶嘉莹教授曾对国内的词学研究作出过相当重要的贡献。叶嘉莹在"文革"结束以后不久即回国访问,之后又多次在大陆各高校讲授古典诗词和进行合作研究,并先后出版了《迦陵论词丛稿》《迦陵论诗丛稿》《灵溪词说》(与缪钺先生合著)等多部专著。她的词学研究,既扎根于我国传统的诗学和词学理论(特别深受王国维词学理论的影响),又能恰到好处地引进近现代西方文学理论和批评方法,故其成功之处正在于能将“传统”与“现代化”完美地结合在一起,展示出视野宏通和融贯中西的新面目。这对一向处于闭塞状态的国内词学界,无疑起到了打开窗户、开阔眼界和吸入新鲜空气的作用。与此同时,国内的词学研究者们,也在认真总结新中国成立以来(尤其是“文革”期间)词学研究的经验教训的基础之上,解放思想,大胆探索,写出了很多视野开阔、见解新颖的论文和专著,从而使得长期以来因为陷于社会历史研究模式的圈子而显得狭隘和沉闷的词学研究,呈现了前所未见的开阔态势和活跃景象。这一时期的词学研究领域,出现了两个特别令人欣喜的现象:一是一大批中青年学者,特别是“文革”以后培养的硕士生和博士生,迅速得以成长和成熟;二是随着改革开放和中西文化的交流,研究者们的视野与视角有所拓展和转换,观念和方法也有所更新与改进。缘此,就有力地促使词学研究紧随着时代的现代化步伐而迅速迈进。与前相比,这一时期的词学理论和词学批评,出现了如下两大显著的特色和进步:一在于它那多角度、多方法的多元化研究趋势,二在于宏观研究的加强。因此,可以颇为自豪地说,在20世纪的全部词学研究中,这一时期的词学研究是继胡适以后又一个全面革新和大胆转型的时期。对于它的主要成绩,笔者结合自己的研究心得试作略述:

一是随着文学观念的更新和新方法的不断引进,新时期的词学研究明显出现了与前不同的多元化的趋势。这种多元化的研究趋势主要表现在以下几个方面:

在“词心”的探讨方面,人们已不再局限于仅从“言志”论与“反映”论出发去发掘词作的思想内容和社会意义,更抛弃了用“阶级分析”法来评论词人的简单化和庸俗化的做法,而注目于词在表现心灵世界方面所具有的特殊功能。换句话说,词在一定意义上便可看成为特种的“心绪文学”和“心灵文献”。因此改从心理分析的角度去探求词的心理内涵,并通过词人的主体意识去探求“词心”的底蕴和词风的成因,就是一条可行的研究途径。在这方面,已有不少论著发表。如笔者认为,词(主要指所谓的婉约词)在一般情况下,并不直接反映社会生活,更与重大的社会题材无缘,它主要是表现人在特定环境(私生活)中的心情和心境。因此改用心理分析的方法,似就更能贴近词文学的本质属性。从这个角度出发,我曾提出:词所表现的社会心理主要是爱情心理和忧患心理(此外还有享乐心理和“看穿”心理)。这两股心理的缠绕和碰撞,就构成了词中的主思潮,并进而形成词所特有的“绮怨”的风格特色①②。又如刘扬忠的《辛弃疾词

① 杨海明:《唐宋词史》,江苏古籍出版社,1987年。
② 杨海明:《爱情意识与忧患意识的“交互”与“交替”》,《江海学刊》,1988年第1期。

心探微》①则通过探求“词心”的新思路，对辛词的思想性和艺术性做出了细致入微的剖析。

在“词体”和“词境”的探讨方面，则人们越加注重于对词的本体展开深入的研究。尽管“诗词有别”一直是前代词论中比较突出的话题之一，但要说到对这个问题的深入探讨，却是近十年以来的事。在这方面，有人侧重探讨词的音乐体性，如施议对的《词与音乐关系研究》，就通过对唐宋词与音乐之关系的研究来探讨词体的产生、发展、演变历史，以及词体受制于音乐而培养出的种种艺术特征。有人侧重于作词的体式研究，如施议对又曾在1990年缅因州国际词学会上提交过《词体结构论简说》的论文，试图从结构入手解剖词不同于诗的体裁特点。有人则从地域文化论的视角出发，论析词境的特色及其生成原因，如笔者所写《试论宋词所带有的“南方文学”特色》和《试论唐宋词所浸染的“南国情味”》两文，就尝试以江南水乡的地貌特色、城市风情、政治和民俗状况来解释婉约词词境之所以会形成柔美、香艳、软弱性的原因。还有很多的论者更以比较文学的方法，通过诗词的比较，对词体和词境作出深入细致的艺术分析。这方面的论文很多，如胡国瑞先生的《诗词体性辨》即为代表。而近年来随着美学研究的形成热潮，对词展开美学批评的论著也渐见增多。其中，邓乔彬的新作《唐宋词美学》就是一部比较全面和系统的“词美学”专著。它从唐宋词的审美对象、题旨原型、艺术境界、审美意识、艺术传达和美学接受等多个方面，深入细致地对唐宋词展开美学分析，既填补了这方面的空白，又具有较高的理论性。

在“词风”研究方面，热烈地展开过关于婉约词风和豪放词风的讨论之后，已摆脱了以前或畸重婉约词风或畸重豪放词风的窠臼，而成为一种各抒己见的自由讨论，已渐有建立词(主要是唐宋词)之风格学的趋势。笔者所著《唐宋词风格论》，即是这方面的一种尝试。它以传统的婉约和豪放的“两体论”为基础，改以“主体风格”和“变革型风格”作为主线，辅之以“雅与俗”“刚与柔”“疏与密”“自然与雕琢”的补充描述，寓史于论地纵论了唐宋词的风格流变。而王兆鹏则更从西方文学理论(雷·韦勒克等所著《文学理论》中提出的“审美规范”)中得到启发，《宋南渡词人群体研究》引用关于“范式”的理论来重建唐宋词的风格学。他认为，唐宋词史上形成了三种不同的抒情范式：一是由温庭筠创建的“花间范式”，二是由苏轼定型的“东坡范式”，三是由周邦彦建立的“清真范式”。唐宋词的发展历程，主要是这三大范式相互更迭、不断演进的过程，给人以耳目一新的感受。而近年来，以意象为窗口来探讨词的意境和风格的论文也

① 刘扬忠：《辛弃疾词心探微》，齐鲁书社，1990年。

不断在各种刊物上时有发表，其中，朱崇才的《从高频字看宋词的女性化倾向》一文，虽然写得粗糙一些，但因它的立论有着充分的根据（据《全宋词》共计1 416 180 的总字数中的6 068 个汉字统计而出），因此其结论就显得很有说服力，值得一读。

通过上述多角度、多途径的多元化研究，新时期的词学理论和词学批评，无论在广度方面还是在深度方面，无疑都比以前有了长足的进步。

二是随着现代意识的高涨和研究视野的拓宽，在新时期的词学研究中大为强化了宏观研究。以往的词学研究，偏重于作单个作家的论析和具体作品的赏析，注意小问题多而对全局性的大问题关注较少，而新时期的研究者们却已把相当大的一部分兴趣和精力转移到了宏观研究上来。例如，吴熊和所著《唐宋词通论》，既然是一本“通论”性质的专著，其内容自然偏重于对词学资料和前代词学研究成果作出总结性的梳理，但在实际上却已显露了宏观研究的新格局，以及相当自觉的“史”的意识。如它在“词派”一章中的探明词派源流和辨析词派风格，又如它在“词论”一章中的论析唐宋词论的发展演变和利弊得失，再如它在“词学”一章所提出的关于词学研究的构想和前景展望等等，都可视为浓缩的专门史。而在此以后，词学研究中的宏观研究就更有蓬勃发展之势。它们主要表现在以下两个方面：一是群体研究之风的兴起，二是词史之作迭相涌现。它们都在作家研究和作品研究的基础之上，运用现代人的宏观意识来重新审视和勾勒某一段词史的发展轨迹，并进而深探其内部规律。与词史的撰写同步发展的是，词学理论史和词学批评史的专著此时也有了可喜的收获。如方智范、邓乔彬、周圣伟、高建中等撰写的《中国词学批评史》，就对自唐代至清末民初的词学理论和词学批评作了全面的梳理与深入的剖析。又如谢桃坊的《中国词学史》，其论述范围则更加广泛：不仅包括词学理论和词学批评方面的内容，而且兼及词律、词乐、词集整理、词学家研究等方面的内容；尤为可贵的是，其时间下限还延伸到了自“五四运动”直至新时期的词学研究。除此以外，词学研究中的宏观研究，还朝着多学科结合的方向发展，例如前已提到的词的美学研究，以及目前兴起的词的文化研究等。这些带有宏观意识的研究成果的不断出现，预示着词学研究将会朝着更加系统化、理论化和现代化的方向继续前进。

以上，我们回顾了自本世纪初直至当今的词学理论和词学批评的发展简况。从中不难看出：第一，词学研究的进步，是跟随着时代的步伐一起向前的。第二，词学研究的不断“新变”，又与中西文化的交融密切相关。因此，瞻望前景，我们有理由相信：随着中国改革开放的加大力度和中西文化交流的加快步伐，下一世纪的词学研究(特别是词学理论和词学批评),必将得到更大和更快的发展。遵循“背靠遗产,面向现在和将来”的原则,进一步加强词的本体研究、宏观研究、多元化研究和“活文化”研究,词学研究者们就有信心能将21世纪的词学理论和词学批评提高到一个更高的阶段。

(原载《文学评论》1996年第6期)

词学研究之展望

——对今后开展词学研究的管见

新中国成立以来,特别自党的十一届三中全会以来,词学研究工作如同整个古典文学研究工作一样,取得了不小的成绩。今后的词学研究将如何进一步开展,它在哪些方面尚须继续加强、拓展和深化?这是词学界同人所关心的问题。对此,我想提出一些很不成熟的看法。

应该首先申明,本文所说的"词学研究"是狭义范围的词学研究。从广义而言,举凡研究词的学问,都可称作词学研究。而具体来看,它们又大致可以划分为两大部类:一是基础性的、材料性的研究,例如探求词的起源,研讨词乐、词律和词韵,词集校勘、词人传记、词集笺注等项工作,就属此类;二是批评性的、理论性的研究,这类研究把注意力集中在对词人和词作进行文学的、审美的、理论的评论方面。前者基本属于传统的"国学",它主要依赖于材料的收集、发现、考订和整理;后者则是一种文艺科学,它在很大程度上与研究者的识见、眼力、观点、方法有关。本文所讲的"词学研究",就指后一类批评性的、理论性的词学研究;借用龙榆生先生的话来说,也即词学研究中的"批评之学"。

其次,"温故而知新",在谈论词学研究的"今后"之前,我们有必要简略回顾一下它的"过去",从而引出若干有益的经验和启示来。简单地说,词学研究在过去的漫长时间里,曾经历过三个发展阶段:

第一阶段从宋代到清末民初。这是它的"传统"阶段。对于这个阶段的情况,龙榆生有过一段简明扼要的评说:"词家'批评之学',在宋代诸贤,如杨湜之《古今词话》、胡仔之《苕溪渔隐丛话》,已引其端绪。逮明代杨慎之《词品》,王世贞之《艺苑卮言》,乃至清代诸家,词话之作,几如'云蒸霞蔚',不可指数。然或述词人逸事,或率加品藻,未尝专以批评为职志。及周济之《介存斋论词杂著》、《宋四家词选序论》,刘熙载之《艺概》出,始各标宗旨,自立准绳,以成一家之学。周氏矫浙西词派之积弊,退姜(夔)、张(炎)而进辛(弃疾)、王(沂孙),不知四家词格之不同,而各有身世关系。治批评之学而但凭主观之见解,又或别有用意,强人就我,往往厚诬古人。刘书持论甚精,而言多未尽,可谓治词有得之士，未足以使一般读者了然于某一作家利病得失之由也。近人况周颐著《蕙风词话》，王国维著《人间词话》，庶几专门批评之学矣。而王书早出，未为精审，晚年亦颇自愧少作。（张孟劬先生说）况氏历数自唐以来下迄清诸家之词，抉摘幽隐，言多允当，自有词话以来，殆无出其右者。而前辈治学，每多忽略时代环境关系，所下评论，率为抽象之词，无具体之剖析，往往令人迷离恍惚，莫知所归。此中国批评学者之通病，补苴罅漏，是后起者之责也。"①这段文字，对于自宋代至民初的词学批评之源流得失，做了比较概括和允当的评价，大体是可以同意的。只是，它不甚恰当地低估了王国维《人间词话》的意义，却非本人所能赞同。照我看来，王氏之书虽有不少缺点，也未能全部跳出传统词话那种品评式的窠臼，但因其能融西方新思想于传统词论之中，颇多新见，故能给人以耳目一新之感（即时至当今，犹吸引了不少青年读者）。它隐隐暗示着词学批评的局面将会出现由旧向新的过渡和转变。果然，在此之后，传统的词学批评就让位给了新的词学批评。

第二阶段是从五四运动到新中国成立。这一阶段的词学批评，已摆脱旧的品评方式而转为理论性的阐发与分析，且在观念方面也有了较大的改变。首先应当提及的是倡导"文学革命"的胡适，他的词学研究虽远不如对古典小说的研究那样用力，但余力所及，却也显露了新的研究眼光。如他对词的"分期说"，他选词时重视词中所表现的作者个性和语言的通俗性，以及他对文体发展"公式"的探讨，等等，至少在当时来说，是前所少见的，给人以一定的启迪。其次还可提到龙榆生。龙氏受到时代学术风气转变之影响，终于突破了乃师朱彊村专事词集校刻、词律订正的藩篱，撰写了不少批评性的论文（如《词体之演进》《选词标准论》《两宋词风转变论》等），开始向词学研究的"现代化"跨步。最后，这一时期中，词学批评也出现了"宏观"的趋势。其明显的例证即是关于词史和词的"通论"的著述不断问世，如刘毓盘的《词史》、王易的《词曲史》、吴梅的《词学通论》等。尤可注意的是胡云翼的《中国词史大纲》和薛砺若的《宋词通论》二书，已进而探寻词的发展规律，努力从深层次上对宋词发展做出整体性的把握，具有相当程度的开拓性。这种种情况都表明，词学批评在"五四运动"之后，已从传统的轨道转向了新的轨道。

第三阶段是从新中国成立到现在。这里又可分为三个小阶段。一是从新中国成立到"文革"前的十余年间，词学研究者们努力运用马克思主义的观点来从事词学批评，继承词学遗产。其研究特色在于注重思想内容方面的评论，推崇

① 龙榆生：《词学研究之商榷》，《词学季刊》，1933 年第 1 卷第 4 号。

苏、辛等“豪放”或“爱国”的词人;其明显缺点则在于受到“左”的思想路线影响较深,存在着不少片面性和庸俗社会学的弊病。二是“文革”十年,词学研究处于完全停顿的境地。三是“文革”结束至今的十多年,这是新中国成立以来词学研究空前活跃、成绩最大的时期。在这“新时期”里,特别可以指出如下两个令人欣喜的现象:一是一大批中青年学者的成长和崛起,给词学研究领域带来了新的气象和活力。他们在前辈学者的指导之下,勤于探索,写出了不少视野开阔、见解新颖的论著,其成绩相当令人注目。二是随着对外开放和中西文化交流,研究者的思想有所解放,观念有所更新,这就使得词学研究出现了“多角度”“多途径”“多方法”的“多元化”趋势。尽管上述研究工作中还存在许多不够成熟和尚嫌幼稚的缺点,但毕竟可以高兴地说:今天的词学批评,已经置身于一个较高的新起点上,这就为它未来的蓬勃发展,打下了良好的基础。

通过对历史的简要回顾,我们对于应该如何发展今后的词学批评,也就有了一个基本的思路,这就是:推陈而出新。这也就是说:一方面,我们必须充分重视和利用前人的词学研究遗产,把“根”深深地扎在传统的词学研究中;另一方面,却又不能墨守成规,而要以现代先进的文艺科学来指导这种研究工作,使之面对今人和面向未来。而在这两方面中,尤以后一方面更为重要。对此,我们只需回顾一下历史的经验就可格外明了。我们注意到,王国维《人间词话》之所以有优胜于古代词论之处,五四运动后词学研究之所以发生很大改观,新时期词学批评之所以出现新的气象,就其所掌握和利用的材料而言,基本仍是前人所掌握和使用的那些旧材料,并无太多的突破,然而由于研究者们的观念有所更新,视角有所转换,思想有所解放,批评的标准和方法有所变化,因而其视野就有所拓展,认识就有所深化,而研究的结论也往往具有出新或创造的意义。这就启示我们:词学研究的新突破,在很大程度上依赖于研究者的文艺科学水平;而要发展今后的词学批评,也就更要在继承前代遗产的同时,努力提高研究者的文艺科学水平。这些,或许就是我们通过“温故”而得到的有益经验,也是我们展望今后(“知新”)时应该朝之努力的方向吧。

现在,我们就来谈论本文的正题:词学研究之未来。这个大题目可谈的内容甚多,限于篇幅,只能集中谈下面三个方面的问题。这些问题的提出,大致由梳理前人的研究成果所引出,或是针对它们的薄弱方面而发的;而这些问题的解决则还有赖于现代文艺科学的帮助。

一、进一步开展对于词的“本体”研究

词学研究，就其本来意义来讲，应是环绕着“词”这个“本体”而展开的。因此，前代的词学研究，就都或多或少、或浅或深地涉及对于词的“本体”的探讨。这种探讨，大约包含着这样两个由浅入深的认识过程：首先是对词的文体特性的认识过程，其次是对词的文学地位的认识过程。

先说对词的文体特性的认识过程。在这方面，最初对词的称呼中，就已反映了人们对于词的文体特性的朴素认识。比如，唐宋人曾把词称为“曲子”“曲子词”和“乐府”“近体乐府”，这就表明了他们对于词体的“音乐文学”特性的认识；又如，宋人又把词称为“长短句”，这又表明了他们对词体不同于近体诗（律诗、绝句）的体制、格局方面特性的认识。后来，随着词的创作的日益兴旺发达，人们对词的文体特性又有了比较深化的认识。如李清照《词论》就提出了词“别是一家”的著名论点（在她稍前，李之仪《跋吴思道小词》也提出过与此相似的看法：“长短句于遣词中最为难工，自有一种风格”）。这就开始把词的文体特性放置于“诗词比较”的背景下来进行研究，为后来的词论家引出了一个饶有兴趣的研究论题：词和诗究竟存在着哪些差异性？对此，很多词论家都发表过意见。如清代的王士禛在回答“诗词何以分界”的提问时，含糊地回答说晏殊的“无可奈何花落去”两句是词而非诗（《花草蒙拾》），而李渔也用类似的方法指出“作词之难，难于上不似诗，下不类曲”（《窥词管见》）。当然，这些意见都是不够明确的，但毕竟表露了人们对于“诗、词、曲异同”的思考正在日趋加深。此外，更有不少词论家又逐渐把诗词的差异从其体制方面转移到“意境”方面来，如朱彝尊说：“词虽小技……盖有诗所难言者，委曲倚之于声”（《陈纬云红盐词序》），查礼说：“情有文不能达、诗不能道而独于长短句中可以委曲形容之”（《铜鼓书堂词话》），刘体仁说：“词中境界，有非诗之所能至者，体限之也”（《七颂堂词绎》）。这些话一方面指出了词的体（体制格局）有别于诗，具体地讲就是：第一词能“倚声”合乐，第二词有“长短句”的体式；另一方面又指出了由于这种体制格局方面的原因，因此就造成了词能言“诗（文）所难言”的“特殊功能”和“非诗之所能至”的特殊意境。这就把对词的文体特性的认识，引向了一个更深的地步。后来，则出现了王国维的一段名言：“词之为体，要眇宜修，能言诗之所不能言，而不能尽言诗之所能言。诗之境阔，词之言长。”①这段话便可视作传统词论

① 王国维：《人间词话》，《蕙风词话 人间词话》，人民文学出版社，1960 年，第 226 页。

家对于词的文体特性的一种带有“总结”意味的看法,又可当成我们今后展开对词的“本体”研究的一个有益的思考题目。

二是对于词的文学地位的认识过程。在这方面,也经历了一个由轻视到重视的演进过程。最初,唐宋人大多都瞧不起词,所以常把它称为“小词”“微词”和“诗余”。后来,随着词的逐渐被“雅化”,人们就开始有了“尊体”(抬高词体)的认识过程。例如宋末元初的张炎认为,词“若能屏去浮艳,乐而不淫,是亦汉魏乐府之遗意”(《词源》卷下),而仇远则认为像张炎的《山中白云词》,“不特可写音檀口,亦可被歌管、荐清庙”(《山中白云词序》,见龚翔麟本《山中白云词》)。这就力图从思想内容方面来提高词的文学地位,以之上接于古诗。到了清代,尽管占“正统”地位的文学观念仍然轻视词体,但很多词论家却已起而批评这种偏见。如浙派词人汪森在其《词综序》中曾批驳过“诗余”论,而常州派词人张惠言则认为词的“意内言外”堪与“诗之比兴,变风之义,骚人之歌”相接近(张惠言《词选序》)。至清末的陈廷焯甚至说:“后人主感,感于文不若感于诗,感于诗不若感于词。”其原因即在于“其情长,其味永,其为言也哀以思,其感人也深以婉”(陈廷焯《白雨斋词话自序》)。这就一反前代视词为不登文学大堂的“小技”论,大大地抬高了词的文学地位。

综合以上两方面,我们认为,前代词论家在词的“本体”研究方面,已经进行了初步的探索并取得了一定的成绩。不过,与此同时,我们又觉得,前人的这些看法虽不乏精辟之处,然而大都是凭直觉作出的,还缺乏科学的、细密的论述与阐发,故尚有待于今后进一步加强与深化。

依个人之见,在今后对词展开的“本体”研究中,似应强调以下两个问题:

第一,提高对这种“本体”研究的重要性和趣味性的认识。

词诞生与繁荣于诗之后。在此之前,诗已有了千百年的悠久历史和辉煌成就,出现了自《诗经》《楚辞》到唐诗的“系列产品”,赢得了无数读者的赞赏。然而就在唐诗几乎达到“盛极难继”的情况下,词却悄然登上文学舞台,并且很快又“蔚为大国”,成了与诗“平分秋色”的文学新体裁。不要说在宋代,词的光辉已经掩过了诗的光辉,就是直到现代,还有不少读者(特别是青年读者)读词的劲头甚至超过了读诗的劲头。这就说明,词在某种程度上可称是一种“后来居上”“青出于蓝(指诗)而胜于蓝”的文体,它具有自己旺盛的生命力,具有自己特殊的艺术魅力。那么,这种生命力究竟表现于何处?这种艺术魅力又来源于何处呢?为欲解开这个“词体奥秘”之谜,进一步展开对于词的“本体”的比较深入的研究,就是相当必要和相当有趣的研究课题了。

第二,在对词的“本体”作多方面研究时,必须进一步明确其出发点和落脚点。

词的“本体”研究，可以包括很多方面，例如词的合乐性、词的特殊体式、人们的词体观念、词的语汇和意象，以及词在表现功能上的“弹性”等，但其出发点和落脚点却应该是它的特殊的“抒情性格”。而以往的许多研究，其所以不够深入的主要原因，照我看来，就在于不能以词的特殊的“抒情性格”作为研究的出发点和落脚点。

从“抒情性格”出发，我们发现，词与诗虽同属于抒情艺术之列，但二者在抒情的程度、方向、方式、风格等方面，却还存在一定的差异性。简单地说，词（请注意这里所说的是那些“本色”意味的词）在抒情方面具有这样一些“特殊性格”（与诗相比较而言）：

其一，它的抒情性显得特别纯粹，特别浓厚，其“抒情程度”也就越加细腻。人们不难发现，诗中有叙事诗（如《木兰辞》《长恨歌》），还有 ·些叙事、议论成分相当浓的作品（如杜甫的“三吏”“三别”《自京赴奉先县咏怀五百字》《北征》），但词中就很少叙事词，也较少叙事议论的成分。词，几乎可以说是一种标准的、纯粹的“纯抒情文学”。而且，它所抒发的情感，与诗相比，又显得特别的细腻深刻，其所描摹的，往往只是人类心灵世界中极为深细的某种状态、片断或境界。从后一意义上讲，我们简直可以把词称为“心绪文学”“心态文学”，这与一般诗歌的抒发比较活泼、流动，线条较粗的感情来比，确实存在着“抒情程度”上的粗细之分。

其二，词在“抒情方向”上似乎有一种“狭而深”的趋向。关于这点，前面所引朱彝尊、查礼、刘体仁和王国维诸家的说法，就很能说明问题。具体些说，词在一般情况下特别适宜用来表现人们在私人生活圈子里的“儿女之情”，而不大适宜用来表现诸如政治、道德，以及其他生活领域里的感情（至少传统的“婉约词”是如此），缘此它甚至获得了这样一个称呼：“词为艳科”。而那类以恋情为主的感情内容，在中国封建社会中，常是士大夫文人们所深藏于内心，不大肯在诗、文等“正统文体”中轻易外露的（至少在宋诗、宋文中如此）。现在，词把表现“儿女之情”作为自己的“专业任务”担当起来，与诗相比，它的“抒情方向”自然就显得既“狭”又“深”了。

其三，词的“抒情方式”相比于诗，又显得格外的含蓄委婉。深谙此理的词论家张炎就曾说过：“簸弄风月，陶写性情，词婉于诗。”（张炎《词源》卷下）明白了词的“抒情方式”特别含蓄委婉的特色，我们对于人们习惯于把那些富有“本色”意味的词称之为“婉约词”，就不以为怪了。

其四，词的“抒情风格”又主要偏于“柔美”一路。中国古代文论把作品的风格大致分为两大类:阳刚之美与阴柔之美。而词的“抒情风格”就可以称之为“柔美”的典范。对于这点,凡是读过诸如秦观、李清照词的人,都会深有体会,故不劳多说。

以上,我们简单地概述了词在其“抒情性格”方面的特殊风味。由此出发,我们就可进而来展开对于词的多方面的“本体”研究:

例如,词的合乐性问题。

词是配合燕乐歌唱的新体诗歌。燕乐,是一种抒情性十分浓郁、曲调十分动听的音乐。当乐工以琵琶、觱篥等乐器演奏起燕乐的曲调时,听众甚至禁不住会“跃脚弹指,撼头弄目”起来,产生“情发于中,不能自止”的强烈艺术效果(马端临《文献通考·乐二》)。词既然配之于燕乐的曲调,再由妙龄女郎们来启口演唱,则其“感动人心”、撩人心弦的力量倍增。所以,研究燕乐对于形成词的特种“抒情性格”和特种艺术魅力的密切作用,实是一个相当重要的课题。自宋以来,就有张炎的《词源》、凌廷堪的《燕乐考原》、郑文焯的《词源斠律》等著述,专门研究词乐问题,然其侧重点仅在于词乐本身,而未潜心探求音乐对于词的抒情性所发生的影响。现当代则有刘尧民的《词与音乐》、施议对的《词与音乐关系研究》,开始探讨这个问题。当然,应该指出:这个研究课题的难度相当之大,要想取得令人信服的成果最好能由词学研究者和音乐研究者来通力协作。不过无论如何,它仍然是一个很具诱惑力的论题,值得未来的研究者们大力攻克。

再如,词的特殊体式问题。

词有它不同于诗的特殊体式,例如词牌、分片、长短句,另外在押韵和字声方面也有严格的规定。这种特殊的体式,原是由它的合乐性所规定的,同时又对造就它的特殊的声情、韵味,发挥了很大的作用。例如我们读《六州歌头》词,就明显会被它那繁声促节的节奏所亢奋激动。这就说明,很多词体内部,都蕴藏着自己独特的“抒情节律”和艺术魅力。“解剖”词的体式,将大大有助于发掘其抒情之所以成功的奥秘。在这方面,龙榆生的《词曲概论》、夏承焘和吴熊和的某些著作,已开始有所探求。但要做的工作还很多,尚待继续努力。

再如,人们的词体观念问题。

唐宋人对词,常表现出一种有趣的态度:一方面他们视词为“小技”,以为多作便会降低了自己的身份;但另一方面,却又禁不住这种文体的“诱惑”,乐此不疲地去创作。这种词体观念,对于形成词的特殊的“抒情性格”,也起了相当大的作用。它的结果便是:一方面,词不大被用来表现比较重大的社会题材;另一方面,却使词在抒写私生活圈子里的情感(特别是恋情)时,获得“真”(真挚)与“深”(深刻)的高度成功。可以说,伴随着词体的,一直是它头上那顶“小技”的帽子;然而,由于这顶帽子的遮掩,又使它很容易地穿越了封建道德阻止文学表现爱情的禁界线,使其成为最坦诚地表露人们心灵的文学工具。这一方面的问题,也很可以结合中国古代文学观念的变化,来作纵深的研究。

又如词的语汇和意象问题。

词有它常用的语汇和意象。这些语汇和意象约可分成两类:物语和景语。词所习用的物语大致带有这样的特色:一是偏好以女性为其描绘中心。如斜肩、柳腰、云鬟、香汗之类,直接用来描写女性的容貌装扮;又如鸳枕、罗帐、香衾、绣帘之类,它们也都与女性的生活有关。二是色彩华丽,呈现出一种富贵的气度,比如玉楼、画堂、银釭、兰舟之类即是。而词中所常见的景语,也大致带有这样的特色:一是以水乡风物为其中心,如水塘、小桥、杨柳、杏花之类;二是景色优美而柔丽,如烟波、细雨、落红、飞絮之类。现实生活中人们所接触的事物和所见到的景物,本是纷纭繁复的,但词人作词时,却往往摒弃其他事物和景物,偏心致力于采用上述语汇和意象以构筑自己的"词境",这就与前面所讲的"抒情方向"的"狭深""抒情风格"的"柔美"等,大有关联。由于大量选用这些女性化、水乡化、华丽而又优美的语汇和意象,词就不仅有效地形成了自己特殊的"抒情风格",而且成了中国古代韵文中最漂亮、最华贵的文体。对这个问题的研讨,也有待于有兴趣的研究者去进一步努力。

最后,还可以谈一谈词在表现功能上的"弹性"问题。

如前所言,我们在上面所谈的主要仅是那些富有"本色"风味,也即传统所谓的"婉约词"的情况。但是除此以外,词中也另有一类所谓的"豪放词"。它们的"抒情程度""抒情方向""抒情方式""抒情风格",都与"婉约词"有所不同,而与诗、文相近或相通(这也就是有人所说的"以诗为词"和"以文为词")。这种情况告诉我们:词在表现功能方面,除开其基本的特性外,另还具有一定的"弹性"。而这,还是与它的抒情性有关的——当然,这时其抒情性已有了一定的扩展。例如,当词人涌起了杀敌报国的慷慨情志时,他们就会打破传统的抒情方式而采取"大声疾呼"的表现方式,他们就会采用另外一些诸如吴钩、长缨、金戈铁马之类与"小桥流水"迥然相异的语汇和意象。词的这种不仅能表现"狭而深"的感情内容,而且能表现像诗、文那样比较壮阔的情志之"弹性",同样也属于其"本体"研究的重要内容之一。不然的话,对于词中会出现"豪放"风格的作品,我们就无法作出解释。

二、加强对于作家、作品的宏观研究

我们前面说过,前代的词学批评已给后人留下了丰富的遗产。这其实主要是就对作家(词人)、作品(词篇)的评论而言。我们不妨可做这样一项工作(事实上已陆续有人这样在做):把历代词话中关于作家作品的评论,按"人头"和篇目分类归并出来,这样我们便会发现这方面的材料是多么的丰富繁杂。这也说明了一个现象:前人对于词人和词作的单个或单篇的研究亦即人们常说的"微观研究",相对来说,已是相当充分的了。当然这类微观研究今后仍应继续开展,特别是尚有许多三、四流的词人,他们的作品正像尚未开垦的处女地一样,等待着研究者的开掘。

但是,在今后对于作家、作品的研究工作中,显得更为重要和迫切的任务,依我个人看法,却应该是宏观性的研究。其理由一是宏观研究一直是传统词学研究中的薄弱环节,针对这种缺陷或薄弱,我们就有"补救"或"加强"的必要。二是时代不同了,古人的"作家作品论"之所以大都局囿于微观研究中,是因为他们的视野比较狭隘,又缺乏文学研究的科学精神,因此往往沉湎于对单个作家、单篇作品的品评与鉴赏之中,而我们的时代则要求研究者视野宏通、眼光犀利,能从大量的微观文学现象中归纳出整体发展的轨迹,并进而揭示其嬗变进化的规律,即使仍是研究个别的作家和作品,也不应该仅仅停留在就"个别"而论"个别"的习套与水平上,而要求能从历史的、全局的高度来作"居高临下"的"俯视"和作"小中见大"的"解剖"。这样的研究,才能赋予作家、作品的研究以更新的活力和更深的意义。从这个意义上讲,宏观研究就不仅能补足微观研究的不足,而且比之微观研究,又是一种更高层次上的研究。所以,在继续进行微观研究的同时,今后我们更当在宏观研究方面着力。这正是时代向我们提出的新要求。

未来的词学研究工作中,应该如何加强宏观的研究?在这方面可做的事情很多,我在此着重提出两点建议:

第一,是加强"词史"的研究。

早在清代,就有人提出过写作词史的课题。周济在其《介存斋论词杂著》中说过:"诗有史,词亦有史,庶乎自树一帜矣。"而当代也有人重提过这个问题,如吴熊和在其《唐宋词通论》的结尾郑重呼吁,"(今后)词学研究的一个中心目标"就是写出一部以马克思主义观点为指导的词史。当然,早在新中国成立之前,就出现过几部词史或"准词史"的著述(已见前引),但毋庸讳言,它们以今天的眼光来看,未免显得陈旧和过时。因而,以现代文艺科学作为指导,重写出若干部不同风格的词史，就很可能成为未来词学研究（宏观研究）的热门课题。

截至目前为止，中国大陆词学界已经出版了本人所写的《唐宋词史》（江苏古籍出版社 1987 年 12 月出版）、黄拔荆所写的《词史》上册（福建人民出版社 1989 年 4 月出版），以及许宗元的《中国词史》（黄山书社 1990 年 12 月出版）和严迪昌的《清词史》（江苏古籍出版社 1990 年 1 月出版）等专著。由于我曾在这方面作过尝试，因而也多少获得了一些粗浅的体会。我认为，今后有人再作词史，似乎更要注意如何处理好如下几对矛盾：

一是“史”与“论”的矛盾。词的作者是那么多，词的作品是那么丰富，如何能在这么众多的史料中间推导出正确的理论，又反过来以这种理论来统帅、贯通这些史料，使其排列成为有序的组合，呈现出历史演变的走向与流程，这恐怕是治词史者常会遇到的一个难题。

二是叙述性与阐释性的矛盾。一方面，必须忠实于历史事实，对重要的作家与作品做出恰如其分的叙述或描述，使读者能够了解原貌；另一方面，又必须在这些叙述或描述中渗透进词史作者本人对于历史事实的理解和阐释，使这些已经“凝固”的历史事实变“活”、变“生动”，从而起到沟通古代词人与当代读者之心的作用。

三是微观与宏观的矛盾。在撰写词史时，我们所碰到的，首先是一位位词人和一篇篇词作，这就必须作微观的评论和分析；但光这样做还远远不够，我们还必须在此基础上勾勒出整个词史的发展轮廓，从中揭示词史的发展规律。这就更需要我们同时具有宏观的眼光，能从大量的细节中寻绎出一条或几条总的脉络，并以这些微观的研究作为“砖瓦木料”，营建出一座“史”的“殿堂”。

四是“文学”与“史”的矛盾。词史是一种专体文学史。文学史本就不同于政治史、经济史，它不仅要求具有“历史”的性质，而且要求带有“文学”的特色。特别像词这样一种深受读者喜爱的漂亮文体，人们更有权利要求词史不仅具有“史”的性质，而且还要求写得富有文学意味。这就给词史的作者，提出了更高的要求。

所以，总起来说，词史的写作，其难度是相当大的。但它确又是未来的词学研究，特别是宏观研究工作中一项重大的课题，肯定会吸引许多有志者朝此努力。西方有句名言：“有一千个读者，就有一千个哈姆雷特。”期望今后会有很多高质量的词史著作问世，这样，词的宏观研究，其成绩就斐然可观了。

第二，是努力建立词的“风格学”。

词是一种风格非常优美的文学，千百年来以其绚丽多姿的艺术风格吸引了无数读者。因此，建立词的“风格学”，应该成为未来词学研究的重要任务之一。

前代的词学研究,在评论词人、词作的风格方面,曾花费了很大气力,提出过很多精辟的论断。但是,它们的缺点仍是微观的分析比较深入而宏观的总结则比较肤浅;换句话说,还缺乏系统性和整体性,也缺乏一定的理论深度。未来如欲建立词的“风格学”,就应着重往宏观方向努力。具体些说,似可进行如下这些专题的研究:

一是进行诗词风格的比较性研究。

前人有云:“诗庄词媚”(王又华《古今词论》),又云:“词之为体如美人,而诗则壮士也。”(田同之《西圃词说》)这实际已是在作诗词风格的整体比较,不过是用形象化的比拟出之,尚嫌简单化和不够全面。我们的任务则是要用周密的分析和细致的比较来深化、补足这种认识。在从事这项比较研究时,我们自可与前面提及的对于词的“本体”研究结合着进行。

二是对于词的风格进行整体性和系统性的研究。

前人曾把词的整体风格大致分为两类:婉约与豪放。也有人还提出过“清空”与“质直”、“雅”与“俗”、“疏”与“密”等对立的风格范畴,甚至还有人(如郭麟)模仿唐代司空图的《诗品》,将词的风格划分为十几类。这些都是对词的风格进行整体研究的有益尝试,值得我们参考借鉴。

三是对重要作家、作品的词风进行纵、横两方面的比较研究。

对于词风作“纵”的比较研究,实际是作“史”的考察,即从“继承与发展”的角度来探讨某一作家特定词风所由以生发的风格渊源、作家本人所提供的创造性因素,以及它对后代的影响等。例如对周邦彦的词风,我们就可从柳永的慢词谈起,论及周氏在继承柳词风格基础上给予的提高和雅化,然后再考察它对南宋雅词所产生的重大影响。而对于词风作“横”的比较,又可以有多种角度。例如,对于苏轼的某些号称“以诗为词”的词篇,我们就可拿苏轼的诗篇来与它们比较其风格的近似性;又如,对姜夔的词风,我们又可把它与同期并存的婉约派“雅词”和辛弃疾的“豪气词”来比较,见出其“刚柔交济”的某些特性。当然,我们的“比较研究”并不意味着仅仅停留在“比较异同”的水平上,还可以深入探讨其风格形成的原因、风格所包蕴的个性特征等。在这些方面,研究者还是大有“用武之地”的。

当然,上面所说的“宏观研究”并非仅指我们的研究对象、研究题目在范围方面要“放大”(即从单个作家、单篇作品“放大”为研究较大范围的题目,如作词史之类),而且意味着研究眼光的具有“穿透性”。比如,即使仍是研究单个词人或单篇词作,尽管题目并不太大,但只要具有宏观的眼光,把它放置于比较宽广的背景下来进行“穿透”,其结论也就同样具有宏观的意义。在这方面,须做的工作还很多,有的课题还可以重新进行研究。

三、提倡对词的"多元化"研究

综观以往的词学研究,大致不出二途:一是注重词的思想内容,重视其政治功能和社会作用,如传统所谓的"知人论世""比兴寄托""人品—词品"论,以及新中国成立后的强调思想性、人民性、爱国主义等,这大致属于对词进行社会的、思想的评估;另一是注重词的文学风格、艺术美感和形式技巧,这实际偏重于对词作文学的、审美的批评与研究。那么,除此之外,我们可否开辟出新的研究途径呢?

个人认为,词学研究除去上述二元化的研究途径外,今后还可以向"多元化"的方向发展。这里所谓的"多元化",包括"多角度""多方位""多层次""多系统"等多种含义,而其中心思想是指:把词作为一种文化现象,纳入"大文化"的背景下来作多元的考察;换言之,即是把它看作文化的一部分,和其他文化的分支结合起来进行研究。

例如,我们可以把词看作"心理"的一种艺术表现和"文学沉淀",把词史当作心灵史来研究。这是因为,"文学史就其最深刻的意义来说,是一种心理学,研究人的灵魂,是灵魂的历史"(勃兰克斯《十九世纪文学主潮·序言》)。而词这种文体,又是最擅长于表现人类心灵世界的文体。所以我们从剖析"词境"入手,便可进而窥探人们的"心境"。似乎可打这样的比喻:特定的社会境况是词所赖以产生的生活"土壤",而特定的社会心理又是滋养它的精神"养料"。我们便可从词的特种色泽、形态、风姿中,"追踪"它所根植的社会生活土壤和社会心理"肥源"。我们发现:词中充满了富有富贵气象的语汇和意象,这就与当时的享乐生活和享乐心理大有关联;词好写女性的闺怨和男女的情事,这又与人们"复苏"了的恋情心理紧密相关;词中又偏多抒写人们的苦闷感和孤独感,这里从深处反映了人们的忧患心理与"以悲为美"的心理机制……凡此种种,都说明,如欲深刻地了解中国古代士大夫文人的内心世界,了解他们的生活欲望、价值取向、哲学意蕴,了解他们的欢乐和悲伤、爱与恨,是决不能舍弃词这种既"真"又"深"地表现心灵世界的文学样式的。我们应该把词作为古人的一种"心灵文献"来研究,从中寻找出一般历史著作中不见记载的东西——关于精神活动的细致而形象的描摹。

例如,我们又可把词与民俗学结合起来研究。词作及词话中所描绘的歌舞侑酒,文人与歌妓交往的情景,以及一年中四时八节的游赏活动、风俗习惯等,都可供人们结合《东京梦华录》《武林旧事》等地方风俗志来作民俗学的研究。

例如,我们更可把词与美学结合起来研究。我们发现:时至唐宋,人们的审美趣味除了继承前代“以悲为美”的传统之外,又开始向“以艳为美”转向,所以后来元明清的戏曲小说中大量出现爱情题材的作品就是顺乎时代潮流的事了;而宋词中出现的柳永式的“俗词”,则又在一定程度上预示了后代“俗文学”的必将蓬勃兴起(其源同出于市民阶层审美心理的涌入文学领域)。

例如,我们还可对词作“地域文化”的研究。中国的山脉河流大都采取东西走向,因而其地理面貌便呈现出南方与北方的明显差异。基于自然地貌的南北之分,政治与经济状态也打上了地域的印记(最突出的是南北朝时代)。这样,古代中国的文化(特别是文学)也大致形成了“北方文化”与“南方文化”之不同特征。拿这个“地域文化”的理论来研究词,我们似乎可以把词从整体上看作是一种柔美的“南方文学”;而在这中间,南宋词与金元词,似又分呈了明显的南北文学风格差别。若再加以细析,我们进而发现:唐宋词的“产地”大多是在南方繁华的城市环境中,唐宋词人的籍贯和经历大都是在南方各省或与南方有关,唐宋词的文学渊源又大致与前代的“南方文学”(楚辞、南朝乐府民歌)相接,这些可称是对词的南方地域色彩的外部考察。而就其内部特征来看,则可这样说:“江南多水”帮助造就了词境的柔媚性,“斜桥红袖”帮助造就了词情的香艳性,“江南小气”帮助造就了词风的软弱性。以上便是拙著《唐宋词史》所提出的一些不成熟的看法。至于南宋词与金元词的南北文风差异,况周颐的《蕙风词话》已有所揭示。而依愚见,这个“文章有得于江山之助”的有趣现象,在词的领域里又是表现得较为典型和充分的,值得深入探讨。

以上,仅是举其大端而言。而事实上,随着研究者观念的不断更新、视野的不断拓宽以及所掌握的新兴文艺理论和科学知识的不断完善,词学研究的“多元化”局面也必将趋于更加生动活泼。我们衷心期待着这种局面的早日来到!

(原载《中国韵文学刊》1993 年总第 7 期)

关于词学研究的若干随想

许多年以前,笔者原在中学任教,乃是一位在业余时间喜读唐宋词的普通读者。那时的读词,几乎全凭兴趣出发,但结果却颇能从词中获取丰润的感情滋养和惬意的审美享受。及至后来,成了一位专攻词学的研究人员,然而此时的读词却反而减少了以往读词时的盎然兴致,代之而生的常是相当程度的乏味感和疲劳感。这是什么原因呢?原来,这后一种读词实已仅把唐宋词当作“治学”的对象来对待,若和前一种读词之自在和快活相比,其感受当然两样。但由此出发,却又引发了下述联想:虽然学术研究和一般的阅读欣赏活动性质有异,但词学研究者和普通读者却都面对着相同的阅读对象,因而他们的读词必有可以相通和互补的地方。故从后者出发,词学研究者就不应拒绝从普通读者的读词经验中获取某些启示用以改进自身的工作。为此,即把有关的随想写出,以供同道们参考。

一、于世何补:词学研究者的困惑

词学研究和其他学术研究一样都须付出艰辛的劳动,其投入的“成本”(时间和精力)就是相当巨大的。不妨举博士研究生撰写以唐宋词学为题的学位论文为例,从前期准备到完篇并通过答辩一般就需整整三年(甚至更多)的时间。以前期准备来说,由于现代教育体制大不同于前代,所以这些青年学子虽已考取博士研究生,然其专业知识却并不广博深厚,有的甚至连必备的文史功底都嫌薄弱。因此在进入研究之前,他们的首要任务就是补课与打基础,对唐宋词的原著来一番“猛读恶补”。然因唐宋词的产生离不开前代诗歌的沾溉和滋养,而其有异于诗文作品的独特风貌之生成又与当时“气运”“人心”(即政治、经济、思想、文化等方面的境况)密切相关,所以他们就既需从《诗经》《楚辞》、汉唐诗歌中一路读来,又须广泛研读相关的历史、文学、音乐、民俗等类典籍,其工作量自然十分繁重。而在进入研究阶段之始,他们又要为选题踌躇再三。这是因为唐宋词的领域相对较窄,每年又有那么多的研究者在这同一块苑地里爬梳,故欲寻找一个具有创新意义的研究课题也确非易事。至于正式进行论文的写作,则其艰苦就更只有身历者才能道其甘苦。由此可知,博士研究生们想要写出一篇有所创获的高质量词学论文,就必须付出相当高昂的研究成本。而从这个例子推廓出去,则词学研究领域里的每一个新成果就都是研究者通过那一番又一番苦读、苦思、苦写的艰辛过程才获得的,这就难怪他们在完成之后既感喜悦同时却又感到相当疲倦。

但是更重要的问题却还在后面:成本既是如此之高,然其效益又怎样呢?我们试看,每年都有那么多的博士论文诞生,每年又有那么多的词学论著面世,可它们却主要仅在圈内人中传阅,普通读者们对其既很少关心又不易读懂,因此除了作者本人可以获得某些直接的利益(如拿学位、获奖励)之外,广大民众恐怕很难从中获得明显的裨益。因此,传统的词学研究究竟"于世何补",这种困惑自然便会在不少研究者脑海中升起。其典型的例子即可举出夏承焘先生。夏先生曾被尊为"一代词宗",其词学研究成就(尤其是词人年谱和词乐词律的考证)举世公认,但他虽以毕生精力治词然其内心深处却始终缠绕着上述的疑惑和困扰。试翻其三厚册《天风阁学词日记》,我们便经常可以读到他因自己的研究未能"有补于世"而写下的懊恼之语。如 1928 年 8 月 10 日他在作"词林年表"后说:"世方群趋于救国救民之大计,乃兀兀终日为古人考履历,屡欲辍之。"①同年 11 月 9 日,在复校范成大年谱后又说:"回念精力方壮,徒费心血于故纸中,充其量不过为古人作功臣,则又废然思返。"②此时他尚未满 30 岁,故其不甘心于故纸堆中讨生活的心情自可理解。但直到中老年,他却仍然频发此类慨叹,则就可知此种矛盾心情之伴其一生了。例如,他在 1934 年 12 月 24 日的日记中写道:"作二主、正中年谱。思为陈死人作起居注,复何益于今世,不如学岐黄术(指中医),犹有利于人。"③而在晚年为《天风阁学词日记》第二册所写的前言(85 岁时写)中则更对其毕生的治学过程及内心苦恼作了总结性的叙述:"嗣后涉足社会,饥驱四方。三十(岁)前后,始专攻词学……自悔所学无济于时,尝思跳出故纸堆中,另觅新径,然积习既深,欲弃去终未能也。凡此种种矛盾苦闷心情,无可告语,夜阑灯下,一再诉之于日记。"④据此可知,在这位著名的词学家心

① 夏承焘:《天风阁学词日记(一)》,《夏承焘集》第 5 册,浙江古籍出版社、浙江教育出版社,1997 年,第 24 页。

② 同①,第 55 页。

③ 同①,第 349 页。

④ 夏承焘:《天风阁学词日记(二)》,《夏承焘集》第 6 册,浙江古籍出版社、浙江教育出版社,1997 年,第 1 页。

中一直存有对其研究工作（主要是考证工作）究竟于世何补的疑惑；有时，他竟至还得出“所学无济于时”并欲“弃之”而“另觅新径”的偏颇结论，这简直有点儿出乎意料。当然，我们并不全部认同夏先生的上述想法，但其内心矛盾和苦闷却至少可以引发人们的反思：就连这样一位堪称典型的“体制内”（借用一句现代政治学的术语）的专家都对传统的词学研究之路数和社会效益产生了一定的疑惑，那么身处新时期的我们岂不更有必要来探索如何使词学研究尽可能做到“有补于世”的问题？

二、有益于己：普通读者的读词目的

我们认为，词学研究尽管有其固有的体制和模式，然其终极目的却仍离不开“有补于世”。具体来讲，它就应该在传承优秀文化遗产和参与当代精神文明建设这两方面做出贡献。但我们却又发现：如果光靠其纯学术层面的研究，想要“有补于世”确有难度，至少也会“劳而少功”。原因就在于：此种研究毕竟距离广大的普通读者甚远，而后者却正是传承文化遗产和参与精神文明建设的主体队伍。若不能为广大群众提供有益的帮助——具体来讲，即是帮助和引导他们从唐宋词中获取有益于自身的精神滋养——那就自然难逃“曲高和寡”的尴尬，也难以发挥其参与当代精神文明建设的作用。因此，词学研究想要“有补于世”，就不能不关注广大普通读者的读词状况并进而考虑如何才能促使他们从词中获得尽可能丰厚的“有益于己”之精神滋养的问题。为此，我们就有必要先来关注普通读者的读词状况（重点则在观察和分析他们的读词动因与阅读需求），然后再反思自身的研究工作可作如何的改进。

一般来说，读者接触唐宋词基本都是在求学时代的语文课上开始的，而后来之所以久久迷恋于读词则缘于词能“深获我心”地满足其特定的阅读需求——这些阅读需求并不一定十分自觉，但可以从他们读词的各类嗜好中反映出来。概括来说，其嗜好约分两类：一类读者比较嗜好从词中汲取相关的人生意蕴和感情养料，用以滋润自己的心田和弥补自身的感情缺失。另一类读者则比较嗜好于欣赏词的特种美感，在朗读或吟唱中寻获阅读美文的快感和愉悦。（而在大多数读者身上，这两者又是结合在一起的：读者既通过读词调节了心理，同时又获得了审美的享受。）当然，也有另一些读者则说不上有什么明确的嗜好，他们之喜爱读词主要只是觉得“很有意思”而已，然其内心实也隐藏着用以消遣和自娱的消费性心理需求。因此综合以上两类或三类读词嗜好，我们不难发现，普通读者之所以喜欢读词，主要就在于读词能满足他们基于自身状况所产生的某些心理需求:或是借此宣泄烦恼、调整心态;或是从中寻求抚慰、获得感情支援;或是以之消遣自娱、作一次寻“美”的心灵旅游……总之,他们之读词实有其显性或隐性、自觉或不太自觉的目的,从根本上说即是从中获取有益于己的精神滋养;至于其着重吸取哪些方面的精神滋养,则又与他们在实际生活中所自我感觉到的某些精神缺失有着密切的关联。故在一般性地理解普通读者的读词动因之后,我们更应把目光投注在当代读者身上,对他们精神生活中的明显缺失和由此所产生的读词期盼做些剖析:

大致来说,当代人的精神生活中存在着如下两类比较突出的缺失,其一即是人文精神的有所缺失。应该承认,当代社会比之前代已有了巨大的进步。但是,经济发展了,物质丰富了,人们的人文精神却相对显得有所萎缩和衰减,这恐怕已成了很多人的共识。例如,在人与人的交往中,大家普遍感到了真情的日趋淡薄,而爱心、善心、同情心和社会责任感、历史使命感等美好的精神财宝竟也被不少人所遗忘或丢弃。既不珍爱自己的生命(如吸毒、自杀),更不尊重他人的生存权(如马加爵杀人案),贪图享受,游戏人生,这类思想和行为甚至已经蔓延到了原先比较纯洁干净的大中学校的校园之内,于此就更见其情况之严重。而究其原因,人文精神的有所缺失即是其中的重要一条。其二,则是健康的审美意趣也日趋稀薄和失落。君不见当今的影视屏幕上“戏说”之风愈演愈烈,歌坛吧厅又弥漫着煽情媚俗的流行歌曲,文学创作中竟还出现了美男靓女的“身体写作”,而最为令人担忧的更数那网络游戏中的色情暴力正没日没夜地毒害着青少年们……置身于此种流俗文化极度膨胀、高雅文化被迫萎缩的现实文化环境之中,许多当代人(尤其是涉世未深的大中学生)实已丧失了健康雅正的审美意趣,有时竟达美丑不分的地步。所以若从“缺啥补啥”的角度来看问题,那么当今社会中犹有不少读者之坚持读词和喜爱读词就可以视作他们想从唐宋词中吸取有益于己的精神滋养(主要集中在人文滋养和审美滋养这两方面)以弥补现实生活中的精神缺失之文学消费活动,其向往词中蕴含的真、善、美境界的心理期盼彰然可显。因此总起来说,当代社会的广大普通群众实际是把唐宋词中的优秀作品当作自己的良师益友和精神伴侣来看待的,他们很希望能从词中获取有益于己的精神回报。明乎此理,我们的词学研究想要“有补于世”就有了比较明确的方向和比较合适的切入口。

三、勾连古今:拓宽词学研究的新空间

前已说过,词学研究和普通读者的读词活动乃是性质有所不同的两码

事——前者基本属于科学(人文科学)研究的范畴而后者则大致是一种文学鉴赏活动——因而两者产生分道扬镳的现象就既是必然又是合理的。这是因为:作为人文科学的一个门类,词学研究有着特定的学术内涵和学术规范,它主要是把唐宋词当作治学的对象和资料来看待的,因此其视角基本是朝向着古代。而普通读者的读词则属于大众性的文学消费和文学鉴赏活动,虽然它的阅读对象是古代的文学遗产,然其落脚点却在于"古为今用"和"有益于己"。因此而来,它们之间便肯定会产生分离与距离。但是与此同时,这二者却又并非绝对隔离和不可"交会"的,原因在于:第一,它们的阅读对象都是唐宋词,方向完全一致;第二,词学研究的终极目标说到底仍然离不开"有补于世",而这就需要通过为广大普通读者提供有益帮助这一中介环节始能得以实现。所以,词学研究在坚持自身学术品位的同时便理应腾出部分精力去关注广大的普通读者,帮助他们提高鉴赏水平并促使其读词更加有所收获。而如此做的结果,就不仅能较好地发挥"有补于世"的社会效应,也能为其自身带来进一步拓展研究空间的好处,这就何乐而不为之?故而,笔者认为,今之词学研究除了继续沿着原先的学术轨道前进并做出后起转精的研究之外,不妨可在满足当代普通读者的心理需求和提高他们的鉴赏水平方面投放精力与做出努力。而在这方面,若能从"背靠遗产,面向现在"的立场出发,适当引入一些能将"古"与"今"勾连起来的新颖课题,就或能有助于扩展词学研究的新空间和开拓词学研究的新局面。

当然,以上想法虽好但实行起来却颇有些难度,这就需要词学研究者们群策群力和不断探索。对此,本人不避谫陋愿意提出一些不成熟的意见供同仁们参考:

一是,尽管词学研究千头万绪、有很多工作要做,但词学研究者心中却应经常心悬"有补于世"和"有益于人"的终极目标。而在当代社会人文精神有所缺失和审美意趣有所迷乱的现状之下,他们就更应把阐发和展示词中的真、善、美精神养料当作一个重要和迫切的任务来对待。我们试看,"文化大革命"中曾有为数不少的老干部、老知识分子在他们身处逆境(甚至是入狱之灾)时却因默默诵读苏轼的《定风波》(莫听穿林打叶声)而获得了生存下去的信心,这就可知唐宋词的精神魅力有时竟达可以"救死扶伤(抚慰心灵的创伤)"的地步。而当代人身处名利困扰与烦恼丛生的时候,如若他们读一读朱敦儒的这两句词:"人人放着逍遥路,只怕君心不悟"(《桃源忆故人》),则其心态或可得到调整而心境或能豁然开朗。随便举此两例,即知唐宋词的优秀作品中实际蕴藏着丰厚的情感资源和人生智慧,它们既可帮助人们陶冶性情、净化灵魂,又可向其提供审美的愉悦与享受。所以,虽然词学研究在其他方面有数不完的工作要做,但是努力发掘词中有益于今人的精神养料,大力向普通读者展示和推介词中的真、善、美,从而使其获得较多的精神回报,这应该成为研究者们有所考虑和有所行动的一项重要工作。

二是,如果认同上述看法,词学研究则就尤其应该关注当代青少年读者,为大中小学校的素质教育出力效劳。前已谈到,人们之接触和喜爱唐宋词(乃至其他古典诗歌)基本都是在求学时代开始的。因而抓住这一最佳时机(因为青少年正值求知欲旺盛、记忆力特好和可塑性最强的时期),适时地向他们推介古典诗词中的优秀作品,引导他们从中汲取真、善、美的精神养料,这对培育青年学生的人文精神、提高其审美修养便会大有裨益。而在这方面,给语文教材的入选诗词作品提供建议和帮助语文教师提高讲授诗词的水平,就是词学研究者可以出力的地方。先说语文教材的编选问题。这是一项十分重要然又难度颇大的"基础工程",目前已有许多语文教学界的专家学者正在着手进行重新设计和试建。例如曾有编选者针对青年学生的思想实际,按专题(如热爱祖国、见义勇为、正确对待爱情等)选编了相关的古今中外名篇,以期对学生进行寓教于文学鉴赏活动之中的思想教育和审美教育。这一做法就很可启示词学研究者们:我们既可以针对当代青年学生的精神缺失和心理需求重新编选若干种词选(它们不必沿用以往按词史进程或风格流派来选词的方法),有的放矢地对其进行专题性的情操教育(诸如珍视生命、善待自身、热爱家园、忠贞爱情、培植真情、发掘诗意、弘扬正气、挑战困难、勇于承担、加强社会责任感等);也可以将词中的佳作与其他古今中外的名作"配套",构成进行素质教育(着重在人文教育)的"精神食品链",以供不同学龄段的青年学生欣赏和享用。虽然,以往已出现过许多唐宋词的选本,而大中小学的语文课本也早就选入过若干唐宋词的名篇,但随着社会风气和思想观念的有所变化,特别是青年学生在人文精神和审美意趣方面产生了不小的问题,词学研究者就应该与时俱进地向当代的读者(尤其是青少年读者)推出适合其新脾胃和满足其新需求的唐宋词之"时令菜单"。再说提高语文教师讲授诗词的水平问题。在有了好的选本或"菜单"之后,这一问题就显得格外突出和重要。我们知道,很多读者之所以喜爱读词甚至终生爱不释手,最初就曾受到过或是父母或是语文教师的启蒙和引导。因此,语文教师的得法讲授和高明指点,对于古典诗词之得以传承与青年学生之有所得益,其作用就切不可小视。说得极端一点,那些高深的纯学术研究成果,在推介古典文学名著和传承文化遗产方面,其影响力其实并不及那些出色的鉴赏文章和优秀语文教师的妙语讲解。对此,孙绍振先生的一席话就很发人深思。他在与钱理群先生讨论中学语文教育的对谈中这样反思过:"我实在觉得我们的生命的价值应该重新定位。我们研究文学,研究汉语文学,这么大年纪了,结果到中学一看,完全是落空的,这真是太悲哀了。我们研究文学,拿到了教授这样的头衔,对国家和人民几乎看不出有什么贡献。不能不说,有点失落感……但是,我写一篇作品解读,那就不一样,那读的人就很多,而且连中学生都会去读一读,这使我感到很受鼓舞,毕竟我的劳动有所成效。"①按照我的理解,孙先生的意思就在于强调文学研究的不应"落空"。而若我们的词学研究能够在帮助中小学语文教师提高其诗词方面的学识修养和理解鉴赏能力方面有所贡献的话,则就能避免"落空"的弊病而实实在在地有所成效。俗语说得好:"要给学生一碗水,老师先要有一桶水。"假如中小学语文教师能够克服仅从"教参"中讨生活的陈旧陋习,而且我们的词学研究能面向广大师生,为他们提供一批既有开阔视野和理论深度,又能切合师生脾胃的研究成果(重点可放在名篇名句的解读和赏析方面,也可扩展到名家的推介和其他专题性的研究),二者携起手来,那么中小学课堂上的诗词教学就肯定会变得更加富有趣味和获得更大的成效。如此去做,套用现在流行的说法,就可以使词学研究的成果转化为语文教师的"教学生产力"而直接造福于千千万万的青年学生们。

三是,我们不妨设计一些新的研究课题,勾连古今,以利"实用"。在这方面,数学科学的当代发展趋向就值得我们借鉴:一方面,目前仍有大量的数学家坚持在"基础数学"或"理论数学"的园地里辛勤耕耘;但另一方面,却又有很多学者突破了传统的框架,转而把数学理论运用到诸如航天、气象、金融、生命科学等领域,创建了注重实用的"应用数学",而后者确又对科技进步与国计民生做出了巨大的贡献。当然,作为人文科学的词学研究不能与它简单类比,但也不妨从中得到启发。具体来讲,词学研究即可通过勾连古今的途径,向着靠近"实用"的方向去拓展新的空间。这里,聊举几例:

例如,我们可把词学研究与现当代文学的研究结合起来,考察唐宋词(乃至整个古典诗词)对"五四"以来作家的精神沾溉和文化滋养。试以诗人何其芳为例。对此,董乃斌先生就有一篇出色的论文《超越时空的心灵契合——论何其芳与李商隐的创作因缘》②,对何其芳的接受古典诗词(尤其是李商隐诗歌)的深刻影响做出了细致深微的剖析。文中引述何其芳自己的话道:"这时我读着晚唐五代时期的那些精致的冶艳的诗词,蛊惑于那种憔悴的红颜上的妩媚,又在

① 钱理群、孙绍振:《中学语文教育改革对谈》,《书屋》,2005 年第 9 期。

② 董乃斌:《超越时空的心灵契合——论何其芳与李商隐的创作因缘》,《文学评论》,2002 年第 5 期。

几位班纳斯派以后的法兰西诗人的篇什里找到了一种同样的迷醉。”“我记得我有一个时候特别醉心的是一些富于情调的唐人的绝句，是李商隐的《无题》、冯延巳的《蝶恋花》那样一类的诗词。”……由此可见，学生时代的何其芳无论在思想意趣还是审美嗜好方面，都曾受到过古典诗词的熏陶和滋养，而这对他一生的诗歌创作就必会产生深远的影响。举一反三，则“五四”以后的许多新诗人（例如徐志摩、戴望舒），乃至散文家（例如冰心、丰子恺），在他们身上也同样存在着跟何其芳相似的与古典诗词“结缘”的现象。所以若能剖析和揭示现当代作家所受到的古典诗词之沾溉，就既能彰显古典诗词之不朽魅力，又能挖掘现当代文学作品中深藏的传统文化底蕴，应是一件使这两门学科（古代文学研究和现当代文学研究）有所“双赢”的工作。

再如，我们可以进行唐宋词与现当代流行歌曲的比较性研究。人所公认，唐宋词在很大程度上可以看作唐宋时代的流行歌曲，若从实际情况来看它与当代的流行歌曲确也存在着许多共同点和相似处（例如其合乐性、通俗性、娱乐性，甚至是商业性），而二者在题材内容的偏于香艳和艺术风格的偏于软媚方面，竟也惊人地一致。因此，当代的某些歌星，有时就直接把唐宋词“旧曲新唱”，将其“翻版”成当代的流行歌曲（如邓丽君的专辑《淡淡幽情》中就收有李煜的《相见欢》、柳永的《雨霖铃》）；而不少现今风靡的流行歌曲中，也直接援用或间接化用过唐宋词中的名句（如据琼瑶小说改编的电视剧中有不少主题曲即用此法）。这就说明，当代流行歌曲确对唐宋词有所依傍和借鉴。但另一方面，唐宋词中的优秀之作是那样的情真意深和富有诗情画意，语言又是那样的优美雅丽，而许多当代流行歌曲则显得感情浅薄、语言鄙俗，甚至文理不通，这里就存在着思想底蕴和审美意趣等方面的高低、粗细、文野之分。因而，如何以唐宋词的成功创作经验来补救当代流行歌曲的明显弊病，就更是一个值得探究的课题。对此，已有人开始研究并发表了一些论文。而他们所采用的方法，就正是勾连古今和以古鉴今。

除此以外，随着大量博士研究生加盟研究队伍，视野开阔、思想敏锐的他们也会不断提出一些新的课题设想。只要指导得法，就有可能形成与其他学科“交叉”的新颖研究课题。例如，唐宋词中的不少名篇产生于园林环境之中，二者虽分属于文学领域和建筑领域，但它们之间却有着惊人的异构同质性：曲折幽深，雅俗共赏；而园林为词人的创作提供了优雅的自然背景，词篇则为园林注入了深沉的文化内涵，两者又存在着相互渗透的融合关系。据此，就可以作“唐宋词与园林”的研究；扩展开去，还可以试写“词与旅游名胜”的论著。再如，在当今的城市化进程中我们发现，一方面人们越来越注重现代化的设施，但另一方面却又怀念和依恋旧的文化传统。如一个小小的理发店,取了诸如“千娇面”“凤剪云”“点绛唇”之类的美丽店名;一爿小小的卖花店,挂出了诸如“满庭芳”“留春住”“沁园春”之类的文雅招牌;甚至,某位美甲(美化指甲)店的老板竟用“红酥手”作为店招来吸引女士们的眼球……这些现象都在启示人们:唐宋词的“名句效应”值得研究。由此出发,对唐宋词作传播学、广告学、社交学、休闲学等方面的研究,或许也会有不少新的论题可以提出。总之,背靠遗产,面向现在,只要我们肯动脑筋和敢于解放思想,词学研究在新形势下就有可能通过勾连古今的途径来拓展自身的空间,并在“有补于世”方面产生比较直接的社会效益。而这,也正是笔者撰写这篇随想时所怀有的一点期盼。

(原载《中国韵文学刊》2005 年第 4 期)

论唐宋词对传统文化的传承

——以苏轼词的“士大夫化”为“切口”

文学是文化的重要载体之一。从这个角度来看问题，则诗和文就称得上是古典文学领域里头传承传统文化的两条“主渠道”。而相比之下，唐宋以来新兴的词因其只是“诗余”，所以它所承载的传统文化内容就显得相对单薄。但尽管如此，唐宋词在总体上却主要还是靠吸纳传统文化的水源而蜿蜒成河的；尤其在苏轼词完成了词之比较充分的“士大夫化”以后，它对传统文化的传承就更有所强化。再从词的接受来看，一代又一代的中国读者之所以喜欢读词，原因之一便在于他们能从词中感受传统文化的亲切和领受传统文化的教诲；而他们之所以能通过读词而获取精神滋补，也在很大程度上得益于词所承载的有益的传统文化蕴涵。因此，本文旨在考察唐宋词对传统文化的传承，而以苏轼词的“士大夫化”作为剖析这一论题的“切口”。

为了说清题旨，谨对有关问题做出如下三点解释：

先说“文化”，它最是一个含义宽泛和众说纷纭的话题。撇开众多学者对它所下的许许多多定义不论，文化本身就是一个包含着制度、器物、精神等多种层面的复杂系统，其内容可谓包罗万象。而唐宋词作为一种文学作品，它所承载的文化内容，就主要属于精神文化或思想文化。因此本文考察其文化传承，也就紧扣着思想和精神的传承来作审视。此为其一。

再说传统文化。传统文化的思想蕴涵十分复杂，大致来说它由儒教文化、道教文化和佛教文化混合组成，而儒教文化则占据着主流和强势的地位。不过，本文讨论唐宋词对传统文化的传承，却并不想面面俱到地分别论析词对这三种文化的传承，而只想将它们落实到词之“士大夫化”，亦即词之反映与表现士大夫情志的具体问题上来进行剖析。此话如何理解？且读《老残游记》第九回中的一段话：“儒、道、释三教，譬如三个铺面挂了三个招牌，其实都是卖的杂货，柴米油盐都是有的。”①对其讽刺这三教“卖杂货”之意姑且不谈，

① 刘鹗：《老残游记》，人民文学出版社，1957年，第80页。

它所说的“柴米油盐都是有的”却确有见地。换句话说,这三种学说或三种文化,尽管招牌不同,也尽管它们各有其庞杂的理论体系和高深的玄言妙理,但其中却都包含着像柴米油盐那样与日常生活密切相关且为人生所必需的思想内容。而人们之所以信奉与接受它们,其最终的目的也如同购买柴米油盐等生活必需品那样,是为了实用,即用以指导自己的人生实践。拿上述观点来看问题,则传统文化对封建时代读书人之人生实践的指导作用,就其主流导向和实际效果来说,便在于引领他们成为“合格”的士大夫文人。具体来说,儒家思想是封建社会的官方思想和正统思想,受其支配和影响,绝大多数的读书人都培育出了兼济天下的政治抱负和政治参与意识,他们立志成为尽责的士大夫,并想通过建功立业以实现自身的人生价值;而在其平居生活或不甚得志的精神状态中,则往往又援引释道思想来养护心境与调整心态,努力使自己常葆高远儒雅的生活情趣。因此,虽然传统文化的头绪相当繁杂,而且其内部也存在矛盾,但整合其实用功效最终便可归结为一点:驱使广大的读书人向着成为“合格”的士大夫文人这一人生目标前进——这个“合格”与否的标准,固然有“硬件”方面的要求(即能入仕为官,跻身于士大夫行列),但更重要的则是“软件”方面的条件——看其是否具有浓厚的士大夫意识(偏重于政治层面)和士大夫情趣(偏重于生活层面)。所以说到底,传统文化的文化功效最终便可“结穴”为士大夫意识和士大夫情趣的培养。由此出发,我们即可把士大夫意识和士大夫情趣作为衡量唐宋词对传统文化之传承的一杆标尺来使用。此为其二。

再次要谈到苏轼。人所公认,苏轼是一位饱受传统文化熏陶、“软件”和“硬件”齐备的士大夫文人,而其词中又充溢着浓厚的士大夫情志。所以想要剖析唐宋词对传统文化的传承,苏词的“士大夫化”就可选择为合适的“切口”。此为其三。

以上便是本文在写作思路方面的三层考虑,下面就让我们转入正题。

词体起源于民间,本是传唱在胡夷里巷间的流行歌曲。因此它一开始就显露了与文人诗歌有所异样的文学风貌,散放出不同于传统文化(相对而言也可称为“雅文化”)的俗文化气息。这只消读读敦煌民间词中的很多作品便知端的。而即使在文人染指于写词之后,词的语言风貌虽有较大的改观,但其思想旨趣却仍与文人诗歌保持着不小的距离。在这方面,《花间集》就很能说明问题。尽管它一洗民间词的俚俗之气而变成了所谓的“诗客曲子词”,但其作者的“诗客”身份却并没有改变其词的“曲子”(艳歌俗曲)的品性。也就是说,虽然作者都是士大夫文人,但其所写的小词却不类其诗那般地表现着士大夫情志。例如,号称“花间鼻祖”的温庭筠,其词中全是些相思绮怨、男女恋情,根本见不到他在诗中抒写的“欲将书剑学从军”(《过陈琳墓》)的人生感慨与政治抱负。更有甚者,花间词中还出现了一些意识低下、情趣粗鄙的“黄色”作品,如:“玉楼冰簟鸳鸯锦,粉融香汗流山枕。帘外辘轳声,敛眉含笑惊。　　柳阴烟漠漠,低鬓蝉钗落。须作一生拚,尽君今日欢。”(牛峤《菩萨蛮》)“相见休言有泪珠,酒阑重得叙欢娱,凤屏鸳枕宿金铺。　　兰麝细香闻喘息,绮罗纤缕见肌肤,此时还恨薄情无?”(欧阳炯《浣溪沙》)人们很难想象它们竟出自于两位在朝为官的士大夫文人之手。这就表明,花间词在很大程度上已偏离了“诗言志”的大方向,它所承载的感情内容也部分地逾出了传统文化所限定的伦理道德界限。而在北宋前期的词坛上,“浪子词人”柳永则更把词紧贴在当时商业经济和世俗生活之社会土壤上,并从市民文化中吸取思想养料,因此其词中就出现了颇有些离经叛道意味、大与传统观念龃龉不合的言论。例如,他公然将封建士人视为奋斗目标的功名斥为“名缰利锁”(《夏云峰》),自称“且恁偎红翠,风流事,平生畅。青春都一饷。忍把浮名,换了浅斟低唱”(《鹤冲天》)。此种享乐至上、恋情至上的思想就明显有背于儒家经典“立德、立功、立言”之古训,当然会受到封建统治者和正统士大夫的诟病。据《能改斋漫录》卷一六记载:宋仁宗“留意儒雅,务本理道,深斥浮艳虚薄之文”,故当他读到柳永《鹤冲天》词后,深感不满,特地将柳从进士榜中除名①。这实际也反映了两种文化(儒雅的传统文化和新兴的市民文化)的对立与冲突。故由以上情况可知:词在相当长的一段时间里(主要是民间词、花间词和柳永词这三个阶段),就曾与传统文化精神有所游离或偏离,有时甚至还承载着某些“异质”的文化内容。这样一来,唐宋词和传统的诗文作品相比自然会显得“低人一等”——诗文被士大夫文人用来“言志”“传道”,俨然成为传承传统文化的正统文体;而词则主要仅用以抒写他们私生活领域中的儿女柔情,故而只能目之为“小道”“薄技”。

但是,上述情况却并不是凝固不变的。这是因为,传统文化的力量是十分顽强而巨大的,它无孔不入地渗透到封建文人的精神生活中间,因此也必然会影响到他们的写词和读词活动。具体来讲,首先,唐宋词的作者绝大多数都是士大夫文人,他们一生都在传统文化中讨生活,因此就像从血管里流出血液那样,即使在其或以“谑浪游戏”的态度写出来的“小词”里头,也难免会流泻着传统文化的思想因素,映现着他们作为士大夫文人的部分精神面貌。例如中唐张志和所写的《渔父》词,就遥继屈原《渔父》的思想传统,抒写了他“浮家泛

① 吴曾:《能改斋漫录》卷一六,上海古籍出版社,1960 年,第 480 页。

宅”的士大夫隐逸情趣，一时引得许多文人纷纷唱和。再如，即使像柳永这样“骫骳从俗”的词人，其词中也照样出现过“宋玉悲感”“宋玉悲凉”之类失意文人的情志，它们与传统的“悲秋”意绪一脉相承。由此可知，虽然词体“别是一家”，但它照样难以抵御传统文化像水银泻地般的渗透和侵入。其次，特定的政治形势和特定的身世遭遇又会诱发词人强烈的人生感慨，从而将词之抒情拉近于诗之“言志”。例如，甚至在《花间集》中，也曾出现过像鹿虔扆《临江仙》那样“暗伤亡国”、慨叹社稷变置的作品；而李后主在国破家亡后则更写下了许多充满忧患意念的词篇。这种情况表明，词不可能永远固守其“别是一家”的藩篱，它迟早会像诗文一样成为接纳士大夫情志和传承传统文化的文学载体。对于唐宋词的这种蜕变趋势，王国维论李煜词的一段话就实已有所揭示，其言曰：“词至李后主而眼界始大，感慨遂深，遂变伶工之词而为士大夫之词。”①此话很有意思：李煜之前，如温庭筠、韦庄等人明明都是些士大夫文人，然而王氏却把他们的词贬为“伶工之词”；而李后主身为小国之君，王氏却称其词为“士大夫之词”（而非“帝王之词”）。由此看来，他所说的“伶工之词”与“士大夫之词”，其区别并不基于作者的真实身份，而实际基于文化属性和文化品位的雅俗、高下之分。如加演绎，则“士大夫之词”就分明可以归属于高雅的传统文化营垒，而“伶工之词”则带有着俗文化或异质文化的色泽和因素。所以，从一定意义上说，王国维用“变伶工之词而为士大夫之词”来评论李煜词的成就，其实也就揭示了唐宋词的必将回归传统文化轨道之发展趋势。虽然这一趋势在李煜之后曾被柳永一度阻断，但它却又在苏轼等人的推动之下有所“复活”并得到进一步的发展。故在下文中，我们就把苏词的“士大夫化”当作“切口”，用以剖析词对传统文化的传承。

苏轼是在传统文化中“泡”大的。这对他的终身具备士大夫意识和士大夫情趣起着至关重要的作用。据苏辙为其所作的墓志铭记载，苏轼十岁时即由母亲程氏“亲授以书”，年近二十时更是“学通经史”。在儒家经典著作的教诲之下，他自幼就“奋厉有当世志”，树立了忠君报国、经邦济世的宏图大志。同时，他又好读释道一类“杂书”，从中汲取思想养料。如他读到《庄子》之后，“喟然叹息曰：‘吾昔有见于中，口未能言，今见《庄子》，得吾心矣。’”“后读释氏书，深悟实相，参之孔、老，博辩无碍，浩然不见其涯也。”②因此若把苏轼的文化人格比作

① 王国维：《人间词话》，《蕙风词话　人间词话》，人民文学出版社，1982 年，第 197 页。

② 苏辙：《亡兄子瞻端明墓志铭》，曾枣庄、马德富校点《栾城集 · 后集》，上海古籍出版社，1987 年，第 1421－1422 页。

一棵大树的话，则传统文化就是其思想根柢，而士大夫意识和士大夫情趣就是从这个文化根柢上生发出来的繁枝密叶，二者之间存在着本末相通的联系。故而，我们就可以从苏词的“士大夫化”亦即苏词之反映和表现士大夫情志中触摸到它对传统文化的传承。

先说士大夫情志中的士大夫意识，这偏重于指政治层面的思想意识，尤其是指士大夫文人在担任朝廷官吏的政治角色时所怀有的思想意识。对此，苏词就有正反两方面的反映。就正面来说，最突出的就是人所俗称的“忠君报国”思想。例如他的名篇《水调歌头·丙辰中秋》有云：“我欲乘风归去，惟恐琼楼玉宇，高处不胜寒。”虽然后人对此有不同的理解，但神宗本人读后却说“苏轼终是爱君”①，他就敏锐地洞察到了词人的忠君之心。又如苏轼被贬黄州时所写的《西江月》下片云：“酒贱常愁客少，月明多被云妨。中秋谁与共孤光？把盏凄然北望。”杨湜《古今词话》评曰：“坡以谗言谪居黄州，郁郁不得志，凡赋诗缀词，必写其所怀，然一日不负朝廷。其怀君之心，末句可见矣。”②也就是说，即使身受贬谪，苏轼却仍始终“不负朝廷”，时刻眷念着远在汴京的皇上。其“把盏凄然北望”之句，就很使我们联想到杜甫的“夔府孤城落日斜，每依北斗望京华”（《秋兴八首》之二），拿苏轼评论杜诗的话来说，它也同样表现着“一饭未尝忘君”③的政治情怀。再如下面这些词句：“老去君恩未报，空回首、弹铗悲歌。”（《满庭芳》）“漫道帝城天样远，天易见，见君难。”（《江神子》）“道远谁云会，罪大天能盖。君命重，臣节在。”（《千秋岁》）……从中可知，“忠君”这一传统文化中的核心政治观念不仅是苏轼从事政治活动的思想准则，而且也成了他写词时心中挥不去的情结之一。而与“忠君”思想紧相伴随的，则是其“报国”的政治抱负，这在苏词中也有生动的体现。如其《江城子·密州出猎》一阕，就用豪健劲峭的笔调抒写了词人思欲效命立功、保疆卫国的豪情壮志，其主题全同于他同时所作的《祭常山回小猎》诗。至于其超级名篇《念奴娇·赤壁怀古》词则一方面塑造了“谈笑间、强虏灰飞烟灭”的英雄人物周公瑾的光辉形象，使人读后深感词人自身欲效先贤的怦然心动；另一方面又通过“多情应笑我，早生华发”的一声长叹，抒发了他忧惧年华虚度、自恨报国无门的悲情。所以清人谢章铤曾言：“读苏、辛词，知词中有人，词中有品，不敢自为菲薄。”④这个“词中有人”和“词中有品”

① 苏轼撰，龙榆生校笺：《东坡乐府笺》，商务印书馆，1958 年，第 41 页。
② 杨湜：《古今词话》，唐圭璋编《词话丛编》，中华书局，1986 年，第 30 页。
③ 苏轼：《王定国诗集叙》，《苏东坡全集》，中国书店，1986 年，第 311 页。
④ 谢章铤：《赌棋山庄词话》卷九，唐圭璋编《词话丛编》，中华书局，1986 年，第 3444 页。

的评语，实就高度赞扬了苏（辛）词映现着作者的士大夫人格和士君子人品，而其着眼处和支撑点就主要在于它们所表现的忠君思想和报国抱负。

再从反面来说，传统的士大夫意识除了“达则兼济天下”的积极用世思想之外，另又包含了“穷则独善其身”的明哲保身思想，这两者就共同构建了士大夫文人完整的政治思想面貌。而在这后一方面，苏词就更有充分的表现。我们且读他赴密州时寄赠苏辙的《沁园春》词，其下片就向读者展示了内心世界中的两个侧面：“当时共客长安，似二陆初来俱少年。有笔头千字，胸中万卷，致君尧舜，此事何难？用舍由时，行藏在我，袖手何妨闲处看。身长健，但优游卒岁，且斗尊前。”其中，既有“致君尧舜上，再使风俗淳”的远大政治志向，又有“用之则行，舍之则藏，惟我与尔有是夫”（《论语・述而》）的失意牢骚，这就相当简练而又完整地表述了作者在处置进退、出处、用舍、仕隐等重大人生课题时做好“两手准备”的灵活态度，而其思想渊源则明显从传统文化中来（如《论语・泰伯》曰：“天下有道则现，无道则隐。”《孟子・尽心上》曰：“穷则独善其身，达则兼善天下。”等等）。而随着苏轼在政治斗争中的屡遭打击，他就越发增浓了忧谗畏讥的危机心理和明哲保身的隐退心理，这在他被贬之后所作的词中比比可见。如他频频叹息“人生如梦”（《念奴娇》）、“世事一场大梦”（《西江月》）、“休言万事转头空，未转头时皆梦”（《西江月》），这种将人生看成梦境的思想实可看做其政治忧患感的深化和泛化。缘此，他就努力用释道思想来冲淡和排遣其政治郁闷，又向陶渊明等先哲处寻找精神养料以养护自己的心境。前者如《临江仙・夜归临皋》中所说：“长恨此身非我有，何时忘却营营。夜阑风静縠纹平。小舟从此逝，江海寄余生。”词人之所以最终能获得思想的解放与心情的放飞，就得力于他悟到惟有“忘却营营”才能克服“此身非我有”（即心为形役、身不由己）之痛苦的深刻道理，而这“身非我有”和“忘却营营”的思想命题便来自于《庄子》（《庄子・知北游》曰：“舜曰：吾身非吾有也，孰有之哉？”又《庄子・庚桑楚》曰：“无使汝思虑营营。”）。后者如其檃栝陶渊明《归去来兮辞》而成的《哨遍》词。此词从形式上看是一种改写（把辞赋改写成可以歌唱的词），而在内容方面却几乎是原汁原味地保留了原作的思想精华，所以尤能反映出苏词对于传统文化的忠实传承。

对于苏词之表现士大夫意识，限于篇幅，本文仅作了以上两方面的简述。然而苏词的上述状况，却又可以看作唐宋词之表现传统士大夫意识的一个缩影。特别在南宋词坛，随着民族矛盾的加剧和宋朝内部战、和两派斗争的激化，词中所表现的士大夫意识越趋深浓，而词对传统文化的传承也展现得更加明晰。最有代表性的例证莫过于辛弃疾词。辛词中洋溢着杀敌报国的豪情奇志，其“了却君王天下事,赢得生前身后名"(《破阵子》)的宏图大愿中就凝聚着严肃崇高的社会责任感和历史使命感;辛词中又弥漫着忧伤国事和身世的危机心理,以及"无道则隐"的退隐心理,观其"江头未是风波恶,别有人间行路难"(《鹧鸪天》)和"浮云出处元无定,得似浮云也自由"(《鹧鸪天》)等词句,便知此翁内心藏有多么浓重的政治忧患和多么迫切的归隐愿望。二者叠合,便把士大夫文人完整的内心世界端现在了读者眼前。而从其思想渊源和语辞来源来说,前人早已指出:"辛稼轩别开天地,横绝古今,《论》、《孟》、《诗小序》、《左氏春秋》、《南华》、《离骚》、《史》、《汉》、《世说》、选学、李杜诗,拉杂运用。"①此话虽侧重于从用语用典立论,但实际也揭示了它对传统文化的传承和"求援"。因此从词中苏、辛一脉承载着的厚重政治内容来看,唐宋词之传承传统文化特别是传统的士大夫意识,便可得到凸现。

再说士大夫情志中的士大夫情趣。与上文所谈的士大夫意识有所不同,这里所说的士大夫情趣侧重于指士大夫文人在其政治以外的人生活动中所怀有的各种生活情趣。前者偏重于政治层面,它们紧贴着"士大夫"的政治身份而生;后者则偏重于生活层面,它们更多地展现了怀有者的"文人"属性。而在这后一方面,谙熟传统雅文化的苏轼在其词中表露的士大夫生活情趣,确实要比柳永词所表露的沾染着市民俗文化气息的生活情趣显得高远和儒雅。

应该承认,在人生观方面苏轼和柳永有其相似的一面,那就是他们都认为人生短促、理当及时行乐。然而在如何寻找快乐的问题上,二者却存在着不小的分歧。拿柳永来说,他的享乐需求和人生乐趣就相当低俗与狭隘,不外乎醇酒美女,如其《夏云峰》词云:"越娥兰态蕙心,逞妖艳、昵欢邀宠难禁。筵上笑歌间发,舄履交侵。醉乡归处,须尽兴、满酌高吟。向此免、名缰利锁,虚费光阴。"又如其《如鱼水》词中说:"浮名利,拟拚休,是非莫挂心头……共绿蚁、红粉相尤。向绣幄、醉倚芳姿睡,算除此外何求?"这些坦率的自白向人们宣示:柳永的快乐观主要建筑在酒、色二字上面,此外则几乎再无他求,而其生活情趣的"骫骳从俗"也就不难想知。苏轼则不然。虽然他并不拒绝酒色歌舞之类的世俗享受生活,然而因其具有风流儒雅的文人禀性和深厚浑涵的文化修养,所以尽管同样是追求快乐,其生活情趣却显得宽广而又高远。而即使在其词中,我们也随处都可感受到他对各类人生活动所怀有的盎然兴趣:他广交朋友,尤其喜欢与志同道合的文士诗酒唱酬;他热爱自然,经常会忙中抽闲地逍遨山水;他对饮茶情有独钟,以便让自己在悠闲中细品人生的各种况味;他得空还到乡村中去走走,为的是闻

① 吴衡照:《莲子居词话》,唐圭璋编《词话丛编》,中华书局,1986年,第2408页。

一闻那桑麻蒿艾的芬香;至于读书、赏画、参禅、听琴之类的“雅玩”活动,更是这位大文豪的“家常便饭”。所以阅读此类苏词宛如欣赏一幅绘画长卷,它们全方位地反映了士大夫在政事以外的文化活动和休闲生活,其情趣则远比柳词显得宽广和高远。

不仅如此,苏词所表露的士大夫生活情趣更有其儒雅的文化品位和文化品性,这同样是柳词所难与比肩的。这里试以描写酒和女性的词来作比较。柳词中充满着对这二者的描写,然其兴趣主要在于它们能给自己提供感官的享受,故其情趣未免有些鄙俗。如其《昼夜乐》之下片云:“洞房饮散帘帏静,拥香衾,欢心称。金炉麝袅清烟,凤帐烛摇红影。无限狂心乘酒兴。这欢娱、渐入嘉景。犹自怨邻鸡,道秋宵不永。”无论是写饮酒还是写女性,它们最终都归结到为词人提供感官的欢娱和快感。而同样是写到酒与女性,苏词的兴趣却在于精神的愉悦与文化的享受。如其与友人赏瑞香花时所作的《西江月》中写道:“翠袖争浮大白,皂罗半插斜红。灯花零落酒花浓,妙语一时飞动。”尽管它也推出了美女劝酒、文人插花的风流旖旎画面,然而词人的真正快乐却在于对自己和知己好友们“妙语一时飞动”之高情雅趣作舒心惬意的自我欣赏,套用欧阳修《醉翁亭记》中的话来说亦即“醉翁之意不在酒(与色),在乎自我陶醉也”。所以苏词虽然未能“免俗”,它也经常会笔涉歌姬舞妾和其他类型的美妇人形象,但他不像柳词那样专注于其色貌之美,而是着重揭示其慧中秀外的心灵之美。如其《洞仙歌》所塑造的花蕊夫人形象,就既具“冰肌玉骨”的冰雪之姿,更有一颗珍惜生命、多愁善感的聪慧之心;又如其《定风波》中所写的柔奴,则不仅明眸皓齿和能歌善舞,而且更有常人难以企及的思想境界(竟能说出“此心安处是吾乡”这样豁达之言)。若与柳永笔下那位“暖酥消,腻云亸,终日厌厌倦梳裹”(《定风波》)但盼与情郎长厮守的女郎相比,苏词的女性形象中所投注的生活情趣和审美情趣就越发显得儒雅。所以,即使是写一不留意就会滑入淫靡之中的“危险”题材(即写及酒、色的词中),苏轼却仍能像“出淤泥而不染,濯清涟而不妖”的莲花那样保持着风流而又儒雅的士大夫情趣(事实上,即有人以苏轼咏荷花的词句“天然地别是风流标格”①来赞誉苏词的儒雅趣味)。而此种“好色而不淫”的趣味,显然得之于传统文化(尤其是《诗》《骚》)的教育和熏陶。

苏词之表现士大夫情趣简述如上,而它所具有的典型意义也是显而易见的。如前所说,早在中唐张志和的手里,词就抒写了士大夫文人的隐逸情趣;而潘阆、张先、欧阳修等人的词中,也曾多角度地抒写了他们身为雅士墨客的高情逸趣。

① 刘熙载:《艺概》,上海古籍出版社,1978年,第108页。

再经苏轼的大力推廓，词坛就因此而掀起了一股“复雅”之风，故至南宋词中就几乎摒弃了柳永词的淫冶风味而努力向诗的“雅正”“骚雅”靠拢。此种趋势就不仅是艺术风格的嬗变，往深处说它实又反映了士大夫情趣对词的有力渗入，也表明着传统文化在词中的进一步回归。

源远流长的中国传统文化曾为封建社会培育了一支数量巨大的士大夫文人队伍，同时又给他们的文学创作提供了丰沛的思想养料。应该指出，传统文化中有精华也有糟粕，它是瑜瑕互见的。而本文之论唐宋词对传统文化之传承，则主要着眼于传统文化中的积极思想因素，或曰对今人尚有启迪的思想蕴涵。前人评苏词有云：“东坡平日耿介直谅，故其为文似其为人。歌《赤壁》之词，使人抵掌激昂而有击楫中流之心；歌《哨遍》之词，使人甘心淡泊而有种菊东篱之兴……”①又云：“及眉山苏氏，一洗绮罗香泽之态，摆脱绸缪宛转之度，使人登高望远，举首高歌，而逸怀浩气，超然乎尘垢之外……”②它们就都指出了苏词具有激人奋进和使人超乎尘俗的精神力量。而此种精神力量，固然直接导源于苏轼本人的人格魅力，但进一步挖掘，它们又间接导源于传统文化中的菁华底蕴。所以尽管当代的读者并不要像古代读书人那样立志成为士大夫文人，但苏词和其他许多唐宋词篇中所表现和反映的高品位的思想情操与生活情趣却能吸引他们重新亲近中国古代文化的优秀传统，这对陶冶其性情和提升其精神境界无疑会有所裨益。

（原载《江海学刊》2003 年第 5 期）

① 陈鬚：《燕喜词叙》，王鹏运辑《四印斋所刻词》，上海古籍出版社，1989 年，第 749 页。

② 胡寅：《题酒边词》，毛晋编，施蛰存校点《宋六十名家词》丙集，上海杂志公司，1936 年，第 1 页。

略论晚唐五代词对正统文化的背离和修补

文学是文化的一个组成部分，文学创作和文学观念的某些新变，往往反映着文化的变异。从这个角度考察晚唐五代文人词（由花间词和南唐词所组成）的特异风貌，我们便可得出如下认识：自秦汉以来所形成的正统或主流的封建文化，至此正发生着部分的裂变；晚唐五代词所体现出的某些异质文化特征，既显示了词对正统文化的有所背离，又显示了词对正统文化之缺陷的某种修补。

秦汉以来，中华大地上建立起了中央集权的封建帝国。随着王权的巩固和强化，在社会意识形态领域里，也逐步形成了与王权相适应的正统或主流的思想文化。此种正统或主流的思想文化，当然具有多方面的特征，但从其实用功能和社会效应来说，则可称之为“政教文化”。也就是说，此种正统的思想文化，十分注重于经世致用，希冀自身能对社会的政治和教化产生影响与发挥作用。而在文学领域里，它们就结晶成为“诗以言志”和“文以载道”的文学观念。拿前者来说，虽然先秦典籍中早就出现过“诗言志”①和“诗以道志”②的说法，但它们所说的“志”却并不局囿于政治情怀，而大致是与“情”同义（孔颖达《左传正义》对“诗以言志”即作如下解释：“在己为情，情动为志，情、志一也”）③；但到了汉代的《毛诗序》中，这一提法却被抹上了强烈的政教色彩：“诗者，志之所之也。在心为志，发言为诗……故正得失，动天地，感鬼神，莫近于诗。先王以是经夫妇，成孝敬，厚人伦，美教化，移风俗。”④自此以后，诗的创作和诗的批评就几乎都摆脱不了“政教”二字对它们的影响。再拿后一句“文以载道”来说，由于古代的政论文章和学术文章都用散文形式写出，所以“文”和“道”之间的关系就尤为密

① 孔安国传，孔颖达，等正义：《尚书正义》，阮元校刻《十三经注疏》，中华书局，1980年，第131页。

② 庄子撰，郭庆藩辑，王孝鱼整理：《庄子集释》，中华书局，1961年，第1067页。

③ 杜预注，孔颖达，等正义：《毛诗正义》，阮元校刻《十三经注疏》，中华书局，1980年，第2108页。

④ 毛公传，郑玄笺，孔颖达，等正义：《毛诗正义》，阮元校刻《十三经注疏》，中华书局，1980年，第270页。

切。到了曹丕笔下,文章的地位竟被推到了“经国之大业,不朽之盛事”①的吓人高度;而后代的文论家们,也无不标榜“文以明道”②“文以载道”的主张③。因此,诗文领域里的这种“言志”论和“载道”论就相当鲜明地表明了正统文化所具有的“政教文化”性质。在这种文化的笼盖之下,中国古代的诗文作品其主流的创作倾向就可用白居易的两句话来概括,即“文章合为时而著,歌诗合为事而作”④,或曰“为君、为臣、为民、为物、为事而作,不为文而作也”⑤(《新乐府序》)。

平心而论,上述以儒家思想为指导、注重作品之社会效应的文学观念和批评标准,对封建时代的诗文创作确是起过积极作用的。举例来说,像杜甫那类忧国忧政、关怀民瘼的诗篇,像白居易那类揭露时弊、干预时政的诗篇,就都是在这种文学思想的指导下创作出来的。因此,正统的思想文化,乃至正统的诗文观念自有其合理性和积极意义;否则,它们就不可能绵延地存在于整个封建时代,并且在大多数的士大夫文人的头脑里根深蒂固地占据着统治的地位。但是,事物总是一分为二的。由于过分地强调文学创作要为封建王朝的政治和教化服务,这就容易导致两种主要弊病:第一是限制了文学的独立自主发展,削弱乃至剥夺了文学的其他功能(尤其是娱乐功能和审美功能),有损于文学作品的艺术性。第二是禁锢人们的正常情志,既蔑视个人追求自由发展和自身幸福的权利,又压抑他们丰富的心智和纷繁的欲念,从而造成了“定于一尊”的近乎窒息性的文化氛围。因此,这种正统的思想文化和文学观念,实际存在着缺陷。随着社会的向前发展,就必然会产生某种与之有所背离的思想文化和文学观念来修补前者的缺陷。而晚唐五代所新兴的“小词”,就标志着后一类思想文化和文学观念的悄然出现。

时至中唐,文坛上出现了两种新鲜的文体:一是文人创作的传奇小说,二是民间艺人和文人作者所试写的“小词”。对于这两种新型文体的兴起,古人往往抱有颇难理解的困惑。如洪迈曾说:“唐人小说,不可不熟,小小情事,凄惋欲

① 曹丕:《典论·论文》,严可均辑《全上古三代秦汉三国六朝文》,中华书局,1958 年,第 1098 页。

② 参见柳宗元《答韦中立论师道书》,董诰,等辑《全唐文》卷五七五,中华书局,1983 年,第 5813 页。

③ 参见周敦颐《通书·文辞》,曾枣庄、刘琳主编《全宋文》第 25 册,巴蜀书社,1992 年,第 274 页。

④ 白居易:《与元九书》,董诰,等辑《全唐文》卷六七五,中华书局,1983 年,第 6890 页。

⑤ 彭定求,等编:《全唐诗》卷四二五,中华书局,1960 年,第 4689 页。

绝,洵有神遇而不自知者。”①这个“洵有神遇而不自知者”的说法,就表明了他对传奇小说何以会兴起和何以能如此凄惋感人的不太能理解。又如陆游曾说:“诗至晚唐五季,气格卑陋,千人一律,而长短句独精巧高丽,后世莫及,此事之不可晓者。”②这个“事之不可晓者”,同样表现了他对词继诗兴并取得高超成就的迷惑不解。而王国维所提出的下列见解:“四言敝而有《楚辞》,《楚辞》敝而有五言,五言敝而有七言,古诗敝而有律绝,律绝敝而有词。盖文体通行既久,染指遂多,自成习套。豪杰之士,亦难于其中自出新意,故遁而作他体,以自解脱。一切文体所以始盛终衰者,皆由于此。”③虽说出了部分的原因,却还不够全面和深刻。比较而言,则明代卓人月的几句话就更能触到要处:“观唐以后诗之腐涩,反不如词之清新,使人怡然适性,是不独天资之高下、学力之浅深各殊,要亦气运、人心有日新而不能已者。”④他所提出的“气运、人心有日新而不能已者”的看法,尽管有些神秘和朦胧,但在实际上却道出了这样一个奥秘:时运推移,人心思变,时至中唐以后,随着中国封建社会由盛转衰、开始步入其中后期的变化,人们已对正统或主流的思想文化产生了一定程度的厌倦之感和思变心理;而随着商业经济的发展和市民力量的有所壮大,一种异质的思想文化就迎合着时代和人心的需求悄然生焉。表现在文学领域,就有一部分文人作者敢于趋新猎奇,大胆地试写传奇小说和曲子词这两种正统文学中前所未有的新体作品。

关于传奇小说的情况,由于不属本文的讨论范围,所以这里不准备多谈。但从其逐艳嗜美的审美心理和艺术风貌来看,其文化精神就与后之婉约词一脉相通。故洪迈对它的评价:“小小情事,凄惋欲绝”,同样可以移作对晚唐五代词的评语。因此,本文集中讨论晚唐五代词的问题(而读者则另可参酌唐人传奇的情况),或许就能看出中唐以后正统文化所发生的部分裂变趋势。

首先应指出,晚唐五代文人词的作者和中唐传奇小说的作者一样,本来都是士大夫队伍中的人(某些作者如李煜,则还是帝王)。他们既接受了正统文化的教育和熏陶,又担负着传播正统文化的责任,可谓正统文化的载体和传人。但是,上述情况主要反映在他们的诗文创作活动中。例如,号为“花间鼻祖”的温

① 汪辟疆校录:《唐人小说》序中转引,古典文学出版社,1955 年,第 1 页。

② 陈振孙:《花间集解题》引陆游语,《直斋书录解题》,上海古籍出版社,1987 年,第 614 页。

③ 王国维:《人间词话》,《蕙风词话　人间词话》,人民文学出版社,1960 年,第 218 页。

④ 卓人月:《词统序略》,沈辰垣,等编《历代诗余》,上海书店,1985 年,第 1425 页。

庭筠,虽然写过不少艳诗艳词,又曾被史书描写为“士行尘杂,不修边幅”①,但从根柢上说,却仍是一位士大夫文人。他出身官宦门第(其祖父温彦博曾任宰相),幼年饱读诗书,因此造就了满肚子学问(他曾嘲笑宰相令狐绹为“中书堂内坐将军”,即讥其无学问也)。这种学问,当然属于正统文化的范围。由此出发,他也曾创作过抒写政治怀抱和反映民生疾苦的诗篇。因此若是读一读他下面的这些诗句:“词客有灵应识我,霸才无主始怜君”,“莫怪临风倍惆怅,欲将书剑学从军”(《过陈琳墓》),以及“蕴策期干世,持权欲反经。激扬思壮志,流落叹颓龄。恶木人皆息,贪泉我独醒”(《过孔北海墓二十韵》),我们的眼前便会浮现一位怀才不遇、书剑飘零的书生形象,缘此或会修正对他一味放荡无行的片面看法。再如《花间集》中另一位与温庭筠齐名的词人韦庄,他在唐末考取进士,唐亡以后则辅佐王建创建蜀国(前蜀)。前蜀的开国制度、刑政礼乐乃至郊庙之礼、册书赦令,皆出于韦庄的策划(据张唐英《蜀梼杌》、辛文房《唐才子传》)。据此,他就更是一位正统文化的重建者。更有意思的是,就连曾写出“须知狂客,拚死为红颜”的词人牛希济,竟也写过宣扬儒家文学思想的《文章论》。由此可知,集体创造了花间词的作者们,其基本的“社会角色”仍都可以定位为士大夫文人,他们的文化人格当然主要仍由正统文化塑造而成。至于晚唐五代词的另一支脉——南唐词,其作者冯延巳和李璟、李煜三人,则是南唐小王国的宰相和君主,他们之恪守与维护正统文化,就更是不言而喻的事。拿后主李煜来说,史料上记载他“幼而好古,为文有汉魏风”②,“天性喜学问……尝一日叹曰:周公、仲尼,忽去人远。吾道芜塞,其谁与明?乃著为《杂说》数千万言,曰:特垂此空文,庶百世之下有以知吾心耳”③。若不是因他最终成为亡国之君,以及《杂说》的已经佚亡,我们简直可把李煜当作一位传播儒家思想的大学问家看待!

可是,奇怪的是,就是上面这批原先站在正统文化营垒里的人们,却最终写出了与传统诗文大异其貌的“诗客曲子词”,这岂非咄咄怪事?对此,就只能从“气运”和“人心”趋变所导致的正统文化已产生着部分裂变中去寻找答案。下面,就让我们沿着词之异貌中寓藏着异质的文化这一思路进行探究,而其着重点则集中在词对“政教文化”的背离与修补方面。

先从文化的品位和层次来看,相比之下,传统诗文可算是“雅文化”而新兴的曲子词则明显趋俗。传统诗文的作者通常被称为“骚人墨客”和“文人雅士”,

① 刘昫,等:《旧唐书》卷一四〇,中华书局,1995 年,第 5079 页。

② 陈彭年:《江南别录》,中华书局,1991 年,第 8 页。

③ 史虚白:《钓矶立谈》,中华书局,1985 年,第 17 页。

而词的作者则既有士大夫文人，还有平民百姓和乐工歌妓。更兼文人在写词时心中往往又存“此乃小道薄技，何妨谑浪游戏”的想法，因此词之文化品位势必比诗文有所下降。故而，无论是就作品的文化内蕴、思想深度而言，还是就作品的审美趣味、语言风貌而言，词都比诗文显得“浅”和“俗”。且读这样一首小词：“者（这）边走，那边走，只是寻花柳。那边走，者（这）边走，莫厌金杯酒。”（《醉妆词》）要不是人们已知词作者竟是“贵为人主”的前蜀后主王衍，或许就会将它当作一位暴富商人醉酒后的胡吟乱诌来看待。再如下面这首词：“春日游，杏花吹满头。陌上谁家年少足风流？妾拟将身嫁与，一生休。纵被无情弃，不能羞。”（《思帝乡》）从其口吻及感情内容来说，极像出自一位民间少女或风尘歌妓，而很难会猜想到它却出自后来曾任前蜀宰相的韦庄之手。由此可知：由于词体最初源于民间，它就与生俱来地带有着俗文学的“天性”，而即使是原先颇“雅”的文人写词，为了迁就词的这种“天性”，更为了迎合广大听众俗客的脾胃，他们也不得不放下架子，或者暂时转换其“角色”（例如韦庄之为少女或歌妓“代言”其恋情心理即是典型例证），人为地降低其词的文化品位，以适应当时这股“气运”“人心”趋俗的新潮流。故从文人所写的“诗客曲子词”之文化品位在总体上比其诗文作品有所下降，以及他们有意使之下降以“从众”或“媚俗”的情况中，我们就能看出正统文化已有裂变的苗头和趋势。而在这里，我们还应特别注意：自古以来，事实上一直存在着雅、俗文化（文学）的对立，但是以往的俗文化和俗文学，其创造者和欣赏者基本只是文化程度不高的平民百姓；而现今，除了民间艺人之外，却又有一批社会地位与文化修养都较高的文人雅士们不惜“纡尊降贵”、欣然握笔来写这不登大雅之堂的“小词”，这岂非显示着“气运、人心有日新而不能已”的事实？发展到后来，柳永等人专门创作讨“流俗人”喜爱的俗词（徐度《却扫编》卷下说柳词“多杂以鄙语，故流俗人尤喜道之”）①；再到后来，元明文人大量创作颇受平民欢迎的散曲和戏文，另有一些文人则在民间小说的基础上加工整理白话或半白话的长篇小说……这股文人“从俗”的创作潮流，其源就始于中唐以来文人之写“小词”（与此同时，则在中唐文人之写传奇中也已初露端倪）。所以，若从文化品位和文化层次来看，晚唐五代词在整体上所显露的趋俗风貌实已反映出了它对正统文化（高雅文化）的某种背离。

再从文化的生成背景及其“消费者”角度来看，词与传统诗文也有了明显的差异。诗文之创作，其背景大都离不开朝堂和书斋——或是用以在朝堂上进谏献策，或是用以在考场里应试逞才，或是用以在书斋中治学养性，或是用以在交

① 徐度：《却扫编》，中华书局，1985 年，第 172－173 页。

际场合以文(诗)会友。从这些情况出发,它们基本便可视为“朝堂文化”和“书斋文化”,而其“消费者”则除开封建统治者外,又往往只是创作者本身及其同圈子里的文化人,普通老百姓就很少有兴趣和有能力去欣赏那些古雅深奥的作品(白居易那类“老妪咸解”的浅俗作品可算例外)。从这个意义上讲,传统的诗文作品又可视为被少数人专利的“士大夫文化”。但是,词的情况就不同了。它产生于酒筵歌席,流行于里巷坊曲,若是放大视野来看,它就属于“城市文化”并带有很浓的“商业文化”气息。请读韦庄的这两首词:“春晚,风暖,锦城花满,狂杀游人。玉鞭金勒,寻胜驰骤轻尘,惜良辰。 翠娥争劝临邛酒,纤纤手,拂面垂丝柳。归时烟里,钟鼓正是黄昏,暗销魂。”(《河传》)“锦里,蚕市,满街珠翠,千万红妆。玉蝉金雀,宝髻花簇鸣珰,绣花裳。 日斜归去人难见,青楼远,队队行云散。不知今夜,何处深锁兰房,隔仙乡。”(《河传》)词中所描绘的蜀国都城(今之四川成都,古称锦城、锦里、蚕市),是何等的富丽繁华和充满着商业气息,其中最触人眼帘的则尤是那满城的酒馆和青楼,以及满街的红妆歌妓与白马狎客。证之《蜀梼杌》中的下列记述:“是时蜀中富庶,夹江皆创亭榭游赏之处,都人士女倾城游玩,珠翠绮罗,名花异香,郁馥森列……上下十里,人望之如神仙之境。”①可知韦词所写,实非虚言。故而花间词所产生的背景,就正是这种充满着酒、色和商业氛围的城市环境。虽说词也流行于边陲乡村,但那里就只能产生像“孟姜女,杞梁妻,一去燕山更不归。造得寒衣无人送,不免自家送征衣”(《捣练子》)之类的朴素民间小曲,而不可能成批生产出大量浓艳的“花间”品牌之艳词。所以词的主要“温床”和文人词的基本“作坊”,就应是那商业繁华、色情业发达的城市环境(这一点在北宋表现得尤为明显,孟元老《东京梦华录序》就说得十分清楚:“新声巧笑于柳陌花衢,按管调弦于茶坊酒肆。”②这两句话就揭示了作为“新声”之小词产生于商业环境的事实,而它们的“消费者”也就不再局囿于士大夫文人中间,而是面向着广大的城市居民)。这样一来,词就跳出了“朝堂文化”“书斋文化”“士大夫文化”的圈子,而带有了平民化、大众化、城市化、商业化的文化色彩(当然是有限度的)。这种发展趋势,实际也形成了对正统文化(士大夫文化)的一定背离。

谈过以上两种背离之后,我们再来谈词对正统文化的第三方面背离情况,此即相对于正统文化的基本属于“政教文化”,词却在一开头就背离此传统轨道而

① 张唐英撰,王文才、王炎校笺:《蜀梼杌校笺》,巴蜀出版社,1999 年,第 375 页。

② 孟元老:《东京梦华录》,孟元老,等《东京梦华录(外四种)》,古典文学出版社,1956 年,第 1 页。

滑向了“娱乐文化”和“佐欢文学”的方向。而这第三方面的背离,又是与前两种背离同步产生和保持一致的——随着词的趋俗和面向市民群众,它就不可能再像诗文那样板着面孔传道说教,而必须“更弦改辙”,走向为娱乐服务、为享乐助兴的道路。但始料不及的又是:因着这种由为政教服务而转向为娱乐服务的功能转换,却引发出了文学观念的一系列变化,并由此形成了词不类于诗文的特异风貌,这真是一个饶有意味的问题。下面就对此展开论析。

在如何看待文学的功能方面,晚唐五代词人是颇有些“离经叛道”意味的。请看,在那篇可以看成词之“独立宣言”的《花间集序》中,欧阳炯写道:

> 镂玉雕琼,拟化工而迥巧;裁花剪叶,夺春艳以争鲜。是以唱云谣则金母词清,挹霞醴则穆王心醉。名高白雪,声声而自合鸾歌;响遏行云,字字而偏谐凤律。杨柳大堤之句,乐府相传;芙蓉曲渚之篇,豪家自制。莫不争高门下,三千玳瑁之簪;竞富樽前,数十珊瑚之树。则有绮筵公子,绣幌佳人,递叶叶之花笺,文抽丽锦;举纤纤之玉指,拍按香檀。不无清绝之词,用助娇娆之态。自南朝之宫体,扇北里之娼风。何止言之不文,所谓秀而不实。
>
> 有唐已降,率土之滨。家家之香径春风,宁寻越艳;处处之红楼夜月,自锁嫦娥。在明皇朝,则有李太白应制《清平乐》词四首。近代温飞卿复有《金筌集》。迩来作者,无愧前人。
>
> 今卫卿少卿字弘基,以拾翠洲边,自得弱毛之异;织绡泉底,独抒机杼之功。广会众宾,时延佳论。因集近来诗客曲子词五百首,分为十卷。以炯粗预知音,辱请命题,仍为叙引。昔郢人有歌阳春者,号为绝唱,乃命之为《花间集》。庶使西园英哲,用资羽盖之欢;南国婵娟,休唱莲舟之引。①

这篇序言,涉及好多方面的问题。但从文学观念和文学理论的角度出发来剖析与梳理其内容,便可发现其中最醒目的一点即是:它公然宣称,词是一种用以娱乐和佐欢的文学。这就勇敢地冲破了“政教文化”的桎梏,并以此作为突破口,导引出对于词文学之纯情、嗜艳、求美特性的大胆肯定之论,从而在理论上宣示了词的正式“独立”。

先看其坦然标榜词体的娱乐功能和佐欢作用,这从全文对于写词、唱词的享乐氛围之激赏之情中即可充分感知。试想,在这花天酒地、歌舞声色的环境中写

① 赵崇祚辑,李一氓校:《花间集校》,人民文学出版社,1998 年,第 1-2 页。

词,作者的头脑中此刻难道还会存有"为圣贤立言"的念头?否也。序言明谓:"不无清绝之词,用助娇娆之态",又曰:"庶使西园英哲,用资羽盖之欢。"这就画龙点睛地道出了他们写词与选词的目的,基本上只是为着享乐佐欢,而决非"言志"与"传道"。这一点或许堪称整部《花间集》的理论之"纲"。而无独有偶,南唐词的创作,也同样体现着这种以词作为娱乐品的文化消费心理。如陈世修《阳春集序》称冯延巳"以金陵盛时,内外无事,朋僚亲旧,或当燕集,多运藻思为乐府新词,俾歌者倚丝竹而歌之,所以娱宾而遣兴也"①。这"娱宾遣兴"四字,也就是娱乐与佐欢的另一种说法。及至宋代,则此类话头就出现得更多,如欧阳修《采桑子》小序曰:"敢陈薄技,聊佐清欢"②,如晏几道《小山词自序》称其作词为"期以自娱"③,如晁补之《调笑》词序曰:"上佐清欢,深惭薄技"④,如《乐府雅词》中的《调笑集句》序曰:"行乐须及良辰,钟情正在吾辈……集古人之妙句,助今日之余欢……"⑤一句话,词是"小道""薄技",它根本不必与什么"志"与"道"扯上关系,它的任务就只是让作者自己和听众观客感到开心与快意!这样一来,"政教"二字简直已被溺于酒色中的词人丢到了九霄云外,而文学本身固有但常被正统文化所强行削弱与剥夺的娱乐功能至此却在词中得到了回归和强化。尽管我们深知,上述视词为娱乐工具的认识实是片面和有害的,它必然会影响词的健康发展,但从冲击传统须用猛力、矫枉有时难免过正的角度来看,则晚唐五代词的公然背离"政教文化"和以"娱乐文化"自命,在一定程度上毕竟具有着解放思想和更新观念的意义。对此,可从下述两方面看:

第一,它在实际上肯定了词人"享受人生"的权利,尤其是肯定了他们对于恋情的追求。我们知道,封建时代的士大夫文人因受政治地位和文化熏陶的制约,基本都属于"政教中人":在政治舞台上,他们战战兢兢,力争做忠于职守的官吏;而在公众场合,其一言一行又须符合于"非礼勿视,非礼勿听"的道德规范,这势必会禁锢其人性的正常发展,压抑其追求幸福的欲念。但是,在晚唐五代词中,词人们却向我们展示了他们转入"幕后"的另一幅人生画卷:"芳年妙妓,淡拂铅华翠。轻笑自然生百媚,争那尊前人意。　酒倾琥珀杯时,更堪能唱小词。赚得王孙狂处,断肠一搦腰肢。"(尹鹗《清平乐》)"轻敛翠蛾呈皓齿,

① 施蛰存主编:《词籍序跋萃编》,中国社会科学出版社,1994 年,第 15 页。
② 唐圭璋编:《全宋词》,中华书局,1965 年,第 121 页。
③ 同①,第 52 页。
④ 同②,第 581 页。
⑤ 同②,第 3647 页。

莺啭一枝花影里。声声清迥遏行云，寂寂画梁尘暗起。　　玉斝满斟情未已，促坐王孙公子醉。春风筵上贯珠匀，艳色韶颜娇旖旎。”（魏承班《玉楼春》）在这春风沉醉的夜晚，他们尽兴地喝酒，尽情地赏歌，放肆地与歌女调情作乐，其情状正如一幅《韩熙载夜宴图》。而对这种享乐生活和两性交往，《花间集序》的作者（他本身也是集中的一位作者）就用如下颇富得意自豪之感的笔调来作描绘："则有绮筵公子，绣幌佳人，递叶叶之花笺，文抽丽锦；举纤纤之玉指，拍按香檀……"这实际就在为词人的艳情生活大唱赞歌，扩大来说，也即充分肯定了他们卸下"政教中人"面具之后的另一种生活方式。虽然我们并不赞同上述生活方式及其内含的享乐主义人生观，但针对正统文化向来禁锢自由情志、压抑正常人性的不合理性，晚唐五代词就表现了对于个人幸福的高度关注，以及对于"享受人生"的空前热情。这多少体现了人性的复苏和高涨之势，体现了人的自我价值随着社会演进而有所"升值"的趋向，故而具有着思想解放的积极意义。当然，封建文人之懂得享乐和追求享受（包括女色的享受），绝非始于此时；而晚唐五代词人的溺于酒色，也可以视作剥削阶级腐朽本性的进一步暴露。但是，我们看问题却不应过分简单。理由之一，前代文人虽也偶尔在其诗文作品中自我"曝光"其享乐生活，但在正统文化的维护者看来，这类作品就是应予鄙视和排斥的（如南朝宫体诗就一直遭到非议，即是典型例证）。但晚唐五代词却偏不买这个账，它们津津有味地大写词人在私生活中的尽情享乐和男女交往，这不能不说是思想的一种解放。理由之二，词之描写享乐生活，固然带有腐朽淫靡的思想色彩，但若将它过滤一下，则又会发现其中另有其合理和积极的思想成分。拿现代人的观点来看，人类生而具有追求幸福的权利，因此，只要不做违法乱纪的坏事，就应力争充分地享受人生。但是，正统文化却拼命压抑这种权利，造就了一大批活得很累很累的循规蹈矩者，以及某些实际上贪图享受但外表却道貌岸然的伪君子。这就是正统文化的一大缺陷，也可说是它的悲剧性结果。而现今，晚唐五代词人却表里如一地向人宣告：至少在私生活领域里，咱们要尽量活得惬意和潇洒一些。这就顺应了芸芸众生、普通市民企求人生快乐的愿望，合乎天理和人心。故而对此就不必厚非。

第二，出于娱乐的需要，晚唐五代词就形成了纯情、嗜艳和求美的创作倾向。这是因为：既然词不必用来"传道""言志"，而专门用以佐欢娱乐，那就大可打破礼教的束缚，放手大写心中的隐私之情，这就造成了它纯情求真的抒情特色。而在诸多隐私之情中，词人所最感兴趣的则又是男女艳情，这又形成了它嗜艳的审美心理。再者，由于娱乐的需要，词人又希望自己的小词能快于耳目，这就驱使他们精心讲究其词的声律美和文辞美，以期与妙龄歌妓的窈窕腰肢、娇美面容和呖呖莺声相得益彰,这又形成了它求美的文体特性。对此,《花间集序》的下列词句就可作证:“镂玉雕琼,拟化工而迥巧;裁花剪叶,夺春艳以争鲜。”“名高白雪,声声而自合鸾歌;响遏行云,字字而偏谐凤律。”“不无清绝之词,用助娇娆之态。”隐藏在它们背后的,岂不就是那种纯情、嗜艳和求美的文学新观念?而花间词和南唐词中的大量作品,就更为我们提供了直观的例证。如身为小皇帝的李煜,竟也不顾皇家之尊严,写下了如下这些熏香掬艳的小词:“晓妆初过,沉檀轻注些儿个。向人微露丁香颗,一曲清歌,暂引樱桃破。　罗袖裛残殷色可,杯深旋被香醪涴。绣床斜凭娇无那,烂嚼红茸,笑向檀郎唾。”(《一斛珠》)“花明月暗笼轻雾,今宵好向郎边去。刬袜步香阶,手提金缕鞋。　画堂南畔见,一向偎人颤。奴为出来难,教郎恣意怜。”(《菩萨蛮》)前者写男女在闺房中的调笑取乐,后者写男女在月夜的幽会偷情(有人猜测是与小周后的幽会),真是绘声绘色,香艳沁骨,尽显词之大胆言情和嗜艳求美的“本色”风味。而在李煜的诗文中,就绝不可能出现此类作品。由此可知,词真是“别是一家”(李清照《词论》语)的异类文学作品,它之所以会形成与诗文异貌的纯情、嗜美、求美的文体特色,在很大程度上就与词人之文学观念(主要指词体观念)部分地背离了正统文学理论有关。由于词人首先在词的功能问题上冲破了“政教文化”的束缚,纲举而目张,这就引出了随后的一系列观念更新。所以,比起把文学当作政教之工具的理论来,把词当作娱乐品的看法既可视为倒退,却又可以视为进步。而不管是进还是退,晚唐五代词无论在思想观念还是在艺术风貌方面均与正统文化有所背离,这却是一个不争的事实。

以上,我们论述了晚唐五代文人词对正统文化的三种背离倾向,尤其侧重于论述它对“政教文化”的离经叛道,而尚未对其修补正统文化之缺陷展开专门的论述。但实际上,它对正统文化的背离同时就意味着它对正统文化的修补。这是因为:它的背离,正是朝着修补正统文化之缺陷的方向而去的。这可从以下两方面情况来看:首先,正统文化有着压抑人性和禁锢情志的缺陷与弊病,而词因跳出了“政教文化”的束缚,敢于大胆言情和真率抒情,因此人性和人情中的各种内容(尤其是人对快乐的追求和对恋情的渴求)全都在词中得到了高度的肯定和张扬,这就弥补了正统文化和传统诗文的缺陷。其次,正统文化只管强调文学的政教功能,而颇为横蛮地削弱甚至是剥夺了文学的娱乐功能和审美功能,而词则借着“娱乐文学”的保护伞,强化了自己的娱乐功能和审美功能,并由此而形成了真、深、艳、婉、美的词境,这岂非标志着中国古典诗歌的更臻成熟和精美?所以说到底,词对正统文化的背离,并非一味在作破坏的工作,而是有破有立、相反相成地在作修补性的建设工作。不然的话,何以会有那么多的文人雅士在其创作诗文之余要欣然握笔写词，而又有那么多的读者会心醉于词的温馨芳泽？王国维曰："词之为体，要眇宜修，能言诗之所不能言，而不能尽言诗之所能言。"①这"能言诗之所不能言"，扩大而言，就正好说明了它对正统文化之缺陷所作的某种修补。

回顾前代，当然也有人提出过与正统文化和正统文学理论有所背离的主张，如陆机针对"诗言志"而另提"诗缘情而绮靡"（《文赋》）的口号，也还有若干文人实际上把诗当作娱情消遣的文学工具看待，但它们却未形成为"气候"。而只有当晚唐五代文人词（以及唐人传奇）起来之后，文学舞台（指文人登台表演的舞台）上才始出现了人情（尤其是儿女柔情）空前洋溢和人性空前高昂的新气象与新景观，而文学的娱乐功能和审美功能也得到了人们的高度重视，这不能不归功于晚唐五代词人的努力。及至后代，宋元明清的不少文人又踵步前贤，继续创作了大量雅俗共赏的词曲小说，这或可视作事情的进一步顺流而下吧。所以瞻前顾后，我们就不能不重视晚唐五代词在中国文学和中国文化发展史中的推陈出新作用。

（原载《文学遗产》2001 年第 3 期）

① 王国维：《人间词话》，《蕙风词话　人间词话》，人民文学出版社，1982 年，第 226 页。

"归心正似三春草"

——略论苏轼词中的"怀归"意蕴

在苏轼的诗词作品中,"怀归"可说是一个相当醒目的主题。如其诗云:"我谢江神岂得已,有田不归如江水。"(《游金山寺》)"约束家僮好收拾,故山梨枣待归来。"(《寄馏合刷瓶与子由》)又如其词云:"归心正似三春草"(《虞美人·述怀》),"我欲乘风归去"(《水调歌头·丙辰中秋))……由此可证,苏轼一向怀有着很为强烈的怀归心愿。不过,如若细细体味他诸多的怀归诗词,其中所寄寓的情志却又并不尽同。因此剖析苏轼作品中的怀归意蕴,就能从一个侧面透视其丰富复杂的感情世界和灵活洒脱的人生态度。本文即拟以苏词为研究对象,展开这方面的论析。

苏词中的怀归之情,首先是因心系故乡而感发的。此种思乡情怀虽属一般意义上的怀归意蕴,但在苏轼词中则表现得尤为真挚与沉厚。词人早在21岁时就与胞弟苏辙随父亲苏洵离开四川眉山的老家赴汴京应试,而在以后45年的宦游生活中除开两次短暂的回乡(一次是22岁时回乡奔母丧,另一次是32岁时护送父柩返乡)之外,就一直在异乡生活,因此对他这样一位感情异常丰沛的文人来说,思念故园和盼望归乡自然就成了其心中常怀的情结之一。这在他的许多词篇中即有明确的表露。如云:"梦到故园多少路,酒醒南望隔天涯。"(《浣溪沙》)"故山知好在,孤客自悲凉。"(《临江仙·送王缄》)"故山犹负平生约。西望峨嵋,长羡归飞鹤。"(《醉落魄·席上呈杨元素》)"归去来兮,吾归何处?万里家在岷峨。"(《满庭芳》)"一纸乡书来万里。问我何年,真个成归计?"(《蝶恋花·送春》)……据此可知不管词人身在何处,他的脑海深处却总抹不去峨嵋山的美丽倩影,而其耳畔似乎也老是回响着岷江湍急的水声。甚至,当他远在黄州时犹会从此间的长江水流想象到它必定夹带着来自岷峨的云浪(《满江红》:"江汉西来,高楼下、蒲萄深碧。犹自带、岷峨云浪,锦江春色")。这就说明,词人对于哺育过他的蜀中山水怀有着多么强烈的眷恋之情!而在对于故乡的怀念之中,以下两番情景则尤其使他常萦于心:一是幼时与苏辙志同道合、读诗共勉的天伦之乐。据苏辙回忆:"辙幼从子瞻读书,未尝一日相舍。既壮,将游宦四方,读韦苏州诗，至‘安知风雨夜，复此对床眠’，恻然感之。乃相约早退，为闲居之乐。”①这种在故乡老宅中所培育出的手足之情，以及当年“相约早退”的情志，后来就成为苏轼追怀往事时经常提到的话题。如他与苏辙在郑州分手时赠辙诗云：“寒灯相对记畴昔，夜雨何时听萧瑟。君知此意不可忘，慎勿苦爱高官职。”（《辛丑十一月十九日与子由别于郑州西门之外，马上赋诗一篇寄之》）又如其《东府雨中别子由》诗云：“对床空悠悠，夜雨今萧瑟”，其《满江红·怀子由作》词云：“孤负当年林下意，对床夜雨听萧瑟。”从中可知，当年与胞弟同在老屋对床而语、听雨共眠的一幕，几乎已成了苏轼怀念故乡之思中间定格了的镜头。二是与王弗在家乡成亲时的闺房之乐。王弗是苏轼的原配妻子，两人恩爱情深。只可惜她红颜薄命，年纪轻轻就病逝他乡，后被归葬眉山故里。因此当苏轼梦回故园之时，其梦境中就会“不思量，自难忘”地浮现出当年与她恩爱并肩的画面。在他“乙卯正月二十日夜记梦”所作的《江城子》词中，人们就见到了他俩在闺房里耳鬓厮磨的亲密情景：“夜来幽梦忽还乡。小轩窗，正梳妆。”虽然这只是他们伉俪情深的“冰山一角”，但在那故乡的老宅中确实尘封着词人对第一次婚姻生活的无数温馨回忆。故从以上情况来看，在苏轼的怀归意绪中，对于故乡和亲人的怀念占有着相当大的比重。这和普通人的情况并无二致，但因词人乃是一位悃诚忠厚的性情中人，所以他对故土故里的思归之情也就表现得特别沉挚与深厚。

不过，如前所述，苏轼自33岁第三次出蜀以后，却再也无缘重返故乡。自此以后他对家乡的怀归心愿便只能成为泡影——这真是他引以为憾的一个心病。那么，旷达的苏轼又是如何来弥补这一心灵缺憾的呢？其办法即在于“泛爱”二字。据宋人笔记云：“苏子瞻泛爱天下士，无贤不肖欢如也。尝言：‘上可陪玉皇大帝，下可以陪卑田院乞儿。’子由晦默少许可，尝戒子瞻择友。子瞻曰：‘眼前见天下无一个不好人，此乃一病。’”②既然在待人和择友问题上苏轼尚且如此宽厚地泛爱众生，那么在看待故乡与他乡的优劣方面他同样会持宽厚泛爱的态度而不致陷入苦苦思乡的乡愁中不能自拔。所以一方面词人也和常人一样赞美着自己的故乡与盼望能重返故里，另一方面对他邦的美丽山水和风土人情也怀有相当热烈的喜赏之情。其诗中，就不止一次地赞颂过江浙的山水。如他在杭州西湖楼醉书的五首绝句，就曾用这样两句作总结：“我本无家更安往？故乡无

① 苏辙：《逍遥堂会宿二首〈并引〉》，曾枣庄、马德富校点《栾城集》，上海古籍出版社，1987年，第158页。

② 贾似道：《悦生随抄》，陶宗仪，等编《说郛三种》，上海古籍出版社，1988年，第238页。

此好湖山。”于此即见他对西湖的心醉。而在《喜刘景文至》一诗中，他甚至许下了死后葬身于苏杭的心愿（“平生所乐在吴会，老死欲葬杭与苏”）。虽然这些诗中带有着几分无奈，但它们确又显露了作者真心喜爱苏杭的心迹。而在词中，苏轼也曾反复赞美过江南的风光，如云：“湖山信是东南美”（《虞美人·有美堂赠述古》），“钱塘风景古来奇”（《诉衷情·送述古迓元素》），“买田阳羡（今江苏宜兴）吾将老，从来只为溪山好”（《菩萨蛮》）……因此在他眼中，“吴蜀风流自古同”（《卜算子·自京口还钱塘道中寄述古太守》），吴越大地就完全可以当作自己的第二故乡来看待。这样一来，词人就通过泛爱祖国河山而克服了思乡的苦闷。所以虽然苏轼与常人一样常怀“有家归不得”的乡愁，但他的胜人之处却在于能以自己宽广的胸怀和豁达的性格来消释那种由乡土观念所引发的离乡之愁。

其次，除开一般的思乡之情以外，苏词中的怀归意蕴另还具有其政治层面上的内涵，此即：当词人固守其封建士大夫的本位之时，它们表现为对朝廷与京师的眷恋；而在他厌倦宦海风波与渴望心灵自由的时候，它们又表现为对归隐江湖的向往。前一种情况可举其作于密州的《水调歌头·丙辰中秋》为例，其中“我欲乘风归去”等句，就被很多论者诠释为思念神宗皇帝和希望重新回京做官（同时却又忧惧政治风浪）之意①。再如其被贬黄州时所写的《西江月》，其中的“中秋谁与共孤光，把盏凄然北望”两句，也曾被人理解为“不负朝廷”和“怀君”②。而更有说服力的例证则还可举他晚年作于海南岛的诗词。如其《澄迈驿通潮阁二首》诗之二云：“余生欲老海南村，帝遣巫阳招我魂。杳杳天低鹘没处，青山一发是中原。”此时苏轼已被流放达六、七年之久，自忖将终老于斯岛，但其眷恋京师与中原的深情仍压抑不住地溢于言表。而他在遇赦北返前夕所写的《千秋岁》词中，也同样表现了对汴京的怀念和对“君命”“臣节”的崇奉（“一万里，斜阳正与长安对”“君命重，臣节在”）。故从以上情况来看，苏轼就是一位恪守封建伦常的士大夫文人。然而作为一名具有独立人格的卓特人物，他的内心深处却又始终怀有另一种人生理想与精神追求，此即对于隐逸生活与心灵自由的热烈向往。这在他未出仕前与苏辙“相约早退”的举动中便已显露端倪。后因他

① 黄苏《蓼园词选》、董毅《续词选》均主此说。黄苏《蓼园词选》：“缠绵惋恻之思，愈转愈曲，愈曲愈深，忠爱之思，令人玩味不尽。”黄苏、周济、谭献选评，尹志腾校点：《清人选评词集三种》，齐鲁书社，1988年，第86页。董毅：“忠爱之言，恻然动人。神宗读‘琼楼玉宇，高处不胜寒’之句，以为‘终是爱君’，宜矣。”张惠言、董毅辑：《词选　附续词选》，中华书局，1957年，第132页。

② 杨湜《古今词话》即持此论：“凡赋诗缀词，必写其所怀，然一日不负朝廷，其怀君之心，末句可见矣。”唐圭璋编：《词话丛编》，中华书局，1986年，第30页。

在仕途中饱尝了迁谪之苦，这就更使其渴望归隐的意绪变得越发深浓。此时他词中的怀归对象，便不再指向琼楼金阙而转向了乡村田园与山林江湖。例如其作于徐州任上的五首《浣溪沙》，字里行间全都充溢着词人对农村纯朴生活和淳厚民情的热爱与赞美，而末一首中的“何时收拾耦耕身”与“使君元是此中人”二句则将他真想卸任务农、回归乡间的心愿表露无遗。再如他曾作《蝶恋花·述怀》，明确说道：“底事区区，苦要为官去？尊酒不空田百亩，归来分得闲中趣。”也可视作其厌官乐隐的心声。而尤能显示苏轼厌倦宦海生涯和向往心灵自由的怀归意愿者，则还应提到他在被贬黄州时所写的《临江仙》：“夜饮东坡醒复醉，归来仿佛三更。家童鼻息已雷鸣。敲门都不应，倚杖听江声。　　长恨此身非我有，何时忘却营营？夜阑风静縠纹平。小舟从此逝，江海寄余生。”词人在此实际是对自己的前半生做了深刻的反思，其结论是：本是好端端一个自由自在的人，却因何会弄得此身长非我有，甚至落到如今被贬谪与编管的下场？这岂非全因自己的投身宦海所致！而既已被卷入官场斗争的是非圈中，政治风浪就在所难免，再要想摆脱世事之纷扰与保持心态的安泰，可就难矣！因此在这夜深人静之际，词人便从江声波影中获得了富有禅机的感悟：“小舟从此逝，江海寄余生”——虽然在现实生活中是身不由己，但只要让自己的心灵之舟驶离尘世的名利场而回归到宁静的大自然中，那就定能寻觅到避风的港湾和栖身的乐园。所以综观苏轼一生虽然始终都未能像陶渊明那样真正退隐于田园，但其聪明处正在于能在无奈之中另觅心灵归隐的变通办法，这就使他在面临“仕”与“隐”的矛盾时找到了精神的出路。故而说到底，苏词中的此类怀归之叹，一方面确是出于他本性渴望回归自然的意愿，另一方面却又寄寓着他厌倦宦游生活和忧惧仕途风险的身世感慨。为此，我们就可把它们视为苏词怀归意蕴中属于政治层面上的思想内涵。

然而，苏词的怀归意蕴中更加耐人咀嚼的内容，是在于其哲学层面上的内涵。与常人不同，苏轼所怀归的“家”不仅是形而下的物质居所，更是一种形而上的精神家园。换句话说，他不仅企求自己能与家人常聚在一起享受天伦之乐，或者是从官场的争斗中脱身出来而归隐于山林田园，还经常会思索这样一些问题：“人生底事，来往如梭？”（《满庭芳·元丰七年四月一日余将去黄移汝》）“此身如传舍，何处是吾乡？”（《临江仙·送王缄》）这就意味着词人对于纷纷扰扰的人生到底有何意义、何处才是心灵的归宿一直存有疑问，并就此而进行着不懈的思索。而这类对于人生目的与精神家园的哲理性思考，就构成了苏词怀归意蕴中的哲学层面之内涵。剖析此类意蕴，既能揭示词人在寻觅心灵憩息地时所经历的曲折心路历程，又能充分感受他的过人睿智与旷达。

大致说来,苏轼对精神家园的寻觅,经历了一个由悲观到达观和由迷惘到"豁然开朗"的心路历程。而他所最终彻悟的"此心安处是吾乡",就不仅成了他个人在逆境中得以安身立命、泰然处之的思想法宝,也成了后代许多读书人所服膺的人生哲学。对此,先让我们从苏轼的悲观与迷惘说起:

在不少人心目中,苏轼是一位很乐观的文人。如林语堂在《苏东坡传》中就把他称为"秉性难改的乐天派"①。但此种印象其实只对了一半。若往深处来说,则苏轼的内心却经常盛满着忧患人生的愁情。拿他语及"人生"二字的诗词为例,如其诗中的名句"人生到处知何似,应似飞鸿踏雪泥"(《和子由渑池怀旧》),就明确写出了他深感人生如飞鸿般栖居无定的飘泊感,而当时他还只是一位26岁、涉世未深的青年人!再如其词中所说的"人生如逆旅,我亦是行人"(《临江仙·送钱穆父》),也道出了他在现实生活中找不到精神家园的迷惘与失落。因此探求其心灵底层,苏轼非但不曾盲目乐观过,相反却对人生深怀着悲观的看法。这种悲观,一是来源于他覃思深虑的诗人气质(由于勤于思索,就能敏锐地感受人世悲凉的一面),二是由于他接受了儒、道、佛等多种思想中的消极因素之影响(如他在《石苍舒醉墨堂》诗中曾戏言"人生识字忧患始",由此即知接受文化教育对其忧患心理形成之重要影响),三则与他人生道路上所经历的种种不如意事件有关。而在诸类不如意的事件中,又以政治打击和贬谪之灾最为严重,它们是苏轼滋生忧患心理的直接动因。例如其诗中曾出现过九处"人生如寄耳"的咏叹②,而其中七句都写在被贬黄州之后,由此即见"乌台诗案"及后来的再贬儋州对他人生观的深刻影响。再以词为例,他在贬居黄州时就发出过一连串"人生如梦"的浩叹(如《南乡子·重九涵辉楼呈徐君猷》中说:"万事到头都是梦",《江神子》中说:"梦中了了醉中醒",《念奴娇·赤壁怀古》中说:"人生如梦",《醉蓬莱·重九上君猷》中说:"笑劳生一梦"……),这也明显与他跌入人生低谷和陷于政治困境的遭遇密切相关。不过,与上文主要因厌倦宦海生涯而感发的怀归之叹有所不同,苏轼此类因慨叹"人生如寄"与"人生如梦"而派生的怀归意绪,却并不仅仅停留在政治感慨的层面之上,而已进一步扩展成为对于整个人生到底有何意义及心灵之舟究竟应驶向何处才能找到归宿的哲理性思考。至于其思索的结果,则又是相当悲观的。如其《满庭芳》中写道:"蜗角功名,蝇头微利,算来着甚干忙?"(据薛瑞生先生考证,此词亦作于黄州期间③)请

① 林语堂:《苏东坡传》,上海书店,1989年,第5页。
② 王水照:《苏轼的人生思考和文化性格》,《文学遗产》,1989年第5期。
③ 苏轼撰,薛瑞生笺证:《东坡词编年笺证》,三秦出版社,1998年,第427页。

看他把大千世界中芸芸众生的全部人生活动一语概括为一场为浮名微利的“干忙”（白忙、瞎忙），这种彻底看穿人世的理念反映了他对人生持有十分消极的看法。因此，苏轼就常因寻找不到心灵的归宿而感到迷惘与悲哀。

但是，如若仅止乎此的话，苏轼就不可能成为后代读者所深为仰慕与喜爱的东坡先生了。他之所以具有倾倒众生的人格魅力，之所以被许多中国读书人奉为自己精神上的良师益友，在很大程度上是由于他用自己的人生感悟为人们指出了一条虽然身陷困境却能在心理上达到自我解脱的简捷道路，此即：乐天知命，调整心态。这就可以缓解甚至消释来自现实世界的压力，使其精神状态常处于泰然的境地。仍以其怀归词来说，当他自感人生无家可归，灵魂陷于“不自觉皇皇欲何之”的彷徨状态时，他就改用如下的思想来安慰与开释自己：“念寓形宇内复几时……委吾心、去留谁计？神仙知在何处，富贵非吾志。但知临水登山啸咏，自引壶觞自醉。此生天命更何疑，且乘流、遇坎还止。”（《哨遍》）虽然上述思想源于古人而非苏轼之“原创”，但从前贤所留传下来的繁富思想文化遗产中偏偏挑出这些来为我所用，且在自己的词中对之重加演绎与发挥，这就既见他与陶渊明等前代“明哲保身”者们在任运随化观念上的高度契合，又见词人对于乐天知命之人生哲学的深切体悟。所以，苏轼是打不垮的，其原因即在于他通过自身的人生体验，认清了这样一条“规律”：“人有悲欢离合，月有阴晴圆缺，此事古难全。”（《水调歌头·丙辰中秋》）而既然人世间永远会存在各种无法弥补与克服的缺憾，那么最好的处置办法就莫过于坦然面对、任天而动了，如此就可随遇而安，到处都可找到自己的精神家园。在这方面，很能说明问题的作品就是他为友人王巩之侍妾柔奴所写的《定风波》词。它的下片如此写道：“万里归来年愈少，微笑，笑时犹带岭梅香。试问‘岭南应不好’？却道‘此心安处是吾乡。’”其中“此心安处是吾乡”一句，便浓缩着词人通过“心安”（在乐天知命的思想基础上调整心态）而达到“人生到处可以为家”之超旷豁达思想境界的心路历程，并又显示了他在面对困境时善于“化险为夷”的聪明与睿智。当然，据苏轼在词序中说，这一警句的发明权自该归之于柔奴①，而另一位宋人吴曾则认为“其语本出白乐天，东坡偶忘之耳”②。

① 其词序云：“余问柔：‘广南风土，应晃好？’柔对曰：‘此心安处，便是吾乡。’因为缀词云。”苏轼撰，薛瑞生笺证：《东坡词编年笺证》，三秦出版社，1988 年，第 488 页。

② 吴曾《能改斋漫录》卷八：“余以为此语本出白乐天，东坡偶忘之耳。白《吾土》诗云：‘身心安处是吾土，岂限长安与洛阳？’又《出城留别》诗云：‘我生本无乡，心安是归处。’又《重题》诗云：‘心泰身宁是归处，故乡独可在长安？’又《种桃杏诗》云：‘无论海角与天涯，大抵心安即是家。’”吴曾：《能改斋漫录》，中华书局，1985 年，第 204 页。

其实,这正是所谓“英雄所见略同”:正是因为苏轼本人早就通过自己的人生实践参悟了这一番道理,所以他才会怀着十分钦佩与赏识的心情将柔奴的话写入自己的词中(或者又不避袭用白居易诗意的嫌疑)。而若再佐证以他其他的词作,我们就更可明白“此心安处是吾乡”就确是苏轼本人经过深思熟虑后获得的人生哲理。例如,早在他为柔奴写《定风波》之前(也即从柔奴口中听到“此心安处,便是吾乡”之前),其《浣溪沙·自适》①词中就曾出现过这样的句子:“倾盖相看胜白头,故山空复梦松楸,此心安处是菟裘。”这“此心安处是菟裘”意指虽然不能真正辞官回乡,但只要心安却也能退而求其次地达到心灵归隐的目标。(“菟裘”语出《左传·隐公十一年》:“使营菟裘,吾将老焉。”后世即以它代指致仕退隐之地。)它与“此心安处是吾乡”不仅意思相近,而且在句法字数上都一致。再如他在后来所作的《临江仙·辛未离杭至润别张弼秉道》词中也曾如此写道:“我劝髯张归去好,从来自己忘情。尘心消尽道心平。江南与塞北,何处不堪行?”而在此之前,词人已在宦海中沉浮过32年又经历了“乌台诗案”及贬居黄州的苦难;在此之后,说不准哪天又会重新遭受新一轮政治风浪的袭击(事实是:仅过了三年,他又遭到更远的贬谪)。但苏轼却已抱定宗旨:只要自己真正做到“消尽尘心”和彻底“忘情”,那么此心既安,就管它塞北江南何处不可去得?而也正是怀着这种“此心安处是吾乡”的处世态度,他才能在最为困难的逆境之中战胜物质和精神方面的种种压力,常葆其坦然的心态和旺盛的生命意志。对此可举其两首小诗为例:“半醒半醉问诸黎,竹刺藤梢步步迷。但寻牛矢觅归路,家在牛栏西复西。”“总角黎家三四童,口吹葱叶送迎翁。莫作天涯万里意,溪边自有舞雩风。”(《被酒独行,遍至子云、威、徽、先觉四黎之舍》)请看,置身于天涯万里的海南,筑屋在牛棚之邻的荒村,此身又年迈六旬,可诗人却仍然保持着一副老顽童的乐观心态——若不是“心安”,又岂能达到如此的精神境界?

所以,综合以上情况可知,苏词怀归意蕴之哲学层面上的内涵大致包括以下三层哲理性的思考:一是词人对于人生目的与人生意义的疑惑和迷惘,他不断追问着“人生到处知何似”与“人生底事,来往如梭”一类事关生命价值的根本性问题。二是他由此而得出的悲观结论:“人生如寄”“人生如梦”,人生到头来只是一场为虚名浮利而驱奔追逐的“干忙”而已。而最为可贵的则是其第三层次的内容,此即他在失望甚至是近乎绝望的时候,却又找到了自我振作、走出心理困境的思想良方——乐天知命,任运随化,在“安心”中寻觅自家的精神乐园。而

① 薛瑞生《东坡词编年笺证》将它定为甲寅(1073)三月作,比为柔奴所写的《定风波》早了十余年。苏轼撰,薛瑞生笺证:《东坡词编年笺证》,三秦出版社,1998年,第67页。

这一方面的内容,如拿现代人的话来诠释,就接近于“诗意栖居”的意思。试想:“人生到处知何似?应似飞鸿踏雪泥”和“人生如逆旅,我亦是行人”,不就讲的人生一世只是暂时栖身于地球村上吗?而“此心安处是吾乡”“此心安处是菟裘”,以及他对“闲中趣”的热烈讴歌(如其《蝶恋花·述怀》中说:“尊酒不空田百亩,归来分得闲中趣”,《南歌子》中说:“我是世间闲客,此闲行”,《行香子·述怀》中说:“几时归去,作个闲人。对一张琴,一壶酒,一溪云”……),则就是词人要努力在平凡或艰难的生活中自寻“诗意”的表现。所以,一方面苏轼对于人生的忧患有着十分深切敏锐的感受,另一方面他却又能调整心态,尽量在有限的生命历程中寻找快乐与诗意。这就终于使他最后以一位“忧患来临,一笑置之”①的达观者之形象耸立在千百年来读者的心目之中。

当然,苏轼的感情世界和精神面貌是十分复杂的。他的心路历程也并不像我们剖析的那样呈直线递进的状态与走势,而是翻覆交叉、时往时复的——例如,他刚刚获得了暂时的“安心”,但不久却又重新陷入于悲观苦闷之中;而在苦恼了一阵之后,却又会再次振作起来——所以苏轼词中的怀归之叹就往往同时交织着多重层面的思想内涵,并又随其特定的人生境遇而凸现出不同的感情指向。但不管他每次感发的怀归之情有何差异,人们通过对苏轼怀归诗词的诵读与涵咏,却可因此而结识到一位精神上的良师益友——他对故土的深深眷恋,会使每一位身在异乡的读者为之感动;他对山林田园和农村生活的怀归之情,也会引发许多身在尘俗而渴求心灵自由的读者对于回归自然的心驰神往;而尤其是他的能以“安心”来战胜困难和寻觅自己的精神家园,就更能启人心智,帮助暂陷于逆境之中的人们得以自我振作。所以表现怀归心愿的作品虽然只占苏词的部分篇幅,但它们却足以从一个侧面向人们展示词人丰富复杂的感情世界和灵活洒脱的人生态度,并又向后代读者提供着相当丰润的精神滋养。

(原载《中国韵文学刊》2002 年第 1 期)

① 林语堂:《苏东坡传》,上海书店,1989 年,第 7 页。

试论唐宋词中“归家”意蕴对前代作品的传承与变异

思念家园,渴望归家,可以说是古今中外的离家者们所共同怀有的心理。而对古代的中国文人来说,则沉积在他们心头的这份恋家心理又显得格外的沉重。汉人语曰:“安土重(颜师古注:重,难也)迁,黎民之性;骨肉相附,人情所愿也。”①此言就揭示了国人特别思家恋乡的两大主要原因:一是小农经济基础上所生养成的恋土守乡意识,二是宗法社会所培育出的看重血缘关系和家庭亲情的民族性格。缘此,一代又一代的中国古代文人,就都曾用十分忧伤的调门唱出了一支又一支思家怀归的小曲,而且往这个永恒的文学“母题”中不断投放进新的感情内容。由此而来,“归家”就成了古典诗词所贮存的人生意蕴中既具历史贯通性、又具不同时代特色的一项重要内容。

以唐宋词来说,由于词人的尤其多愁和善感,所以在整个唐宋词坛上人们就自始至终都能聆听到他们渴望归家的迫切心声。例如,在被人尊为“百代词曲之祖”②,据传是李白所作的两首词中,打头的一篇《菩萨蛮》就是抒写思归心情的名篇:“平林漠漠烟如织,寒山一带伤心碧。暝色入高楼,有人楼上愁。　玉梯空伫立,宿鸟归飞急。何处是归程?长亭连短亭。”只要是有过漂泊经历的人,就任谁读它都会掩卷怃然,心潮难平。而在两宋交替之际,又有不知多少被迫逃难至江南的士人曾经遥望中原倾诉过他们背井离乡的忧思和企盼回家的热望:“扁舟去作江南客,旅雁孤云。万里烟尘,回首中原泪满巾。”(朱敦儒《采桑子》)“旅枕元元梦,寒更每自长。只言江左好风光,不道中原归思转凄凉。”(吕本中《南歌子》)……及至宋词的终结阶段,回荡在词坛上的则更是那一群被元兵掳至北方的南宋宫女们渴望归家的哀哀啼泣:“燕塞月,缺了又还圆。万里妾心愁更苦,十春和泪看婵娟。何日是归年?”(华清淑《望江南》)“天渐晚,把酒泪先弹。塞北江南千万里,别君容易见君难。何处是长安?”(陶明淑《望江南》)……因此可以这样认为:在唐宋词人集体性的人生咏叹中,渴望“归家”的

① 班固:《汉书》,浙江古籍出版社,2000年,第73页。
② 黄昇选:《花庵词选》,中华书局,1958年,第11页。

咏叹就显得特别的深情绵邈;而唐宋词之所以洋溢着感人至深的艺术魅力,也明显与它能出色成功地状写了人所共有的忧伤而又美丽的“归家”情怀大有关联。不过与此同时我们却又发现,正像《文心雕龙》所言:“时运交移,质文代变”①、“文律运周、日新其业”②,唐宋词中所贮存的“归家”意蕴一方面明显传承了前代文学作品中的相关意蕴,另一方面却又带有着自身的时代特色和文体特色。这就使它既体现了历史的贯通性,又显现了一定程度的变异和“出新”。而这后一方面的情况,就尤其值得我们细加审视和剖析。

先从传承的角度来看问题,事实相当清楚:唐宋词中抒写的“归家”之情,一脉相承地承继着前代文学作品中的同类意绪,它们同样包含着如下几类大致相近的感情内容和人文蕴涵:一是家庭亲情。人所共知,“归家”本是连动物都具有的本能行为,这只要读一读古诗中所写的“鸡栖于埘,日之夕矣,羊牛下来”(《诗经·王风·君子于役》)、“月明星稀,乌鹊南飞。绕树三匝,何枝可依”(曹操《短歌行》)等情景即可明白。但人类的“归家”渴念却并不像动物那样仅仅出于栖身和休息等生存繁衍方面的生理性需求,而另又具有着寻获感情依赖和心灵慰藉的精神性需求。简单来说,家不仅是可庇风雨和吃饭睡觉的场所,更是人们最感温馨和最感快慰的精神乐园。这里有着生我养我的父母双亲,有着情同手足的兄弟姐妹,还有着同床共枕的妻子(或丈夫)和血脉相联的子女。因此对于尤重血缘亲情的中国人来说,他们渴望归家的意念中首先就包含着对于家中亲人的深深思念,这在《诗经》以来的大量相关作品中早就表现得相当充分。而词中的思归之作,情况也同于此。以苏轼为例,他在离家出仕后就经常会怀念当初与胞弟苏辙风雨共烛、对床夜语的情景(如《满江红·怀子由作》中说:“孤负当年林下意,对床夜雨听萧瑟”),又曾在梦中飞回故乡与亡妻重享夫妇团聚的人伦之乐(《江城子·乙卯正月二十日夜记梦》曰:“夜来幽梦忽还乡。小轩窗,正梳妆”)。所以他尝自言“归心正似三春草”(《虞美人·述怀》),这在很大程度上就是因追怀在眉山老家时所享受过的家人团圆之乐而感发的。由此可证,词中的“归家”之情也同前代作品一样,首先是扎根于家庭亲情之中的。二是乡土之恋和故国之思。由于家是依附在故乡的土地之上的,所以思欲归家之情便会自然延伸为对故乡的怀念和对祖国的眷恋。例如,古人常把“家”与“国”、“乡”与“邦”联称为“家国”与“乡邦”,这就可知:在特定的情况下(远离祖国或身历亡国之变)对家的思念实际又寓藏着对祖国或故国的深切眷恋之情。屈原

① 周振甫:《文心雕龙全译》,中华书局,1986 年,第 392 页。
② 同①,第 274 页。

被流放和庾信于梁亡后流寓北方时的许多怀归之作,就交集着此类丰富而又复杂的家国之感。而词中也常见这种情况,如南宋词人洪皓被执金邦时曾有“怀归”词云:“冷落天涯今一纪,谁怜万里无家”(《临江仙》)。其“无家”就既指离家,又指远离故乡和祖国。再如宋亡后隐居不仕新朝的刘辰翁,其“送春”词中写道:“江南正是堪怜!但满眼杨花化白毡。看兔葵燕麦,华清宫里;蜂黄蝶粉,凝碧池边。我已无家,君归何里……”(《沁园春》)他说的“我已无家”实际非指自己的“小家”已无,而是暗喻着南宋的灭亡。所以在不少身经离乱和亡国遭遇的词人笔下,“归家”之思就是紧紧地与乡土之恋与故国之思交织在一起的。这和前代某些作品的情况也十分相似。三是隐逸之趣。尽管家庭是组成社会的细胞,但二者之间毕竟又存在着一定的差别。相比而言,社会是一个充满争斗与风险的场所,而家庭则往往是个人的避风港湾。因此在古代诗文中,“归家”就常常成为避世隐逸的象征。在这方面,陶渊明的《归园田居》和《归去来兮辞》就最能说明问题。而在词中,也同样反映出上述情况,如南宋吴潜(官至参知政事兼枢密使等职,后又被贬远谪)就曾一口气写下过14首起句均为“家山好”的《望江南》词,其中首首都流露了厌倦仕途与讴歌隐逸的情趣。如其第五首云:“家山好,结屋在山椒。无事琴书为伴侣,有时风月可招邀,安乐更相饶。　伸脚睡,一枕日头高。不怕两衙催判事,那愁五鼓趣趋朝,此福要人消。”又如其第六首云:“家山好,底事尚忘归?但我辞荣还避辱,从渠把是却成非,跳出世关机。　将五十,老相已相催。争得气来有甚底,更加官后亦何为,奉劝莫痴迷。”在他笔下,“归家”就有说不尽的好处:既不用五鼓上朝、入衙判事,更逃避掉了尘俗的是非纷争和险恶的宦海风波,想睡就睡,想玩就玩,此种福分岂是官场中人所能享受到的?因此综合以上几类感情内容可知:唐宋词中的“归家”意蕴从总体而言就与前代文学作品中的相关意蕴基本类同。而此种情况就体现了唐宋词对传统文化的接力式传承。

然而与此同时人们却又不无惊讶地看到了另一种似乎有些反常的现象——虽然词中的“归家”意蕴同前代诗文一样,其内核不离家庭人员之间的亲情,但若细究则词中所写的亲情却甚少对父母的孝情和对子女的父爱等方面的内容,而多的是对妻妾或非婚恋人之思念和爱恋。换句话说,词在很大程度上产生了淡化血缘之情而大为浓化男女恋情的倾向。这在封建时代是颇显怪异与令人困惑的,足以引发人们的思索。

不妨先从前代作品谈起。如前所说,由于国人素重血缘关系,又因古代社会奠基于以一家一户为生产单位的小农经济基础之上,人们幼时需赖父母鞠育,临老又要靠小辈赡养,所以就十分自然地形成了尊老爱幼的传统习俗与心理定势。

故从《诗经》以来的文学作品中，离家者们所率先思念的对象便往往是父母与子女，其中又尤以惦念父母亲最为多见。例如《诗经》中《小雅·四牡》的主人公是一位受王命派遣、长期出差外地的使臣，他自抒其思家之情道："王事靡盬，不遑将父"，"王事靡盬，不遑将母"（王事无休无止，弄得我无暇赡养父母），"岂不怀归，是作用歌，将母来谂（思念）"。他所深深思念的，便是家中的双亲二老。而《唐风·鸨羽》中的主人翁虽是一位庄稼汉，但当他服役在外时心所挂念的却也同样是父母的衣食："王事靡盬，不能艺（种）稷黍，父母何怙（恃）"，"王事靡盬，不能艺黍稷、父母何食"。（除此之外《诗经》中还写及对于兄弟的手足之情，如《邶风·泉水》："女子有行，远父母兄弟"。）由此看来，在较早出现的抒写思归之情的作品中，作者的感情指向并不像后来的唐宋词那样集中于妻妾或恋人。及至汉魏六朝，诗中的"归家"意蕴已渐渐增浓了恋情的成分。如《古诗十九首》中就有这样一首游子思念家乡恋人的诗篇："涉江采芙蓉，兰泽多芳草，采之欲遗谁？所思在远道。还顾望乡路，长路漫浩浩。同心而离居，忧伤以终老。"诗中所写的望乡之情就基本是男女间的恋情。不过这种想家而且主要是思念恋人的情况却并不太普遍，我们试看陶渊明那篇传诵千古的《归去来兮辞》，他在归家途中所急迫希望见到的便是其可爱的稚子："乃瞻衡宇，载欣载奔，僮仆欢迎，稚子候门。三径就荒，松菊犹存。携幼入室，有酒盈罇……"而到了唐诗里头，虽然思妻之情已在思家之情中占有了较大的比重，但"归家"的意蕴却并不因此就狭化成为夫妇恋情。例如杜甫那首著名的《月夜》诗："今夜鄜州月，闺中只独看。遥怜小儿女，未解忆长安……"诗人虽然主要是惦念那远在鄜州的妻子，但同时却并未忘怀不在自己身边的小儿女们。而在其《北征》诗和《羌村》诗中，杜甫一方面写足了与妻子重新见面时的悲喜交集："经年至茅屋，妻子衣百结。恸哭松声回，悲泉共幽咽。""夜阑更秉烛，相对如梦寐。"但另一方面却又不忘写出与孩子们团聚时的快乐与辛酸："平生所娇儿，颜色白胜雪。见爷背面啼，垢腻脚不袜。床前两小女，补绽才过膝……生还对童稚，似欲忘饥渴。""晚岁迫偷生，还家少欢趣。娇儿不离膝，畏我复却去。"所以读他上述描写思家和归家的诗篇，我们就深感老杜不仅是伉俪情深，更是一位舐犊情深的好父亲。此外，若不是因为他的父母此时已经亡故，可以肯定，人们又必将在其"归家"诗中读出他对双亲的一片赤诚孝心！故从前代作品的总体情况来看，"归家"意蕴所包含的亲情内容就是"全方位"的，而并不单一地表现为对妻妾或恋人的眷念——如果硬要比较，则对于反哺之情和舐犊之爱的描写在总体上还领先于对夫妇之情的描写。

但是到了唐宋词中，情况却发生了很大的变化。翻检两万余首词篇，人们就很少读到专写怀念父母及爱怜子女的作品，而随处都能感到男女恋情所散放出的温馨与香艳。这大使我们感叹：词真是别一种文学世界！缘此，在那些抒写思归之情的词篇中，别说从未见到过"谁言寸草心，报得三春晖"（孟郊《游子吟》）这样歌颂母爱的名句，就连慈母的侧影也极少瞥见——有之，则刘克庄的《沁园春·送包尉》可算是例外，但就在有关于慈母的镜头一闪而过之后，作者却马上用大团笔墨去描绘夫妇的聚散："想慈颜望久，灵乌乍噪；新眉画就，郎马频嘶……丈夫南北东西，应笑杀离筵粉泪啼。怅佳人来未，碧云冉冉；王孙去后，芳草萋萋。明日相思，山重水复，古道人稀茅店鸡。"由此看来，在词人的心目中，父母和子女的位置似已显得不太重要，而只有那"新眉画就"和"粉泪啼泣"的佳人才是他们牵肠挂肚和朝思暮想的主要对象。为了证实上述看法，还可举姜夔和蒋捷的词为例。先说姜夔，他一生未曾做官，长期在外漂泊，因此其词中就颇多归家之思。但观其所思之人，却只是妻子或旧时的恋人。如其《八归》中说："想文君望久，倚竹愁生步罗袜。归来后，翠尊双饮，下了珠帘，玲珑闲望月。"前两句不写自己想她，而反过来写她正在倚竹盼望郎归，这就更显得款款情深。后三句则想象自己归家之后，与她举杯共欢、并肩望月，也使人深感其两情之缱绻。而类似于此的描写还如其《眉妩》中的下列词句："翠尊共款，听艳歌、郎意先感。便携手、月地云阶里，爱良夜微暖。"词中所写的夫妇对饮、共度良宵情景，也着实让人感受到了归家后的快乐甜蜜。其次再说蒋捷，他那首《一剪梅·舟过吴江》就是广为传诵的"归家"名篇。其词如此写道："一片春愁待酒浇，江上舟摇，楼上帘招。秋娘渡与泰娘桥。风又飘飘，雨又萧萧。　何日归家洗客袍？银字笙调，心字香烧。流光容易把人抛，红了樱桃，绿了芭蕉。"从中不难感知，词人思归的心情竟是何等的急迫！但他归家之后所最想做的事情却并非拜谒堂上二老，而是与妻妾在闺房中共享薰香调笙的夫妇之乐。再如他"兵后寓吴"（宋亡后流落吴地）所作的《贺新郎》，劈头几句即是："深阁帘垂绣。记家人，软语灯边，笑涡红透。"可知他在国破家亡、流离失所之后，心中的"亮点"仍是那昔日绣帘华灯旁妻妾们温柔的面容和迷人的笑靥。而蒋捷本是一位奉守儒家伦理的文人，"平生著述，一以义理为主"①，但就连他所写的思家词中也尽见对妻妾的眷恋，这就越发可证词中的"归家"意蕴，确已淡化了孝情父爱而强化了男女恋情。此事就好不令人感到蹊跷！

那么，是否唐宋词人就真的缺乏孝心和父爱？答案当然是否定的。且不说他们的诗文中曾出现过很多描写孝情和父爱的作品（随便举例：如欧阳修的《陇

① 万斯同：《宋季忠义录》，鄞县张氏约园刊本，1937 年，第 13 页。

冈阡表》就是一篇追怀亡父的“千古至文”，而陈师道《示三子》诗的抒写怜子怜女情怀也确实感人肺腑)，就拿词来说，在敦煌词中也曾出现过思念父母的“归家”词篇。其词云：“作客在江西，得病卧毫釐。还往观消息，看看似别离。村人曳在道傍西，爷娘父母不知。身上缀牌书字，此是死不归。”(无名氏《长相思》)词中的这位流浪者病倒在异乡客地，竟被当地人拖曳在路旁，可他的心却还在为无法报答父母养育之恩和不能再受爷娘之关爱而深感负疚与痛楚。这就说明，从本性上说，唐宋词人的血缘亲情并不比前人淡薄；而文人词中之所以会淡化孝情父爱而唯独强化男女恋情，原因就主要出于词的文体特性和词人所怀的某种“时代心理”。

先说词的文体特性。词自转入文人之手以后就逐渐形成了好写儿女柔情的独特体性。造成这种情况的主要原因有二：一是词的创作与传播大都是在歌妓侑酒和演唱的场合中进行的，所以它就特别适宜和擅长于抒写温柔委婉的男女恋情；二是文人通常又视词为“小道”“薄技”，因此他们就敢于利用它来抒写诗文中所不便吐露的儿女私情。这样一来，写词者就“约定俗成”地养成了一种心理定势和习惯做法：“词为艳科”，似乎“不着些艳语”就“不似词家体例”①。对此，可举一个有代表性的例子来作说明。温庭筠作《蕃女怨》词云：“碛南沙上惊雁起，飞雪千里。玉连环，金镞箭，年年征战。画楼离恨锦屏空，杏花红。”究其原意，作者本想描写沙场的征战生活，但写着写着，这首本该属于“边塞词”的作品最后却变成了一首异常哀怨的“闺怨词”。这就表明，词体确实存在着向艳情方向倾斜的顽强习性。故当词人们提笔抒写“归家”之情时，当然更会把思念妻妾的满腔柔情当作首选的抒情内容来作津津有味和淋漓尽致的抒写。

再说“时代心理”。时至唐宋时期，由于某种历史契机，不少士人的生活理想与审美心理都产生了嗜“艳”和趋“柔”的微妙变化。具体来说，在个人的生活目标方面，他们不但企求建功立业和在从政道路上有所作为，而且渴望获得爱情生活的幸福和美满；而在文学创作中，他们既重视用诗文作品来传道和言志，又特别乐意用小词来抒写其私生活中产生的儿女柔情。上述倾向，早在晚唐五代词中就有明显的反映。例如，一部《花间集》，其五百首作品中十之八九就都抒写着词人的艳情柔思。这就足以证明：嗜“艳”趋“柔”几已成了花间词人共同的生活理想和审美心理。而宋代词人中，即便像苏轼这样的豪放之士，其思想深处却照样沾染着此种嗜“艳”趋“柔”的“时代心理”。试读其声蜚词坛的“赤壁怀古”词(《念奴娇》)，其中所歌颂的英雄人物周瑜就不仅建立了使强虏灰飞烟灭

① 张炎著、夏承焘校注，沈义父著、蔡嵩云笺注：《词源注　乐府指迷笺释》，人民文学出版社，1981年，第71页。

的卓著功勋，而且词人特意将他年轻化，使其成为初娶江东美女小乔的新郎。由此就不难窥见苏轼及当时很多士人所共同怀有的人生理想：一是建功立业，二是婚姻美满，而这在金元以来流传在读书人中间的谚语"洞房花烛夜，金榜题名时"中也可得到印证。因此，既连咏史怀古等严肃题材的词篇尚且还烙有嗜"艳"趋"柔"之时代心理的印痕，那么本就以抒写家庭成员之间的亲情和柔情为主体内容的思归词篇，其抒情重心之向艳情和柔情方向倾斜，便更是"顺流而下"的事了。

而在明白了词之"归家"意蕴强化男女恋情的事实及其形成原因之后，我们又可进而得到这样的认识：从张扬人性的角度来说，唐宋词就比前代文学更有所长足和进步；而从感动人心的角度来说，它也比前代文学更加贴近于世俗群众的心扉。此话如何理解？先说第一层意思：所谓"人性"，理应包括人类多种多样的天性，而对异性的追求和爱恋自然也属此列（就连孟老夫子都承认："食色，性也"（《孟子·告子上》））。但是由于封建思想的作怪，本属人性需求之一的男女恋情却常受到主流意识形态的挤压，因此前代文学作品在抒写思家怀归之情时就往往突出血缘亲情而淡化男女恋情。而到了唐宋词中，由于时代原因和文体原因，词人敢于冲破思想束缚和突破文学禁区，大胆地讴歌两性的情爱，这就不能不视为一种进步。虽然，词中的"归家"之情大力讴歌男女恋情而忽略了亲情中的其他内容，这似乎显得片面或畸形，但从这种矫枉过正的现象中，人们却不难看出作为人性需求之一的男女恋情终于借助于特殊的文体顽强抬起头来的新动向和新势头。再说第二层意思：词体初创于民间，即使在转到文人作者之手后，它仍然具有着雅俗共赏的文体习性。而"归家"意绪中的夹带或充溢着男女恋情，就既是受到世俗群众心理需求之驱使所致，同时又使词体本身获得了吸引读者的"感情资本"。试想，对于有着七情六欲的普通读者而言，想家时所思念的就不可能仅是父母和子女，也必然会包括自己的妻子或恋人；而唯独词中所抒发的恋情化的"归家"之情满足了他们在后一方面的饥渴，这就不能不使他们感到惊喜和欣慰！试读以下这些词句："不忍登高临远，望故乡渺邈，归思难收。叹年来踪迹，何事苦淹留？想佳人妆楼颙望，误几回天际识归舟。争知我，凭阑干处，正恁凝愁！"（柳永《八声甘州》）"去年相送，余杭门外，飞雪似杨花。今年春尽，杨花似雪，犹不见还家。　对酒卷帘邀明月，风露透窗纱。恰似姮娥怜双燕，分明照，画梁斜。"（苏轼《少年游·润州作，代人寄远》）人们就能从中尝到词中"归家"意绪所特有的滋味——它不仅真挚缠绵，而且存留着缱绻恋情的缕缕余香和余温。而此种特殊的风味，正就是唐宋婉约词之所以能沁人心脾的重要艺术原因之一。

总之,唐宋词中的“归家”意蕴既接力式地传承着前代文学作品中的相关意蕴,却又散放出了新的时代气息和展现出了新的文学景观。而因“归家”意蕴乃是唐宋词所包孕的丰厚人生意蕴中的一脉,所以通过对词中“归家”意蕴的审视和剖析,人们也就能以点窥面地顺势感知唐宋词之整体意蕴对前代文学作品相关意蕴的既有传承和又有变异。从这个意义上说,本文或许可以成为透视唐宋词之文化传承与变异的一个窗口。

(原载《中国文学研究》2004 年第 1 期)

试论宋词所带有的“南方文学”特色

一

在研究宋代词史的过程中，人们常会接触到一个颇为奇特然而又普遍的现象，那就是“男子作闺音”①（田同之《西圃词说》语）的问题——明明作者是男性，而词中口吻却活像是女子！

拿两个典型的例子来看：

晏殊，史称他禀性“刚简”（《宋史》本传），然而却写出了这样的小词：“绿杨芳草长亭路，年少抛人容易去。楼头残梦五更钟，花底离愁三月雨。　无情不似多情苦，一寸还成千万缕。天涯地角有穷时，只有相思无尽处”（《玉楼春》）。这就难怪蒲传正要说他好作“妇人语”了②。

晏殊的少子几道，本是一个“磊隗权奇”、性格高傲的人③（黄庭坚《小山词序》语），然而读一读他的“彩袖殷勤捧玉钟，当年拚却醉颜红。舞低杨柳楼心月，歌尽桃花扇底风”（《鹧鸪天》）之类的词语，简直绝不类其为人。

像这类“词不如其人”的现象，在宋代词坛上真是比比皆是。写出过“先天下之忧而忧，后天下之乐而乐”的范仲淹竟也写出过“酒入愁肠，化作相思泪”（《苏幕遮》）的柔情丽语；而身为一代大儒的欧阳修，他的“月上柳梢头，人约黄昏后”（《生查子》）多少年来一直被很多人误认为是“断肠”女词人朱淑真的作品……凡此种种，都说明了在我们今天看来显得奇特的这种现象，在当时却是一个普遍的社会风尚。而这，又会引起我们进而去探求造成这种文学现象的原因。

除了其他种种原因④之外，我们发现，宋词从前代文学中继承的，以及它自

① 唐圭璋编：《词话丛编》，中华书局，1986 年，第 1449 页。

② 胡仔：《苕溪渔隐丛话 · 前集》，人民文学出版社，1962 年，第 178 页。

③ 黄昇选：《花庵词选》，中华书局，1985 年，第 66 页。

④ 参见杨海明《试论宋词题材狭窄的原因》第一部分中有关文字，见《学术月刊》1982 年第 9 期。

身所带有的“南方文学”的特色，是造成这种现象的又一个重要的原因。换句话说，“词为艳科”“词以婉约为正宗”这些宋词中存在着的历史事实，我们可以在探求文学风貌所赖以形成的诸种因素中寻求到另一种角度（地域因素）的解释。

就拿晏殊父子来说吧。宋人早就指出过：“晏元献尤喜江南冯延巳歌词，其所自作，亦不减延巳。”（刘攽《贡父诗话》）清人刘熙载也说：“冯延巳词，晏同叔得其俊，欧阳永叔得其深。”①（《艺概》卷四）可知晏殊词风源自南唐冯延巳。至于晏几道，他自己说过，其词乃是“续南部（指西蜀、南唐词人）诸贤绪余”②（《小山词自序》），而宋代更有人说过，他的词风不愧“六朝（南朝梁、陈代）宫掖体”（《苕溪渔隐丛话前集》卷五九），其渊源可以上溯至南朝诗歌。这些话是不是有道理呢？完全有。如果我们不是仅就形式（词与诗在格律体制上的区别）看问题的话，而是从题材、风格乃至表现手法上来看问题的话，婉约词风的某些特质甚至还可以推求得更远——就以“男子作闺音”一点而言，屈原的《离骚》不是就开其端了吗？明明是一首忠义怨愤的政治抒情诗，屈原却以缠绵怨悱的女性口吻出之，这与宋代婉约派词人的好言“妇人语”、好作“妮子态”（毛晋《稼轩词跋》语）不有些相似之处吗？从《楚辞》、南朝诗歌、五代词直到宋代婉约词，这其中隐约地存有一条“南方文学”的线索，我们大可以循此追踪下去。

二

我们的祖国，是一个幅员辽阔的国家。从某种意义上讲，它曾是一个包括多种民族、多个小国（指分裂时期）、多个经济和地理区域的统一体。不同的地域，由于自然条件的差异，会造成生物学上的地域性，这点是显而易见的（早在春秋时，晏子就提出过“橘生南方为橘，生北方则为枳”的著名比喻，就是明证）。而出自作为自然物和社会物的统一体的“人”的手或口的文学，也必然会在一定程度上打有地域差异的烙印，这也是不难理解的。特别在经济不够发达，基本上维持着闭关自守、自给自足状态的古代社会，这种现象的出现更是很自然的事——尤其是，古代历史上曾经出现过多次南北相对独立的局面，在这种情况下，文学带有地域方面的差异，就表现得更为明显了。举例来说：

产生于黄河流域的《诗经》和产生于长江流域的《楚辞》，风貌就大不相同。黄河流域的人民，由于自然条件的艰苦，长期从事艰辛踏实的劳动，养成了重朴

① 刘熙载：《艺概》，上海古籍出版社，1978 年，第 107 页。
② 金启华，等编：《唐宋词集序跋汇编》，江苏教育出版社，1990 年，第 99 页。

崇实的生活习惯和社会心理。在这种基础上产生了注重实用的儒家哲学,而其文学(《诗经》为代表),也较多地带有现实主义的特色,多写平凡的生活。他们当然也描写爱情,但是他们心目中的"美人"形象是"硕人其颀"(女性),是"有力如虎"(男性),就中体现出一种"壮""大"的审美观点(而这又是与重视体力劳动的心理有密切关联的)。而长江流域一带的情况就有所不同了,那里有瑰丽的山川、肥沃的土壤,同时由于较多地保留有原始(母系)社会的不发达的痕迹,因此生活在此的楚民族,信神好巫,富于想象。他们崇拜英雄,崇拜女性。在此基础上,就产生了谬悠奇幻的庄子哲学,而其文学(《楚辞》为代表)也就较多富有浪漫的色彩和婉丽的风格。关于这一点,王国维曾作过这样的解释:

> 南人想象力之伟大丰富,胜于北人远甚……夫儿童想象力之活泼,此人人公认之事实也。国民文化发达之初期亦然。古代印度及希腊之壮丽之神话,皆此等想象之产物也。以我中国论,则南方之文化发达较后于北方,则南人之富于想象,亦自然之势也。①
>
> 彼(屈原)之丰富之想象力,实与庄、列(子)为近。《天问》、《远游》凿空之谈,"求女"谬悠之语,庄语之不足,而继之以谐,于是思想之游戏,更为自由矣。变《三百篇》之体而为长句,变短什而为长篇,于是感情之发表,更为婉转矣。②

把政治上的遇合化作男女之间的爱情来写,同时,在写真正的男女恋情时更加委婉细腻,这两点就充分体现了楚文学富于想象和风格"婉转"的特点。读一读"曰黄昏以为期兮,羌中道而改路",读一读"袅袅兮秋风,洞庭波兮木叶下"之类的句子,我们就能深切地感受到它的柔美性。和北方文学的刚健朴实风格相较,二者的"质地"不同自可比见。

南方文学的这种"婉转"特色,到了南朝乐府民歌中表现得更为充分。而且,在造成文学地域性差别的诸种原因中的那个核心因素——基于一定的自然条件基础上经过人们长期的社会实践而发展起来的地区之间经济、政治状态的不平衡——的作用,也在这个时期表现得十分明显。

刘勰在《文心雕龙》中曾经敏锐地提出过关于文学风格具有地域性差异的有关命题。如他曾把上古的民歌划分为东、南、西、北四个类型(《乐府》篇)。不

① 王国维:《屈子文学之精神》,姚淦铭、王燕编《王国维文集》卷一,中国文史出版社,1997年,第31页。

② 同①,第33页。

过他未进一步指出它们之间的特征差别,更没能分析出造成这些差别的原因。后来,他又聪明地用文章有得之于“江山之助”的猜测,来解释《离骚》风格的有异于北方文学(《物色》篇)①。然而由于时代和阶级的局限,他未能正确地发挥这个含有唯物主义因素的有益论题。而对此,我们现在却有能力来作较为深入的补充和阐发了。简单地说,作为观念形态的文学,它既然出自生长、活动在一定的地域之上的作者之手或口,它既然反映着基于不同的自然条件和社会条件基础上的“生活”,也就必然会呈现出或多或少的地域性差异来。正如不同的自然土壤上会产生出橘和枳的不同植物品种一样,不同的“社会土壤”(包括自然环境、经济状态、政治制度、文化传统、生活习俗及语言习惯等多种因素在内)中也会产生出不同性状、不同风格的文学类型来。而在这种种因素中,又以经济的、政治的因素显得相当重要(这样说,似乎有流于“地域决定论”的嫌疑;但如果我们仔细思考一下上述说法,就会觉得它并非全属生搬硬套生物学上的规律而恰是坚持了唯物论的反映论观点)。这在分析南北朝乐府民歌的差异中就可得到明显的证明:北方民歌风格粗犷、题材宽广,南朝民歌风格柔婉、专主恋情,这是与两者赖以产生的社会历史土壤的不同密切相关的。“敕勒川,阴山下。天似穹庐,笼盖四野。天苍苍,野茫茫,风吹草低见牛羊”,生活在此间的游牧民族,由于长期与骏马、猎狗、野兽、风沙打交道,他们怎么能不生出英勇尚武的心理呢?他们当然也歌颂少女、歌颂爱情,但是更歌颂勇士、歌颂宝刀:“新买五尺刀,悬著中梁柱。一日三摩娑,剧于十五女。”(《琅琊王歌》)。明明是一个妙龄的木兰女郎,在他们笔下,却不是一个弱不禁风的美人,而是一个威武的巾帼英雄!这些民歌中间所体现出来的美学情趣,正是与北方的生活环境(自然条件和社会条件)相一致的。而南方民歌,却几乎是清一色的情歌、恋歌。“宿昔不梳头,丝发披两肩。婉伸郎膝上,何处不可怜”(《子夜歌》),其风情是何等婉转。即使是写男神,请看:“积石如玉,列松如翠,郎艳独绝,世无其二”(《白石郎》),也宛然是一个女性。这种“女悦男鬼”的审美情趣很值得我们深思。李延寿描写南朝民歌流行地区的江南的情况说:“都邑之盛,士女昌逸,歌声舞节,袨服华妆,桃花渌水之间,秋月春风之下,无往非适”,又说:“凡百户之乡,有市之邑,歌谣舞蹈,触处成群”(《南史·循吏列传》)。在这种城市经济相当发达的情况下,民歌沾染了浓厚的市民意识是正常的事。而山川风物的妩媚,民风民俗的软媚,再加上统治阶级在政治上的提倡(如梁简文帝君臣的大写宫体诗),更助长了南朝乐府民歌的恋情性、婉柔性。从现存的南朝民歌看,它的题材专一——专主恋

① 周振甫:《文心雕龙今译》,中华书局,1986年,第40页,第412页。

情(《读曲歌》有云:"百鸟园林啼,道'欢'不离口。"整个南朝民歌也可以说是"道'情'不离口");它的风格柔媚——《子夜歌》有云:"郎歌妙意曲,侬亦吐芳词",可见它的芳艳软柔;它的体制短小;它合乐可歌(属于"清商曲辞"):所有这些特点,都使我们看到了它与后来的"词"之间的惊人相似和某种联系。所以宋人朱弁《曲洧旧闻》中就说:"词起于唐人,而六代已滥觞矣。"清人徐世溥说:"乐府变为吴趋、越艳,杂以《捉搦》、《企喻》、《子夜》、《读曲》之属,流为诗余,诗余流为词……则诗余者,接乐府,通歌谣,开词曲……乃其源始于吴声小令。"①他们就把"词"的祖宗直接挂到南朝民歌(和南朝文人诗)名下。

唐代结束了前代的分裂局面,在很大程度上缩短了南北方在政治经济方面的差距,也为南北文化、中外文化的交融创造了良好的条件。唐代著名的诗人如李白、杜甫、白居易等,都曾漫游大江南北,他们的诗歌风格已很难用南方或北方文风来指称。从整体而言,唐诗的"风骨与声律齐备",正是南北文学交流、融和的产物。魏徵《隋书·文学传叙》曾说:"江左宫商发越,贵于清绮;河朔词义贞刚,重乎气质……此其南北词人得失之大较也。若能掇彼清音,简兹累句,各去其短,合其两长,则文质彬彬、尽善尽美矣。"他的这个预言,后来正成了唐诗的现实。梁启超说:"盛唐各大家为什么能在文学史上占很重要的位置呢?他们的价值在能洗却南朝的铅华靡曼,参以伉爽直率,却又不是北朝粗犷一路。"②也就是说,盛唐诗的成功即在于撷取了南北文学之长而避免了二者之短。它既有北方文学具有的阳刚之美,又有南方文学具有的阴柔之美,千姿百态,美不胜收,体现出一个统一的、大时代的恢宏气象与风度。但是,就是这样,在作家写于不同地域的作品中,我们还是嗅到了南北山川风物的不同的地方风味。例如,拿杜甫的"岱宗夫如何?齐鲁青未了。造化钟神秀,阴阳割昏晓……"和杜荀鹤的"君到姑苏见,人家尽枕河。古宫闲地少,水港小桥多……"来比较,我们还是感到了泰山地区和江南水乡的不同气息。而随着安史之乱以后,整个国家的经济重心南移,中晚唐诗歌中(特别表现在七绝这种诗体中)的南方风味就越来越浓了。

中晚唐以来,南方出现了一大批繁华的城市。扬州、益州(成都)号称为"扬一益二",居全国都市之首。此外,如苏州、杭州、金陵、洪州(南昌)等城市,也是异常繁华。王建笔下的扬州城是:"夜市千灯照碧云,高楼红袖客纷纷。如今不

① 徐世溥:《悦安轩诗余序》,转引自刘永济《词论》,上海古籍出版社,1981年,第8页。
② 梁启超:《中国韵文里头所表现的情感》,《梁启超全集》,北京出版社,1999年,第3921页。

是时平日，犹自笙歌彻晓闻。”白居易笔下的苏州是：“绿浪东西南北水，红栏三百九十桥。”广袤的江南原野上，一片“千里莺啼绿映红，水村山郭酒旗风”（杜牧诗）的美丽景色，这些江南风物的富丽景象给中晚唐的诗增添了无限的旖旎风情。而就在此时，诗的同伙“词”开始正式登上了文坛——我们注意到，白居易、刘禹锡首创的文人“填词”，就是在南方的土壤上进行的。白居易三首《忆江南》，全部咏写江南风光。而刘禹锡创制的《竹枝词》，也学的是南方民歌：他在《竹枝词引》中明白地说过夔州一带的民歌，“其卒章激讦如吴声……而含思宛转，有淇濮之艳……故余亦作《竹枝词》九篇……”我们再读一读下面他们的这些词：

汴水流，泗水流，流到瓜州古渡头，吴山点点愁。　思悠悠，恨悠悠，恨到归时方始休，月明人倚楼。（白居易《长相思》）

斑竹枝，斑竹枝，泪痕点点寄相思。楚客欲听瑶瑟怨，潇湘深夜月明时。（刘禹锡《潇湘神》）

这里面的南国情味是多么浓溢！它使我们不由地联想到沅湘间的《九歌》和长江畔的“吴歌”。

词本是民间的小调。虽然它在最早时期曾广泛流传于全国各地，它的足迹甚至远及西北边陲，但不可否认，它的壮大，却是在城市经济的环境里进行和完成的。而南方的城市，应该说是它赖以长大的最适宜的也是最基本的“土壤”。这点，我们更可以从五代文人词都集中在南方大城市周围得到证明。

“五代干戈，四海瓜分豆剖”，诗已经开始消歇，然而词却不可抑止地勃生起来。当时词坛上出现了两个热力的中心：一是西蜀，一是南唐。它们分别以成都、金陵为“大本营”。

西蜀词派奉温庭筠、韦庄为自己的鼻祖，一部《花间集》就以他们为首。温、韦虽出生在北方，但却都在南方生活过很长时期（温曾在襄阳任巡官，韦中年之后一直寓居四川）；且重要的是，他们的词中都浸染了浓郁的南方气味。如温的《酒泉子》：

楚女不归，楼枕小河春水。月孤明，风又起，杏花稀。　玉钗斜篸云环重，裙上金缕凤。八行书，千里梦，雁南飞。①

又如他的《梦江南》：

① 赵崇祚：《花间集全译》，贵州人民出版社，1990年，第39页。

千万恨，恨极在天涯。山月不知心里事，水风空落眼前花，摇曳碧云斜。　　梳洗罢，独倚望江楼。过尽千帆皆不是，斜晖脉脉水悠悠，肠断白蘋洲。①

水乡泽国的气息盎然行于其间。

至于韦庄，他的五首有名的《菩萨蛮》，南国情味更足，如“春水碧于天，画船听雨眠”，如“骑马倚斜桥，满楼红袖招”，活画出一幅幅江南的行乐图。

而除了温、韦之外，《花间集》的作者绝大多数是西蜀词人。这些情况都说明，花间词派堪称是十足的“南方文学”派。

至于南唐词派，它的南方性质更明显了。李璟、李煜和冯延巳，全系金陵（南京）、广陵（扬州）人。而“菡萏香销”“一江春水”“吹皱一池春水”等名句，也无一不咏的是南国景致。

所以，可以说，在导夫宋词先路的五代文人词阶段，词已经深深地在南国的土壤上扎下了根；而这块土壤中，既包含着当代经济、政治、风土人情的颗粒，也包含着前代文学（从《楚辞》到南朝民歌）遗留下来的养料。汤显祖说：“词至西蜀、南唐，作者日盛，往往情至文生，缠绵流露，不独为苏、黄、秦、柳之开山，即宣和（宋徽宗）、绍兴（宋高宗）之盛，皆兆于此。”②可知两宋词的兴盛，与这两个南方词派结下了不解之缘。这两个南方“小太阳”的光，一直给宋代词坛提供着煦暖的热力；整个宋词（婉约词）所散发出来的芬芳，正是属于“南国”型的一股异香。

三

清人谢元淮说：“声乐之有南北，非始近日也。《文心雕龙》云：涂山歌于候人，始为南音；有娥谣于飞燕，始为北声。夏甲为东，殷氂为西。然则古者四方皆有音而今但统言南、北耳。”③（《填词浅说》）不言东、西而仅言南、北，这是由我国特定的历史环境（地理原因和政治、经济原因）决定的。尽管所谓的“南”“北”并不是凝固不变的概念，尽管南北文学之间不断有着交叉、交流和交融，也尽管有着南人写出了北方风味和北人写出了南方风味的作品的现象（正如相书

① 赵崇祚：《花间集全译》，贵州人民出版社，1990 年，第 85 页。

② 汤显祖：《玉茗堂评花间集序》，金启华，等编《唐宋词集序跋汇编》，江苏教育出版社，1990 年，第 341 页。

③ 唐圭璋编：《词话丛编》，中华书局，1986 年，第 2509 页。

上所说的“南人北相”“北人南相”一样），但从总体上言，应该承认，南北文学的风貌毕竟是有一个大致的差异的。谢元淮在讲了上面一段话后接着说道：“以辞而论，南多艳婉，北杂羌戎；以声而论，南主清丽柔远，北主劲激沉雄……及其弊也，北失之粗，南失之弱：此其大较也。”①这话虽指南北曲而言，但也不妨移作为对整个南北文学风格的评价：从总体风格而言，南北文学的“质地”确是有着轻重、刚柔、华朴、婉直之分的。大体上可以这样说，北方文学多表现出一种“阳刚之美”，而南方文学则多呈现为“阴柔之美”。而从宋词（婉约词）的“词为艳科”和以“婉约”为“本色”②这两个特点来看，它基本上可以归到以表现“阴柔之美”为主的“南方文学”类型中去。这或许不是什么标新立异之论——从它的好以“男子作闺音”，我们看到了它与《楚辞》的深远渊源；从它的多写艳情和风格的婉转细腻，我们又看到了它与南朝民歌的某种血缘关系；从它直接继承《花间》、南唐词的作风，我们更看到了它与南方词派的密切关系。而除此以外，我们还可以宋词自身的某些情况来看它的“南方文学”的特色：

一是从宋代词人的籍贯看。

据周笃文同志《宋词》统计，宋词作者籍贯可考者约 800 余人，其中北人仅占 17.4%，而南人占了 82.6%。据唐圭璋师《宋词四考》中统计，宋代词人中，占籍最多的是浙江（200 人）、江西（120 人）、福建（91 人）、江苏（71 人）四省，而这些省份都属南方。宋词的著名作者中，仅朱敦儒、李清照和辛弃疾为北人——但就连这三位，南渡后都一直生活在南方。人的籍贯当然不能决定人的个性和作品风格，但它总多少影响着作品的风貌，这也是不容否定的（至少从作家继承的乡土文学传统和作品常会带有的乡土气息而言）。因此，从籍贯问题上，我们可以看到南人在两宋词坛上的活跃，能见到南方文学的传统势力在两宋词坛上所占的优势。

二是从“婉约”词风与“豪放”词风的对举来看。

前面所论，其着眼点都在于婉约词。从婉约词的诸种特质来看，它可以说是标准的“南国”型文学。而相比之下，豪放词则是偏于北方型的风格了。这样说来，宋词中也同样具有南北文学的不同风味了？是的，应该这么说，才不至于流于片面；而且只应这么看，才能见出宋词风格的绚丽多采。但是，我们更应该看到：第一，宋词中的豪放之作毕竟不多，从总体风格而言，应该说婉约之作才是宋词的主流和“正宗”。第二，豪放词风是后起的、经过改革后的产物，它不是词的

① 唐圭璋编：《词话丛编》，中华书局，1986 年，第 2509 页。

② 如张炎《词源·赋情》云：“簸弄风月，陶写性情，词婉于诗，盖声出莺吭燕舌间……”

“本色”(《后山诗话》就说过苏轼“以诗为词,要非本色”)。从宋词的主流和本色来看,它是属于婉约词风所体现的“南方文学”的风格类型的。

关于这一点,我们还可以从豪放词风的盛行于北方和借赖于北方民族的入侵而壮大这两个情况得到反证。我们知道,苏轼开创豪放词风之后,它在北宋词坛上并不怎么流行。相反,在当时词坛上弥漫的是周邦彦的“大晟”词风。但是,非常微妙的是,苏轼的词风却在北方的金国得到广泛流传。元好问《中州乐府》一集,其基本风格就是“深裘大马”的豪放词风!所以况周颐在比较宋金词风时指出:“自六朝已还,文章有南北派之分”,“宋词深致能入骨,金词清劲能树骨”,“南人得江山之秀,北人以冰霜为清”①。这就可知豪放词风和婉约词风的各自适合于北方和南方的社会土壤了。此其一。再从南宋词坛上豪放词风的光大发扬来看,它十分明显地与北方民族(金)的大举南侵有关。金人一声鼙鼓,在南宋词坛上振起了巨大的反响,从此就大批出现了鞺鞳铿锵的爱国词作——从这个意义上讲,豪放词风在南宋的盛兴一时,与北人南侵之间正有着某种“机缘”。而况它的代表人物辛弃疾,正是“渡江天马南来”的北方豪杰,“斯人北来,暗呜鸷悍”②,他带给南宋词坛的正是一股霸蛮的北国劲气!

三是从南宋词与元曲的比较来看。

南宋词坛,实际上是以临安(杭州)为中心的江南词坛。从地理环境来看,它的地域性明白可见。再从南宋词的内容而言,除了那些爱国词篇之外,仍然大多为“燕燕莺莺”的艳情词和吟风弄月的山水词。而后者,又正是基于南宋小朝廷偏安江南的政治形势和山明水秀的江浙地理环境之上的。陈亮《上孝宗皇帝书》里说过这样一段话:“夫吴、蜀,天地之偏气,钱塘又吴之一隅……秦桧又从而备百司庶府,以讲礼乐于其中,其风俗固已华靡;士大夫又从而治园囿台榭,以乐其生于干戈之余,上下晏安,而钱塘为乐国矣。”因此,产生于这种自然环境和政治环境中的南宋婉约词,它的柔媚纤弱的面貌正是与当时当地的社会、地理面貌相一致的,是与当时南方的政治、经济、思想状况相表里的。

“一勺西湖水,渡江来百年歌舞,百年酣醉。”(文及翁《贺新郎》)南宋的婉约词,在筝瑟琴笛的伴奏之下,细吹轻唱了一百余年之久,使南国的山水因之而生辉不少。但是好景不长,随着蒙古兵的金戈铁马杀将前来,南宋小朝廷为之覆亡,宋词的光焰也转为晦黯,这时,文坛上就由用弦索伴奏的北国之音——元

① 况周颐:《蕙风词话》,《蕙风词话　人间词话》,人民文学出版社,1960年,第57页。

② 刘辰翁:《辛稼轩词序》,金启华,等编《唐宋词集序跋汇编》,江苏教育出版社,1990年,第173页。

曲——占据了统治地位。“胡笳吹秋月，北语南人说”（刘壎《菩萨蛮》），随着元人入主中国，蒙古语言已遍及江南，南人亦习北语；因此，充斥在里巷村陌间的，是“笛里番腔，街头戏鼓”（刘辰翁《柳梢青》），而不再是风情旖旎、腔调缠绵的“词”了。所以元朝之后的明朝人，干脆就把元曲称之为“北曲”而把宋词称为“南词”了（如陈霆《渚山堂词话》序言）①。由此亦可证明，早在明人心目中，宋词就被看做是一种深具南方气质的文学了。

四

论述宋词所带有的“南方文学”的特色，有助于我们加深对它的总体上的认识：

第一，宋词是“诗缘情而绮靡”传统在特殊的历史条件下的发展；从某种意义上言，它也可以看做是对“诗言志”传统的一种反抗和纠偏。我国古代诗论，开始由“诗言志”的儒家诗论占据着正统的、支配的地位。后来，随着诗歌的发展，开始出观了“诗缘情而绮靡”②的话头，作为它的补充和对抗——说它是“补充”，是因为“情”和“志”本来是同一范畴里的东西，而提出“情”来，更切合于诗歌的抒情特征，比之仅提“志”来，更为深入地触及诗歌的本质特点；说它是“对抗”，是因为汉代以后的儒生们，在具体运用“诗言志”这个理论时，往往把它片面地引导到仅以抒写有关伦理教化之“志”的狭隘道路上去，这就限制了诗歌题材和诗歌风格的多样化，因此“诗缘情而绮靡”的提出，可以视作对前者的对抗。六朝是文学“觉醒”的时代，六朝时出现的“缘情而绮靡”的新议题正反映了人们精神生活的日臻丰富和文学的日臻成熟，尽管它同时又反映了文学作品中出现的某些不良倾向。唐诗的题材和风格上的百花齐放，正是“言志”和“缘情”传统合流的产物。而宋代，由于理学的猖炽，诗又开始走向了“言志”和好发议论的道路上去；作为人们感情生活的重要内容之一的爱情，以及那类偏于个人私生活方面的感情内容，往往被排斥在诗歌的反映范围之外。而这时，词却紧紧跟上来了。从它的多言“妇人语”、多作“妮子态”而言，不正好是对板着脸孔、“一本正经”的理学的一种嘲弄甚至反抗吗？理学排斥人的正常感情，窒息人的正常欲望，而宋词却偏偏大写特写其儿女私情（而且连一些名儒重臣都这样写），从积极的角度来看，它正反映了“人性”的觉醒和文学的进步，具有某种反封建的意

① 唐圭璋编：《词话丛编》，中华书局，1986 年，第 347 页。
② 陆机著，张少康集释：《文赋集释》，人民文学出版社，2002 年，第 99 页。

义。我们从“缘情”命题的提出是在南方,从宋词言情的特色源于“南方文学”的传统,可以看到,在古典诗歌的发展史中,“南方文学”对于题材和内容的多样化、对于诗歌面向复杂的人生和深入到丰富的内心世界方面,是做出了贡献的。它和“北方文学”的强调思想性、重视重大的社会题材相互补充和调剂,从而构成了古典诗歌在题材上多姿多态的局面。

第二,宋词(婉约词)集中地体现了士大夫文人内心世界中“阴柔”的一面,反映了中唐经济重心南移后人们审美情趣的变化。人的精神世界本来是多侧面的。但是由于种种原因,士大夫文人(特别是政治上有一定地位者)内心世界中的“阴柔”的一面往往不肯轻易作自我剖露。李商隐算是大胆的了,然而他也只能在《无题》的标题下躲躲闪闪地诉说他的爱情。宋词则不一样了,它吐露自己的感情是那么坦率,那么诚挚,那么不愿掩饰。因此,如果仅从“真”“美”而不必求其“善”的角度看,那么应该说,宋词是最接近于“实话文学”的了。它集中地反映了人们内心世界的“阴柔”面。而这种变化,又是与中唐以来文人审美情趣的转移,有着一定的关联的。中晚唐时,经济重心由北移南。南方出现了一批商品经济高度发展的城市。这种城市经济,丰富了人们的物质和精神生活,也滋长了人们的享乐心理。诗人们的兴趣不再在于“致君尧舜上,再使风俗淳”,也不再作“男儿生世间,及壮当封侯”的豪语,他们的梦魂常系于“小廊回合曲栏斜”的“谢(娘)家”,他们的兴致乃在于花间月下、绣房闺阁,在于他们身边的一片小天地里。而继承着这些美而纤、香而弱的诗风而登上文坛的五代两宋词,正曲折地映现了南方城市经济的旖旎风光折射在文人们心头的特种色彩。

第三,宋代婉约词为古典诗歌的园地增添了缠绵悱恻的“阴柔之美”,集中地体现了“南方文学”的婉丽特色;同时,随着豪放词风的出现,又使词苑中出现了刚柔并存、刚柔交济的千姿百态的美感。在前代诗歌中,我们已经看到了像《九歌》、南朝民歌、中晚唐的某些诗歌那类偏于表现阴柔之美的作品,而像宋代婉约词那样集中地、突出地体现阴柔之美的现象,在以前诗歌史上毕竟是少见的。而在同属这一类型的美感中,又涌现了这么多风格各别的作者,出现了这么多优美的艺术珍品,更是令人惊叹的。晏殊的温润秀洁,欧公的俊深沉着,柳永的旖旎委婉,小晏的秀气胜韵,秦观的凄清含蓄,清真的缜密典丽,陈克的香蒨轻约,李清照的轻巧尖新,吴文英的绵丽幽邃……真是名家如星,几欲把天地间阴柔之气发泄殆尽。而同时,由于豪放词风的出现,又使词坛上响起了“大江东去”类的铁板铜鼓之声,使宋词的声音不至过分单调、细弱。而且,由于“阳刚”之气和“阴柔”之气的交济,又使词苑中增添了一大批或柔中有刚、或摧刚为柔、或刚中有柔的作品……而使整个两宋词的大花园里呈现出姹紫嫣红、万花争妍的洋洋大观。而究其根本,还应该说,这个大花园里的主要品种是“南国”型的。

文学作品,都是一定的空间和时间条件下的产物。一定的时间条件,给文学打上了“时代性”的烙印;而一定的空间条件,又使文学带有“地域性”的特色。对于前者,人们已给予了充分的注意;而对于后者,人们的注意程度似乎还不太够——其实,大至不同国别之间的“比较文学”研究,小至不同地域之间“地方性”“乡土味”的研究,不正是这种“地域论”的具体运用吗?本文对宋词的“南方文学”性的研究,正是想比较自觉地进行这方面的尝试。文中肯定有不成熟之处,还望专家和读者给予指正。

(原载《学术月刊》1984年第1期)

试论唐宋词中名句的生成奥秘及其他

自古以来人们在欣赏唐宋词时，就出现了"名句推崇"的风气。例如，早在北宋词坛上，就流传着一则词人因名句而相互推崇的佳话：

> 张子野郎中，以乐章擅名一时。宋子京尚书奇其才，先往见之，遣将命者，谓曰："尚书欲见'云破月来花弄影'郎中乎？"子野屏后呼曰："得非'红杏枝头春意闹'尚书邪？"遂出，置酒尽欢。盖二人所举，皆其警策也。①

看来，张先和宋祁这两位词人非但不文人相轻，相反却彼此佩服对方词中的佳句，因而即能一见如故，谈得投机。这或许可算是唐宋词坛上以名句相赏的较早故事。而在此之后，词人和词论家乃至读者们寻摘名句的风气越发盛行。如晁补之在其《评本朝乐章》②中曾一口气举出了当时闻名于词坛的四例名句加以评说：柳永《八声甘州》中的"渐霜风凄紧，关河冷落，残照当楼"几句，乃是"唐人语不减高处"；欧阳修《浣溪沙》中的"绿杨楼外出秋千"句，"只一'出'字，自是后人道不到处"；晏几道（原文误为晏殊）的"舞低杨柳楼心月，歌尽桃花扇影风"两句，"风调闲雅"，"知此人不住三家村也"；而秦观的"斜阳外，寒鸦万点，流水绕孤村"，则更是"虽不识字，亦知是天生好言语"。此外还有苏轼幕士以"杨柳岸、晓风残月"和"大江东去"两句来赞赏柳永与苏轼词风的各有千秋③；陆德夫指出"莫道不销魂，帘卷西风，人比黄花瘦"三句为"绝佳"之句而使赵明诚越发自愧不如其妻李清照④；等等。这些逸事趣闻表明，在唐宋词的传播过程和接受史中，名句所发挥的作用不可小视：从单个词人来说，其知名程度往往与他能否创造名句，以及名句的数量和质量直接有关，例如贺铸即因写下了"若问

① 胡仔：《苕溪渔隐丛话 · 前集》，人民文学出版社，1962 年，第 252 页。
② 吴曾：《能改斋漫录》，上海古籍出版社，1986 年，第 469 页。
③ 俞文豹：《吹剑续录》，陶宗仪，等编《说郛三种》，上海古籍出版社，1986 年，第 429 页。
④ 伊世珍：《琅嬛记》卷中，津逮秘书本。

闲愁都几许？一川烟草，满城风絮，梅子黄时雨”（《青玉案》）而被人誉为“贺梅子”①且词名大振；而从整个唐宋词苑来说，则因这里随处可见令人击节赞赏的佳篇名句而为它招徕了无数的游客到此驻足流连。所以名句既是词人精心打造的“拳头产品”，同时又为词得以广为流传和招人喜爱发挥过十分出色的广告作用与品牌效应。因而在词学研究中，对于名句的透视与思考理应占有一席之地。

名句的形成虽主要依赖于词人的卓越创造，但又离不开读者的热情参与，其中又往往与词论家的敏锐发现与聪明诠释有着直接的关联。不过，这后一方面的问题比较复杂，本文暂不作论析。这里要侧重探讨两个问题：一是词中名句的迷人魅力究竟源于何处？或曰：其生成的奥秘究竟为何？二是，从词之广受喜爱很大程度上有赖于“名句效应”的事实出发，兼顾名句的生成奥秘，我们的词学研究工作又能获得怎样的启示？

有一些名句之所以出名，主要靠的是它们在语言修辞方面的新奇工巧。例如王国维评：“‘红杏枝头春意闹’，着一‘闹’字而境界全出矣。”②“欧九《浣溪沙》词：‘绿杨楼外出秋千。’晁补之谓，只一‘出’字便后人所不能道。余谓此本于正中《上行杯》词‘柳外秋千出画墙’，但欧语尤工耳。”③而清人李渔也说：“琢句炼字，虽贵新奇，亦须新而妥，奇而确……古人多工于此技，有最服予心者，‘云破月来花弄影’郎中是也。”④他们都揭示了上述名句之成功出色有赖于琢句炼字的新奇工巧。不过，李渔在赞赏张先名句的同时却又对宋祁“红杏枝头春意闹”一句大加批评，说“闹”字“极粗极俗”“桃李争春则有之，红杏闹春，予实未之见也”⑤。其实，这乃是少见多怪，因为“春意闹”与此句前一句中的“（绿杨烟外）晓寒轻”一样，都用的是“通感”的手法。而与上述善“炼”动词相似，善“炼”形容词也能收到使人耳目一新的功效。如李清照的“帘卷西风，人比黄花瘦”（《醉花阴》）、“知否知否，应是绿肥红瘦”（《如梦令》）等名句中，“瘦”与“肥”的妙用就令人玩味无穷。以上是靠炼字而擅名的例子。另外还有因擅长于运用比喻获得赞誉的例子，如罗大经曾评曰：“诗家有以山喻愁者，杜少陵云：‘忧端如山来，澒洞不可掇。’赵嘏云：‘夕阳楼上山重叠，未抵闲愁一倍多。’是也。有以水喻愁者，李颀云：‘请量东海水，看取浅深愁。’李后主云：‘问君能有

① 周紫芝：《竹坡诗话》，何文焕辑《历代诗话》，中华书局，1980 年，第 340 页。

② 王国维：《人间词话》，《蕙风词话　人间词话》，人民文学出版社，1960 年，第 193 页。

③ 同②，第 199 页。

④ 同②，第 226 页。

⑤ 李渔：《窥词管见》，唐圭璋编《词话丛编》，中华书局，1986 年，第 4553 页。

几多愁？恰是一江春水向东流。’秦少游云：‘落红万点愁如海。’是也。贺方回云：‘试问闲愁都几许？一川烟草，满城风絮，梅子黄时雨。’盖以三者比之愁多也，尤为新奇；兼兴中有比，意味更长。”①他所举的例子中就有三例是词中的名句，它们都以比喻的贴切、优美和富有新意（如贺词运用了“博喻”的手法）见长，从而获得了读者的赞赏。当然除了以上两类例子之外，唐宋词中还有其他一些在修辞方面有所翻新创意的名句，如“何处合成愁？离人心上秋”（吴文英《唐多令》）之巧用“拆字”法，“流光容易把人抛，红了樱桃，绿了芭蕉”（蒋捷《一剪梅》）之妙用拟人与“物化”手法，“酒入愁肠，化作相思泪”（范仲淹《苏幕遮》）之想象奇特和造语生新……以上这些，均表明了唐宋词人出色的文学才华和修辞能力。我们知道，文学本是一门语言艺术，而诗词的语言则更如精金美玉，尤需在修辞造句方面精心锤炼与打磨。唐宋词人就不愧是一批擅铸新词的能工巧匠，他们或精心锻造或妙手偶得地创造了许多优美精警的名句，这就为汉文学的语言宝库新增了一大串连珠妙语。所以，在考察词中名句的生成奥秘时，其修辞的巧妙便是摆在我们眼前的一个重要因素。

但是，我们更应看到词中另一些名句（就数量而言，它们远多于上述名句）之所以能获得千古传诵，其原因却更应从其意蕴方面挖掘。这是因为，文学作品是否能够感动人心，修辞技巧和语言外貌固然重要，但意蕴内容却更是第一位的因素。如若没有真挚丰沛的感情与深刻睿智的思想作为血肉和灵魂，即使是披上了华美的外衣，却仍像时装木偶那样无法鲜活起来，更不可能勾人魂魄。相反，在有些时候，虽无闪光的语言而有闪光的感情与思想，却也能收到打动人心的功效。例如词中的下列名句：“换我心，为你心，始知相忆深”（顾敻《诉衷情》），“十年生死两茫茫，不思量，自难忘”（苏轼《江城子》），“莫等闲白了少年头，空悲切”（岳飞《满江红》），就其语言来说并无特别耀眼之处，而主要是靠感情和思想本身的力量来征服人心的。因此在透视名句的生成奥秘时，我们就更应重视其意蕴方面的因素——当然，如果既具丰富深刻的意蕴，又有优美的语言包装，这样的名句自然就更能使读者爱不释手了，词中的大多数名句就通常兼有着意蕴与语言“双美”的优良资质。对此可借用前人的一段词论来评述：蔡世伯云：“子瞻辞胜乎情，耆卿情胜乎辞；辞情相称者，唯少游一人而已。”②他对苏、柳、秦三人之词的评价姑且不论，而其以“辞”与“情”来论词的说法则可借用来透视词中名句的生成奥秘：词中的名句，有些主要以“辞”（修辞）取胜，有些则主

① 罗大经：《鹤林玉露》，《宋元笔记小说大观》，上海古籍出版社，2001 年，第 5240 页。
② 李渔：《窥词管见》，唐圭璋编《词话丛编》，中华书局，1986 年，第 4553 页。

要以“情”(意蕴)取胜,而更多的名句却能“辞情相称”地同时以意蕴之美和语言之美取胜。故而意蕴因素就应格外受我们的注意,下文即着重来剖析名句的深刻意蕴。

王国维曾云:“词之为体,要眇宜修,能言诗之所不能言,而不能尽言诗之所能言。诗之境阔,词之言长。”①此言揭示了词之所以特别能吸引读者(尤其是青少年读者)的一个重要原因即在于它的敢于和善于抒写一般诗歌作品所少写的儿女柔情。基于词体的上述抒情特长,唐宋词的名句中便有很大一部分是集中在抒写儿女柔情尤其是男女之间的相思爱恋之情方面的。它们或以情之真挚执著见长,或以情之怨悱恺恻见长,或以情之哀婉见长,或以兼有以上几种特色见长。总之,由于它们出色传神地状写了词人处在恋爱状态(具体而言,又有热恋、失恋、相思、离别等不同情态)的特种心态和微妙情愫,而这些心态与情愫又是后来者在经历类似的恋爱状态时同样会产生的,所以它们自然就会受到广大读者的青睐,成为代言其满腔柔情的现成词句。对此,不妨分类举例。如抒写恋情之真挚执着者有:

昨夜西风凋碧树。独上高楼,望尽天涯路。(晏殊《蝶恋花》)
衣带渐宽终不悔,为伊消得人憔悴。(柳永《凤栖梧》)
人生自是有情痴,此恨不关风与月。(欧阳修《玉楼春》)
只愿君心似我心,定不负,相思意。(李之仪《卜算子》)
两情若是久长时,又岂在朝朝暮暮?(秦观《鹊桥仙》)

前两例虽然王国维曾别有新解,但其本意却在于抒写恋情的执着与坚贞。第三例说“人生自是有情痴”,这真是一种情深至极的痴情之语。第四例“只愿君心似我心”和顾敻的“换我心,为你心,始知相忆深”(《诉衷情》)一样,就都以其“将心比心”的诚挚感动着人。而秦少游咏牛郎织女七夕相会的两句名句,就更在青年读者中享有极高的知名度,成了他们“两地书”中出现频率最多的互勉之语。

再如抒写恋情之怨悱恺恻者有:

谁道闲情抛掷久?每到春来,惆怅还依旧。(冯延巳《鹊踏枝》)
缭乱春愁如柳絮,悠悠梦里无寻处。(冯延巳《鹊踏枝》)
天不老,情难绝。心似双丝网,中有千千结。(张先《千秋岁》)
剪不断,理还乱,是离愁。别是一番滋味在心头。(李煜《乌夜啼》)

① 王国维:《人间词话》,《蕙风词话　人间词话》,人民文学出版社,1960年,第226页。

冯延巳的两例中,表面说的是“闲情”与“春愁”,但明眼人一看便知所指的是那割舍不断、撩人心绪的失恋之情。张先“心似双丝网,中有千千结”的名句,则曾被当代台湾女作家琼瑶提炼为她的言情小说《心有千千结》之书名。而李后主言“离愁”(实则所指甚广,也包含着与爱妃和故国生离死别的感情在内)的名句,由于它精确而又生动地描摹了愁情的普遍状态,就使每位读者都可以往里头嵌进自身的愁绪(尤其是离别相思之愁),所以“别是一般滋味在心头”一语就几乎成了国人言愁的“大众通用语”。

至于描写悲剧性的恋情和恋情的悲剧性,那就更是词中名句的“拿手好戏”了。例如:

少年情事老来悲。(姜夔《鹧鸪天》)
而今乐事他年泪。(朱服《渔家傲》)
山盟虽在,锦书难托。莫!莫!莫!(陆游《钗头凤》)
梧桐半死清霜后,头白鸳鸯失伴飞。(贺铸《鹧鸪天》)
空窗卧听窗前雨,谁复挑灯夜补衣!(同上)

第一例言少年的情事酿就了“老来悲”的苦果,向人们展示了爱情悲剧镌刻在心头之填抹不掉的伤痕。第二例言今日的欢情很可能会成为他年流泪的缘由,明显包藏着对欢乐难以永久的深悲大恸。这两例虽只寥寥七字,却凝集着深刻的人生体验。陆游的三句则缘于他亲身经历的一段十分悲凄的爱情故事,字字都浸透了他心头滴的血。贺铸老年丧妻,他为悼念亡妻所写的这四句名句,千百年来又不知拂动过多少有过与他相似遭遇的失偶者之心弦!

所以,正像唐宋词中的主流型作品是那类缠绵悱恻的婉约词篇那样,词中很多名句的意蕴也来源于词人心中那温柔而又伤感的儿女柔情(尤其是男女恋情)。金人元好问词云:“问世间、情是何物,直教生死相许?”(《摸鱼儿》)明人汤显祖则云:“情不知所起,一往而深,生者可以死,死可以生。”(《牡丹亭·题词》)它们都深深揭示了“情”能使人感动得死去活来的巨大精神力量。而词中的许多名句里头,就浓缩着普天下男女心中常怀的那份柔情,一旦释放出来,自然就会产生令人心旌摇曳的艺术效果。

不过,词在擅长抒情的同时,又具有着言志说理的功能,这在苏轼之后尤其得到开发。因此词中又产生了许多言志说理的名句。它们同样以其意蕴的丰富和深刻吸引着读者,只是其意蕴并不局限于儿女柔情,而已拓展到了人生的方方面面。如果说前一类名句主要是以情动人的话,那么后一类名句就更能给人以心智的启迪。但因这后一类名句的意蕴远比前者纷纭繁复,所以很难简单说清,这里只能择其大端略作分析。

一是揭示人生的悲剧性。例如：

自是人生长恨水长东！（李煜《乌夜啼》）
人生仇恨何能免？销魂独我情何限！（李煜《子夜歌》）
人有悲欢离合，月有阴晴圆缺，此时古难全。（苏轼《水调歌头》）
江头未是风波恶，别有人间行路难。（辛弃疾《鹧鸪天》）

李煜的二例，凝集着他痛定思痛的悲剧性人生体验，又兼具强大的感情气势，所以深令读者欷歔生哀。苏轼则以“月有阴晴圆缺”来比况“人有悲欢离合”的无法避免，冷峻地揭示了人生永远存在着缺憾的真谛，极富哲理的深度。而辛弃疾“别有人间行路难”的浩叹，就不仅属于他个人所有，同样也是许多涉世既深者共有的人生感触。

二是倾吐壮志未酬的悲愤。例如：

元知造物心肠别，老却英雄似等闲！（陆游《鹧鸪天》）
了却君王天下事，赢得生前身后名，可怜白发生！（辛弃疾《破阵子》）
凭谁问，廉颇老矣，尚能饭否？（辛弃疾《永遇乐》）
使李将军，遇高皇帝，万户侯何足道哉？（刘克庄《沁园春》

这些名句，悲中有愤，愤中有悲，交集着报国无门、壮志难酬的强烈悲愤，既体现着作者至老未泯的社会责任感，又夹杂着对于不公正现实的巨大愤懑，具有震撼人心的感染力。

三是抒写超然于尘世的旷达情思。例如：

长恨此身非我有，何时忘却营营？（苏轼《临江仙》）
回首向来萧瑟处，归去，也无风雨也无晴。（苏轼《定风波》
世路如今已惯，此心到处悠然。（张孝祥《西江月》）
人人放着逍遥路，只怕君心不悟。（朱敦儒《桃园忆故人》）

这些名句所表达的共同思想就是教人以超旷的态度去看待和处置人生的各种烦恼，从而求得心灵的和谐与宁静。它们既是作为“先行者”和“过来人”的词人疗治其自身心理创伤的精神良药，又可以使后世读者从中获取某种人生智慧和思想启迪。

总而言之，词中的名句可说是林林总总，俯拾即是。但总体而言，其所以能被广为传诵，主要因为它们包含着丰富而又深刻的人生意蕴，既是词人一己的体验或感悟，又具有代表性和普遍意义。因此后世的读者或可以借此代言自身的情志,或则受其感发而激活自己的情感与思维。更有甚者,由于某些名句具有相对的“完整性”和“独立性”(也就是说将它们从全篇中抽出却仍能完整和独立地表现某一种“境界”),所以它们往往就能被读者作“断章取义”“为我所用”的别种理解与诠释。这种情况其实也是它们得以驰名的另一方面原因,比如王国维以恋情词的三段话来比喻成大事业、大学问之“三境界”,即是一例。又如,钱其琛副总理在1997年年初举行的香港临时立法会成立大会上引用了辛弃疾的“青山遮不住,毕竟东流去”,向全世界宣告香港回归中国的不可阻挡,引起了全场的热烈鼓掌,均说明词中名句可资读者利用的文化资源是相当丰厚的,而其文化资源的主要来源就在于他们所贮存的深刻人生意蕴。

以上,我们分析了词中名句生成的主要原因,接着思考的则是:从唐宋词之广受人喜爱在很大程度上得益于“名句效应”的事实出发,兼顾名句的生成奥秘,我们的词学研究工作究竟能获得怎样的启示?

应该承认,不少读词者之所以迷上唐宋词,以及词之所以能对后世读者产生活性的文化效应,在很大程度上是有赖于名句之迷人魅力的。从前者来说,他们或是一开卷就对名句产生一见钟情的“惊艳”之感,从而对全篇爱不释手;或是读罢全篇虽记不住其他句子却难以忘怀其中名句“临去秋波那一转”的美好印象,从而终生爱上了读词。所以,“石怀玉而山晖,水怀珠而川媚”(陆机《文赋》),名句就是唐宋词之文学矿藏和文学海洋中最惹人爱的珍宝,其熠熠光彩招引了无数游客至此观光。从后者来说,则山不在高,有仙则名,水不在深,有龙则灵,读词者并不一定要通读厚厚几大本的《全唐五代词》和《全宋词》,而只需熟读其中的名篇和名句,就“事半功倍”地把握了唐宋词的精华。基于以上情况,我们就可以得出这样的认识:从一定意义上说,唐宋词那旺盛不衰的生命活力,主要是通过其名篇和名句表现与释放出来的。甚至可以夸张地说:正是词中的名篇和名句哺育了一代又一代的读者,而一代代的读者们又通过对名篇名句的诵读使唐宋词的生命活力得以恒久延续。试看前代的词选之风一直十分活跃的事实,以及当今出版商热衷于不断推出《唐宋词鉴赏辞典》,就大可佐证我们的上述看法。

由此而来,我们又会联想到与此有关的词学研究工作。词学研究,理当有许多工作可做:作为一种历史文献,唐宋词的历史价值和文献价值是毋庸置疑的,这就值得专门的学者去深入进行研究;但作为一种至今犹“活”的优秀古典文学,则其“活性效应”和“当代意义”却更加值得研究者们去关注。若我们承认唐宋词在很大程度上是依赖其名篇名句去吸引读者而读者又主要通过诵读名篇名句来接受词之精神滋养的事实,也同意本文关于名句之生成奥秘在于深刻的人生意蕴与精美的语言包装之水乳交融的看法，那就不难从中获得这样的启示：词学研究固然有千头万绪的工作要做，但是努力从唐宋词中发掘有益的精神养料和寻求可资借鉴的创作经验，却应该成为它的重心所在。不然的话，我们的研究工作就既易丢失唐宋词的精髓，又会与广大读者的实际阅读状况脱节而成为一种缺乏现实意义与时代特色的“纯学术研究”。

（原载《社会科学战线》2005 年第 2 期）

“妙在得于妇人”

——论歌妓对唐宋词的作用

前人在论诗文时，通常把其成就归功于作家的才情和山川的钟秀。如刘勰论《离骚》，就盛赞过“楚人（指屈原）之多才”和它的得力于“江山之助”①（《文心雕龙》中《辨骚》《物色》篇）。但宋人王铚在论晏几道词时，却说了一句与众不同的话：“叔原（晏几道字）妙在得于妇人。”此话虽属戏言，却又“歪打正着”地说中了一个道理：晏几道以及其他相当一些唐宋词人的歌词创作，在很大程度上是有赖于和得益于妇人的，而这“妇人”，明眼人又一看即知是指歌妓。所以本文就想来探讨歌妓对词所产生的作用这一颇有兴味的问题。

首先请让我们来看歌妓在词的生成和传播过程中所发挥的作用。

我们知道，词的本名原叫“曲子”或“曲子词”，它是一种配乐歌唱的新体诗歌，而不同于那些仅供吟诵之用的“徒诗”（虽然，唐宋人有时也将律诗和绝句用来配乐歌唱，称之为“声诗”，然此种情况比较少见）。但既被用来配乐歌唱，那就必须有人来倚声填词和依曲唱词。前者即是词的生成过程，后者则是词的传播过程，而在这两个过程中，就全都离不开歌妓对此做出的努力。且先看歌妓对词的生成所作的贡献。我们知道，词体的孕育和诞生，最初是在民间完成的。这其间，就凝集着很多无名歌妓的功劳。比如敦煌的民间词中还保存着这样的作品，“莫攀我，攀我太心偏。我是曲江临池柳，这人折去那人攀，恩爱一时间”，“天上月，遥望似一团银。夜久更阑风渐紧，为奴吹散月边云，照见负心人”（《望江南》），它们就明显都出自歌妓之口。而再如中唐韩翃之妾柳氏（亦为歌妓）所作的《杨柳枝》，则更是有名可查的歌妓之作。所以，在词的初起阶段，歌妓曾对词的生成，起过直接参与的作用。而在后来，她们在这方面的作用，就主要转呈为间接的“助产”作用，亦即帮助文人作者将其写作的文辞转化成配乐歌唱、悦耳动听的歌词。或者换句话说，是在“曲子”与“词”、音乐与文学的“联姻”过程中充当了中介或“红娘”的角色。我们试读刘禹锡的《踏歌词》：“春江月出大堤

① 周振甫：《文心雕龙今译》，中华书局，1986年，第40页、第412页。

平，堤上女郎连袂行。唱尽新词欢不见，红霞映树鹧鸪鸣”，“新词宛转递相传，振袖倾鬟风露前。月落乌啼云雨散，游童陌上拾花钿”，以及《花间集序》中的“则有绮筵公子，绣幌佳人，递叶叶之花笺，文抽丽锦；举纤纤之玉指，拍按香檀”，就完全可以想知歌妓在由文辞转化成歌词过程中间起着不可或缺的中介作用了。所以在考察她们在词的生成方面的贡献时，除开其直接创作的词篇之外，我们更可把注意力放在歌妓唱词的普遍社会风气上。而对后者，人们很易找到许许多多的例证。这里聊举两件趣事来讲：一是陶谷被歌妓所骗的故事。据《词林纪事》卷三引《南唐近事》记载：宋太祖派学士陶谷出使南唐，陶谷仗恃宋朝国势，气势颇傲。南唐大臣韩熙载便巧设一计，在陶谷途经的某驿站，命歌妓秦弱兰扮成驿卒之女殷勤服侍并以色勾引。陶谷果然上钩，遂与之狎，并赠一词：“好因缘，恶因缘，只得邮亭一夜眠，别神仙。　琵琶拨尽相思调，知音少。再把鸾胶续断弦，是何年？”①（《风光好》）及至李后主正式开宴请客，陶谷正欲摆出一副大国使臣的威严面孔，秦弱兰却忽然盛妆出现，并唱陶谷所赠之词以劝酒。陶谷此时始知上当受骗，脸色顿变沮丧，即日就灰溜溜地返回宋朝。二是与此有些相似的文彦博趣事。据邵伯温《邵氏闻见录》卷十记载：文彦博在成都当知府时经常设宴招妓，朝廷风闻后特遣一御史何郯顺道察访。文彦博采纳部属的建议，密令张俞先至汉州安排设计。张俞寻觅到当地一名营妓叫杨台柳的，教她预先背熟了一首《柳枝词》：“蜀国佳人号细腰，东台御史惜妖娆。从今唤作杨台柳，舞尽春风万万条。”何郯一到汉州，杨台柳就唱此词侑酒，灌得何郯大醉，隔了数天何至成都，辞色甚严厉，而文彦博则笑脸相迎，并以府妓唱歌待客。不料，演唱至半，杨台柳忽然出现，且以上述《柳枝词》频频劝酒，其最后结果当然可想而知：何郯只好默认自己中计，回朝后哪敢再向皇帝去打文彦博的“小报告”？举出这两个小故事，就足以见出唐宋社会普遍盛行着歌妓唱词待客的风气。缘此我们在五代的《花间集》中就常可读到许许多多描绘歌妓唱词情景的作品，如：“绿云高髻，点翠匀红时世。月如眉，浅笑含双靥，低声唱小词。”（牛峤《女冠子》）“芳年妙妓，淡拂铅华翠。轻笑自然生百媚，争那尊前人意。　酒倾琥珀杯时，更堪能唱新词。赚得王孙狂处，断肠一搦腰肢。”（尹鹗《清平乐》）而在宋代词坛上，这种“佳人唱新词”的场面也同样屡见不鲜，如欧阳修《玉楼春》中即有如下描绘：“金花盏面红烟透，舞急香茵随步皱。青春才子有新词，红粉佳人重劝酒”，而柳永也有四首描写歌妓执板唱曲的《木兰花》词（这四位歌妓的芳名分别叫心娘、佳娘、虫娘和酥娘）。因此，歌词的作者虽然绝大多数是男

① 张思岩宗橚辑：《词林纪事》，成都古籍书店，1982年，第63－64页。

性词人(欧阳修所谓“青春才子有新词”),但若没有红粉佳人的歌唱,那么这些词篇就只能是纸上或案头的“死文学”而不能变成在音乐的佐翼下显得声情并茂的“活文学”。所以我们如若认可词是音乐与文学(“曲子”与“词”)之“联姻”的产物的话,那么歌妓充当它们中间的“红娘”的作用便是不可忽视的。而与此相关的则另还有个词的传播问题存在。人所共知,词在唐宋时代(主要指宋)可称是当时最时髦和最流行的文体,上自帝王将相、下至贩夫走卒,大家都喜欢唱词听曲。而在当时的条件下,文人所创作的新词要想得到迅速传播和广泛流传,其最直接和最方便的“大众传媒”当然就得靠歌妓来担任。例如蔡绦《铁围山丛谈》卷四就记有这样一则趣事:秦观的女婿范温,乃是翰林学士范祖禹的幼子。范祖禹因著《唐鉴》一书,名满天下,而范温则默无名声。某日,范温出席某贵人的酒宴,其家即有一位歌妓善唱秦观的词。但由于她不知道范温为何人,因此席间对范十分冷落,及至酒酣始问旁人:“此郎何人耶?”范温此时遽起,叉手答曰:“鄙人乃‘山抹微云’女婿也。”弄得一座为之绝倒。这“山抹微云”乃是秦观《满庭芳》的首句,此词在当时曾被歌妓们广为传唱,几乎达到了无人不晓的地步,因此范温一提自己是“山抹微云”的女婿,当然就身价顿增。据此可知,词人所创作的歌词之所以能得到广泛流传,在当时并不靠词作的印刷与发行(词作的大量出版印刷是南宋开始的事),而主要就依靠歌妓乐工们的演唱与相互传授,这从孟元老《东京梦华录序》中的“新声巧笑于柳陌花衢,按管调弦于茶坊酒肆”①两语中也可充分看出。前人曾经感叹,唐宋(主要是宋朝)时代简直是“词山曲海”的时代。造成这种盛况的原因固然首先应归功于文人作者的勤于创作,但也决不能忘掉无数知名和不知名的歌妓所发挥的“传媒”“推销”甚至是“救亡图存”的作用。例如周邦彦的名篇《兰陵王·柳》本来创作于北宋末年的汴京,但它在南宋初年的临安城却仍广泛流传,特别在该城的西楼南瓦(瓦舍勾栏)中更被歌妓们当作词中的《渭城三叠》(送行歌)来唱。它之所以能历经战乱而不亡佚,据传就因赵鼎的家妓们在这中间发挥了“薪尽火传”的作用(毛幵《樵隐笔录》记载:赵鼎在逃难渡江时遇到原大晟乐府协律郎某某,获得宫中所藏此词原谱,带至家中令歌妓习之,遂流传于外)。所以,不论在唐宋词的生成过程还是它的传播过程中,歌妓都为之做出了重要的贡献。

其次,再让我们考察歌妓在词的创作过程中所发挥的作用。这方面的作用,约略可从以下两端见出:

第一,歌妓是激发男性词人创作欲望与写作灵感的十分重要和相当主要的

① 孟元老著,邓之诚注:《东京梦华录注》,中华书局,1982年,第4页。

"信息源"。人所共知,诗(词)人创作欲望的产生,必须有赖于外界某些信息的激惹,《文心雕龙》所谓"人禀七情,应物斯感。感物吟志,莫非自然"(《明诗》)是也。而这些外界的信息,又大致可分两类:一是自然景物,二是社会人事。前者如刘勰所形容的:"春秋代序,阴阳惨舒,物色之动,心亦摇焉。"①后者如钟嵘所论述的:"嘉会寄诗以亲,离群托诗以怨。"②而歌妓及其所处的特殊环境(或是歌宴舞席,或是香闺绣阁,或是花前月下,或是别浦离亭,等等),就在"自然"与"人事"这两方面都给词人提供了特殊的刺激和特殊的信息,激起他们异常高涨的写作欲望和汲之不尽的写作灵感,驱使他们纷纷拿起翰墨从事艳词的创作,从而宣泄其心中所涌起的阵阵"春情"。词人面对美丽妖娆的歌妓,身处花前月下的环境,常会激起"平生愿,愿作乐中筝。得近玉人纤手子,研罗裙上放娇声,便死也为荣"(崔怀宝《忆江南》)的欲望和写出源源不绝的恋情词来。就拿晏几道来说吧,他曾自叙其写词的动机,说它们都是因感怀友人家的莲、鸿、苹、云四位歌妓而作③。以词证之,如其《临江仙》之因小苹而作:"梦后楼台高锁,酒醒帘幕低垂,去年春恨却来时。落花人独立,微雨燕双飞。　　记得小苹初见,两重心字罗衣。琵琶弦上说相思。当时明月在,曾照彩云归。"其《木兰花》之因小莲而作:"小莲未解论心素,狂似钿筝弦底柱。脸边霞散酒初醒,眉上月残人欲去。　　旧时家近章台住,尽日东风吹柳絮。生憎繁杏绿阴时,正碍粉墙偷眼觑。"其《虞美人》之因小云和小鸿而作:"说与小云新恨,也低眉","赚得小鸿眉黛,也低颦",等等,便都可证明其自叙之非虚和王铚说他"妙在得于妇人"的可信。所以,如果说白居易那类讽谕诗是"为君、为臣、为民、为物、为事而作"(《新乐府序》),亦即有其明确的政治功利主义目的的话,那么唐宋词中所大量存在的恋情词却大多是因受到歌妓,以及两性交往的特殊环境的影响而感发的。这些恋情词中,有些是确有其情事,亦即实为某位歌妓而写,有些则仅是由两性愉悦的恋情氛围所激起的"逢场作戏"的游戏文笔,更有些甚至还是词人凭着想象虚构的"空中语"(如黄庭坚就称自己的艳词是"空中语耳",见惠洪《冷斋夜话》)。但不管是何者,激发广大男性词人创作恋情词篇之强烈欲望者,则正就是那辈"燕燕轻盈,莺莺娇软"的歌妓们。举例来讲,《花间》词人张泌,就因有感于某一位(或某几位)歌妓,曾一口气写出了好多首《浣溪沙》词来。例如:"小市

① 周振甫:《文心雕龙今译》,中华书局,1986 年,第 412 页。

② 钟嵘著,曹旭集注:《诗品集注》,上海古籍出版社,1994 年,第 47 页。

③ 晏几道:《小山词自序》,金启华,等编《唐宋词集序跋汇编》,江苏教育出版社,1990 年,第 25 页。

东门欲雪天,众中依约见神仙,蕊黄香画贴金蝉。　　饮散黄昏人草草,醉客元语立门前、马嘶尘烘一街烟。”这是写他在冬日的东门小市见到她时的“惊艳”情景。又如:“晚逐香车入凤城,东风斜揭绣帘轻,慢回娇眼笑盈盈。　　消息未通何计是?便须佯醉且随行,依稀闻道‘太狂生’。”这又是写他春日冶游、尾随歌妓香车的“盯梢”情景。再如:“独立寒阶望月华,露浓香泛小庭花,绣屏愁背一灯斜。云雨自从分散后,人间无路到仙家,但凭魂梦访天涯。”这更是写他在与她分离之后的秋夜“魂访”情景……总之,无论从春至冬,从早到晚,词人都因歌妓而激发出源源不绝的写作灵感来。借用两句杜诗来作形容,正是:“颠狂柳絮随风去,轻薄桃花逐水流。”(《绝句漫兴》)

第二,歌妓又为大量描写女性形象和男女恋情的婉约词作提供了生活原型与创作素材。婉约词中的“人物形象”本就相当单一,基本只见才子和佳人这两种角色出场。其“才子”的角色,一般由词人本身来担任;而其“佳人”角色却偏不大由词人的正式妻子来充当(当然也有很少的“寄内”之作,但相比之下其数量微不足道),实际是由词人将歌妓精心装扮而冒充贵妇人的模样来“出镜”的。比如毛文锡的两首《恋情深》:“滴滴铜壶寒漏咽,醉红楼月。宴余香殿会鸳衾,荡春心。　　真珠帘下晓光侵,莺语隔琼林。宝帐欲开慵起,恋情深。”“玉殿春浓花烂漫,簇神仙伴。罗裙窣地缕黄金,奏清音。　　酒阑歌罢两沉沉,一笑动君心。永愿作鸳鸯伴,恋情深。”虽然其中的女主角身处红楼、宝帐、玉殿、珠帘之类豪华环境中,但是明眼人一看就知,那是经过着意美化过的,而其“原型”是一位秦楼楚馆中的“高级歌妓”——这从词中“荡春心”“一笑动君心”等语中就不难看透。这方面的例证,可谓比比皆是,只消读一下有些词人所写的小序和后人所录的“本事”就知。例如仅苏轼词中,就存有他为素娘、寓娘、楚守周豫之舞妓、无名歌妓、王都尉侍妾、琵琶女、郑容、高莹(以上两人为京口官妓)、田叔通家舞妓、徐君猷家姬(妩卿、胜之、庆姬三位)等歌妓舞妾而作词的小序。试以其为素娘而作的《鹧鸪天》为例,先抄录其小序:“陈公密出侍儿素娘,歌紫玉箫曲,劝老人酒。老人饮尽,因为赋此词。”再看其词文:“笑拈红梅亸翠翘,扬州十里最妖娆。夜来绮席亲曾见,撮得精神滴滴娇。　　娇后眼,舞时腰,刘郎几度魂欲消。明朝酒醒知何处:肠断云间紫玉箫。”词中所描绘的这位头插翠翘、笑拈红梅的妖娆美女之形象,分明就是将宴席上的素娘“移”到词中而塑造出的。再如他另一首泛泛而写的《蝶恋花·佳人》词:“一颗樱桃樊素口。不爱黄金,只爱人长久。学画鸦儿犹未就,眉尖已作伤春皱。　　扑蝶西园随伴走。花落花开,渐解相思瘦。破镜重圆人在否?章台折尽青青柳。”虽未知其所确指,但从“章台柳”的典故来看,则其中的佳人形象及其心态分明也是从他所接触过的歌妓身上“提炼”出来的。而苏轼在人们心目中,还算是位“一洗绮罗香泽之态,摆脱绸缪宛转之度”(胡寅《酒边词序》)的词人,但他之写作婉约词篇犹如此“得(之)于妇人(歌妓)”,那么那些“正宗”的婉约词人写作艳词之离不开歌妓,就更可推想而知。试以张先为例,宋人杨湜的《古今词话》中就记有他因歌妓而作艳词的“本事”两条。其一云:晏几道有宠人(即歌妓舞妾之流)善歌舞,晏每作新词,必先命宠人歌之。某日,那宠人因触怒了晏妻,被卖至别家。张先闻知,遂作《碧牡丹》一词以献小晏:“步帐摇红绮,晓月堕、沉烟砌。缓板香檀,唱彻伊家新制。怨入眉头,敛黛峰横碧。芭蕉寒,雨声碎。　　镜华翳,闲照孤鸾戏,思量去时容易。钿盒瑶钗,至今冷落轻弃。望极蓝桥,空暮云千里。几重山?几重水?”它用凄恻的笔调描写了宠姬被逐后的孤苦情景,感动得小晏下定决心将她用钱赎回(《道山清话》则谓此歌妓乃晏殊而非晏几道之宠人)。另一例则是张先在春游途中遇到名妓谢媚卿,“一见慕悦,目色相授”,感而作《谢池春慢》的故事。由此数例即知,婉约词人所创作的大量恋情词中,实有相当比例的作品是为确有其人和确有其事的恋爱故事而写的,因此它们也仍然可以看成是“有为”之作——不过不像白居易所说的“为君、为臣、为民”而是“为她(歌妓)”而作而已。当然由于某些词人往往不愿直言其所恋歌妓的名字,以及与她们的那段私情,所以后人在阅读这些艳词时就要费些猜测甚或考证的功夫。例如,姜夔词中共有恋情词十七八首,另在其词序中也多次含蓄交代过这段恋情的“背景材料”,夏承焘先生就据此而写了一篇《白石怀人词考》。据其考证:姜夔在青年时代,曾与合肥弹琵琶的歌妓(可能是姐妹二人,也可能是其中之一)有过一段缱绻的恋情。分手之后很久,仍无法忘怀,故直至晚年,词中犹有“少年情事老来悲”(《鹧鸪天》)的苦恋之语。而因他与合肥歌女同居之处多植垂柳,其最后分袂又值梅花季节,故姜词中又特别爱写柳、梅……这番考证,同样也能说明:恋情词中有相当数量的作品,实际就是以现实生活中的歌妓作为其人物原型和创作素材的。而即使是那类号称“空中语”的艳词,虽是凭借想象虚构出来的,但词人往往也有他们狎妓冶游的生活经历以作其虚构的基础。如前面提过的黄庭坚,他只是在有人指责他多写艳词当下犁舌之狱时才自辩为“空中语耳”,其实他本人何尝没有娼楼妓院之游?如王灼《碧鸡漫志》卷二就曾说:“黄晚年(按:似为早年之误),间放于狭斜,故有少疏荡处。”①这就指出了词人的狎妓经历对其放荡词风(当然只指其部分作品)的影响。所以综合以上两方面的情况,我们便可看清:歌妓无论在促发男性词人的写作欲望和写作灵感方面,还是在提供艳

① 唐圭璋编:《词话丛编》,中华书局,1986 年,第 83 页。

词创作的生活原型和创作素材方面,都具有着相当重要的作用。在男性词人所写成的每一首比较成功的恋情词背后,往往隐藏着一位歌妓的优美身影。而若再把视野进一步拓宽和拓深,那么我们更可看到:唐宋词苑之所以会滋生出林林总总、姹紫嫣红的恋情词篇,其主要的社会土壤正是那士大夫文人的狎妓生活。这是因为:一方面,封建社会的正式婚姻全凭父母之命和媒妁之言,绝少自由的恋爱和"有情人终成眷属"的机遇;另一方面,特殊的历史条件却又允许士大夫们可以纳妾蓄妓(蓄养家妓),而在公私宴席上也有歌妓唱词陪客的习俗,至于那些"下三滥"的妓女,则更加遍布在城市的秦楼楚馆、勾栏酒肆中,这就为士大夫文人的狎妓冶游提供了极大的方便。因着上面这两种矛盾着的情况,士大夫文人在正常情况下得不到满足的爱情要求(有些则仅是色情肉欲),便只能转向歌妓堆中去寻求满足。因此,恋情词之大多以歌妓(或经过美化和"雅化"的歌妓)作为咏写对象,就是某种带有历史必然性和烙有特殊社会印记的事了。韦庄词曰:"如今却忆江南乐,当时年少春衫薄。骑马倚斜桥,满楼红袖招。翠屏金屈曲,醉入花丛宿。此度见花枝,白头誓不归。"(《菩萨蛮》)仲殊词曰:"涌金门外小瀛洲,寒食更风流。红船满湖歌吹,花外有高楼。　　晴日暖,淡烟浮,恣嬉游。三千粉黛,十二阑干,一片云头。"(《诉衷情》)其中就闪现着多少歌妓的优姿倩影,又浮响着多少歌妓的轻歌低唱!所以,从一定意义来讲,唐宋恋情词就大可看成是从歌妓的"众香国"中、"绮罗丛"里生长出来的特殊的文学花朵。

另外,歌妓对造成"软美"词风的影响也是值得注意的。由于词是配乐歌唱的抒情诗体,所以这种影响可从"声"和"情"这两个方面看出。首先在"声"的方面,由于词要由妙龄歌妓们来演唱,因此词人在选择曲调词牌或自度新曲时就会尽量选用音韵柔美的曲调来填词,而歌妓们在演唱时也特别喜欢追求那种"语娇声颤"的"软美"效果。例如姜夔就曾说过:"自作新词韵最娇,小红低唱我吹箫。"(《过垂虹》诗)李廌也这样描绘过歌妓唱词的"软美"情状:"唱歌须是玉人,檀口皓齿冰肤。意传心事,语娇声颤,字如贯珠。"(《品令》)而上述情况又非仅见之于少数词人和歌妓,实际早已成了一种全社会的"时风"。如吴自牧《梦粱录》中专门列有"妓乐"一章,它所描写的歌妓唱曲也全都趋向于"软美"。如:"更有小唱、唱叫、执板、慢曲、曲破,大率轻起重杀,正谓之'浅斟低唱'。""但唱令曲小词,须是声音软美。""委有娉婷秀媚,桃脸樱唇,玉指纤纤,秋波滴滴,歌喉宛转,道得字真韵正,令人侧耳听之不厌。"而因歌妓唱曲的嗜"柔"和趋"柔",所以就从"声"的方面影响和导致了词风的偏向"软美"。对此,张炎在总结"词婉于诗"的原因时所说的一句话:"盖声出莺吭燕舌间",便说出了歌妓那呖呖莺声和呢喃燕语般的唱歌声对于造成"软美"词风的深刻影响。其次,在"情"的方面，由于词人多以歌妓作为咏写对象，他们往往因此而激发出一种“怜香惜玉”的情愫来，从而促使其下笔变得十分柔婉、十分细腻，故其词风也必会趋向于“软美”。试以辛弃疾词为例。作者本是一位侠骨刚肠的血性男儿，可当他为歌妓写词时，词风却也顿然变得十分柔软。如其《南歌子》：“万万千千恨，前前后后山。傍人道我轿儿宽。不道被它遮得，望伊难。　　今夜江头树，船儿系哪边？知他热后甚时眠？万万不成眠后：有谁扇？”当伊人的船儿已经驶至望不见影子的山后时，词人仍挂念着她：今夜别后睡得可好？万一热得难眠，可有谁为她打扇？这种体贴入微的柔情，便使此词的词风显得异常柔婉。举此一例可知：即使是性格比较坚刚的作者，一旦为心爱的歌妓写词，竟也摆脱不了“绮罗香泽之态”和“绸缪宛转之度”。故而，无论在“声”的方面还是在“情”的方面，也无论在词的生成和传播过程还是在词的创作过程中间，歌妓都可称是造成婉约词“软美”词风的“催化剂”。词之“妙在得于妇人”和歌妓之“有功”于词，信然确然。

（原载《中国典籍与文化》1995 年第 2 期）

“诗词有别”

——城市经济带给词的印记

一

很久以来,有相当多的人抱有一种“诗词有别”的观念。以宋人为例:陈师道就批评过苏试的词,认为他是“以诗为词,要非本色”(《后山诗话》);晁补之评论黄庭坚词“固高妙,然不是当行家语”①;李清照更是干脆提出,词“别是一家,知之者少”②。

这种“有别”论是否有其创作实践上的根据呢?应该说是有的。拿五代词来看吧,时代是昏暗离乱的时代,然而《花间集》中所歌咏的却十之八九是醇酒美人,这和传统的“诗可以怨”的精神相距是多么远呀!柳永,这个婉约派大词人,要不是从地方志中发现的材料,我们简直想象不到,他竟还是《煮海歌》这样一首关心盐民疾苦的长诗的作者!除此之外,我们还可以发现很多类似的情况,说明词这个新兴的抒情诗体和传统的“诗”之间,确实存在着某些差别。

那么,这种差别主要表现在什么地方呢?除了格律形式方面的区别之外,它可以用“诗庄词媚”“诗刚词柔”“诗雅词俗”等来概括——这些概括虽不能说是十分准确和全面,但大体看来,还是可以成立的。这里,我们不准备具体研究这种种差别究竟表现在哪些方面,而想来探求造成这种差别的经济生活方面的原因。

二

造成诗词有别的原因是比较复杂的。比如有文学理论方面的原因:诗有一

① 吴曾:《能改斋漫录》卷一六,上海古籍出版社,1986年,第469页。
② 胡仔:《苕溪渔隐丛话·后集》,人民文学出版社,1962年,第254页。

个悠久的“言志”的传统，而词则是新起的民间小曲，因此很自然地会使人产生“诗尊词卑”的看法，而用词这种“小技”文体来抒写诗中所不便写的题材、内容。还有哲学方面的原因：宋代理学盛行，古文家和诗人在它面前也不禁要起端肃之感，因此他们在正经的场合、正统的文体（诗、文）中便往往力求古雅得体；然而在另一些场合、另一类文体中，他们就会收起正经的面孔而尽情地倾泻私生活方面的感情，因此，产生于花间樽前环境中的“小词”，面目就和诗文大异了。但是，光从这些方面还不足以说明问题的全部原因。文学作品，归根到底，是一定的社会生活在作家头脑中的反映的产物。前两方面所说的原因，仅足以说明“作家头脑”方面的问题，而尚不能说明“社会生活”方面的问题。社会生活，是创作的源泉，同时又是造成生活在该时代的作家的创作风格的重要因素。因此，只有深入到社会生活中去发掘“诗词有别”的原因，方始为探本之论。

这里不妨先提出两个问题来研究：

一个问题是：人们常说“诗庄词媚”，其实，诗中何尝没有出现过“媚”的现象呢？梁、陈时的宫体诗，不是也很香艳吗？但人们却并不说“诗为艳科”而只说“词为艳科”，这说明诗中虽也不同程度地出现过香艳的作风，却未形成占主流地位的局面，只是到了晚唐五代和两宋（主要是北宋）时期盛兴的词中，才形成了一种近乎顽症的“艳科”局面，这就说明词之侧艳软媚作风，必与此时的经济生活有某种必然的联系——而这种情况又是六朝时的经济生活尚不能产生出的。

另一个问题是：同样是词，为什么流行于民间的敦煌词，其题材就很广泛，而创作于文人的花间词，其题材却很狭窄？（顺便讲一句，这里所谈的“诗词有别”现象，就主要是指文人词与诗的差别。）这种现象又使我们注意到两者流行与产生的环境有所不同：前者基于农村经济的土壤，而后者则主要基于城市经济的土壤。

两个问题集中到一点，我们就可以看到：词之所以会产生和传统诗的种种差别，这是与唐末五代和两宋的城市经济的发展有着内在的、深刻的联系的，在唐末五代和两宋词的身上，打上了当时已相当发达的城市经济的烙印。

三

这里准备论述两宋城市经济对宋词发展所起的影响。唐末五代的情况偶一论及，不作主要论述。

从现有的资料来看，两宋的城市经济已经相当发达，上层市民的生活也已相当侈靡。例如《东京梦华录》记载,汴京旧城方圆约 20 里许,而外城方圆达 40 余里,规模宏大(卷一"旧京城""东都外城"条)。城中住有皇室、贵族、臣僚、禁兵、各色商人、手工业者和歌妓、奴仆,人口稠密,商业发达。特别在公元 956 年,宋太祖诏令开封府三鼓以后的夜市不禁,商贸活动不再像唐时犹有时间的限制,所以空前地活跃起来。如界身巷一带"屋宇雄壮,门面广阔,望之森然,每一交易,动即千万,骇人闻见"(卷二"东角楼街巷"条),至于在这种商业经济上形成的恣情享乐,则在它的序里也有详尽的描写:"时节相次,各有观赏。灯宵月夕,雪际花时,乞巧登高,教池游苑。举目则青楼画阁,绣户珠帘。雕车竞驻于天街,宝马争驰于御路,金翠耀目,罗绮飘香。新声巧笑于柳陌花衢,按管调弦于茶坊酒肆。八荒争凑,万国咸通。集四海之珍奇,皆归市易;会寰区之异味,悉在庖厨。花在满路,何限春游;箫鼓喧空,几家夜宴。"①足见东京的城市经济高度发达,超过前代。

至于南宋迁都临安之后,城市经济和上层人物所过的侈奢生活又大大地超过了北宋。例如《都城纪胜》记载杭城的商业贸易道:"自大内和宁门外,新路南北,早间珠玉珍异及花果时新海鲜野味奇器天下所无者,悉集于此。以至朝天门、清河坊、中瓦前、灞头、官巷口、棚心、众安桥、食物店铺,人烟浩穰。其夜市除大内前外,诸处亦然。惟中瓦前最胜,扑卖奇巧器皿百色物件,与日间无异。其余坊巷市井,买卖关扑,酒楼歌馆,直至四鼓后方静;而五湖朝马将动,具有趁卖早市者,复起开张,无论四时皆然。"("市井"条)②而杭城人的侈华程度也比汴京有过之而无不及。《武林旧事》详细地记述了临安一年四季的游赏风俗,它在"西湖游幸"条中写道:"贵珰要地,大贾豪民,卖笑千金,呼卢百万,以至痴儿骙子,密约幽期,无不在焉。日縻金钱,靡有纪极,故杭谚有'销金锅儿'之号,此语不为过也。"③

在这种高度发达的城市经济基础之上,城市中出现了一个新兴的市民阶层。这个阶层的构成因素是相当庞杂的,而其中以商人、手工业者为主。《东京梦华录》说,汴京城中,很多大小货行中,皆居住着"工作伎巧"之人,那就是手工业者。至于商人、小贩,则满街都可见到。值得注意的是,宋代的商业组织中已出现了"商行"。东京市上,至少有 160 多行,行户有 6 400 多户。南宋临安城里则形成了各种各样的作坊和行会组织,有名为"团"者,"如城南之花团,泥路之青

① 孟元老著,邓之诚注:《东京梦华录注》,中华书局,1980 年,第 4 页。
② 耐得翁:《都城纪胜》,中国商业出版社,1982 年,第 3 页。
③ 周密:《武林旧事》,西湖书社,1982 年,第 38 页。

果团，江干之鲞团，后市街之柑子团是也”；有名“行”者，“如酒行，食饭行是也”；有名“作”者，“如篦刀作，腰带作，金银镀作，钑作是也”①（《都城纪胜》“诸行”条）。除了这一大批商人、手工业者及其家属之外，城市中还居住着各色人等，他们中间，除了封建官僚机构之外，都基本附于城市经济之上；即使是封建统治集团，他们所过的糜烂生活也离不开当时在城市中日益发达起来的商品经济。这样就构成了巨额的城市人口。据《咸淳临安志》记载，宋末临安的人口共达391 000多户、124万多人，其中主要的是城市的市民群众。

城市中勃兴起来的这支市民队伍，他们的力量必然会在文化生活中有所反映。他们不同于淳朴的乡村农民，而对于物质生活和精神生活抱有更高一些的需求。另一方面，封建社会发展到了宋代，已经经历过了它的鼎盛阶段，地主阶级的剥削本质和腐朽性越加暴露得充分，比如作为开国之君的宋太祖，就带头向臣下鼓吹“人生如白驹过隙”“多置歌儿舞女，日夕饮酒相欢”②的及时行乐思想，综观有宋一代，君臣之间竞相逐乐的风气超过了前代。宋徽宗的穷侈极奢、营建艮岳，南宋君臣的偏安西湖、歌舞鸩安，就是明证。又正是从上到下对于物质享受的追求，使得两宋社会中弥漫着一种寻欢觅乐的享乐风气。而这种享乐生活中，又处处离不开对于女性的玩弄。以女色为中心的酒色歌舞，也就成了文学特别是词的主要题材之一。唐末五代的词中，已经充斥着这种内容。如前蜀主王衍的《醉妆词》写道：“者（这）边走，那边走，只是寻花柳。那边走，者（这）边走，莫厌金杯酒。”在宋代高度发展的城市经济基础之上，妇女被当作商品的现象更大大超过前代。宋代的妓女（一种以出卖伎艺为主，一种以出卖肉体为主，更多的是二者的结合），在两宋的社会生活中表现得很是活跃。《东京梦华录》卷二“潘楼”“朱雀门”条，卷三“寺东门街巷”条，详细记载着妓女的住所，真是随处可见。南宋则发展到以妓女作宣传品、活广告，不仅公私宴会、喜庆吉事可雇妓女来应酬，就连公家的酒库开张或新酒开沽，都要用妓女骑着高头大马来招徕顾客。尤有甚者，当时有一种“菴酒店”，竟在“酒阁内暗藏卧床”，“有娼妓在内，可以就欢”③。这种以妇女为商品的情况，使得宋代贵族蓄养声伎、士人狎妓游赏的事成为了司空见惯的浑常事。《东轩笔录》记载宋祁“多内宠，后庭曳罗绮者甚众”④。就连辛弃疾这样的人，从他词中见到的侍妾就有整整、田田、钱

① 耐得翁：《都城纪胜》，中国商业出版社，1982年，第4页。
② 陈邦瞻编：《宋史纪事本末》，中华书局，1977年，第8页。
③ 同①，第5页。
④ 胡仔：《苕溪渔隐丛话·前集》，人民文学出版社，1962年，第180页。

钱、阿卿等多人，这就可知当时的风气了。因此，在两宋的享乐生活中，始终离不开一个“色”字。仲殊和尚有两首词分别描写成都和杭州的景致道：

> 成都好，蚕市趁遨游。夜放笙歌喧紫陌，春邀灯火上红楼，车马溢瀛洲。(《望江南》)
>
> 涌金门外小瀛洲，寒食更风流。红船满湖歌吹，花外有高楼。晴日暖，淡烟浮，恣嬉游。三千粉黛，十二阑干，一片云头。(《诉衷情》)

由引可见北宋的狎妓嬉游已经到了怎样的地步。

> 年年跃马长安市，客舍似家家似寄。青钱换酒日无何，红烛呼卢宵不寐……(刘克庄《玉楼春》)
>
> 钿车骄马锦相连，香尘逐管弦。瞥然飞过水秋千，清明寒食天。花贴贴，柳悬悬，莺房几醉眠……(张炎《阮郎归》)

南宋风习则于此可见一斑。

享乐和女色之好，这是城市经济带给当时的社会生活的一个突出现象。

另一方面，随着市民阶层力量的抬头，他们在文化、娱乐方面的要求也日渐高涨。传统的诗文，只适宜于具有较高文化修养的士大夫文人所欣赏和利用，而兴趣广泛、文化程度较低的市民们却需要通俗一些、活泼一些、题材新奇和富有娱乐性(甚至刺激性)的文艺。这样，适合他们这种需求的通俗文艺、市民文艺就大量涌现了。我们注意到，唐代出现的“传奇”小说中，已经具有了这种适应市民群众的求新逐异倾向的苗头了，但因为它还拘囿于文人之中，所以不能活泼泼地面向群众。宋代则有所不同了：活跃于街头巷尾、瓦舍勾栏中的市民文学直接诞生于民间艺人之手，它具有新奇、俚俗、诙谐、色情、惊险、活泼等特点，能够快人耳目，使人获得感官上的刺激与满足。在《东京梦华录》中记载的这种瓦舍伎艺就有小唱、嘌唱、般杂剧、诸宫调、商谜、合生、叫果子等项目。《都城纪胜》《西湖老人繁胜录》《武林旧事》等书记载的临安百戏伎乐则更为繁多。其中与词有关的曲艺名目就有好多：

宴会或聚会时，用妓院里的“散乐家”来伴奏，“其音韵清且美也”。

“街市有乐人三五为队，擎一二女童舞旋，唱小词，专沿街赶趁。”遇到元夕放灯、三春园馆赏玩及游湖看潮，或于酒楼及花衢柳巷觅欢时，常令此辈人侍候演唱，“其声音亦清细轻雅，殊可人听”。

更有“小唱”“唱叫”之类，“执板慢曲、曲破，大率轻起重杀，下谓之‘浅斟低唱’”，“但唱令曲小词，须是声音软美”。

“朝廷御宴，是鼓板色承应。如府第富户，多于邪街等处，择其能讴妓女，顾倩祗应。或官府公宴及三学斋会、缙绅同年会、乡会,皆官差诸库角妓祗直。”

甚至“诸酒库设法卖酒”,都有“官妓或私名妓女数内,拣择上中甲者,委有娉婷秀媚,桃脸樱唇,玉指纤纤,秋波滴滴,歌喉宛转,道得字真韵正,令人侧耳听之不厌”。

此外尚有说唱诸宫调、嘌唱、唱赚(又分缠令、缠达)等介乎唱词、曲艺、杂戏之间的说唱文艺(以上见《梦粱录》卷二〇“妓乐”条)。这又说明,在两宋的城市生活中,词充当着一个活跃的角色。它是当时人们所喜闻乐见的一种文艺样式,广泛地深入到社会的各个角落,上自皇宫里的大节盛会,中至文人学士的家宴结社,下到市民阶层的街巷深处,都有文人制词、乐工谱词、歌妓唱词。宋词的作者中,有徽宗、高宗这样的帝王,有文彦博、司马光这样的大臣,有岳飞、韩世忠这样的武将,有朱熹、真德秀这样的道学先生,有严蕊、谭意哥这样的妓女,还有惠洪、仲殊这样的和尚和王清惠、金淑德这样的宫女……总之,词这种新文体,比起诗和文来,与当时的城市生活关系更为直接、更为密切。可以这样说,词虽起源于农村边塞,但它的滋生繁殖和成长壮大,却是在城市经济的大温床上进行的,而城市经济的种种情况,也甚为明显地反映在词中。这是城市经济影响人们社会生活(主要是文化生活)的又一个突出之处。

从上面的分析中,我们可以看到,城市经济的发展给文人作者带来了一种新的生活内容和创作题材,也给文人作者提供了一种适宜于表现这种内容和题材的新文体——可以配合“宴乐”而歌唱的“词”。既然生活内容和创作题材比之前代有所不同了,那么,反映这种新内容的词,其风貌会和传统的诗发生某种变异,也是不难理解的了。

四

下面,让我们具体来分析一下城市经济带给词的影响。

(一)娱乐性

宋人——特别在苏、辛以前,几乎大部分人都视词体为消遣文学、娱乐文学,来源即在于他们所过的享乐生活。因为词起初是配合宴乐在歌宴酒席上演唱的,所以他们很自然地把它当作佐酒助欢的文体看待。他们在饮酒作乐时,需要作词听曲;他们在结交歌妓时,常常作词赠人;而当他们在酒散人去后,也往往用填词来寄托他们的落寞惆怅;在生活过得平淡无味时,也靠写几首“谑词”(近乎滑稽意味的词)来解闷。我们至今仍可在宋人的词论中找到这种以词"娱人自娱"的话语。如陈世修《阳春集序》称冯延巳词是"娱宾遣兴"之具①。晏几道称自己作词是为"析酲解愠""期以自娱""为一笑乐而已"②(《小山词序》)。欧阳修、晁补之都称自己作词是"敢陈薄伎,聊佐清欢"(见其《采桑子》和《调笑》词序)。凡此种种,都说明,他们往往把词体当作享乐或享乐消逝之后的空虚精神生活中的消遣品看待,而不把它当作如同诗文一样的较为严肃的文学创作看待。这就无怪乎他们的词中,便会生出和诗的种种差别来。

(二)艳情性

前面已经讲过,男女的恋情、私情是宋人生活中的一项重要内容,然而由于它们在本来可以"缘情而绮靡"的诗中却得不到反映的机会(在浩瀚的宋诗中,很少有几首像陆游悼念唐婉那样的爱情诗),于是便一股脑儿地挤进词中来求得表现。混迹在秦楼楚馆中的柳永,写了大量的依红偎翠之作,这自属正常;即如司马光这样的"言行俱重"的名臣,也会写出"宝髻匆匆梳就,铅华淡淡妆成"的艳词,这说明,基于那种近乎畸型发展的商业经济基础上的艳情生活具有那么顽强的力量,它甚至吸引住了司马光这样的人物。因此,我们对于"词为艳科"情况的出现,就会感到它是根植于一定的社会土壤上的产物,而不仅是那些艳词作者个人的问题了。

(三)软媚性

词是当时广泛流行于公私宴席上的合乐诗体。其时的宴乐多由妙龄女郎演唱,"盖声出莺吭燕舌间"③(《词源》卷下),怎能不显得软媚呢?《东京梦华录序》称"新声巧笑于柳陌花衢,按管调弦于茶坊酒肆",《梦粱录》称"浅斟低唱,倚玉偎香"(卷六"十二月"条),《武林旧事》称"翠衢绡幕,绛烛笼纱,遍呈舞队,密拥歌姬,弦管清吭,新声交奏"(卷二"元夕"条),这些记载都说明了文人词由歌妓演唱而偏于软媚一路。我们再看一下民间传唱的那些词曲又怎样呢?"清细轻雅""宛转""软美""浅斟低唱"等(见前引)就是它们的特质。所以"词婉于

① 陈世修:《阳春集序》,金启华,等编《唐宋词集序跋汇编》,江苏教育出版社,1990年,第99页。

② 晏几道:《小山词自序》,金启华,等编《唐宋词集序跋汇编》,江苏教育出版社,1990年,第25页。

③ 唐圭璋编:《词话丛编》,中华书局,1986年,第263页。

诗”①(《词源》卷下),就成了词区别于诗的特点了。而当东坡作了刚健豪放的“大江东去”词,就会被人笑称为当用“铁绰板、铜琵琶”去歌唱了。

(四)通俗性

由于词是宋代的“全民文艺”,所以它保持有一定程度的通俗性。柳永词人称“从俗”,“流俗人尤喜道之”,就是一个代表。即使是论词讲究要有“故实”的李清照,她自己作词也还是很平易近人的,“皆用浅俗之语,发清新之思”②(《金粟词话》)。至于后来的典雅派文人在词中大讲使事用典,雕章琢句,把词弄得深僻难读,那正是背离了词的“本色”的;而也正是这样,词的生命力就减弱了,别一种更为通俗自由的“曲”,正适应着城市经济的发展和市民群众的需要起而取代词的地位而成为全社会最通行的文体了。拿宋诗(特别是江西派的诗)的博奥和词的近俗比,二者的差别也是显而易见的,这无疑也是城市经济给词烙上的印记之一。

五

我们在上面分析了城市经济给予词体的若干影响,这些影响大多(除了通俗性一点之外)偏重于消极方面;但这并不是意味着,城市经济给予词体的影响仅是消极的。首先,城市经济的发展,对于词的发展起了直接的、巨大的推动作用,没有它的推动,词能达到“凡有井水饮处皆能歌”的地步吗?其次,城市经济的发展,为词作者们提供了优裕的物质基础,有了这个基础,词人们才能踊跃写词,也因为有了这个基础,人们的视野才会拓宽,从而为词的创作提供了取之不尽的题材来源(如歌咏祖国山川的壮丽、城市生活的多姿以及人们多方面的精神生活等),为词人之间交流艺术技巧、提高艺术水平创造了条件。对于这些积极方面的作用,我们不能否定,也无意否定。不过这里所谈的,主要地是从它对造成词与诗的差别而立论的,想来不至于造成误会。

另一方面,城市经济对词所产生的影响仅是词体所受到的一种影响而已,它在自己的发展过程中,还受到其他方面的影响——比如政治对于词的影响,我们就可以从“靖康之变”带给词坛的影响中突出地见到。而且,这种影响,又因人因势而有所不同,如柳永的词,就明显地打上了市民意识的一些烙印,而苏轼所

① 唐圭璋编:《词话丛编》,中华书局,1986年,第263页。
② 同①,第721页。

受到的影响就较少(苏轼更多地是从传统的诗文中接受影响,因此他的词具有“以诗为词”、沟通诗词界限的特点)。更有一点,城市经济给予词的影响也不是一成不变的,大致说来,在苏轼之前的词坛上,它所表现的影响较为明显、较为巨大,而越到后来,就越见减少,到了辛派词人登上词坛及典雅词风风靡一时之后,词与诗之间的界限(非指格律上的差别)就逐渐趋于打破了,词的地位也渐见抬高了——在前一派词人手中,词的题材和风格有所扩展与变化;而在后一派词人手中,词也就同诗一样,成为一种“高雅”的文体了。这又是应该交代清楚的。

总起来说,词在自己的发展过程中,曾经出现过“词为艳科”“词以婉约为正宗”的历史现象,出现过“诗庄词媚”“诗刚词柔”“诗雅词俗”等与诗不同的差异性,这些都可以从当时的经济生活中找到解释和答案。经济基础对于文学这个上层建筑的作用,并不总是表现得很直接的,但在唐宋文人词的发展过程中,却表现得相当清晰,这一点也可以说是本文的一点简短的结论吧。

(原载《湘潭大学学报(社会科学版)》1984 年第 2 期)

论宋词发展史中的“雅”“俗”之辨

宋末元初的陆辅之作《词旨》，开宗明义便提出：“凡观词须先识古今作词雅俗。”陆氏是著名词论家张炎的门生，他的这一意见具有代表性，反映了南宋词坛上一个相当普遍的看法，即注重词的“雅”“俗”之辨。我们现在来研究这个问题，可以发现，这个“雅”“俗”词的问题，确实是宋词发展史中一个相当重要的问题，它关系到宋词的创作方向，值得探讨。

一、文人词和民间词之间的分野

宋人的雅俗之辨，首先是针对民间词而发的。

我们现在所见到的宋词，绝大多数是文人词。其实，这只是问题的一个方面。从宋人的一些记载（如《东京梦华录》《都城纪胜》《梦粱录》《能改斋漫录》等书）中，我们可以推想到，宋代的民间词也应是十分发达的。可惜，由于这些民间作品保存在文献中、流传至今的篇数很少，使我们无法得窥全貌。但是，就是在这寥寥无几的篇目中，我们还是可以看到，宋代的民间词自有它自己的特色，有它的光彩，而这又正是文人词所欠缺的。

首先，它继承了前代民歌中那种反映现实、揭露现实的传统精神，敢于尖锐地批判弊政、抨击黑暗。比如《中吴纪闻》中所载讽刺徽宗明为下诏求谏、实则箝塞言路的《滴滴金》词，《江湖记闻》中所载讽刺贾似道借“经量”之名行搜刮之实的《一剪梅》词，《随隐漫录》中所载讽刺酒商抬高物价、掺假骗钱的《行否子》词等作品，都是为事而发、批判黑暗现实的好作品。其感情的鲜明强烈、语言的辛辣锐利，是文人词中很少见得到的。

其次，民间词的语言极为通俗易懂，几乎纯用口语，很容易为广大群众所接受。从风格而言，轻松活泼，风趣俏皮，多属于“俳体”“谑体”“戏体”的类型。这种寓怒骂讽刺于嬉笑滑稽之中的风格体现了人民群众乐观开朗的性格，也是宋代的民间文学区别于前代民间文学的一个显著特色。

最后，和一般文人词专重抒情的特点不同，宋代民间词大多是叙事的，或者是半叙事、半抒情的。这一方面是由于它继承了前代民歌“缘事而发”的传统，另一方面，又与它常跟说唱文艺、戏曲小说结合在一起的特点有关。

从《都城纪胜》的“瓦舍众伎”条及《梦粱录》中的“妓乐”条来看，当时流行在城市中的民间词，大致有“唱叫小唱”“嘌唱”“叫声”“唱赚”（又分“缠令”和“缠达”两种），以及说唱文艺“诸宫调”等多种形式。在农村，则有各种地方性的民歌（如张邦基《墨庄漫录》云“余见淮泗村人多作《炙手歌》”，而“吴人多作山歌”，“岭外又有《欸乃》之音”）。

但是，宋代文人对这些丰富生动的民间词所抱的态度大多是轻蔑的。他们往往用“不雅”二字轻率地把它们基本否定掉了。例如沈义父《乐府指迷》中提出了作词和论词的四条标准，其中之一是：“下字欲其雅，不雅则近乎缠令之体”①，这就明白地以“缠令”为“不雅”的代表。张炎的《词源》高倡“雅正”之说，谓“若邻乎郑、卫，与缠令何异也”②，则又以“缠令”为“郑、卫”之声。类似的话头还很多，如《乐府指迷》说：“吾辈只当以古雅为主，如有嘌唱之腔，不必作。”③“如秦楼楚馆所歌之词，多是教坊乐工及市井做赚人（即唱赚人）所作……求其下语用字，全不可读。”④凡此种种，都说明，在这些评论家看来，民间词及其作者是“俗”的，文人一旦沾上这些作品或作者的影响，也便会变得不“雅”。

如前所说，民间词的主流是健康活泼的。虽然由于它在传播流行于城市环境中后，不免沾染上了某些庸俗低级的成分——主要是某些词的色情味较浓，某些词的戏谑味太重，以及有些词的用词下语太俚俗——但这并不是民间词本身的罪过，而主要是受了统治阶级靡烂生活影响的结果。试想，在“新声巧笑于柳陌花衢，按管调弦于茶坊酒肆”（《东京梦华录序》）的享乐风气中流行的民间词怎能会那么清白无瑕呢？但是，宋代一般持“正统”立场的封建文人，却往往因此就轻蔑地把它们全盘抹杀，这就使宋代文人作者失却了一个很好的学习和借鉴机会。比如说，像《滴滴金》《一剪梅》等词中直斥黑暗朝政的勇敢精神，文人词就很少学到。这真是一个值得惋惜的错误。它也是导致宋词内容比较苍白（与唐诗、元曲相比）的原因之一。所以可以这样说，宋人的雅俗之辨，首先是针

① 唐圭璋编：《词话丛编》，中华书局，1986 年，第 277 页。
② 同①，第 263 页。
③ 同①，第 283 页。
④ 同①，第 281 页。

对民间词而发的，它反映了封建文人轻视民间文学的保守立场，对宋词的健康发展起了消极的作用。

二、北宋文人词风中的雅俗之辨

除了前面所谈的那批抹杀、贬低民间词的文人之外，宋代士大夫和下层文人中也另有一些人，他们敢于向民间词学习，把民间词中某些作风引进到自己的词中来，这就形成了文人词坛上的雅俗之辨。这种情况以北宋为突出，尤其集中地反映在对柳永词的评价上。

柳永的词，一方面，深得广大市民群众的欢迎，达到了"凡有井水饮处，即能歌柳词"的地步（《避暑录话》卷三）；另一方面，却又受到了很多文人作者的批评和指责。如苏轼尝言"世言柳耆卿曲俗，非也。如《八声甘州》云'霜风凄紧，关河冷落，残照当楼'，此语于诗句不减唐人高处"①，表面上是为柳词作辩护，实质还是同意世人之言的，只不过认为全部抹杀柳词则是过分之言罢了。如陈师道说"柳词骫骳从俗"②，如李清照说柳词"虽协音律而词语尘下"③（《苕溪渔隐丛话后集》卷三三），等等。直到南宋，还有不少人不满于柳氏的"俗"。如王灼曾颇为激烈地批评他："浅近卑俗，自成一体，不知书者尤好之。余尝以比都下富儿虽脱村野而声态可憎。"④徐度说："其词虽极工致，然多杂以鄙语，故流俗人尤喜道之。"⑤严有翼说："其所以传名者，直以言多近俗，俗子易悦故也。"⑥这里透露出北宋（直至南宋）的文人词坛上俨然存在着两个阵营：一个是以柳永为代表的接近市民作风的"俗词"派（从王灼所比拟的"都下富儿"及徐度所说的"流俗人尤喜道之"就可以明白这点）阵营，另一个是正统文人的"雅词"派阵营——这一派的代表人物，从李清照、王灼、徐度、严有翼等人的论述中可以归纳出它的系统，即从花间派中的某些作家和作品开始，经过李后主，到本朝的晏、欧、苏、秦……而其中，尤以苏轼为代表。徐度云："……其后欧、苏诸公继出，文

① 赵令畤：《侯鲭录》卷七，上海古籍出版社编《宋元笔记小说大观》，上海古籍出版社，2001年，第2091页。

② 何文焕辑：《历代诗话》，中华书局，1980年，第311页。

③ 胡仔：《苕溪渔隐丛话·后集》，人民文学出版社，1962年，第254页。

④ 唐圭璋编：《词话丛编》，中华书局，1986年，第84页。

⑤ 徐度：《却扫编》卷下，上海古籍出版社编《宋元笔记小说大观》，上海古籍出版社，2001年，第4518页。

⑥ 同③，第319页。

格一变。至为歌词，体制高雅，柳氏之作，殆不复称于文士之口，然流俗好之自若也。”①胡寅云：“及眉山苏氏，一洗绮罗香泽之态，摆脱绸缪宛转之度，使人登高望远，举首高歌，而逸怀浩气，超然乎尘垢之外，于是《花间》为皂隶而柳氏为舆台矣。”②他们都抬出苏轼来压低柳永，这就表明，从苏轼起，文人词坛中“雅词”派的力量已开始压倒了“俗词”派。

词的本质是“俗”的，它是民间的通俗文学。后来转到文人之手，也还保存了相当多的“俗文学”的特点。比如《花间集》中，既有极精致、极典雅的作品，也有很粗鄙、很色情的作品，前者当然是文人的精心创作，后者虽也出自文人之手，然而却明显地带有上层市民的某些庸俗的作风——不过，由于这些文人长期混迹于秦楼楚馆、歌宴舞席之中，他们的剥削阶级世界观决定了他们向民间词中汲取的只是其中的糟粕部分，因此使他们的这类词中呈现出一种骫骳从俗的面貌——这也可以说是民间词风的变态畸型的投影。

从《花间集》开始，词的发展走了两条道路。一路是冯延巳、李煜、晏殊、苏轼等人代表的“雅词”派，他们把文人词沿着为士大夫所欣赏、所喜爱的方向发展和提高。另一路是柳永等人，他们由于接近底层市民，一方面在他们的词中反映出了一些被压迫群众（妓女）的思想感情和恋爱生活，但另一方面却又浸染了一些剥削阶级和上层市民的庸俗心理，从而形成了文人词中的“俗词”派。这两派词风的对立，有时还集中反映在同一个作家身上。如黄庭坚、秦观乃至欧阳修，一方面他们写下了不少的雅词；而由于他们的狎妓生活［如《碧鸡漫志》卷二记载黄庭坚“晚年（应为早年）闲放于狭邪，故有少疎荡处”，秦观“屡困京、洛，故疎荡之风不除”③］，又使他们的词中也出现了淫词、艳词、俗词，以及鄙俚的词语（如黄庭坚词中好用拆字之法，以“女边着子”拆“好”字，以“门里挑心”拆“闷”字，被后人称为“山谷恶道”），这是封建文人向民间词中的糟粕部分进行猎奇、模仿的结果，导致文人词中出现了一股诲淫的浊流（如黄庭坚的词，就有人诫之曰：“笔墨劝淫，当堕犁舌地狱”）。这股淫词逆流的出现，更使快成“艳科”的词朝黄色小调方向发展，弄得连和尚都写起艳词来（如仲殊），就可见此风之炽烈了。这当然是极其有害的不正之风。

① 徐度：《却扫编》卷下，上海古籍出版社编《宋元笔记小说大观》，上海古籍出版社，2001 年，第 4518 页。

② 胡寅：《酒边集序》，金启华，等编《唐宋词集序跋汇编》，江苏教育出版社，1990 年，第 117 页。

③ 唐圭璋编：《词话丛编》，中华书局，1986 年，第 83 页。

针对这种不健康的词风，一些词论家提出“雅词”的论调，明显地带有纠正时弊的积极作用；同时，这种理论也是对于苏轼革新词风的一种肯定和支持，如两宋之际的王灼说，苏词“指出向上一路，新天下耳目，弄笔者始知自振”①，就是从词的内容的角度上赞扬了他的除旧更新的重大意义。但是，从另一个角度看，它又是封建正统意识在词论中的反映，说明随着苏轼的“以诗为词”，儒家诗论开始渗入词坛——原先不登大雅之堂的“小技”已经有了”尊体”的趋势，而士大夫文人也开始用封建的伦理道德标准来要求、衡量词人和词作了。这就产生了南宋的“复雅运动”和“风雅”词派的词论。

三、南宋的“复雅运动”

南宋“复雅运动”的兴起，有它政治上和哲学上的原因。

从政治上看，宋高宗为了维护自己的统治，在伦理纲常方面加强思想控制。他在南渡不久，即下令焚毁曹组的淫词版本(《碧鸡漫志》卷二云：曹组之子尝以家集刻板，“近有旨下扬州毁其版云”②)，于偏安之后又亲自身体力行，大写其雅词。(《历代诗余》卷一一五引廖行中《江行杂录》谓：“绍兴二十八年，高宗亲制祭享乐章，自郊社宗庙等共十有四章，肆笔而成，睿思雅正，宸文典赡，所谓‘大哉王言’也。又作《渔父词》十五章，清新简远，备骚雅之体。”)这比之当年宋仁宗因“儒雅”、“向道”而黜斥柳永更走远了一步。

从哲学上看，南宋的道学势力比北宋更为抬头。理学家轻视甚至仇视文学，他们认为“作文害道”，作诗是“玩物丧志”；对于词体，更是蔑视。他们根本不懂词，因此偶而说词，也是头巾气十足，引人发笑，如程颐读晏几道“梦魂惯得无拘检，又踏杨花过谢桥”之句，认为是“鬼语也”，读秦观“天还知道，和天也瘦”之句，以为是冒渎神灵③，可见他们的迂腐。而到了南宋，道学势力进一步从诗文阵地渗透到词论中去，要求词人做到“发乎情，止乎礼义”，这就为南宋的复雅运动奠定了强大的理论基础。

南宋的“复雅运动”似乎可以鲖阳居士编《复雅歌词》为标志。此书现已佚，但据黄昇《花庵词选序》及陈振孙《直斋书录解题》，可知此书共50卷，收唐、宋

① 王灼：《碧鸡漫志》，唐圭璋编《词话丛编》，中华书局，1986年，第85页。

② 同①，第84页。

③ 陈鹄：《西塘集耆旧续闻》卷八，上海古籍出版社编《宋元笔记小说大观》，上海古籍出版社，2001年，第4844页。

以来雅词凡 4 300 余首，迄于宣和之季。书虽已无法看到，但编者的论词原则却可以从他的评论苏轼《卜算子》一词看出。他是这样解释苏词的："'缺月'，刺明微也。'漏断'，暗时也。'幽人'，不得志也。'独往来'，无助也。'惊鸿'，贤人不安也。此词与《考槃》诗极相似。"①（见赵万里先生《校辑宋金元人词》第七三卷所载《复雅歌词》）这简直成了汉儒的说《诗》了！论词是这样，那么他编集的去取标准和宗旨也可以想见了。

在此同时，以"雅词"命名的风气大炽，如《紫微雅词》（张孝祥）、《宝文雅词》（赵彦端）、《书舟雅词》（程垓），以及曾慥所编的《乐府雅词》等，一时成风，几乎有形成"运动"之势。

这时候的"复雅"理论，矛头主要针对着两种倾向：

一是淫词。如王灼在《碧鸡漫志》中除了相当尖锐地批评过柳永之外，对于他同时代的曹组父子、李清照都严加批判。他斥责"今之士大夫学曹组诸人鄙秽歌词，则为艳丽如陈之女学士狎客，为纤艳不逞淫言媟语如元白，为侧词艳曲如温飞卿，皆不敢也"，斥责李清照则更甚，竟至说她是"闾巷荒淫之语，肆意落笔，自古缙绅之家能文妇女，未见如此无顾藉也"②，发展到进行人身攻击的地步。

二是谑词。如《乐府雅词》的编选原则就是"涉谐谑则去之"（见曾慥自序），《碧鸡漫志》卷二更对北宋的民间艺人孔三传、张山人和文人作者王齐叟、曹组、张衮臣等作的"戏词"作了批评，说曹组、张衮臣及其后继者"嫚戏汙贱，古所未有"③。

在针对淫词、谑词的同时，它大致提出了下面三方面的要求：

一是要把词的内容纳入"温柔敦厚""好色而不淫"的儒家诗论的轨道中来。如杨万里谓："诗词要微婉显晦、尽而不污。太史公曰：'国风好色而不淫，小雅怨悱而不乱。'《左氏传》曰：'《春秋》之称，微而显，志而晦，婉而成章，尽而不污。'此《诗》与《春秋》纪事之妙也。近世词人闲情之靡，如伯南所赋、赵武所不得闻者，有过之无不及焉，是得为'好色而不淫'乎？惟晏叔原云：'落花人独立，微雨燕双飞'，可谓'好色而不淫'矣。"（《诚斋诗话》）刘克庄则用词的形式（《贺新郎》）来表达同样的意见："妾出于微贱。少年时，朱弦弹绝，玉笙吹遍。粗识《国风·关雎》乱，羞学流莺百啭，总不涉闺情春怨……我有平生《离鸾操》，颇哀而不愠，微而婉。聊一奏、更三叹。"这种理论与前面所引的那些批判淫艳词风

① 唐圭璋编：《词话丛编》，中华书局，1986 年，第 60 页。

② 同①，第 88 页。

③ 同①，第 84 页。

的话语正好是互为表里、有“破”有“立”的。

二是要求词中多写“尘外之想”，使词显得“高雅”。这种论调源于苏轼的一些哲理词。苏轼之前，词风多浓艳淫丽；苏轼的词给词坛带进了一股新鲜空气，也给词坛中带来了一些隐逸放旷之气。黄庭坚评其《卜算子》咏雁词为“语意高妙，似非吃烟火食人语”①。这个话头就被很多人接过来论词。如张端义评朱敦儒咏梅词“如不食烟火人语”（《贵耳集》卷上）。汪莘《方壶诗余自序》谓：“余于词所爱者三人焉。盖至乐坡而一变，其豪妙之气隐然流出言外，天然绝世，不假振作。二变而为朱希真，多尘外之想，虽杂以微尘而其清气自不可没。三变而为辛稼轩，乃写其胸中事，尤好称渊明。此词之三变也。”②他所称道这三人的，不是他们那些包含忧国、爱国感情的作品，而是那些歌咏隐逸主题的作品。这种理论部分地歪曲了苏、辛（特别是辛）的本来面貌，只会把词的创作引向脱离现实的路上去。

三是要求词写得“典雅”。如张镃《梅溪词序》赞史达祖的词“织绡泉底，去尘眼中”，“瑰奇警迈，清新闲婉”，堪称“分镳清真，平睨方回，而纷纷三变行辈，几不足比数”③。詹傅作《笑笑词序》谓：“近世词人，如康伯可，非不足取，然其失也诙谐；如辛稼轩，非不可学，然其失也粗豪。唯先生之词典雅纯正，清新俊逸，集前辈之大全而自成一家之机轴。”④这里已经明白透露出南宋士大夫作者大多轻视思想性、偏重艺术性——而在艺术性中又嗜好一种“典雅纯正”的风格——的信息。

总起来看，经过南宋的“复雅运动”，词中的淫靡和谐谑词风基本上已得到清除，然而它所树立起来的词坛的正统词风并不是辛派词人的爱国词风，而是一种充分符合封建士大夫道德情操和艺术嗜好的“风雅”词风——宋末产生的风雅派理论正是这个“运动”在理论上的结晶。

四、宋末的“风雅”词论

宋人以“雅”字论词的有好多种，如“闲雅”（《能改斋漫录》）卷一六引晁无

① 胡仔：《苕溪渔隐丛话·前集》，人民文学出版社，1962年，第268页。

② 汪莘：《方壶诗余自序》，金启华，等编《唐宋词集序跋汇编》，江苏教育出版社，1990年，第227页。

③ 张镃：《梅溪词序》，金启华，等编《唐宋词集序跋汇编》，江苏教育出版社，1990年，第238页。

④ 詹傅：《笑笑词序》，金启华，等编《唐宋词集序跋汇编》，江苏教育出版社，1990年，第229页。

咎评晏元献“不蹈袭人语,而风度闲雅”)、“典雅”(上书卷一七有云冯延巳《长命女》词“典雅丰容”)、“纤雅”(《贵耳集》上称卢祖皋“小词纤雅”)、“高雅”(《却扫编》卷下谓欧、苏之词“体制高雅”)、“文雅”(李清照评李后主父子、君臣“尚文雅”)、“雅丽”(张炎《湘月》词序:“中仙有词雅丽”)、“妍雅”(张炎《西子妆慢》词序:“吴梦窗自制此曲,余喜其声调妍雅”)及“风雅”(如林正大词集名《风雅遗音》)、“骚雅”(《词源》卷下评姜白石词“不惟清空,又且骚雅”)等,确实是“雅”得可以,但是这个“雅”字的精神实质又是什么呢?我们可以从南宋末年的几部典型的“风雅”派词论著作中找到答案。

“雅”者,原指《诗经》中的《雅》诗。长久以来它又和《风》或《骚》连在一起,称为“风雅”或“骚雅”。《诗经》和《离骚》的精神实质是什么?各种集团的人有不同的理解——然而,却可以说,以南宋的这些自标“风雅”或“骚雅”的词论家理解得最为肤浅,他们是把“风雅”或“骚雅”仅仅当作一种优雅、典雅、高雅的艺术风格来理解的。如果说这里面也包含有一点思想内容方面的要求的话,那也只是“诗教说”的老调重弹而已——而且这个讲求“温柔敦厚”的“风雅派”所反对的东西,已经不仅仅是浮艳词风了(因为这时它已成了强弩之末了),而是更多地针对着南宋的爱国词派了。这比之北宋的雅词论来都是一个明显的退步。请看:

张炎在《词源》中左右开弓,一方面反对“批风抹月”“为情所役”的康(与之)、柳(永)词风(甚至进一步指责周邦彦的词都有“失其雅正之音”处),另一方面又批评“辛弃疾、刘改之作豪气词,非雅词也,于文章余暇,戏弄笔墨,为长短句之诗耳”,一句话就把辛、刘的爱国词开除出了“雅词”的队伍①。

柴望《凉州鼓吹自序》谓:“大抵词以隽永委婉为尚,组织涂泽次之,呼嗥叫啸抑末也。唯白石词登高眺远,慨然感今悼往,之趣悠然。”②其所谓的“呼嗥叫啸”,就是隐指辛派词而言。

仇远《山中白云序》谓:“……又怪陋邦腐儒、穷乡村叟。每以词为易事,酒边豪兴,即引纸挥笔,动以东坡、稼轩、龙洲自况……不知宫调为何物,令老伶俊倡面称好而背窃笑,是岂足与言词哉?”③虽然批评的是辛派末流,但矛头实质还是指向其创始者们的。

① 张炎:《词源》,唐圭璋编《词话丛编》,中华书局,1986年,第267页。

② 柴望:《凉州鼓吹自序》,金启华,等编《唐宋词集序跋汇编》,江苏教育出版社,1990年,第284页。

③ 仇远:《山中白云序》,金启华,等编《唐宋词集序跋汇编》,江苏教育出版社,1990年,第306页。

所有这些论调,表明了号称“风雅派”的这些词论家们,并没有真正地把握《诗经》《离骚》的精神实质,而只是摭拾了一点字面上的皮毛在那里大做广告,他们真感兴趣的还是在词的艺术方面——而且是一种狭隘的艺术情趣与审美观点。具体一点讲,他们所要求词的,是“周清真之典丽,姜白石之骚雅,史梅溪之句法,吴梦窗之字面,取四家之所长,去四家之所短,此翁(指张炎)之要诀”①。具体到词的作法时,更要求“音律欲其协”“下字欲其雅”“用事不可太露”“发意不可太高”(《乐府指迷》),基本上是一些纯技巧的乐西(所谓“发意不可太高”则又是对辛派词风的戒备)。

这种词论产生在民族矛盾十分尖锐的宋末,反映了宋代士大夫的脱离现实、逃避现实已经到了何等令人痛心的地步。士气既是如此颓靡不振,词坛上自然也是一片讲求声律,讲求技巧,讲求高雅、典雅、风雅的声浪了。爱国词派虽然还有余焰在不断燃烧,但词坛的局面却被姜白石、吴梦窗等人的力量控制着,因此终宋之世,除了文天祥等爱国志士的词中还发出过抗暴的凛然正音外,占据词坛的却多是呻咽和自我麻痹的梦呓声,尽管它们用典雅的外衣裹着。

五、还是“雅俗共赏”一点为好

文学理论是文学创作的总结,它又反过来指导创作。宋代的雅俗之辨,反映了宋代词坛上两大阵营(文人词和民间词)之间的某种对立以及文人词内部的正统派和“俗词”派的对立。就纠正色情和戏谑、鄙俚的词风而言,“雅词”论有纠弊补偏的作用;从要求词在艺术上精益求精、反复锤炼这个意义上看,“雅词”的论点亦不无可取之处。因此“雅词”论的出现和发展,在词史上有它一定的积极作用。但从总的角度看,“雅词”论者轻视民间词,轻视爱国词,追求脱离现实世界的闲情逸趣,以及抛开内容而追求技巧,这些都是有害于宋词的健康发展的。宋词之所以题材不够宽广,思想不够深刻,与人民的疾苦和国家的命运联系得不够紧密(以上都是相对而言的),都与这个“雅”“俗”之辨带给宋词的限制有一定的关系。具体来讲,它限制了文人作者有效地向民间词学习,限制了文人作者在词中痛快淋漓地抒发自己的感情,限制了爱国词的发展,而把词体紧紧地箍在“雅”字的金箍圈里,从而使它逐步僵化——词到宋末的吴文英一派,艰涩到连文人都要借助注释才能读懂,它还有多少读者呢。尽管“曲高和寡”,还时时有它的知音者们发出啧啧的赞美声,但对广大读者来说,它已经是很生疏隔膜

① 沈义父:《乐府指迷》,唐圭璋编《词话丛编》,中华书局,1986年,第277页。

的艺术陈列品了。

历史的经验值得注意。宋词的走向没落,过分追求“雅”是一个重要原因;而昆曲的衰落,也仍重复走了这条老路。从其中我们可以悟出一个道理来:一味“俗”固然不好,一味“雅”也并不佳,最好还是雅俗互济、雅俗共赏一点为妙。不信,请看宋代词人中的李清照,她的词至今得到古典文学爱好者的广泛喜爱,其原因不就在于她的“用浅俗之语,发清新之思”(彭孙遹《金粟词话》之评语)亦即“雅俗共赏”吗?“雅正”如朱熹夫子,都称她为“本朝妇人能文,只有李易安与魏夫人”(《朱子语类》卷一四〇),就可见这种“雅俗共赏”的风格具有何等的吸引力了。就连陆辅之也不得不承认:“夫词亦难言矣,正取近雅而又不远俗”①,可见这个道理最后还是被他觉悟到了,可惜为时已太晚了。

(原载《昆明师院学报》1983年第3期)

① 陆辅之:《词旨》,唐圭璋编《词话丛编》,中华书局,1986年,第301页。

略谈宋亡前后的“政治批判词”

一

从公元1234年蒙古联合南宋灭掉了金，到1279年元人灭南宋小朝廷，这45年的历史，对于南宋来讲，是一段极为惨痛和耻辱的经历。一方面，它记载着广大汉族人民和爱国的文臣武将不甘屈服、反抗侵略的光辉业绩；另一方面，它又记录了南宋统治集团中投降派们苟安误国、屈膝媚敌的可耻行径。一方面，爱国的臣子和有良心的知识分子为国家、为民族的命运忧心如焚、奔走呼号；另一方面，从皇帝到权奸、贵族却仍过着他们文恬武嬉、醉生梦死的生活。一方面，人民正在战争和饥荒的泥潭里挣扎奋斗；另一方面，统治者却拼命地在加紧搜刮、尽情榨取。历史就是这样不协调、不公平地写着。在这种内外矛盾一齐激化的、令人感到极度苦闷的年代里，一批勇敢地揭露现实、深刻地批判黑暗政治的词篇应运而生了。这些词篇就是我们所要讨论的“政治批判词”。

清人朱彝尊论词曾说：“词至南宋始极其工，至宋季始极其变。”①他在这里所称道的，主要是指的姜（夔）张（炎）词派，与我们的观点自然不同。但我们在这里，不妨可以借用他的后一句话，来说明这样一个现象：宋词发展到南宋覆亡前后，确实发生了深刻的变化，其中出现了一批类似《诗经》中的“变风”“变雅”式的作品——从它们所表现出来的强烈的政治责任感和对现实的批判深度来看，堪称整个宋词中思想性最强的一部分作品。

这时的词坛上，大致有两派词人和两种类型的作品：

一种是以周密、王沂孙、张炎等人为代表的格律词派。他们在宋亡之前，仍过着优哉游哉的贵族生活。他们逍遥于西湖和越中的山水之中，或狎妓清赏，或结社唱和，置国家和民族的命运于脑后，逃避现实，寻求快乐。在词的风格上，他们继承姜白石、吴梦窗的衣钵，追求一种“雅正”“清空”的雅趣，雕章琢句，研求

① 朱彝尊：《词综》，上海古籍出版社，2005年，第10页。

声律，而视辛弃疾派的爱国词为变调异格。郑思肖为张炎的《山中白云词》作序，序中说："吾识张循王孙（张）玉田先辈……自仰扳姜尧章、史邦卿、卢蒲江、吴梦窗诸名胜，互相鼓吹春声于繁华世界，飘飘征情，节节弄拍，嘲明月以谑乐，卖落花而陪笑，能令后三十年西湖锦绣山水犹生清响，不容半点新愁飞到游人眉睫之上。"①由此可见这辈"雅士"们是如何迷恋于游赏唱酬之中而不顾国家大事的了。从这种生活态度和创作目的出发，他们自然会排斥辛派的爱国词而钻入"为艺术而艺术"的象牙之塔中去。张炎作《词源》，讥笑辛派词"非雅词也，于文章余暇戏弄笔墨为长短句之诗耳"②。仇远指责学习辛词的"陋邦腐儒"们"不知宫调为何物"（《山中白云词序》）。这些话，都暴露了这帮词人脱离现实、追求技巧的创作立场和孤芳自赏、清高骚雅的艺术情趣。如果借用陆游跋《花间集》的话——"方斯时，天下岌岌，生民救死不暇，士大夫乃流宕至此，可叹也哉"来批评他们，那也不算过分。这是宋末词坛上一股反现实主义至少是脱离现实的潮流。

当然，这种情况到了宋亡之后，有了一定的转变。周、王、张等人，身经亡国之痛，发而为词，自然也有了沧桑变易和个人身世的深沉感慨。周密词"回首天涯归梦，几魂飞西浦，泪洒东州。故国山川，故园心眼，还似王粲登楼"（《一萼红》），王沂孙词"病翼惊秋，枯形阅世，消得斜阳几度"（《齐天乐》），张炎词"无心再续笙歌梦，掩重门，浅醉闲眠。莫开帘，怕见飞花，怕听啼鹃"（《高阳台》），就是这种心情的流露。但是，他们的这些词中，多的是对过去个人和家庭所过的"天堂"生活的回忆，少的是对祖国和人民的关心；多的是对现实生活中个人命运的不幸所发的感叹，少的是对异族侵略者暴行的反抗和揭露。因此，他们的词中，多的是呻吟，少的是愤怒——更缺少对南宋亡国原因的思考与批判。比如张炎于临安失陷的次年路过韩侂胄的南园废址，联想到祸国殃民的贾似道的葛岭故庐，作《高阳台》词，词中却无一语道及他们的罪过，有的只是无限低回留恋之情："鬓貂飞入平原草，最可怜，浑是秋阴。夜沉沉，不信归魂，不到花深。"可以说，缺乏最起码的政治是非感。因此，这些词人在宋亡之后所作的词，只是像寒蝉哀蛩一样，在入土之前发出一阵阵酸辛而又微弱的断续嘶声，真是一片"哀以思"的亡国之音。对这类词，我们不妨称之为"呻吟词"——在前期（宋亡前），甚至连呻吟都没有；在后期，虽然确是有痛而发，但毕竟只是呻吟而已，所以对它们

① 郑思肖：《玉田词题辞》，金启华，等编《唐宋词集序跋汇编》，江苏教育出版社，1990年，第306页。

② 唐圭璋编：《词话丛编》，中华书局，1986年，第267页。

的评价不宜过高。

对于词，提出思索和批判宋亡原因及历史教训这样的要求，是否太高了呢？并不高。从词的发展历史来看，到辛弃疾，它的表达功能已经大大增强。刘辰翁云："词至东坡，倾荡磊落，如诗如文，如天地奇观。"到了辛氏更是"横竖烂熳，乃如禅宗棒喝，头头皆是，又如悲笳万鼓，平生不平事并卮酒，但觉宾主酣畅，谈不暇顾。词至此亦足矣"①。所以说，词完全有条件可以用作批判现实、揭露现实的文学武器。而更为重要的是，每一个正直的、爱国的词人，面对着当时黑暗腐败的现实，有责任、有义务出来说几句公道话——相反的，如果在这岌岌可危的国势前，仍然缄口不语、保持沉默，那才是有负于"艺术家的良心"的。因此，继承着辛弃疾、陈亮等人的传统，宋末的刘克庄、陈人杰、文及翁等文人，以及一些民间词人，他们敢于站出来，用词作为武器，议论时局，斥责奸佞，大胆地抨击弊政——在亡国之前，他们已经清醒地看到了南宋小朝廷必然走向覆亡的结局，但还在那里呼号奔走，企图回天，因此他们拿起笔来揭露和批判那腐败的时局；在亡国之后，他们悲不自胜，感慨喟叹，并在痛定思痛之后，用词来揭露与总结南宋灭亡的原因和教训。这一些政治批判词，是辛派词的后劲，是辛派词在宋亡前后发出的最后一阵光焰，也是宋词发展史的一个光辉而严肃的结束。比起前期的辛派词来，它们的基调比较低沉、苍凉，然而也更深沉、深刻，带有较多的议论和思考的色彩——这是很自然的，因为辛弃疾所处的时代还是宋金对峙的时代，还属于"尚有希望"的时代（陆游临死前不是还盼望着"王师北定中原日"总有一天能到来吗？），因而在辛词中固然有着抑郁苦闷的一面，却还有着慷慨奋发的另一面；而宋末的政治批判词，诞生于末世，亡国基本已成定局（只有时间早迟的问题）；而另一些产生于宋亡后的词，更是在亡国已成事实的形势下写成的，因此其格调之低沉自可谅解。但在另一方面，上述的政治形势也必然会使这些词中增添了前期辛派词中较少见到的思考色彩，这也是很容易理解的。这批词作，构成了宋末词坛的另一股潮流。

二

"今日事，何人弄得如此？漫漫白骨蔽川原，恨何日已！关河万里寂无烟，月明空照芦苇。"曹豳的这首《西河》词里提出的问题是当时几乎每一个稍具政

① 刘辰翁：《辛稼轩词序》，金启华，等编《唐宋词集跋汇编》，江苏教育出版社，1990年，第173页。

治责任心的人都在思考着的问题。文学是时代的一面镜子,词也不例外。在南宋亡国前后产生的这批政治批判词中,我们就可以看到南宋灭亡前的某些社会现实,找到南宋之所以会灭亡的部分原因——至少,当时的一些头脑清醒的知识分子是这样认识问题的。这些社会现实可从四方面来看:

(一) 南宋小朝廷的苟安、腐败

南宋自高宗建都临安以来,150 年间偏安江南,统治阶级不图恢复,过着极为骄奢淫逸的生活。上行下效,使整个社会(指上层社会)弥漫着一种腐蚀人心的享乐风气。周密《武林旧事》卷二记载杭城的元夕盛况说:"翠帘销幕,绛烛笼纱,遍呈舞队,密拥歌姬,脆管清吭,新声交奏,戏具粉婴,鬻歌售艺者,纷然而集。"①卷三记述西湖的游赏时说:"西湖天上景,朝昏晴雨,四序总宜,杭人亦无时而不游……贵珰要地,大贾豪民,买笑千金,呼卢百万……日糜金钱,靡有纪极。故杭谚有'销金锅儿'之号,此语不为过也。"②其生活之豪华可见一斑。在这种享乐主义风气的腐蚀下,上下宴安,文官要钱武官怕死,哪里还有收复中原的半点雄心壮志!一些意志薄弱的士子也都沉溺于山水酒色之中:"年年跃马长安市,客舍似家家似寄。青钱换酒日无何,红烛呼卢宵不寐。"(刘克庄《玉楼春·戏呈林节推乡兄》)就是这样的一幅写照。陈人杰的友人有句词云:"东南妩媚,雌了男儿。"(见其《沁园春》小序)其实,造成这种情况的责任怎能由美丽的江南风物来担当?而完全应该由南宋统治集团来负责!宋末的一些词,就是通过对西湖歌舞的批判而来谴责统治者的苟安政策和享乐生活的:

"一勺西湖水,渡江来百年歌舞,百年酣醉。回首洛阳花石尽,烟渺黍离之地,更不复新亭堕泪。簇乐红妆摇画舫,问中流击楫何人是?千古恨,几时洗?"(文及翁《贺新郎·西湖》上片)这首词和诗人林升的《题临安邸》诗"山外青山楼外楼,西湖歌舞几时休?暖风熏得游人醉,直把杭州作汴州!"一样,把统治集团所过的荒淫生活和苟安心理深刻地揭露了出来。而南宋皇室的这种享乐行径,又是继承了北宋皇朝的衣钵而来的。所以姚云文在《摸鱼儿·艮岳》中愤怒地批判宋徽宗大兴土木,修建艮岳:"带取鬼愁龙怨",因此"化成精卫,填不尽遗恨"。而汪元量在《莺啼序·重过金陵》和《六州歌头·江都》中借南朝君臣、隋炀帝骄奢亡国的历史事实借古讽今,结出"君臣醉,貔貅弊,事如飞,山河坠,烟尘起",因而弄得"笙歌地、欢娱地,尽荒畦"的历史教训来。

① 周密:《武林旧事》,西湖书社,1981 年,第 32 页。
② 同①,第 38 页。

为了保住这种无耻的生活，南宋皇室所执行的自然只能是一条屈膝投降的方针。王奕《贺新郎·金陵怀古》说："品江山，洛阳第一，金陵第二。休论六朝兴废梦，且说南浮之始，合就此，衣冠故址。"他揭穿高宗不肯择都洛阳和金陵而偏要择都于临安的秘密道："底事轻抛形胜地，把笙歌恋定西湖水？百年内，苟而已！"一针见血地揭穿了他们见不得人的内心世界在于"苟安"二字，词的锋芒尖锐如同政论文。躲在这笙歌沸天的安乐窝中，"国事如今谁倚仗？衣带一江而已"！（文及翁《贺新郎·西湖》）国家的命运仅仅依靠着一条长江维持，南宋焉有不亡之理？

（二）权奸的卖国、误国

南宋政治中，有一个"特产"，那就是奸臣多。从南宋初年的黄潜善、汪伯彦起，下有秦桧、韩侂胄①、史弥远、丁大全，直至宋末的贾似道，都是权势很大、心术很坏的奸臣。他们把持朝纲，打击主战的正直将士，残害忠良，阻塞言路；对外族侵略者则卑躬屈膝（少数如韩侂胄则为了自己的名声和权势，轻举妄动，轻率用兵），用美女玉帛来换取暂时的苟安。在他们的执政期内，坐失了多次进攻的机会，以致一误再误，直至亡国。对此，宋末的很多词中有很猛烈的揭发与抨击。

陈人杰《沁园春·丁酉岁感事》词十分悲愤地表达了这位青年知识分子对于黑暗时局的愤慨："谁使神州，百年陆沉，青毡未还？"他在这首词中还借历史上的故事（刘表的坐失进攻良机和殷浩的无谋轻进、仓皇失败）来批判南宋朝廷中那些无胆无谋、只知弄权的奸臣，斥责他们是"虎豹当关""渠自无谋"，使得恢复中原的机会尽失，他们真是"神州陆沉"的罪人！

宋亡前的一段时间，贾似道专权达15年之久。他排斥异己，把持朝政，权势滔天。"理宗崩，度宗又其所立。每朝必答拜，称之曰'师臣'而不名，朝臣皆称为'周公'。"（《宋史·贾似道传》）在蒙古兵围攻襄阳四年之久的时间里，他封锁消息，"日坐葛岭，起楼阁亭榭，取宫人娼尼有美色者为妾，日淫乐其中"。（同前）1275年，元兵破鄂州，大军压境，贾似道仍企图以输币称臣的故伎使元退兵，结果元人不允。最后被迫于丁家洲鲁港（今芜湖附近）决战，结果大败而逃。刘辰翁有词记其事云：

六州歌头

乙亥（1275）二月，贾平章似道督师至太平州鲁港，未见敌，鸣锣而

① 对于韩侂胄，目前学术界仍有争议。

溃。后半月闻报，赋此。

向来人道，真个胜周公。……十五年宇宙，宫中膺，堂中伴。翻虎鼠，搏鹯雀，覆蛇龙。……甚边尘起。渔阳惨，霓裳断，广寒宫。……抛尽黄金无计，方知道，前此和戎。但千年传说，夜半一声铜，何面江东？

这首词把贾似道15年的丑恶面目揭露得可谓淋漓尽致！特别是他把鲁港之战的真相公诸世（“未见敌，鸣锣而溃”），以时事入词，其反映现实的大胆、直率和迅速确实惊人，为宋词中所仅见。宋亡之后，王奕过鲁港，作《水调歌头》，亦记此役。词中有云：“攒万舸，开一棹，散无踪。到了书生死节，蜂蚁愧诸公。”这完全是纪实之作。据《宋史纪事本末·蒙古陷襄阳》记载：贾的部队刚与元兵接触，其部下孙虎臣、夏贵就不战而逃，“以扁舟掠似道船，呼曰：‘彼众我寡，势不支矣！’似道闻之，错愕失措。遽鸣钲收军，舳舻簸荡，乍分乍合”。元兵杀宋兵不可胜数，“水为之赤，军资器械，尽为元所获”。而贾似道一棹，就在攒开万舸之后，第一个狼狈逃窜。所以王奕极为愤怒地斥骂这个卖国误国的奸贼“上有皇天白日，下有人心青史，未必竟朦胧”——贾似道将永远被钉在历史的耻辱柱上，受到后世的唾骂。

（三）统治阶级加紧对人民的搜刮

南宋统治阶级，一方面为了维持自己的荒淫无耻的生活，一方面又要向金和蒙古交付巨额的银绢财物，势必加紧对人民的搜刮。贾似道掌权时，四川大部分地区失陷（南宋的财政税收和军粮供应，有三分之一左右来自四川），东南地区的经济负担更重了。为了应付财政危机，贾似道采用“买公田”和发“关子”（纸币）的办法来加紧剥削，弄得物价飞涨，民不聊生。这种情况在词里也有所反映：

《宋史·贾似道传》记载贾“买公田以罢和籴，浙西田亩有值千缗者，似道均以四十缗买之……浙中大扰。有奉行不至者，提领刘良贵劾之……六郡之民，破家者多”。“买公田”必须先经量田亩，所以当时就有人作《一剪梅》词，讽刺贾似道等人：

宰相巍巍坐庙堂，说着经量，便要经量。那个臣僚上一章？头说经量，尾说经量。　　轻狂太守在吾邦，闻说经量，星夜经量。山东河北久抛荒，好去经量，胡不经量？

还有一首《沁园春》也反映此事：

道过江南，泥墙粉壁，石具在前。述某州某县，某乡某里。住何人地，佃何人田。气象萧条，生灵憔悴，经略从来未必然。惟何甚，为官为己，不把人怜？　　思量几许山川，况土地分张又百年。正西蜀巉岩，云迷鸟道；两淮清野，日惊狼烟。宰相弄权，奸人罔上，谁念干戈未息肩？掌大地，何须经理，万取千焉！

试看两宋以来的词将近两万首，然而像这种直接反映政治和经济生活中的重大事情、直接怒斥贪官污吏和黑暗政治的词，却并不多。因此把这种词比作“变风”“变雅”式的作品，亦不过分。

（四）士大夫和文人不景气的现状

从封建王朝来说，广大的士大夫阶层是它的重要的统治支柱。士大夫的精神面貌如何，关系着它的“国运”如何。南宋末年的士大夫们除少数人外，一般士大夫的情况是很不景气的。表现在：

一是大讲道学，崇尚清谈。《癸辛杂识》续集卷下曾对这些冬烘先生有过形象的描绘：他们一点不懂世事，却又鄙薄实际工作，“凡治财赋者，则目为聚敛”，“开阃扞边者，则目为粗材”，“留心政事者，则目为俗吏”——而更为可怕的是这帮道学先生们却塞满了“清班要路”。

二是一些士大夫文人，一味留恋女色和山水，醉生梦死，还自命高雅，终日躲在西湖山水中学做林和靖式的隐士，高谈阔论，观赏风月。

三是更有一辈无行文人，他们奔走于权贵门下尽其清客、“闲人”之能事。（《梦粱录》卷一九专有“闲人”一节，描写这等人的“工作”是：“吟诗和曲，围棋抚琴，投壶打马，撇竹写兰，谓之‘闲人’。”）比如贾似道生日，献寿辞者竟达数千人，一时为之纸贵①。

面对着上述令人痛心的情况，词中也有所批判。文及翁《贺新郎·西湖》就曾尖锐地批评：“国事如今谁倚仗……借问孤山林处士，但掉头、笑指梅花蕊。天下事，可知矣！”陈人杰《沁园春》词有道：“诸君傅粉涂脂，问南北战争都不知……玉垒腾烟，珠淮飞浪，万里腥风送鼓鼙。‘原夫’②辈，算事今如此，安用毛锥。”蒙古兵的铁马大刀已经杀将过来，你们这辈吟风弄月的文人们难道能用笔杆子去打退他们吗？

对于宋末文人清谈“心性之学”而因“理学亡国”的教训，连身为宫廷琴师的

① 周密：《齐东野语》，中华书局，1983 年，第 219 页。
② 王定保《唐摭言》卷一二载，贾岛称文人为“原夫之辈”。

汪元量都看出来了。他借批判六朝的亡国借古说今:“因思畴昔,铁索千寻,漫沉江底。挥羽扇,障西尘,便好角巾私第。清谈到底成何事? 回首新亭,风景今如此,楚囚对泣何时已!”(《莺啼序·重过金陵》)。清谈和倡“风雅”的结果如何? 历史已做出了回答!

上面所反映和揭露的社会现实,虽不能概括南宋灭亡的全部原因,但应该说,它们是造成南宋在强敌面前迅速亡国的主要原因。词由于种种原因的束缚,不能像散文(政论文、笔记小说)和诗那样深刻而详尽地反映社会的各种矛盾——特别是由于它的体制格局较小,不能用以反映浩瀚的生活场面——因此它对黑暗政治的揭露和历史教训的总结,总是只能达到一定的程度而不能期以过高的要求。但不管怎样说,宋末的这批政治批判词,已经把自己和时代的风云紧密地联系在一起了,它已经自觉地担负起反映现实、参加斗争的历史使命了。比起那些写儿女私情、风花雪月的艳词来,其思想性的高下自不必说了,即使比起前期辛派词人来,它们在思想内容的深刻性、严肃性方面也是有过之而无不及的。这里只要举一个例子即可说明:辛弃疾的词里,只有对投降派的批判,而没有对压迫、镇压人民的贪官暴吏的批判,相反,他却把农民起义军称之为“寇”,而把平“寇”的王佐称颂为“勋业到云霄”(《满江红·贺王帅宣子平湖南“寇”》)。当然我们在这里并不想贬低稼轩,但农民阶级与地主阶级的矛盾,在他的词里是反映得不多的;要有,也甚至只是不正确的反映。而像宋末那些民间词人所作的词中,却直接反映贾似道搜刮民脂民膏,弄得农村“气象萧条,生灵憔悴”,并且直斥“宰相弄权,奸人罔上”和“为官为己,不把人怜”。这些都是生活在矛盾还较缓和时代的辛弃疾(加上他的阶级立场的限制)所写不出的。因此从总的方面看来,宋亡前后诞生的一批政治批判词,尽管在艺术上还有粗糙和失之叫嚣的疵病,但从它所反映社会矛盾的宽广和批判现实的勇敢上来讲,是达到了宋词的高潮的。我们在研究宋词时,不能够把这部分词仅仅看作“辛派末流”“强弩之末”而忽略掉。它们是值得我们珍视的。

(原载《西南师院学报》1984 年第 2 期)

宋代元宵词漫谈

研究宋代词史,不仅可以逐个从各词人的作品入手,也可以从同一类题材的各个"专题"入手。在宋词长河中,歌咏元宵节的词作数量相当可观。我们不妨从这一个支派中取一些"样品",求得对于整个长河"水质"变化的若干结论。

一、从元宵词看宋代上层社会的享乐风气和词为"娱宾遣兴""歌咏太平"之具的传统观念

宋代是一个十分讲求享乐的朝代。从开国之君宋太祖亲自提倡"人生如白驹过隙",不如"多置歌儿舞女,日夕饮酒相欢,以终天年"(《宋史纪事本末》卷二)开始,到宋真宗大兴土木建造寺观亭园以应"封禅"之需(《宋史·真宗本纪》),再到宋徽宗穷奢极侈地征发"花石纲"以建"艮岳"(《宋史·徽宗本纪》),北宋最高统治集团的享乐之风一直是持续和不断高涨的。到了南宋,虽然偏安江南,国力衰减,然而在追求享受这一点上,比之北宋仍有"出蓝"之势。"山外青山楼外楼,西湖歌舞几时休?暖风薰得游人醉,直把杭州作汴州",直到西湖这个"销金锅"(《武林旧事》语)被元人"一锅端"之后,南宋小朝廷的享乐繁华之梦才最后破灭。文学是社会生活的反映。两宋上层社会的这种豪侈生活,在有关元宵节的词篇中就有突出的反映。

李清照词云:"中州盛日,闺门多暇,记得偏重三五。"(《永遇乐》)其实岂止是闺中的妇女偏重元宵佳节,整个上层社会在新年刚过、新春将临的上元节真是达到了如痴如狂的地步!据吴曾《能改斋漫录》卷一七记载:"京师上元,国初放灯止三夕。时钱氏(吴越王钱俶)纳土,进钱买两夜。其后十七、十八两夜灯,因钱氏而添。"①也就是说,宋太宗把元宵的狂欢从三天延长为五天,是适应着他政治上夸示其国力的需要的。元宵五夜,整个都城沉浸在一片歌舞升平气氛中。

① 吴曾:《能改斋漫录》,上海古籍出版社,1978 年,第 491 页。

柳永的《倾杯乐》词就是这种情景的形象化说明：

> 禁漏花深，绣工日永，蕙风布暖。变韶景都门十二，元宵三五，银蟾光满。连云复道凌飞观，耸皇居丽，佳色瑞烟葱蒨。翠华宵幸，是处层城阆苑。　　龙凤烛交光星汉，对咫尺鳌山开雉扇。会乐府两籍神仙，梨园四部弦管。向晓色都人未散，盈万井，山呼鳌抃。愿岁岁天仗里，常瞻凤辇。

这首歌颂帝后"与民同乐"的词后来传入宫中，很受仁宗皇帝的称赞（叶梦得《避暑录话》卷下）。哲宗朝时，宗室赵仲御也有一首著名的元宵词《瑶台第一层》：

> 嶰管声催，人报道：嫦娥步月来。凤灯鸾炬，寒轻帘箔，光泛楼台。万里正春未老，更帝乡、日月蓬莱。从仙仗，看星河银界，锦绣天街。　欢陪，千官万骑，九霄人在五云堆。赭袍光里，星毬宛转，花影徘徊。未央宫漏永，散异香、龙阙崔嵬。翠舆回，奏仙韶歌吹，宝殿樽罍。

南宋人张邦基说："使人歌此曲，则太平熙熙之象，恍然在梦寐间也。"①

这两首词，充分反映了仁、哲两朝元宵佳节的盛况，也从一个侧面显示了宋代城市经济的高度发达，具有一定的认识意义。这里，我们不妨抄录一下孟元老《东京梦华录》关于"元宵"的记载："正月十五日元宵，大内前自岁前冬至后，开封府绞缚山棚，立木正对宣德楼，游人已集御街两廊下。奇术异能，歌舞百戏，鳞鳞相切，乐声嘈杂十余里，击丸蹴踘，踏索上竿……至正月七日，人使朝辞出门，灯山上彩，金碧相射，锦绣交辉……宣德楼上，皆垂黄缘，帘中一位，乃御座……万姓皆在露台下观看，乐人时引万姓三呼。"由此可知，柳词中的"盈万井，山呼鳌抃"和赵词中的"星毬宛转""仙韶歌吹"都非虚语。从这个意义上看，柳、赵的这类歌咏太平盛日的元宵词也还是具有一定程度的真实性的——因此，当后来身经"靖康之变"的南渡士人重新读到这些词时，就会油然生出恍然如梦的无穷感慨了。

但是我们又看到，由于这类词作仅仅停留在描写繁华景象的表面现象上，它根本无一语涉及到隐藏在这幅"升平盛世"图象背后的社会矛盾，因此其思想意义甚为肤浅。事实是，宋代上层社会的享乐和繁华，正是建筑在对广大人民的压迫和剥削的基础上的。宋朝的赋税远远超过了前代几倍②，因此就在一片歌舞

① 张邦基：《墨庄漫录》卷一〇，中华书局，2002 年，第 272 页。

② 如茶税一项，唐代元和年间岁得钱四十万贯，而真宗咸平元年即达数百万。见《宋史纪事本末》卷二〇所载王禹偁上疏。

升平的帷幕后面,不知掩盖着多少人民的血泪!据《柳亭诗话》记载:蔡襄守福州时,遇上元日,强令居民每家制灯、燃灯七盏,以示太平景象。有人就在灯上写诗一首:"富家一盏灯,太仓一粒粟;贫家一盏灯,父子相对哭!风流太守知不知?犹恨笙歌无妙曲!"这是何等辛辣的讽刺!

但是,遗憾的是,在宋代数量众多的元宵词中,我们却见不到这类深刻揭露社会矛盾和阶级对立的作品。这又是什么原因呢?

原因之一,在于士大夫文人的世界观问题。这里举一个例子:宋庠听说其弟宋祁于上元夜"点华灯拥歌妓醉饮",派人对他说:"相公(指宋庠)寄语学士(指宋祁):闻昨夜烧灯夜宴,穷极奢侈,不知记得某年上元同在某州州学内吃虀饭时否?"宋祁回言道:"却须寄语相公,不知某年吃虀饭是为甚底?"①(《钱氏私志》)这则故事说明,某些士大夫文人虽然以前曾吃过苦,也了解到一些人民的疾苦,但当他们自己飞黄腾达跻入上流社会之后,早就把生民疾苦丢到脑后去了。在上层社会中,弥漫着的是一种相当恶浊的空气,那么,要求在这种享乐环境中产生出来的元宵词篇能够深切地反映社会矛盾,当然是一件很难的事了。

原因之二,还在于人们对"词"的看法。"词"在北宋往往只被看作一种"娱宾遣兴"②(陈世修《阳春集序》语)的工具。连诗文革新运动的领袖人物欧阳修,他的认识水平也还停留在"敢陈薄伎,聊佐清欢"(《采桑子》小序)的看法上,就可见这种把词用以应宴、助欢的观念是多么根深蒂固。加上宋代城市经济发展,歌舞妓乐十分盛行,词就在很长一个时期内被锁缚在"应歌"的圈子里,(周济尝云:"北宋有无谓之词以应歌。"③)因此,要它像诗那样广泛、深刻地反映社会生活,真是谈何容易!所以它往往只能从"佐欢"的目的出发,去描摹一点繁华世界的表面现象而已。上述那些只写"太平"、不写矛盾,只写享乐、不写血泪的元宵词正是这种创作环境和创作理论的产物。及至南宋,尽管一大批有识之士已经打破了词为宴乐之具的旧观念,把词作为一种抒情言志的文学武器来使用(从而使词出现了新的面貌),然而还有一些词人却仍沿着北宋末年"大晟府"御用词人的道路,大写其"应制"的元宵词。这些词与北宋那些讴歌太平的词相比,思想意义越发低下,简直到了阿谀奉迎的地步了。对这些词篇,兹不赘述。

① 钱世昭:《钱氏私志》学海类编本第三十三册,上海涵芬楼影印本,1920年。
② 施蛰存主编:《词籍序跋萃编》,中国社会科学出版社,1994年,第52页。
③ 周济:《介存斋论词杂著》,唐圭璋编《词话丛编》,中华书局,1986年,第1629页。

二、从元宵词看宋代社会中男女幽会的“艳事”和“词为艳科”状况的一个形成原因

在封建宗法社会中,男女之间的自由交往和恋爱是受到极为严格的限制的,特别在宋代这样一个道学猖炽的时代更是如此。妇女,尤其是贵族妇女,长期被深锁在闺房之中,不能随便行动。但是,在元宵的几个夜晚中,她们却破例地可以外出观灯。这就难怪那些闺门妇女要“偏重三五”了。朱昂在《续骫骳说》中曾经详细描写过汴京妇女这几夜的快乐心情和纵游情景:“都下元宵观游之盛,前人或于歌词中道之,而故族大家,宗藩戚里,宴赏往来,车马骈阗,五昼夜不止。每出,必穷日尽夜漏,乃始还家。往往不及小憩,虽含酲溢疲恧,亦不假寐,皆相呼理残妆,而速客者已在门矣。又妇女首饰至此一新,髻鬓篸插,如蛾蝉蜂蝶雪柳玉梅灯毬,袅袅满头,其名件甚多……”在这种自由观赏的时候,便往往会发生许多男女接触和恋爱的艳事来。元宵词既以元宵生活作为描绘的题材,自然会反映这些男女“艳事”。下面就让我们看几个例子:

《岁时广记》卷一二引《古今词话》:“崇宁间,上元极盛。太学生江致和在宣德门观灯,会车舆上遇一妇人,姿质极美,恍然似有所失,归运毫楮,遂得小词一首,明日妄意复游故地,至晚车又来,致和以词投之。自后屡有所遇,其妇笑谓致和曰:‘今日喜得到蓬宫矣。’词名《五福降中天》:‘喜元宵三五,纵马御柳沟东。斜日映朱帘,瞥见芳容。秋水娇横俊眼,腻雪轻铺素胸。爱把菱花,笑匀粉面露春葱。　徘徊步懒,奈一点灵犀未通。怅望七香车去,慢辗春风,云情雨态,愿暂入阳台梦中。路隔烟霞甚时遇,许到蓬宫?’。”①这一记载,有名有姓,说明《东京梦华录》中讲的“雅会幽欢,寸阴可惜”,确有其事实根据。同书卷一一又记录了一个“窃杯女子”的故事:“自正月十五日放灯,纵都人夜游。妇人游者,珠帘下邀住,饮以金瓯酒。有妇人饮酒毕,辄怀金瓯,左右呼之,妇人曰:‘妾之夫性严,今带酒容,何以自明?怀此金瓯为证耳。’隔帘笑声曰:‘与之。’”这个女子的词收录在该书卷一〇:“……天渐晓,感皇恩,传宣赐酒脸生春。归家切恐公婆责,乞赐金杯作照凭。”这虽是一个笑谈或“佳话”,但也可以看出在“金吾不禁”的夜晚,男女私会事在当时是常有发生的。

而在这类描写恋情的元宵词中,欧阳修的《生查子》是一篇具有代表性的佳作:

① 唐圭璋编:《词话丛编》,中华书局,1986年,第35页。

去年元夜时，花市灯如昼，月到柳梢头，人约黄昏后。　今年元夜时，月与灯依旧。不见去年人，泪湿春衫袖。

从这些词篇可以看出，宋词中之所以出现过“词为艳科”的状况，并不是凭空而然的。它具有一定的社会条件作为自己的背境。尽管封建礼教禁止男女自由恋爱，但是宋人常常在特殊的环境下越出这条礼法的逾禁。对于这种超越礼法的感情，他们不肯用（也不大敢用）正统的诗文形式来描写，因此就在词这种“小道”中尽情地抒发。这也是造成“词为艳科”状况的原因之一。

这些描写恋情的词（我们且不作伦理方面的批评），比之前面那一些仅仅描绘繁华外貌的词来讲，从描写的对象和它们所带有的思想意义来看，无疑是一个进步。因为，它已从前者的仅仅写景、写物而转为写事、写人。在这些词中，活跃着这些青年男女的声音笑貌，流转着他们的真情实感，虽然其范围还局限于艳情的狭窄天地里，但它们的笔锋毕竟已向着人的内心世界深入下去了。

三、从元宵词看时代丧乱的创伤和宋词词风在时代推动下的转变

然而，就在“乐声都在人声里，五夜车尘马足香”（无名氏《鹧鸪天・上元》）的一派热闹声中，有一位词人却在寂寞的小山城中度着他的元宵节。这位词人就是苏轼。熙宁八年，词人自杭州调任密州。他在那里，用冷隽的笔调写下了他颇带萧瑟意味的节日感慨：

灯火钱塘三五夜，明月如霜，照见人如画。帐底吹笙香吐麝，更无一点尘随马。　寂寞山城人老也！击鼓吹箫，却入农桑社。火冷灯稀霜露下，昏昏雪意云垂野。

这首《蝶恋花・密州上元》词，运用“今昔对比”的手法，写出了他仕途中不得意的心情——东坡真不愧是一位词坛上开宗立派的人物，就拿这一首咏写元宵节的小词来说，就开了后代多少嗟老伤乱、追昔抚今的元宵词的法门！

请看作于南渡之初的无名氏的 15 首上元词（《鹧鸪天》）——前 13 首全写的是昔年汴京的繁华，后两首却用蘸和着眼泪的词笔写下了今日的悲感，其写法不期而然地就是用了苏轼的“今昔对比”法。前者如：“忆得当年全盛时，人情物态自熙熙。家家帘幕人归晚，处处楼台月上迟。　花市里，使人迷，州东无暇看州西。都人只到收灯夜，已向尊前约上池。”后者如：“真个亲曾见太平，元宵且说景龙灯。四方同奏升平曲。天下都无叹息声。　长月好，定天晴，人人五夜到天明。如今一把伤心泪，犹恨江南过此生！”越是把“以前”写得美好，就越

显出“今天”的痛楚——这一元宵词的感人魅力即在于思想感情和写作手法的“对比”上。

谈到这里,我们自然不能忘了李清照的那首《永遇乐》:

> 落日镕金,暮云合璧,人在何处?染柳烟浓,吹梅笛怨,春意知几许?元宵佳节,融和天气,次第岂无风雨?来相召,香车宝马,谢他酒朋诗侣。　　中州盛日,闺门多暇,记得偏重三五。铺翠冠儿,捻金雪柳,簇带争济楚。如今憔悴,风鬟雾鬓,怕见夜间出去。不如向帘儿底下,听人笑语。

词里流露的感情深深地反映了时代伤乱带给南渡士人心灵上的创伤,具有相当的普遍性。

时代的变动,必然会反映到人的思想中来;而思想感情上的变化,也就会推动词风的转变。从此之后,除了一部分“应制”词人或“应社”①词人仍在元宵词里讴歌那表面文章的“太平景致”外,凡是那些正视现实的词人,往往都在元宵词中抒发着自己的家国和身世之感。这种现象也可以看成是苏轼(抒写真情实感,“以情性为文字”)词风在新的历史环境中的发扬——这样,我们势必要谈到苏轼词风的继承者和光大者——辛弃疾,以及辛派词人的元宵词。

我们知道,作品的风格和题材之间存在着一定的联系;“风格”往往要受到“题材”的一定制约。比如,宋人歌咏元宵节的这类词,因为所写的不外是都市繁富、男女约会,所以呈现的都是传统的所谓的“婉约”风格,而看不到有什么雄奇豪放的作品。辛弃疾有一首甚为著名的元宵词,也是沿袭了这种婉约词风:

> 东风夜放花千树,更吹落、星如雨。宝马雕车香满路,凤箫声动,玉壶光转,一夜鱼龙舞。　　蛾儿雪柳黄金缕,笑语盈盈暗香去。众里寻他千百度,蓦然回首,那人却在——灯火阑珊处!(《青玉案》)

题材仍是老题材,然而,思想却是全新的!梁启超说:“自怜幽独,伤心人别有怀抱。”②(《艺蘅馆词选》丙卷)可谓说到了点子上。辛弃疾的“横放杰出”,不仅表现于他那些激昂排宕的作品中,也同样表现在他敢于在传统的婉约风格的作品中寄寓进严肃的主题和深刻的思想。他的《摸鱼儿》是如此,这首元宵词也是如此,它不仅脱出了“艳科”“闺情”的俗套,而且就其格调而言,也大为高出了李

① 《介存斋论词杂著》又谓:“南宋有无谓之词以应社。”唐圭璋编:《词话丛编》,中华书局,1986 年,第 1629 页。

② 梁令娴编选:《艺蘅馆词选》,刘逸生校点,广东人民出版社,1981 年,第 96 页。

清照那种悲悲切切的低调门。在这首词中，词人寄寓着自己高洁的品格和狷介的理想，在整个宋代的数量众多的元宵词中，可谓是别开生面、不同凡响之作。"从血管里出来的都是血"，从辛弃疾"改造"旧题材，在其中寄寓进新的主题思想这一举动中，我们又看到了词人的"人品"对于"词品"的一定作用。

到了南宋末年，异族入侵的历史悲剧又得到了重演。而且这一次比之金人南侵的"靖康之变"来，后果更为惨烈——整个南宋江山因之而全部覆亡。所以表现在宋末遗民的元宵词中的亡国之痛，比之南渡士人来，就越发哀苦了。代表这种时代哀音的，就是生活在宋末元初的"辛派后劲"刘辰翁。他的《永遇乐》词小序云："余自乙亥（临安陷落前一年）上元，诵李易安《永遇乐》，为之涕下。今三年矣，每闻此词，辄不自堪。遂依其声，又托之易安自喻。虽辞情不及，而悲苦过之。"这个"悲苦过之"的自评，正是产生于这一时期的元宵词的时代特色。《刘辰翁集》中有关元宵题材的词作很多，这是一个颇可注意的现象。其实，说怪也不怪，正因为元宵节是北宋、也是南宋人所最重视的一个节日，所以对亲眼见过当日"盛况"的亡国词人而言，逢到这一天，自然会情不自禁地回想起当年的情景来，更会联系到现实的苦难而迸发出无限的悲恸来。刘辰翁除了《永遇乐》外，还有《减字木兰花・乙亥上元》《恋绣衾・己卯灯夕》《江城梅花引・辛巳洪都上元》《唐多令・癸未上元》等书明甲子的元宵词，以及如《柳梢青》《卜算子》等作时未明的元宵词，这就说明，他的大量咏写元宵节，不是一个偶然的现象。这里，我们录他一首作于宋亡后十八年（也是作者死前一年）①的元霄词《宝鼎现》：

> 红妆春骑，踏月影，竿旗穿市。望不尽楼台歌舞，习习香尘莲步底。箫声断，约彩鸾归去，未怕金吾呵醉。甚辇路喧阗且止？听得念奴歌起。　　父老犹记宣和事，抱铜仙，清泪如水。还转盼沙河多丽。滉漾明光连邸第，帘影冻，散红光成绮。月浸葡萄十里，看往来神仙才子，肯把菱花扑碎？　　肠断竹马儿童，空见说、三千乐指。等多时，春不归来，到春时欲睡。又说向灯前拥髻，暗滴鲛珠坠。便当日亲见《霓裳》，天上人间梦里！

这首词，上阕写北宋元宵，中阕写南宋元宵，末阕写宋亡后的元宵，可说是对三百多年来宋代元宵词的一个总结——含着眼泪的总结。宋代的元宵"盛况"到此成了一场梦幻，宋词的历史也就至此打住了。

①《历代诗余》卷一一八引张孟浩语，知此词作于大德元年（1297）丁酉元夕。

四、从宋代元宵词的一部“简史”看宋词发展中的几个问题

元代初年，由宋入元的张炎作《词源》，对宋词的若干问题作了一些经验性的总结。在这部著作中，就专门列有“节序”一章。这就反映了应时应节而作的节令词，在宋词中占有相当大的比重和相当重要的地位。而元宵词，又在这些“节序”词中占据突出的地位。因此，研究元宵词的“简史”，也可以从中看到整个宋词发展的一个缩影或一个侧面。在回顾宋代元宵词的发展概况后，我们可以得到如下的一些简要看法：

（一）随着时代的发展，词的表达功能不断有所提高

我们发现，早期的元宵词大多停留在模写物态（都城的繁华景象）上，后来又发展为以描写“艳事”为主，再后来才被用来广泛地抒情言志、表情达意。这个从写物到写事再到抒写情志的发展过程，正反映了词的逐步从音乐的附庸向真正的文学（抒情诗体）的演变。我们注意到，那些歌咏都市富丽和皇家气派的词之所以会大量产生，除了政治、经济方面的原因外，还有一个重要的原因即在于它们是“应歌”的。因此在这些创制不久的慢词中，多少还留有“音乐附庸”的痕迹（词原为“曲子”的“辞”），直到苏轼起而打破音乐对词的束缚，把它变为一种“长短句之诗”后，词的表达功能才大为提高，词的题材和境界才大为拓宽。从元宵词的变化状况中，我们也可以看到苏轼在词史发展中的重要作用。

（二）时代和作者的因素决定着词的思想面貌

这一点是显而易见的。我们只要比较一下作于徽宗朝那些歌舞升平的上元词和作于南渡之初、宋亡以后的那些充满亡国之痛的元宵词，时代因素对词风面貌的决定作用就是不言而喻的了。至于作者因素的问题，我们在读了辛弃疾的《青玉案》后，也可以清楚了。

（三）宋词中思想性高的作品属于苏、辛词派

这一点也是很明显的。北宋年间，大写其应制和艳情的，都属那些婉约派、格律派词人，而南宋仍写这类词的，也还是这些脱离现实的婉约词人们。而相比之下，苏、辛词派的词人，其作品的思想境界就比前者要高得多了。就在元宵词这一狭小的范围内，我们也可以通过比较而得出上述结论来——尽管我们无意贬低为数众多的其他词人。

（原载《苏州大学学报》1983 年第 4 期）

浅谈宋代戏谑词

在宋词中，有一类"戏谑词"常为论者所忽视。其实，这类词作在当时却是自成一体并颇为流行的。下面就"戏谑词"的情况谈几个问题。

一、从"戏谑词"流行看词体所受民间文学的影响

"戏谑词"指的是那类带有滑稽、谐谑风味的词作。南宋初期，王灼在《碧鸡漫志》中曾说："长短句中作滑稽无赖语，起于至和。嘉祐之前，犹未盛也。熙(宁)、元(丰)、元祐间，兖州张山人以诙谐独步京师，时出一两解。泽州孔三传者，首创诸宫调古传，士大夫皆能诵之。元祐间王齐叟(彦龄)，政和间曹组(元宠)皆能文，每出长短句，脍炙人口。彦龄以滑稽语噪河朔。(曹)组潦倒无成，作《红窗迥》及杂曲数百解，闻者绝倒，滑稽无赖之魁也。"①又说，赵德麟(令畤)、李方叔(廌)等"晚年皆荒醉汝、颍、京、洛间，时时出滑稽语"。从上述情况看，戏谑词风在北宋后期曾相当流行。南渡之初，曾慥编《乐府雅词》，其主要去取标准乃在于"涉谐谑尽去之"。可见此类词风当时已引起"雅词"派词人的相当不满——但就在这部选本中，戏谑词也未能全部绝迹(如其中所录陈瓘《减字木兰花》就是一首)，于此又可得见戏谑词的泛滥了。当然，由于这类词作被正统文人视为不登大雅之堂的"游戏文字"，所以留传至今的戏谑词为数甚少。即便如此，我们从《能改斋漫录》《大宋宣和遗事》《岁时广记》等书中，以及一些词人的词集中，还可以看到它盛行一时的痕迹。

为什么宋词中会出现这种戏谑词风呢？答案可以从词所受到的民间文学的影响中去寻找。我们知道，词起自"胡夷里巷之曲"，在它转到文人手中后，仍与民间文学保持着千丝万缕的联系。孟元老《东京梦华录序》谓："新声巧笑于柳陌花衢，按管调弦于茶坊酒肆。"②《梦粱录》卷二〇"妓乐"条，记载临安城里"街

① 王灼：《碧鸡漫志》，唐圭璋编《词话丛编》，中华书局，1986年，第84页。
② 孟元老著，邓之诚注：《东京梦华录注》，中华书局，1982年，第4页。

市有乐人三五为队,擎一二女童舞旋,唱小词……更有小唱、唱叫、执板、慢曲、曲破、大率轻起重杀,正谓之‘浅酙低唱’”①,可见宋代文人词的创作与民间词有着密切的关系,宋代文人词的“小词坛”是建筑在全社会的民间文学(民间词)的“大舞台”基础之上的。

乐观是人民群众的天性。城市经济促使了市民阶层的壮大。而市井之人有着和正统文人大不相同的艺术嗜好和审美情趣。他们厌弃正统文学板着面孔的传道说教,而追求新奇、冒险、刺激、轻松……希望文艺能满足他们的娱乐的需求。因此,“笑”就成了以他们为主要读者和听(观)众的“俗文学”所追求的主要目标之一。这种现象在勾栏瓦舍中的百戏伎艺中有着突出的表现。比如当时通行的“杂剧”,实际上就类似今天的滑稽戏(《梦粱录》卷二〇云:“大抵全以故事,务在滑稽唱念,应对通遍。”②《都城纪胜》云:“大抵全以故事世务为滑稽。”③)当时出入于宫庭和豪门中的优伶,也常以诙谐滑稽的“优语”揶揄时政,讽刺现实。任二北先生辑《优语集》,自周至五代,共得68条,而宋朝一代就多达80条!在丁传靖所辑《宋人佚事汇编》中,宋代士大夫喜欢讲笑话的佚事趣闻可谓比比皆是。这就说明,底层社会的这种追逐风趣、爱好戏谑的风气也影响到了上层社会。词的情况自然也是如此。现存的民间词中,很大部分都是诙谐之作,它们肯定影响到了当时的文人词坛,此其一。从戏谑词的首创人张山人、孔三传的身份来看,他们也都是民间艺人(张山人恐怕是山东兖州的“山里人”;而孔三传,据《东京梦华录》“京瓦伎艺”条和《梦粱录》“妓乐”条记载,是汴京城里“诸宫调”的说唱者),此其二。从这两点可证,文人词中出现的戏谑词风,一定受到过民间词的影响。而民间词的这种戏谑之风,又是与整个社会由于城市经济和市民阶层的发展而带来的追逐娱乐之风有着密切关联的,后者正是形成宋代戏谑词的社会背景和重要原因。

二、从戏谑词的流行看“词为小技”论对宋词创作的影响

除了民间通俗文艺对于词的影响之外,词(文人词)中戏谑词风的出现,又是与一般文人所抱的轻视词体的传统偏见有关的。

① 吴自牧:《梦粱录》,孟元老,等《东京梦华录(外四种)》,文化艺术出版社,1998年,第302页。

② 同①。

③ 耐得翁:《都城纪胜》,中国商业出版社,1982年,第9页。

词在最初只是起源于民间的“曲子词(辞)”,是比较通俗化的文体。长久以来,它不受正统文人的重视而被视为“薄技”“小道”。在这种词学观的指导和影响下,不少文人把写词仅仅视作酒边之“余兴”,常用轻率(甚至是轻狂)的态度去写些比较轻松、随便的事情,这样就助长了词中的戏谑之风。胡寅在《酒边词序》中说:“词曲者,古乐府之末造也……名之曰‘曲’,以其曲尽人情耳。方之曲艺,犹不逮焉……文章豪放之士,鲜不寄意于此者,随亦自扫其迹,曰‘谑浪游戏’而已也。”可见,在一些文人心目中,词体是多么的不足道。即使在苏轼和辛弃疾的词的创作中,也没有摆脱这种影响。如:灵隐寺僧了然因恋情事击杀娼妓秀奴,被判死刑,推勘时发现他臂上刺有两句诗“但愿同生极乐国,免教今世苦相思”。东坡兴来题《踏莎行》词:“这个秃奴,修行忒煞,云山顶上持斋戒。一从迷恋玉楼人,鹑衣百结浑无奈。　　毒手伤人,花容粉碎,空空色色今何在?臂间刺道苦相思,这回还了相思债。”又如:辛弃疾的夫人生病,辛指着婢女整整对大夫说:“老妻病安,以此人为赠。”后来病果然治好,辛就把整整送赠医者,并作《好事近》词:“医者索酬劳,那得许多钱物?只有一个整整,也盒盘盛得。下官歌舞转凄惶,剩得几支笛(整整原为吹笛之婢)?觑着这般火色,告妈妈将息(劝夫人勿怒)。”像这样的“以词为戏”的作品,在苏辛词作中屡见不鲜。《清波别志》认为稼轩乐府是“酒边游戏之作”的说法还是有些道理的。

这些情况表明,文人词中出现戏谑之风,除了沾染了民间词的戏谑风气之外,还与文人所持的以词为“小技”的传统词学观有关。

三、“嬉笑中寓怒骂”“嬉笑中含眼泪”——戏谑词所含的积极内容

由于市民阶层和文人思想中含有庸俗的一面,所以在戏谑词中,有很多是内容轻薄、感情浮滑之作。比如《事林广记》癸集卷一三所载的申二官人嘲官妓体轻的词等都是庸俗不堪的。对这部分戏谑词,当然应该加以摒弃。

但另一方面,我们也应该看到,戏谑词中也有许多很有价值的作品。它们借戏谑的形式,巧妙而又尖锐地批判社会、嘲讽时政。而这正是一般“雅词”所非常缺乏的。从这个意义上讲,它正好是部分地弥补了宋词题材狭窄(相对于唐宋诗而言)的不足。密切联系社会现实的作品在戏谑词中是很多的,现略举几例如下:

直接反映社会经济生活的词,在文人词中是很少见的。但在民间的谑词中,却屡屡可见。比如有一首嘲笑钱神的无名氏词(失调名):

你自平生行短,不公正,欺物瞒心。交年夜,将烧毁,犹自昧神明。

若还替得你，可知好里，争奈无凭。　　我虽然无口，肚里清醒。除非阎家大伯，一时间，批判昏沉。休痴呵，临时恐怕，各自要安身。

据《因话录》记载，宋人于腊月二十四佩钱神(以纸画之，肖男女之形而无口)，于除夕夜祷祀而焚之，大约类于近世之"送灶"。此词上阕借嘲笑钱神的"不公正"来揭露社会的贫富不均、欺贫谀富；下阕借钱神之心理活动，说明它"虽然无口"不能言，但对为富不仁者的行径还是"肚里清醒"的。表面上与钱神戏谑取笑，实际上是在嘲笑社会本身。

对于商人弄虚作假、抬高物价的"生意经"，民间谑词也有所嘲弄。比如宋末华亭地区有一首《行香子》词：

浙右华亭，物价廉平，一道会("会"即会子，当时的纸币)买个三升。打开瓶后，滑辣光馨。教君霎时饮，霎时醉，霎时醒。　　听得渊明，说与刘伶：这一瓶，约迭三斤。君还不信，把秤来秤——有一斤酒，一斤水，一斤瓶！

此作写得十分泼辣风趣，充满着民间文学生动、机智的"本色"风味！

对于现实政治生活中的弊病，宋代戏谑词也有深刻的反映和揭露。而且，这种反映和揭露，往往十分迅速和直接。比如徽宗刚即位时，曾假惺惺地"下诏求直言"。有个叫陆徽之的臣子不知是假，与雍孝闻等人联名上书批评朝政，结果被驳。雍孝闻还不知好歹，叩头云："陛下求直言有云'言之者无罪'，今诏墨犹未干，奈何以直言罪人?"这一下可触犯了"龙颜"，令卫士用柱釜撞其颊，数齿俱落，吓得满朝文武敢怒而不敢言。但这时汴京城里马上有人作谑词《滴滴金》道：

当初亲下求言诏，引得都来乱道。人人招是骆宾王，并洛阳年少(指贾谊)。　　自讼监官并岳庙，都一时闲了。误人多是误人多，误了人多少！

矛头直指"亲下求言诏"的徽宗，其精神是多么勇敢！

宋末的贾似道，是一个权势显赫、一手遮天的奸相。不少缺乏政治节操的文人，为他"抬轿子、吹喇叭"，写了大量的祝寿谀词，弄得"一时纸贵"①。有一个叫陈郁的人，却写了首谑词《念奴娇·咏雪》去挖苦他：

没巴没鼻，霎时间、做出漫天漫地。不论高低并上下，平白都教一

① 周密：《齐东野语》，中华书局，1983 年，第 219 页。

例。鼓弄滕六，招邀巽二（滕六，指雪神；巽二，指风神）。一恁施威势。识他不破，至今道是祥瑞。　　最是鹅鸭池边，三更半夜，误了吴元济（用李愬雪夜入蔡州擒吴元济事）。东郭先生都不管，关上门儿稳睡。一夜东风，三竿红日，万事随流水。东皇（太阳神）笑道，山河原是我底。

词中借"雪"的形象，写出了贾似道的"一恁施威势"，又指出，这一切都只是假像（"贾相"），最后必将冰解雪散，一朝覆亡。像这些寓怒骂于嬉笑中的戏谑词，其战斗的风格是令人敬佩的。

对于宋代的科举制度和道学家的假正经，戏谑词也有所揭露。曹豳赴京赶考，两只脚跑得好苦。他作过一首戏嘲"脚底"的《红窗迥》词：

春闱期近也，望帝京迢迢，犹在天际。懊恨这一双脚底，一日厮赶上五六十里。　　争气，扶持我去；转得官归，恁时赏你，穿对朝靴，安排你在轿儿里。更选个，宫样鞋，夜间伴你。

你看，未登科前，这双脚底一日要厮赶上五六十里；一旦得官，便可穿上朝靴，坐在轿里还得有个美女陪伴。发笑过后，人们不禁会引起对于这种考试制度的深思……

再如徐似道刻画道学家虚伪可笑的《一剪梅》词：

道学从来不则声，行也《东铭》，坐也《西铭》（道学家张载著有《西铭》）。爷娘死后更伶仃，也不看经，也不斋僧。　　却言渊子（徐似道字渊子）"太狂生"（徐被其以道学自任的长官训斥过），行也轻轻，坐也轻轻。他年青史总无名，你也能亨，我也能亨（能亨为吴语，意为"如何"）。

周密《癸辛杂识续集》卷下记录的这首词，可以参照其在《齐东野语》卷一一"道学"一节散文进行阅读。"道学"一节写道："世又有一种浅陋之士，自视无堪以为进取之地，辄亦自附于道学之名，褒衣博带，危坐阔步，或抄节语录以资高谈，或闭眉合眼号为默识。"①这首词中刻划的道学家形象（终日不语，故作高深）与文中所述，颇有相似之处。

谈到这些借着戏谑的形式讽刺社会不良现象的词，我们自然不能忘掉辛弃疾。前人论稼轩的词风时，已有人注意到他有"粗犷滑稽"的一面（如《人间词

① 周密：《齐东野语》，中华书局，1983 年，第 203 页。

话》曾说:“学幼安者,率祖其粗犷滑稽,以其粗犷滑稽处可学,佳处不可学也。”),但又认为这不是“倚声本色”。(如《七颂堂词绎》评其“杯,汝前来”似《毛颖传》,“谁共我醉明月”似《恨赋》,“皆非倚声本色”。)我们认为,词至稼轩,其表现手法和表达功能已达到了空前的解放,所以,“粗犷滑稽”只要有助于表现自己的情感,也不失为一种风格和手法。如他的《千年调》(蔗庵小阁名《卮言》,作词以嘲之):

> 卮酒向人时,和气先倾倒。最要然然可可,万事称好。滑稽座上,更对鸱夷笑。寒与热,总随人,甘国老(按:“甘国老”即甘草)。　　少年使酒,出口人嫌拗。此个和合道理,近日方晓:学人言语,未会十分巧。看他们,得人怜,秦吉了。

词中所写的“卮酒”、“滑稽”、“鸱夷”[“滑(gǔ)稽”“鸱夷”在此处原指一种酒器和酒囊,借指那些言辞油滑,巧于应对者]、“甘国老”、“秦吉了”等形象,不就包含着现实生活中某些人的影子吗?辛弃疾曾写过一首《永遇乐·戏赋辛字送茂嘉十二弟赴调》词云:“得姓何年,细参辛字,一笑君听取。艰辛做就,悲辛滋味,总是辛酸辛苦。更向人、十分辛辣,椒桂捣残堪吐。”这些话很可以用来解释何以在他的词中常会出现一些貌似玩世不恭、游戏人生的词作——原来,在他那“辛辣”之中、“一笑”之中,隐藏着无限的“艰辛”“悲辛”“辛酸”“辛苦”。屈子式的悲愤,用“粗犷滑稽”的方式发泄出来,这就是辛弃疾此类词的实质(至于他写的那些纯属戏谑的词自然不在此列)。他曾作《贺新郎》词说:“不恨古人吾不见,恨古人不见吾狂耳。知我者,二三子!”对于他的“狂”,对于他的“以词为戏”——乃至对于宋代戏谑词中相当一部分借戏谑之笔而嘲讽现实的词——我们都应作如是观,这才是稼轩的知音者。

综观上述这些富有积极意义的作品,我们看到,一般文人词中没有触及的题材,戏谑词触及了;一般文人词所极少反映和揭露过的社会问题,戏谑词反映和揭露了;一般文人词比较缺乏的那种密切联系和迅速“干预”现实的精神,在戏谑词中却不同程度地得到了发扬。因此,尽管戏谑词在艺术上不免失之于粗糙、散漫和过分的口语化,但就其针砭时弊、抒发“不平之鸣”的大胆、直率、诙谐且又愤切而言(《古杭杂记诗集》卷一评陈郁咏雪词就说过:“词语虽粗,然不平之鸣也。”),却又是一般文人词所望尘莫及的。所以我们在研究宋代词史时,不能忘记这些素为人们所忽视的戏谑词。戏谑词是宋代词苑中的一株奇葩。

宋代戏谑词在艺术上无足多取,所以我们只重点谈它的思想性,而不细论它的艺术性。但在某些作家笔下,“滑稽”这种形式如果运用得好,有时也会使词增添出诙谐、生动的情味来，如前举的辛弃疾词作即是。这里不妨再举一首刘过的“戏作”：嘉泰癸亥（1203），刘过在杭州。时，辛弃疾帅越，闻其名，招请他去绍兴相会。刘过适有事不及行，于是仿效辛体《沁园春》作词一首：

> 斗酒彘肩，醉渡浙江，岂不快哉！被香山居士，约林和靖，与苏公等，驾勒吾回。坡谓西湖，正如西子，浓抹淡妆临照台。诸人者，都掉头不顾，只管传杯。　白云天竺去来，图画里，峥嵘楼观开。看纵横一涧，东西水绕，两山南北，高下云堆。逋曰不然，暗香疏影，只可孤山先探梅。蓬莱阁，访稼轩未晚，且此徘徊。①

这首被岳珂称作“白日见鬼”的戏谑词，深得稼轩的赞许，“致馈数百千，竟邀之去，馆燕弥月，酬唱亹亹”，可见它的艺术效果之强了。当然像这样的词也是“不可无一，不必有二”的。偶一为之，能得成功；而刻意画虎则会“画虎不成，反类其犬”。

总之，对宋代戏谑词进行具体的、历史的分析，将有助于我们对整个宋词发展史的了解和认识。

（原载《苏州教育学院学刊》1986年第3期）

① 岳珂：《桯史》，中华书局，1981年，第23页。

试论南唐中主李璟的词

南唐中主李璟(916—961),字伯玉,原名景通,后改名为“璟”。他是先主李昪的长子,按理说,他继承父位是不成问题的。谁知,李昪似乎并不喜欢他,因此在李璟继位过程中曾经两次遇到过严重的危机。先是,李昪偏爱其二子景迁,再加上权臣宋齐丘等也密谋拥立景迁,所以即使李璟已被立为太子,但他却不得不装出谦让的样子再三推辞。幸亏景迁命短,在19岁时就一命呜呼,这才去除了李璟继位的第一个威胁。但在景迁病故后,李昪却又属意于四子景达,意欲传位于他。当李昪病重时,曾秘密写信召回景达,欲托后事,这时又亏有一位忠于李璟的御医吴庭绍将此事密告于他,这才派人将信截留,从而避免了又一场宫廷内部的夺位斗争。所以,李璟虽然最终成了南唐国的第二代小皇帝,但其人生道路实际上却并不平坦。这种围绕着王位而展开的残酷争斗,就必然给他的心灵抹上了深浓的阴影。不过,若从禀性来讲,李璟“天性儒懦,素昧威武”(《江南野史》卷二),属于那类比较宽容和温厚的性格类型,因此他即位之后就把年号改为“保大”(“大”即太。南京二主陵中出土的玉哀册上,“保大”即作“保太”),希冀对内对外都能止息干戈和保持太平。但是这种愿望却被现实不断击碎:在李璟即位(他28岁那年,即943年)之初,仗着父王的余威,他曾派兵扩地,攻取了建、汀、漳、泉等州,使南唐一度成为拥有三十五州的“大国”。但好景不长,之后南唐就逐渐走上了兵败受侵的衰败之路。公元955年,后周下诏历数南唐罪状,发兵南侵。次年,周世宗柴荣亲征南唐,攻占滁州、东都、泰州、光州、舒州、和州等地,嗣后,又多次出兵。直逼得李璟削去帝号、改称“江南国主”并以南唐作为北周之“附庸”(同时又免不了向北周大量进贡),这才勉强保住了王位。而在南唐国内部,久已酝酿着的朝臣“党争”(以宋齐丘为一方,以钟谟为另一方)又达到了尖锐化的地步,迫使李璟先后下诏杀死宋、钟二人。更使李璟深感烦恼的是:李璟比较喜爱的弟弟景遂忽被自己的太子弘冀派人毒杀,而弘冀本人却又于一月之后暴卒,这种家族内部的变故也促使李璟的内心世界变得更加焦虑不宁。因此在他在位的19年中(特别在955年以后),李璟的日子其实并不好过——从政治形势来讲,南唐国势日趋削弱;从家族内部来讲,又频频发生事故(他共生10个儿子,先后有6个皆在他在位时死亡)——因此总起来说,李璟虽然勉强维持了19年的王位,但他却一直处在内外交困、心实危苦的处境之中。据郑文宝《江表志》和阮阅《诗话总龟》卷二五记载,他曾写过这样两句诗:“灵槎思浩渺,老鹤忆崆峒”,表达了欲摆脱世网而出世隐居的思想,这也反过来帮助我们理解其内心深处的忧患。到得46岁那年,他因惧怕金陵难守,匆忙将国都迁至洪州(今南昌);但才迁一月,却又心生反悔,仍想重返金陵,结果就在此年六月病故于南昌,后被李煜迎柩回金陵,安葬在城郊牛首山。

李璟虽是一位无甚作为的君王,但他自小就喜欢读书和作诗,富有文学天分。据马令《南唐书》卷二记载,李璟10岁时吟新竹,就写出了这样的佳句:“栖凤枝梢犹软弱,化龙形状已依稀”,时人大为惊奇。加上当时有韩熙载、冯延巳、李建勋、徐铉等饱学之士侍奉左右,相与论文,所以李璟的文学成就想必不低。可惜的是,他的作品却大都没有流传下来,在文章方面仅存17篇书、表、小札(《全唐文》录12篇,管效先《南唐中主文集》增入5篇),诗只有《全唐诗》所收七律一首、七古一首和断句三联(共六句);而使我们稍感欣慰的是,在宋人陈振孙《直斋书录解题》卷二一中录有《南唐二主词》一卷,并又注明:“(其)卷首四阕:《应天长》、《望远行》各一,《浣溪沙》二,中主所作,重光(李煜)尝书之。”据此,则李璟尚存有上述4首词作,这真可谓“吉光片羽,弥足珍贵”了。下面,就让我们先来欣赏其颇负盛名的两首《浣溪沙》(按:由于版本不同,所以下面抄录原作时,其文字择善而从,不拘一本):

其 一

手卷真珠上玉钩,依前春恨锁重楼。风里落花谁是主?思悠悠。
青鸟不传云外信,丁香空结雨中愁。回首绿波三峡暮,接天流。

其 二

菡萏香销翠叶残,西风愁起绿波间。还与韶光共憔悴,不堪看!
细雨梦回鸡塞远,小楼吹彻玉笙寒。多少泪珠无限恨,倚阑干。

据马令《南唐书》卷二五记载,这两首词有一个共同的“本事”:南唐宫内有位乐工名叫王感化,深得君王的喜爱。李璟即位之初,沉湎于游嬉享乐活动之中,某次乘醉命王感化演奏《水调》词。王则唯唱“南朝天子爱风流”一句,反复四遍。李璟感悟到这是在讽谏自己勿学南朝小皇帝们的荒嬉,于是覆杯叹曰:要是当年的陈叔宝(陈后主)等人得闻此句,就不会招致亡国的下场了。于是他就将自己所作的这两首《浣溪沙》亲笔书赠给王。由此看来,这两首词虽然并未直接涉及政治方面的感慨,但从作者的上述举动中我们却可依稀感到它们必与词人心中的某种政治隐忧有所关联。

从题材内容来看,第一首词是写春恨,第二首词是写秋悲。伤春悲秋,本是诗人所常写的主题,尤其是似乎患有"季节性忧郁症"的晚唐五代词人所特别嗜好的题目(例如,温庭筠、冯延巳词中就有大量的此类作品)。但是像李璟这样写得既如此文雅优美又如此感慨遥深的词篇,却并不多见。这就难怪清代的陈廷焯要评之为:"沉之至,郁之至,凄然欲绝。后主虽善言情,卒不能出其右也。"①现在,我们先来读他写春恨的前一首词:"手卷真珠上玉钩,依前春恨锁重楼。"这开头的两句就开门见山地点出了"春恨"的主题,给人以几近窒息的抑郁气氛。"真珠",即珠帘。词中的主人公手卷珠帘,凭阑眺望,唯见一片浩荡无边的"春恨"像往常一样依旧深锁重楼。这两句是给人物的"上场"和"亮相"用的,它们给人的印象即是:第一,主人公是位身份高贵的女性;第二,她的内心世界中盛满了恨愁别绪,否则卷帘之后所见的应是满院春景,而不至平白无故地生出"依前春恨锁重楼"的烦闷感受,在这一开一合(卷帘是开,锁重楼是合)之中,便写足了这位思妇"忽见陌头杨柳色,悔教夫婿觅封侯"的愁闷与惆怅,特别是其中的"依前"和"锁"字,就尤其耐人寻味。接下来的"风里落花谁是主?思悠悠"两句,则又把意境进一步拓宽,将读者的联想导向更加深远的境界中去。试想,落花狼藉,随风飘飏,这本已是一片不忍目睹的伤心景象,而词人却还要加上一句"谁是主"的自怨自问,这就使其意蕴变得越发深沉:花是因无法自主而随风飘落,那么人呢?人的青春、人的命运乃至人间一切美好之物,它们的主宰者又是谁呢?它们又何以也会像落花那样凋零呢?这样一问,就把思妇眼前所见的实景升华为一种带有哲理性的深思;而"思悠悠"三字却又不作正面回答,只管把读者的想象推导到悠远的玄思中去,这就收到了"含不尽之意见于言外"和引发读者联想的艺术效果。下片续写"春恨"——若问这"恨"从何处来?它就源自青鸟的不传云外之信。这里化用了《山海经》和《汉武故事》中西王母派青鸟给汉武帝捎信的典故,意在表达情人长期不归、音信全无的愁闷。而下一句"丁香空结雨中愁"又在李商隐"芭蕉不展丁香结,同向春风各自愁"(《代赠二首》之一)的基础上加以变化,用丁香花蕾在雨中愁蹙不展的形象来映衬思妇那颗亦如丁香般郁结的愁心,真是形神毕肖,文雅、优美之极。结尾"回首绿波三峡暮,接天流",则再一次宕开词境,将视角从凝视楼前拓展为纵目骋望。此时但见浩荡江流,正从三峡奔流而下,而暮色苍茫,又将这浑天一色的绿波全都笼罩在黯淡之中。由此一转,这煞尾两句的境界就顿时变得阔大和深远起来,虽未

① 陈廷焯:《白雨斋词话》,唐圭璋编《词话丛编》,中华书局,1986年,第3379页。

明言“春恨”和“愁”字，但其愁恨之“浓度”却凭借这充天塞地的绿波和暮色达到了几近于化解不开的程度。因此综观全词，虽然写的是前人早已写得滥俗的老题目和闺妇伤春的小题目，但却被描绘得如此优美生动和富有言外曲旨，这就不能不使我们钦佩于作者深湛的文学功力，也不能不使我们联想到其中或许隐含有词人对于南唐国势和个人命运的某种忧思。而其中像“青鸟不传云外信，丁香空结雨中愁”的工巧对句和形象比喻，像“思悠悠”和“接天流”这样韵味荡漾的三字妙句，也都足以让人获得美的享受。

再看其第二首之写秋悲。对于这首词，我们可从前人的两则评论谈起：据《苕溪渔隐丛话前集》卷五九引《雪浪斋日记》云：荆公（王安石）问山谷（黄庭坚）云：“作小词，曾看李后主词否？”云：“曾看。”荆公云：“何处最好？”山谷以“一江春水向东流”为对。荆公云：“未若‘细雨梦回鸡塞远，小楼吹彻玉笙寒’最好。”①王安石在这里犯了一个记忆上的错误，即把李璟的“细雨”两句误认为是李煜所写，但他的看法却相当明确，即认为上述两句是“最好”的佳句。但是这一看法却遭到了王国维的批评，他在《人间词话》中说道：“南唐中主词：‘菡萏香销翠叶残，西风愁起绿波间’，大有众芳芜秽、美人迟暮之感。乃古今独赏其‘细雨梦回鸡塞远，小楼吹彻玉笙寒’，故知解人正不易得。”②照他的看法，“菡萏”两句，意蕴深广，远非“细雨”两句可比，因而王安石等人就不是真正懂得此词好处的批评家。那么，在上述二王的意见中，我们比较倾向于谁呢？这就让我们先对这首词的词情作些论析。按其本意来讲，它主要在于刻划一位思妇悲秋而兼怀人的心态。上片重点写悲秋：起首的两句“菡萏香销翠叶残，西风愁起绿波间”先自描绘了一幅深秋景象，同时又融入了观景者所引发的主观感受。其意为：荷花已经凋谢，因而其香气当然也消失殆尽，只剩下满池的断梗残叶在西风绿波间飒飒作响，此情此景，怎教这位观荷的思妇心头不袭上阵阵的愁情？由此就十分自然地引出下两句来：“还与韶光共憔悴，不堪看。”联想到自身的美好年华和青春容貌也会像秋风中的残荷那样走向衰老和变得憔悴，就简直不敢再睁眼去看这花叶的凋零之景了。这样，词人便通过触景生情和情景兼写，完成了上片刻划悲秋之情的任务。下片转写思妇的怀人心态：她在睡梦中会见了远在边塞（鸡塞，即鸡鹿塞，在今内蒙古自治区杭锦后旗西北部）从军的丈夫，不过千里梦回，却依旧身在深闺；此时细雨迷濛，倍感惆怅，于无聊之中信手把笙管吹将起来，但一曲吹罢却愈觉心境凄凉寒瑟。于是就满怀怨恨，移步凭阑，任着泪珠儿

① 胡仔：《苕溪渔隐丛话·前集》，人民文学出版社，1962 年，第 407 页。
② 王国维：《人间词话》，《蕙风词话　人间词话》，人民文学出版社，1960 年，第 196 页。

扑簌簌地流淌个不停。通过这番由梦境折回现实和既有动作又有感受的描写，就细腻地表达了这位思妇雨夜怀人的怅惘情思和哀怨心态。因此合上下两片来看，此词在写“闺怨”和“秋思”方面，确已达到了很高的艺术境界。不过现在再让我们回到二王的评论上来，看一看谁的眼光更为犀利和深刻。我们觉得，王安石和王国维的批评实际涉及两种角度和两个层次，因此它们的结论虽然不同，但却可帮助我们比较全面和更加深入地认识李璟此词的思想蕴涵和艺术美感。首先请看王安石的意见，它乃是一种“就词论词”的批评，其着眼处主要在于此词文雅幽细的艺术美感。如前所说，此词的本意在于刻划思妇那悲秋而兼怀人的心态——而在“悲秋”与“怀人”之间，又尤以后者为重点。这是因为，“还与韶光共憔悴”一句，就透露了她因丈夫之远出而身心憔悴的愁苦，这便暗示了她之所以悲秋的深层原因即在于思念远人——因此接下来的“细雨”两句就必然要担负起支撑全局和突出主题的重任。而这两句确实不负重托，十分出色地完成了这一任务。我们试再细读这两句：“细雨梦回鸡塞远，小楼吹彻玉笙寒”，其意境既是那样幽约飘忽，而其抒情又是那样惝恍迷离，故而近人俞陛云曾评为：“冯延巳对中主语，极推重‘小楼’七字（按：实为此两句共十四字），谓胜于己作。今就词境论，固极绮思清愁。”①它的妙处，就尤在于通过使人颇感恍惚的“梦回”二字来精心组织词境。前人有诗曰：“洞房昨夜春风起，遥忆美人湘江水。枕上片时春梦中，行尽江南数千里。”（岑参《春梦》）这神奇而美妙的梦，能使远隔千里的恋人在枕边相会，此时它就是万分温馨的；但又正因为仅仅是场梦，所以瞬息即逝，醒来时却换来了加倍的凄凉，故而它又是相当“残忍”的。现在再让我们看看李璟词中的这位思妇吧，甜梦难久，片刻即醒，刚才在梦境中品尝到的一点儿温情和幸福转眼间就全都烟消云散，而此时偏又下起了最易撩人愁绪的濛濛细雨，此种夜深人静、独居小楼再加上被好梦所反弹而倍增的孤独感，就岂是靠一支玉笙所能排遣的？不过，就在这一片如怨如慕、似泣似诉的哀曲之中，我们却又足够领略女主角那无限凄苦的心境了。所以若从“就词论词”和欣赏词境之美的角度来说，这“细雨”两句可谓道尽了人们内心深处那种深细幽微的相思怀人之情思，而从其下字用语和选声配色来看，也达到了极富和婉雅丽的柔性之美的境地。照理来讲，王安石本是一位富有阳刚气质、大刀阔斧进行革新的政治家，却想不到他竟十分赞赏于这两句女性意味很浓的词句，这一则说明人的感情世界和审美趣味原是多侧面和多样化的，二则也表明了这首词（特别是这两句）的艺术性确实相当高超，故而竟能获得像王荆公这样素来轻视“小词”者（据

① 俞陛云：《唐五代两宋词选释》，上海古籍出版社，2011 年，第 90 页。

魏泰《东轩笔录》卷五记载,王安石曾不满于晏殊的写词,说过“为宰相而作小词,可乎”的话)的高度赞许。其次,再就王国维的批评来说,他的评论所采用的乃是“摘句”式的批评方式,在一定意义上甚至还是一种“借题发挥”的评论。他抛开原词的本意,单独从中摘出与自己的人生体验具有某种关联的“菡萏”两句来发议论,说它们“大有众芳芜秽、美人迟暮之意”。这种看法,实源自他本身所怀有的悲剧性人生体验,未必符合李璟的创作意图。王国维生当清末民初,他的保守的政治立场和多愁善感的心理气质决定了他在这个动荡时局下必然萌生出深浓的忧患意识,再加上他接受了尼采、叔本华的悲剧主义人生观的影响,因此他之作词和论词,就偏重于抒写人生的忧患和喜爱发掘词中的忧生忧世之思想底蕴。如其《浣溪沙》曰:“掩卷平生有百端,饱更忧患转冥顽,偶听啼鴂怨春残。”又如其《蝶恋花》曰:“一霎车尘生树杪。陌上楼头,都向尘中老。薄晚西风吹雨到,明朝又是伤流潦。”怀着这种人生的忧伤来读李璟和李煜的词,他就会从中解读出与己相似和相通的感情来,这或许就是前人所谓“深人所见者深,浅人所见者浅”吧。不过,若从李璟这两句词的艺术境界和文学形象来看,王国维所作的解释和阐发却又是可以成立的。试想,那夏日清池中的荷花该有多么美丽!它既亭亭玉立,又清香远溢,因此就被很多人视为花中的“美人”。可是西风一起,香销翠减,仅只留得一池残荷在雨中摇曳,这岂不令人联想起了屈原《离骚》中的名句:“惟草木之零落兮,恐美人之迟暮”,“虽萎绝其亦何伤兮,哀众芳之芜秽”。由于文学作品往往具有“形象大于思维”的特殊功能,故而若拿常州词派所谓“作者之用心未必然而读者之用心何必不然”(谭献《复堂词录序》)的观点或以今之“接受美学”的方法来解读李璟的这两句词,那么我们就不能不支持和赞同王国维的上述看法。因此王国维的论词,实已跳出了“就词论词”的习套而转从更加宽广的人生背景和转以比较自由(亦即允许读者发挥联想甚至“借题发挥”)的态度来论词,且其批评的层面又由主要揭示作品意境之美的文学批评层面进而深入到着重发掘作品思想底蕴之哲理批评层面。故从一定意义上讲,王国维的批评虽然未必尽合作者原意,但似比王安石的批评显得犀利和深刻。与此同时,经过王国维的“点拨”和“发掘”,李璟词的“感慨遥深”的思想特色,也因此而显露得愈加明晰:尽管李璟写此词的初意只是为思妇“写心”或“代言”,但作为一个处于敌国威胁之下的小国之君,又作为一个经常感悟着人生多悲的聪慧词人,他的政治忧虑和个人悲感岂不会像地下水之滋润植物根茎那样渗透进此类写愁的词中去?对此,有人曾用“折射”两字来作形容,有人曾用“潜意识”来解释,有人更以“比兴寄托”来阐发,但不管怎样,正如况周颐论词之“寄托”时所说的那样:“词贵有寄托。所贵者流露于不自知,触发于弗克自已。身世之感，通于性灵。即性灵，即寄托，非二物相比附也。”（《蕙风词话》卷五）李璟这一首词之所以能使人感到“感慨遥深”，其原因即在于他在不知不觉之中将自己的身世之感触融入到了思妇的愁绪中去，这样就使敏感的读者能在其表层之下悟出其更深的思想底蕴。而若我们再把二王的评论作一个“加法”，那么李璟的这首《浣溪沙》，无论从其意境之美还是哲理之深来看，均足以视为上乘之作。

下面，再让我们读他的另外两首词：

> 一钩初月临妆镜，蝉鬓凤钗慵不整。重帘静，层楼迥，惆怅落花风不定！　　柳堤芳草径，梦断辘轳金井。昨夜更阑酒醒，春愁过却病。（《应天长》）
>
> 玉砌花光锦绣明，朱扉长日镇长扃。夜寒不去寝难成，炉香烟冷自亭亭。　　残月秣陵砧，不传消息但传情。黄金窗下忽然惊：征人归日二毛生！（《望远行》）

前一首《应天长》，又作欧阳修、冯延巳和李煜所作，但据陈振孙讲他曾见到过李煜在手书此词后题辞曰“先皇御制歌词”的墨迹（《直斋书录解题》卷二一），故可认定为李璟所作。此词描写一位思妇的春愁，而又暗寓着她的伤别之情。词从清晨的临镜梳妆写起，“蝉鬓凤钗慵不整”中的一个“慵”字便点出了她倦怠慵懒的神态，实可视为窥其词心的“窗户”。“重帘静”三句则续写其居住环境和眼前之景：身既被深锁在高楼重帘之中，心则如风中的落花那样飘忽不定，而在这些景语之中更着一情语“惆怅”，思妇的心态便豁然如现。下片从“柳堤芳草径”一句拓开词境，表面上是写楼下所见之景，实际却暗藏了一段情事，以往在这芳草如茵、柳阴路曲的去处，自己曾和情郎蹀躞共游；但而今呢，这些温馨的旧事就只能重现在梦中，而偏偏却又让井边的辘轳之声将那好梦惊醒！梦醒之后，忆及昨晚曾借酒驱愁，但酒既未能使人沉醉忘忧（午夜就很快醒来），而那半醉半醒的状态却反更使其愁闷变得比生病还要难受！由此看来，这位思妇一清早起来就显得倦容满面和愁眉不展，实是她昨夜未曾睡好的延续，而之所以晨暮不分地整日恹恹伤春似病，却又源于她的怀人情结无法得到舒解。故从字面上解释，我们就可得出上述印象。但若细想一下，身为一国之君的李璟又如何会如此深切地体验到思妇的这番愁苦呢？这就不能不使人猜想到，他本人的心灵深处必有与之相类似的人生体验，而后一首《望远行》也类似于此——在它那怀念远人的惆怅和惊心于时光流逝的焦虑中，读者或可体味出更深一层的心理内涵。此词上片主要写思妇的寂寞之感：尽管白天的秋光是那样的锦绣明亮，也尽管院内的秋花开得那样的茂盛，可是她却偏把自己紧关在华屋朱门之中，深居不出。待到夜晚,却又辗转难眠,只能呆呆地瞅着炉烟袅袅上升(其实炉烟已熄,因此上述景象或许属于幻觉),心头之凄冷也随着夜深而越发加深。这样一种自闭的心理倾向和几乎出现幻觉的心理状态,就反映出她的孤独和寂寞简直已到成病的地步。下片则改从思妇本身的角度来写,她先是埋怨秣陵月夜的砧声,声声撩动着自己的怀人之情,却没有传递有关丈夫的一二消息。接着更出惊心之言:待到他出征归来,恐怕白发已经偷上了鬓边!这结尾一句,实际展示了千年来热爱生命的人们之共同悲感:屈原《离骚》中曰:"日月忽其不淹兮,春与秋其代序。""时缤纷其变易兮,又何可以淹留!"曹植《箜篌引》中曰:"惊风飘白日,光景驰西流。盛时不再来,百年忽我遒。"李白《将进酒》中曰:"君不见黄河之水天上来,奔流到海不复回,君不见高堂明镜悲白发,朝如青丝暮成雪。"它们所诉说的,就都是人类对于生命短暂和青春易逝的感悟与悲恸。所以李璟所写,表面虽是思妇对于丈夫的思念和忧惧彼此将老的小儿女情思,但它所蕴藏的心理内涵却绝不止于此。起码来说,它应该包含着词人敏感于聚散无常的伤感情绪和慨叹于时光流失的生命意识。因此正像王国维能从其"菡萏香销"两句中读出"众芳芜秽、美人迟暮"之感那样,我们从上述两首思妇伤春和悲秋的词中,同样也能依稀读出李璟内心深处的某种政治隐忧和人生感触来。

由于李璟传世的作品很少,所以我们走进他的艺术小屋里就只能见到他所仅存的这四首词作悬挂在黄金窗下。但这个艺术小屋,却完全有理由被称为"精品屋"。这是因为,这四首词首首都是精品,它们就像四幅"仕女画"那样,分别展示了两位女性伤春、另两位女性悲秋的生动画面,其用笔既是那样婉曲细腻,而其风格又是那样文雅优美,这就给人留下了一见难忘的印象。而特别令人久久回味和抚卷深思的是,在这几位女性哀怨的眼神之中,分明还流露出了一种凄恻怨悱、欲说未说的感情,这就更加拨动了读者心弦中的"悲弦"并使他们沉浸在那既优雅而又伤感的艺术美感中去。

(原载《苏州大学学报(哲学社会科学版)》1998 年第 3 期)

《岳阳楼记》是“传道”之文

范仲淹的《岳阳楼记》是一篇千古传颂的名文。新中国成立以来,它被广泛地收进各种古代散文的选本和中学语文教材、大学教材中,为万万千千的读者所熟知。对于这篇文章的赏析、评论,也是为数甚多。但是,我觉得对这一语文教学传统名篇的总体上的认识,似还有不够透彻之处。我想在这里提出这样一个论点:从根本上而言,《岳阳楼记》是一篇“传道”之文——范仲淹着意写岳阳楼“大观”的真正用心,是在于借此传播自己关于做人立身的一番大道理,在这里,一向以刚直著称的作者只不过是玩弄了一点儿巧妙,甚至是狡黠的文学技巧罢了。

为什么说《岳阳楼记》是一篇“传道”之文?我们看看范仲淹本人的文论就可知了。大家知道,宋代文坛有一种普遍的现象,那就是十分强调“文”与“道”的关系问题:道学家强调“文以载道”,古文家标榜“文以明道”,而政治家更主张,无论是“文”是“道”,都要归之于“用”。因此,反对雕镂无用的“风花雪月”之辞,就成了他们共同的主张,而其中又以道学家和政治家的态度更激烈。范仲淹是名儒而兼名臣,他一贯反对无为之文,主张文以传道。他的著名奏议《答手诏条陈十事》中第三条“精贡举”中说:“进士先策论而后诗赋诸科,墨议之外更通经旨。使人不专辞藻,必明理道,则天下讲学必兴,浮薄知劝,实为旨要。”就是要把“明理道”放在“辞藻”之先,这是择仕考官的根本。范仲淹的好友富弼为他作墓志铭,说范平生“作文章犹以传道名世,不为空文”。这更说明了范仲淹写作《岳阳楼记》并不是如同一般文人那样,仅仅是登楼有感,随手录下所见、所闻和所思。范仲淹一生并未亲到过岳阳楼,他是在远隔千里的邓州(河南邓县)应滕子京之请撰写此文,文中想要说的只是一番在心中酝酿已久的大道理,借以勉励好友和用以自勉。只是为把这番惊世震俗的至理名言说得更为警策、更为透彻,也更适合于像《岳阳楼记》这样的文体,他才结撰出前面这一大片记叙、写景和抒情的文字来。所以文章的前半部分实是“虚文”,后半部分才是实质;前面只是“辞藻”,后面是“理道”;前文是技巧性的文字,后文才是“点睛之笔”,在前半部分里,他用其生花妙笔在洞庭湖的朝晖夕阴的浩渺烟波中托出万千景象,为的是登岳阳楼所激起的忧乐悲喜的情思以激起人们感情的共鸣，使读者更感其文笔之妙，如雷霆震耳落到了实处——原来作者所要说的乃在于“先天下之忧而忧，后天下之乐而乐”的处世立身的精义。行文至此，始为不“空”！

范仲淹是封建社会中一个难得的士大夫文人。他自幼生活贫苦，发奋读书，慨然立下了报效国家、报效人民的大志。宋人所作的《范文正公年谱》上记载他“常自诵曰：士当先天下之忧而忧，后天下之乐而乐也”。[①] 因此，写在《岳阳楼记》最后一段中的这两句名言，并不是“灵感”来时脱口而出的“妙手偶得”，而是他一生奉之为行动准则的哲学信条，是长期的深思熟虑的思想结晶。他之所以把它写在《岳阳楼记》里，是适逢其巧，正好借岳阳楼的一番风月和常人登楼之情的机会，转而来为自己的说理传道服务，也正好借此机会来奉赠和勉励自己的好朋友滕子京。

滕子京（宗谅）与范仲淹同于真宗大中祥符八年（1015）登进士第。两人交情甚笃，滕死后的墓志铭就是由范仲淹所作。滕在任环庆路经略安抚招讨使兼知庆州（今甘肃庆阳）时，在防御西夏方面有一定建树，谁知却被御史梁坚诬告“枉费公用钱”十六万缗（实际只用三千缗），而被贬官虢州，又移岳州。范仲淹曾为之力辩（今集中犹存《奏雪滕宗谅、张亢》《再奏辩滕宗谅、张亢》等文），并愿“与二人同行贬黜”。后来，事不果行。不但滕子京于庆历四年（1044）贬谪到岳州（湖南岳阳），范仲淹本人后来也因“庆历革新”失败而谪守邓州，两人同处在政治的逆境之中。所以，《岳阳楼记》正是范仲淹在这种遭受打击的不利环境中，写以自勉励人的说理之文。

岳阳楼地处洞庭湖畔，“北通巫峡，南极潇湘”，是唐、宋时代流放犯官常经之地（唐时多流放巴蜀夜郎及西部，宋时多流放郴州及两广等地），所以“迁客骚人，多会于此”，往往在这里留下登楼眺望故都的悲苦之音。如白居易于819年自浔阳赴忠州（四川忠县）任，途经岳阳楼题诗云：“岳阳城下水漫漫，独上危楼凭曲栏。春岸绿时连梦泽，夕波红处近长安。猿攀树立啼何苦，雁点湖飞渡亦难。此地唯堪画图障，华堂张与贵人看。”其心情是凄苦的。杜甫的《登岳阳楼》名诗中的“亲朋无一字，老病有孤舟。戎马关山北，凭轩涕泗流”，其忧伤愤激的心情溢于言表。与范仲淹相去不远的宋初宰相寇准在贬官道州（湖南道县）途经岳阳写的《巴东书事》中有：“憔悴悲兰蕙，因思楚屈原。”词的情调也很忧郁。真如范文所说是“去国怀乡，忧谗畏讥，满目萧然，感极而悲者矣。”滕子京去岳

① 楼钥：《范文正公年谱》，吴洪泽、尹波主编《宋人年谱丛刊》，四川大学出版社，2003年，第601页。

州后怎么样呢？据宋人周辉《清波杂志》卷四记载，当他重修岳阳楼毕，有人写信祝贺他工程落成。滕复信道“落甚成”！并说要凭栏大哭数场，才能解心头之怨。① 可见他也是属于范文中那种“以物”而“喜”、以“己”而“悲”的人物，还不能达到范仲淹心目中的理想人物（“古仁人”）的思想境界——同时我们也应知道，范仲淹自己在遭受吕夷简集团排挤之后，心中也不会没有一点儿牢骚情绪的，因此他写《岳阳楼记》，一方面是劝勉滕子京要跳出个人得失的圈子，一方面也是激励自己，要做一个“富贵贫贱，毁誉欢戚，不一动其心”②（《范文正公年谱》语）的“仁人志士”。

从文章的思想性而言，《岳阳楼记》表达的思想境界可以说是封建社会中的最高水准了。就连儒家学说的经典作家们，恐怕都未能达到这个高度。如孔子就曾说过：“不在其位，不谋其政。”孟子也说过，“穷”的时候，也只主张“独善其身”，洁身自好而已。而范仲淹却提出：“居庙堂之高，则忧其民，处江湖之远，则忧其君。”其政治信念来得更其坚决，其政治胸怀来得更其宽广。这一方面与他所接受的儒家教育有关，另一方面又是与他本人的修养磨砺有关的。他“慨然有志于天下”，所以就能摆脱个人穷通忧乐的小天地而独具卓然的心胸。《范文正公年谱》中记载，庆历六年（即作《岳阳楼记》之年），新科状元贾黯曾向他请教做人的道理，范仲淹答以“不欺”二字，可以终身行之。后来贾黯每每语及此二字，说“此吾得于范公者，平生用之不尽也”。可见范仲淹平时常以“不欺”“先天下之忧而忧，后天下之乐而乐”等修身格言当作自己的座右铭，所以他的思想境界才能达到如此“炉火纯青”的地步。相比之下，他“庆历革新”的同党之一的欧阳修，在失意的时候就难免要发出消极的喟叹：“草木无情，有时飘零。人为动物，惟物之灵，百忧感其心，万事劳其形，有动于中，必摇其精。而况思其力之所不及，忧其智之所不能，宜其渥然丹者为槁木，黟然黑者为星星。奈何以非金石之质，欲与草木而争荣。”③其思想水平是不及“不以物喜，不以己悲”的范仲淹的。

从艺术上看，本文实质上是一篇论说文。陈师道《后山诗话》中曾说：“退之（韩愈）作记，记其事尔；今之记乃论也。”范仲淹的这篇《岳阳楼记》就是一篇借着叙事、写景、抒情等手法来发议论的妙文。说它妙，主要在于开头摆出一个作

① 周煇著，刘永翔校注：《清波杂志校注》，中华书局，1997 年，第 138 页。
② 楼钥：《范文正公年谱》，吴洪泽、尹波主编《宋人年谱丛刊》，四川大学出版社，2003 年，第 601 页。
③ 欧阳修：《秋声赋》，《欧阳修全集》，李逸安点校，中华书局，2001 年，第 256 页。

记叙文的架势，后面三段又洋洋洒洒地描写岳阳楼的大观和洞庭湖的晴阴变化，以及登临者的览物之情，写得笔墨酣畅，情文并茂。哪知就在这时，文章突然来了个转弯，用了一句“嗟夫！予尝求古仁人之心，或异二者之为”，对前面所述来了个轻轻的否定，从而引出下面一段忧国忧民的“正论”（《古文观止》评语）来。行文至此，本如骏马注坡，奔驰而下，忽然间被驭手轻轻一勒缰绳，乖乖地向预定的目标转驾而去。我们回头看看以前的路途，不能不惊叹于作者驾驭、控制“文气”的高超能力！写到这里，不妨引杜牧的话来作结：“凡为文以意为主，以气为辅，以辞彩章句为之兵卫。未有主强盛而辅不飘逸者，兵卫不华赫而庄整者。四者高下圆折，步骤随主所指，如鸟随凤，鱼随龙，师众随汤、武，腾天潜泉，横裂天下，无不如意……是意能遣辞，辞不能成意。大抵为文之旨如此。”①《岳阳楼记》就是这样一篇“意能遣辞”、构思巧妙的好文章。读这篇文章，必须领会作者用心的真正所在，而不要被前面那些写景抒情的句子所轻轻“障眼”而过；那样，就会“买椟还珠”、辜负了作者一番“传道”的苦心。

（原载《湖南师大学报》1984 年第 6 期）

① 杜牧：《答庄充书》，吴在庆校注《杜牧集系年校注》，中华书局，2008 年，第 884 页。

论周密散文的思想倾向

周密(1232—1298),字公谨,号草窗,先世为济南人,南渡后迁居湖州弁山,遂世为湖人。又自号"弁阳老人""四水潜夫"。宋理宗淳祐中曾任义乌县令;宋亡不仕,以遗民终生。他是宋末元初的著名文人,诗、文、词皆工。入元后所撰《武林旧事》《齐东野语》《癸辛杂识》《浩然斋雅谈》《志雅堂杂抄》等散文著作,多寓亡国之痛,是研究宋代历史和社会的重要文献。本文拟就这些散文中反映的思想倾向作一综合的论述。

一、周密的写作环境和写作态度

元朝初期,即对汉族知识分子采取高压与箝制言论的政策。《元史 · 刑法志》载:"诸妄制词曲,诬人以犯上恶言者,处死","诸乱制词曲为讥议者,流"。这就可知元朝统治者对于思想、文化控制之严了。周密在《癸辛杂识》(续集上)也记载过两件他所亲见的"文字狱":一是镇江人梁栋,因与莫仑有隙,遂告发莫氏"作诗有讥讪语",结果莫氏被逮入狱,后来病死;另一件是十年之后,梁氏本人又被茅山许道士告发曾作"浮云暗不见青天"之诗,也被关进监牢,未几病故。所以,身处于异族的严酷统治之下,周密的写作环境是相当险恶的。这种特殊的写作环境就迫使他在行文下笔时不能不有所顾忌,有的时候就只好采用比较隐晦曲折的笔法来表达某些方面的思想感情。夏承焘先生曾举出他在《癸辛杂识》(后集)所写的"正闰"条,说它洋洋千言中借用友人陈过圣论"正统"之文,意即指斥当时异族统治为"非正统";又说:"其著作中隐文深义尚多,待后人有能表而出之者"(《周草窗年谱》),此言确然。

但是,即使身处此种相当危险的政治环境中,周密却并没有放弃他作为"大宋遗民"的骨气和"史家"的勇气。他在《志雅堂杂抄》卷七中记述过一个被称作为"张风(疯)子"的人,他在宋亡之后犹不顾迫害而供奉着宋理宗、谢太后的灵位，“奉之惟谨，以终其身，可谓不忘本者”①。周密自己也有着这样一种不肯“忘本”的骨气。正是在这种骨气的支配下，他才敢于在其著述中多处公开地表露着自己的民族感情和政治立场。在《弁阳老人自铭》中，周密又申述了自己作为“史家”的实事求是的精神。他说：“自幼朗悟笃学，慕尚高远。家故多书，心惟手抄，至老不废……于古今得失、治乱之故，必审其是，不喜随声接响。尝谓班孟坚不过以成败论人物，况近世私好窃古眩世者。”②这段话表明了他撰写历史散文时所持的原则：对于前代的传闻，不轻信，不盲从，不“人云亦云”，“随声接响”，而是要通过自己的独立思考，求得正确的结论；而当获得可信的结论之后，就“秉笔直书”，还它历史的本来面目。周密是这么说的，也是这么做的。比如，对于韩侂胄这样一个在当时颇有些恶名的人物，周密却并不因为他北伐失利、身遭诛杀而往他头上乱泼污水。他经过实地的考察指出，当时传闻的韩氏庆乐园以沉香堆山之事并非事实，并以此推知，“犬吠村庄”（按：指杭州府尹赵师择以狗声取悦于韩）等事皆为“浮诞之语”，这是因为韩氏开禧北伐失败之后，一些理学人士乘机把所有的丑名声都堆到他身上去，这是不公平的。所以他批评李心传（《建炎以来系年要录》《建炎以来朝野杂记》等书的作者）“轻信记载，疏舛固宜”，“一朝信史，乃不择是否而尽取之”是不可取的。他自己则利用祖父周晋、外祖父曾良能根据“耳目所接”而作的《家乘》《日录》，对韩氏的若干史实重作了修订，并欲以此种“直书”的例子告勉“后之秉史笔者”（以上见《齐东野语》卷五《南园香山》条、卷三《诛韩本末》条）。而对于另一位在理学人士心目中声望甚高的张浚（他的儿子张栻是南宋有名的理学家），周密却又采取了“不掩恶”的态度。他在《齐东野语》卷一五《曲壮闵本末》中就如实地剖露了张浚因为听信谗言猜忌名将因而冤杀了抗金英雄曲端的前后经过，从而驳斥《四朝国史》褊护张浚、诬陷曲端的不公证言论，指出：“此虽史臣为魏公（张浚）地，然失其实矣。信如所言，则秦桧之杀岳飞，亦不为过。或又比之孔明斩马谡，尤无谓也。直笔之难也久矣，惜哉！”在当时理学力量甚为嚣炽的情况下，周密敢于力排众议，客观地记载史实，是要有点儿勇气的。所以总起来说，在宋元易代和理学大盛的年代里，周密不失是一位爱国和正直的士大夫文人，明乎此点，我们在分析他的散文的思想倾向时，就有了一个“知人论世”的研究基础了。

① 周密：《志雅堂杂抄》，清乾隆五十年校刻本。

② 朱存理纂辑：《珊瑚木难》，浙江人民美术出版社，2012年，第369页。

二、一颗眷念故国的赤心

宋亡时,周密才45岁。他的朋友如赵孟頫、王沂孙、仇远等人,都先后出仕过元朝。他却独厉清操,保持晚节,闭门著述,其中必有深意存焉。夏承焘先生说:“其晚年为《志雅堂杂抄》、《云烟过眼录》,搜求钞录于浩劫之后,盖亡国遗老保存国故之深意,又非但炫见闻,夸收藏而已。”(《周草窗年谱》)此说极是。下面,就让我们从几个方面来看他深藏在这些“国故”后面的一颗眷念故国的赤心。

周密在60岁左右,写成《武林旧事》一书。此书追记乾道、淳熙旧事,凡朝廷典礼、山川风俗、市肆节物、教坊乐部,无不备载,初看之下,似仅是一部杭州的地方风俗志。其实不然。周密在自序中就说过:“……及时移物换,忧患飘零,追想昔游,殆如梦寐,而感慨系之矣……噫,盛衰无常,年运既往,后之览者,能不兴忾我寤叹之悲乎!”①他在这部书中的每一页每一行里,在记述杭都旧日的一山一水、一时一事中,都处处渗透着自己对故国的眷念之情。所以《四库提要》说:“遗老故臣,恻恻兴亡之隐,实曲寄于言外,不仅作风俗记、都邑簿也。”而鲍廷博跋语也说:“凄然有故国旧君之思,不仅流连今昔而已。”这些都是善于透过其文辞的外表而探究其良苦之心的知者之言。

周密的散文著作中,体现他爱国情感尤为强烈的是《齐东野语》(可参阅该书盛杲跋语)。他在此书中,颇为大胆地褒扬了那些敢于抵御异族的志士仁人,为他们树碑立传,其意即在发扬民族的正气。如卷一一记滕茂实留金不屈,自书墓碑“宋使者东阳滕茂实墓”九字,后果守节而死;同卷又记何宏中抗金被俘,金人诱以官牒,何怒掷于地,殁前作诗云:“马革盛尸每恨迟,西山饿死亦何辞?姓名不到中兴历,自有皇天后土知。”周密在记载他们的事迹、诗文后,又特为表明自己这样做,是为了“补史阙”,这就可知他欲使之永垂于后世的深意。他在卷一八“二张援襄”条里,还为我们留下了张顺、张贵这两位民兵部官的光辉形象,这是我们特别应该感激的。张顺为解襄城之围,夺关斩将,浴血苦战,“身中四枪六箭,怒气勃勃如生,军中惊以为神”,最后壮烈牺牲。张贵在襄阳城破之后犹奋力杀敌,“身被数十创,力不支,遂为生得,至死不屈”。周氏在此特地记下:“此是岁(1272年)十一月十七日夜”,以表明他“以备异时之传忠义者”的郑重

① 周密:《武林旧事》,孟元老,等《东京梦华录(外四种)》,文化艺术出版社,1998年,第311页。

和虔诚的心情——襄城之战是元灭南宋的重要战役,周密竟敢直书其事,“不敢以文害辞,没其实”,因为他对这两位抗元的民族英雄怀有无限崇敬之心,他对南宋故国怀有深厚的眷念之情。另外,他在卷一三《岳武穆逸事》、卷二〇《岳武穆御军》中,又给我们留下了岳飞治军的故事,这同样表明了他对这位民族英雄的敬仰之情。

最能直接反映周密爱国情感的是他作于36岁(即1267年)的《镇江策问》。此文收在《浩然斋意抄》一书中,向不大为人所注意。作此文时,宋犹未亡。而周密怀念此刻生活在金人沦陷区的中原父老(他自署“齐人”亦志其不忘本之意),其情真可谓是缱绻缠绵,唏嘘不止。兹录其中的一部分如下:

> 登冶城,访新亭,欲问神州在何处?后南渡百四十年,惟见青山一发,眇眇愁予。耆老不足证矣。安得不寤寐东晋诸贤乎?衰草寒烟,犹带齐梁光景,徒以重人黯然耳。不知秦淮旧月,曾见千载英雄肝胆乎?惜其远而不可诘也。北来忠义,王泽在心,慨叹黍离悲歌,蒲柳岂能忘情故都哉?自隆兴至端平三年大败,缙绅不敢问中原,兵端不可轻开,国事不可再误,思目前之危急,舍分表而经营,兹犹可籍口柏城涧水,草木自春,不知谁家坟墓乎?每岁寒食,夏畦马医之子,无不以麦饭洒其松楸者,长陵抔土讵容置而不问哉?刘裕取长安,道路谒五陵,时晋寄江左,百有十三年矣。五胡云扰,岂暇念晋陵寝尧野禹穴,谁敢以疑心视之?,此臣子不忍言之至情也。秦始皇、陈隐王之墓,汉犹有人守之三岁禋霈。义夫节妇坟墓,犹禁樵采,况祖宗神灵所眷顾乎?自端平至今,又二十有三(疑应为三十三)年矣,八陵不复动人悽怆者矣。士大夫沉于湖山歌舞之娱,何知有天下大义?诸君北风素心,岂随末俗间断哉?①

他感叹于南宋君臣沉溺东南湖山之娱,不复思念北方领土、祖宗陵墓犹沦于金人之手,其长歌当哭、流涕叹息之态可掬,真是一腔忠愤,感人肺腑。

更为大胆的是,周密在《癸辛杂记》续集《文山为北人所重》条中竟公然表彰了抗元斗争中以身殉国的民族英雄文天祥。他记述河间府一位卖烧饼者的话:“赵家三百年天下只有这一个官人。”此话就极直朴又极真挚地道出了汉族人民对于这位烈士的无比敬重和缅怀之情。周密敢记载于册并赞其为“所谓公论在野人也”,确实是有点儿“大无畏”的精神的。从这里,我们就可以充分看到他的勇气了。

① 周密:《浩然斋意抄》,《笔记小说大观》第25编,新兴书局,1979年,第365页。

三、对南宋亡国之历史教训的痛苦反省

周密深情地眷念着南宋故国,这充分地表明了他的爱国心迹。但是,这并不能意味着他盲目讴歌着南宋的一切东西——相反,他对南宋社会曾发生过的那些丑恶现象是深为憎恶的,这又表明了他的正直性格和清醒头脑。其散文的深刻性就在于他通过对历史的回顾,探求“古今得失、治乱之故”,特别是总结了宋代亡国的某些历史教训。尽管他往往采取“寓论于史”的《春秋》笔法,而并不常常直接点明自己的政治观点,但我们还是能感觉到他的是非观和好恶感的。

一般人读《武林旧事》,往往会产生一种感觉,似乎周密对于乾(道)、淳(熙)年间上下宴安的生活抱有很深的企羡之情——当然,不能说这种感觉全是错的,但是我们却不能因此而忽略了另一方面,那就是他对于这种苟安生活的一定程度的批判。《四库提要》对这点看得很准,它说:“湖山歌舞,靡丽纷华,著其盛,正著其所以衰。”这话讲得很对。试看他在卷三“西湖游幸”条中所记之言:“贵珰要地,大贾豪民,买笑千金,呼卢百万。以至痴儿騃子,密约幽期,无不在焉。日縻金钱,靡有纪极,故杭谚有‘销金锅儿’之号,此语不为过也。”①又在自序中说:“既而曳裾贵邸,耳目益广,朝歌暮嬉,酣玩岁月,意谓人生正复若此,初不省承平乐事为难遇也。”这些语句中,其实都寓有作者的“微词”在里面。我们从卷九“高宗幸张(俊)府节次略”条中,可以看到一张循王张俊接驾的明细表,这张表与《红楼梦》中乌进孝进献贾府的礼物表和贾府抄家的财物表相比,其奢侈程度还要来得惊人,如其中仅所献珠子一项就有六万九千五百零九颗(另有念珠一串,含珍珠一百零九颗)!这就可知当时优人讽刺的“循王在钱眼里坐”的笑话并非虚语。像这种记录宋室君臣豪华侈靡生活的文字,除了《武林旧事》特为详尽周备之外,在别的书中也有许多。《齐东野语》卷七“赠云贡云”条记徽宗艮岳初成,用油绢囊湿水制“人造云”来取乐,卷一七“笙炭”条记吴郡王、平原郡王家宴时仅“笙部”歌伎就用二十余人,焙笙炭就用五十斤,卷一九“贾氏园池”条记贾似道园苑之惊人豪侈等,都反映出上层统治集团生活之腐化。所以作者在记述贾似道园池之盛后下一断语:“亦安知俯仰之间,遽有荒田野草之悲哉!”这里面,含有深切的讽刺和叹息在内。《镇江策问》所谓“士大夫(按:首先应包括皇室)沉于湖山歌舞之娱,何知有天下大义”,这就是周密总结出的亡国

① 周密:《武林旧事》,孟元老,等《东京梦华录(外四种)》,文化艺术出版社,1998年,第352页。

教训的第一条。

其次,周密对于权奸的卖国误国和宋末的腐败政治也有一定的揭露和批判。宋代多权奸。从北宋的蔡京、童贯,到南宋的秦桧、韩侂胄、史弥远、贾似道,周密书中都有讽刺。《齐东野语》卷一三"优语"条借伶人优语嘲笑童贯的"三十六髻(计)"(逃走)和嘲笑士人的钻营于史弥远门下,同卷"秦桧之收诸将兵柄"记秦桧收兵权的狡黠与投降主和的阴谋,卷三"诛韩本末"记韩侂胄"欲立奇功以固位"而草率用兵的心理,卷一七"景定行公田"记贾似道"公田"法的扰民,同卷"景定彗星"记朝臣所言的贾似道当政时的种种弊政等,都反映出宋代政治的昏暗和腐败。因而这些权奸(以及他们后面的昏庸无能的君主)都无可推卸地对宋朝的覆亡负有一定的罪责。这又是很容易从周密的行文落笔中看得出的。

再次,在对主战派的迂阔无能和投降派的无耻投敌的记述中,我们也可以看到周密对宋朝必亡的喟叹。周密在对和与战的问题上,并不是一味地、笼统地主战,而是认为应由识见远大的将帅来主其事,要打有准备之战。因此他对历史上两次北伐都深表遗憾。对张浚隆兴北伐,他认为主要失败在于主帅的急于求成、欲邀虚名,因而轻举莽动、步调不一,导致了兵溃之辱(他又在《曲壮闵本末》中揭露了张浚妒贤忌才,意在说明主帅有无高见卓识的重要性)。对于韩侂胄的开禧北伐,他更是抱有异议(主要对北伐的动机和时宜)。他认为,"本朝不能复中原者,其失有四,不保全名将,不信任豪杰,不招降纳附,不先据关中"(《镇江策问》),而其中尤为重要的是缺乏像辛弃疾这样有勇有谋、老成持重的人物来主持恢复之事。他在此文中,还记录有辛弃疾的一段颇具远见卓识的议论:"乾道壬辰(1172),辛幼安告君相曰:仇虏六十年必亡,虏亡则中国之忧方大。绍定(指1233年宋元联合灭金之役)足验矣。惜乎斯人之不用于乱世矣。"所以择人非贤和压抑有才能的主战派人才,在周密看来也是宋朝亡国的一个历史原因。至于对于那些无耻的投降派们,周密更是给予了辛辣的讽刺。如《癸辛杂识》(续集上)所记湖州倅蹇材望即是突出的例子。他在元兵来前,"自誓必死",并作大锡牌刻字"大宋忠臣蹇材望"于上,到处扬言元兵至则将投水殉国,要后人为之埋尸立碑(上题"大宋忠臣蹇材望")。结果元军进城,"蹇已莫知所之,人皆谓之溺死。既而北装乘骑而归,则知先一日出城迎拜矣。遂得本州同知"。此外"开庆六士"条中也记载着当时号称"六君子"的黄如曾(镛)等辈名士相继投降元人的事。宋代蓄养官吏,优待文士,结果敌军一到,其中的一些人却纷纷望风而降,这无疑是对宋朝最高统治者所采取的拢络羁縻政策的一个无情嘲讽,事至如此,宋朝焉能不亡!

四、对宋季文人无行、无能和理学误国害人的揭露与批判

宋元之际的著名学者王应麟归纳出南宋的大病有三:“民穷”“兵弱”“财匮”,而归根为士大夫的无耻(引见蔡美彪等《中国通史》第5册第436页)。此话乃王氏有感于晚宋社会风气的腐败恶浊(主要是指士大夫的无行)而发的痛切之言,虽含有一定程度的夸张,但还是有着大量的事实作为根据的。与王氏同一时代的周密也同样亲身感到了这种病痛。因此在对于亡国教训的痛苦反省中,他自然不能不触及到这一个问题。而在经历痛定思痛的历史回顾后,我们又可以看到,他的批判矛头是锐利地刺向了作为那个时代意识形态之支柱的“理学”(即“道学”)的。

理学是儒学在宋代的一种发展。关于它的种种问题,本文无暇说及。但有一点却是明确的,那就是,发展到晚宋阶段,它已经和当时腐败的政治紧紧地抱在一起了,成为毒害士人、祸殃国家的东西,所以难怪有人要感叹宋代之亡于理学了(见下文所引沈仲固之语)!

周密在其散文中,就勾划过不少理学先生的“脸谱”。他们的特点即是:一为无行,二为无能。

先说“无行”。在这方面《癸辛杂识》(别集上)中出现的方回便是一个“文人无行”的典型。此人“在宋之日献媚贾似道,似道势败又先劾之。既反覆阴狡,为世所讥。及宋亡之时,又身为太守,举城迎降于元,益为清议所不齿。老而无聊,乃倡道学以谋晚盖”①,是一个十足的“满口孔孟之道”“满肚男盗女娼”的伪君子。周密在文章中详尽地描绘了他的种种秽行,其讽刺性简直不下于后代的《儒林外史》,这就可见他对宋季理学之深恶。除此之外,此书中还写了罗椅之好诈,董敬庵、韩秋岩之怪诞,梁栋之负友,黄震之怪行,以及时人嘲笑“大儒”真德秀之俚语,凡此种种,都表示出他对这辈“理学先生”们的不满和鄙薄。再如《齐东野语》卷一六“省状元同郡”一条更借一个平民百姓的口,说出一段令人惊心的话来:淳祐甲辰(1244),省元徐霖、状元留梦炎皆为三衢人,“一时士林歆羡,以为希阔”,观者、贺者为之阗路堵墙,却独有一个邻居锁门而逃。问他何故,答曰:“所贵乎衣锦之荣者,谓其得时行道也,将有以庇吾乡里也。今也或窃一名,得一官,即起朝富暮贵之想。名愈高,官愈穹,而用心愈缪。武断者有之,兼并者有之,庇奸慝持州县者有之,是一身之荣,一害之增也。其居日以广,邻居

① 永瑢,等纂:《四库全书总目提要》,中华书局,1965年,第1023页。

日以蹙。吾将入山林深密之地以避之,是可吊,何以贺为?"①这段"名愈高,官愈穹,而用心愈缪"的话说得是何等尖刻!它揭露出在"理学"和科举的"孵化"下,培育出来的竟是一批危害人民的蛇蝎式人物!所以周密在本条之末,特意加上了两句寓有深意的话:"其后徐以道学名,留以功业显"——徐霖如何以"道学"名世,我们不太清楚;而留梦炎由状元升到宰相后,他的"功业"却是记载在史的,那就是:投降元人,并劝元朝杀了文天祥,致使后人说:"两浙有梦炎,两浙之羞也。"(据无名氏《樵书》)周密有意记上这一段老百姓的"预言",就是对于晚宋统治者以理学和科举取士政策的一种辛辣讽刺!

再说"无能"。周密在《癸辛杂识》(续集下)"道学"一节中引用过吴兴老儒沈仲固的话,给孝宗以来广泛活跃于社会上的"道学先生"勾勒了一幅肖像:这些人自己一无所长却又自以为了不起之极,"凡治财赋者,则目为聚敛;开阃扞边者,则目为粗材;读书作文者,则目为玩物丧志;留心政事者,则目为俗吏。其所读者止《四书》、《近思录》、《通书》、《太极图》、《东西铭》、《语录》之类……其为太守,为监司,必须建立书院,立诸贤之祠;或刊注《四书》,衍辑《语录》,然后号为贤者,则可以钓声名,致朊仕。而士子场屋之文,必须引用以为文,则可以擢巍科,为名士"②。周密在引用这段话后,又描绘了自己所亲睹的"道学君子"们的形象:"其后至淳祐间,每见所谓达官朝士者,必愦愦冬烘,弊衣菲食,高巾破履,人望之知为道学君子也。"(他在《齐东野语》卷一一"道学"中也有近似的描述:"世又有一种浅陋之士,自视无堪以为进取之地,辄亦自附于道学之名,褒衣博带,危坐阔步,或抄节《语录》,以资高谈,或闭眉合眼,号为默识。而扣击其所学,则于古今无所闻知,考验其所行,则于义利无所分别。")③这些道学先生虽然自视甚高,然而大多数都是徒有其表的无能之辈。他们或冬烘迂阔,或欺世盗名,根本不通世务,实际只是一群书呆子、糊涂虫和"道学"骗子而已。因此他在此文的最后,说了一段极为沉痛的话:"盖师宪(指贾似道)当国,独握大柄,唯恐有分其势者,故专用此一等人,列之要路,名为尊崇道学,其实幸其不才愦愦,不致掣其肘耳。以致万物不理,丧身亡国,仲固之言(异时必将为国家莫大之祸,恐不在典午清淡之下),不幸而中!"这节"道学亡国"的议论,正是对于宋代理学毒害士人、祸国殃家的一段严厉的"判决辞"。

综上所述,可知在宋季的士大夫文人中,周密算得上是一位富有民族气节和

① 周密:《齐东野语》,中华书局,1983 年,第 295 - 296 页。

② 周密:《癸辛杂识》,中华书局,1988 年,第 169 页。

③ 同①,第 203 页。

政治正义感的爱国士人了。王行在《题周草窗画像卷》中这样说:“宋运既徂,吴有三山郑所南(思肖)先生、杭有弁阳周草窗先生,皆以无所责守而志节不屈著称。前二十年时,获瞻所南先生立像于吴门唐氏,所南孤劲严峭,有凛然不可犯之色,观其终身未尝北向而坐,可概见焉,今获草窗先生像于长洲沈氏,草窗豪伟秀逸,有飘飘迈俗之气,观其自赞之辞,可概见焉。二先生姿韵虽殊,要皆介然特立,足以增亡国之光者。”我们现在虽不能目睹周氏之形象,但从他散文里表露的思想倾向中,完全可以想见他的为人。他的那些富有批判精神的爱国散文,乃是我们研究宋代历史的很有价值的一份文化遗产,值得重视。

(原载《湖州师专学报》1985 年第 4 期)

夏承焘先生在艰辛环境下的勤奋治学

——读《天风阁学词日记(三)》

由浙江古籍出版社和浙江教育出版社1997年联合出版的《夏承焘集》中收录有夏承焘先生的《天风阁学词日记》三大册(分辑为全集的第五、六、七册)。由于曾翻检过其中的前二册,所以此次就专挑其第三册的内容(收录1948年以后的日记)来读,而其重点则是从1957年至1965年的日记。之所以这样做,实缘于某种好奇心:很想了解这位前辈学者在自"反右"到"文革"前的这段特定历史时期内是如何生活和治学的。而一读之下,确实是感触良多。正如吴战垒先生在这一册的"编后记"中所说:"这是中国现代史上新旧鼎革、波澜迭起的时期。日记忠实地反映了夏承焘先生在这一时期的教学、科研、社交活动和思想生活情况,还直接或间接地折射出周围许多知识分子的思想生活风貌。"①所以它既是一部词学专家的治学日记,能给我们以学术上的启迪,同时还具有很高的史料价值,能帮助人们感性地了解那一段历史。不过,本文却暂不想涉及太多,仅拟从治学的角度来谈一些读后的感想。

和前两册日记一样,这第三册内所载的日记给人最深的印象之一乃是夏先生治学的异常勤奋与执着。早在1939年11月17日的日记中,他就自述:"少年颇能读书,自十七、八以后非疾病罕离书本。自在严州以后,始妄意著作,勤苦尤甚。"而至20世纪五六十年代,夏先生这种"非疾病罕离书本"和勤苦治学的习性却一点也没有改变。对此可举以下数例:一是逢年过节,常人都要休整几天,然而他老人家(其时已迈入五六十岁)却从不懈怠,仍要在应接亲朋、领导、门生贺节之余抽空写作,不肯轻易辍笔。如1957年1月30日除夕晚9时,一俟亲友散去,他马上就提笔写了《词风格论》。次日乃是春节,因"昨夜眠不安,上午倦甚",但他却依然改稿不已。又如,1958年2月18日是戊戌年的春节,"终日贺年者往来甚多。写'词的兴起'五、六页,至韦庄节。"再如,1960年1月28日为农历庚子年春节,在参加师生团拜、处理许多杂务之后,他又抓紧撰写"杜诗论

① 夏承焘:《夏承焘集》第7册,浙江古籍出版社、浙江教育出版社,1997年,第1086页。

纲”……由此可见,夏先生的治学真可谓“一年忙到头”,几无节假日可言。二是酷暑严寒,其著述活动也不肯稍停。如 1957 年 7 月 21 日,日记中曰:“晴,酷热,室内 98 度(此为华氏,摄氏温近 40 度),报载中欧热死三、四百人。休日。写杜诗札记五、六百字。”又如 1959 年 8 月 26 日,室内温度已达摄氏 34 度,而楼上竟达 36 度,夏先生却仍然挥汗书写其《宋词与西湖》的文稿。年岁稍长的人都知道,在那个时代,不要说是空调机,就连电风扇都是普通家庭所罕见的奢侈品(笔者于 1978 年考取唐圭璋先生的硕士研究生,到那时他家中都还没有一台电扇),因此我们就不难想知夏先生在炎夏中治学的艰苦了。而到冬天,则因江南人家室内不烤火或不使用暖气,所以严寒时屋内几乎冷近冰箱。然而夏先生却依然搓手呵笔,冒寒写作,这在其日记中屡有反映。如 1957 年 2 月 11 日:“大冷,零下五度。改《词风格论》。”又如 1959 年 1 月 6 日:“晴,冷甚。写文学史范成大、杨万里。”所以无论寒暑,夏先生所留给我们的“背影”,总是那一副伏案读书或写稿的辛苦状。三是碰到生病,只要体力仍能支持,夏先生也不肯轻易休息。如 1959 年 1 月 27 日:“昨夜温度颇高,晨量三十九度。夕出汗,头痛如焚,蒙被歌唱自宽。”在此无力起床写稿的情况下,他也不肯闲着,于是便“枕上自作白话诗二首”。次日白天,体温仍达 38 摄氏度,他又修改其旧作《踏莎行》一首,以寄外国友人。再如同年 2 月 3 日,“牙床浮肿化脓,打青霉素,服索密痛,午后得安睡”。在这样的情况下,他却仍写了一篇李弥逊《筠溪词》的提要,且忧虑:“《全宋词》提要之业,怀之有年,不知何时能了?”选读以上日记,夏先生治学之异常勤奋执着,真使吾辈既感钦佩又觉汗颜。

而在钦佩夏先生治学之勤奋执着的同时,这一时段的日记又给我们展示了他治学进程的充满阻力和崎岖艰辛。这些阻力和艰辛,主要源于当时极“左”路线对于学者身心的严重压迫和对学术研究工作的巨大干扰,若非亲身经历者则是很难真切体会到的。所以时至今日重温这些日记,简直会使年轻学者产生恍如隔世、无法理解的感受。对此,我们也可以从以下几方面来说:首先,建国以后的历次政治运动简直就像后浪推前浪那样不断地冲击着知识分子,弄得夏先生心无宁日、如履薄冰,经常处在害怕犯错误和时常受批判的紧张与痛苦之中。这里且不谈他在新中国成立后所经历的其他各项政治运动(如 1951 年的土地改革运动,1952 年的“三反”运动,1953 年的“教学改革检查”,1955 年的“反胡风”运动,1957 年的“反右”斗争,1958 年的“大跃进”及“教育革命”,1959 年的“反右倾”运动……),就举 1958 年“向党交心”来说,日记中就有如下的记录:4 月 7 日“晨,交心竞赛大会。××、×××、×××诸君作交心报告。见××交心文字,谓肃反中以被监视过严,思在体育场路砸死汽车上,阅之汗毛为起。午后至夕写交心文七十余条”。4 月 9 日,“续写交心共一百条”。4 月 12 日,“上午续交心七条”。4 月 17 日,“午后交心小组会,予续交五条,共一百十一条”。可见其“交心”简直到了翻箱倒柜(当时领导上确实就曾如此号召过)、搜肠刮肚的地步! 而后,他又于 4 月 26 日、5 月 3 日、5 月 19 日和 6 月 20 日分别在小组会和全系师生会上作检查、“梳辫子”(将交代的问题汇总、整理成几类),这才得以“过关”且获得学生的许可(其 6 月 21 日的记载:“学生贴出许多大字报,赞予昨日检查态度诚恳,于 × ×多不满”)。仅举这一次运动,即可想见夏先生及其周围知识分子在历次政治运动中挨整受批的窘境了。而且,平心而论,夏先生的遭遇还算是比较幸运的,比他不如的情况更加令人惊叹。如在“三反”运动中“浙大教职员有被打得痛哭流涕者”(1952 年 2 月 27 日之日记);“(浙大)人类学系同学对师长声色甚厉。× ×谓帮助师长不应用斗地主态度,以此评为右倾思想者,交代两次始通过”(1952 年 3 月 4 日之日记);“闻北大、清华、燕京打思想老虎,甚激烈”(1952 年 3 月 30 日之日记)。又如“反右”斗争中,夏先生的学生兼好友任铭善(心叔)竟被斗得吐血住医院,却仍不被放过(见 1957 年 7 月的数条日记)。再如“反右倾”运动中,那位曾在“向党交心”运动中号召教师要“翻箱倒柜”的焦院长自己却一下子变成了被批判的“右倾机会主义分子”(见 1959 年 11 月 9 日之日记)……凡此种种,不可胜举,足见当时极“左”路线对知识分子的打击是何等厉害。而置身于这样的政治环境和思想氛围下,夏先生他们要想从事真正的学术研究,其阻力之巨和难度之大即可想而知。其次,除了十分可怕和无休无止的政治运动之外,其他许多非学术的活动也大量地剥夺和浪费了夏先生的治学时间和精力。这对他这样一位视学术为生命的学者来讲,真是莫大的悲哀与无奈。这些活动,在当时都是必须认真参加和不容逃避的,而今天视之则相当无谓甚至可笑。其中,费时最多的自然是开会。有些会议,本身就是在“搞运动”,例如批判会、斗争会、自我批评会、“大辩论”会等,那当然就要怀着战战兢兢却又十分虔诚的态度投入;而此外的一些会议,如繁琐的教研组会、各种临时的座谈会,以及政协会、文代会、社科会等也同样占用了他很多宝贵的时间。其次是劳动。如 1958 年 8 月 22 日,时值暑假却不让休息,晨五时半即参加集体劳动,捉玉米虫。9 月 12 日则“午后农业劳动,翻番薯藤”。1960 年因进入困难时期,支农劳动的强度就越发增大。如 10 月 12 日的日记记载:“前日全校师生听林乎加校长报告后,当夜纷纷开地种菜,迄今几无隙地。每人每日须交菜二斤。”10 月 14 日:“下午集体往竹林掘草积肥,傍晚桥头种菜。”10 月 19 日:“中文系卅八人,种菜三亩,每人每日须产菜二斤。”……除了下地种菜,还有打扫卫生。如 10 月 15 日:“午后洗扫教研组及厕所,捉秋菜虫。”甚至,在其 1959 年 10

月20日的日记中还可以读到这样的记载:“本学期老年人劳动五天半,予今天完成任务矣。”这位六旬老专家的无奈,于此即可稍窥一斑。再次,还有更滑稽的事情展现在我们面前:1958年4月20日的日记这样写道:“晴。休日。今晨杭州全市打麻雀。三时半起,四时早饭,四时半在球场集合,五时响器齐鸣,予十时归,青年坚持至十二时。全校共打下麻雀三只。”①现今读来,这简直就像一则“黑色幽默”!但夏先生他们就是这么走过来的!所以,我们仅举以上数方面的情况,就完全可以“身临其境”地感受到当时学者治学的艰辛环境。故而夏先生之治学成就在新中国成立以后有逊于其前期,这不能不归咎于极“左”路线的严重干扰。若非如此,以夏先生这样的学养和勤奋精神,就定能为后世留下更加丰硕的成果。不过,就在这种不利于学术研究的恶劣大环境下,日记也给我们透露了另外的信息:党的高层领导中还是有人十分尊重知识分子和重视古典文学的研究工作的。如在1961年8月21日,时任国务院副总理的陈毅就曾特意抽暇光临夏先生下榻的上海某饭店,亲切会见他及郭绍虞、钱仲联、马茂元等学者,并与他们作了近两个小时的毫无官架子的晤谈。日记记载陈毅遍问了四位的年龄,“自谓今年六十,在此不能称老大哥”,并说曾读过夏先生《唐宋词人年谱》诸书。更令人感奋与欣慰的是,陈毅在这次会晤中还向夏先生他们畅谈了许多不同于时俗的看法:“谓郭沫若自选其诗却选留许多不好之诗,无艺术意味;谓政治由业务表现,学校必须重视业务,每日必有六小时工夫学业务,引学钢琴者与飞行员为喻;谓从前学校批判之错误,反右派本在打击章罗同盟诸人,结果每一单位必须指出几右派;询及编文论工作,谓此工作甚重要;谓选诗文词选只重政治而忽略艺术,亦违反毛主席思想。”又说:“昨陪巴西古拉特副总统来沪,在京时于《北京晚报》所载消息知予等四人在此,百忙中抽暇来访,明日即离沪,将来有新著新诗幸相示云云。”这场谈话,真使夏先生他们如沐春风,如遇知己,它带给这些老专家们的鼓舞相当巨大。但是,像陈毅这样尊重知识和尊重人才、且又懂行的高级干部毕竟是凤毛麟角,而就是他们也无法改变那个时代极“左”思潮盛行的局面,所以总的说来,夏先生在这十多年的治学历程中确实遭受了许许多多令今人很难想象的干扰和困难;而他矢志不渝地坚持治学的勤奋和执着也就愈益使我们为之感动。

另外,这一部分日记和其年轻时的日记一样,也反映了夏先生在治学进程中曾产生过的矛盾、彷徨心态,以及他希望自己的研究工作能有所革新的思变想法。今日读之,或许也能引起我们的相似感慨并能从中获取某些启迪。首先,日

① 夏承焘:《夏承焘集》第7册,浙江古籍出版社、浙江教育出版社,1997年,第676页。

记反映出夏先生虽是一位以毕生精力专攻词学的专家(尤其在考证方面取得了辉煌的成绩),但是他对自己所从事的这些研究工作,却经常怀有“于世无补”的无奈与自责。这种想法,最早始于其年青时代,如1928年8月10日,他在写《词林年表》之后就很想改作《宋诗年表》,“以词人行迹与其词颇少关切,不若与其诗关系之大也——世方群趋于救国救民之大计,乃兀兀终日为古人考履历,屡欲辍之”。又在同年11月3日的日记中说:“作周密事辑成。年来沉醉故纸,怵目时艰,辄憬然自悔不能专心致志拯世之学,又素未肄业,恐终无一成,奈何奈何!”在11月9日,则又说:“晴日满窗,乱书坐拥,萧然自得。然回念精力方壮,徒费心血于故纸中,充其量不过为古人作功臣,则又废然思返。”这就反映了他在青年时代便怀有这样的矛盾心态:一方面是专致和醉心于词人的考证,另一方面却又对自己身处艰难时世而无“拯世”与“救国救民”之力、只能“徒费心血于故纸中”深感无奈和引以自责。所以,他在次年5月12日的日记中又说:“年来治旧学嫌琐碎支离,无安心立命处,颇欲翻然改习新文学,又苦不解西方文字。年齿渐长,尚在旁皇求索中,愧惧交作。”由此看来在其内心深处,夏先生是认为词不如诗的(因为词与社会生活相对疏远),而治旧学更不如搞新文学的创作与研究(因为后者能直接有益于现世)。故在同年6月7日的日记中他甚至写过:“自恨既往之身世太平庸,不活跃,不宜于文学。若长此以往,只得自勉为学者,将无分于作家”——这一些想法,其正确与否姑且不说,但从中不难看出:夏先生虽很早就从事词学研究,但从“于世有补”的心愿出发,他更希望自己成为一位作家(而退一步讲,即使是搞学术研究,也甚盼成为一位治宋史或宋诗的专家)。此种心态,就颇有些近似乎古人“余事作诗人”的心态,直到其晚年犹未彻底改变。(对此可读他1985年为《天风阁学词日记(二)》所写的前言:“……嗣后涉足社会,饥驱四方。三十前后,始专攻词。迨抗战爆发,时局动荡,陆沉之惧,旦夕萦心。自悔所学无补于时,尝思跳出故纸堆中,另觅新径,然积习既深,欲弃之终未能也。凡此种种矛盾苦闷心情,无可告语,夜阑灯下,一再诉之于日记。”)及至新中国成立以后,由于极“左”思潮的影响,他原先所怀有的矛盾心理就更打上了时代的烙印,发展成为很想“改行”的苦闷和懊悔。如1958年6月3日,他在观看了一部反映阿拉伯人民抵抗外国侵略者的电影以后,越发“使我感觉沉湎古书中消耗精力之可惜”,并自叹“为古人服务抑为新中国服务,今应觉醒矣”。所以在那鼓吹“厚今薄古”的年月里,他甚至一度产生过“颇思尽弃旧学,从头学起”的念头(1959年9月30日之日记)。故从深处挖掘,夏先生虽几十年如一日地勤奋治学,但他并不是一位“为学术而学术”的学究型人物,在其内心始终涌动着企盼“益世”的热忱。而也正因此点,他在治学的进程中便常会升腾起思欲改革的念头。人所共知，夏先生的词学建树及其深厚功夫主要集中在考证方面（他开创了词人的谱牒之学，其《唐宋词人年谱》《词林系年》堪称传世之作；他又对词的乐谱和声律作过十分精深的考辨与探究，其《白石歌曲旁谱辨》和《姜白石词编年笺注》即是这方面的标志性成果），但他却绝不愿自囿于此。如吴战垒先生就曾对他在考证以外的其他成就作过如下评述："先生对于词史、词人、词作的研究和评述，早岁已曾着手，但较全面的展开，则是在新中国成立以后。尝拟撰述一部《词史》，已完成唐五代温、韦数篇，并于两宋词的发展脉络，自具独识。他对易安、稼轩、龙川、放翁诸家的评论，准确、深刻，迥出时流。对词论的研究，也一空依傍，时有卓见。先生还热心于词学普及工作，写了不少深入浅出的鉴赏文章和知识性读物，受到广大读者的欢迎。"①而夏先生在建国以后所做的上述工作，一方面即可视为其治学领域与方法的拓宽和创新，另一方面更可从中见出他努力适应时代需要和面向广大读者（当时称为"工农兵群众"）的真切心愿。当然，这种心愿又并非仅仅产生于新中国成立之后的年代里，而是一以贯之地存在于其脑海中的。如 1948 年 12 月 6 日他就说过："念半生所治学问，与劳苦大众诚了无益处，以后即不因时运，亦应自改方向。"1949 年 4 月 4 日又在整理十四五种旧稿之后"颇思焚汰其大半，留三、四种自玩。近月来于诗人论一书最为自喜，拟以极浅显文字写此六、七家大诗人之性格，供中学生阅读，于我国文化或不无小补"。所以到了新中国成立之后，由于接受了马列主义的教育，他在如何使学术面向广大群众方面的思考就越发显得主动和自觉。在其日记中我们即可看到，夏先生曾经认真地学习新的理论，并热心于看电影和读小说，目的就在于寻找新的治学途径。如他在外国汉学家施华滋的鼓动之下（施氏劝他写历史小说，曰"研究工作无以发挥才能，并不能普及大众"），竟至同意撰写杜甫、陆游、辛弃疾的三种历史剧，并已正式动笔试作有关辛弃疾的历史小说（可惜未成）②。又如他在阅读了吴调公先生等的理论文章之后，"触悟以艺术辩证法对立统一写唐宋词欣赏七、八题，似较作词史有新意"（1964 年 3 月 6 日之日记）。再如 1960 年 12 月 12 日，他又曾产生过这样的设想：以"唐宋词所反映的民族矛盾"为主题，用诗话体的方式撰写一部《宋词与宋史》。这些举动和想法，有些明显受到过极"左"思想的影响，有些则是他主动求新思变的产物。而究其内心的驱动力，则仍可归结为他想要使学术研究有益于当世和人民大众。（其 1934 年 12 月 24 日的日记可作此言的反证："作年谱。思为死人作起

① 夏承焘：《夏承焘集》第 1 册，浙江古籍出版社、浙江教育出版社，1997 年，第 3－4 页。
② 见其 1959 年 9 月 20 日、11 月 7 日、11 月 10 日之日记。

居注，复何益于今世，不如学岐黄术，犹有利于人。”）所以尽管夏先生并没有像今天的研究者那样提出许多富有创新意义的课题（这是时代的局限所造成的），但他却一直在努力地思索和尝试着如何革新词学研究的问题，其心系读者和面向现世的良苦用心就相当难能可贵。

笔者属于夏先生的后辈（曾于1964年报考过他的研究生，这在他当年4月15日、7月2日和次年1月31日的日记中有所反映），但也在中学时代经历过夏先生日记中记述过的“向党交心”“大跃进”乃至“除四害、驱麻雀”等运动，而在大学时代也曾开过荒和种过菜（把好端端的操场翻垦为菜地，由每个班级承包一定的种菜任务），因此阅读夏先生的这部分日记，就感到格外熟悉，也更加感慨万千。简而言之：夏先生的勤奋治学精神，值得我们敬佩和学习；他在治学过程中所产生的某些困惑，也仍然可能会在我们脑中时有翻腾；而他当年预测20年后“古学情况将大变”①的前瞻性想法及其想使学术研究有益当世和贴近读者的心愿，则更使我们受到鞭策与启迪。以上，便是笔者以后学者的身份粗略拜读《天风阁学词日记（三）》后的主要观感。

（原载《中国韵文学刊》2005年3月第1期）

① 见其1965年8月9日之日记：“夕过心叔久谈，谓二十年后吴熊和诸生为老师宿儒，古学情况将大变。”

回忆唐老二三事

唐圭璋先生离开我们了。

尽管这是意料中终将发生的事——近几年中,年事已高的唐老常常卧床不起,其健康令人担忧——但一旦变成事实,感情上却还是难以承受:从学术界而言,老成凋零,又逝去了一位“词学泰斗”;从我个人而言,也因此失去了一位可敬可亲的良师!

清人刘熙载尝云:“论词莫先于品。”(《艺概》)唐先生是当代的词学大师,他在学术方面的巨大成就世有公论,自不劳我多说。这里只想根据回忆,谈两点印象:从中就不难见出唐先生高尚的品德和宽厚的胸怀。

一是先生笃于情谊。唐老早年就读于东南大学,师从著名词曲家吴梅先生学词。他老人家给我们讲课与谈话中,每提到吴先生,言必称师,多少年如一日,深深地显露出他对吴先生的崇敬和“尊师”的美德。粉碎“四人帮”后数年,吴先生的故居却好久没有得到妥善安置,还被外人所占据。对此,他老人家内心深感不安,曾多次写信给有关方面,要求尽早落实政策,并联系吴先生昔日的学生们一起设法向政府进言。1981 年年底,我被分配回母校苏州大学任教,他还特意要我到蒲林巷吴先生故居探望吴先生的儿媳。从这一小事中,便可见出唐老对于故师的深厚感情。

王学初(仲闻)先生是著名国学大师王国维次子,也是一位造诣很深的词学专家。可惜命运坎坷,在十年“文革”中被迫害致死。他早在唐老 20 世纪 30 年代编纂《全宋词》时,就对《全宋词》的目录提出许多宝贵的意见,并把自己所作的宋词长编借给唐老参考。60 年代,唐老修订《全宋词》,因健康原因,亟需得力的帮手,特向中华书局指名推荐王先生。王先生当时正处于困境之中,但仍全力以赴,辛勤工作,积时六年,终于协助唐老完成了这一重大的学术工程。事成之后,唐老提出,应用适当方式标明王先生的功劳。但因当时的政治环境,此项建议未被采纳。对此,唐先生一直引以为憾,认为有愧故友。所以,唐先生每次讲到《全宋词》的编纂工作时,总不忘向我们提起王先生所做的贡献,并在自己所写《治词体会》一文(见《文史知识》1985 年第 2 期)中,郑重写及此点。这种不掠人之美、不掩他人之功的态度，既可见唐老人品之高，又可见他对朋友情谊之笃，深深值得后人学习。

二是先生好学不倦，虚怀若谷。记得先生第一次给我们授课时，就给我们讲了“五心”，即做学问要有“雄心、决心、信心、恒心、虚心”。在讲到“虚心”一条时，他又举孔子所言的“毋意，毋必，毋固，毋我”（《论语·子罕》）教诲我们，要我们永远保持好学和谦虚的治学态度。先生是这样教的，自己也是这样做的。我们每次到他的书房中，总见桌上、橱上甚至是床上，都堆满了各种书籍，先生戴着老花眼镜，正在吃力地寻找着他所需要的材料。而即使到了晚年，先生病卧在床，见到我们之后，所关心询问的仍是有关于词学方面的情况——每当听到学术界发现了什么新材料，提出了什么新论点，出版界出了什么新书，海外召开了什么新的学术会议等，先生更是兴奋不已。此时的他，两眼射出炯光，似乎早已把病痛和疲惫抛掷一旁。我们几个研究生心中无不感叹：像这样执着于学术、以学术为第二生命的老人，是多么可敬可佩！

先生一生专力于词，名满天下。但是他却从不自满，而总是那样谦虚，那样谨慎。他在给我们讲课时，曾讲过一事：先生昔年为朱彊村《宋词三百首》做笺注时，在岳飞《满江红》（怒发冲冠）词后引了一条材料：

> 沈雄云：《话腴》曰：武穆《收复河南罢兵表》云：“莫守金石之约，难充溪壑之求；暂图安而解倒悬，犹之可也，欲远虑而尊中国，岂其然乎？”故作《小重山》云：“欲将心事付瑶琴，知音少，弦断有谁听？”指主和议者。又作《满江红》，忠愤可见。其不欲等闲白了少年头，可以明其心事。（沈雄《古今词话》）

这一段文字，是唐老从清人沈雄《古今词话》上卷中摘引来的。它开头所提到的《话腴》，即南宋人陈郁所著的《藏一话腴》之简称。而事实上，《话腴》的原文只到“岂其然乎”为止；从“故作小重山”到“可以明其心事”云云，则全是沈雄自己所作的发挥与解释。但因古籍缺乏标点符号，因而这段引文容易使人产生一种错觉，以为全文都是《话腴》所说。故而在有关《满江红》是否为岳飞所作的讨论中，有一位青年学生曾致信唐老，提到他在《话腴》中寻不到关于《满江红》的评语。这其实本非唐老的错误，而是引文缺乏标点所致。但唐老一经发现这个问题，立即做了澄清和更正。他一方面当即复信，说明上述情况；另一方面，又在后来所写的《读词五记》中写了《〈话腴〉无论岳飞词语》一则。在这一则中，他这样写道：

> 由于沈雄引《话腴》与己意不加分别，以致使后人误以为沈雄语亦

《话腴》中所有，如《历代诗余》卷一百十七、《词林纪事》卷九、《词苑萃编》卷十三，俱以讹传讹，未加辨正。实际《话腴》中并无论岳飞《小重山》及《满江红》语，余昔亦沿误。

又说：

惟《藏一话腴》非僻书，《适园丛书》即有之，如一查检，即可辨明沈雄以来诸书不察之误。由此亦可见沈雄《古今词话》、《历代诗余》、《词林纪事》、《词苑萃编》所引宋人之书，必须查考宋人原始材料，决不可信清人之误引。

请看，唐老在学术问题上是何等谨慎，又是何等富有自我批评精神！他在这里，既教给人以严谨的治学方法，更展示给人以宽大的学术胸怀。古人云："于细微处见精神。"通过以上几件小事，唐老的人品和学术品格就不难想见其一二了。

（原载《词学》1992年第10辑）

回忆段熙仲教授

1978年秋，我考入南京师范学院（现为南京师范大学）中文系，攻读唐宋文学专业的硕士研究生。在三年的学习期间，有幸得到多位良师的指教。除了导师唐圭璋、孙望二先生外，给我印象最深的便是段熙仲教授。

为了对整个中国古代文学史有一个贯通的了解，唐、孙二师特聘请许多专家给我们上课（从先秦文学讲起）。其中，担任“楚辞”和“古小说”两课的，便是段先生。还记得他头一次给我们授课时，除了讲稿和参考书外，手里还捧着一尊屈原的雕像。当时我们有些奇怪：段先生其时已年过八十，家又离校不近，为何要不嫌其重地带尊雕像来？果然，他一开口就回答了这个问题。他说：“屈原不仅是一位伟大的诗人，而且是一位忠贞的爱国者，我今天讲课，特意把他‘请’来，是要激励大家热爱我们伟大祖国的文学遗产，树立起为国争光的学习信念。”听罢这番言简意赅的话，我们不禁对这位人老心热的教授肃然起敬。

在向段老学习、请教的过程中，我深感他无论是“道德”还是“文章”，都是足资敬仰的。

段老学问极为渊博。进校不久，就听人说，段老是南师中文系学问最渊博的教授之一。他是当代治《礼仪》的著名专家，据说他给中华书局写了《礼仪十论》一文，刊载在中华书局《文史》创刊号上。他对《水经注》也有研究，他校点的《水经注疏》（杨守敬著），订正原文错简、衍脱、讹误约8 000余处，获全国首届古籍整理图书奖二等奖。但没有想到，他对词学研究也是造诣很深的。这在他与夏承焘先生商榷的《张元干“晚盖”质疑》一文（载《文史》第10辑）中即可见出。而我自己身历的一件事，则更能说明问题：1981年，我花了很大精力写出了《张炎家世考》，以作毕业论文的一部分。在写此文的过程中，我翻阅了几十部古籍，详加排比考证，终于搞清了张炎的曾祖父是南宋著名文人张镃，而张镃又是南渡名将张俊（此人后来参与杀害了岳飞，即跪在岳坟前“三男一女”中的一个）的曾孙。对后一部分的考证，我因找不到直接的证据，只能“迂回曲折”间接考证。当时自以为是翻过了所有有关材料，再无别的办法可想了。但交给段老审阅（他担任我的论文答辩委员会主任）后不几天，他找我前去谈话，说：“你查过陆游的《渭南文集》没有？不妨查核一遍。”我回去补翻，果然在第16卷中找到一篇为张镃修家庙所作的《德勋庙记》，其中赫然可证张镃乃张俊之曾孙！我自忖查了好几个月的古书，材料大致搜罗殆尽，却偏偏漏掉了张镃的好友陆游的文集，岂不惭愧！而段老却以他渊博的目录学知识和犀利的学术眼光，一下子就找到了最可靠、最简捷的答案，这怎不叫人叹服？

段老是考证名家，其学风可谓实事求是、极端严谨。我在毕业论文中，凡提到当代还活着的学者，都尊之为“先生”。偏巧有一位吴征铸（著有《白石词小笺》），我因吃不准是否是今人，故而未敢尊为“先生”（怕闹笑话）。但在审阅论文时，段老却连这一小问题都未放过，他说：“吴征铸先生即吴白匋先生。这次论文答辩也要请他来参加主持，你怎能直呼其名？”为此，我赶紧在打印稿上添上手写的“先生”二字，并给吴先生当面做了解释。此事虽属细微末节，但从中也可见出段老读文章极其认真。他诲人既是如此，律己则更是如此。在那几年里，我们每去南京图书馆古籍部查书，总可以看到他早早就在那里伏案校书，每遇一问题即小心翼翼地抄录在纸条上，回家再作修正，其情状令人感动。

段老对后学者无比热忱。记得我刚到南师不久，一次在资料室前碰到一位身材矮小、面目和蔼的老人。当时我并不知道他就是著名的经学家段老。谁知他却主动过来打听我是否是唐、孙二位的研究生。当他得知我的姓名后，立即上前跟我握手，说：“我从唐先生那里得知你是这次考试中的‘状元’（指研究生入学考试）。你今后可要好好把唐先生的本领学到手呀！”这真使我感到既惭愧又激动，暗下决心要勤奋学习。另一次，当段老给我们上完楚辞课以后，要我们向他提出问题。当时我向他递了一张纸条，写着向他求教的疑问，他看后对所提的问题大为赞赏，说：“能提出这样的问题就表示你开动了脑筋。”过不了几天，他就不顾年迈，特地从家中来到我住的三楼宿舍来解答问题，临走前还借给我一大叠参考书籍。至于他对学生的严格要求，更是素有”名气”的。他给自己所带的研究生批改论文，总是毫不客气地指出其缺点，就连错别字和用错的标点符号也一一圈出，代为改正，举此一例，即见段老极端认真的教学态度。所以，当他以八十四岁的高龄荣获“南京市劳动模范”、次年又获”江苏省劳动模范”的称号时，就是实至名归的事了。

（原载《南京师范大学报》1992年11月20日）

附录　东吴绛帐屐痕——序跋选录

《词艺术研究》序①

《词艺术研究》是祁光禄博士的博士学位论文。看到它散发着油墨清香的校样,我很高兴。一是庆幸他辛勤攻博的成果终于得以问世,二是为词学界又增添了一本角度新颖、言之有物的青年学者的专著而感到欣喜。

人所公认,唐宋词是中国古典文学中最受读者青睐和喜爱的文学形式之一,千百年来一直强烈地吸引着包括文人学士和普通百姓在内的雅、俗群众。那么,它的不朽魅力和强大生命活力究竟源于何处呢?照我看来,就因为它既贮存着十分丰厚而又能贯通古今人心的人生意蕴,同时又具有着风姿绰约和沁人心脾的艺术美感。因此,词学研究理应向这两方面进行开掘。就后一方面(艺术美感)来说,前贤和时彦实已作出了辛勤的探索,这在本书作者所写前言《词的艺术研究的历史回顾》中已有梳理和综述。不过,总体上看,它们却还嫌不够深入与系统。有感于此,祁光禄同志就接过这个论题,对它进行了后起转精的细致分析和缜密思索,终于完成了这项具有新意和引人入胜的《词艺术研究》课题。它的好处有二:一在于能结合具体作品,尤其是词中的名篇和名句进行理论的概括,因而给人以言之有物和言之成理的感觉;二是在传统的评点方法之外,又适当引入某些现代的理论和知识,甚至包括自然科学的知识,这样一来就使本书能更加贴近当代读者的欣赏心理。总之,本书条分缕析,通过对词之句法、修辞、章法、押韵、分片、叙事、抒情、写景、立意等"细部"的勾勒,展现了唐宋词的基本艺术风貌和艺术特性。这对进一步展开对于词的艺术研究,无疑是有益处的。

当然,对于唐宋词这样一座巍峨的艺术宫殿来说,本书所作的艺术研究还只是初步的探索,其中还有很多的艺术奥秘值得进一步探求和解读。祁光禄同志自毕业以后,"转行"为主编《书屋》杂志的工作。如果可能的话,我还期盼他能在词学研究方面继续做出努力和继续有所贡献。

2003 年 9 月 16 日于苏州大学东小桥寓所

① 祁光禄:《词艺术研究》,湖南教育出版社,2003 年。

《唐宋词与商业文化关系研究》序①

词为“诗余”,从一定意义上讲词乃是诗的一个支流。但是,这条“支流”却在相当程度上呈现了与传统诗歌有所变异的“另类”文学风貌——例如,词的大胆抒写男女恋情,词由歌妓演唱的特殊传播方式,词比诗“近俗”的语言特色,以及词用以“娱宾遣兴”的娱乐功能等——这就自然会引起治文学史者的浓厚兴趣。故从宋代以来,就有不少学者开始关注这个词貌为何有异于诗貌的问题。但遗憾的是,他们或仅把造成词与诗之差异的原因归之于音乐或体式方面的原因,或则把“律绝弊而有词”的产生动因简单归结为少数“豪杰之士”②的好奇追新(王国维《人间词话》),而这些看法却都未能成为中肯与探本之论。

照我个人的粗浅看法,王晓骊同志的这本《唐宋词与商业文化关系研究》(也是她的博士学位论文)主要的学术贡献就在于它提供了对于唐宋词进行文化研究的一个全新角度,此即:从文化冲突(具体而言,即是商业文化与传统文化的碰撞与冲突)的大背景中探求唐宋词所蕴涵的“异质”文化因素和“另类”文学风貌;并且提出了一个富有创见的论点——商业文化是推动唐宋词演进的主要文化动力之一,新旧两种文化力量的共同作用决定了词的发展走向。这样的视角和观点或许会使研究者为之眼睛一亮,并能从中获得新鲜的启示。而从其具体内容来看,它从早期的商业活动开始孕育词体谈起,重点描述了唐五代词伴随着商业文化的发展而同步前进的历程,进而剖析商业文化对两宋词和两宋词人的潜在影响,明晰地揭示了商业文化对词史发展不可小视的推动作用,言之有理(至少能自成一家之言),且能言而有据。故我认为,虽然此书的观点或可引起商榷,但它的勇于提出新见却是值得肯定和赞扬的。

王晓骊同志曾是我的硕士研究生。早在她的硕士论文《逐弦管之音,为侧艳之词——试论冶游之风对晚唐五代北宋词的影响》(发表于《文学遗产》1997年第3期)中,实已蕴涵着本书某些观点的萌芽。后在从我攻博期间,通过进一

① 王晓骊:《唐宋词与商业文化关系研究》,中国社会科学出版社,2004年。
② 王国维:《人间词话》,上海古籍出版社,1998年,第13页。

步阅读文献和深入思考，终于形成了比较成熟的思路并写就此书。作为其指导老师，眼看着她从一开始对学术懵懂无知而到今天成为一位已有若干建树且具发展潜质的青年学者，当然由衷地为她高兴。不过要想在学术上有更大的突破，还需要不断的努力和磨练。王晓骊同志正当盛年，相信她应当更有所作为。

2003 年 12 月 5 日

《唐宋士风与词风研究——以白居易、苏轼为中心》序①

一般来讲，人们在关注中晚唐时期"词继诗兴"的这段史实时，往往把注意力投注在"花间鼻祖"温庭筠的身上。这自然是不错的，因为温庭筠可称词史上第一位"专业作家"，他为文人词（主要是风格婉美的小令词）的艺术风范奠定了基石。但其实，文人词的真正的"开山祖师"却应是白居易而非温庭筠。这是因为：第一，白居易与刘禹锡两人曾"依曲拍为句"创作《忆江南》词并相互唱和②，这就改变了以往用"声诗"来合乐的比较保守的做法而进入了"依谱（音谱）填词"的阶段，标志着词体的正式确立和文人词的从"声诗"中独立而出。第二，更为重要的是，白居易的人生态度、生活方式（主要指其后期阶段）曾对宋代文人词产生过十分深远的影响——不独是苏轼"独敬爱乐天"，几乎大多数的宋朝士大夫皆"多慕乐天"——从这个意义上讲，白居易就不仅是后代诗坛上的"广大教化主"，而且也是宋代词人所私心仰慕和仿效的人生楷模和"先行者"。再说得通俗一点，则以往文化人所企慕的前代诗人大致有两类：一是屈原那样忠君爱民的诗人，二是陶渊明那样隐逸清高的诗人。而白居易后期的人生实践却为宋人提供了另外的选择：在其私生活中可以纵情声色，沉湎于诗酒；也可以逍遥自在，享受"闲适"。这就为他后来的文人作出了"示范"。而相比之下，词这种精神产品就比正统的诗文作品更倾向于表现士大夫文人在私生活领域内产生的某些情志，所以白居易在词史上的地位及其对晚唐两宋词的影响就应予以充分重视，并值得重新审视。当然，以上这些都只是我个人的一点"感想"而已，并无坚实的文学史料作为支撑，也缺乏深邃的理论思索。但当我把这些随想告诉当时正在读博的张再林同学之后，他却果断地把它选定为自己的学位论文题目。经过近三年的苦读苦思和勤奋写作，终于完成了这本题为《唐宋士风与词风》的研究成果，这实在令人高兴和值得庆贺。

① 张再林：《唐宋士风与词风研究——以白居易、苏轼为中心》，人民文学出版社，2005年。
② 刘禹锡《忆江南》词自注："和乐天春词，依《忆江南》曲拍为句。"

确切地讲，本书所着重探讨的论题即是：中唐至北宋时期士大夫文人的“士风”（思想特质、行为习惯、文化心理倾向等）与词风的动态联系及衍变过程。它的基本内容包括以下四个方面：其一，文人词的兴起与初步繁荣以及走向多元化的发展方向，明显受到了士人人格从“才子”经由“浪子”再到“官僚、学者、才子”三位一体的发展历程的影响；其二，词中的闲适、旷达之风与士人的“中隐”文化心态息息相关；其三，“佛道词”的出现又与士人对佛道思想的“实用心态”密不可分；其四，士人柔弱的文化心理倾向更直接导致了文人词的崇尚“婉约”。这些内容，由于建立在翔实的史料基础之上，又加之以合理的理论分析，因而显得相当丰满和可信，且有不少创新之见。当然，由于学术研究是一项艰苦和永无止境的工作，所以，再林同志虽已取得了某些成绩，但前面的路还十分遥远。在此，衷心企盼他能继续前进，今后获取更新、更多的研究成果！

2005 年 3 月 20 日

《中国词学研究》序①

自有词的创作以来,词学理论和词学批评就伴随而生。早在五代,欧阳炯所写的《花间集序》即可视作词学批评的滥觞,而孙光宪《北梦琐言》所载的一些词坛故事中实也包孕着某些萌芽状态的词学观念和词学理念。及至两宋,遂出现了《碧鸡漫志》(王灼)、《词源》(张炎)、《乐府指迷》(沈义父)等具有一定理论深度的词学专著,并涌现了为数众多的词论、词话和词集序跋。而至元、明、清三代(尤其是清代中、晚期),则词论与词话更加云蒸霞蔚、不可胜数。由此可知,千余年来的词学研究,已经积累了丰厚的成果,值得后人珍视和利用。

不过,若拿今天的眼光来审视,则虽然其中不乏精辟的论述和某些理论建树,但从总体上说它们却基本都跳不出"知人论世"与"比兴寄托"的单纯社会学批评模式,而在美学批评方面也总想把词纳入诗学的体系中去进行阐发。因此,直至清末民初,尽管时代已经演进到了 20 世纪,但词学理论和词学批评仍停留在"传统"的阶段,显得古板而又凝滞,缺乏重大的突破与创新。

然而,事情终于在 20 世纪前期发生了重大的变化。先是梁启超、王国维(尤其是后者)吸收和运用西方文艺理论,开始对传统的词学理论和词学批评进行"维新变法"式的改革,后来又有胡适运其倡导"文学革命"之余力继而对之动了"洗心革面"的"大手术"。于是,伴随着中国社会进入一个新的历史时期,"五四"以后的词学理论和词学批评终于结束了以往"传统"阶段而跃入了从观念、方法到语言都变得"现代化"的新阶段。回顾这场历史巨变,我们就不能不对以上三位的转变开拓之功心存钦佩与感念。而在胡适的影响下,兹后的 30 年间,一批具有现代意识的新派学者纷纷以新眼光和新方法从事词学研究,遂使原先不受重视的"小词"堂而皇之地登上了大学的讲堂,成了文学史不可或缺甚或特别精彩的一章。

新中国成立后,词学研究经历了几次巨大而深刻的变化。一方面,其新气象、新成就令人瞩目;另一方面,由于极"左"思想的干扰,其严重的缺陷也令人

① 曹辛华、张幼良:《中国词学研究》,福建人民出版社,2006 年。

瞠目。而因记忆未远,故对此不必多说。

十年动乱结束,万象更新,词学研究同样也迎来了自己的春天。随着思想政治路线与文化生态的改变,新时期的词学研究在这短短的20多年间也获得了空前蓬勃和迅猛的发展,成为当代古典文学研究领域中的一门"显学"。因此在跨入21世纪不久的今天,我们就很有必要来一番"瞻前顾后",对自上世纪初到本世纪初的百年词学研究进程作出认真的梳理和总结。为20世纪词学作史是一项难度不小的工作。而其中难度较大、现实意义尤强的则更在于对自1978年至今的词学研究作出科学的"调研"与评估。可喜的是,现在已经有人开始在做这方面的工作,并已做出了不小的成绩。呈现在读者面前的这部《中国词学研究》便是相关专著。本书著者曹辛华与张幼良曾先后跟随我攻读词学博士学位,后来又都跟钟振振教授进行博士后科研工作,他们的博士论文选题又都是与百年词学研究相关。两位博士勤奋治学,善于思考,具有知难而上的学术锐气。虽其著述肯定会存在若干缺点与不足(照我看来,主要是多讲"好话"——功德与贡献,而在开展科学、理性的批评方面尚有欠缺),但其为百年以来词学研究的历史进程勾勒"史"之轨迹与总结经验、教训的学术勇气与学术贡献却值得充分肯定。在两位博士毕业多年之后,看到他们在博士论文基础上合作而成的这部著作即将面世,我的欣喜是可想而知的。故而乐于写了以上这些话,并借此勉励他们今后更加有所作为。

2005年11月16日于姑苏

《当代视野下的唐宋词研究论纲》序[1]

唐宋词自诞生以来，即因其独特的艺术风姿和深厚的人文意蕴获得了众多读者的喜爱，而作为诗、文之外的另一种文学门类，它也自然会受到研究者们的瞩目并由此而建立了专门的学问——词学。回顾千余年来的词学研究，它大体经历了三个阶段：一是从宋代至清末民初，可以称之为“传统”和“古典”的阶段。二是从五四运动前后开始，它终于走上了“现代化”的道路。三是新中国成立之后，它的步伐就迈得更大、更快。不过期间的起伏波折也着实令人慨叹——例如，在“文革”的十年中，它就几乎陷于沉寂和停顿；而在1978年底以后的20余年中，词学研究却又像千帆竞发那样呈现出了空前蓬勃的生机和活力，其成果之丰硕简直使人产生乱花迷眼的观感。不过，大多数的学者在研究词学批评史时，往往都把注意力放在了1978年以前，而对此后可以称之为“新时期时段”的词学研究现状却关注不够，这就不能不认为是一大缺憾。从这个意义上说，张幼良博士的这部论著——《当代视野下的唐宋词研究论纲》就具有填补空白和勇于开拓的学术价值与创新意义。

此书从当代文化生态和学术思想转型的大背景出发，既从宏观角度全面检视了这一时期的词学研究成果，又从微观的角度透视了各位研究名家的学术范型及学术个性；既从历时的角度分段梳理了研究状况的轨迹走向，又从共时的角度分板块剖析了研究者们在思维、方法、话语等方面的特色，材料丰富，视野开阔，给人以很多的启发，至少可以作为“一家之言”而存在。当然，对于这一段刚刚过去的“历史”想要作出十分科学和客观的分析与评价，确是一件难度不小的事情。但重要的是，张幼良博士已经在此走出了第一步，其关注现实和勤于探索的态度和勇气值得肯定。故而作为曾经指导过他的导师，我当然乐于为本书作此小序，并期盼作者能在此基础上取得更大的成绩。

① 张幼良：《当代视野下的唐宋词研究论纲》，兰州大学出版社，2006年。

《王文治研究》序①

本书作者王平博士原系著名清代文学研究专家严迪昌先生的门生。在2001年考取严先生的博士研究生后，导师即与他商定将本书的题目——《王文治研究——兼及京江诗派与乾嘉诗坛研究》作为其今后博士学位论文的题目。之所以这样考虑，大致基于以下两个原因：一是王平同志长期生活和工作在王文治的故里镇江，对于王文治这样一位卓有艺术成就的本乡先贤自然怀有一种景仰之情；二是王平同志的专业本乃书画艺术，故与诗画琴印无一不精的王文治又属隔代的“同行”。因此，选由王平同志来从事王文治的研究，可谓得其所宜。

不仅如此，严先生为王平选择这一研究课题恐怕还有更深的含义：第一，这是清诗研究向“细部”的进一步开掘。现今的研究者虽已普遍承认清诗具有深厚的文史蕴含和很高的艺术成就，但在此之前的很长时间内由于囿于“一代有一代之文学”的偏见，前人对于清诗的评价却总体偏低，故对其研究和开掘也显得相对的滞缓不力。就像王文治这样在当时颇享盛誉的诗人（洪亮吉《北江诗话》曾将他与袁枚、蒋士铨、赵翼并举为“袁王蒋赵”四大家②），在一般的文学史著作上都很少有人提及。因此对王文治诗歌作专门的研究，无疑会有益于清诗研究向纵深方向的开展，具有填补空白的学术意义。第二，王文治虽然擅长诗歌，但因其书法尤其出众和著名（他与著名书法家刘墉齐名，时人曾以“浓墨宰相，淡墨探花”之语分别赞誉刘、王两人），故而他的诗名久被书名所掩。因此王平同志的这项研究工作，实际又承担了“抹去掩盖在王文治诗词成就上的尘土”“恢复王文治在文学史上应有的地位”（本书“后记”所云）之学术任务。

而从研究的实际效果来说，王平同志确实没有辜负严先生的期望。本书采用文史结合的方法，从搜集大量原始材料入手，进而对王文治其人其诗作了相当深入细致的研究。特别在考索王文治生平事迹及其与乾嘉诗坛诸位诗人的交游方面，用力尤勤，创获颇多。作者钩沉史料，细心考辨，创制了《王文治年表》《王

① 王平：《王文治研究》，凤凰出版社，2006年。

② 洪亮吉：《北江诗话》卷五，人民文学出版社，1998年，第84页。

文治著作版本考》《王文治佚文汇编》《王文治研究资料汇编》等研究成果，对进一步研究王文治其人和他的诗歌及书画艺术提供了很大的方便。严先生若地下有知，定当感到高兴。当然本书也还存在着某些不足——若能对其诗歌的思想内蕴和艺术成就作出更加深透的论析，则其内容就会更加丰实和全面。鉴于本书作者本不专治清诗而实为艺术家的身份，这些不足似可得到谅解。

本人既不专门研究清诗，对王文治也所知甚少，故本无资格写此序言。但严先生病逝之后由我挂名来“指导”王平同志，因此只好遵命动笔，惭愧，惭愧！好在可以借此机会，一以祝贺本书的出版，二以预祝作者今后能取得更大的学术成绩，故就写了以上这些话聊以充序。

2006 年 10 月 21 日

《宋词与江南区域文化——人地关系的视角》序①

我国历史悠久，幅员辽阔，生息于此的中华民族曾经创造了无比绚烂的古代文化。而在创建这缤纷多彩的文化过程中，地域的影响乃是一个不可小视的重要因素。早在一千多年以前，刘勰在评论《楚辞》所取得的成就时就已深刻指出："若乃山林皋壤，实文思之奥府"，"然屈平所以能洞监风骚之情者，抑或江山之助乎。"②这个文章"有得于江山之助"③的话题，就被后代许多文学评论家接手过去，并继续加以发挥，直至近代又融入了新的理论因素，终于形成了今之所谓"区域文化"的论题。

应该承认，"区域文化"的论题虽是一个饶有意味的理论课题，但在实际运用这一理论来解读和诠释某些文学现象时却又难度不小。举例来说，我曾在1984年大胆提出过：唐宋词（就其主流的婉约型作品而言）从主体来讲属于"南方文学"的范畴④，后又曾对这个观点加以补充性的阐发：水之"钟秀"于词，功莫大焉；"烟水迷离"帮助造就了词境的柔美性；"斜桥红袖"帮助造就了词情的香艳性；"江南小气"帮助造就了词风的软弱性；等等⑤。但却只是初步地揭示了唐宋词与江南地域文化存在着密切的关联，而对其中的深层关系却远未揭示透彻。现在令人高兴的是，薛玉坤博士的这部《宋词与江南区域文化——人地关系的视角》终于后出转精地弥补（至少是部分地弥补）了这种缺陷。其优胜之处在于：第一，它在江南的地理环境与宋词之间建构了合理的桥梁或中介——此即江南的文化生态（具体而言，指江南的经济状况、江南的都市状况、江南的历史文化精神等），以及江南的士风和词人心理。也就是说，地理环境加上这种地理环境中所孕育的人文因素，或曰地理环境通过词人的心理，这才共同影响到了宋词的题材和风貌。这样的阐述，就显得更加充实和更加具有说服力。第二，

① 薛玉坤：《宋词与江南区域文化——人地关系的视角》，中国华侨出版社，2007年。
② 刘勰著，范文澜注：《文心雕龙注》，人民文学出版社，1958年，第695页。
③ 同②。
④ 杨海明：《试论唐宋词所带有的"南方文学"特色》，《学术月刊》，1984年第1期。
⑤ 杨海明：《试论唐宋词中的"南国情味"》，《文学遗产》，1987年第1期。

它又把“江南”细化为金陵、镇江、苏州、湖州、杭州等“子地域”,并对每处的区域文化特色作了细密的论述,使之与创作于该地的宋词作品对应起来。如金陵词中的六朝意象、镇江词中的三国意象、苏州词中的吴越争霸意象、杭州词中的西湖意象,就分别与金陵、镇江、苏州、杭州的历史及地理风貌紧密扣联。这就使得宋词的地域文化内涵显得更加丰满,而其地域文化色彩也更加鲜明。因此在总体上看,本书是运用地域文化的理论对宋词进行深入研究的一次成功尝试。无论在理论的建树上,还是在对宋词地域文化内涵的揭示上都绰有创获,值得肯定和赞许。读了本书,既使人们充分领略烟雨江南的秀美自然风光和丰厚的历史文化底蕴,又使人们对徜徉于斯、放旷于斯乃至归老于斯的宋代词人之心态与才情有了更深的理解与追慕。

当然,正如前述,运用区域文化的理论来研究宋词确非易事,它还涉及其他诸多方面的问题(如物产、方言、饮食、宗教、风俗等),因此我期望本书的作者能在这篇论文的基础之上进一步努力,对宋词的地域文化研究作出更加全面和深入的剖析并取得新的收获,是为至盼。

2007 年 11 月

《王昭君故事的传承与嬗变》序①

王昭君出塞和亲不仅见之于《汉书》《后汉书》等正史记载，而且历代诗人吟咏不绝，为数众多的野史杂传、小说戏曲亦从中取材，铺叙展衍、孳生繁变。这一道中国文学史上独特的文化景观，日益引起人们的普遍关注和持续不衰的探索热情，并逐渐聚焦为现代学术研究的一个热点问题。

昭君出塞至今已有两千多年，在这段历史长河中，不知有多少英雄豪杰、风流人物，已被雨打风吹去，踪迹难觅。而王昭君这一柔弱的汉宫女子，却能够随着时代更迭和世势变迁，不断迸射出耀眼的光辉，永葆其迷人的艺术魅力，这本身就是一个有待破解的谜。文德博士的《王昭君故事的传承与嬗变》一书就是有关这方面尝试探索的力作。

读了文德的书稿之后，总的印象是：作者切入问题的学术视角新颖独到，知识积累丰厚，具有扎实的文献功底，长于考辨。作者能够在详细梳理解读大量文献资料的基础上，对昭君故事进行分析整合，以探讨昭君故事整体的发展演变规律。同时，将昭君故事的主轴划分为文人创作与民间传说两大系统，进行立体交叉研究。书中采用了文史互证的实证法和比较研究的方法，循流探源，考订作品的时代及故事成因，揭示了时代思潮与作家作品、世俗民风与文人心态、传播与接受对昭君故事传承与嬗变的影响。

具体而言，文德以乾嘉朴学的治学路数，对前人成说，大胆怀疑，有破有立，绝不盲从。且立足于文学文本，言必有据，材料征引翔实而富赡。如对《西京杂记》作者的考证，以刘宋时的《世说新语》为据，就推翻了"齐梁前无画工丑图昭君事"及"吴均作"的成说；《二度梅》的成书，一般认为是清初，作者据书中"仪征"地名的出现、官制的演变、袁崇焕平反的时间等论定其不早于乾隆间。皆凿凿有据，足可定谳。作者注重考据与阐释结合，不作空洞的议论。如对《后汉书》所载昭君史料的辨析、《汉宫秋》对《梧桐雨》的承袭、《和戎记》与《和番记》的比较、《双凤奇缘》的成书等，皆考据与评论并重，宏观与微观结合，相互阐发，

① 张文德：《王昭君故事的传承与嬗变》，学林出版社，2008 年。

具有很强的逻辑思辨力，因此得出的结论无可辩驳。

作者还勾勒了昭君故事嬗变的基本轨迹：班固《汉书》之昭君史实是故事生成的起因；葛洪《西京杂记》“昭君与画工”的故事，既符合了普通民众的欣赏趣味，又强烈契合了文人心态，因此获得了永恒的魅力而得以广泛传播，成为王昭君故事发展演变的核心和辐射源。唐代《王昭君变文》起着承前启后的重要作用；元杂剧《汉宫秋》是昭君故事演变史上的里程碑，它标志着昭君故事的初步定型。此后的昭君故事大多沿着《汉宫秋》所铺叙的路径，缓慢地渐变。明代戏文《和戎记》、清代小说《双凤奇缘》，又在承传中产生许多新变。昭君故事是由《汉书》《西京杂记》《王昭君变文》《汉宫秋》《和戎记》《双凤奇缘》六大环节所构成，它们递相传承，叠加衍生，共同推动着昭君故事的发展演变。这一结论，因有丰富有力的材料佐证，自可成一家之言。

文德不仅善于就习见的材料，作出新意的阐释，而且还使用了一些新资料，如唐宋散文、小说戏曲选本及海外回传的文献孤本等。有新材料，自然就容易出新观点，因此书中对许多重要问题均有所发明，或予以重新阐释。这显示了作者在学术研究方面具有开拓进取、锐意创新的精神，而追求创新恰是本书的一个突出亮点。

文德于南京师范大学博士毕业之后，又到苏州大学博士后流动站从事研究工作，我是他的联系导师，因此相识相知。文德为人真诚坦率，为学严谨缜密。其博士论文已经达到了相当高的学术水准，并获得了专家们的一致好评。为了精益求精，文德又利用在站时间，对博士论文反复打磨，充实完善。在论著即将出版之际，嘱我作序。相信文德博士的专著《王昭君故事的传承与嬗变》一书，对故事学、主题学和母题嬗变研究等能够提供一些有益的借鉴作用，故乐为之序。

2008 年 10 月 18 日于苏州大学文学院

《唐宋词传播方式研究》序①

唐宋词的研究目前似已成为古典文学研究领域中的一门"显学",然从传播学的角度对唐宋词展开全面审视和细致考察的著作,至今却尚不太多。而若深加探究,则唐宋词之所以能在当时"红"极一时,以及它之所以会形成与诗文异貌的独特风情,实与其多样而又特殊的传播方式存在着密切的关系。例如,唐宋词在登上文坛之初便获得雅、俗两大群体受众的青睐与喝彩,就与其"歌舞传播"的传播方式大有关联。对此,我曾在拙著《唐宋词美学》中说过这样一段话:"和其他文体的'出场'不同,词登上文学舞台和走入(唐宋人的)生活圈子,是伴随着特殊的'声光效应'的。具体来说,它是在音乐(燕乐)和美女(歌妓)的簇拥下登坛的。音乐给人以听觉(声)的快感,美女又给人以视觉(色相、光彩)的愉悦。因此,词所展示的文学景观和所提供的审美感受,就远比诗文所展示的文学景观和所提供的审美感受来得丰富和赏心悦目(耳)。"②此话虽然主要论析了唐宋词所赖以诞生的文化场圈,却也在一定程度上揭示了它之所以能"走红"以及能产生独特魅力的重要原因即在于其拥有的"歌舞传播"方式。由此看来,从传播学的视角来剖析唐宋词的兴盛原因及创作机制,乃是一件很有学术意义的工作。

本书的作者钱锡生博士早在从我攻读唐宋词学的硕士学位期间,就曾在《文学遗产》等刊物上发表过研究吴文英生平及词作的学术论文。嗣后的十余年来,他转行从事新闻传媒及影视创作方面的工作,在该领域里积累了丰富的实践经验并取得了不俗的成绩(如其担任总制片主持制作的描绘苏州古典园林的电视艺术片《苏园六纪》,曾获中宣部"五个一工程奖"、全国电视"星光奖"一等奖,受到影视界和广大观众的好评)。2003 年秋天开始,他又返身攻读唐宋词专业的博士学位。因而,他以"唐宋词传播方式研究"为题撰写的博士学位论文(亦即本书的蓝本),应该说具有跨学科的学术优势。在本书中,他将唐宋词大

① 钱锡生:《唐宋词传播方式研究》,复旦大学出版社,2009 年。
② 杨海明:《唐宋词美学》,江苏教育出版社,1998 年,第 1 页。

致划分为"乐人之词""诗人之词"和"词人之词"这三个阶段,以之与词的"声音传播""文字传播"和"印刷传播"相对应。全书不但重点研究了词的歌舞传播,以之彰显了词的特殊文体特性和独具的艺术风貌;又详尽地论析了词的吟诵传播、手写传播、题壁传播、石刻传播及印刷传播,以之揭示了词与诗在传播方式上的异同及词因之而走向"诗化"和"雅化"的趋势。全文搜罗的资料相当丰富,而其观点也多有新意。因之,本书的出版,定将有益于词学研究的进一步开展。

当然,由于作者早已"改行"成为一位新闻工作者和教学者,所以本书中对某些问题的论述(主要是关于词的传播方式对词体、词风的影响)还显得不够充分,对此我很希望他能在今后抽空给予补足,以使本书的内容更加丰实。

2008 年 8 月 10 日

《北宋词风嬗变与文学思潮》序[①]

在以诗和文为主流与正宗的古代文学诸种文体中，词是一种颇具特殊性的文体。首先，它“起步”较晚，“体龄”较短；其次，“厥品颇卑，作者弗贵，特才华之士以绮语相高耳”[②]；再次，它在抒情内容、抒情方式和抒情风格等方面也有着不同于传统诗文的自身特色。因此，古人曾称之为“别是一家”（李清照语），而今人也有戏称其为“另类”文体者。由此而来，历来研究宋词者在考察宋词词风嬗变的动因时，往往多着眼于词体本身而对作为其大背景的文学思潮和精神气候关注不够，这就造成了本书作者所指出的若干评价误区与理论空白（详见本书“绪论”部分）。而为弥补这一缺憾，更为了拓展传统词学研究的疆域，孙虹博士遂以令人敬佩的学术勇气和理论识度撰写了题为《北宋词风嬗变与文学思潮》的长篇论文，它突破了局囿于“就词论词”的旧格局而将北宋词风嬗变放置于整个文学思潮的流程中加以考察，其选题显得视野开阔、立意高远，具有重要的创新意义和理论启示。

人所熟知，词体曾被视为“诗余”，这实际也表明了它与传统诗歌之间存在着割不断的联系。因此作为宋代文人乐于染指的一种新兴文体，它虽具有自身的独特体性和丰容色泽，但其嬗变过程却与其他诸种文体一样受制于当时相同的文学思潮；换句话说，当时所弥漫的相同文学思潮，也必然会影响与渗入包括词体在内的各种文体之中。何况，北宋的词人大都兼擅诗文，有些人则更集官吏、学者、文人于一身。即使像柳永这样的“专业词人”，无论从其家庭出身和接受的文化教育而言，还是从他毕竟也有过一段仕宦经历来看，也仍然可以归属到士大夫文人的行列之中。故从以上两点出发，本书尝试从精神气候和文学思潮的视角来剖析北宋词风嬗变的动因（当然只是其多种原因之一），就具有理论建构方面的有力支撑和具体操作方面的可行性保证。

综观本书的具体论析，既有宏观的理论概括，又有细密的个案分析，因此显

① 孙虹：《北宋词风嬗变与文学思潮》，上海古籍出版社，2009 年。
② 永瑢，等：《四库全书总目》，中华书局，1965 年，第 1807 页。

得相当雄辩和厚重。如它首先总括地提出宋代文学思潮包含有“尚统”“尚理”“尚意”“尚韵”“尚博”“尚雅”，以及“集大成意识”等七个方面的内容；接着又借用清人蒋景祁比照唐宋诗中的“唐音”“宋调”之说，提出词中也有“唐音”“宋调”之别，并进而对“词中宋调”的五大特点做了精当的概述。这些理论阐发，虽未必能被所有学者接受，但至少能自成一家之言，并给人以一定的启发。再如它对北宋多位关键性词人的个案分析，也能不拘成说，敢于提出新见——其中最突出的例子便数柳永。在常人看来，柳词的特色不免于一个“俗”字（如《后山诗话》称之为“骫骳从俗”），但本书作者却独具只眼，努力发掘出了其中所蕴含的与当时文学思潮所共趋的高雅品质及其艺术形式中的“宋调”新质。此种发现，相信也能使人眼目为之一亮。再如其论周邦彦词，由于作者曾对之深下工夫，先已有40余万字的《清真集校注》（中华书局2002年12月版）作为研究的基础，故其论析更显得游刃有余，精彩纷呈。

孙虹博士在从薛瑞生教授攻读硕士学位时即已打下了扎实的文史功底并养成了缜密的逻辑思辨能力。读博期间，她益发苦读勤思，终于写就了这篇学术含量很高的论文。对于它的成书出版，我深感高兴，故写下了上面这些话以示庆贺。甚盼作者以本书出版作为新的起点，在学术研究的道路上继续奋进，取得更大成绩。

2008年12月18日

《唐宋词与流行歌曲》序①

改革开放以来,唐宋词研究呈现出蓬勃发展的态势,时至今日几已成为当代中国古代文学研究领域里的一门"显学"。与此同时,其"危机"也有所显露,这主要表现为题目难有新意,要想寻找富有创新和开拓意义的研究课题似乎越来越难。在面对此种困境不免生出几分无奈与困惑的情况下,阅读宋秋敏博士的新作《唐宋词与流行歌曲》,或许能生出"山重水复疑无路,柳暗花明又一村"的新鲜感和喜悦感来。

照我看来,本书的显著特色和创新意义主要即在于它"背靠遗产,面向现在"的研究立场与"古今勾连,古今对比"的研究方法。这在当今众多的词学论著中显得相当独特和令人瞩目。确实,正如作者所言:"虽然时隔千年,古老的唐宋词,其灵魂和身影仍时时闪现在当代人的心中及文化生活中","在如今响彻大街小巷,红遍大江南北的流行歌曲中,人们就会时时触摸到唐宋词的优姿倩影,感受到它的馥郁芬芳"。正是基于唐宋词和当代流行歌曲在"流行歌曲"属性方面的相似性和继承性,二者便有了"古今勾连"和"古今比较"的可能性与可操作性。于是,采用上述方法,本书便从"流行歌曲"的新颖视角对唐宋词展开了全面而又深入的研究,其中多有创获。特别是其第四章和第五章,既从主题和"包装策略"两方面对唐宋词作"以今鉴古"的反向观照,又从接受论的角度论述了当代流行歌曲应该而且可以从唐宋词中汲取精神养料与寻找艺术借鉴的道理,其言论恐便是一般单纯面向古文献作"纯学术"研究的学者所写不出的。也正是因为作者既背靠遗产又关注现代的研究立场,本书不仅能拓宽唐宋词研究的视野,深化对唐宋词的认识,也能对当代流行歌曲的创作提供补弊纠偏和有所裨益的启示作用。

当然,本书也还存在某些欠缺与不足,如其第三章的内容就可继续锤炼提高。但综观全书,作者已经成功地迈开了她在唐宋词研究道路上的学术步伐,并

① 宋秋敏:《唐宋词与流行歌曲》,中国社会科学出版社,2009年。

取得了喜人的成绩，故而值得庆贺。本人乐意为其作此小序，并期盼她能不断进取，获得更多、更新的成果。

2009 年 3 月 10 日

《流变与审美视阈中的唐宋艳情词研究》序①

谈到唐宋词,人们的脑海中常会浮现出这样两句俗语:“诗庄词媚”“词为艳科”。由此可见,唐宋词之好写男女艳情,以及它与男女艳情之间存在着与生俱来、紧相缠绕的密切关系,这几乎已成广大读者“定格”了的看法。

然而若加深究,唐宋词中所大量涌现的艳情作品却并不是单一地呈现为混沌一团的香艳风貌,其中明显存在着因人、因时而异的种种差异。换句话说,唐宋艳情词的发生和发展,实际经历了一个动态的演变过程。对此,蒋晓城的这部由博士论文修改而成的书稿,就对其流变过程作出了深入的探讨与细致的辨析。它认为,唐宋艳情词由敦煌民间词中的艳情作品开启先河,然后经历了高涨、拓展与新变三个阶段。而在这不同的阶段中,虽然同是抒写男女艳情,但其感情内涵却经历了从“类型化”到“个性化”再到“社会化”的演变过程,其主体意识经历了从淡薄到暗暗潜入,再到最终得以确立的转换途径。而其笔法也存在着艳笔、雅笔、俗笔与健笔等差异。这样的论析,既具“史”的眼光,同时又揭示了作家个性对于艳情词创作的深刻影响,言之有理,给人以比较明晰的印象。

不仅如此,这部论著又从审美的视角着眼,论析了唐宋艳情词的美学气质与美学风貌。它着重探讨了如下几方面的问题:一是以闺情和伤逝作为中心主题,辨析了艳情词在心理情结、审美形象、抒情方式、审美品格等方面的特色;二是剖析了艳情词中的两大类型——艳情雅词与艳情俗词,它们在意趣、抒情、语言等方面的不同审美形态;三是直探词心,发掘了艳情词中所蕴含的女性美、人性美和悲剧美。这些论析虽不能穷尽唐宋艳情词在审美层面所展示的全部景观,但却基本勾勒出了它的主体风貌并探掘了它的深层蕴含,重点突出,可备一说。

总之,唐宋艳情词虽是一个常被论及的老题目,但这部论著却能旧题新作,提出了若干新的看法,得出了某些新的认识,其学术成绩值得肯定。现在,它即将成书出版,我为之感到高兴,故为此而作小序并预祝蒋晓城同志今后能继续有所作为,取得更新的成就。

2008 年 12 月 8 日

① 蒋晓城:《流变与审美视阈中的唐宋艳情词研究》,江西人民出版社,2009 年。

《宋词与园林》序①

宋词和园林作为中国文化艺术的瑰宝，两者在宋代同步兴盛，成为那个时代的重要文化标志。词人优处林下，觞咏填词，许多文学佳作和园林胜景因此流传。而宋词与园林的关系研究属于多学科综合研究，目前学术界对此还缺乏系统的、专门的研究，具体深入的实证研究及从园林美角度进行的意象研究成果亦属寥寥。本书作者罗燕萍专攻词学，又就读于园林之城苏州，就其玩赏的心得，进而对两种门类的艺术作交叉研究，在学术界较为忽略的领域开拓，所获甚多，确实是值得赞许的。

2003 年秋，罗燕萍离开古城西安远赴山温水软的江南名城苏州攻读唐宋词专业的博士学位。面对南北迥异的地域风情，当时她"最明显的感觉便是脑中的词汇仿佛换了一套"。特别是当其走近风景如画、优雅精致的苏州园林时，深觉"面前的一切恍如词境，已经不需要再去刻意寻觅"——不是吗，那"庭院深深深几许"的境界几乎可从园中任何一个月亮门里看到，而"绿芜墙绕青苔院，中庭日淡芭蕉卷"也是园林里随处可见的寻常景物。缘此，她陷入了一种恍惚，觉得"园境就是词境，词境即是园境"，并产生了进一步探求宋词与园林关系的学术冲动。这就促使她将上述课题定为自己博士论文的题目（以上所言，见该书《引言》）。的确，宋词与园林均为中国古典艺术的巅峰之作，其对作者的兴发感动，促使作者沉醉其间、深受陶冶，进而深得个中滋味，这一点，是作为学术起点可遇而不可求的难得经历和宝贵体验。

但是，光有感性的联想尚不足以构成一篇博士学位论文的厚实内容。以此为起点，两年多时间内，她实地考察了古典园林的优美风情和构园要素，又对宋词文本进行了认真的研读，再经缜密的思考和分析，终于建构了本文的基本框架和行文思路：首先，她从大处着眼，揭示了园林与宋词这两种看似距离甚遥的文化产品之间的相似之处——它们都以休闲文化为基础，又以雅文化作为其共同追求；二者可以用"意境"作为沟通渠道，实际存在着异质同构的关系——这就

① 罗燕萍：《宋词与园林》，中国社会科学出版社，2012 年。

为本课题的成立和展开奠定了理论基础。视角准确而集中,思路明晰,立意又高。

随后,她用实证的方法考证了宋词作品中所涉及的宋代园林,以及词人别号、词集名称中所反映的园林情结,这便用事实证明了宋词与园林的密切关系。在这部分,作者爬疏宋代以来诗文别集、笔记史乘中的原始资料,下了很多比勘甄辨、沿波讨源的功夫,在园林的时、地、景、人等方面探究,收获颇丰,特别是讨论了园林、园主与其相关词作的关系及词作内涵、词人心态等。不仅对于园林建筑史研究是一份丰硕的成果,对于宋词的研究也堪称发现了一个崭新、宝贵的视角。

再后,她又通过意象与风格这两个视角来论析宋词与园林在艺术构思方面的相似与相通:在意象方面,她避熟就新,重点拈出以"苔"(花木类的代表)、"窗"(建筑类的代表)、"石"(泉石类的代表)为代表的园林实景和以"声、香、色、影"为代表的园林虚景来揭示园林的诸种构成要素是如何浸入词境并参与词境的营造的,其论细致入微,令人颌首称是;在风格方面,她将宋词与园林的共同美感归结为"委曲深雅",且又进一步论析了二者可以成功"合作"与"互动",从而达到"妙境双生"的奇妙功效,其论也言之有理,令人信服。而通过以上的层层论析,宋词与园林之间血脉相通、异质同构的关系便焕然呈现在读者面前。

应该承认,本书所论证的题目是一个跨学科且前人涉足不多的研究课题,宋词与园林的相关性研究,既是一项颇具实践意义的泛文化研究课题,也是一项具有开拓意义的综合艺术研究课题,因此其难度较大,不易做好,但正因为此,该课题兼具较高实践意义和理论价值,很有开拓性和首创性,在古典文学研究领域别井一片新天地。我们也欣喜地看到,罗燕萍博士凭借其勇于开拓的精神和勤奋苦攻的努力把它完成得相当出色,这是值得肯定与赞赏的。本书的论析非常深入,全书结构深具匠心,逻辑严密。考察宋词的意象,能紧扣园林来生发。谈宋词的艺术,能注意到与园林的互动关系——宋词与园林不是相似的两张皮,而是血脉相连的骨肉,形神兼备、异质同构的精神艺术品,让人切切实实地认识到、感受到宋词与园林多元而密切的联系。尤其是其中的若干章节,写得细腻深刻,文笔则清丽优美,堪与古典园林的美景匹配,体察细腻,字字精神,能将学术著作写成美文,展示了作者深厚的文字功力和美学修养,此点更属不易——当然,相较于宋词与园林的深厚文化内涵而言,本书的深度与厚度还嫌单薄,还有许多有待深入研究、充分展开的子课题,从文学、艺术、哲学、实践层面都可继续探讨出多层次的意义和价值,这就期望作者今后继续努力,使之更臻完美,扎实稳步地走出一条属于自己的学术之路,是为至盼。

2009 年 12 月 8 日

后　记

此卷成书经过,在总序里有详细说明。该卷分六个部分,因未曾单独出书,这次出版时由我的老学生张幼良、薛玉坤、王晓骊、孙虹、宋秋敏、钱锡生分别做了校对,最后由张幼良总校。江苏大学出版社责任编辑张平女士、潘安先生也费力甚多,于此一并表示感谢。

杨海明

2020 年 3 月